『님의 沈默』 전편 연구

윤석성

지식과교양

2

저자의 말

 이것으로 『님의 沈默』 연구는 일단 마무리하기로 한다. 35년의 세월이 소요되었다. 솔직히 남이 하지 않은 영역만 골라 했다는 자부심도 갖고 있다. 박사학위 논문으로 『님의 沈默』의 원동력이 가치지향의 감정인 정조情操라고 본 「『님의 沈默』의 情操 연구」를 시작으로, 시집의 화자인 '나'에 대한 집요한 탐구인 「『님의 沈默의 '나'」, 불교의 심층 심리학인 유식학에 의거해 이 시집을 해석한 「『님의 沈默의 唯識論的 접근』」, 이 시집의 여성 화자인 '나'를 아니마와 관음신앙에 연관지어 살펴본 「Anima와 관음신앙」 등은 선행연구가 거의 없는 논문들이고, 「『님의 沈默의 不二的 解釋』」은 '님'과 '나'의 실체파악과 상호관계를 종합적으로 정리하기 위해 쓴 논문이다.

 이 다섯 편의 논문을 바탕으로 나의 『님의 沈默』 연구의 총결산인 『님의 沈默』 전편 평설을 시도해 보았다. 그 길잡이로 난해하기 이를 데 없는 『님의 沈默』을 해독할 수 있는 비밀열쇠를 제시해 보기도 했고, 초판본 『님의 沈默』을 텍스트로 하여 진행된 문학연구방법론 강의에서 적용해 본 문학이론과 문예비평 및 문예사조의 개념을 소개해 보기도 했다.

 그러나 책을 내려고 과거 논문을 꼼꼼히 읽어보니 빈약하거나 무리한 내용이 많아 부끄럽기 그지없다. 그러나 어찌 하겠는가. 일일이 다시 손보는 것도 쑥스럽고 하여 있는 그대로 세상에 내놓기로 한다. 나름대로 전 시편의 평설을 시도할 수 있어서 좋았다. 공도 과도 온전히 내 몫이다. 때가 되면 보완할 생각이다. 동학과 관심 있는 독자들에게 조그만 관심이라도 불러일으킨다면 그것으로 만족이다.

　끝으로 어려운 출판 사정에도 불구하고 발간의 결단을 내려주신 《지식과 교양》 윤석산 사장님과 책임 편집의 수고를 아끼지 않으신 윤수경님께 깊이 감사한다.

2016 여름. 저자

차/ 례/

제1부 『님의沈默』의 '나'

제1부
『님의沈默』의 '나'

Ⅰ. 문제 제기

일반적으로 『님의沈黙』은 님의 문학으로 알려져 왔고, 이에 대해 이의를 다는 이도 별로 없는 것 같다. 이런 사정의 저변에는 불세출의 지사요 준엄한 선사인 한용운의 님은 조국이나 부처일 수밖에 없으리라는 선입견이나 외경심이 크게 작용했으리라고 생각된다. 그러나 『님의沈黙』의 님은 꼭 이런 의미로만 한정되고 마는 것인가? 『님의沈黙』이 님의 문학이라는 통설이 이 시집의 모든 비밀을 풀 수 있는 유일한 열쇠가 될 수 있는 것인가? 이에 대해 연구자는 회의적일 수밖에 없다.

연구자의 견해로는 이러한 속단은 연작성 시집인 『님의沈黙』에 대한 정밀하고도 애정 어린 책 읽기가 선행되지 않았기 때문이라고 생각한다. 서문인 「군말」, 본 시편 88편, 발문인 「讀者에게」를 초간본 순서대로 자세히 읽어보면 이 시집이 지사이자 선사인 한용운의 단순한 메시지 전달이 아니라 화자인 '나'의 우여곡절의 토로임을 알게 될 것이다. 이 우여곡절의 과정에서 님의 개념도 새로와지고 넓어지며 깊어지게 된다. 곧 『님의沈黙』의 님은 조국, 각자覺者와 같은 상위적 존재일 뿐만 아니라 무명중생, 나라 잃은 민족, 방황하는 자아 등과 같은 하위적 존재까지도 포괄하게 되는 것이다. 『님의沈黙』의 님이 독자와 근원적 유대성을 갖는 것은 이처럼 님이 상위적 존재와 하위적 존재를 포괄하면서 시공을 초월하여 독자와 함께 하기 때문이다. 님에 대한 이러한 인식에 의해 『님의沈黙』은 그 문학적 위대성을 획득할 수 있었다고 생각한다.

그렇다면 『님의沈默』에서 이러한 님의 인식주체는 무엇인가? 곧 이러한 님을 창조하고 넓혀나가는 주체는 무엇인가? 『님의沈默』의 책 읽기를 통해 연구자는 이 주체를 이 시집의 화자인 '나'로 보고 이 '나'를 해명하는 것이 『님의沈默』 해명의 근본 열쇠라고 생각하여 '나'의 정체 및 특성을 파악해 보려고 한다.

'나'의 정체를 파악할 단서는 멀리 갈 것 없이 이 시집의 서문인 「군말」에서 찾을 수 있다. 「군말」에서 '나'(한용운)는 "衆生이 釋迦의 님이라면 哲學은 칸트의 님이다 薔薇花의 님이 봄비라면 마시니의 님은 伊太利다"고 하여 중생, 철학, 봄비, 이태리를 '님'무리로 예시한 후, 이들을 각각 님으로 여기는 석가, 칸트, 장미화, 마시니는 '나'(한용운)무리에 소속시킨다. 여기서 '나'무리의 석가는 수행자인 한용운, 칸트는 혁신적 지식인인 한용운, 장미화는 미를 동경하는 시인 한용운, 마시니는 불굴의 지사인 한용운임을 유추하기는 어렵지 않다. 또 한용운은 「군말」의 말미에서 "나는 해저문벌판에서 도러가는길을일코 헤매는 어린羊이 긔루어서 이詩를쓴다"고 집필 취지를 밝히고 있는데, 여기의 '어린羊'은 무명중생이나 실의에 빠진 동족이라고도 볼 수 있겠지만, 이들과 처지가 같은 한용운 자신이라고도 본다면 '나'무리에도 소속시킬 수 있다(실제로 본시편 88편의 '나'는 '어린羊'적인 한용운의 모습을 많이 보이고 있다.)

이렇게 보면 본 시편 88편의 화자인 '나'는 한용운의 시적 자아로 수행자, 혁신적 지식인, 시인, 지사, 무명중생이자 망국민인 한용운 자신으로 이 시집은 그의 삶의 전인적 전개라고 할 수 있다. 이러한 '나'의 특성을 연구자는 비극적 세계관의 극복, 로만적 아이러니의 극복, 동일성 추구, 양성兩性적 '나'로 보고, 이들에 대해 고찰하려고 하며,

결론적으로 '나'의 문학사적 의의를 논한 후 『님의침묵』이 '님'의 문학
이라기보다 '나'의 문학임을 환기시키고자 한다.

Ⅱ. '나'의 정체

　『님의沈默』의 화자인 '나'에 대한 연구는 한용운에 대한 방대한 연
구에 비하면 미미한 수준이다[1]. 그 중 괄목할 만한 연구자로는 단연
윤재근을 들 수 있다. 그는 '나'와 님의 관계를 집요하게 추구하여 『님
의沈默』이 '나'에 의해 진행되는 연작성 시집이며 비극적 사랑의 시집
임을 밝혔고 '나'가 소월시 등의 나와는 다른 새로운 개념의 '나'임을

---

1) 『님의沈默』의 '나'에 대해 언급한 평론이나 논문, 저서들은 다음과 같다.
　　유승우, 「가는 님과 오는 님」, 《심상》 2-12, '74
　　김상선, 「한용운론 서설」, 《국어국문학》 65, 66 합병호, '74
　　김진국, 「한용운 문학의 현상학적 연구」 - 만해시의 존재의식과 지각양태 - 서강
　　　　대 석사논문, '75. 11.
　　윤재근, 「만해시의 「나」와「님」」, 《월간문학》 통권 168호
　　윤재근, 「만해시의 미적 양식」 상,하, 《월간문학》 173, 174호
　　윤재근, 『만해시와 주제적 시론』, 문학세계사, '83
　　현선식, 「만해시에 대한 심리학적 연구」, 조선대 석사논문, '84
　　김진호, 「만해시의 변증법적 접근」, 성균관대 석사논문, '85
　　이종학, 「『님의 沈默』의 연구」, 영남대 석사논문, '85
　　노귀남, 「『님의 沈默』연구」, 경희대 석사논문, '87
　　윤석성, 「한용운 시의 情操 연구」, 동국대 박사논문, '90
　　윤석성, 『한용운시의 비평적 연구』, 열린불교, '91
　　윤석성, 「『님의沈默』의 唯識論的 접근」, 《동국논집》 12집, '93

분명히 보여 주었다. 다음으로 현선식은 C.G.Jung의 분석심리학의 원형개념을 받아들여 위기에 처한 한용운의 내면적 자아인 Anima가 발현된 것이 곧 '나'라는 특색있는 견해를 내 놓았다. 또 노귀남은 "「나」의 끝없는 사랑의 행위가 「나」와 「님」을 상관적 존재로서 재발견함으로써 「나」는 스스로 '리별의 미'를 창조해 가는 사랑의 세계를 형상화한다"고 요약했다.

이들의 연구는 참신하기도 하고 깊이도 있지만 『님의침묵』의 '나'를 전체적으로 파악하는 데는 문제가 있다고 본다. 그들이 '나'에 대해 전체적인 파악을 못하게 된 것은 무엇보다도 이 시집의 서, 발인 「군말」과 「讀者에게」에 주의를 덜 기울였기 때문이다. 「군말」과 「讀者에게」는 본 시편 88편의 화자인 '나'의 정체 및 특성을 파악할 구체적 단서를 제공해 준다. 이들에 대해 관심을 덜 기울인 것이 '나'의 전체적 파악에 불확실성을 가져왔다고 본다. 따라서 연구자는 「군말」과 「讀者에게」를 늘 염두에 두면서 본 시편의 '나'의 정체와 그 특성을 파악해 보려고 한다[2].

1. '석가'적인 '나'

'衆生이 釋迦의 님이라면'이 의미하는 바는 너무나 분명하다. 중생인 석가는 수행자를 거쳐 각자가 되었다. 각자가 된 석가는 누구보다도 중생의 고통을 잘 알았으므로 그들을 제도하려고 노력한다. 석가

---

2) 예시는 초판본 『님의沈默』(해동서관, 1926)에서 인용함.

의 제자인 수행자 한용운도 석가의 대자대비심을 본받아 중생을 님으로 여기고 그들을 제도하려고 애쓴다. 이것이 '중생이 석가의 님이라면'의 의미이다.

『님의 沈黙』 본시편 88편에서 이러한 '석가'적인 '나'의 모습을 발견하기는 어렵지 않다.

> 나는 나루ㅅ배
> 당신은 行人
>
> 당신은 흙발로 나를 짓밟음니다
> 나는 당신을안ㅅ고 물을건너감니다
> 나는 당신을안으면 깁흐나 엿흐나 급한여울이나 건너감니다
>
> 만일 당신이 아니오시면 나는 바람을쐬고 눈비를마지며 밤에서낫가지 당신을기다리고 잇슴니다
> 당신은 물만건느면 나를 도러보지도안코 가심니다 그려
>
> 그러나 당신이 언제든지 오실줄만은 아러요
> 나는 당신을기다리면서 날마다 々々々々 낡어감니다
>
> 나는 나루ㅅ배
> 당신은 行人
>
> — 「나루ㅅ배와 行人」 전문 —

'나'는 인욕을 실천하는 보살의 모습을 보이고 있다. '나룻배'인 '나'

는 '행인'이 가하는 온갖 수모를 감내하면서 언젠가는 그들이 무지와 무명을 벗고 함께 깨달음의 길에 들어서기를 기다린다. 이는 '나'의 동체대비심의 발로이며 '석가'적인 '나'의 모습을 보여주는 것이다. '나'가 이처럼 중생에게 헌신하는 것은 '나'와 그들이 하나이기 때문이다. 수억 겁을 거쳐오면서 '나'와 그들은 뗄 수 없는 관계가 되었다. 곧 불이不二의 관계인 것이다. 그들을 버려두고 '나'의 정토가 따로 있을 수 없다. 그들이 아프면 '나'도 아프고 그들이 즐거우면 '나'도 즐겁다. 지금 그들은 어둠과 고통 속에서 살고 있다. 이런 그들에게 '나'는 '나룻배'가 되어주고 등불이 되어주고 무한히 베푸는 어머니가 되어주어야 한다.

이러한 '나'의 헌신과 기다림에 의해 언젠가 '나'는 그들과 함께 깨우친 존재가 되어 정토를 구현할 수 있을 것이다. 진리를 추구하는 수행자인 '나'는 나보다 더 무지하고 고통스러운 중생을 교화해야 한다. 자리自利와 이타利他를 함께 실천하면서 '나'는 조금씩 깨달음에 접근해 가는 것이다. 이렇게 보면 '나'의 수모는 이타행이면서 자리행인 것이다. 이러한 '나'의 모습은 수행자인 '석가'의 모습이다.

그러나 정토구현이 수월한 것일 리 없다. '나'에게는 슬픔과 고통과 절망이 늘 따라다닌다. 그러나 이 길밖에는 다른 길이 없음을 알기에 '나'는 깊은 신심을 갖고 정토구현의 길을 간다.

一莖草가 丈六金身이되고 丈六金身이 一莖草가됨니다
천지는 한보금자리오 萬有는 가튼小鳥임니다
나는 自然의거울에 人生을비처보앗슴니다
苦痛의가시덤풀뒤에 歡喜의樂園을 建設하기위하야 님을써난 나는

아아 幸福입니다
         -「낙원은가시덤풀에서」에서 -

　삼라만상은 불성을 지니고 있다. 그런 점에서 삼라만상은 평등하며 모두가 법신이다. 고통받는 중생이나 미미한 풀 하나라도 무시될 수 없다. 이러한 평등의 이치를 깨달은 '나'는 일시의 어둠이나 폭력에 굴복하지 않고 고통의 날 뒤에 펼쳐질 참된 삶의 공간, 곧 정토가 구현될 날을 확신하면서 행복을 느낀다.
　현재 '나'는 님과 이별하고 있으며 님과의 만남은 난망하다. 이런 사실을 잘 아는 '나'는 가끔 절망에 빠지기도 하지만 이별에 의해 님과 '나'는 더욱 강해지고 밝아져서 어둠과 고통을 거둘 능력자로 다시 만날 것을 확신하기 때문에 님과의 이별을 오히려 행복으로 인식하는 것이다. '나'의 이러한 동체대비심도 '석가'적인 것이다.
　'나'의 정토구현의지는 다음 시에서 더욱 감동적으로 토로된다.

　　아니여요 님의주신눈물은 眞珠눈물이여요
　　나는 나의그림자가 나의몸을 써날째까지 님을위하야 眞珠눈물을흘
　니것습니다
　　아々 나는 날마다々々々 눈물의仙境에서 한숨의玉笛을 듯습니다
　　나의눈물은 百千줄기라도 방울々々이 創造임니다

　　눈물의구슬이어 한숨의봄바람이어 사랑의聖殿을莊嚴하는 無等
　々의寶物이어
　　아々 언제나 空間과時間을 눈물로채워서 사랑의世界를 完成할ㅅ가요
　　　　　　　　　-「눈물」에서 -

'나'는 너무 힘들고 고통스러워 눈물을 흘린다. 오지 않는 님을 원망하기도 하고 재회의 난망함에 절망하여 그 동안 님을 위해 흘렸던 눈물을 모독하며 부정하려고도 한다. 그러나 곧 '나'는 님을 떠나서는 살 수 없음을 깨닫고 님을 위해 흘리는 '나'의 눈물을 '진주눈물'로 인식한다. 님을 그리워하며 흘리는 이 '진주눈물'에 의해 '나'는 무명을 벗고 참나에 도달할 수 있으므로 이 눈물은 한 방울 한 방울이 창조의 원동력이 되는 것이다. 이러한 '나'의 인식에 의해 님 그리워 흘리는 나의 눈물은 차츰 봄바람, 사랑의 성전을 장식하는 최상의 보물로 향상되고, 마침내는 어둠과 고통으로 가득찬 사바세계를 '사랑의 세계' 곧 정토로 구현할 창조에너지에까지 이르는 것이다.

살펴본 대로 '나'는 진리를 추구하는 수행자로 정토구현의 의지를 보여주고 있는데, 이는 상구보리하화중생의 뜻을 펴고 실천한 석가와 매우 유사한 모습을 보이고 있다[3].

2. '칸트'적인 '나'

「군말」의 "哲學은 칸트의 님이다"는 엄정한 이성의 대명사인 칸트를 들어 한용운의 님이 곧 진리임을 밝히고 있다. 본시편 88편에서 한용운의 시적 자아인 '나'는 엄혹한 상황에서도 위축되지 않고 진리의 눈을 뜨고 진실만을 설파하고 있다. 이것은 체제동요를 방지하기 위해 회유와 협박으로 다가오는 지배층에게 합리적 이성으로 대처한 칸

---

3) 이외에 석가적인 나를 보인 시로는 「알ㅅ수업서요」, 「사랑의불」 등을 들 수 있다.

트와 일치되는 모습이다.

　　그러나 리별을 쓸데업는 눈물의 源泉을만들고 마는것은 스々로 사랑
을 깨치는것인줄 아는까닭에 것잡을수업는 슮음의힘을 옴겨서 새希望
의 정수박이에 드러부엇습니다
　　우리는 맛날째에 써날것을염녀하는것과가티 써날째에 다시맛날것
을 밋슴니다
　　아々 님은갓지마는 나는 님을보내지 아니하얏슴니다
　　　　　　　　　　－「님의 沈默」에서 －

　'나'는 님을 여읜 설움과 충격으로 슬픔의 바다에 빠져 표류하고 있
다. 둘러보아도 힘이 될 이들은 보이지 않고 장래의 전망도 어둡기
만 하다. 그러나 '나'는 이러한 절체절명의 위기에서도 이성의 힘으로
'나'를 추스르고 새로운 출구를 모색한다. 곧 슬픔의 바다에 빠져 표
류하는 것이 님에 대한 '나'의 사랑의 바른 도리가 아님을 깨닫고 이
를 돌이켜 소생의 새로운 계기로 삼으려 한다. 님과의 사랑이 고귀한
것이라면 이별도 고귀한 것이다. 그리고 이러한 이별은 반드시 만남
으로 귀결되어야 한다.
　그런데 이러한 이별을 값싼 눈물의 바다로 만들고 마는 것은 님에
대한 '나'의 사랑이 저급한 것임을 스스로 폭로하는 것이 된다. 따라
서 '나'는 지금 '나'에게 닥쳐오는 '것잡을 수 없는 슬픔'을 전환시켜서
새로운 만남의 계기로 삼으려 하는 것이다. 이런 '나'에게 '님은 갓지
마는 나는 님을 보내지 아니'한 것이 된다.
　'나'의 이지적 태도는 「리별은美의創造」에서 더욱 심화된다.

리별은 美의 創造임니다

·········중략·········

美는 리별의 創造임니다

　　　　-「리별은 美의 創造」에서 -

　슬픔의 바다에서 가까스로 자신을 건져낸 '나'는 이지적인 태도를 강화하여 님과의 만남을 모색한다. '리별'을 통해 '나'는 님과의 사랑이 불리不離의 것임을 알았고 '리별'은 필연적인 만남으로 귀결될 것을 알았으므로, '리별'을 더 크고 아름다운 만남의 계기로 삼으려 한다. 따라서 '리별은 美의 創造'가 성립되는 것이다.

　'나'는 여기서 한걸음 더 나아가 스스로 만들어 가는 이별을 감행한다. 어쩔 수 없이 다가오는 이별을 새롭게 인식하는 정도에서 한 걸음 더 나아가, 스스로 '리별'을 감행함으로써 상처입고 아파하며 아픔 속에서 님과의 만남을 잊지 않고 성취하려고 한다. 이러한 적극적 이별 인식에 의해 님을 만나려는 '나'의 의지는 잠들지 않고 깨어 활동하게 된다. '美는 리별의 創造임니다'는 이러한 만들어가는 이별을 발언한 것이다.

　이런 '나'에게는 정조도 새롭게 인식된다.

　내가 당신을기다리고잇는것은 기다리고자하는것이아니라 기다려지는것임니다

　말하자면 당신을기다리는것은 貞操보다도 사랑임니다

·········중략·········

　나는 님을기다리면서 괴로움을먹고 살이짐니다 어려움을입고 킈가

큰니다

　나의 貞操는 「自由貞操」입니다

　　　　－「自由貞操」에서－

　'나'는 인습에 매인 사랑을 하지 않는다. '나'의 사랑은 자발적인 것이다. 따라서 자발적으로 님에게 지키는 '나'의 정조는 인습이 아니라 사랑인 것이다 이러한 '나'의 사랑은 서구 추수주의도 아니고 전통 답습도 아니다. '나'의 사랑은 이지적이고 구심적인 것이다. 이런 점에서 전통의 창조적 계승이라고 할 수 있다. 『님의 침묵』의 '나'가 전통적이면서도 끊임없이 새롭게 형성되어 가는 것은 이처럼 지적 인식이 작용하기 때문이다.

　이렇게 이지적인 내가 님에게 바치는 정조는 '자유정조'일 수 밖에 없다. '나'의 정조는 명예나 가문을 위해서가 아니다. 진정으로 사랑하는 님에게 바치는 사랑의 도리일 뿐이다. 따라서 '나'는 님과 헤어져 괴로움과 어려움 속에 살면서도 내적으로 성숙하게 된다[4].

　'나'의 이지적인 눈은 시대의 어둠을 직시하고 그 불합리를 지적한다.

　　나는 집도업고 다른까닭을겸하야 民籍이업슴니다

　　「民籍업는者는 人權이업다 人權이업는너에게 무슨貞操냐」하고 凌辱하랴는將軍이 잇섯슴니다

　　그를抗拒한뒤에 남에게대한激慎이 스스로의슮음으로化하는刹那에 당신을보앗슴니다

---

4) 이러한 태도는 「服從」에서도 나타난다.

　　　아아 왼갓 倫理, 道德, 法律은 칼과黃金을祭祀지내는 煙氣인줄을 아
럿슴니다
　　　永遠의사랑을 바들ㅅ가 人間歷史의첫페지에 잉크칠을할ㅅ가 술을
말ㅅ가 망서릴째에 당신을보앗슴니다
　　　　　　　　　-「당신을보앗슴니다」에서 -

　'나'는 현실이 왜곡되어 있음을 날카롭게 꿰뚫어 보고 있다. 핍박자
의 의도가 무엇인지도 정확히 알고 있고 그 간계에 넘어가지 않을 만
한 분별력도 지니고 있다.
　'집'이 없고 '민적'도 없는 존재, 이보다 더 불안하고 위태로운 존
재는 없을 것이다. 핍박자가 부여하는 민적을 거부하고 그에 맞서는
'나'에게 그들의 법이 보호해 줄 리 없다. 이런 '나'를 현실의 지배자인
'장군'은 "인권이 없는 너에게 무슨 정조냐"하고 능욕하려고 한다. 그
에 대한 분노가 일순 '나'를 휩싸지만 이지적인 '나'는 곧 이러한 수모
를 자초한 것이 자신임을 솔직히 인정하고, 위기의 순간에서 가까스
로 님과 연관됨으로써 이를 극복하게 된다.
　'나'는 핍박자가 강요하는 윤리, 도덕, 법률이 제국주의의 두 축인
'칼'과 '황금'에 기생하고 있음을 명지하고 준수를 거부한다. 이런 '나'
에게 탄압은 계속되고 절망에 빠진 '나'는 소승적 안주나 역사허무주
의, 향락에 빠질 위기를 맞지만 다시 님을 봄으로써 이를 극복하고 본
래의 님 찾기를 계속하게 된다.
　살펴본 대로 '나'는 슬픔이나 절망 가운데서도 날카로운 현실인식
과 이지적 판단으로 중심을 회복하고 본래의 길을 가게 된다. 이러한
'나'의 모습은 지배층의 회유와 압박에도 의연히 진리의 길을 간 칸트

를 연상시킨다[5].

3. '장미화'적인 '나'

「군말」의 '薔薇花의 님이 봄비라면'의 '장미화'는 만인의 사랑을 받는 꽃으로 미의 상징이라고 할 수 있다. 그러나 이 꽃을 피워내는 근원적 에너지는 '봄비'이다. 따라서 '장미화'의 님은 '봄비'가 되는 것이다.

이와 마찬가지로 님과의 만남을 성취해 이상적 아름다움의 존재가 되려는 '나'는 이별한 님을 그리워하며 찬미하는 시인, 예술가의 모습을 보여준다. '나'는 황홀한 자연현상에서 님을 보고, 생활 속에서 님을 찬미하고, 슬픔과 고통 속에서도 님을 동경하게 된다.

바람도업는공중에 垂直의波紋을내이며 고요히써러지는 오동닙은 누구의발자최임닛가

지리한장마끗헤 서풍에몰녀가는 무서은검은구름의 터진틈으로 언뜻〃〃보이는 푸른하늘은 누구의얼골임닛가

꼿도업는 깁흔나무에 푸른이끼를거처서 옛塔위의 고요한하늘을 슬치는 알ㅅ수업는향긔는 누구의입김임닛가

근원은 알지도못할곳에서나서 돍쑤리를울니고 가늘게흐르는 적은 시내는 구븨〃〃 누구의노래임닛가

련꼿가튼발쑴치로 갓이업는바다를밟고 옥가튼손으로 씃업는하늘

---

5) 이외에 「가지마서요」에서는 지배자의 무서운 정체가 폭로되어 있고, 「타골의詩 (GARDENISTO)를읽고」에서는 애상에서 벗어난 투쟁의지가 나타나 있다.

을만지면서 써러지는날을 곱게단장하는 저녁놀은 누구의詩임닛가
－「알ㅅ수업서요」에서－

'나'는 청정법계인 자연에서 님의 아름다움을 보게 된다. 님의 법신
의 발현인 자연은 '나'에게 최상의 아름다움이 된다. 자연은 인간처럼
다투거나 대립하지 않는다. 역사현실의 중압감에 시달리는 '나'는 이
처럼 청정무구한 자연에서 본연의 삶의 모습을 보고 살아갈 힘을 얻
게 된다. 황홀한 자연현상은 내가 찾고 있는 님의 발자취, 얼굴, 입김,
노래, 시가 된다. 어둡고 그늘진 곳에서 추위와 두려움에 떨던 '나'에
게 이러한 님의 모습은 기쁨을 주고 희망을 준다.
  '나'는 이러한 님의 모습을 찬미하는 시인이 되지 않을 수가 없다.
님의 찬미에 의해 '나'는 꺼져가는 생명의 등불에 다시 기름을 채울
수 있게 되는 것이다. '나'는 세간의 미를 찬미하는 시인이 아니라 본
질적 미를 찬미하는 수행자적 시인이다. 그래서 명상과 법열을 거쳐
토로되는 '나'의 님 찬미는 본질적이고 출세간적일 수밖에 없는 것이
다.

    나의노래가락의 고저장단은 대중이업슴니다
    그레서 세속의노래곡조와는 조금도 맛지안슴니다
    그러나 나는 나의노래가 세속곡조에 맛지안는 것을 조금도 애닯어
  하지안슴니다
    나의노래는 세속의노래와 다르지아니하면 아니되는 까닭임니다
    ………중략………
    나의노래는 사랑의神을 울님니다

　　나의노래는 처녀의靑春을 즙짜서 보기도어려은 맑은물을 만듬니다
　　나의노래는 님의귀에드러가서는 天國의音樂이되고 님의쑴에드러
가서는 눈물이됨니다

　　나의노래가 산과들을지나서 멀니게신님에게 들니는줄을 나는암니다
　　………중략………
　　나는 나의노래가 님에게들니는것을 생각할째에 光榮에넘치는 나의
적은 가슴은 발ㅅㅅ썰면서 沈黙의音譜를 그립니다
　　　　　　　　　　　　　-「나의노래」에서 -

　‘나’는 세간인의 구미에 맞는 노래를 부르려 하지 않는다. ‘나’는
‘나’의 노래가 세속의 노래와 달라야 한다고 생각한다. ‘나’는 궁극적
으로 삼라만상이 어울려 화엄연기를 이루는 장엄한 경지를 노래하려
하므로 세속의 노래곡조와 맞출 수가 없는 것이다. ‘나’는 진리에 가
장 가까운 자연스러운 노래로 님을 찬양하려 한다. 이러한 노래만이
사랑의 신을 감동시키고, 천국의 음악, 순수한 물이 되고 마침내 멀리
계신 님에게까지 들려 ‘나’와 님을 하나 되게 해줄 수 있기 때문이다.
이러한 ‘나’의 노래는 님과 ‘나’ 사이에서만 소통되므로 ‘침묵의 음보’
를 그릴 수밖에 없다[6].
　이런 ‘나’에게는 현상계의 어떤 것도 님의 아름다움의 비유물이 될
수 없다.

　　님의입설가튼 蓮쏫이 어데잇서요 님의살빗가튼 白玉이 어데잇서요

___
6)　이러한 출세간적인 예술관은 「藝術家」에서도 나타난다.

봄湖水에서 님의눈ㅅ결가튼 잔물ㅅ결을 보앗슴닛가 아츰볏에서 님
의微笑가튼 芳香을 드럿슴닛가
　　天國의音樂은 님의노래의反響임니다 아름다은별들은 님의눈빗의
化現임니다

　　아ㅅ 나는 님의그림자여요
　　님은 님의그림자밧게는 비길만한것이 업슴니다
　　님의얼골을 어엽부다고하는말은 適當한말이아님니다
　　　　　　　　　　－「님의얼골」에서 －

　본질세계의 미를 아는 '나'에게 현상계의 변화하고 소멸하고 벌레
끼는 아름다움은 만족스런 것일 수가 없다. 세간을 넘어선 출세간적
미의 존재인 님의 찬미에는 어떠한 연꽃이나 백옥도 비유물이 될 수
없다. 삼라만상의 꾸밈없는 것들은 모두 님의 아름다움의 화현이다.
'나'는 그러한 님의 그림자이고, 님의 그림자인 '나'밖에는 님에게 비
길 것이 없다. 이것은 '나'만이 님의 본질적 아름다움을 이해하고 찬
미할 수 있는 유일한 자로서 님과는 표리의 관계이고 언젠가는 하나
가 될 존재라는 것을 넌지시 드러내고 있는 것이다. 이처럼 '나'는 수
행자적 예술가로서 님의 본질적 아름다움을 찬미하는 시인의 면모를
보여주고 있다.
　그러나 '나'는 사바세계에서 진리 발견과 중생제도의 큰 일을 맡은
수행자로서 기쁨만이 있을 수는 없다. 오히려 '나'를 둘러싸고 있는
여건은 암담하고 절망적이다. '나'는 쓰라린 현실살이에서 님을 그리
워하고 기다리며 눈물로 생의 예술을 엮어나간다.

　　몰난결에쉬어지는 한숨은 봄바람이되야서 야윈얼골을비치는 거울
에 이슬꼿을픰니다
　　나의 周圍에는 和氣라고는 한숨의봄바람밧게는 아모것도업슴니다
　　하염업시흐르는 눈물은 水晶이되야서 쌔끗한슯음의 聖境을 비침니다
　　나는 눈물의水晶이아니면 이세상에 寶物이라고는 하나도업슴니다

　　한숨의봄바람과 눈물의水晶은 써난님을긔루어하는 情의秋收임니다
　　저리고쓰린 슯음은 힘이되고 熱이되야서 어린羊과가튼 적은목숨을
사러움지기게함니다
　　님이주시는 한숨과눈물은 아름다은 生의藝術임니다
　　　　　　　　　　　－「生의 藝術」 전문 －

　　관조와 명상 속에서 출세간의 미에 취해 있던 '나'는 세간의 한가운
데에 서서 수행자로서 아픈 현실을 체험하면서 '나'와 대상을 동체대
비심으로 끌어안아 비극적 생의 예술을 엮어 나간다. 이는 '나'의 대
승행이자 입세간행이라고 할 수 있다. '나'의 대비심은 한숨을 화기로
운 봄바람으로 받아들이고, 눈물을 성경을 비추어주는 맑은 수정거울
로 인식한다.

　　이런 '나'에게 한숨과 눈물은 쓸모없는 감상이 아니라 떠난 임을 그
리워하다 응결된 사랑의 알맹이가 되는 것이다. 또 저리고 쓰린 슬픔
도 힘이 되고 열이 되어서 '어린 양'과 같은 '나'를 살아 움직이게 한
다. 이처럼 이별한 님을 그리워하며 한숨과 눈물 속에서 아름다운 생
의 예술을 엮어나가는 '나'는 미를 추구하는 '장미화'적인 존재이다[7].

---

7) 이런 비극적 사랑이 예술로 승화되는 것을 보인 시로는 「葡萄酒」를 들 수 있다.

4. ‘마시니’적인 ‘나’

「군말」의 ‘마시니의 님은 伊太利다’는 “한용운의 님은 조선이다”로
바꿔도 조금도 무리함이 없을 것이다. 한용운의 시적 자아인 본시편
의 ‘나’에는 이러한 마시니적인 ‘나’가 도처에 나타난다.

> 나는 永遠의時間에서 당신가신째를 슨어내것습니다 그러면 時間은
> 두도막이 납니다
> 時間의한긋은 당신이가지고 한긋은 내가가젓다가 당신의손과 나의
> 손과 마조잡을째에 가만히 이어노컷습니다
> 그러면 붓대를잡고 남의不幸한일만을 쓰랴고 기다리는사람들도 당
> 신의가신째는 쓰지못할것입니다
> 나는 永遠의時間에서 당신가신째를 슨어내것습니다
> 　　　　　　　　-「당신가신째」에서 -

님과 ‘나’는 이별의 의식을 가질 겨를도 없이 이별을 당했다. 이 이
별은 님과 ‘나’의 의사에 의한 것이 아니라 부당한 힘에 의해 강요당
한 것이다. ‘나’는 이러한 이별을 용납할 수가 없다. 따라서 ‘나’는 님
과 이별한 시점부터 헤어져 있는 기간 동안을 지워버리려고 한다. 곧
우리의 굴욕스런 이별, 구체적으로 말하면 무도한 외세에 의한 국권
상실을 기술할 수 없게 하기 위해 그 기간을 지워버리려고 한다[8]. 이
러한 ‘나’의 애절한 망국한과 결연한 국권회복의지는 이태리의 우국

---

8) 만해 탄일(1879.8.29), 경술국치일(1910.8.29), 『님의沈默』 탈고일(1925.8.29)의 8
　월 29일이 일치되는 것은 우리에게 비극적 지향성志向性의 암시를 주고 있다.

지사 마시니의 행적을 떠올리게 한다[9].

그러나 우리를 이별하게 한 외세는 여전히 강성하다. 조국은 주권
회복의지를 상실한 듯하고 동족들도 실의에 빠져서 서로 의심하고 분
열한다. '나'는 이들에게 서로 믿고 한 목표로 나아갈 것을 호소한다.

> 의심하지마서요 당신과 써러저잇는 나에게 조금도 의심을두지마서요
> 의심을둔대야 나에게는 별로관계가업스나 부지럽시 당신에게 苦痛
> 의數字만 더할쑨임니다
>
> 나는 당신의첫사랑의팔에 안길째에 왼갓거짓의옷을 다벗고 세상에
> 나온그대로의 발게버슨몸을 당신의압헤 노앗슴니다 지금까지도 당신
> 의압헤는 그째에노아둔몸을 그대로밧들고 잇슴니다
>
> 만일 人爲가잇다면「엇지하여야 츰마음을변치안코 씃씃내 거짓업는
> 몸을 님에게바칠고」하는 마음쑨임니다
> 당신의命令이라면 生命의옷까지도 벗것슴니다
> -「의심하지마서요」에서 -

님은 실의에 빠져 멀리 떨어져 있는 '나'까지 의심한다. 그런 님에
게 '나'는 의심을 거두라고 호소한다. 의심은 님을 더욱 고통스럽게
하고 절망에 빠지게 하기 때문이다. '나'는 민족과 조국을 위해 일신
을 바치겠다는 첫 맹세를 아직도 변치 않고 굳게 지키고 있다. 그런데

---

9) 망해버린 조국에 대한 '나'의 불망(不忘)과 국권회복의지는 「님의沈默」, 「나는잇고
저」, 「밤은 고요하고」, 「꽃이먼저아러」, 「後悔」, 「거짓리별」, 「여름밤이기러요」 등
에 잘 나타나 있다.

'나'의 첫사랑인 님은 실의에 빠져 주위를 불신하고 '나'까지 의심하는 것이다. 이러한 님이 다시 중심을 회복하고 본래의 모습을 되찾기를 '나'는 간절히 호소한다. 조국과 민족의 각성을 촉구하는 '나'의 이러한 태도는 이태리 통일을 위해 일생을 바친 '마시니'를 연상하게 한다[10].

'나'는 '나'를 강화하고 민족을 격려하기 위해 역사상의 의인 열사를 떠올린다.

> 그대의 붉은恨은 絢爛한저녁놀이되야서 하늘길을 가로막고 荒凉한 써러지는날을 도리키고자합니다
> 그대의 푸른근심은 드리고드린 버들실이 되야서 꼿다은무리를 뒤에두고 運命의길을써나는 저문봄을 잡어매랴합니다
>
> 나는 黃金의소반에 아츰볏을바치고 梅花가지에 새봄을걸어서 그대의 잠자는겻혜 가만히 노아드리것슴니다
> 자 그러면 속하면 하루ㅅ밤 더듸면 한겨을 사랑하는 桂月香이어
> ─「桂月香에게」에서 ─

역사상의 인물 계월향에게서 '나'는 일신을 바쳐 의를 실천한 용기와 '써러지는 날을 도리키고자'하는 국권회복의지, '꼿다운 무리를 뒤에 두고 운명의 길을 써나는 저문 봄을 잡어매랴'는 다정함을 배우려고 한다. '나'는 따뜻한 '아츰볏'과 매화가지에 온 '새봄'을 이미 세상

---

10) 실의에 빠진 님이 의욕을 갖고 회생하기를 바라는 시로는 「幸福」, 「服從」, 「참말인가요」 등을 들 수 있다.

을 떠난 계월향의 의로운 혼에게 바치면서 자신이 처한 혹독한 '한겨울'을 그녀에 의지해 넘어가려고 한다. 이러한 '나'의 태도 또한 '마시니'적인 것이라고 할 수 있다[11].

마침내 '나'는 국권회복을 위해서는 서정적 그리움이나 이지적 문제 파악에서 한걸음 더 나아가 민족이 모두 한마음으로 나서야 한다면서 동참을 호소하게 된다.

> 당신은 나의죽엄속으로오서요 죽엄은 당신을위하야의準備가 언제든지 되야잇슴니다
> 만일 당신을조처오는사람이 잇스면 당신은 나의죽엄의뒤에 서십시오
> 죽엄은 虛無와萬能이 하나임니다
> 죽엄의사랑은 無限인同時에 無窮임니다
> 죽엄의압헤는 軍艦과砲臺가 씌끌이됨이다
> 죽엄의압헤는 强者와弱者가 벗이됨니다
> 그러면 조처오는사람이 당신을잡을수는 업슴니다
> 오서요 당신은 오실째가되얏슴니다 어서오서요
> 　　　　　　－「오서요」에서－

'나'는 지금 활짝 열려서 행동할 결의에 차 있다. 내가 이렇게 결의에 차 있을 때가 국권회복을 바라는 모든 이들이 달려올 때이다. '나'는 이들을 감춰줄 꽃밭도 될 수 있고, 껴안아 위로해 줄 가슴도 될 수

---

11) 역사상의 의인 열사나 지명을 들어 국권회복의지를 보인 시로는 「金剛山」, 「論介의愛人이되야서그의廟에」, 「사랑의불」 등이 있다.

있고, 방패도 될 수 있다. 그러니 이제 모두 나와서 동참해야 한다, 우리 삶의 공간을 회복하고 주권회복과 세계문화 창조에 기여할 수 있을 때는 바로 지금이다.

이러한 동참은 불가능을 가능으로 만들고, 제국주의의 군함과 포대도 티끌이 되게 할 수 있다. 어서 나와서 모두 동참하자고 '나'는 간절히 호소하고 있는 것이다. 이러한 '나'의 애국충정 또한 '마시니'적인 것이다[12].

5. '어린羊'적인 '나'

「군말」의 "나는 해저문벌판에서 도러가는길을일코 헤매는 어린羊이 긔루어서 이詩를쓴다" 의 '어린 양'은 시혜의 대상인 중생이나 나라 잃은 동족이라고 해석할 경우도 있겠지만, 본시편 88편의 화자인 '나'를 자세히 살펴보면 그보다도 중생이며 망국민인 한용운의 시적 자아로서의 모습을 더 많이 보여주고 있다. 『님의沈默』은 중생이며 망국민인 한용운의 인간적 괴로움과 실의, 좌절감의 표출이라고도 볼 수 있다.

感情과理智가 마조치는 刹那에 人面의惡魔와 獸心의天使가 보이랴다 사러짐니다

흔드러째는 님의노래가락에 첫잠든 어린잔나비의 애처러은쑴이 곳

---

12) 불굴의 행동의지를 보인 시로는 「당신의편지」, 「사랑의씃판」 등을 들 수 있다.

써러지는소리에 쌔엇슴니다
　죽은밤을지키는 외로은등잔ㅅ불의 구슬옷이 제무게를 이기지못하
야 고요히써러짐니다
　미친불에 타오르는 불상한靈은 絶望의北極에서 新世界를探險함니
다

　沙漠의옷이여 금음밤의滿月이어 님의얼골이어
　픠랴는 薔薇花는 아니라도 갈지안한白玉인 純潔한나의님설은 微笑
에沐浴감는 그입설에 채닷치못하얏슴니다
　움지기지안는 달빗에 눌니운 창에는 저의털을가다듬는 고양이의 그
림자가 오르락나리락함니다

　아아 佛이냐 魔냐 人生이 쐭쯸이냐 쑴이 黃金이냐
　적은새여 바람에혼들니는 약한가지에서 잠자는 적은새여
　　　　　　　　－「？」에서 －

　'나'는 감정과 이지를 조율하지 못하고 갈등에 빠져 있다. 수행자로
서 이제 겨우 '첫잠든 어린잔나비'인 '나'는 '옷써러지는 소리'에 '애처
러은 쑴'이 깬다. '나'는 어두운 밤의 중압을 견뎌내지 못하고 '미친 불
에 타오르는 불쌍한 영'으로 '절망의 북극에서 신세계를 탐험'한다.
아직 '갈지 안한 백옥'인 '나'는 '사막의 옷'이며 '금음밤의 만월'인 님
에게 직접 접촉하지 못하고 있다.
　관능의 충동에 이끌려 다니는 '나'는 경계 없는 눈으로 님의 실체를
보고 만질 수가 없다. 이러한 '나'는 뿌리가 없는 불안한 존재이다. 부
처와 마귀를 혼동하고 인생을 부정하기도 한다. '나'는 '바람에 혼들

리는 약한 가지에서 잠자는 적은 새'일 뿐이다. 이처럼 수행자인 '나'
는 '어린 양'적인 중생의 모습도 보여주고 있다[13].
　'나'의 중생적 모습은 다음 시에서도 계속된다.

　　간은 봄비가 드린버들에 둘녀서 푸른연긔가되듯이 싯도업는 당신의
情실이 나의잠을 얼금니다
　　바람을싸러가랴는 써른쑴은 이불안에서 몸부림치고 강건녀사람을
부르는 밧분잠꼬대는 목안에서 그늬를쎕니다

　　비낀달빗이 이슬에저진 꼿숩풀을 싸락이처럼부시듯이 당신의 써난
恨은 드는칼이되야서 나의애를 도막ㅅㅅ 싀어노앗슴니다

　　문밧긔 시내물은 물ㅅ결을보태랴고 나의눈물을바드면서 흐르지안
슴니다
　　봄동산의 미친바람은 꼿써러트리는힘을 더하랴고 나의한숨을 기다
리고 섯슴니다
　　　　　　　－「어늬것이참이냐」에서 －

　님에 대한 '나'의 사랑이 아무리 아름답고 애절한 것이라 할지라도
그것이 집착인 것만은 분명하다. 님과 만나고 싶어 조바심치는 '나'는
중생의 고통을 고스란히 받고 있다. 버들가지 휘늘어진 화창한 봄날
의 꿈도 '나'에겐 감미로운 것일 수가 없다. 꿈속에서마저 님은 '나'에
게 '강건녀 사람'이고, 꼭 전하고 싶은 사연마저 님에게는 꿈속의 이

---

13) 이러한 모습은 「고적한밤」에서도 나타난다.

야기다. 세월이 가도 해소되지 않는 이별의 한은 잘 드는 칼이 되어 '나'의 창자를 토막토막 끊어 놓는다. 문 밖의 시냇물이나 봄동산의 향기로운 바람도 나에게 한숨과 눈물만을 돋울 뿐이다. 이런 기약없는 님에의 사랑은 '나'로 하여금 어느 것이 참인가 하고 회의에 빠지게도 한다. '나'의 '어린 양'적인 사랑은 너무나 인간적이고 안쓰러운 것이기도 하다.

'나'의 근심은 밤낮으로 계속되고 달과 해를 이어 깊어간다.

> 밤근심이 하 길기에
> 쉼도길줄 아럿더니
> 님을보러 가는길에
> 반도못가서 째엇고나
>
> 새벽쉼이 하 써르기에
> 근심도 짜를줄 아럿더니
> 근심에서 근심으로
> 싯간데를 모르것다
>
> ─「쉼과근심」에서 ─

'나'는 낮과 현실의 의욕적 삶을 사는 것이 아니라 밤과 꿈 속에서 근심의 삶을 산다. 그러나 '나'는 이러한 어려운 삶 속에서도 님에 대한 사랑을 버리지 못한다. 따라서 '나'의 사랑은 비극적일 수밖에 없다. 현실에서 님을 만날 수 없는 '나'는 꿈 속에서나마 님과 만나려고 한다. 그러나 그 꿈은 너무 짧고 행복한 만남을 제공하지도 않는다.

　그러나 '나'는 꿈꾸기를 계속한다. '나'는 님을 계속 사랑할 수밖에 없고, '나'의 사랑은 실제로 꿈 속에서밖에 허용되지 않기 때문이다. 따라서 '나'는 꿈이라도 길게 이어지기를 바란다. 님을 사랑하는 '나'는 비현실적인 꿈마저 봉쇄되면 삶의 마지막 희망마저 잃어버리기 때문이다. 이처럼 '나'는 '어린 양'의 애절하고 비극적인 사랑을 계속한다[14].

　이러한 '나'의 비극적 사랑은 눈물로 분출되기도 한다.

　　꼿퓐아츰 달밝은저녁 비오는밤 그째가 가장님긔루은째라고 남들은
말함니다
　　나도 가튼고요한째로는 그째에 만히우럿슴니다

　　그러나 나는 여러사람이모혀서 말하고노는째에 더울게됨니다
　　님잇는 여러사람들은 나를위로하야 조흔말을함니다마는 나는 그들
의 위로하는말을 조소로듯슴니다
　　그째에는 우름을삼켜서 눈물을 속으로 창자를향하야 흘님니다
　　　　　　　　　　－「우는째」 전문 －

　님이 있는 이들은 좋은 때에 서로 모여서 담소하며 즐겁게 지낸다. 그러나 님과 헤어진 후 오랜 세월 님을 만나지 못하는 '나'는 이런 때에 더욱 슬퍼 울게 된다. 그들 중 더러는 '나'를 동정하고 좋은 말로 위로해 주기도 하지마는 '나'는 그들의 말이 조소로 들린다. '나'는 드러

---

14) 「사랑의測量」, 「심은버들」, 「꼿싸움」 등에도 이러한 애절한 사랑이 토로되어 있다.

내 울지도 못하고 눈물을 삼켜 속으로 운다.

이러한 비극적 사랑은 '나'밖에는 아는 이가 없다. 외톨이가 되어 어두움 속에서 비극적 사랑을 하는 '나'는 절망 속에서도 님을 기다리며 추위를 견뎌낼 수밖에 없다. 아직도 밤은 길고, 어둠은 그 깊이를 알 수 없고, 방향도 모른다. 다만 확실한 것은 아직도 내가 님을 사랑하고 있고, 간혹 흔들리고 절망감에 싸이기도 하지만, 계속해서 님을 사랑할 수밖에 없다는 사실이다[15].

살펴본 대로 『님의 沈默』의 '나'는 애절하고도 비극적인 사랑을 하는 '어린 양'의 모습을 보여주고 있다.

Ⅲ. '나'의 특성

위에서 연구자는 '나'의 정체를 석가적인 '나', 칸트적인 '나', 장미화적인 '나', 마시니적인 '나', 어린양적인 '나'로 보고 살펴보았다. 이러한 '나'의 특성을 연구자는 다시 비극적 세계관의 극복, 로만적 아이러니의 극복, 동일성 추구, 양성兩性적 '나'로 파악하고 이를 확인해 보고자 한다.

---

15) 「두견새」와 「快樂」에도 이러한 출구 없는 사랑의 비극이 잘 나타나 있다.

1. 비극적 세계관의 극복

'나'는 님과 헤어진 후 다시 만나지 못하고 있다. '나'는 끊임없이 님
과의 만남을 시도하지만 이러한 시도는 번번이 실패로 끝나고 만다.
이것은 당시의 현실공간이 님이 거주할 수 없는 타락한 공간이기 때
문이다. 무도한 힘에 의해 참된 가치가 내재화되거나 간접화된 이러
한 현실을 '나'는 긍정하지 못한다. 그러나 이러한 현실공간을 떠나서
는 '나'의 삶을 전개할 수가 없고, 또 가치회복도 불가능하므로, '나'는
타락한 현실공간을 부정하면서도 이 공간에 거주하면서 가치를 추구
할 수밖에 없다. 곧 님이 숨어버린 오염된 공간을 부정할 수밖에 없으
면서도 이 현실공간에서 님을 기다리고 재회를 시도하며 살아갈 수밖
에 없다. 이러한 '나'의 삶의 태도는 다분히 비극적 세계관으로 해석
할 소지가 있다[16]. 그러나 더 자세히 들여다보면 '나'는 이러한 비극적
세계관에 함몰되지 않고 또 다른 출구를 찾고 있음을 알게 된다.

　　이적은생명이 님의품에서 으서진다하야도 歡喜의靈地에서 殉情한
　生命의破片은 最貴한寶石이되야서 쪼각△이 適當히이어저서 님의가
　슴에 사랑의徽章을 걸겟슴니다
　　님이어 곳업는沙漠에 한가지의 깃듸일나무도업는 적은새인 나의生
　命을 님의가슴에 으서지도록 쎠안어주서요
　　그리고 부서진 生命의쪼각△에 입마춰주서요
　　　　　　　-「生命」에서 -

16) 비극적 세계관으로 해석해 볼 소지가 있는 시들로는 「차라리」, 「슯음의三昧」 등
　을 들 수 있다

'나'는 오염된 세계에 살고 있지만 이 세계를 구제불가능한 것으로는 보지 않는다. '나'는 인간이 사악하다는 원죄론자도 아니고, 인간의 궁극적 구제는 천국에나 있다는 내세론자도 아니다. '나'는 타락한 현실공간이 참된 가치가 지배하는 세계, 곧 정토로 전환될 수 있다는 세계관을 갖고 있으므로 절망적 상황에서도 고통스런 사랑을 하면서 님을 믿고 기다리며 만남을 시도하고 있다.

막막한 사막에서 깃들일 가지 하나 없는 작은 새와 같은 '나'이지만, 생각하기에 따라 이 사막이 정토로 변화될 수 있다는 믿음이 있기에 님이 떠나버린 공간을 부정하지 않으며, 슬픔과 고통 속에서도 성실하게 님 찾기를 계속한다. 이러한 '나'의 삶의 태도는 숙명론적인 인생관이 아닌 자력自力적인 삶의 태도라고 할 수 있다. 이러한 삶의 태도를 지닌 '나'는 비극적 세계관에서 벗어나 이상적인 세계를 구현할 의지를 갖게 된다[17].

'나'의 비극적 세계관이 더 확실히 벗어난 예로 「禪師의說法」을 들 수 있다.

> 나는 禪師의說法을 드럿슴니다
> 「너는 사랑의쇠사실에 묵겨서 苦痛을밧지말고 사랑의줄을쓴어라
> 그러면 너의마음이 질거우리라」고 禪師는 큰소리로 말하얏슴니다
>
> 그禪師는 어지간히 어리석슴니다
> 사랑의줄에 묵기운것이 압흐기는 압흐지만 사랑의줄을쓴으면 죽는

---

17) 이러한 모습은 끊임없는 위기 속에서 님을 새로이 만남으로써 위기를 극복해 가는 「당신을보앗슴니다」에서도 확인된다.

것보다도 더압혼줄을 모르는말입니다
　사랑의束縛은 단단히 얼거매는 것이 푸러주는것입니다
　그럼으로 大解脫은 束縛에서 엇는것입니다
　님이어 나를얽은 님의사랑의줄이 약할가버서 나의 님을사랑하는줄
을 곱드렷습니다
-「禪師의說法」 전문 -

　'나'는 사랑의 쇠사슬에 묶여서 고통을 받고 있다. '나'의 사랑은 만남으로 이어지지 않는다. 이런 '나'에게 선사는 사랑의 줄을 끊으면 즐거우리라고 큰 소리로 설법한다. 그러나 '나'는 이 고통스런 사랑을 포기할 수 없다. 이러한 사랑을 떠나서 '나'의 삶은 없고 '나'의 가치실현도 불가능하기 때문이다.

　따라서 '나'는 타락한 현실공간, 곧 님이 떠나 버리고 부당한 힘이 지배하는 현실공간에서 고통스런 사랑을 곱드려 하면서 예토穢土의 정토화에 힘쓰고 있다. 이러한 '나'의 태도는 비극적 세계관에서 벗어나 현실타개의지를 보여주는 것이다. '나'는 오염된 세계를 뜨겁게 끌어안음으로써 이 세계가 '나'의 유일한 삶의 공간임을 깨닫고 본래성 회복에 매진하고 있는 것이다.

　'나'의 현실타개의지는 마지막 시 『사랑의끗판』에서 행동으로 나타난다.

　님이어 하늘도업는바다를 거처서 느름나무그늘을 지어버리는것은
달빗이아니라 새는빗입니다
　쇠를탄 닭은 날개를움직입니다

마구에매인 말은 굽을침니다
네 네 가요 이제곳가요
                    - 「사랑의씃판」에서 -

'나'는 밤새워 시대의 어둠을 벗고 밝은 대낮을 맞을 방법을 모색
한다. 또 그러한 대낮의 세계가 현실로 다가오기를 염원한다. 그러나
이것은 결국 사념일 뿐 현실적으로 어떤 변화를 가져오지는 못했다.
'나'는 새벽 기운을 아련히 느끼면서 사념에서 벗어나 현실의 대낮을
향해 역사의 새벽길을 떠나려고 한다.

'나'는 이제 '달빛'이 아니라 '새는빗'의 삶을 살고 싶어 한다. 새벽
을 알리려고 날개를 퍼덕이는 수탉, 앞으로 달려나가려고 힘차게 네
발굽을 치는 말이 되고 싶어 한다. 이러한 '나'의 모습은 비극적 세계
관에서 확실히 벗어나 현실 속에서 변화를 찾는 태도라고 할 수 있다.

이상 살펴본 대로 '나'는 비극적 세계관에 함몰될 소지를 충분히 지
니고 있었지만 현명하게도 이를 극복하고 현실공간에서 정토를 구현
하려는 노력을 계속한다.

2. 로만적 아이러니의 극복

'나'는 님을 사랑하고 있다. 그러나 '나'는 우리의 사랑을 갈라놓은
부당한 힘에 의해 님과 헤어진 후 다시 만나지 못하고 있다. '나'는 끊
임없이 님을 그리워하고 기다리며 만남을 시도하지만, 그러한 시도는
번번이 좌절되고 만다. 그러나 '나'는 이러한 비극적 사랑을 포기할

수가 없다. 님은 곧 '나'이며, '나'는 곧 '님'이기 때문이다.

　비극적 지향성이라고 할 수 있는 '나'의 사랑은 실패할 줄 알면서도 끝없이 시도하는 그 성격으로 인해 로만적 아이러니로 해석할 수도 있겠지만, 더 깊이 살펴보면 차이가 있을 뿐만 아니라 그 극복의 모습도 보여주고 있다. 무엇보다도 그리움, 기다림의 감성적 성격에 이지적, 의지적 요소가 가미된다는 것이다.

　　　이나라사람은 玉璽의귀한줄도모르고 黃金을밟고다니고 美人의靑
　　春을 사랑할줄도 모릅니다
　　　이나라사람은 우슴을조아하고 푸른하늘을조아합니다

　　　冥想의배를 이나라의宮殿에 매엿더니 이나라사람들은 나의손을잡
　　고 가티살자고합니다
　　　그러나 나는 님이오시면 그의가슴에 天國을꾸미랴고 도러왓슴니다
　　　　　　　　　　　　　－「冥想」에서 －

　'나'는 명상에 의해 의식의 무한대해를 항해하여 근심 걱정이 없는 나라에 이른다. 그 나라 사람들은 지상과는 달리 권력욕이나 물욕도 없고 겉치레의 아름다움에 현혹되지도 않는다. 그들은 잘 웃고 밝음을 좋아하며 어린 아이와 같이 순수하다. 그들은 '나'와 이 나라에서 같이 살자고 한다.

　고통 속에서 어둡게 살던 '나'는 순간적으로 마음이 흔들리나 곧 님과의 더 큰 사랑의 완성을 떠올리며 고통스럽고 어두운 현실세계로 돌아온다. '나'는 내가 꾸밀 천국이 천상이나 관념이 아니라 오염되고

고통스런 지상에 있음을 분명히 안다. 따라서 '나'는 로만적 꿈꾸기에 머물지 않고 내가 뿌리를 내리고 열매를 맺어야 할 지상을 선택하는 이지와 의지를 발휘하는 것이다.

이것은 내가 그리스 신화의 이카루스와 같은 존재, 즉 밀랍으로 날개를 붙이고 태양을 향해 날아오르다 태양열에 밀랍이 녹아 번번이 추락하고 마는 이카루스와 같은 로만적 아이러니의 존재에 머무는 것이 아니라, 현실을 정확히 인식하고 님과의 만남이 인과율임을 명지하여 흔들림 없이 매진하는 존재로 로만적 아이러니를 훌륭히 극복해 가고 있음을 보여주는 것이다[18].

'나'의 현실인식이 얼마나 투철한 것인가는 이 시집의 발문인 「讀者에게」가 잘 보여준다. 한용운의 시적 자아인 '나'의 현실인식의 정도를 시인이 직접 밝혀주는 것이다.

讀者여 나는 詩人으로 여러분의압헤 보이는것을 부끄러합니다
여러분이 나의詩를읽을째에 나를슯어하고 스스로슯어할줄을 암니다
나는 나의詩를 讀者의子孫에게까지 읽히고십흔 마음은 업슴니다
그째에는 나의詩를읽는것이 느진봄의꼿숩풀에 안저서 마른菊花를 비벼서 코에대히는것과 가틀는지 모르것슴니다
－「讀者에게」에서 －

한용운은 자신이 감상적인 시인으로 독자에게 보이는 것을 부끄러워한다. 그는 독자들이 자신의 시를 읽으면서 자신의 슬픔을 이해해

---

18) '나'의 이러한 면모는 「樂園은가시덤풀에서」, 「七夕」 등에서도 나타난다.

주고 함께 슬퍼해 주기를 바라고 있다. 그와 독자들은 처지가 같은 망국민이거나 중생들이기 때문이다. 이것은 이 시집이 법열의 시집이 아니라 슬픔과 아픔의 시집임을 스스로 말해주고 있는 것이다.

그러나 이 슬픔은 감상적이고 소모적인 슬픔이 아니라 어둡고 고통스런 현실에서 몸으로 얻어낸 역사적이고 이타적인 슬픔이다. 따라서 동시대적이고 지적인 슬픔이다. 그러나 이러한 슬픔마저도 언젠가는 극복되어야 할 것임을 잘 아는 한용운은 역사의 질곡이 없는 좋은 때가 오면 이 슬픔의 시집은 잊어버리라고 한다. 그는 그 때에도 후손들이 이 시집을 읽는 것은 꽃이 만발한 화창한 봄날에 지난해의 마른 국화꽃을 비벼서 냄새 맡으며 청승을 떠는 것과 같다고 하며, 어서 밝은 역사를 이루어 행복한 삶을 누리라고 촉구하고 있다.

이처럼 한용운은 궁핍한 시대에 일심으로 님을 꿈꾸고 만남을 갈망하면서도 그의 꿈꾸기는 현실인식에 기반을 두고 있어서 애상적이나 관념적인 것이 아니었다. 이 점이 그의 시가 로만적 아이러니에 함몰되지 않고 이를 극복할 수 있는 요인이 되는 것이다. 『님의沈默』이 아직까지도 길을 잃은 한국인에게 등불이 되어 줄 수 있는 것도 이런 까닭이다.

3. 동일성 추구

"나는 나이지만 나가 아니기도 하다". 우리가 나라고 알고 있는 현상의 나는 참된 나가 아니다. 현상의 나는 삶을 이끌어가는 중심축이 되지 못하고 끊임없이 흔들리며 방향을 잃고 있다. 『님의沈默』의 '나'

는 이런 현상적 나를 부정하고 '참나'를 찾으려고 한다. 곧 『님의 沈默』
의 '나'는 '참나'를 만나기 위해 무명의 나를 부정하는 나라고 할 수 있
다. 이러한 '나'의 참나찾기는 자기동일성 추구라고 할 수 있다.

> 님이어 나의마음을 가저가랴거든 마음을가진나한지 가저가서요 그
> 리하야 나로하야금 님에게서 하나가되게 하서요
> 　그러치아니하거든 나에게 고통만을주지마시고 님의마음을 다주서
> 요 그리고 마음을가진님한지 나에게주서요 그레서 님으로하야금 나에
> 게서 하나가되게 하서요
> 　그러치아니하거든 나의마음을 돌녀보내주서요 그리고 나에게 고통
> 을주서요
> 　그러면 나는 나의마음을가지고 님의주시는고통을 사랑하겟습니다
> 　　　　　　　 - 「하나가되야주서요」 전문 -

'나'는 분열된 자아가 아니라 통합된 본래의 자아가 되고 싶어 한
다. 그러나 무명에 의해 가려지고 분리된 '거짓 나'와 '참나'는 하나로
되지 못하고 이별을 계속하고 있다. 이 시는 이별의 고통과 만남에 대
한 열망을 노래하고 있다. '나'는 조금씩 무명을 벗고 '참나'에 다가가
고 있지만 이 일은 시간이 많이 걸리고 장애물이 많다. 내가 헤쳐가야
할 마음의 바다는 광대무변하고 거칠어서 방향을 잡거나 예측하기가
어렵다. 내가 이러한 무명의 바다를 밝혀서 보름달과 같이 밝은 의식
의 대자유인이 되는 것은 언제일까?

'나'는 지금 무척 힘들고 고통스럽지만 '마음을 가진 나'로 남아 본
래의 나로 돌아가고 싶어 한다. '마음을 가진 나'는 깨쳐야 할 화두를

결사적으로 붙들고 참구하는 수행자라고 할 수 있다. 이처럼 '나'는 본래의 나를 찾기 위한 자기동일성 추구의 모습을 보여주고 있다[19].

'나'는 참나가 되고 싶은 염원에 그치지 않고 수행으로 이를 실천한다.

> 나는 당신의옷을 다지어노앗슴니다
> 심의도지코 도포도지코 자리옷도지엇슴니다
> 지치아니한 것은 적은주머니에 수놋는것뿐임니다
>
> 그주머니는 나의손째가 만히무덧슴니다
> 짓다가노아주고 짓다가노아두고한 까닭임니다
> ………중략………
> 나는 마음이 압흐고쓰린째에 주머니에 수를노흐랴면 나의마음은 수놋는금실을짜러서 바늘구녕으로 드러가고 주머니속에서 맑은노래가 나와서 나의마음이됩니다
> 그러고 아즉 이세상에는 그주머니에널만한 무슨보물이 업슴니다
> - 「繡의秘密」에서 -

이 시의 수주머니는 마음주머니, 곧 심체心體라고 할 수 있다. 이 마음주머니는 체가 없이 무한광대한 것으로 불성의 저장고이지만 중생에게는 무명이 가로막아 그 실체를 볼 수 없다. 이러한 마음주머니를 밝히는 것은 대단히 어려운 일이다. 그러나 '나'는 아직 완성에는

---

19) 이와 같은 동일성 추구의 모습은 「길이막혀」, 「잠업는쑴」, 「참아주서요」, 「最初의 님」 등에도 잘 나타나 있다.

이르지 못하고 있지만 '참나'라는 수주머니를 완성하기 위해 꾸준히
노력하고 있다.

　유식론으로 해석할 수 있는 이 시의 참나찾기, 곧 자기동일성 추구
는 심의, 도포, 자리옷, 수주머니로 비유되는 수행의 각 단계를 친근
하고 여성적인 생활어로 잘 표현해 주고 있다. 끊임없는 '나'의 노력
을 '손재'로, 용맹정진하는 '나'의 의식을 '바늘'로, 밝아지고 넓혀진
'나'의 의식영역을 '맑은 노래'로, 무명을 벗은 본연의 '나'를 '보물'로
표현하여 시적인 효과를 훌륭히 거두고 있다[20].

　한편 『님의沈黙』의 '나'는 세계동일성 추구의 관점에서 살펴볼 수
도 있다. '나'의 삶은 '나' 하나만으로 영위되지 않는다. '나'는 주변의
모든 것들과 연관된 일체아, 세계아로서의 '나'이다. 궁핍한 시대를
만나 위기에 처한 한용운의 시적 자아인 『님의沈黙』의 '나'는 개인의
편안에 안주하는 '나'가 아니라 우주 자연에서 현실의 중생고까지 끌
어안고 아파하는 대승적 모습을 보여준다. 곧 어둡고 고통스런 현실
속에서 이상사회구현을 위해 현실세계를 부정하는 '나'인 것이다. 이
러한 '나'는 세계동일성을 추구하는 '나'이다.

　　당신이아니더면 포시럽고 맥그럽든 얼골이 웨 주름살이접혀요
　　당신이긔룹지만 안터면 언제까지라도 나는 늙지아니할테여요
　　맨츰에 당신에게안기든 그째대로 잇슬테여요

　　그러나 늙고 병들고 죽기까지라도 당신째문이라면 나는 실치안하여요

---

20) 유식론으로 해명될 시들로는 이외에도 「秘密」, 「사랑의存在」, 「비」, 「거짓리별」
　　등을 들 수 있다.

나에게 생명을주던지 죽엄을주던지 당신의뜻대로만 하서요
나는 곳당신이여요
- 「당신이아니더면」 전문 -

'나'는 자신을 위해 근심걱정하지 않는다. 얼굴에 주름살이 접히고 늙어가는 것도 핍박받는 조국이나 고통스럽게 살고 있는 동족이나 중생들 때문이다. '나'와 세계의 불이성을 깨달은 '나'는 중생이 아프면 '나'도 아프고 그들이 나으면 '나'도 낫는 동체대비의 보살행을 실천한다. '나'는 핍박받는 조국이나 동족, 중생을 위한 것이라면 늙고 병들어 죽게 되는 일이라도 두려워하지 않는다.

이러한 '나'의 헌신적 사랑은 '나는 곳당신'이기 때문이다. 이러한 유대감에 의해 '나'와 그들은 무명이나 질곡을 벗고 온전한 삶의 공간을 회복할 수 있다. '나'는 세계동일성을 추구하고 있으며 이상사회구현을 목표로 하고 있다.

세계아로서의 '나'는 이러한 목표를 위해 고난을 흔쾌히 받아들이고 앞으로 나아간다.

사랑의束縛이 쑴이라면
出世의解脫도 쑴입니다
우슴과눈물이 쑴이라면
無心의光明도 쑴입니다
一切萬法이 쑴이라면
사랑의쑴에서 不滅을엇것슴니다
- 「쑴이라면」 전문 -

'나'의 사랑은 개인의 달콤한 사랑이 아니라 중생과 함께 하는 아픈 사랑이다. '나'는 출세의 해탈에 안주하거나 무심의 광명에 머무르지 않고 중생을 위해 사랑의 아픈 속박을 자청하며 웃음과 눈물을 그들과 함께 나누려고 한다. 개인적 집착에서 벗어난 '나'의 대승적 사랑은 '나'와 세계가 불이이고 그들을 떠나서 '나'의 완전한 삶은 불가능하다는 것을 잘 알기 때문이다.

일체만법마저 공임을 깨닫고 집착에서 크게 벗어남으로써 '나'의 큰 사랑은 성취되고 불멸에 가까워질 수 있다. '나'의 사랑은 출세간의 사랑이 아니라 출세간에서 다시 세간에 들어 중생과 함께 하는 입세간의 사랑이라고 할 수 있다. 이러한 사랑을 '나'와 중생이 함께 할 때 궁극적으로 정토구현, 곧 세계동일성 회복은 가능하다[21].

살펴본 대로 『님의 沈默』의 '나'는 참나 찾기라는 자기동일성 추구와 세계아로서의 정토구현이라는 세계동일성 추구의 모습을 보여주고 있다.

4. 양성兩性적 '나'

『님의 沈默』의 본시편 88편의 화자인 '나'는 여러 모습의 성性을 보여주고 있다. 즉 여성의 '나'도 있고 남성의 '나'도 있고, 양성의 '나'도 있다. 이것을 어떻게 해명할 것인가? 그러면 '나'는 2인 이상이란 말

---

21) 이외에 세계동일성 추구를 보여주는 시들로는 「알ㅅ수업서요」, 「나루ㅅ배와行人」, 「당신을 보앗슴니다」, 「禪師의說法」, 「樂園은가시덤풀에서」, 「눈물」, 「타골의詩(GARDENISTO)를 읽고」, 「당신가신째」, 「사랑의ㅅ판」 등을 들 수 있다.

인가? 대답은 이들이 모두 1인이라는 것이다. 그렇다면 이 상반성을 어떻게 설명할 수 있을까? 한용운의 시적 자아인 『님의沈默』의 '나'는 절대 다수가 여성적 '나'이고, 소수의 작품에서 남성적 '나'를 보여준다. 여성적 '나'는 완전히 여성인 '나'와, 겉은 여성이면서 그 내부는 어느 남성보다도 강한 양성적 '나'로 나눌 수 있다. 이러한 '나'들이 전부 1인의 '나'라는 주장을 펴기 위해 C.G.Jung의 분석심리학의 원형(原型, Archetype) 개념 중 Anima를 여기에 적용해 보자.

　Jung에 의하면 Anima는 남성 속에 깊이 잠재해 있다가 위기의 순간에 발현되는 여성적, 모성적 측면이다. 『님의沈默』의 여성적 화자인 '나'는 자존심 강한 남성의 한 표본인 한용운이 위기에 봉착하여 발현된 아니마로, 제국주의라는 무도한 힘을 만나 자아가 묵살되는 위기의 순간에 내면에 깊이 잠재해 있다가 나타나 위기에 처한 남성을 끌어안고 위로하며 본래의 길을 가게 한다[22]. 이러한 여성적 자아의 발현에 의해 위기에 처한 남성은 다시 그리움과 기다림에 의해 자아와 세계를 끌어안음으로써 새로운 출발을 할 수 있게 되는 것이다.

　이러한 아니마의 발현인 여성적 '나'를 살펴 보자.

　　철모르는아해들은 뒤ㅅ동산에 해당화가픠엿다고 다투어말하기로
　듯고도 못드른체 하얏더니
　　야속한 봄바람은 나는ᄭ옷을부러서 경대위에노입니다 그려
　　시름업시 ᄭ옷을주어서 입설에대히고 「너는언제픠엿늬」하고 무럿슴

---

22) 관세음보살조차도 처음에는 남성이다가 나중에는 여성이 되었다고 한다. 양성과 통하는 통성通性임과 동시에 남녀를 초월한 초성超性이라고 한다.(이부영, 『아니마와 아니무스』, 한길사, 307면 참조)

니다

곳은 말도업시 나의눈물에비쳐서 둘도되고 셋도됩니다

- 「海棠花」에서 -

　'나'는 님과의 만남을 성취하기 위해 고통스런 사랑을 계속한다. 내가 남성적인 힘으로 만남을 성취하는 것은 가장 당당한 방법일 것이다. 그러나 현실적으로 이것은 불가능하다. 그렇다고 부당한 힘에 굴복할 수도 없다 이때가 '나'의 위기인 것이다. 이 위기상황에서 본래의 남성적 '나'는 내면에 깊이 잠재해 있던 여성적 '나'인 Anima에 의해 위로 받고 다시 살아갈 힘을 얻게 되는 것이다.

　이 시의 '나'는 한없이 애처롭고 순종적인 한국 여인의 모습으로 나타나서 오지 않는 님에게 하소연하고 투정한다. 곧 자존심이 강하고 지기 싫어하는 남성인 한용운의 시적 자아인 '나'가 그의 삶을 짓밟는 무도한 힘을 만나 어쩔 줄 몰라 하는 위기상황에서, 내면에 깊이 잠재해 있던 여성적 자아인 Anima의 도움으로 신축성을 지니고 다시 기다리며 살아갈 힘을 얻게 되는 것이다. 따라서 이 시의 여성인 '나'는 곧 한용운의 시적 자아인 '나'이다. '나'는 여성적 눈물에 의해 승화되고 여유를 갖게 된다. 눈물은 절망을 녹여주는 마지막 힘이 된다. 내가 여성의 모습이 되는 것은 이러한 내면적 요청에 의한 것이다[23].

　한편 소수이긴 하지만 '나'는 남성의 모습을 보인다.

벗이어 깨여진사랑에우는 벗이어

---

23) 이외에 여성인 '나'를 보인 시들로는 「自由貞操」, 「당신이아니더면」, 「眞珠」, 「당신은」, 「심은버들」, 「우는새」, 「繡의秘密」, 「快樂」 등을 들 수 있다.

눈물이 능히 쩌러진꽂을 옛가지에 도로피게할수는 업슴니다
눈물을 쩌러진꽂에 쑤리지말고 꼿나무밋회씩쌀에 쑤리서요

벗이어 나의벗이어
죽엄의香氣가 아모리조타하야도 白骨의입설에 입맛출수는 업슴니다
그의무덤을 黃金의노래로 그물치지마서요 무덤위에 피무든旗대를
세우서요
　　　　　- 「타골의시(GARDENISTO)를 읽고」에서 -

　타골을 벗이라고 부르며 당당히 충고하는 '나'는 남성의 모습이다.
'나'는 타골의 애상적, 심미적 사랑을 비판하고 눈물을 떨어진 꽃에
뿌리지 말고 꽃나무 밑의 티끌에 뿌려 소생의 거름이 되게 하라고 한
다. 또 애인의 무덤을 겉만 화려한 노래로 장식하지 말고, 그녀의 죽
음이 재생의 출발점이 되도록 무덤 위에 피묻은 깃대를 세우라고 한
다. 이러한 '나'의 모습은 남성적이고 행동적인 것이다. 그만큼 '나'와
한용운과의 친연성이 확실해지는 것이다[24].
　그런데 『님의沈默』의 '나' 중 가장 많이 나타나는 것이 양성의 '나'이
다. Anima에 의해 한용운의 시적 자아인 '나'는 여성화되었지만 그 이
면에서 남성은 은밀히 작용하게 되는 것이다.
　이 '나'의 양성에 대해 살펴보자.

　당신의편지가 왓다기에 바느질그릇을 치어노코 쎄여보앗슴니다

---

24) 이외에 남성적 '나'를 보인 시들로는 「金剛山」, 「論介의愛人이되야서그의廟에」,
　「桂月香에게」 등을 들 수 있다.

그편지는 나에게 잘잇너냐고만 뭇고 언제오신다는말은 조금도업슴
니다
만일 님이쓰신편지이면 나의일은 뭇지안터래도 언제오신다는말을
먼저썻슬터인데

당신의편지가 왓다기에 약을다리다말고 떼여보앗슴니다
그편지는 당신의住所는 다른나라의軍艦임니다
만일 님이쓰신편지이면 남의軍艦에잇는것이 事實이라할지라도 편
지에는 軍艦에서써낫다고 하얏슬터인데
　　　　　　　　　－「당신의편지」에서 －

　『님의沈默』의 '나'는 겉으로는 여성의 모습이나 목소리를 하고 있
으나 그 이면에는 어떠한 남성들도 흉내내기 어려운 굳은 의지와 지
적 인식능력을 지니고 있다. 위 시의 '나'는 양성적 '나'라고 할 수 있
는데 본래 남성인 '나'가 Anima의 발현으로 여성화한 것이다. 그러나
남성은 이면에서 여전히 작용하고 있다.
　'나'는 감상적인 분위기에 취하기 쉬운 일반 여성들과는 다르다.
'나'는 님의 편지에서 공허한 인사치레를 바라지 않고 꼭 필요한 내
용만 담겨 있을 것을 요구한다. '나'는 님의 편지에서 짧으나 내용 있
는 편지, 곧 언제 온다는 가장 중요한 말이 들어 있는 편지, 용기 있게
적의 군함에서 탈출했다는 내용의 편지를 원하고 있다. 이러한 '나'는
실질적으로 어떤 남성보다도 강한 여성으로 남성과 여성의 장점이 결
합된 양성적 모습의 '나'라고 할 수 있다[25].

---

25) 양성적 '나'를 보인 시들로는 「님의沈默」, 「리별은美의創造」, 「가지마서요」, 「自由

이처럼 『님의沈默』의 '나'는 여성, 남성, 양성의 모습을 보이고 있으나 모두가 만해의 시적 자아인 '나' 한사람으로 '나'가 여성화한 것은 위기상황에 의해 여성적 측면인 Anima가 발현되었기 때문이다.

Ⅳ. '나'의 문학사적 의의

『님의沈默』의 화자인 '나'는 서문인 「군말」을 해석해 볼 때 수행자, 혁신적 지식인, 시인, 지사, 중생이며 망국민인 한용운의 시적 자아임을 확인할 수 있었다. 곧 '석가'적인 '나', '칸트'적인 '나', '장미화'적인 '나', '마시니'적인 '나', '어린양'적인 '나'가 다양하게 나타나 활동하면서 이 시집을 이끌어 나간다. 이 시집의 난해함은 여기에 기인하고 있으며, 이 사실을 분명히 할 때 그 해독은 가능해 진다.

'나'의 특성으로는 비극적 세계관의 극복, 로만적 아이러니의 극복, 동일성 추구, 양성적 '나'를 들 수 있었다.

'나'는 암담하고 고통스러운 현실상황에서 님과 이별하고 살아가고 있다. 이런 '나'에게 현실적으로 님과의 만남은 지난한 것이다. 그러나 님이 떠난 오염된 공간인 현실세계를 떠나서는 달리 님을 추구할

貞操」, 「하나가되야주서요」, 「나루ㅅ배와行人」, 「당신이아니더면」, 「生命」, 「의심하지마서요」, 「幸福」, 「당신을보앗슴니다」, 「服從」, 「참아주서요」, 「어늬것이참이냐」, 「情天恨海」, 「참말인가요」, 「거짓리별」, 「因果律」, 「눈물」, 「당신가신째」, 「妖術」, 「七夕」, 「오서요」, 「사랑의끗판」 등을 들 수 있다.

공간이 없으므로 '나'는 현실공간을 부정하면서도 거기에서 살아갈 수밖에 없다. 이러한 '나'의 세계관은 비극적 세계관에 함몰될 소지를 다분히 지니고 있지만, '나'는 인간은 사악하다는 결정론에 빠져 있지도 않으며 인간의 구제는 내세에나 가능하다고 생각하지도 않음으로써 타락한 현실공간을 정토로 바꾸려는 노력을 계속하고 있고, 이러한 노력에 의해 비극적 세계관은 저절로 극복되고 있다.

또 '나'는 오매불망 님만을 그리워하면서 이루어지지 않는 님과의 재회를 끊임없이 시도한다. 이것은 추락할 줄 알면서도 끊임없이 꿈꾸며 날아오르는 로만주의자의 로만적 아이러니로 해석될 소지가 농후하지만, 『님의沈默』의 '나'는 투철한 현실인식에 의해 이를 훌륭히 극복하고 있다.

또 '나'는 무명을 벗고 참나에 이르려는 자기동일성 추구와 오염된 현실공간을 본래의 상태로 되돌려 놓으려는 세계동일성 추구를 보여주고 있다. 불이성에 바탕한 '나'의 동일성 추구는 결국 참나찾기와 정토구현으로 귀결된다.

마지막으로 '나'는 남성과 여성, 양성의 모습을 보여주고 있는데, 위기에 처한 '나'가 자아와 주변을 위로하기 위해 잠재된 여성적 측면인 Anima를 발현시킨 것이 여성적 '나'이고, 본래의 모습이 그대로 드러난 것이 남성적 '나', 겉으로는 여성이지만 내적으로는 남성의 강한 의지와 판별력을 발휘하는 것이 양성적 '나'로서, 이들은 모두 한용운의 시적 자아인 '나' 한 사람이다.

이를 바탕으로 '나'의 문학사적 의의를 살펴보면, '나'가 암담한 현실 속에서도 끊임없이 변화와 생성을 갈망하며 노력한다는 점이다. '나'의 탁월한 인식능력은 존재의 근원을 캐는 형이상학에서부터 현실문제에 이르기까지 폭넓게 발휘된다. 님마저도 '나'에 의해 창조된다. 이러한 '나'는 한국문학사에서 극히 드문 예로 후세에 지표가 될 수 있으며, 세계 문학사에서도 그 유를 찾기 어려운 것이라고 생각한다. 그 증거가 인류 정신사의 가장 큰 난관인 비극적 세계관과 로만적 아이러니를 '나'가 훌륭히 극복하고 있으며, 인류의 영원한 테마인 참나찾기와 정토구현이라는 동일성 추구를 성실히 이행한다는 점이다.

　이로 보면 『님의 沈默』은 아무래도 님의 문학이라기보다 '나'의 문학이라고 할 수 있다.

제2부

『님의沈默』의
유식론(唯識論)적 접근

I. 문제의 제기

한용운의 『님의沈默』에 대한 연구는 질량면에서 괄목할 만한 성과를 거두고 있다. 그러나 몇가지 면에 있어서는 수긍할 만한 결론에 이르지 못했다고 생각한다.

그 중의 대표적인 문제가 『님의沈默』의 화자인 '나'의 규명 문제이다. 본 시편 88편의 '나'는 동일인인가 아닌가, 이 시집은 연작시집인가 아닌가, 만약 동일인이고 연작시집이라면 다양하고도 이질적으로 보이는 '나'는 어떻게 해석할 것인가, 결국 한용운과 '나'는 어떤 관계인가 등에 대한 명쾌한 규명이 있어야 할 것이다.

또 다른 한 가지는 『님의沈默』의 연구에서 몇 편의 작품들, 예컨대 「잠업는쑴」, 「秘密」, 「사랑의存在」, 「비」, 「最初의님」, 「繡의秘密」 등에 대해서는 비켜가려는 인상을 주거나, 해석을 시도한 경우에도 지나친 현담화玄談化 로 설득력을 얻기가 어려웠다는 점이다.

이 연구에서는 이런 점들, 그 중에서도 후자에 비중을 두어 불교의 유식론唯識論(vijnapatimatravada)을 『님의沈默』의 연구에 적용해 보려고 한다[1].

유식론은 만법유식 심외무경萬法唯識心外無境을 설파한 대승불교의 기초학이다[2]. 오직 식識만이 '유有'라고 보는 유심론唯心論으로 본질적으로 반야공사상을 수용하고 있다[3]. 유식론은 인간의 심체心體를 안眼,

---

1) 윤석성 「韓龍雲 詩의 情操 연구」 동국대 박사논문 1990.12 참조
2) 가등지준加藤智遵 『유식강요』 전명성 역, 보련각, 1973. 2면
3) 횡산굉일橫山紘一 『유식철학』 묘주 역, 경서원, 1989. 50면

이耳, 비鼻, 설舌, 신身의 전오식前五識과, 전오식의 인식을 개념화하는 제육의식第六意識, 자아에 대한 집착심을 일으켜 ego의 원인이 되는 제칠말나식第七末那識(manasvijnana), 전오식과 의식, 말나식을 발생시키는 근본적 마음인 제팔아뢰야식第八阿賴耶識(alayavijnana)으로 구조화하여 파악하고 있다. 유식론의 목적은 유루식有漏識을 전환하여 무루지無漏智를 획득한 후(轉識得智), 이를 중생에게 회향하려는 데 있다[4]. 이것은 곧 상구보리 하화중생上求菩提下化衆生의 또 다른 전개로 구체적으로는 자기훈습自己熏習과 공업사상共業思想으로 나타난다고 볼 수 있다.

이 연구는 이러한 유식론의 자기훈습과 공업사상을 한용운의 반야공사상과 보살사상에 연관시켜 살펴보고, 나아가서 『님의沈默』의 화자인 '나'의 자기동일성自己同一性 추구와 세계동일성世界同一性 추구와도 연관지어 보려고 한다. 이러한 연구를 통해 『님의沈默』의 사상적 뿌리와 문학사적 의의가 새로운 각도에서 보여지기를 기대한다.

Ⅱ. 유식론의 대강大綱

『님의沈默』의 '나'의 자기훈습과 공업사상을 살펴보기 위해 유식론의 대강을 알아보면 다음과 같다[5].

---

4) 오형근『유식학 입문』불광출판부. 1992. 203면
5) 오형근의『유식학 입문』을 중심으로『유식철학』(김동화),『불교의 심층심리』(태전구기太田久紀),『유식철학』(횡산굉일橫山紘一),『유식강요』(가등지준),『유식의 구조』

유식론은 인간의 삶은 마음이 주체가 되어 창조된다는 대승적인 사상이며 동시에 심성을 밑바닥까지 파헤친 심리학으로, 그 사상의 핵심은, 1. 번뇌 속에서 선악에 윤회하는 중생을 설명하는 학설 2. 청정무구한 불성과 진여성眞如性을 설명하는 학설 3. 범부심凡夫心을 정화하는 보살도적 수행을 설명하는 학설 등 세 가지로 요약할 수 있다. 1. 2.는 자기훈습과, 3.은 공업사상과 연관지어 생각해 볼 수 있다.

유식론을 정착시킨 이는 인도의 무착(無着, Asanga)이다. 그는 당시에 유포되었던 『해밀심경』, 『십지경』, 『아비달마경』, 『능가경』 등의 대승경전을 접하면서 일체유심조一切唯心造요 만법유식萬法唯識이라는 진리를 깨닫게 되는데, 소승불교의 육식설에다 말나식과 아뢰야식을 보태어 팔식설八識說을 논리화했다.

중국의 유식론은 인도에서 전래된 이래 지론종, 섭론종, 법상종으로 전개된다. 지론종은 안, 이, 비, 설, 신, 의, 말나, 아뢰야식의 8종의 심체를 설하였는데, 이중 전7식은 망식妄識이고 아뢰야식만이 청정한 심체라고 보았다. 섭론종은 안, 이, 비, 설, 신, 의, 아타나, 아뢰야, 아마라식의 9종의 심체를 설하였는데, 이 중 전8식은 망식이고 아마라식만이 청정심체이며 진여성에 해당되는 것이라고 보았다. 현장이 문을 연 법상종은 안, 이, 비, 설, 신, 의, 말나, 아뢰야식의 8종의 심체를 설하였는데 이 중 전7식은 망식이고 아뢰야식은 그 자체가 번뇌를 야기하지는 않지만 말나식에 의해 집착된 상태에 있기 때문에 망식이라고 보았다.

이 중 법상종의 유식론이 널리 전파되어 중국불교에 영향을 끼쳤

(다케무라 마키오), 『중관불교와 유식불교』(일지) 등을 참고했다.

다. 한국의 유식론은 원측이 중국에 유학하여 지론종과 섭론종, 법상
종의 유식론을 종합적으로 연구하면서부터 크게 발전하였다. 원효도
각종 저술에서 유식론을 많이 인용하고 있다. 이러한 학풍은 고려조
까지 이어졌으나 조선조에 와서 침체기를 맞는다.

 지면관계로 전5식, 곧 오관을 통하여 직접적으로 객관계의 대상을
인식하는 안, 이, 비, 설, 신식에 대해서는 생략하고, 제6의식(이하 의
식)과 제7말나식(이하 말나식), 특히 제8아뢰야식(이하 아뢰야식)에
대해 중점적으로 알아보도록 하겠다.

 의식은 전5식에 의하여 식별되는 대상을 다시 확인해서 최종적으
로 판단하는 마음이다. 의식은 색깔, 소리, 냄새, 맛, 촉각의 대상을 전
5식보다 완전히 분별할 수 있다고 해서 분별의식이라고도 한다. 또
의식은 전5식에 가담해서 그 대상을 분별하므로 오구의식五俱意識, 객
관계와 상관없이 마음 안에서 단독으로 활동한다고 해서 독두의식獨
頭意識이라고도 한다.

 의식은 정화되어 청정심일 때는 마음과 물질계가 하나를 이루는 절
대경지(唯識無境)에 들기도 한다. 이 때의 의식을 정중의식定中意識이
라고도 한다. 의식은 물질과 정신계, 부정과 청정의 세계(有漏世界와
無漏世界)를 모두 대상으로 하여 인식하고 증득하기 때문에 광연의
식廣延意識이라고도 한다. 의식은 지, 정, 의, 상상력 등의 작용력을 갖
고 있어서 우리들의 생활에 중요한 역할을 하고 있다.

 그런데 이러한 의식을 산란케 하는 것은 말나식이다. 유가행파들은
수행과정에서 평소의 의식에서 나타나는 번뇌는 정화되었는데도 더
깊은 곳에는 근원적인 번뇌가 있다는 것을 알아내고 이를 말나식이
라고 했다. 말나식은 아뢰야식과 같이 윤회 도중이나 극한상황에서도

그 작용이 단절되지 않고 세밀하게 사량思量하므로 사량식이라고도 한다. 말나식은 아뢰야식을 대상으로 하여 사량하고 번뇌하게 된다. 여기서 사량은 아뢰야식의 참모습인 아공과 법공의 진리를 망각하고 아집과 법집이라는 번뇌를 일으키는 것을 의미한다.

말나식이 일으키는 네가지 근본번뇌는 아치我痴, 아견我見, 아만我慢, 아애我愛이다. 아치는 무아, 진아로서의 나에 대한 무지로, 여기서 치는 무명심, 전도심이다. 범부들이 무명심으로 발생하는 번뇌들을 루漏라 하는데 이는 누설, 유주留住, 누락의 뜻이 있다. 루가 정화되지 않으면 항상 유루심有漏心에 매인 행동을 하게 되므로 수행자들은 마음의 정화에 많은 노력을 한다. 아치가 일어나는 순간을 아집 또는 법집이라 하는데 아집, 법집이 없는 경지가 무아의 경지이다. 아견은 아치로 말마암은 망견으로 나라는 집념이 강화된 상태이고, 아만은 아견이 더욱 객관화된 것으로 자기만이 존귀하다는 태도이며, 아애는 자아에 대한 집착으로 진아를 망각하고 가아를 설정하여 고정적으로 탐심과 애착심을 일으키는 것이다.

말나식은 유복무기성有覆無記性, 곧 번뇌는 일으키지만 선악의 분별 기능이 없으므로 강력한 이숙인異熟因이 될 수 없고, 따라서 자신의 결과도 가져올 수 없다.

아뢰야식은 만물의 근본이 되고 창조자가 되는 것으로, Alaya는 장藏으로 번역되며 포장包藏, 함장含藏, 섭지攝持 등의 뜻을 지니고 있다. 아뢰야식 안의 무루종자無漏種子는 청정수행에 의해 훈습될 때까지, 곧 친인연親因緣과 증상연增上緣 등의 뭇 인연을 만날 때까지 아뢰야식의 실성인 진여성에 고요히 보존되어 있다. 또한 무루종자는 오염된 아뢰야식에 의존하지 않고 아뢰야식의 체성體性에 의존하여 보존된다.

아뢰야식의 현상은 유루식이지만 본래의 체성은 진여성, 불성이기 때문이다.

아뢰야식의 세 가지 모습은 자상自相, 과상果相, 인상因相이다. 자상은 아뢰야식 자체의 자성과 성능, 과상은 아뢰야식이 과보를 받는 결과의 모습, 인상은 아뢰야식이 모든 업력을 보존하면서 동시에 만물을 발생시키는 원인이 되는 것을 말한다.

아뢰야식의 자상은 총체이고 과상과 인상은 별체이다. 아뢰야식의 자체는 능장能藏, 소장所藏, 집장執藏으로 나뉘어 설명된다. 능장은 아뢰야식이 능히 모든 업력을 포섭하여 보존한다는 뜻이다. 업이란 안, 이, 비, 설, 신, 의, 말나식의 7식이 야기한 선행과 악행, 무기행無記行(선도 악도 아닌 행동) 등의 온갖 행동으로 이 업에는 반드시 그에 상응하는 과보를 불러올 업력이 있다고 하는데, 아뢰야식과 관계되는 업력들은 종자라고 부른다. 아뢰야식이 능장인 경우 종자는 소장이 된다. 소장은 아뢰야식이 수동적 입장에서 종자를 포섭함을 뜻한다. 집장은 아뢰야식이 말나식에 의해 집착되어진 데서 이름한다. 이 집장은 아뢰야식이 윤회의 주체로서 범부심이라는 것에 결정적인 뜻을 부여한다.

과상은 전생의 업력에 의해 초래되는 과보이다. 따라서 과보는 업력을 보존한 아뢰야식 내의 종자로부터 업인業因을 빌리지 않으면 성립될 수 없다. 자상이 말나식의 아집을 끊고 집장의執藏義가 없어진 뒤에도 자상 자체는 없어지지 않고 영원히 상속하는데 반해, 과상은 아뢰야식의 업력에 의해 받은 결과로서 한 세상만 살고 죽을 때에는 없어지게 된다. 아뢰야식은 본래 무복무기성無覆無記性이다. 곧 번뇌를 야기하지도 않고, 선성에도 악성에도 속하지 않는다는 뜻이다. 무기성

이어야 선보와 악보를 받을 종자를 공정하게 보존할 수 있게 된다.

아뢰야식의 세 번째 모습인 인상은 모든 업력을 보존하며 동시에 만물을 발생시키는 원인이 되는 것이다. 아뢰야식은 과보를 받는 총체라는 뜻에서 과보식이라고도 한다. 아뢰야식에 의지하여 전7식과 육근六根이 생기며 출생 후에도 이에 의지하여 생활하게 된다. 따라서 아뢰야식을 근본식이라고도 한다. 아뢰야식이 과보체를 출생하는 내용은 인능변因能變과 과능변果能變으로 크게 나눌 수 있다. 인능변은 업인이 능히 변천한다는 뜻으로 모든 중생이 과보를 받을 때 그 업인이 어떻게 변화하여 과보가 발생하는가를 소상히 알려주는 학설이다. 예컨대 부모는 연이 되고 아뢰야식은 업력과 함께 인이 되며 인과 연이 합해서 태아라는 과보가 생겨난다.

인의 내용은 등류습기等流習氣와 이숙습기異熟習氣로 크게 나뉜다. 등류습기는 선인은 선과를 받고 악인은 악과를 받게 하는 것으로 친인연종자親因緣種子라고도 한다. 이숙습기라는 업력은 반드시 인과 과가 동일하게 성립하지 않고, 오히려 다르게 성립되게 하는 업력이다. 악업의 업력을 지녔더라도 선행을 많이 하면 선과를 초래할 수 있는 인과의 도리를 말한다. 이숙습기는 전6식의 활동에 의해 조정되는 업력이다. 이는 전6식의 업력이 선, 악, 무기 등 삼성三性에 통하고 선악의 훈습熏習력이 가장 강하기 때문이다. 그러므로 전6식은 이숙습기로서 증상연이 될 수 있어서 분별훈습종자라고도 한다.

과능변은 업력에 의해 생겨난 현재의 과보를 뜻한다. 곧 인능변은 내적인 원인론인데 반해 과능변은 외적인 결과로서 인간의 형체를 구성해 나아가는 외부의 변화를 뜻한다. 과능변은 다시 능변能變과 소변所變으로 나뉜다. 능변은 창조하는 입장인 능조자能造者, 소변은 창조되어지는 피조물을 뜻한다. 이러한 능소의 관계는 자기업력(自業)이 자신을 창조(自得)한다는 것을 설명한 것이다.

아뢰야식에 보존된 종자가 서로 인과 연이 되어 먼저의 종자가 다른 종자로 변화되는 것을 종자생종자種子生種子라고 한다. 그러므로 아뢰야식은 인간의 의식과 육체를 새롭게 발전시키는 원동력이 된다. 아뢰야식에 보존된 업력이 새로운 연을 만나 즉시 칠전식七轉識의 활동과 육체의 새로운 행위로 나타나는 것을 종자생현행種子生現行이라고 한다. 즉 아뢰야식 내의 종자는 인간의 현재 행동과 여러 가지 상황을 발생시킨다는 뜻이다. 이때 종자는 인이 되고, 인간 내부와 주위 환경은 연이 되고, 현재의 행동과 새로 발생한 상태는 결과가 된다. 이 결과인 행위는 다시 원인을 조성하는 내용이 된다. 곧 인간의 정신생활과 육체의 행위는 결과임과 동시에 자신의 아뢰야식 내에 종자를 훈습한다는 것이다. 훈습은 조성해서 보존시킨다는 뜻이다. 대승적 인과응보사상은 현재의 생활 속에서 인과가 시시각각으로 성립되고 전개되며 찰나 찰나에 업력을 조성하고 동시에 과보를 받게 된다는 인과동시의 사상이며 찰나인과사상이다.

종자에는 내종內種과 외종外種이 있는데, 내종은 아뢰야식 안에 있는 종자를 말하고, 외종은 아뢰야식에서 발생한 공종자共種子를 의미한다. 그러나 자연계의 외종을 비롯한 모든 사물은 아뢰야식 안에 있는 공종자에 의해 변현變現되고 발생하기 때문에 아뢰야식과 관계가 있다. 모든 사물은 인간의 정신과 떨어져서 존재하는 것이 아니다. 그렇지만 공종자는 중생과 더불어 공동으로 이용하는 사물과 환경을 발생하는 종자이기 때문에 실종자는 아니다. 따라서 공종자는 증상연은 될 수 있어도 직접 결과를 발생시키는 친인연은 될 수 없다. 쉽게 말해 공종자는 마음에 의하여 유지되는 공동사회와 공유물을 창조하는 종자이다. 마음에 의하여 유지되는 업력과 종자는 스스로의 몸을 포함한 공동의 사회까지 유지시킬 수 있어야 만법은 유식이라는 논리가 성립될 수 있는 것이다.

공종자와 맥을 같이 하는 것이 공업共業이다. 아뢰야식이 인간의 모든 내용을 형성할 수 있는 전체 업력을 지니고 이 세상에 태어났다고 해서 총보總報라고 하고 칠전식과 육체의 각 형성 부분은 별보別報라고 하는데, 이때 업력이란 자신의 몸과 마음만 발생시키는 것이 아니라 자신이 사는 세계도 창조한다. 이것은 곧 자신이 사는 세상을 유지시키는 업력을 발생하면서 태어난 것을 의미한다. 이 업력이 바로 그 사회를 공동으로 유지시키는 공업이다. 만약 공업력이 약화되면 그 사회나 자연계는 고통세계가 될 것이다. 모든 생태계는 뭇 생명체가 내뿜는 공업력에 의해 유지된다. 따라서 뭇 생명체의 행위는 자신에게만 한하는 업력이 아니라 사회 모두에게 영향을 끼치는 업력으로 나타나게 된다. 한 사람의 마음과 육체를 청정하게 하는 데는 연이 되는 사회나 가정, 자연계가 지대한 역할을 한다.

이상으로 소략하게 유식론의 대강을 살펴보았다.

Ⅲ. 『님의沈默』의 유식론적 해석

1. 예비적 고찰

한용운이 35세 때인 1914년에 범어사에서 대장경을 열람하고 이를 간추려 간행한 『불교대전』은 그가 참선에만 치우치지 않고 교학에도 깊은 관심을 가졌음을 보여주는 좋은 증거이다. 또 불교의 일파적 이해가 아닌 총체적 이해를 가능하게 했던 일이기도 하다. 『불교대전』의 인용경론 중 유식론의 소의경론에 해당하는 것으로는 『입능가경』, 『해심밀경』, 『화엄경』, 『대승장엄경론』, 『섭대승론』, 『십지론』, 『아비달마집론』, 『유가사지론』, 『유식론』, 『현양성교론』 등을 들 수 있다[6]. 번거로움을 피하기 위해 『불교대전』의 첫머리를 살펴보자.

佛이 言하시대 善男子아 譬컨대 貧家에 珍寶가 有하되, 寶가 能히 我가 此에 在하다 自言치 못하난지라, 旣自知치 못하고 又語者가 無하면 能히 此寶藏을 開發치 못하나니 一切衆生도 亦復如是하야 如來大法寶藏이 其身內에 在하되 不聞不知하고 五慾에 耽惑하야 生死에 輪回하야 受苦 無量이라 是故로 諸佛이 世에 出與하사 衆生身內에 如來藏이 有함을 觀하시고 諸菩薩을 爲하사 此法을 說하시니라[7]

한용운은 방대한 불교경론의 발췌집인 『불교대전』에서 부처님이

---

6) 『한용운 전집』(이하 『전집』) 3권 신구문화사, 1980. 22~27면 참조.
7) 한용운 『불교대전』 제1서품 「경을 설하는 유치」 참조.

경전을 설하는 이유를 중생이 그들 안에 지닌 여래장, 곧 부처가 될 수 있는 가능인자(불성, 진여성, 무루종자)를 알지 못하고 오욕에 탐혹하여 생사윤회하는 것을 깨우쳐 주려는 것이라고 하고 있는데, 이것은 유식론과 관련지어 볼 때 주목을 요한다. 여래장은 일체중생 개유불성一切衆生皆有佛性의 근거가 되는 것으로 아뢰야식의 체성에 온존해 있다고 한다[8]. 이 머리말만으로도 한용운의 유식론에 대한 깊은 이해와 관심, 친연성을 충분히 짐작할 수 있다. 유식론에 대한 그의 관심은 1918년에 발간한 《惟心》 창간호의 시 「心」에서도 뚜렷이 나타난다.

> 心은 心이니라./心만 心이 아니라 非心도 心이니, 心외에는 何物도 無하니라/生도 心이요, 死도 心이니라./無窮花도 心이요, 薔薇花도 心이니라…중략…心이 生하면 萬有가 起하고, 心이 息하면 一空도 無하니라./心은 無의 實在요, 有의 眞空이니라…중략…金剛山의 上峰에는 魚鰕의 化石이 有하고, 大西洋의 海底에는 噴火口가 有하니라./心은 何時라도 何事 何物에라도 心 自體뿐이니라./心은 絶對며 自由며 萬能이니라.

이러한 한용운의 유심론적 세계관이 만법유식 심외무경萬法唯識心外無境의 유식론과 같은 뿌리임은 두말할 나위가 없는 것이다. 일체유심조임을 깨닫고 진공眞空에 들어 묘유妙有가 되려는 것이다. 유식론은 본질적으로 반야공사상을 수용한 것이다. 번뇌의 먹구름에 가린 나에게서 벗어날 때 나의 마음은 진공이 되고, 묘유(참자유인)가 되는 것

---

8) 오형근『유식학 입문』28, 29면 참조.

이다. 이러한 진공에 이르기 위해서 유식론에서는 아뢰야식까지 밝히려는 자기훈습이 끝없이 행해진다.

그런데 이 시에는 진공에 이르려는 자기훈습뿐 아니라 역사, 현실에 대한 관심이 나타나 있어서 주목을 끈다. '무궁화', '금강산'이 그것인데 이러한 관심은 유식론의 공업사상으로 이해될 수 있는 것이다. 나의 어둠뿐 아니라 중생과 사바세계의 어둠에도 반응하는 것이 대승적 수행자의 태도이다. 자기훈습과 공업사상은 『님의沈默』의 유식론적 이해의 두 축이 된다.

또 그는 확암선사의 「십우도송」에 차운하여 「차확암십우송운次廓嚴十牛頌韻」을 지었는데 심우尋牛, 견적見跡, 견우見牛, 득우得牛, 목우牧牛, 기우귀가騎牛歸家, 망우존인忘牛存人, 인우구망人牛俱忘, 반본환원返本還源까지가 자기훈습에 의한 참나찾기라면, 마지막 입전수수入廛垂手는 시중에 들어 중생들과 차별없이 어울려 사는 것이니 참다운 보살행의 실천으로 공업사상과 연관되는 것이라고 할 수 있다[9]. 자기훈습은 상구보리로 진공묘유를 지향하는 것이고, 공업사상은 하화중생으로 정토구현을 지향하는 것이다. 그가 자신의 거처명을 심우장尋牛莊이라 한 것도 의미하는 바가 크다.

한용운의 논설 중에서도 유식론과 연관지을 만한 것들을 쉽게 발견할 수 있다.

① 마음은 대개 虛靈하여서 조금도 有가 없지마는 실로 만법을 구비하여서 하나도 갖추지 아니한 것이 없다.…망념을 물리치고자 하는 그

---

9) 『전집』1권, 233~236면 참조.

생각이 도리어 망념이 되어서 망념을 제하지 못할 뿐 아니라 망념을
더하게 되는 것이요…話頭에 의하여 疑情을 일으키고 의정에 의하
여 망념을 제하고, 망념의 제거에 의하여 心識이 통일되고, 심식의
통일에 의하여 心體가 自明하느니…[10)

② 자아라는 것은 신체만을 가리키는 것이 아니요, 육체와 정신을 통괄
주재하는 心을 가리키는 말이다. 그렇다고 육체는 자아가 아니라는
것은 아니다. 심이 자아인 이상 자아는 무한적으로 확대 외연할 수
있느니…자아를 확대 연장하여 부모 처자에 미치고, 사회 국가에 미
치고, 내지 전 우주를 관통하여 山河大地가 다 자아가 되고, 일체중
생이 다 자아에 속하느니 구구한 육척의 몸으로 자아를 삼는 것이
어찌 오류가 아니리요[11).

만법을 구비하고 있는 허령한 마음은 아공과 법공의 진리를 지니고
있는 인간 본래의 마음, 곧 자성 · 진여성을 지닌 마음이라고 할 수 있
다. 이러한 마음을 유지하려면 일체의 집착과 분별에서 벗어나야 한
다. 그런데 중생들은 아집과 법집에 싸여 이러한 자성을 회복하지 못
하고 있다. 집착에서 벗어나려는 노력이 또한 집착이 되어 자기를 괴
롭히고 있다. 이는 말나식의 자기집착에 원인이 있다. 자기집착은 수
행자에게 공집空執으로 이어진다. 이러한 공집을 벗어나려면 고요히
심식을 통일하여 심체를 밝히는 길밖에 없다[12). 이러한 심체 밝히기,
곧 자기훈습에 의하여 자아는 진공에 이를 수 있다.

---

10) 『전집』 2권 312, 313면 참조.
11) 『전집』 2권 321, 322면 참조.
12) 『전집』 2권 54면 참조.

이러한 자기훈습은 이어서 공업사상으로 이어진다 공업사상은 보살심의 또 다른 발현이다. 천지가 동근同根이고 중생과 나가 둘이 아님을 깨달을 때 중생이 사는 세계, 곧 국가사회나 산하대지와 같은 공종자들에 대한 관심은 자연스러운 것일 수밖에 없다. 더구나 그 세계가 고통스러운 것일 때 중생들에게 동체대비심으로 다가가는 것은 수행자로서 마땅한 태도라고 할 수 있다. 한용운이 산 시대는 암흑시대였다. 그는 진공묘유의 금강심金剛心과 동체대비의 보살심으로 민족에게 다가가 등불이 되고 위안이 되어주려 한다. 이것은 그가 국가사회와 민족과 나는 공업적 존재들이라는 자각에 입각한 것이었다고 할 수 있다.

다음으로 한용운의 시에 관한 연구 중 유식론과 연관지을 만한 것은 필자가 조사하기로 세 편 뿐인데, 그 중 두 편은 지극한 단편적인 언급이고, 나머지 한 편도 우리의 기대를 만족시켜주는 것이라고는 보기 어렵다.

① 그는 불교교학의 과학 이상의 탐험의 덕으로 일찌감치 阿賴耶識이 란 이름으로 이름 붙여진 프로이드의 잠재의식에 해당되는 것을 다 가진 채 佛의 앞에 있기는 한다. 그러나 그는 프로이드와 같은 주장을 내세울 만큼 처녀적 수집음에서 면제되어 있지는 않다[13].

② 그의 시 「秘密」이 보여주듯이 스스로를 조금도 숨김 없이 환히 드러내놓는 그 천진성이 있었기 때문이다. 이 점은 불교의 阿賴耶識과 연결시켜 자기의 근거를 더듬는 자기탐구이기도 하지만 논할 수 없

---

13) 서정주 「만해 한용운 선사」, 《사상계》 113호 244면.

어 다음 기회로 미룬다[14].

③ '맨츰에만남 님과님'은 無始 이래로 중생이 자기 몸 안에 지니고 있
는 깨달음의 본성인 如來藏이다. 그러나 중생이 자기가 여래장을 지
니고 있음을 깨닫지 못하면, 무명 속에 얽히게 되고 님인 眞如와 이
별하게 된다. 그러므로 다른 님이란 모두 相이 다를 뿐이며 님의 본
성은 오직 중생이 지닌 여래장이 있을 뿐이다[15].

「秘密」이 아뢰야식과 연관된 시라는 서정주의 지적은 날카로운 것
으로, 이것은 그의 평소의 불교 공부 때문이었다고 생각된다. 그러나
그는 아뢰야식에 의한 구체적인 시 해명을 유보하고 만다. 이러한 태
도는 정재관에게도 이어진다. 자기 한계를 인정하면서 다음 기회로
미루고 만다.

이에 비해 한 편에 불과하지만 송욱의 「最初의님」의 해명은 유식론
에 의한 본격적인 연구 태도를 보이고 있다. 그는 이 시의 해명에 아
뢰야식의 깨달음의 본체인 여래장 개념을 도입하고 있다. 그는 '맨츰
에만난 님과님'은 중생이 자기 몸 안에 지니고 있는 깨달음의 본성인
여래장이라 하고, 이어서 중생과 여래장은 깨달으면 만나게 되고 무
명에 가려지면 이별하게 된다고 한다. '遺傳性의 痕迹'도 여래장을 가
리킨 것이라고 하며 이 시는 모든 중생이 자기 몸 안에 지닌 여래장을
깨닫고 사회가 구제되는 때를 염원하는 시라고 보고 있다.

송욱의 이러한 유식론적 해석은 『님의沈黙』의 다른 시편들의 해석

---

14) 정재관「침묵과 언어」《마산교대 논문집》5권 1호, 31면.
15) 송 욱 『님의 沈黙』 전편해설, 일지사, 289~291면 참조.

에서 보인 지나친 공안公案적 해석보다는 훨씬 설득력을 보이고 있다. 그러나 이 시 한 편에 그친 것이 아쉽다.

마지막으로 『님의沈默』을 화자인 '나'(이하 나 혹은 내)의 자기훈습과 공업사상의 전개과정으로 본다면 그 전제로 이러한 나의 실상 파악과 이 시집의 연작성에 대한 규명이 있어야 할 것이다. 이 시집의 서문인 「군말」을 보면 "衆生이 釋迦의님이라면 哲學은 칸트의님이다 薔薇花의님이 봄비라면 마시니의님은 伊太利"라고 하면서 '긔룬것은 다님'이라고 선언한다. 이러한 '나'(한용운)는 님과 서로 사랑하는 관계라고 하면서 "해저문벌판에서 도러가는길을일코헤메는 어린양이 긔루어서 이詩를쓴다"고 한다.

위의 내용을 다시 정리해 보면 먼저 '님'군과 '나'군으로 나눌 수 있는데, '님'군은 중생, 철학, 봄비, 이태리, 어린양이고, '나'군은 석가, 칸트, 장미화, 마시니이다. 그런데 '어린양'은 길잃은 우리 민족으로 보면 '님'군에 속하겠지만, 나라 잃은 백성이자 아직 무명을 벗지 못하고 수행하는 한용운 자신으로 본다면 '나'군에 속할 수 있다. 따라서 「군말」의 '나'는 석가적인 나, 칸트적인 나, 장미화적인 나, 마시니적인 나, 어린 양적인 나의 총화라고 할 수 있다. 본시편 88편의 화자인 나는 이러한 「군말」의 '나'(한용운)의 다양한 전개양태로서 수행자인 나, 지사인 나, 시인인 나, 혁신적 지식인인 나, 중생 · 식민지민인 나의 모습을 보여주고 있다.

『님의沈默』은 님의 문학이라기보다 나의 문학이다. 나에 의하여 이 시집은 진행된다. 나에 의하여 님도 창조되는 것이다. 곧 나는 창조하는 입장인 능변能變이고 님(혹은 당신)은 피조물인 소변所變이라고 할 수 있다.

나는 시집 전반에 걸쳐 참나찾기에 몰두한다. 이러한 태도는 유식론의 자기훈습과 직결되는 것으로, 나의 부단한 자기인식 행위는 곧 아뢰야식 안에 숨어있는 심층의 자기를 훈습하여 현상의 나와의 이별을 극복하려는 노력이라고 할 수 있다. 이러한 부단한 노력의 과정이 이 시집에 연작성을 부여하며 존재론적 드라마를 연출하게 한다.

『님의 沈默』의 나는 극한상황을 만나 본래의 남성성을 유지하지 못하고 심층에 잠재해 있는 여성적 자아인 Anima에 의지해 위기를 넘어가려고 한다. 『님의 沈默』의 대다수의 시편들이 여성적 목소리를 내는 것은 이런 이유이다.

나는 이런 과정을 거쳐 중심 원형으로 인격 통합의 주체인 Self, 곧 참나에 도달하려고 한다. 나는 실의와 슬픔, 좌절 가운데서도 신념과 희망, 대비심을 갖기도 하고, 다시 그 역에 처하기도 한다. 그러나 나는 어떠한 역경에서도 끝내 좌절하지 않고 새벽과 대낮을 향해 나아간다.

나는 지, 정, 의, 신의 종합적 정신활동에 의해 진, 선, 미, 성을 추구하는 가치지향적 존재로서 어두운 시대의 소외자이기도 하고, 불요불굴의 지사이기도 하고, 이상미를 추구하는 예술가이기도 하고, 이 모든 것을 껴안아 꽃피우는 불보살이기도 하고, 무명세계를 헤매는 한낱 번뇌중생이기도 하다[16]. 이에 맞추어 님도 나의 상위적 존재인 부처, 참나, 정토이기도 하고, 하위적 존재인 무명중생, 실의에 빠진 민족이나 조국, 방황하는 나이기도 하다.

---

16) 윤석성 『한용운 시의 비평적 연구』, 열린불교, 1991. 5,12,53,54,56,97,98,168,169면 참조.

이러한 나는 나의 삶의 공간이 본래성을 잃고 어둠에 싸여 있음을
직시한다. 나는 이러한 공간을 떠나서는 정토를 구현할 수 없다는 것
을 확실히 알기에 온갖 어려움을 겪으면서도 이 공간에 사랑의 세계
를 완성하려고 한다. 이러한 태도는 유식론의 공업사상과 연결된다.

88편의 나가 한용운의 시적 자아임은 이 시집의 발문인「讀者에게」
의 "여러분이 나의시를읽을때에 나를슬어하고 스스로슬어할줄을 압
니다"에 뚜렷이 나타나 있다. 곧 88편의 시의 화자가 자신임을 고백
하면서 극한상황에 처해 방황하고 고뇌하는 자신을 슬퍼해 달라고 하
고 있다. 이러한 한용운의 시적 자아인 88편의 나에 의해 이 시집은
연작성이 증명되는 것이다.

2. 자기훈습

유식론에 의하면 인간의 정신생활과 육체의 행위는 아뢰야식의 종
자에 의해 실현되는 것으로, 실현되는 정신과 육체의 행위는 결과임
과 동시에 다시 종자가 되어 아뢰야식 안에 보존된다고 하는데, 이를
현행훈종자現行熏種子라고 한다. 즉 현재의 행동은 종자를 훈습, 곧 조
성해서 아뢰야식에 보존시킨다는 것이다. 훈습설에 의하면 제팔식諸
八識의 활동은 훈습 아닌 것이 없으므로, 훈습은 종자와 업을 조성하는
산모 역할을 한다고 본다[17].

연구자는 『님의沈默』의 화자인 나의 자기인식 행위가 이러한 훈습

---

17) 오형근『유식학 입문』241면 참조.

에 해당한다고 보고 실제 시편들을 통해서 확인해 보려고 한다.

「리별은美의創造」로 본격적인 참나찾기의 문을 연 나의 훈습행위
는「쑴쌔고서」에서 그 모습을 뚜렷이 드러낸다.」

　　님이며는 나를사랑하런마는 밤마다 문밧게와서 발자최소리만내이
　고 한번도 드러오지아니하고 도로가니 그것이 사랑인가요
　　그러나 나는 발자최나마 님의문밧게 가본적이업슴니다
　　아마 사랑은 님에게만 잇나버요

　　아々 발자최소리나 아니더면 쑴이나 아니쌔엿스런마는
　　쑴은 님을차저가랴고 구름을탓섯서요
　　　　　　　　　　-「쑴쌔고서」 전문-

님은 밤마다 나의 문밖에 와서 발자취 소리만 내고 그냥 돌아간다.
나도 밤마다 꿈 속에서 님을 찾아가지만 만나지 못한다. 이것은 나의
마음이 무명에 가려 님(자성, 진여성)을 보지 못하는 안타까움을 시
화한 것이다. 자성은 본래 내 것이었지만 무명에 가려서 나는 이것을
보지 못한다. 삼라만상은 늘 청정법신으로 주위에 펼쳐져 있지만 나
는 이것을 보지 못한다. 이런 관계를 님은 늘 나에게 다가오지만 나는
님에게 다가갈 수 없다고 말하는 것이다. 님은 밤마다 나에게 다가와
기척을 하면서 자신을 바로 보라고 하지만, 나는 꿈 곧 전도몽상에 의
해서 님을 만나보려고 하는 것이다. 나는 번뇌장煩惱障과 소지장所知障
에 매여 견성見性하지 못하고 님에 대해 맹목적인 사랑만을 퍼붓고 있
으니 참된 사랑은 님에게만 있는 셈이다.

그러나 나는 님을 잊지 못하고 님 찾기를 계속한다. 곧 나의 자기훈
습은 계속되는 것이다. 그러나 참나는 썩 드러나지 않는다.

> 당신의얼골은 달도아니언만
> 산넘고 물넘어 나의마음을 비침니다
>
> 나의손ㅅ길은 웨그리쩔너서
> 눈압헤보이는 당신의가슴을 못만지나요
>   …중략…
> 뉘라서 사다리를쎄고 배를쌔트렷슴닛가
> 나는 보석으로 사다리노코 진주로 배모아요
> 오시라도 길이막혀서 못오시는 당신이 긔루어요
>   – 「길이막혀」에서 –

자성은 그대로 있다. 그런데 무명에 가려진 나는 보름달처럼 밝게
빛을 내면서 나를 기다리는 님인 자성을 보지 못한다. 이것을 나의 손
길이 짧아서 눈 앞에 보이는 님의 가슴을 못 만진다고 표현하고 있다.
나는 님과 나를 만나게 해 줄 사다리와 배가 없는 것을 원망하지만,
정작 사다리를 떼고 배를 깨뜨린 것이 무명에 가린 자기 자신임을 알
지 못하고 있다.

무명은 아치를 낳고, 아치는 아집을 불러오고, 아집은 다시 아견을
불러 온다. 내가 아견에 빠진 것은 근본적으로 내가 아뢰야식 안에 저
장된 집장執障을 제거하지 못했기 때문이다. 나는 이러한 집장을 제거
하기 위하여 내밀한 심층의식 세계를 탐험하기로 한다.

나의 秘密은 눈물을것처서 당신의視覺으로 드러갓슴니다
나의秘密은 한숨을것처서 당신의聽覺으로 드러갓슴니다
나의秘密은 썰니는가슴을것처서 당신의 觸覺으로 드러갓슴니다
그밧긔秘密은 한쏘각붉은마음이 되야서 당신의꿈으로 드러갓슴니
다
그리고 마지막秘密은 하나잇슴니다 그러나 그秘密은 소리업는 매아
리와가터서 表現할수가 업슴니다
- 「秘密」에서 -

수행자인 나에게 비밀이 있을 수가 없다. 더구나 거짓나를 이별하
고 참나(님)가 되려고 하는 나는 나에게 비밀이 있을 수가 없다. 나의
눈물, 한숨, 떨리는 가슴은 전5식에 의해 나에게 감지된다. 곧 나는 나
에게 누설되고 있는 것이다. 마음 속 깊이 묻어두었던 '한쏘각붉은마
음'마저도 나에게는 비밀일 수 없다. 의식은 정화되어 청정심일 때는
유식무경에 들게 되기도 하지만[18], 그렇지 못할 경우 분별기능이 강
하여 인간의 자성 회복에 가장 까다로운 장애물이 되기도 한다. 일편
단심은 윤리적으로 존숭받을 것이기도 하겠지만, 달리 보면 세간심의
한계를 벗어나지 못한 집착심일 수도 있다. 이러한 세간심은 나의 근
본을 밝힐 수는 없다.
따라서 나는 나의 근본심인 아뢰야식에 관심을 갖는 것이다. 그러
나 아뢰야식은 비밀이 아닐 수 없다. 아뢰야식은 밝히기도 매우 어렵
거니와 밝혔다고 해도 표현하기가 또한 어려운 것이다. 아뢰야식의
이러한 비밀성을 소리없는 메아리와 같아서 표현할 수가 없다고 한

18) 상게서 56면 참조.

것이다. 「秘密」은 유식론의 8식설을 시화한 것으로 그 가치가 크다고
할 것이다.

이러한 나의 자기훈습은 다음 시에서 진일보의 경지를 보인다.

> 사랑을「사랑」이라고하면 발써 사랑은아닙니다
> 사랑을 이름지을만한 말이나글이 어데잇슴닛가
> 　　…중략…
> 그나라는 國境이업슴니다 壽命은 時間이아님니다
> 사랑의存在는 님의눈과 님의마음도 알지못합니다
> 사랑의秘密은 다만 님의手巾에 繡놓는 바늘과 님의심으신 쏫나무와
> 님의잠과 詩人의想像과 그들만이 암니다
> 　　　　　　-「사랑의存在」에서-

　표현할 수 있는 사랑은 사랑이 아니다. 표현할 수 있는 깨달음은 깨
달음이 아니다. 심심상인心心相印일 뿐이다. 시간과 공간을 초월한 사
랑은 '눈'(전오식)과 '마음'(의식과 의식의 의근意根이 되는 말나식)으
로는 알지 못한다. 이러한 사랑의 비밀은 님의 수건에 수놓는(참나가
되기 위해 훈습하는) 바늘과, 여여如如하게 꽃피는 나무와, 무한광대
의 심층의식이 활동하는 잠 속 세계와, 남이 못 보는 세계를 보는 탁
월한 시인의 상상력만이 알 수 있다.

　나의 사랑은 나와 나가 가상과 실상으로 분리되지 않고 참나로 합
일, 재회할 때 성취되는 것이다. 이 때의 사랑은 아뢰야식이 염오식
(染汚識, 탁식濁識)이 아닌 청정식, 무구식無垢識의 단계 곧, 사지四智와

불성을 구비한 아마라식[19]의단계에서 증득될 수 있는 것이다.

나는 이런 단계에 이르기 위해 자기훈습을 계속한다.

　　비는 가장큰權威를가지고 가장조흔機會를줍니다

　　비는 해를가리고 하늘을가리고 세상사람의눈을 가림니다

　　그러나 비는 번개와무지개를 가리지안슴니다

　　나는 번개가되야 무지개를타고 당신에게가서 사랑의팔에 감기고자

함니다

　　비오는날 가만히가서 당신의沈默을 가저온대도 당신의主人은 알수

가업슴니다

　　　　　　　　　　　-「비」에서-

비가 와서 번거로움이 차단된 때는 님(참나, 진여, 자성)과 만날 좋은 기회가 된다. 비는 이목을 현혹시키는 자연물들과 아집에 싸인 세인들을 가려 준다. 이런 때에 나는 훈습에 몰두하여 가장 깊은 지혜인 침묵을 터득하려고 한다. 침묵은 거짓나가 참나를 만난 무아의 경지로 표현할 수 없는 높은 경지이다. 나는 비오는 날 마음 속으로 깊이 들어가 참나를 만나 그 팔에 안기려고 한다. 이 시의 '침묵'은 아뢰야식의 체성에 보존되어 있는 여래장(진여성, 불성, 무루종자)을 뜻하는 것이라고 볼 수 있다. 이 시도 심층의 아뢰야식에 온존해 있는 자성을 발견하려는 나의 자기훈습이 잘 나타나 있다.

---

19) 사지四智와 불성佛性을 구비한 심식心識, 상게서 199면 참조.

　　나는 참나를 찾기 위해 적극적 이별을 감행하기도 하고[20], 희망과 기대 뒤의 실의와 좌절에 빠지기도 하지만[21], 보름달과 같은 자성을 지닌 나, 곧 대원경지大圓鏡智를 지닌 나가 되기 위해 정진을 계속하고 있다[22]. 이런 태도는 인과율에 대한 확신으로 나타나기도 하면서[23] 적극적인 모습을 보여주게 된다.

　　　맨츰에맛난 님과님은 누구이며 어늬째인가요
　　　맨츰에리별한 님과님은 누구이며 어늬째인가요
　　　맨츰에맛난 님과님이 맨츰으로 리별하얏슴닛가 다른님과님이 맨츰
　　으로 리별하얏슴닛가

　　　나는 맨츰에맛난 님과님이 맨츰으로 리별한줄로 암니다
　　　맛나고 리별이업는것은 님이아니라 나임니다
　　　리별하고 맛나지안는것은 님이아니라 길가는사람임니다
　　　우리들은 님에대하야 맛날째에 리별을넘녀하고 리별할째에 맛남을
　　귀약함니다
　　　그것은 맨츰에맛난 님과님이 다시리별한 遺傳性의痕跡임니다
　　　　　　　　　-「最初의님」에서-

　　유식론에 의하면, 태초에 인간은 청정무구한 자성을 지니고 태어났다고 한다. 그런데 점차 무명의 먹구름에 싸이게 되면서 자성을 잃고

20)「참아주서요」참조.
21)「거짓리별」참조.
22)「달을보며」참조.
23)「因果律」참조.

번뇌 속에서 살다가 죽게 된다는 것이다. 이런 상태가 대대로 유전되면서 인간의 마음은 갈수록 더 짙은 먹구름에 싸이게 된다.

다시 유식론에 의해 이 시를 해석해 보면, '맴츰에맞난 님과님'은 자기동일성, 곧 자성을 지니고 태어난 최초의 인간이라고 할 수 있고, '맴츰에리별한 님과님'은 자성을 상실하고 번뇌의 삶을 살다간 최초의 인간이라고 할 수 있다. 그런데 나는 '맴츰에맞난 님과님'과 '맴츰에리별한 님과님'을 동일인으로 보고 있다. 그 근거가 "나는 맴츰에맞난 님과님이 맴츰에 리별한줄로 암니다"이다. 아뢰야식은 인간으로 태어나게 하는 최초의 생명체이며 근원식인데 이 아뢰야식이 곧 순수성을 잃고 오염되었다고 보고 있는 것이다.

그러나 나는 이러한 먹구름을 뚫고 들어가면 아뢰야식 안에 청정한 자성이 온존해 있다는 것을 알고 있다. 따라서 나는 슬픔과 좌절 속에서도 자성을 회복해 여여한 존재가 되기 위해 자기훈습을 계속하는 것이다. 이러한 자기훈습은 다음 시에서 극치를 보인다.

> 나는 당신의옷을 다지어노앗습니다
> 심의도지코 도포도지코 자리옷도지엇습니다
> 지치아니한것은 적은주머니에 수놋는것쁜임니다
>
> 그주머니는 나의손째가 만히무덧습니다
> 짓다가노아두고 짓다가노아두고한 까닭임니다
> 다른사람들은 나의바느질솜씨가 업는줄로 알지마는 그러한비밀은
> 나밧게는 아는사람이 업습니다
> 나는 마음이 압흐고쓰린째에 주머니에 수를노흐랴면 나의마음은 수
> 놋는금실을싸러서 바늘구녕으로 드러가고 주머니속에서 맑은노래가

나와서 나의마음이됩니다

그러고 아즉 이세상에는 그주머니에 널만한 무슨보물이 업습니다

이적은주머니는 지키시려셔 지치못하는것이 아니라 지코십허서 다
지치안는것입니다

-「繡의秘密」 전문-

심의, 도포, 자리옷을 다 지어놓았다는 것은 전5식과 의식, 말나식
을 밝혀 번뇌의 근원을 어지간히 다스렸다는 뜻이다. 그러나 작은 주
머니에 수놓는 일을 완성하지 못했다는 것은 아뢰야식 안의 유루종자
를 무루종자로 바꿔 청정식으로 전환하는 일을 완성하지 못했다는 뜻
이다. 이 일은 오랜 기간에 걸친 수행이 요구되는 것이기에 꾸준한 노
력에도 불구하고 아직 완성에 이르지 못하고 있는 것이다.

이러한 훈습과정에서 나의 현행식現行識(7전식)은 바늘과 금실이 되
어 아뢰야식까지 침투하여 그 영역을 확대함으로써 조금씩 나는 참나
에 가까워지고 있다. 이런 내역을 이 시는 주머니 속에서 맑은 노래가
나와서 나의 마음이 된다고 표현하고 있다. 들어간 마음은 곧 7전식
이고, 노래가 되어 나오는 마음은 곧 자성에 가까워진 마음이라고 할
수 있다.

이러한 자기훈습은 '종자생현행種子生現行 현행훈종자現行熏種子 삼법
전전인과동시三法展轉因果同時'로 요약할 수 있다. 곧 자기가 자기에게 훈
습하여 자기를 만들어 간다. 숨은 자기가 나타난 자기가 되어 하나의
행위를 만들고, 그 행위가 다시 자기의 밑바닥에 훈습되어 가는 순환
양상이 자기의 실태이다[24].

24) 태전구기太田久紀 『불교의 심층심리』 정병조 역, 136~138면 참조.

이에 맞추어 위 시를 다시 해석해 보면, 주머니는 종자를 받아들이는 쪽으로 소훈所熏이 되며, 훈습을 받아들이는 자기(심층의 자기)이자 만물의 창조자인 아뢰야식이 된다. 바느질하는 나(훈습하는 자기)는 종자를 던져넣는 쪽이므로 능훈能熏이 된다. 훈습하는 나는 아뢰야식을 매개로 훈습을 받아들이는 나가 되며 동시에 훈습에 바탕을 두고 행위하는 나가 되는데, 이러한 과정이 찰나적으로 무한히 반복함으로써[25] 나의 수주머니는 완성되어 간다. 이때 나의 바느질은 현행이 되고, 수 한 땀 한 땀은 종자가 된다. 바느질은 한 땀 한 땀의 수를 주머니에 새겨 보존시키고(現行熏種子), 이러한 수의 땀들은 다시 바느질을 낳고(種子生現行), 아뢰야식 안에서 증장增長해서 서로 인과 연이 되어 또 다른 수의 땀들을 낳는다(種子生種子). 이러한 과정, 곧 수의 한 땀(종자)→바느질(현행)→수의 한 땀(종자)이 서로 인과 연이 되어 동시에 수행되고 끝없이 순환하면서 수의 완성에 다가가는 것이다.

이 과정은 전6식(바늘)이 조성한 이숙습기異熟習氣에 의해 참나(수주머니)라는 이숙과異熟果를 맺는 것이라고 할 수 있다. 곧 나의 자기훈습에 의해 염오식을 청정식(수주머니)으로 전환시킴으로써 참나에 조금씩 가까워지고 있는 것이다. 이러한 나의 자기훈습은 전식득지轉識得智의 과정이라고도 할 수 있고, '참나'에 대한 집요한 탐구라는 점에서 자기동일성 추구[26]로도 볼 수 있다.

그러나 아직 이 수주머니에는 넣을 만한 보물이 없다. 그 보물은 곧

---

25) 상게서 같은 면 참조.
26) 김준오 『시론』 18면 참조.

자성을 회복한 참나인데, 나는 아직 이 단계에 이르지 못하고 있는 것이다.

3. 공업사상

유아기의 체험이 의식의 심층에 감추어져 있다가 현재의 행동을 규제하는 큰 요인이 된다는 Freud의 주장은 유식론의 아뢰야식에 의해 쉽게 이해될 수 있다. 또 인간의식의 심층에는 집단무의식이 있다는 Jung의 분석심리학도 유식론의 공업이나 공상종자共相種子(공업에 의해 훈습된 종자)설에 의해 쉽게 이해될 수 있다[27].

그러나 이들의 학설은 그 연륜이나 깊이, 인간구제의 염원에 있어서 유식론의 상대가 될 수는 없는 것이다. 공업은 증상연增上緣이 되고 공상종자는 친인연親因緣이 되어 공변共變을 낳는다[28].

두루 아는 대로 한용운은 궁핍한 시대에 나서 불문에 들고 다시 동체대비심으로 중생과 민족, 조국에 다가갔던 인물이다. 이러한 그의 시에서 공업사상을 발견할 가능성은 매우 높은 것이다. 그의 작품에서 이를 확인해 보자.

> 타고남은재가 다시기름이됩니다 그칠줄을모르고타는 나의가슴은
> 누구의밤을지키는 약한등ㅅ불임닛가
> 　　　　　　-「알ㅅ수업서요」에서-

---

27) 다케무라 마키오 『유식의 구조』 정승석 역, 민족사, 82면 참조.
28) 가등지준加藤智遵 『유식강요』 87면 참조.

개인의 법열(自利)에만 머물지 않고 중생의 고통에 동참하는 것은 이타행이며, 대승적 보살 행의 실천이다. 이것은 이 세상은 뭇 생명체가 내뿜는 공업력에 의해 유지된다는 공업사상의 발로라고 할 수 있다. 이 세계는 너와 나 일개인에 의해 유지되는 것이 아니라 구성원 모두에 의해 유지된다. 곧 삼라만상은 공종자로서 나의 증상연이 되는 것이다. 이런 점에서 한 세계나 국가, 사회를 구성하는 모든 것들은 공동운명체가 되는 것이다.

이러한 공업사상은 불이사상으로 해석할 수 있다. 곧 세계와 나는 불이이니 세계가 고통스러우면 나도 고통스럽고, 내가 고통스러우면 세계도 고통스러운 것이다. 이러한 불이사상은 식민지 현실에 대한 부정으로 나타나기도 하고[29], 모세, 쟌다크와 같은 민족지도자에 대한 흠모로 나타나기도 하면서[30], 「나루ㅅ배와 行人」에 와서 한 봉우리를 이룬다.

  당신은 흙발로 나를 짓밟음니다
  나는 당신을안ㅅ고 물을건너감니다
  나는 당신을안으면 깁흐나 엿흐나 급한여울이나 건너감니다
  만일 당신이 아니오시면 나는 바람을쐬고 눈비를마지며 밤에서낫가
 지 당신을기다리고 잇슴니다
  당신은 물만건느면 나를 도러보지도안코 가심니다 그려

  그러나 당신이 언제든지 오실줄만은 아러요

---

29) 「가지마서요」 참조.
30) 「리별」 참조.

> 나는 당신을기다리면서 날마다ヶヶヶ 낡어감니다
> -「나룻배와行人」에서-

나는 무지한 행인이 가하는 온갖 수모를 고스란히 감내한다. 단지 감내하기만 하는 것이 아니라 무한히 사랑하면서 그들이 각성하기를 끈질기게 기다리고 있다. 이러한 인욕과 기다림은 나와 남이 둘이 아니라는 자타불이自他不二의 법문에 뿌리를 두고 있다.

나의 대상이 온전하지 못할 때 나도 온전할 수 없다. 나의 대비심과 정의심은 여기에 기인한다. 나는 무명중생이나 고난받는 동족에게 무심할 수 없다. 왜냐하면 그들과 나는 공업적 관계이기 때문이다. 나는 나의 온전한 삶을 성취하기 위해서도 그들의 삶을 성취시켜야 한다. 따라서 나는 그들에게 보상없는 사랑을 바치며 끈질기게 기다리고 있는 것이다.

이러한 나의 사랑에 의하여 세계나 국가, 사회는 가까스로 유지되고 있다. 그러나 바람직한 세계는 그 구성원 모두가 공업력을 내어 합심할 때 자연스럽게 유지될 수 있는 것이다. 나는 그러한 때를 기다리며 갖은 수모 속에서 정성을 다하고 있다. 이것은 기다림을 강조한 대중연의待衆緣義[31]의 시화라고도 할 수 있다.

나는 다수의 민족 구성원들이 자기 확신을 갖지 못하고, 심지어 나를 의심까지 하는 것을 질책하기도 하면서[32], 가혹한 현실 상황을 극복하기 위한 방편으로 공업적 관계를 확인해 나간다.

---

31) 종자가 가진 여섯 가지 성질(種子六義) 중 어떤 종자든 아뢰야식 안에 있으면 뭇 연緣을 기다리지 않으면 안 된다는 것
32) 「의심하지마서요」 참조.

　　당신이가신뒤로 나는 당신을이즐수가 업슴니다
　　까닭은 당신을위하나니보다 나를위함이 만슴니다

　　나는 갈고심을쌍이 업슴으로 秋收가업슴니다
　　저녁거리가업서서 조나감자를쑤러 이웃집에 갓더니 主人은 「거지
는 人格이업다 人格이업는사람은 生命이업다 너를도아주는것은 罪惡
이다」고 말하얏슴니다
　　그말을듣고 도러나올째에 쏘더지는눈물속에서 당신을보앗슴니다

　　나는 집도업고 다른까닭을겸하야 民籍이업슴이다
　　「民籍업는者는 人權이업다 人權이업는너에게 무슨貞操냐」하고 凌
辱하랴는將軍이 잇섯슴니다
　　그를抗拒한뒤에 남에게대한激憤이 스스로의슯음으로化하는剎那에
당신을보앗슴니다

　　아아 왼갓 倫理, 道德, 法律은 칼과黃金을祭祀지내는 煙氣인줄을 아
럿슴니다
　　永遠의사랑을 바들ㅅ가 人間歷史의첫페지에 잉크칠을할ㅅ가 술을
말실ㅅ가 망서릴째에 당신을 보앗슴니다
　　　　　　　－「당신을보앗슴니다」 전문－

　　나는 당신을 잊지 못하고 있다. 이는 나와 당신이 자타불이의 관계
이기 때문이다. 나는 나를 위해서 당신을 위한다. 곧 자리이타自利利他
인 것이다. 나와 당신은 공업적 관계이다. 따라서 나는 극한상황에 처
할수록 당신을 보게 된다. 무도한 시대의 칼과 황금, 곧 무력과 금력

이 가하는 견딜 수 없는 모욕을 감내하면서 나는 당신이 나와 더불어 이 어둡고 오염된 세계를 돌이켜 본래의 세계로 만들 공업적 존재임을 거듭 확인하게 된다.

이런 과정에서 나는 방황도 많이 하지만 이 세계(예토穢土)가 정토가 된다는 희망을 갖고 있기에 노력을 계속한다. 나는 두만강·백두산[33]과 금강산[34] 같은 산하대지가 우리들의 공종자임을 환기시키면서 예토인 현실 공간을 청정국토로 되돌리려는 의지를 다지고 있다. 이러한 희망과 의지를 가진 나는 가시밭길을 험하다고만 하지 않고 기쁨으로 받아들이기도 한다.

> 天地는 한보금자리오 萬有는 가튼小鳥입니다
> 나는 自然의거울에 人生을비처보앗습니다
> 苦痛의 가시덤풀뒤에 歡喜의樂園을 建設하기위하야 님을써난 나는
> 아아 행복입니다
> 　　　　　-「樂園은가시덤풀에서」에서-

삼라만상은 공업적 존재로서 모두 소중한 것이다. 이들에게도 다 불성이 있기 때문이다. 따라서 보잘 것 없는 풀 한 포기와 부처도 불이의 관계인 것이다. 천지는 한 뿌리에서 나서 한 보금자리를 이루고, 이 보금자리에 유한한 생명들이 깃들어 산다. 이러한 이치를 터득한 나는 관념적 삶을 떠나 현실을 직시하고 고통스런 이 세계가 낙원이 될 유일한 공간임을 분명히 안다. 나는 공업력으로 이 세계를 본래대

---

33) 「幸福」 참조.
34) 「金剛山」 참조.

로 되돌리기 위해 정토구현의지를 다지며 동시대인들에게 동참을 호소한다.

그러나 나의 이러한 의지를 가로막는 거대한 힘이 있다. 칼과 황금으로 무장한 제국주의자들이 이 민족에게 열패감을 심고 회복의지를 봉쇄하려 하는 것이다. 나는 이러한 세력에 대해 살신의 용기로 맞서 고발한다[35]. 한편 나는 격앙된 감정을 가라앉히고 님을 찬양하기도 한다. 님은 의리를 중히 여기고 가난하고 약한 자를 동정할 줄 알며 광명과 평화를 좋아하기 때문이다[36]. 이러한 님을 마음에 지니고 찬양함으로써 나도 님을 닮아간다. 이것은 나의 자기훈습이 공업사상, 보살사상으로 확대되어 가는 것이라고 볼 수 있다.

나는 식민지 현실을 타개하기 위해 논개[37]와 계월향[38]을 떠올리기도 하고, 제국주의에 맞서지 못하는 이 민족에게 각성을 촉구하기도 하면서[39], 눈물 속에서 사랑의 세계를 완성하려고 한다.

아니여요 님의주신눈물은 眞珠눈물이여요
나는 나의그림자가 나의몸을 써날째까지 님을위하야 眞珠눈물을흘니것습니다
아ㅅ 나는 날마다ㅅㅅㅅ 눈물의仙境에서 한숨의 玉笛을 듯습니다
나의눈물은 百千줄기라도 방울ㅅㅅㅅ이 創造임니다

---

35)「참말인가요」참조.
36)「讚頌」참조.
37)「論介의愛人이되야서그의廟에」참조.
38)「桂月香에게」참조
39)「당신의편지」참조.

　눈물의구슬이어 한숨의봄바람이어 사랑의聖殿을莊嚴하는 無等
々의寶物이어
　아々 언제나 空間과時間을 눈물로채워서 사랑의世界를 完成할ㅅ가
요
-「눈물」에서-

　이 시의 눈물은 동체대비심이라고 할 수 있다. 나의 그림자기 나의
몸을 떠날 때까지 진주눈물을 흘리겠다는 것은 내가 무명을 벗고 참
나가 되기까지 중생과 민족을 위해 대비심을 내겠다는 것이니, 자리
이타의 태도인 것이다.

　나는 자기훈습에 의해 참나가 되려 한다. 그러나 참나는 자리의 태
도로는 안된다. 훈습된 자기를 이타로 회향할 때 나의 훈습은 진여성
을 획득할 수 있을 것이다. 곧 나와 님은 공업적 관계이므로 나를 위
하려면 먼저 남을 위해야 한다. 이러한 인식에서 흘리는 나의 눈물은
공업적 관계인 중생과 세계를 소생시키는 것이기에 한 방울 한 방울
이 창조의 눈물이 되는 것이다.

　그러나 나는 아직 사랑의 세계인 정토를 완성하지 못하고 있다. 다
만 언젠가는 공업적 관계인 님들과 함께 시공을 초월한 사랑의 세계
를 완성하려고 노력하고 있을 뿐이다.

　그런데 이러한 사랑의 세계는 관념만으로 이루어지는 것이 아니다.
현실에 대한 냉철한 인식이 수반되어야 한다. 나는 타골을 한없이 사
랑하고 존경하면서도 그의 애상적인 태도에 대해서는 비판적이다. 나
는 타골을 '白骨의香氣', '絶望인希望의노래', '쌔어진사랑에 우는벗'
이라고 부르며 눈물을 떨어진 꽃에 뿌리지 말고 꽃나무 밑의 티끌에

뿌려 거름이 되게 하라고 한다. 나는 한걸음 더 나아가 온 나라가 감
옥이 된 현실에 절망하여 쓰러져 있지 말고 용기있게 일어나 피묻은
깃대를 세우라고 한다[40].

삶을 전개할 현실공간이 철저히 유린된 극한상황에서 나와 공업적
대상들은 정토를 구현할 수가 없다. 이것을 잘 알기 때문에 나는 현실
을 직시하고 나와 님을 위해 공업력을 발휘한다. 이러한 공업력으로
나는 자신의 가슴의 불을 끄고 다음으로 동시대인들의 가슴의 불을
꺼주려고 한다[41]. 나는 불굴의 염원으로 지상에 정토를 구현하려고
한다.

> 冥想의배를 이나라의宮殿에 매엿더니 이나라사람들은 나의손을잡
> 고 가티살자고함니다
> 그러나 나는 님이오시면 그의가슴에 天國을수미랴고 도러왓슴니다
> ─「冥想」에서─

나는 명상의 배를 타고 근심걱정이 없는 나라에 도착한다. 그 나라
사람들은 나를 정답게 맞으면서 함께 행복하게 살자고 한다. 그러나
나는 님(조국)이 오시면 거기에 정토를 건설하려고 예토인 지상으로
돌아온다.

이것은 나의 공업사상이 다시 한 번 지상에의 결의決意를 천명하는
부분이다. 나는 동시대의 고통받는 중생이나 동족에게 공업적 유대감
을 가지고 그들의 삶에 동참한다. 이러한 공업사상은 불교사회주의와

---

40) 「타골의詩(GARDENISTO)를읽고」 참조
41) 「사랑의불」 참조.

연관지어 살펴볼 수도 있다[42].

지상적 삶에 대한 이러한 결의는 견우와 직녀의 천상적 사랑에 대한 비판으로도 나타난다. 나는 그들의 비지상적인 사랑을 비판하면서 그들이 하늘나라로 초대한대도 응하지 않겠다고 한다[43]. 그들의 사랑은 자리에 머문 것이기 때문이다. 따라서 나는 공업사상을 가지고 고통세계의 한 가운데에서 동체대비심을 발휘하게 되는 것이다. 이러한 동체대비심은 「오서요」에서 비장하게 토로된다.

> 당신은 나의죽엄속으로오서요 죽엄은 당신을위하야의準備가 언제든지 되야잇슴니다
> 만일 당신을조처오는사람이 잇스면 당신은 나의죽엄의뒤에 서십시오
> 죽엄은 虛無와萬能이 하나임니다
> 죽엄의사랑은 無限인同時에 無窮임니다
> 죽엄의압혜는 軍艦과 砲臺가 씃글이됨이다
> 죽엄의압혜는 强者와弱者가 벗이됨니다
> 그러면 조처오는사람이 당신을 잡을수는 업슴니다
> 오서요 당신은 오실째가되얏슴니다 어서오서요
> 　　　　　　　-「오서요」에서-

당신과 나는 공업적 관계라는 것을 이제는 당신이 깨달을 때가 되었다고 나는 호소한다. 내가 이렇게 용기를 갖고 앞장설 때 당신도 동

---

42) 석가의 경제사상을 묻는 기자에게 한용운은 불교사회주의라고 말한다. 『전집』 2권 292면 참조.
43) 「七夕」 참조.

참하라고 나는 마지막 호소를 한다. 당신이 용기있게 응하면 나는 당신을 위해 한 목숨을 바칠 수도 있다. 이러한 결단에 의해서만 나와 당신의 삶은 본래성을 회복할 수 있다고 믿기 때문이다. 곧 우리들의 결단과 용기에 의해 뿌리 깊은 허무를 극복할 수 있고, 제국주의의 군함과 포대를 티끌이 되게 할 수 있고, 약자와 강자를 서로 손잡게 해 무궁한 사랑의 세계를 완성할 수 있다. 이 일은 나 혼자 이룰 수 있는 일이 아니다. 당신과 내가 한마음으로 용기있게 실천할 때 가능하다.

그러나 이러한 마지막 호소도 역부족이어서 현실의 벽은 무너지지 않았다. 나는 이제 한밤의 관념의 성에서 나와 대낮의 현장에 서기 위해 역사의 새벽길을 떠나려고 한다[44]. 이러한 나의 공업사상은 입세간행入世間行으로 시장바닥에서 일반인들과 똑같이 생활한다는 입전수수의 시화라고도 할 수 있고, 객관세계를 상실하고 위기에 처한 내가 자아의 세계화를 꾀한다는 점에서[45] 세계동일성 추구라고도 볼 수 있다.

IV. 정리 및 시사적 의의

이상으로 『님의沈默』의 나의 자기훈습과 공업사상을 살펴보았다. 또 나의 집요한 자기훈습과 공업사상의 전개를 통해 이 시집이 연작

44) 「사랑의싯판」 참조.
45) 김준오 『詩論』 18, 28면 참조.

성의 시집이라는 것도 밝혀 보았다. 아울러 이 시집의 화자인 나는 수행자, 지사, 시인, 혁신적 지식인, 무명 중생이자 식민지민인 한용운의 시적 자아로서 나의 다면성은 이러한 그의 전인적 삶에 기인한다는 것도 밝혀 보았다. 또 나는 여성과 남성의 양성의 모습을 보이고 있는데, 이는 위기에 처한 남성적 자아가 심층에 잠재해 있는 여성적 자아인 Anima에 의해 위로받고 소생하려는 심리의 발로라는 견해도 피력했다.

나의 자기훈습은 오염된 심식을 밝혀 자성체가 됨으로써 '참나'가 되려고 하는 일련의 과정이다. 이 과정이 지극히 감동적이고 심오한 것을 우리는 이미 확인해 보았다. 이러한 나의 자기훈습에 대한 이해로 『님의 沈默』의 해독에 대한 가장 큰 장애가 제거되었으리라고 본다.

나의 공업사상은 내가 나의 동시대인들에게 펼치는 공동체의식이라고 할 수 있다. 이러한 공동체의식이 포괄적이고 간절한 것도 거듭 보아 왔다. 나의 자기훈습과 공업사상은 상구보리 하화중생의 발현으로 반야공사상과 보살사상의 또 다른 전개이고, 이는 다시 자기동일성 추구와 세계동일성 추구의 관점에서 이해할 수도 있다.

이러한 나의 자기훈습과 공업사상은 확실히 한국문학사에서 귀중한 것이다. 형이상학적 측면에서 늘 한계를 보여 왔던 한국문학에 『님의 沈默』은 자부심이 될 수 있는 것으로, 마르지 않는 사상의 샘을 제공한 셈이다. 그것도 인간 존재의 궁극적인 문제를 의식의 최심층까지 파고들어 밝혀 주고, 이를 다시 우리에게 친숙한 언어와 정서로 표현해 준 것은 그 시사적 의의를 아무리 강조해도 지나치지 않을 것이다.

그 성공적인 예로 우선 「秘密」, 「繡의秘密」, 「나루ㅅ배와行人」, 「당신을보앗습니다」, 「오서요」 등을 우선 들 수 있을 것이다.

제3부

Anima와 관음신앙

– 『님의 沈默』의 분석심리학적 접근 –

한용운의 『님의沈默』을 읽어가면서 다수의 시에 나타나나는 여성 화자인 '나'에 대해 관심이 많았다. 이 화자의 절절한 여성성 때문에 심지어 『님의沈默』이 한용운의 작품이 아니라 어느 여성의 대작이 아니냐는 엉뚱한 의심까지 제기되게 되었다. 연구자는 이 의심이 전혀 근거없는 것이라는 것을 Anima와 관음신앙을 들어 입증해 보이려고 한다.

I. Anima의 개념

C G Jung은 인간이 조상대대로 이어받은 집단무의식을 '원시적 이미지'들의 저장고라고 하고, 그 안에는 다른 종류의 것들이 그것에 따라 모조되는 최초의 모델인 원형(原型, Archetype)이 들어있다고 하며, 주요 원형으로는 정신의 '겉면'인 퍼스나(Persona)와, 정신의 이면인 아니마(Anima)와 아니무스 (Animus), 동물적 본성을 내포하는 새도우(shadow)와 Personality의 조직원리인 자기(Self)등을 들고 있다.[1] 이 중 본 연구의 이해를 돕기 위해 Anima와 Animus의 개념에 대해 살펴보기로 하겠다.

융은 정신의 '이면'으로 남성 속에 깊이 잠재해 있는 여성적 자아를 아니마라 하고, 여성 속에 깊이 잠재해 있는 남성적 자아를 아니무스라고 하고 있다. 다시 말하면 아니마는 남성적인 정신에서의 여성적

---

1) C.G.융/C.S 홀/야코비, 『심리학 해설』, 설영환 옮김. 선영사, 재판, pp.90~94

인 한 측면이며, 아니무스는 여성적인 정신에서의 남성적인 한 측면이라고 할 수 있다. 모든 인간은 남성 호르몬과 여성 호르몬을 분비한다는 생물학적 사실에서도 이성의 성질을 가지고 있다.[2]

남성은 여러 세대에 걸쳐 여성에게 계속 노출함으로써 아니마의 원형을 발달시키고, 여성은 남성에게 노출함으로써 아니무스의 원형을 발달시켜 왔다. 수세대에 걸쳐 함께 생활하고 서로 영향을 끼치면서도 남성도 여성도 이성에게 적절히 반응하며 이성을 이해하기에 유용한 이성의 특징들을 획득했다. 이처럼 아니마와 아니무스의 원형은 사회적 자아인 퍼스나의 원형과 마찬가지로 생존을 위해 큰 가치가 있다.[3]

만일 퍼스낼리티가 곧잘 적응하며 조화적으로 균형을 유지하고 있으면, 남성의 퍼스낼리티의 여성적 측면과 여성의 퍼스낼리티의 남성적 측면은 의식과 행동에 표현되어 있을 것이다. 그러나 남성이 남성적 측면만을 나타내고 있으면, 그의 여성적 특성은 무의식에 머물고, 따라서 미발달이고 원시적인 채로 된다. 그래서 무의식은 허약하며 과민하게 된다. 다시 말해서 제법 남자답게 보이며 남자답게 행동하고 있는 남성이 내면에서는 약하고 복종적인 점이 많음은 그 때문이다. 또 외적 생활에서 지나치게 여자다운 여성은 남성의 외적 행동에서 자주 보게 되는 완강함과 고집의 성질을 무의식적으로 가지고 있다.[4]

모든 남성은 자기 속에 영원한 여인상을 가지고 있다. 그것은 특정한 어떤 모습을 가진 여성 이미지가 아니라 일정한 여성상이다. 그 이

2) 전게서, p.99.
3) 전게서, p.99.
4) 전게서, p.99

미지는 기본적으로 무의식적인 동시에 남성의 살아 있는 유기조직에 새겨져 있는 원시적 기원의 유전적 요인이며, 모든 조상의 여성 경험의 흔적 또는 원형으로 말하자면 일찍이 여성에 의해 만들어진 모든 인상의 침전물이다.[5]

팽창한 또는 지나치게 발달한 퍼스나로 인해 고생하는 사람들이 많은데, 아니마나 아니무스는 그 반대인 경우가 많으며, 이 원형들은 종종 위축되거나 미발달한 상태를 보인다. 이러한 차이의 한 이유는 서양문명이 순응에 높은 가치를 두고, 남성 속의 여성다움과 여성 속의 남성다움을 경멸하는 데 있다.[6] 퍼스나가 윗자리에 서서 아니마나 아니무스를 질식시키는 것은 바람직한 성격 형성에 커다란 장애가 되는 것이다[7].

Ⅱ. 한용운의 관음신앙

한용운의 관음신앙을 확인하기 위해 불교사상의 한 뿌리인 인도신화와의 관련 부분을 적시하고, 이어서 관련학자의 관음신앙에 대한

---

5) 전게서, p.99 100
6) 전게서, p.100 101
7) 요컨대 융의 아니마 · 아니무스론은 인간이 남성과 여성에 머물러 있지 말고 남성은 여성적 요소를, 여성은 남성적 요소를 살려서 의식에 통합해야 함을 강조하고 있다. 그렇게 해서 의식의 중심인 자아는 전체 정신의 중심에 거의 접근하게 된다 (이부영, 『아니마와 아니무스』, 36면 참조).

발언을 살펴보고, 한용운의 관음신앙과 연관될 수 있는 진술을 직접 들어보도록 하겠다.

　　도처에 편재해 있는 연화는 비록 여신이 인간의 모습으로 나타나 있지 않다 하더라도 그녀의 현존을 의미하는 징표인 것이다. 남성 신들조차 그녀의 전통적인 자태를 모방하는 예가 드물지 않았다. "손에 쥔 연꽃"(Padmaphani)으로서 알려진 여신의 특유한 자태는 대승불교의 초상화법에 있어서 보살들 혹은 불타에 대한 불멸의 조력자들 중에 가장 빛나는 자인 우주적인 구세주 파드마파니에게 인계된다.[8]

　　윤곽미와 균형미의 달콤한 멜로디와 아름다운 자태의 정교한 음악성 속에 보살의 덕이 잘 표현되어 있다. 그의 한없는 자비와 사랑하는 연민, 그의 초자연적인 영성과 천사와 같은 매력이 여기에 잘 구현되어 있다.

　　인도의 불교전통에 있어서 파드마파니 혹은 관세음보살(Avalokiteshvara)은 이중적인 또는 복합적인 성격을 지니고 있다. 그는 비쉬누와 마찬가지로 마야의 지배자이며 마음먹은 대로 형상을 취할 수 있는 신적인 힘을 소유하고 있다. 상황의 여하에 따라서 그는 남자로서, 또는 여자로서, 혹은 동물로서 나타날 수도 있다.[9]

　　반야-바라밀다는 세계에 대한 연민 때문에 환생의 순환으로부터 무수한 존재들을 구하기 위하여 저들 자신의 소멸을 미루고 있는 불타들과 "대보살들(Mahabodisattva)"의 참된 본질이다. 한편으로 그녀는 이

---

8) 하인리히 짐머, 「인도의 신화와 예술」, 『연화』, 이숙종 옮김, 평단문화사, 109면
9) 전게서, p.110

승의 존재와 혹은 심지어 천상적인 존재에 있어서의 즐거움의 종료, 즉 개체적 지속에 대한 모든 갈망의 소멸을 나타내고 있으며, 또 다른 한편 그는 그 자체 모든 한정하고 분화하는 특성을 결한 일체 중생의 금강석 같이 파괴할 수 없는 비밀스런 본질이다.

　　…중략…

락쉬미가 힌두신의 배우자인 것처럼, 반야-바라밀다는 우주적인 불타의 여성적인 측면이다. 지표가 되고 깨닫게 하는 지고한 지혜의 능동적 에너지로서 그녀는 원초적 불타의 배우자일 뿐 아니라, 모든 구원자들의 활성적인 미덕인 것이다. 불타들과 보살들은 그녀의 활동이라 할 현상적인 존재에 대한 거울-영역들에 비친 투사들과 반영들에 지나지 않는다. 그녀는 불교의 법의 의미이며 참된 진리이다.[10)]

위의 예문에서 나오는 파드마파니나 반야바라밀다는 관세음보살의 다른 이름에 지나지 않는다. 그녀는 남성과 여성, 동물로 나타나기도 하고, 완벽한 윤곽미와 균형미를 갖추고 있으며 달콤한 멜로디로 그녀의 덕이 칭송되기도 한다. 그녀는 '세계에 대한 연민 때문에 환생의 순환으로부터 무수한 존재들을 구하기 위하여 저들 자신의 소멸을 미루고 있는 존재'이며 '우주적인 불타의 여성적인 측면'으로 '지표가 되고 깨닫게 하는 지고한 지혜의 능동적 에너지로서 원초적 불타의 배우자일 뿐 아니라 모든 구원자들의 활성적인 미덕'의 구현자이며 '불교의 법의 의미이며 참된 진리'이다.

이처럼 인도신화에서 파악되는 관세음보살은 지혜와 자비의 여성

---

10) 전게서, p.111~112

상으로 보여지고 있다[11].

　중국을 거쳐 전래된 한국불교의 관세음보살상도 이와 별로 다르지 않다.

* 관세음보살 신앙의 바탕이 되는 법화경 권7 보문품에는 인간이 실제생활에서 겪게 되는 절망적인 극한상황의 하나로 칼이나 몽둥이를 든 사람이 가해하려 할 때를 들고 있다.[12]

* 목숨이 경각에 달려 죽을 길밖에 없을 때 법화경 보문품은 "관세음보살을 생각하고 한 마음으로 그 이름을 부르라"고 한다. 그러면 관세음보살이 곧 "그 음성을 듣고 그들을 모두 위험과 괴로움으로부터 벗어나게 해주신다"는 것이다.[13]

* 관세음보살은 불교경전에서 괴로움의 근본을 다한 반야의 대표적인 보살로 설해지고 있다.[14]

* 관세음보살이 부처의 몸이면서 보살로 있는 것은 중생을 건지려는 큰 슬픔 때문이다.[15]

---

11) 분석심리학에서는 아니마의 네 가지 발달단계로 1.원시적 · 본능적 여인상(이브), 2.낭만적 여성상(헬레나), 3.영적 여성상(마리아), 4.지혜의 여성상(소피아)를 제시하는데 마리 루이제 폰 프란츠는 동양에서의 최고 경지의 아니마로 관음보살을 들었다(이부영, 『아니마와 아니무스』 권두삽화 참조)
12) 고익진, 「하느님과 관세음보살」, 일승보살회. p168
13) 전게서, p.71
14) 전게서, p.79
15) 전게서, p.100

* 보문품에는 관세음보살의 19응신이 설해져 있고 능엄경은 이것을 32응신으로 부연했다.[16]

* 반야의 완성으로 괴로움의 물리적인 해결은 가능해진다. 그러나 동료 중생의 신음을 생각하면 보살의 마음은 편안할 수 없다. 이에 보살은 중생의 괴로움을 크게 슬퍼하지 않을 수 없고, 피안에서 차안으로 돌아가게 된다. 이러한 과정에서 그의 깨달음은 완벽해진다.[17]

* 법화경 보문품의 19응신은 중생의 견지에서 볼 때는 관세음보살이 중생의 근기에 따라 응현하시는 모습이다.[18]

* "관세음을 생각하고 부르라"는 말에는 관세음보살에 대한 절대적인 믿음만이 아니라, 절대적인 믿음에서 적극적인 선업에로, 거기서 아집의 철저한 부정을 뜻하는 대승공관의 실천에로, 그리고 또 다시 큰 자비의 구제활동에로 심화될 것이 요청된다.[19]

위에서 보는 바처럼 관세음보살은 19응신 또는 32응신으로 응현하며, 중생을 건지려는 큰 슬픔 때문에 부처의 몸이면서 보살로 있으면서 일심으로 관세음보살을 부르는 이에게 나타나 위기의 그를 구해준다. 또 관세음보살은 이러한 자비의 보살일 뿐만 아니라 지혜(반야)의 대표적 보살로 자비와 지혜에 의해 완벽한 깨달음을 얻으려고 한다.

---

16) 전게서, p.103
17) 전게서, p.108
18) 전게서, p.109
19) 전게서, p.109

한용운은 인욕의 미덕을 칭송하며 민족의 장래를 위해 기다림의 자
세를 가질 것을 역설한다.

극기는 대용이요 인욕은 위력이거니, 어찌 비겁자류(卑怯者流)의
모독할 바이리오. 강(剛)은 유(柔)를 제승(制勝)하는 것이로되, 대강
(大剛)을 만나면 분쇄되는 것이요, 강(强)은 약(弱)을 제승하는 것이
로되 대강(大强)을 만나면 퇴굴(退屈)하는 것이다.

도강(徒剛)과 도강(徒强)은 강(剛)하면 강할수록, 강(强)하면 강할
수록 적이 있는 까닭이다. 유제강(柔制剛) 약능제강(弱能制强)이라는
말은 병법의 요결이 되거니와, 제강(制剛)의 유는 강유상대(剛柔相對)
의 유가 아니라 초강(超剛)의 유며, 제강(制强)의 약은 강약상대(强弱
相對)의 약이 아니라 초강(超强)의 약이다.

초강(超剛)의 유는 극기의 유며, 초강(超强)의 약은 인욕의 약이다.
　　　…중략…

인욕은 고통이다. 그러나 장래를 위하는 고통은 행복의 어머니가 되
는 것이다. 그러므로 일시 의 고통 없어서, 소위 부침영욕이 조변석개,
무상(無常)을 다하는 것이다. 인내력은 고통에만 적용 되는 것이 아니
다. 행복에도 적용되는 것이다. 만산녹엽에 수레를 머무르지 못하는 자
가 낙화방초엔들 지팡이를 꽃을 수가 있는가. 포수인치(抱羞忍恥) 십
여 년에 세계적 조약을 일방적으로 깨뜨리고, 비무장지대인 라인 하반
에 당당히 진군하는 독일 국민, 그들을 가리켜서 극기와 인욕이라 할
까.[20]

20) 한용운,「극기」『한용운 전집』1권, 신구문화사, 1980, pp226~227

한용운은 부드러움이 굳셈을 이기고 약한 것이 강함을 이기는 것이 병법의 요결이니 극기와 인욕의 자세로 준비하고 기다리면 장래의 행복을 도모할 수 있을 것이니 인내력을 갖고 기다리자고 한다. 이러한 인욕과 기다림의 정신은 굳세고 강한 남성적 정신이 아니라 껴안고 위로해 주는 여성적 정신이라고 할 수 있다. 그의 Anima가 드러날 수 있는 소지가 있는 발언이라 주의를 요한다.

한용운은 마침내 그의 관세음보살 환幻체험을 생생하게 토로한다.

이때다! 뒤에서 따라오던 청년 한 명이 별안간 총을 놓았다! 아니, 그때 나는 총을 놓았는지 무엇을 놓았는지 몰랐다. 다만 땅 소리가 나자 귓가가 선뜻하였다. 두 번째 땅 소리가 나며 또 총을 맞으매 그제야 아픈 생각이 난다. 뒤미쳐 총 한 방을 또 놓는데 이때 나는 그들을 돌아다보며 그들의 잘못을 호령하려 하였다. 그리하여 여러 말로 목청껏 질러 꾸짖었다. 그러나 어찌한 일이냐? 성대가 끊어졌는지 혀가 굳었는지 내 맘으로는 할 말을 모두 하였는데 하나도 말은 되지 아니하였다. 아니, 모기 소리 같은 말소리도 내지 못하였다. 피는 댓줄기 같이 뻗치었다. 그제야 몹시 아픈 줄을 느끼었다.

몹시 아프다. 몸 반쪽을 떼어 가는 것같이 아프다! 그러나 이 몹시 아픈 것이 별안간 사라진다. 그리고 지극히 편안하여진다. 생에서 사로 넘어가는 순간이다. 다만 온몸이 지극히 편안한 것 같더니 그 편안한 것까지 감각을 못하게 되니, 나는 이때에 죽었던 것이다. 아니, 정말 죽은 것이 아니라 죽는 것과 똑같은 기절을 하였던 것이다.

평생에 있던 신앙은 이때에 환체(幻體)를 나타낸다. 관세음보살이 나타났다. 아름답다! 기쁘다!

눈앞이 눈이 부시게 환하여지며 절세의 미인! 이 세상에서는 얻어

볼 수 없는 어여쁜 여자, 섬섬옥수에 꽃을 쥐고, 드러누운 나에게 미소를 던진다. 극히 정답고 달콤한 미소였다. 그러나 나는 이때 생각에 총을 맞고 누운 사람에게 미소를 던짐이 분하기도 하고 여러 가지 감상이 설레었다. 그는 문득 꽃을 내게로 던진다! 그러면서 "네 생명이 경각에 있는데 어찌 이대로 가만히 있느냐?"하였다.

나는 그 소리에 정신을 차려 눈을 떠보니 사면은 여전히 어둡고 눈은 내둘리며 피는 도랑이 되게 흐르고, 총놓은 청년들은 나의 짐을 조사하고, 한 명은 큰 돌을 움직움직하고 있으니 가져다가 아직 숨이 붙어있는 듯한 나의 복장에 안기려 함인 듯하다. 나는 새 정신을 차리었다. 피가 철철 흐르는 대로 오던 길로 되짚어가게 되었다.

    …중략…

한참 도로 가다가 다시 돌아서서 어떻게 넘었던지 그 산을 넘어서니 그 아래는 청인(淸人)의 촌이 있었다. 그리고 조선으로 치면 이장 같은 그곳 동장의 집에서 계를 하느라고 사람이 많이 모이어 있었다. 나의 피흘리고 온 것을 보고 부대 조각으로 싸매 주었다. 이때에 나에게 총놓은 청년들은 그대로 나를 쫓아 왔었다. 나는 그들을 보고 "총을 놓을 터이면 다시 놓으라"고 대들었으나 그들은 어쩐 일인지 총을 놓지 않고 그대로 달아나 버리었다. 나는 그 집에서 대강 피를 수습하고 그 아래 조선 사람들 사는 촌에 와서 달포를 두고 치료하였다.[21]

위의 문면으로 보아 한용운은 평소에 관음신앙에 몰두하고 있었다. 그러한 그가 일본 밀정으로 오인 받아 만주 굴라재에서 독립군 청년들에게 저격 받아 출혈과다로 목숨이 경각에 달려 있을 때 겪게 된 관

---

21) 전게서, 「죽다가 살아난 이야기」, pp.251~256

세음보살 환체험은 그의 관음신앙이 더욱 돈독해지는 계기가 된 것이다. 손에 꽃을 쥔 형언할 수 없는 아름다움과 기품을 지닌 여인, 곧 관세음보살이 나타나 미소지으며 그에게 꽃을 던지면서 어서 이 자리를 피해 인가를 찾아 목숨을 구하라고 일러준다. 그 말에 따라 목숨을 구하게 된 한용운은 이후 더욱 관음신앙에 정진하게 되니 양양 낙산사 홍련암에서의 관음신앙 수행도 그 영향이라고 할 수 있다.

Ⅲ. 『님의沈默』의 '나'와 Aanima와의 관계

한용운은 남성적이며 자존심이 강하고 남에게 지기를 싫어하는 성격이었다. 그러한 그가 살며 활동했던 일제 강점기는 그의 남성적 자존심을 보장해 주는 시대가 아니었다. 무도한 남성적 힘인 일본 군국주의는 그의 남성성을 무참히 짓밟았다. 그는 식민지의 지식인으로 자신의 무력함을 절감할 수밖에 없었다. 신념과 희망은 자신을 이끌어 가는 힘의 원천이었지만 현실은 여전히 암담하고 절망적인 것이었다. 강한 적에게 굴복하여 부끄럽게 살 수도 없었고, 그렇다고 당당하게 맞서 그들을 물리칠 수도 없었다. 누구보다도 순수하고 고독했던 그에게 남성성 유지의 일대 위기가 닥쳐온 것이다. 출구는 없었다. 외부의 누구도 힘이 될 수 없었다. 오직 자신에게 의지하며 길을 찾을 수밖에 없었다.

이런 위기의 순간에 그의 사회적 자아이자 공식적 탈인 Persona는 주위 환경에 적응하거나 조화하지 못하고 갈등 속에서 무력함에 빠지게 된다. 이런 그를 내면 깊은 속에서 나타나 안아주고 위로해 준 것이 그의 여성적이고 모성적인 자아인 Anima로 『님의沈默』의 '나'가 이에 해당된다. '나'는 수행자이자 지사, 시인, 혁신적 지식인, 번뇌중생이자 실의에 빠진 망국민의 다섯 가지 모습으로 『님의沈默』의 본시편 88편에 나타나 자유자재로 활동한다.[22] 따라서 '나'는 번뇌중생의 눈물과 실의를 보이기도 하고, 예술가의 끝없는 그리움을 보이는가 하면, 수행자로서 참나찾기를 하기도 하고, 부당한 현실상황에 대해 지식인의 비판적 목소리와 지사의 기개를 드러내기도 한다.

　Anima는 순수하고 외로운 남성이 절체절명의 위기에 처했을 때 발현되어 그를 구원하는 영원의 여인상의 역할을 하고 있다[23]. 인류 역사에서도 Anima 또는 Animus의 발현을 생각해 볼 수 있다. 잔다크의 고사는 여성 속에 깃든 남성적 자아가 위기의 순간에 드러났다는 점에서 Animus의 발현이라고 할 수 있고, 단테의 『신곡』의 베아트리체나 괴테의 『파우스트』의 그레트헨은 단테나 괴테의 Anima와 관련지어 생각해 볼 수 있다[24]. 단테가 천국 순례의 인도자로 로마 최대의 시인 베르길리우스보다 젊은 날의 기억에 남은 청순한 소녀 베아트리체를 선택하고, 괴테가 『파우스트』의 말미에서 "영원히 여성적인 것이 우리를 인도한다"고 천명한 것은 이들의 Anima가 영원한 모성이나 연인으로 승화되어 이들을 인도하고 구원한 것이라고 볼 수 있다. 한용운의 Anima인 '나'는 한계에 처한 Persona의 그늘에서 벗어나 모

22) 윤석성, 「『님의침묵』의 '나'」, 『동악어문론집』31집, pp. 309~342
23) 이부영 『아니마와 아니무스』 74면 참조
24) 전게서 45면 참조

성적 사랑으로 활동함으로써 위기에 처한 자아를 보존하고 궁극적으로는 지혜와 자비의 존재인 참나(True Self)를 지향하게 된다. 따라서 '나'는 과정적 존재이지 구경적 존재는 아니다. 『님의沈黙』의 여성적 화자인 '나'는 위기의 순간에 나타나 한용운 자신을 위로하고 그와 같은 처지인 동시대의 민족을 위로하는 어머니이자 연인적 존재였다고 할 수 있다. 그러므로 『님의沈黙』의 다수의 시에 나타나는 여성적 화자인 '나'는 한용운과 별개의 존재가 아니라 그의 이면적 존재인 Anima로서 이러한 Anima가 실의와 좌절의 순간을 반복해 겪으면서도 신념과 희망을 잃지 않고 여성적 포용력으로 멀리 내다보고 그리워하며 길가게 하는 것이 『님의沈黙』의 전 내용이라고 할 수 있다.

한용운의 Anima는 참나(True Self)를 찾아가는 과정의 현상으로 『님의沈黙』의 님은 Anima와 관음신앙이 결합하여 이루어낸 산물이라고 할 수 있다.

Ⅳ. 작품해석

실제 작품들을 들어 『님의沈黙』의 화자인 '나'가 Anima로서 관음신앙을 펼치는 것을 확인하겠다.

한용운의 Anima는 전 시편을 이끌어가는 첫 번째 시 「님의沈黙」에서부터 강렬히 드러난다.

님은갓슴니다 아々 사랑하는나의님은 갓슴니다

푸른산빗을깨치고 단풍나무숩을향하야난 적은길을 거러서 참어썰치고 갓슴니다

黃金의꼿가티 굿고빗나든 옛盟誓는 차듸찬쯰끌이되야서 한숨의微風에나러갓슴니다

날카로은 첫「키쓰」의追憶은 나의運命의指針을 돌너노코 뒤ㅅ거름처서 사러젓슴니다

나는 향긔로은 님의말소리에 귀먹고 쏫다은 님의얼골에 눈머럿슴니다

사랑도 사람의일이라 맛날째에 미리 써날것을 염녀하고경계하지아니한것은아니지만 리별은 뜻밧긔일이되고 놀난가슴은 새로은슯음에 터짐니다

그러나 리별을 쓸데업는 눈물의源泉을만들고 마는것은 스々로 사랑을깨치는것인줄 아는까닭에 것잡을수업는 슯음의힘을 옴겨서 새希望의 정수박이에 드러부엇슴니다

우리는 맛날째에 써날것을염녀하는것과가티 써날째에 다시맛날것을 밋슴니다

아々 님은갓지마는 나는 님을보내지 아니하얏슴니다

제곡조를못이기는 사랑의노래는 님의沈默을 휩싸고돔니다

　　　　　　　　　－「님의沈默」 전문

'나'는 제어할 수 없는 슬픔의 바다에 빠져 있다. 이런 슬픔 가운데서도 하소연하고 그리워하는 '나'의 모습은 아무래도 남성의 모습이라고 보기 어렵다. 그러나 Anima인 '나'는 일방적으로 슬픔에 빠지거나 님에게 의지하지만은 않는다. '나'는 지혜와 사랑으로 님과 재회

하려고 끊임없이 노력한다. 여기에서 신념과 희망이 생긴다. 따라서 '나'는 '것잡을수업는 슯음의힘을 옴겨서 새希望의 정수박이에 드러부'을 수 있는 지혜의 눈을 뜨게 되고, '우리는 맛날째에 써날것을염녀하는것과가티 써날째에 다시맛날것을 밋'으며 '님은갓지마는 나는 님을보내지 아니하얏'다는 신념에 이르게 되어, '제곡조를 못이기는 사랑의 노래로 침묵하는 님의 주위를 휩싸고 도는 비극적 지향성'을 보이게 된다.

이러한 '나'의 모습은 전형적인 Anima의 발현이라고 할 수 있다. 곧 자유와 긍지를 박탈당한 암담한 현실상황에서 남성적 자아가 활동하지 못하고 억압된 대신 여태까지 억압되어 있던 여성적 자아인 Anima가 드러나 자신을 껴안고 위로하며 살아가게 하는 것이다.

이러한 Anima의 헌신적 그리움과 기다림은 다음 시에서 감동적으로 노래된다.

나는 나루ㅅ배
당신은 行人

당신은 흙발로 나를 짓밟읍니다
나는 당신을안ㅅ고 물을건너감니다
나는 당신을안으면 깁흐나 엿흐나 급한여울이나 건너감니다

만일 당신이 아니오시면 나는 바람을쐬고 눈비를마지며 밤에서낫가지 당신을기다리고 잇슴니다
당신은 물만건느면 나를 도러보지도안코 가심니다 그려

그러나 당신이 언제든지 오실줄만은 아러요
나는 당신을기다리면서 날마다 〃 〃 〃 낡어감니다

나는 나루ㅅ배
당신은 行人
　　　　　　- 「나루ㅅ배와行人」 전문

 '나'는 '나'의 헌신적 사랑에 반응하지 않는 님의 태도를 원망하지
않고 님을 기다리며 아프게 살아간다. 인욕이라고 할 수 있는 '나'의
이러한 사랑은 관세음보살의 자비행을 떠오르게 한다. 관세음보살은
중생제도를 위해 성불을 미루면서까지 사랑과 인내로 그들을 제도하
려 한다. Anima인 '나'의 인욕과 기다림은 관세음보살의 자비행을 본
받은 것이라고 할 수 있다. 이러한 관음신앙이 있기에 '나'는 흙발로
'나'를 짓밟고, 물만 건너면 돌아보지도 않고 떠나는 님에게 배가 되
어 주고, 눈비를 맞으며 기약 없는 기다림을 계속하고, 님은 반드시
돌아온다는 확신을 갖게 되는 것이다. 이러한 확신은 Anima인 '나'가
언젠가는 참나(True Self)에 이른다는 종교적 신심이 있기 때문이다.
 이런 비극적 사랑을 계속하게 되는 것은 '나는 곳당신'이기 때문이
다.

 당신이아니더면 포시럽고 맥그럽든 얼골이 웨 주름살이접혀요
 당신이긔룹지만 안터면 언제까지라도 나는 늙지아니할테여요
 맨츰에 당신에게안기든 그째대로 잇슬테여요

그러나 늙고 병들고 죽기까지라도 당신때문이라면 나는 실치안하여
요
나에게 생명을주던지 죽엄을주던지 당신의뜻대로만 하서요
나는 곳당신이여요
　　　　　　　　– 「당신이아니더면」 전문

　'나'는 님을 잊지 못하고 오매불망 그리워하며 만나려고 하나 이를
이루지 못하고 안타까워하고 있다. '나'의 밤은 길고도 어둡다. 그러
나 '나'는 이러한 고통스러운 사랑을 버리지 못한다. 왜냐하면 '나'의
님인 '당신'은 곧 '나'이기 때문이다. '나'는 '나'를 위하여 중생을 그리
워하고 그들과 하나가 되려고 한다. 이처럼 중생의 고통에 동참하고
그들을 잊지 못하는 '나'는 한용운의 심층적 자아인 Anima로서 여성
적이고 모성적인 관세음보살의 대자대비심을 보여주고 있다.
　이러한 '나'의 여실한 여성성과 여성 이해가 『님의沈默』이 한용운
의 작품이 아닌 어느 여성의 대필이리라는 의심까지 나오게 했을 것
이다. 한용운의 Anima가 곧 '나'라는 사실을 이해하게 된다면 이러한
오해는 자연스럽게 사라질 것이다.

하늘의푸른빗과가티 깨끗한 죽엄은 群動을淨化합니다
虛無의빗(光)인 고요한밤은 大地에君臨하얏습니다
힘업는초스불아레에 사릿드리고 외로히누어잇는 오々님이어
눈물의바다에 꼿배를씌엇습니다
꼿배는 님을실스고 소리도업시 가러안젓습니다
나는 슯음의三昧에 「我空」이되얏습니다

꽃향긔의 무르녹은안개에 醉하야 靑春의曠野에 비틀거름치는 美人
이어

죽엄을 기럭이털보다도 가벼읍게여기고 가슴에서타오르는 불꽂을
어름처럼마시는 사랑의狂人이어

아ㅅ 사랑에병드러 自己의사랑에게 自殺을勸告하는 사랑의失敗者
여

그대는 滿足한사랑을 밧기위하야 나의팔에안겨요

나의팔은 그대의사랑의 分身인줄을 그대는 웨모르서요

  -「슯음의三昧」 전문

　이 시에서도 '나'는 아프고 힘든 사랑을 계속한다. '나'는 관음신앙
으로 이러한 사랑을 계속하며 중생제도를 이루려고 한다. 중생제도
에 의해 '나'는 큰 깨달음에 도달할 수 있고 그들과 더불어 정토를 구
현할 수 있기 때문이다. 중생의 밤은 깊고도 길다. '나'에게 중생은 '힘
업는 초ㅅ불아레에 사릿드리고 외로히누어있는' '나'의 님이자 '꽃향
긔의 무르녹은안개에 醉하야 靑春의曠野에 비틀거름치는 美人'이고
'죽엄을 기럭이털보다도 가벼읍게여기고 가슴에서타오르는 불을 어
름처럼마시는 사랑의狂人'이고, '사랑에병드러 自己의사랑에게 自殺
을勸告하는 사랑의失敗者'로 그들의 아픔과 괴로움을 떠나서 나의 깨
달음은 완전한 것일 수가 없다. '나'는 그들을 구제하기 위해 '눈물의
바다에 꽃배를씌'우고 그들과 함께 가라앉아 아공이 된다. '나'는 그
들에게 '나'의 팔에 안기라고 하며, '나'만이 그들의 '사랑의 分身'임을
분명히 알라고 한다.

　이러한 '나'의 동체대비적 관음보살행은 다음 시에서도 계속된다.

당신은 해당화픠기전에 오신다고하얏슴니다 봄은벌써 느젓슴니다
봄이오기전에는 어서오기를 바랏더니 봄이오고보니 너머일즉왓나
두려합니다

철모르는아해들은 뒤ㅅ동산에 해당화가픠엿다고 다투어말하기로
듯고도 못드른체 하얏더니
야속한 봄바람은 나는곳을부러서 경대위에노임니다 그려
시름업시 곳을주어서 입설에대히고 「너는언제픠엿늬」하고 무럿슴
니다
곳은 말도업시 나의눈물에비처서 둘도되고 셋도됨니다
                          -「海棠花」 전문

「海棠花」는 이러한 '나'의 보살행이 뚜렷한 결실로 드러나지 못함
을 안타까워하는 시라고 할 수 있다. 한용운의 Anima인 '나'는 경대
앞에 앉아 일심으로 님을 기다리지만 기다리던 님은 오지 않고 하염
없이 꽃잎만 지고, 봄은 사라져 갈 뿐이다. 이러한 '나'의 슬픔은 동체
대비심으로 중생의 아픔을 구제하려고 하나 이를 완수하지 못하는 안
타까움이라고 할 수 있다.

그러나 한용운의 Anima인 '나'는 전래의 여인의 슬픔에 머물지만은
않는다.

남들은 自由를사랑한다지마는 나는 服從을조아하야요
自由를모르는것은 아니지만 당신에게는 服從만하고십허요
服從하고십흔데 服從하는것은 아름다은自由보다도 달금합니다 그
것이 나의幸福입니다

　　그러나 당신이 나더러 다른사람을服從하라면 그것만은 服從할수가
업슴니다
　　다른사람을服從하랴면 당신에게 服從할수가업는 까닭임니다
　　　　　　　　　　　　　-「服從」전문

　「服從」의 '나'는 언뜻 보아 복종을 미덕으로 아는 전통적 여인으로
생각하기 쉬우나 실제 내용은 그게 아니다. '나'는 밤낮으로 님을 기
다리는 애절한 여인인 한편 '自由'의 본체에게만 복종하는 명철하고
매서운 여인이기도 하다. 곧 존재를 자유롭게 하는 진리에게만 복종
하는 '나'는 진리의 어머니인 관세음보살을 신봉하는 관음신앙인이
다. 여성이면서 남성인 '나'의 양성적 특성[25]은 '나'가 관음신앙인임을
여실히 보여주는 것이라고 할 수 있다. 이러한 관음신앙은 다음 시에
서 더욱 분명해진다.

　　님이어 당신은 百番이나鍛鍊한金결임니다
　　쏭나무섇리가 珊瑚가되도록 天國의사랑을 바듭소서
　　님이어 사랑이어 아츰볏의 첫거름이어

　　님이어 당신은 義가무거웁고 黃金이가벼은것을 잘아심니다
　　거지의 거친밧헤 福의씨를 뿌리옵소서

---

25) 남성과 여성은 사회에 맞추어 가는 가운데 남성과 여성의 무의식에는 남성과 여
　성의 페르조나에 대응하는 또 하나의 내적 인격이 이루어진다. …중략… 남성이
　남성 호르몬 뿐만 아니라 여성 호르몬을 가지고 있고, 여성에게도 남성 호르몬이
　있는 것은 이런 원초적 조건의 생물학적 토대를 보여주는 것이다(이부영, 『아니
　마와 아니무스』 31면 참조)

님이어 사랑이어 옛梧桐의 숨은소리여

님이어 당신은 봄과光明과平和를 조아하심니다
弱者의가슴에 눈물을샏리는 慈悲의菩薩이 되옵소서
님이어 사랑이어 어름바다에 봄바람이어
　　　　　-「讚頌」전문

「讚頌」의 '나'는 극지를 녹일 자비의 보살인 님을 찬양한다. 찬양에
의해 '나'는 그러한 님에게 가까이 다가갈 수 있는 신앙인이다. 이러
한 '나'의 신앙이 관음신앙임은 더 말할 나위가 없다. 여성적 연모에
의해 한용운의 Anima인 '나'는 남성적 긴장과 좌절을 벗고 암담한 현
실마저 포용하는 모성적 존재가 됨으로써 자신과 시대의 절망을 벗고
새로운 길을 갈 수 있게 된다. 이러한 '나'의 길가기가 가능하게 된 것
은 님 곧 관세음보살에 대한 '나'의 독실한 신앙심 때문이다. 따라서
'나'에게 님은 '百番이나鍛鍊한金결', '아츰볏의 첫거름', '옛梧桐의 숨
은소리', '弱者의가슴에 눈물을샏리는 慈悲의菩薩', '어름바다에 봄바
람'으로 '쏭나무샏리가 珊瑚가되도록 天國의사랑'을 받아야할 최귀한
존재이다.
　어둡고 추운 곳에서 불안과 공포에 떠는 '나'에게 님은 '義가무거읍
고 黃金이 가벼은것을 잘아'는 이, '거지의 거친밧헤 福의씨를 뿌리'
는 이, '봄과光明과平和를 조아하'는 이로서 끝없이 베푸는 '사랑'의
존재, 곧 관세음보살이라고 할 수 있다. 이러한 님에게 '나'는 일심으
로 귀의하고 찬양함으로써 절망을 극복하고 '사랑'의 존재, 곧 끝없이
기다리며 수행하는 존재가 됨으로써 Anima의 모성성과 진리 추구의

양면성을 함께 보여주게 된다. 그러나 사바세계의 어둠은 썩 걷히지 않는다. '나'에게 눈물은 마를 날이 없다. 이러한 눈물을 대자대비로 인식하는 절절한 시가 다음 시이다.

내가본사람가온대는 눈물을眞珠라고하는사람처럼 미친사람은 업습니다
그사람은 피를紅寶石이라고하는사람보다도 더미친사람입니다
그것은 戀愛에失敗하고 黑闇의岐路에서 헤매는 늙은處女가아니면 神經이 畸形的으로된 詩人의 말임니다
만일 눈물이眞珠라면 나는 님이信物로주신반지를 내노코는 세상의 眞珠라는眞珠는 다씩슬속에 무더버리것슴니다

나는 눈물로裝飾한玉珮를 보지못하얏슴니다
나는 平和의잔치에 눈물의술을 마시는것을 보지못하얏슴니다
내가본사람가온대는 눈물을眞珠라고하는사람처럼 어리석은사람은 업슴니다

아니여요 님의주신눈물은 眞珠눈물이여요
나는 나의그림자가 나의몸을 써날째까지 님을위하야 眞珠눈물을 흘니것슴니다
아々 나는 날마다々々々 눈물의仙境에서 한숨의 玉笛을 듯슴니다
나의눈물은 百千줄기라도 방울々々이 創造임니다

눈물의구슬이어 한숨의봄바람이어 사랑의聖殿을莊嚴하는 無等々의寶物이어

아〻 언제나 空間과時間을 눈물로채워서 사랑의世界를 完成할ㅅ가
요
　　　　　-「눈물」전문

「눈물」은 한용운의 관음신앙이 가장 잘 드러나 있는 작품의 하나라
고 할 수 있다. '눈물'은 중생의 감정이 쏟아내는 소모적 산물이라고
생각하기 쉽지만 깨달은 이의 '눈물'은 대자대비심의 결정체라고 할
수 있다. 따라서 동체대비심으로 깨달음의 길을 가는 '나'는 '나의그
림자가 나의몸을 써날째까지 님을위하야 眞珠눈물'을 흘리려고 한다.
관세음보살이 진리의 어머니로서 실제 부처의 위상이면서 보살의 단
계에 머물러 동체대비의 보살행을 계속하는 것은 모든 중생을 다 제
도하겠다는 자비로운 서원 때문이다.

이러한 관세음보살을 따르며 신봉하는 관음신앙인 '나'의 눈물은
'眞珠눈물', '百千줄기라도 방울〻〻이 創造', '눈물의 구슬', '한숨의봄
바람', '사랑의聖殿을莊嚴하는 無等〻의寶物'로 '空間과時間을 눈물
로채워서 사랑의世界를 完成할' 원동력이 되는 것이다. '나'의 대승적
관음신앙은 이처럼 대자대비의 '눈물'에 의해 정토를 구현하려고 한
다.

그러나 정토를 사바세계에 구현하려면 수없는 고난과 눈물의 바다
를 건너야 한다.

몰난결에쉬어지는 한숨은 봄바람이되야서 야윈얼골을비치는 거울
에 이슬꽃을핌니다
나의周圍에는 和氣라고는 한숨의봄바람밧게는 아모것도업슴니다

하염업시흐르는 눈물은 水晶이되야서 깨끗한습음의 聖境을 비침니
다
　나는 눈물의水晶이아니면 이세상에 寶物이라고는 하나도업슴니다

　한숨의봄바람과 눈물의水晶은 써난님을긔루어하는 情의秋收임니
다
　저리고쓰린 슮음은 힘이되고 熱이되야서 어린羊과가튼 적은목숨을
사러움지기게함니다
　님이주시는 한숨과눈물은 아름다은 生의藝術임니다
　　　　　　　-「生의藝術」 전문

　'눈물'에 대한 이러한 종교적 인식은 「생의藝術」에서도 계속된다.
'나'는 '눈물'을 눈물로 보지 않고 '한숨'을 한숨으로 보지 않는다. 대
자대비의 관음신앙을 실천하는 '나'에게 '눈물'은 '水晶'이 되고, '한
숨'은 '봄바람'이 된다. 비록 현실세계가 고되고 힘든 것이더라도 이
러한 현실세계는 모든 중생을 다 제도하겠다는 '나'의 보살적 서원을
더욱 다지게 할 뿐이다.
　따라서 관음신앙에 의해 동체대비를 실천하는 '나'는 '한숨'과 '눈
물' 속에서도 '情의 秋收'를 하고 '저리고쓰린 슮음은 힘이되고 熱이
되야서 어린羊과가튼 적은목숨을 사러 움지기게'하는 새로운 전환을
맞이하게 되는 것이다. 곧 '눈물'과 '한숨'마저 참나에 이르게 하는 근
원적 힘이 되어 이것은 '생의 藝術'로 승화되는 것이다.
　한용운의 Anima인 '나'가 여성성과 남성성을 공유하면서 장대하게
노래되는 시가 「오서요」이다.

　오서요 당신은 오실째가되얏서요 어서오서요
　당신은 당신의오실째가 언제인지 아심닛가 당신의오실째는 나의기
다리는째임니다

　당신은 나의꼿밧헤로오서요 나의꼿밧헤는 꼿들이픠여잇슴니다
　만일 당신을조처오는사람이 잇스면 당신은 꼿속으로드러가서 숨으
십시오
　나는 나븨가되야서 당신숨은꼿위에가서 안것슴니다
　그러면 조처오는사람이 당신을차질수는 업슴니다
　오서요 당신은 오실째가되얏슴니다 어서오서요

　당신은 나의품에로오서요 나의품에는 보드러온가슴이 잇슴니다
　만일 당신을조처오는사람이 잇스면 당신은 머리를숙여서 나의가슴
에 대입시오
　나의가슴은 당신이만질째에는 물가티보드러웁지마는 당신의危險
을위하야는 黃金의칼도되고 鋼鐵의방패도됨니다
　나의가슴은 말ㅅ굽에밟힌落花가 될지언정 당신의머리가 나의가슴
에서 써러질수는 업슴니다
　그러면 조처오는사람이 당신에게 손을대일수는 업슴니다
　오서요 당신은 오실째가되얏슴니다 어서오서요

　당신은 나의죽엄속으로오서요 죽엄은 당신을위하야의準備가 언제
든지 되야잇슴니다
　만일 당신을조처오는사람이 잇스면 당신은 나의죽엄의뒤에 서십시
오

죽엄은 虛無와萬能이 하나임니다
죽엄의사랑은 無限인同時에 無窮임니다
죽엄의압헤는 軍艦과砲臺가 씌쓸이됨이다
죽엄의압헤는 强者와弱者가 벗이됨니다
그러면 조처오는사람이 당신을잡을수는 업습니다
오서요 당신은 오실째가되얏습니다 어서오서요
　　　　　　　　-「오서요」 전문

　'나'의 님인 중생은 엄혹한 현실상황에서 겁에 질려 있고 실의에 빠
져 있다. 이러한 중생들에게 관음신앙인 '나'는 어머니이자 연인,
인도자로서 부당한 현실상황을 타파하는데 모두 동참하자고 호소한
다. 부드러운 가슴을 지닌 '나'는 이들을 보호하기 위해서는 '黃金의
칼이나 鋼鐵의방패'도 될 수 있고, 경우에 따라서는 한 목숨을 바쳐
그들을 보호할 수도 있다. '나'는 여성이면서도 어느 남성보다 강한
목소리로 겁에 질린 중생을 독려하고 있는 것이다. 이러한 우리 모두
의 용감한 동참에 의해서만 '虛無와 萬能이하나'가 되고, '無限인同時
에 무궁'한 사랑이 펼쳐지고,' 軍艦과 砲臺가 씌쓸'이 되고, '强者와弱
者가 벗'이 된다. 이러한 세계 곧 정토가 이루어지기 위해서는 우리의
용기 있는 보살행이 선행되어야 한다. 한용운의 Anima인 '나'의 부드
러움과 강함의 양면성을 이 시「오서요」는 잘 보여 주고 있다.
　이처럼 『님의 沈默』의 여성적 화자인 '나'는 한용운의 Anima로서
관음신앙을 확실하게 보여주고 있다.

V. 맺는 말

이상으로 한용운의 『님의 沈默』의 시편들에 나오는 여성화자인 '나'를 C .G Jung의 분석 심리학의 원형의 하나인 Anima의 개념을 적용해 살펴보고 그 전개양상을 관음신앙으로 보았다. 이러한 이해는 한용운의 『님의 沈默』의 비밀세계를 이해하는 데 유력한 실마리를 제공하는 것이라고 생각한다. 곧 한국시가의 여성화자의 비밀을 Anima의 관점에서 바라보면 이해하기가 쉽고, 특히 『님의 沈默』의 경우 이러한 Anima의 관점에서 바라보면 한없이 순수하고 외로웠던 남성적 자아인 한용운의 Anima인 '나'가 일제강점기라는 극한상황을 만나 길고도 먼 밤길을 가며 관음신앙을 보이는 것을 알게 된다. 한용운이 부드러움이 굳셈을 제압하고 약한 것이 강함을 제압한다고 하며 인욕의 미덕을 강조하는 것은 『님의 沈默』의 여성 화자인 '나'의 발현을 예고하는 것 같아 흥미롭다. 특히 한용운의 관세음보살 환체험은 그의 관음신앙을 확인할 수 있는 결정적 증거로서 여기의 꽃을 든 아름답고 기품 있는 여인이 관세음보살임은 의심의 여지가 없는 것이다. 이로 보면 『님의 沈默』이 어느 여성의 대작이 아니냐는 의심은 전혀 근거 없는 것임을 알 것이다.

'나'가 여성, 남성의 양면성을 보이는 것은 관세음보살의 19응신 또는 32응신과 무관한 것이라고 보기 어렵다. 『님의 沈默』 88편에서 '나'는 여성과 남성, 양성적 존재로 다양하게 나타나 중생의 근기에 따라 활동한다. '나'는 고통과 수모 속에서도 한결같이 님을 사랑하며 그들과 '나'의 정토를 구현하려고 한다. 관세음보살이 세계에 대한 연민 때문에 보살에 머물며 동체대비행을 실천한 것처럼 '나'도 고통과 슬픔 속에서 일심으로 님을 그리며 비극적 사랑을 계속한다. 관세음보살이 자비와 지혜의 보살로 원초적 불타의 배우자이자 모든 구원자들의 활성적 미덕인 것처럼 '나'도 한 마음으로 님을 사랑하며 지혜로 어두운 세상을 밝히며 궁극적 깨달음에 도달하려고 한다.

『님의 沈默』의 '나'는 무력한 Persona의 그늘에서 벗어나 모성적 사랑으로 활동함으로써 새로운 출구를 찾게 된다. 곧 일제강점기의 무도한 군국주의자들에게 굴복할 수도 없고 그렇다고 그들을 물리쳐 몰아낼 수도 없는 딜레마에서 자존심 강한 남성적 자아 대신 여태까지 억압되어 밑바닥에 숨어 있던 여성적 자아인 Anima가 나타나 활동함으로써 자아의 파탄을 막고 그리움과 기다림, 인욕으로 이웃을 위로하고 격려해 내일을 기약하게 한다.

이러한 '나'는 어머니이자 연인적 존재로 슬퍼하고 하소연하는 모습을 보이지만, 그 이면에는 지혜와 자비로 끊임없이 님을 만나려고 노력하는 존재로 궁극적으로 참나(True Self)를 지향한다. 따라서 '나'는 과정적 존재이지 구경적 존재는 아니며, 이러한 '나'의 길가기의 주요한 동력의 하나가 관음신앙이다.

제4부

『님의沈默』의 不二的 해석

Ⅰ 머리말

한용운의 『님의 沈默』을 읽다 보면 그 형이상학적 깊이와 표현의 묘에 놀라움을 금치 못하게 된다. 특히 자주 언급되는 한국문학의 형이상학적 취약성을 생각할 때 그 가치는 더욱 돋보인다고 해야 할 것이다. 그래서인지 『님의 沈默』을 읽다 보면 친근하고 수월해 보이면서도 자세히 다가가 보면 불확실하고 모호해서 미궁을 맴도는 듯한 느낌을 갖게 된다. '님'의 무한한 다의성多義性, 다양한 모습으로 나타나 활동하는 '나', 밀고 당기기를 계속하는 '님'과 '나'의 관계는 그 대표적인 것이 될 것이다.

이러한 문제점들에 대해 많은 연구자들은 어느 한 면만을 택해 연구하거나 지나치게 현학적인 해석을 함으로써 시의 자연스런 향기를 잃어버리게 했다고 본다. 이에 연구자는 불교의 불이사상을 적용해 이 문제들을 해결해 보려고 한다. 불이는 둘이 아니라 하나이고, 나뉘어지지 않았으며, 다르지 않다는 말로 정리할 수 있다. 이때 하나는 둘을 더해서 되는 하나가 아니라 전체, 곧 그것 밖에 없고 상대되는 것이 없다는 의미에서의 하나이다. 불이사상은 하나로 여럿, 유무, 자타, 생사, 승속, 이사理事, 체용體用, 신심 등의 온갖 대립들을 뛰어넘은 중도관을 보여 준다. 자타불이, 범아불이梵我不二, 유무불이有無不二, 일다불이一多不二, 신심불이, 정예불이淨穢不二 등은 이러한 불이사상에서 파생된 것들이다. 『님의 沈默』이 침묵으로 사자후를 토하는 것도, 한용운이 문·사·철의 치우침 없는 융합의 길을 간 것도 불이사상과 연관지어 생각해 볼 수 있다. 구체적으로 불이사상은 『유마경』의 「문

수사리문질품」[1], 「입불이법문품」과 『화엄경』 등에 감동적으로 설파되어 있으며, 『반야심경』[2], 『법화경』의 「용출품」과 『금강삼매경론』, 『정토삼부경』 등에 명료히 나타나 있다. 본고는 이러한 경전을 참작하여 『님의沈默』을 불이사상으로 해석해 보려고 한다.

Ⅱ. 『님의沈默』의 불이적 전개

1. '님'의 불이

『님의沈默』의 '님'의 의미망은 시집의 서문에 해당되는 「군말」에 명쾌히 제시되어 있다.

> 「님」만님이아니라 긔룬것은 다님이다 衆生이 釋迦의님이라면 哲學은 칸트의님이다 薔薇花의님이 봄비라면 마시니의님은 伊太利다 …중략…
>
> 나는 해저문벌판에서 도러가는길을일코 헤매는 어린羊이 긔루어서 이詩를쓴다
>
> > - 「군말」에서 -

---

1) 不來의 來, 不見의 見의 불이법문을 설함.
2) 色不異空 空不異色 色卽是空 空卽是色 참조.

'긔룬것은 다님'이란 파천황의 선언은『님의沈默』의 비범함을 예고
한다. 그리운 것, 기릴만한 것, 가엾은 것은 모두 다 님이라는 이 혁명
적 선언은 이미 그 안에 불이성을 내포하고 있다.

구체적으로 해석해 보면 '중생', '철학', '봄비', '이태리'는 한용운의
님들이다. 얼핏 보아 서로 연관성이 없을 듯한 이 발언은 한용운의 전
인적 삶을 생각할 때 엄연히 그의 님들이다. 석가의 길을 가는 수행자
인 그에게 '중생'은 반드시 제도해야 할 '님'이고, 몽매한 시대에 '칸
트'와 같이 혁신적 지식인의 길을 가는 그에게 철학은 진리로서의 님
이다. 또 지고지순한 미를 추구하는 시인인 그에게 만물을 소생시켜
장미화를 꽃피우는 '봄비'는 생명의 원천으로서의 '님'이고, '마시니'
와 같이 핍박받는 조국을 위해 고난의 길을 가는 그에게 당시의 조선
은 '이태리'와 같이 외면할 수 없는 현실의 님이다.

이렇게 보면 '중생', '철학', '봄비'. '이태리'는 모두 한용운의 '님'으
로 둘이 아닌 하나의 님이다. 이러한 님들의 상대가 되는 '석가', '칸
트', '장미화', '마시니'는 곧 수행자. 혁신적 지식인, 시인, 항일 지사인
한용운의 또 다른 이름으로 불이적 관계이다.

이러한 각각의 님에 대해 구체적으로 살펴보도록 하겠다.

먼저 중생적인 님을 살펴보자.

　　나는 나루ㅅ배
　　당신은 行人

　　당신은 흙발로 나를 짓밟읍니다
　　나는 당신을안ㅅ고 물을건너갑니다

나는 당신을안으면 깁흐나 엿흐나 급한여울이나 건너갑니다

만일 당신이 아니오시면 나는 바람을쐬고 눈비를마지며 밤에서낫가
지 당신을기다리고 잇습니다
당신은 물만건느면 나를 도러보지도안코 가심니다 그려

그러나 당신이 언제든지 오실줄만은 아러요
나는 당신을기다리면서 날마다 ㅅㅅㅅ 낡어감니다

나는 나루ㅅ배
당신은 行人
                    - 「나루ㅅ배와行人」 전문-

당신의편지가 왓다기에 약을다리다말고 쩨여보앗습니다
그편지는 당신의住所는 다른나라의軍艦입니다
만일 님이쓰신편지이면 남의軍艦에잇는것이 事實이라할지라도 편
지에는 軍艦에서써낫다고 하얏슬터인데
                    - 「당신의편지」에서-

당신은 나의품에로오서요 나의품에는 보드러운가슴이 잇습니다
만일 당신을조처오는사람이 잇스면 당신은 머리를숙여서 나의가슴
에 대입시오
나의가슴은 당신이만질째에는 물가티보드러웁지마는 당신의危險
을위하야는 黃金의칼도되고 鋼鐵의방패도됩니다
나의가슴은 말ㅅ굽에밟힌落花가 될지언정 당신의머리가 나의가슴

에서 써러질수는 업슴니다
그러면 조처오는사람이 당신에게 손을대일수는 업슴니다
오서요 당신은 오실째가되얏슴니다 어서오서요
－「오서요」에서－

님은 나를 흙발로 짓밟고 박대한다. 그러나 나는 님을 원망하지 않고 깊은 물이나 급한 여울을 가리지 않고 정성껏 건네 드린다. 님은 강만 건너면 나를 돌아보지도 않고 제 갈 길만 간다. 그런 님을 나는 바람을 쐬고 눈비를 맞으며 밤낮으로 기다리고 있다. 이러한 수모 속의 기다림은 어떤 의미를 지니는가.

중생은 무명 속에서 탐 · 진 · 치의 삶을 사는 존재이다. 그런데 그런 중생들을 다 구제하지 않고서는 나의 완성이나 정토구현은 이루어질 수 없다. 따라서 나의 완성과 정토구현을 위해 나는 인욕바라밀을 전심전력으로 실행하는 것이다. 다시 말하면 나는 자리이타행自利利他行으로 흙발로 나를 짓밟고 매정하게 대하는 중생적인 님에게 헌신하며 그를 제도하려 한다.

『유마경』의 문질품에서 유마거사는 "모든 중생의 병이 사라지면 내 병도 사라집니다"라고 하는데, 유마의 병은 중생이 앓으면 나도 앓고 중생이 나으면 나도 낫는다는 뜻이니, 이것이야말로 진정한 대승보살의 행원이며 공한 마음에서 일어나는 바라밀행으로, 이 시의 나의 인욕도 이러한 보살행의 실천이라고 할 수 있다.

이러한 나는 「당신의편지」에서 사리분별을 못하는 님을 따끔하게 질책하기도 하고, 「오서요」에서 겁먹고 아무 행동도 못하는 님에게 방패가 되어 줄 터이니 내 뒤에 서서 모두 함께 동참하여 현실의 질곡을 타파하자고 간곡히 호소하기도 한다. 이처럼 「나룻배 行人」, 「당신의 편지」, 「오서요」의 님은 나의 도움이 필요한 중생적인 님의 모습을 보이고 있다.

다음으로 철학, 진리, 혹은 지혜의 성격을 지닌 님이 나타나는 시를 살펴보자.

님의사랑은 鋼鐵을녹이는불보다도 쓰거은데 님의손ㅅ길은 너머차서 限度가업습니다
나는 이세상에서 서늘한것도보고 찬것도보앗습니다 그러나 님의 손ㅅ길가티찬것은 볼수가업습니다

국화픤 서리아츰에 써러진닙새를 울니고오는 가을바람도 님의 손ㅅ길보다는 차지못합니다
달이적고 별에쏠나는 겨울밤에 어름위에 싸인눈도 님의손ㅅ길보다는 차지못합니다
甘露와가티淸凉한 禪師의說法도 님의손ㅅ길보다는 차지못합니다

나의적은가슴에 타오르는불꼿은 님의손ㅅ길이아니고는 끄는수가 업습니다
　　　　　　　　　－「님의손ㅅ길」에서－

남들은 自由를사랑한다지마는 나는 服從을조아하야요
自由를모르는것은 아니지만 당신에게는 服從만하고십허요
服從하고십흔데 服從하는것은 아름다은自由보다도 달금합니다 그것이 나의幸福입니다

　　그러나 당신이 나더러 다른사람을 服從하랴면 그것만은 服從할수가
업슴니다
　　다른사람을 服從하랴면 당신에게 服從할수가업는 까닭임니다
-「服從」전문-

　진리를 갈파하는 철학은 냉철하기 이를 데 없다. 시대에 앞서 진리
의 외길을 가야 하기 때문에 위험도 따르고 유혹도 있을 수 있다. 이
러한 난관을 물리치고 제 길을 가려면 확고한 논리와 불퇴전의 용기
가 있어야 한다. 불교의 한 축을 담당하는 지혜는 철학의 또 다른 이
름일 수 있다. 따라서 이 시의 나의 비길 데 없이 찬 지혜의 이면에는
'강철을 녹이는 불보다도 뜨거운' 자비가 자리잡고 있다. 이 냉엄한
지혜는 분별없이 타오르는 나의 가슴의 불을 끄고 바른 길을 가게 한
다. 이러한 진리, 지혜의 길을 가는 나에게 무도한 힘이 강요하는 복
종은 감내할 수 없는 것이다. 자유로운 삶을 추구하는 나는 복종할 님
에게만 복종할 뿐, 그렇지 않은 대상에게는 목숨을 바쳐서라도 저항
한다.
　시「服從」은 이러한 태도를 명백히 보여준다. 복종할 대상을 갖는
다는 것은 행복한 일이다. 그런 대상에게 나는 자발적으로 복종한다.
이렇게 보면 내가 복종하는 님은 나를 본질적으로 자유롭게 하는 진
리 또는 철학이라고 할 수 있다. 이상의 시들에서 살펴본 것처럼 님은
철학 혹은 진리, 지혜의 성격을 지니고 있다.
　다음으로 만물을 소생시켜 주는 봄비와 같은 님을 보여주는 시들을
살펴보자.

바람도업는공중에 垂直의波紋을내이며 고요히써러지는 오동닙은
누구의발자최임닛가

지리한장마씃헤 서풍에몰녀가는 무서은검은구름의 터진틈으로 언
뜻〃〃보이는 푸른하늘은 누구의얼골임닛가

꼿도업는 깁흔나무에 푸른이씨를거처서 옛塔위의 고요한하늘을 슬
치는 알ㅅ수업는향긔는 누구의입김임닛가

근원은 알지도못할곳에서나서 돍샌리를울니고 가늘게흐르는 적은
시내는 구븨〃〃 누구의노래임닛가

련꼿가튼발쓤치로 갓이업는바다를밟고 옥가튼손으로 씃업는하늘
을만지면서 써러지는날을 곱게단장하는 저녁놀은 누구의詩임닛가

               -「알ㅅ수업서요」 전문-

당신의얼골은 봄하늘의 고요한별이여요

그러나 씨저진구름새이로 돗어오는 반달가튼 얼골이 업는것이아님
니다

만일 어엽분얼골만을 사랑한다면 웨 나의벼게ㅅ모에 달을수노치안
코 별을수노아요

당신의마음은 틔업는 숫玉이여요 그러나 곱기도 밝기도 굿기도 보
석가튼 마음이 업는것이아님니다

만일 아름다은마음만을 사랑한다면 웨 나의반지를 보석으로아니하
고 옥으로만드러요

당신의詩는 봄비에 새로눈트는 金결가튼 버들이여요

그러나 기름가튼 검은바다에 픠여오르는百合꼿가튼 詩가 업는것이

아닙니다
　만일 조혼文章만을 사랑한다면 웨 내가 꼿을노래하지안코 버들을讚
美하여요

　왼세상사람이 나를사랑하지아니할째에 당신만이 나를사랑하얏슴
니다
　나는 당신을사랑하야요 나는 당신의「사랑」을 사랑하야요
　　　　　　　-「「사랑」을사랑하야요」 전문-

　우주에 편만해 있는 법신과의 교감으로 나는 황홀경에 도취해 있
다. 나는 고요히 떨어지는 오동잎에서 님의 오묘한 발자취를, 무서운
검은 구름의 터진 틈으로 언뜻언뜻 드러나는 푸른 하늘에서 소중한
님의 얼굴을, 옛 탑 위의 고요한 하늘을 스치는 알 수 없는 향기에서
님의 향기로운 입김을, 알지도 못할 곳에서 나서 돌부리를 울리고 가
늘게 흐르는 작은 시내에서 미묘한 님의 노래를, 떨어지는 날을 곱게
단장하는 저녁놀에서 비할 데 없이 아름다운 님의 시를 본다. 이 모든
것들이 님의 존재를 확인시켜 주어 나는 황홀경에 빠져든다. 곧 생명
의 모태인 기세간(자연)에서 무한한 위로를 받는다.
　「「사랑」을사랑하야요」의 ‘당신’도 이러한 님의 성격과 상통한다고
볼 수 있다. 밝고 예쁜 반달이 아닌 ‘밤하늘의고요한별’, 찬란한 보석
이 아닌 ‘틔업는숫玉’, 화려한 꽃이 아닌 ‘봄비에새로눈트는 金결가튼
버들’을 각각 님의 ‘얼골’, ‘마음’, ‘詩’로 찬양하면서 근원적인 생명의
모태인 님에게 깊은 사랑을 보내고 있다. 이처럼 『님의沈默』에는 생
명의 모태인 봄비와 같은 성격으로서의 님이 나타나고 있다.

마지막으로 '이태리'와 같은 조국 또는 민족의 의미로서의 님을 살펴보자.

의심하지마서요 당신과 써러저잇는 나에게 조금도의심을두지마서요
의심을둔대야 나에게는 별로관계가업스나 부지럽시 당신에게 苦痛
의數字만 더할쓴입니다

나는 당신의첫사랑의팔에 안길째에 왼갓거짓의옷을 다벗고 세상에
나온그대로의 발게버슨몸을 당신의압헤 노앗슴니다 지금까지도 당신
의압헤는 그째에노아둔몸을 그대로밧들고 잇슴니다

만일 人爲가잇다면 「엇지하여야 츰마음을변치안코 짱ㅅ내 거짓업
는몸을 님에게바칠고」하는 마음쓴입니다
당신의命令이라면 生命의옷까지도 벗것슴니다
　　　　　－「의심하지마서요」에서－

하늘의푸른빗과가티 쌔끗한 죽엄은 群動을淨化함니다
虛無의빗(光)인 고요한밤은 大地에君臨하얏슴니다
힘업는초ㅅ불아레에 사릿드리고 외로히누어잇는 오ㅅㅅ 님이어
눈물의바다에 쏫배를씌엇슴니다
쏫배는 님을실ㅅ고 소리도업시 가러안젓슴니다
나는 슯음의三昧에「我空」이되얏슴니다

쏫향긔의 무르녹은안개에 醉하야 靑春의曠野에 비틀거름치는 美人
이어

죽엄을 기력이틀보다도 가벼웁게여기고 가슴에서타오르는 불꽃을
어름처럼마시는 사랑의狂人이어
아〃 사랑에병드러 自己의사랑에게 自殺을勸告하는 사랑의失敗者여
그대는 滿足한사랑을 밧기위하야 나의팔에안겨요
나의팔은 그대의사랑의 分身인줄을 그대는 웨모르서요
　　　　　　－「슯음의三昧」 전문－

세상은 誹謗도만코 猜忌도만슴니다
당신에게 誹謗과猜忌가 잇슬지라도 關心치마서요
　　　　　　－「誹謗」에서－

　　나는 일편단심으로 자유로운 생존공간을 희구하고 있다. 그러한 나
에게 식민지가 된 조국이나 민족은 의심을 품고 있다. 그러한 조국이
나 민족인 님에게 나는 날카롭게 질책하며 그러한 의심을 거두기를
호소한다. 희망이 없는 극한상황에서는 신념을 갖기가 어렵고 서로
의심하고 반목하기가 쉽지만 나는 한 번도 흔들린 적 없이 '당신의첫
사랑의팔에 안길째에 왼갓거짓의옷을 다벗고 세상에 나온 그대로의
발게버슨몸'을 '그대로밧들고잇'다. 그런데 나의 님이고 희망이신 당
신은 나를 의심하고 흔들린다. 나는 님을 위해서라면 '생명의 옷까지
라도벗'을 수 있다. 나는 일편단심으로 님을 그리워하며 실의와 슬픔
속에서도 님만을 사랑하며 만날 날을 기다린다. 이러한 만남이 이루
어지기 위해서는 우리가 서로 의심을 벗고 하나가 되어야 한다. 우리
사이의 의심은 적들만 이롭게 할 뿐 우리에게 하등의 도움도 되지 않
는다. 그래서 나는 조국과 민족이 의심에서 벗어나 나와 함께 자유로

운 삶의 공간 회복의 길로 매진하기를 호소한다.

신념이 흔들리는 님을 경책하며 껴안아 회복시키려는 나의 태도는 「슯음의三昧」에서 '힘업는초ㅅ불아레에 사릿드리고 외로히누어있는', '청춘의광야에 비틀거름치는美人'인, '죽엄을 기럭이털보다도 가벼웁게여기고 가슴에서타오르는불꽃을 어름처럼마시는 사랑의狂人'인, '사랑에병드러自己의사랑에게 自殺을勸告하는 사랑의失敗者'인 님에게, '사랑의팔에안겨' '만족한사랑을밧'아 실의와 좌절에서 벗어나라는 호소로 나타나기도 하고, 「誹謗」에서는 세상의 비방과 시기에 패념치 말고 일관되게 우리의 목표를 향해 나아가자는 권고로 나타나기도 한다. 이처럼 『님의沈默』의 님은 조국이나 민족의 의미를 지니기도 한다.

이상으로 「군말」에서 제시된 네 가지 성격의 님을 살펴보았다. 「군말」은 『님의沈默』의 서문인 만큼 이들은 곧 한용운의 님으로 시인과 불이의 관계를 맺고 있다. 수행자이며 지사, 혁신적 지식인이면서 시인인 한용운에게 중생, 철학, 봄비, 이태리는 불이의 님으로 하나같이 한용운의 전인적인 삶의 모습을 보여주고 있다.

2. '나'의 불이

다시 「군말」에서 '나'의 불이성을 확인해 보자.

…전략… 衆生이 釋迦의님이라면 哲學은 칸트의님이다 薔薇花의님

이 봄비라면 마시니의님은 伊太利다 님은 내가사랑할쑨아니라 나를사
랑하나니라 …중략…
　나는 해저문벌판에서 도러가는길을일코 헤매는 어린羊이 긔루어서
이詩를쓴다
－「군말」에서－

위의 언급에서 '님의' 상대로 '석가', '칸트', '장미화', '마시니'가 제
시되어 있다. 이들을 일반적 명칭으로 되돌려보면 수행자, 혁신적 지
식인, 예술가(시인), 지사가 될 것이다. 그리고 이러한 네 영역은 한
용운의 삶의 전 활동영역과 정확히 일치하고 있다. 곧 수행자 한용운,
혁신적 지식인 한용운, 시인 한용운, 지사 한용운으로 완전히 일치하
고 있는 것이다. 마지막으로 '어린羊'을 생각해 볼 수 있는데 '어린羊'
은 제도해야할 중생으로 님이 될 수도 있지만 수행자이면서 아직 무
명을 벗지 못한 한용운 자신이라고도 할 수 있다. 실제 88편의 본시편
들에서는 이러한 무명의 '나'가 자주 나타나 활동하고 있다[3].
　시집 『님의沈默』에는 이 다섯 영역의 '나' 곧 '석가'적인 '나'(수행
자), '칸트'적인 '나'(혁신적 지식인), '장미화'적인 '나'(시인), '마시니'
적인 '나'(지사), '어린羊'적인 '나'(중생 또는 식민지민)가 종횡으로
나타나 발언하고 활동한다.
　지금부터 이런 다섯 모습의 '나'를 각각 살펴보고 이들도 불이의
'나'임을 확인해 보도록 하겠다.
　먼저 '석가'적인 '나', 곧 수행자인 '나'를 살펴보도록 하자.

3) 윤석성,「『님의沈默』의 '나'」참조.

　　님이며는 나를사랑하련마는 밤마다 문밧게와서 발자최소리만내이
고 한번도 드러오지아니하고 도로가니 그것이 사랑인가요
　　그러나 나는 발자최나마 님의문밧게 가본적이업슴니다
　　아마 사랑은 님에게만 잇나버요

　　아々 발자최소리나 아니더면 쑴이나 아니깨엿스련마는
　　쑴은 님을차저가랴고 구름을탓섯서요
　　　　　　　-「쑴깨고서」 전문-

　　나는 어늬날밤에 잠업는쑴을 쑤엇슴니다
　　「나의님은 어데잇서요 나는 님을보러가것슴니다 님에게가는길을
가저다가 나에게주서요 겸이어」
　　「너의가랴는길은 너의님의 오랴는길이다 그길을가저다 너에게주면
너의님은 올수가업다」
　　「내가가기만하면 님은아니와도 관계가업슴니다」
　　「너의님의 오랴는길을 너에게 갓다주면 너의님은 다른길로 오게된
다 네가간대도 너의님을 만날수가업다」
　　「그러면 그길을가저다가 나의님에게주서요」
　　「너의님에게주는것이 너에게주는것과 갓다 사람마다 저의길이
각々잇는것이다.」
　　「그러면 엇지하여야 리별한님을 맛나보것슴닛가」
　　「네가 너를가저다가 너의가랴는길에 주어라 그리하고 쉬지말고 가
거라」
　　「그리할마음은 잇지마는 그길에는 고개도만코 물도만슴니다 갈수
가 업슴니다」

　　검은「그러면 너의님을 너의가슴에 안겨주마」하고 나의님을 나에게
안 겨주엇습니다

　　나는 나의님을 힘껏 쎠안엇습니다
　　나의팔이 나의가슴을 압흐도록 다칠째에 나의두팔에 베혀진 虛空은
나의팔을 뒤에두고 이어젓습니다
-「잠업는꿈」 전문-

　　「꿈째고서」는 한용운 시의 묘미를 잘 보여주는 예이다. 얼른 보아
평범한 시 같아 보이지만 깨물어볼수록 깊은 맛을 풍긴다. '나'는 님
이 확실하게 내 앞에 현신하지 않는 것에 안타까워하고 투정을 부린
다. '밤마다 문밧게와서 발자최소리만내이고 한번도드러오지아니하
고 도로가'는 님의 사랑은 야속하기만 하다. 그러나 '나'는 곧 내가 님
의 문밖에나마 가본 적이 없다는 사실을 환기하고 자신은 사랑할 능
력도, 나아가서 님과의 만남을 이룰 능력도 없는 존재임을 아프게 깨
닫는다. 님이 오시지 않는다고 투정만 부리지 님이 정작 오셨을 때 깨
어서 맞이할 줄을 모르는 것이다. 그래서 '아마 사랑은 님에게만 잇나
버요'라고 솔직히 고백한다. '나'는 아직 깨어서 님을 정확히 보고 맞
이할 수준은 못 되지만 님의 발자취 소리에 놀라 깨어나고, 오매불망
님과의 만남을 염원하는, 수행자의 단계는 된다. 평범한 여인네의 하
소연 투와 쉬운 생활어로 존재의 근원 문제를 토로하는 이 시가 주는
감동과 형이상학성은 세계문학사를 통틀어보아도 찾아보기가 어려
운 예이다.
　　이러한 '나'의 일심정진은 「잠업는꿈」에서 치열성을 극적으로 보여

준다. '나'는 조급할 정도로 님과의 만남을 이루고 싶어한다. 그러나 만남은 썩 이루어지지 않는다. '나'는 '검'에게 님과 만나게 해달라고 떼를 쓴다. '검'은 님을 나에게 확 안겨 준다. 그러나 '나'는 허공만을 힘껏 껴안을 뿐, 님의 실체를 껴안지는 못한다. 이 얼마나 극적인 표현인가. 결국 '나'는 아직 자력으로 님과 만날 수 없다는 사실을 깨닫고 안타까워 하지만, 사랑을 버리지는 못한다. 이처럼 '나'는 '석가'적인 수행자의 모습을 보여준다.

다음으로 '칸트'적인 '나' 곧 혁신적 지식인인 '나'의 모습을 살펴보자.

> 나는 당신을 리별하지아니할수가 업습니다 님이어 나의리별을 참어주서요
> 당신은 고개를넘어갈째에 나를도러보지마서요 나의몸은 한적한모래속으로 드러가랴합니다
> 님이어 리별을참을수가업거든 나의죽엄을 참어주서요
> 나의生命의배는 부스럼의 쌈의바다에서 스스로 爆沈하랴합니다 님이어 님의입김으로 그것을부러서 속히잠기게 하야주서요 그러고 그것을 우서주서요
> ─「참어주서요」에서─

> 님이어 나의마음을 가저가랴거든 마음을가진나한지 가저가서요 그리하야 나로하야금 님에게서 하나가되게 하서요
> 그러치아니하거든 나에게 고통만을주지마시고 님의마음을 다주서요 그러고 마음을가진님한지 나에게주서요 그래서 님으로하야금 나에게서 하나가되게 하서요
> ─「하나가되야주서요」에서─

님이어 오서요 오시지아니하랴면 차라리가서요 가랴다오고 오랴다
가는것은 나에게 목숨을쌔앗고 죽엄도주지안는것임이다

님이어 나를책망하랴거든 차라리 큰소리로말슴하야주서요 沈默으
로 책망하지말고 沈默으로책망하는것은 압혼마음을 어름바늘로 찌르
는것입니다

님이어 나를아니보랴거든 차라리 눈을돌녀서 감으서요 흐르는것눈
으로 흘겨보지마서요 겻눈으로 흘겨보는것은 사랑의보(褓)에 가시의
선물을싸서 주는것입니다

-「차라리」전문-

'나'는 이성의 힘으로 강자의 궤변이나 유혹에서 벗어나려고 한다.
또 이러한 일은 '나' 혼자만의 힘으로 되는 것이 아니므로 공동체 전
체의 참여를 호소하기도 한다. '나'는 님에게 우리의 이별을 참아달라
고 한다. 이성에 의한 매서운 결의는 용기로 이어지고 나아가서 행동
화할 수 있기 때문이다. 우리의 사랑은 절망과 죽음이 아니라 소생과
만남의 사랑이어야 한다. 이러한 소생과 만남을 이루어내는 데 이성
적인 내가 필요하다. '나'는 님도 이성적 존재가 되어 함께 난국을 타
개하기를 호소한다.

「하나가되야주서요」는 님과 '나'의 이러한 이성적 유대관계를 강
조한다. 우리는 현실을 있는 그대로 보고 이성적으로 타개해야 한다.
「차라리」에서 보이는 님의 미지근한 태도에 대한 질책도 이성의 결
여에 대한 질책이라고 할 수 있다. 그른 것은 그르다고 하고 바로잡아
가는 것이 이성적 문제 해결의 태도이다. '나'는 님과의 사랑에서도
이성이 역할하지 않으면 '사랑의褓에 가시의선물을 싸서주는것'과 같

다고 생각한다. 이처럼 '나'는 이성적이며 혁신적인 지식인의 모습을
보여준다.

　세번째로 '薔薇花'적인 '나', 곧 예술가나 시인의 모습을 보이는 '나'
를 살펴보자.

　　나는 서투른 畵家여요
　　잠이아니오는 잠ㅅ자리에 누어서 손ㅅ가락을 가슴에대히고 당신의
코와 입과 두볼에 새암파지는것까지 그렷습니다
　　그러나 언제든지 적은우슴이써도는 당신의눈ㅅ자위는 그리다가 백
번이나 지엇습니다

　　나는 파겁못한 聲樂家여요
　　이웃사람도 도러가고 버러지소리도 끈첫는데 당신의가리처주시든
노래를 부르랴다가 조는고양이가 부ㅅ러워서 부르지못하얏습니다
　　그레서 간은바람이 문풍지를슬칠째에 가마니合唱하얏습니다

　　나는 叙情詩ㅅ人이되기에는 너머도 素質이업나버요
　　「질거음」이니 「슯음」이니 「사랑」이니 그런것은 쓰기시려요
　　당신의 얼골과 소리와 거름거리와를 그대로쓰고십흡니다
　　그리고 당신의 집과 寢臺와 꼿밧헤잇는 적은돌도 쓰것습니다
　　　　　　　　　-「藝術家」전문-

　　나의노래가락의 고저장단은 대중이업슴니다
　　그레서 세속의노래곡조와는 조금도 맛지안슴니다
　　그러나 나는 나의노래가 세속곡조에 맛지안는 것을 조금도 애닯어

하지안슴니다

　나의노래는 세속의노래와 다르지아니하면 아니되는 까닭임니다

　　　…중략…

　나의노래는 사랑의神을 울님니다

　나의노래는 처녀의靑春을 쥡짜서 보기도어려은 맑은물을 만듬니다

　나의노래는 님의귀에드러가서는 天國의音樂이되고 님의쑴에드러

가서는 눈물이됨니다

　나의노래가 산과들을지나서 멀니게신님에게 들니는줄을 나는암니다

　나의노래가락이 바르ㅅ쌀다가 소리를 이르지못할째에 나의노래가

님의 눈물겨운 고요한幻想으로 드러가서 사러지는것을 나는 분명히암

니다

　나는 나의노래가 님에게들니는것을 생각할째에 光榮에넘치는 나의

적은 가슴은 발ㅅㅅ쌀면서 沈黙의音譜를 그림니다

　　　　　-「나의노래」에서-

　‘나’는 서투른 화가이고 부끄럼 많은 성악가이다. 그러나 이런 서투름과 부끄럼에는 ‘나’의 순수성과 자부심도 함께 들어 있다. ‘나’는 감정을 그대로 드러내는 서정시에는 별로 소질이 없다고 한다. 세속적인 즐거움이나 슬픔, 사랑에도 별로 관심이 없다. ‘나’는 본질적인 사랑을 하고 싶고, 그런 예술을 하고 싶다. ‘나’의 영원한 님이요 본체이신 님의 얼굴과 소리, 걸음걸이를 있는 그대로 쓰고 싶고, 님이 사시는 집과 주무시는 침대, 예쁘게 꾸며놓은 꽃밭의 작은 돌까지라도 관심을 갖고 쓰고 싶다.

　나는 세간 사람들과 어울려 구별 없이 살지만 세속적이려고는 하지

않는다. 나의 사랑과 예술도 그들의 말과 행동으로 하는 듯 하지만 그들과 같이 세속적이지는 않다. 그래서 '나의 노래가락의 고저장단은 대중이업'어 보인다. 나의 노래는 친대중적이되 세속적이지는 않다. 나는 님과의 사랑을 완성하기 위해, 곧 오랫동안 이어지는 이별을 만남으로 극복하기 위해 예술활동을 한다. 이것이 '나의노래는 세속의 노래와 다르지아니하면 아니되는까닭'이다. 이러한 나의 노래는 '사랑의神'도 울리고, 순결한 처녀의 청춘을 쥐어짜서 보기도 어려운 맑은 물을 만들기도 하고, 님의 귀에 들어가서 천국의 음악이 되고, 님의 꿈에 들어가서 감동의 눈물이 되기도 한다. 그래서 나는 나의 노래에 자신을 갖는다. '나의노래가 산과들을지나서 멀니게신님에게 들니는줄을'알고, '나의노래는 님의눈물겨운 고요한幻想으로드러가서 사러지는것을' 알기 때문에 '光榮에넘치는 나의적은가슴은 발々々썰면서 沈默의音譜를 그'린다.

이처럼 나는 본질을 추구하는 예술가의 모습을 보여주고 있다. 나의 예술관은 「生의藝術」의 "님이주시는 한숨과눈물은 아름다운 生의 藝術입니다"에서도 확인된다.

다음으로 가장 많이 나타나는 '마시니'적인 나, 곧 지사적인 나에 대해 살펴보자.

> 당신이가신뒤로 나는 당신을이즐수가 업슴니다
> 싸닭은 당신을위하나니보다 나를위함이 만슴니다
>
> 나는 갈고심을쌍이 업슴으로 秋收가업슴니다
> 저녁거리가업서서 조나감자를쑤러 이웃집에 갓더니 主人은 「거지

는 人格이업다 人格이업는사람은 生命이업다 너를도아주는것은 罪惡
이다」고 말하얏슴니다
　　그말을듣고 도러나올째에 쏘더지는눈물속에서 당신을보앗슴니다

　　나는 집도업고 다른까닭을겸하야 民籍이업슴이다
　　「民籍업는者는 人權이업다 人權이업는너에게 무슨貞操냐」하고 凌
辱하랴는將軍이 잇섯슴니다
　　그를抗拒한뒤에 남에게대한激憤이 스스로의슯음으로化하는刹那에
당신을보앗슴니다

　　아아 왼갓 倫理, 道德, 法律은 칼과黃金을祭祀지내는 煙氣인줄을 아
럿슴니다
　　永遠의사랑을 바들ㅅ가 人間歷史의첫페지에 잉크칠을할ㅅ가 술을
말실ㅅ가 망서릴째에 당신을 보앗슴니다
　　　　　　　-「당신을보앗슴니다」전문-

　　그것이참말인가요 님이어 속임업시 말슴하야주서요
　　당신을 나에게서 쌔어서간 사람들이 당신을보고「그대는 님이업다」
고 하얏다지오
　　그래서 당신은 남모르는곳에서 울다가 남이보면 우름을 우슴으로
변한다지오
　　사람의 우는것은 견딀수가업는것인데 울기조차 마음대로못하고 우
슴으로변하는것은 죽엄의맛보다도 더쓴것임니다
　　그러면 나는 그것을변명하지안코는 견딀수가업슴니다
　　나의生命의꼿가지를 잇는대로썩거서 花環을만드러 당신의목에걸

고 「이것이 님의님이라」고 소리처말하것슴니다

　그것이참말인가요 님이어 속임업시 말슴하야주서요
　당신을 나에게서 쌔어서간 사람들이 당신을보고 「그대의 님은 우리
가 구하야준다」고 하얏다지오
　그레서 당신은 「獨身生活을하것다」고 하얏다지오
　그러면 나는 그들에게 분푸리를하지안코는 견딀수가업슴니다
　만치안한 나의피를 더운눈물에 석거서 피에목마른 그들의칼에샌리
고 「이것이 님의님이라」고 우름석거서 말하것슴니다
　　　　　　　－「참말인가요」 전문－

나는 위기에 처해 있다. 나를 핍박하는 자는 갖은 방법으로 나에게 모욕을 가한다. 그렇다고 나는 그들에게 굴복하지는 않는다. 핍박자들은 그들의 수탈로 저녁거리가 없어져 어쩔 수 없이 조나 감자를 꾸러간 나에게 "거지는 인격이업다 인격이업는사람은 생명이업다 너를 도와주는것은 죄악이다"고 모욕한다. 또 그들이 발부하는 민적을 거부한 나에게 "民籍업는자는 人權이업다 인권이업는너에게 무슨貞操냐"하며 능욕하려고도 한다. 이러한 모욕들을 겪으면서 나는 이 모든 책임이 무력한 자신에게 있음을 통감하며 절망하고, 소승적 안주에 머물러 버릴까, 무도한 승리자를 합리화하는 인간 역사를 원천적으로 부정해 버릴까, 마구 술이나 마셔버릴까 하고 방황하기도 하지만 마지막 순간에 가까스로 다시 님을 보게 됨으로써 위기를 극복하고 방향을 찾게 된다.

　이같이 내가 깊은 절망 속에서도 위기를 극복할 수 있었던 것은 핍

박자들이 강요하는 모든 윤리나 도덕, 법률이 불합리한 것임을 내가 명백히 알고 있기 때문이다. 따라서 나는 그들의 불합리한 윤리, 도덕, 법률을 거부하고 생명과 평화의 본체이신 나의 님의 윤리, 도덕, 법률을 따르려고 하며, 이러한 본체이신 님이 현현하여, 곧 님과 나의 만남이 이루어져 우리 모두가 평화롭게 살 수 있는 낙원이 이루어지기를 염원하며 고난의 사랑을 계속하는 것이다.

이러한 고난의 사랑은 「참말인가요」에서 좀더 직설적이고 비극적으로 전개된다. 우리의 주권을 강탈한 자들은 '나'의 님인 조국에게 "그대는 님이업다"고 모욕을 가한다. 나아가서 그들은 "그대의님은 우리가 구하야준다"고 조롱한다. 이에 대해 님은 "獨身生活을 하겠다"고 응답하지만 그들의 모욕과 조롱은 그칠 줄을 모른다. '나'는 그들의 무례와 모욕을 참고 넘어갈 수가 없다. '나'는 한 목숨을 바칠 각오로 그들 앞에 나아가 '나'의 피를 "목마른 그들의칼에 쒸리고 「이것이 님의님이라」"고 크게 소리치려고 한다. 이런 '나'의 투쟁을 제국주의자인 그들은 간교한 논리와 미봉적 문화통치로 호도하면서 민족을 이간시키고 패배의식을 심화시키려 한다.

시 「가지마서요」는 저들의 이러한 내막을 여실히 폭로하고 있다. 저들의 위장술책을 '敵의旗ㅅ발', '惡魔의눈빗', '칼의우슴'이라고 폭로하면서 유혹에 빠지지 말 것을 간절히 호소한다.

이 외에도 조국에 대한 '나'의 충정은 「自由貞操」, 「論介의愛人이되야서그의廟에」, 「거짓리별」, 「桂月香에게」, 「써날째의님의얼골」, 「타골의詩(GARDENISTO)를읽고」, 「당신가신째」 등에도 잘 나타나 있다.

마지막으로 '어린羊'적인 '나', 곧 중생이나 실의에 빠진 민족인 '나'에 대해 살펴보자

하늘에는 달이업고 싸에는 바람이업슴니다
사람들은 소리가업고 나는 마음이업슴니다

宇宙는 죽엄인가요
人生은 잠인가요

한가닭은 눈ㅅ섭에걸치고 한가닭은 적은별에걸쳣든 님생각의金실
은 살ㅅㅅ것침니다
한손에는 黃金의칼을들고 한손으로 天國의꼿을썩든 幻想의女王도
그림자를 감추엇슴니다
아ㅅ 님생각의金실과 幻想의女王이 두손을마조잡고 눈물의속에서
情死한줄이야 누가아러요

宇宙는 죽엄인가요
人生은 눈물인가요
人生이 눈물이면
죽엄은 사랑인가요
　　　　-「고적한밤」 전문-

희미한조름이 활발한 님의발자최소리에 놀나쌔여 무거은눈섭을 이
기지못하면서 창을열고 내다보앗슴니다.
동풍에몰니는 소낙비는 산모롱이를 지나가고 쓸압희 파초닙위에
비ㅅ소리의 남은音波가 그늬를씀니다
感情과理智가 마조치는 刹那에 人面의惡魔와 獸心의天使가 보이랴
다 사러짐니다

흔드러쌔는 님의노래가락에 첫잠든 어린잔나비의 애처러은쑴이 꼿
써러지는소리에쌔엇습니다
죽은밤을지키는 외로운등ㅅ불의 구슬쏫이 제무게를이기지못하
야 고요히써러짐니다
미친불에 타오르는 불상한靈은 絶望의北極에서 新世界를探險함니다

沙漠의쏫이어 금음밤의滿月이어 님의얼골이어
픠랴는 薔薇花는 아니라도 갈지안한白玉인 純潔한나의님설은 微笑
에沐浴감는 그입설에 채닷치못하얏습니다
움지기지안는 달빗에 눌니운 창에는 저의털을가다듬는 고양이의 그
림자가 오르락나리락함니다

아아 佛이냐 魔냐 人生이 쐬씰이냐 쑴이 黃金이냐
적은새여 바람에흔들니는 약한가지에서 잠자는 적은새여
-「?」전문-

나는 허무의 바다에 빠져 있다. 무명의 소용돌이에 휩쓸리고 시대
의 먹구름에 숨막혀 있다. 이런 나에게 '하늘에는 달이업고 싸에는 바
람이업'다. 빛도 공기도 없는 암흑공간에서 나는 질식돼 가고 있는 것
이다. 나는 소리가 없고 마음이 없다. 살아 있어도 살아 있는 것이 아
니다. 우주마저도 죽음이고, 인생은 깨어날 줄 모르는 긴 잠이다. 감
미로운 님 생각도, 가슴을 가득히 채우던 환상도 자취를 감춰 버렸다.
인생은 눈물이고 사랑도 죽어버렸다고 나는 선언한다. 이러한 절규는
분명히 고해 중생이나 실의에 빠진 인간의 목소리이다. 나는 수행자
이지만 틈틈이 중생성과 시대성을 드러낸다.

「?」는 수행자이면서도 중생성을 드러내는 좋은 예이다. 나는 활발한 님의 발자취 소리에 놀라 깨어 창을 열고 밖을 내다본다. 삼라만상은 생기발랄하다. 이것은 곧 님의 발자취 소리이기도 하다. 그러나 아직 중생성을 벗지 못한 나에게 관능적이라 할 만한 자연의 생기는 버겁기만 하다. 나는 자신의 내부에서 꿈틀거리는 육체적 충동을 제어하지 못한다. 감정과 이지가 마주치는 찰나에 악마와 천사가 보이려다 사라진다. 님은 자연을 빌어 흥겨운 노래를 대지에 뿌리는데, '첫잠든 어린잔나비'인 나, 곧 초보 수행자인 나의 애처로운 꿈은 꽃 떨어지는 소리에 놀라 깬다. 나는 지금 혼란에 빠져 있다. 가슴 속에 불길이 마구 탄다. 낮의 생기와는 달리 밤은 죽은 듯 어둡고 무겁다. 나는 미친 불에 타오르는 불쌍한 영으로 절망의 북극에서 신세계를 탐험한다.

나는 초심으로 돌아가 청정심을 유지하려 하지만 쉬운 일이 아니다. 갈지 않은 백옥과 같이 순결한 나의 입술은 미소에 목욕감는 님의 입술에 채 닿지 못한다. 나는 관능의 불길을 조어하지 못하고 방황하고 있는데, 움직이지 않는 달빛에 눌리운 창에는 관능을 상징하는 고양이의 그림자가 저의 털을 가다듬으면서 오르락나리락 한다. 이런 갈등을 나는 극복하지 못하고 결국 "아아 佛이냐 魔냐 人生이 티끌이냐 꿈이 黃金이냐 / 작은 새여 바람에 흔들리는 약한 가지에서 잠자는 작은 새여"하고 절규하게 된다.

이러한 나의 중생성은 사랑의 가치를 철저히 부정하다 가까스로 회복되는 「잠꼬대」나 눈물 속에서 비극적인 나날을 살아가는 「우는째」나 「快樂」에서도 확인할 수 있다. 이 모든 예들은 나의 '어린羊'적인 모습, 곧 중생이나 실의에 빠진 민족의 모습을 보이고 있다. 이러한 나는 번뇌의 바다에 빠져 허우적거리는 모습이지만 그러면서도 어떤 지향성을 보이고 있다. 깜깜한 밤길에서 마저 일탈하지 않고 초심으로 돌아오는 것이 그 증거이다. 이렇게 보면 나의 번뇌는 보리를 얻기 위한 한 과정이라고도 해석해 볼 수 있다. 여기서 유마의 번뇌즉보리煩惱卽菩提를 떠올려 볼 수도 있을 것이다.

이상으로 살펴본 수행자인 나, 혁신적 지식인인 나, 시인 · 예술가인 나, 지사인 나, 중생이나 실의에 빠진 민족인 나는 모두 한용운 1인의 시적 자아로 불이사상이 만들어낸 관계이다.

3. '님'과 '나'의 불이

님과 나의 불이는 「군말」에 이미 명시되어 있다. "님은 내가 사랑할 뿐아니라 나를 사랑하나니라"가 그것이다. 님과 나는 서로 사랑하여 떨어질 수 없는 관계이다. 님과 나는 님이 있으므로 내가 있고 내가 있으므로 님이 있는 연기적 관계이다. 이런 님과 나는 『님의沈默』의 여러 군데에서 불이의 관계를 보여준다.

남들은 님을생각한다지만
나는 님을잇고저하야요
잇고저할수록 생각히기로
행여잇칠가하고 생각하야보앗슴니다

이즈랴면 생각히고

생각히면 잇치지아니하니

잇도말고 생각도마러볼까요

잇든지 생각든지 내버려두어볼까요

그러나 그리도아니되고

씃임업는 생각ㅅㅅ에 님뿐인데 엇지하야요

귀태여 이즈랴면

이즐수가 업는것은 아니지만

잠과죽엄뿐이기로

님두고는 못하야요

아ㅅ 잇치지안는 생각보다

잇고저하는 그것이 더욱괴롭습니다

     -「나는잇고저」전문-

 나는 님을 잊을 수가 없다. 잊으려 할수록 오히려 더 생각한다. 내가 나를 포기하고 멋대로 살아버리면 잊을 수도 있겠지만 나는 그런 자포자기적 삶은 살 수 없다. 내가 일관된 목표를 갖고 참나를 찾는 한 님과 나는 남일 수 없다. 곧 불이의 관계인 것이다. 자포자기적 삶을 산다는 것은 잠과 죽음의 삶이므로, 나는 내 안의 참나인 님을 찾는 노력을 계속한다. 우리의 목표인 만남은 나와 참나의 만남으로 둘의 관계는 불이이다.

 이 시의 나는 지극히 세간적인 모습을 보이고 있다. 세간살이를 하면서도 세간에 침몰되지 않고 슬픔과 번뇌 속에서도 초심을 잃지 않고 님을 찾는 태도를 보인다. 법화경의 제14 종지용출품은 '지나치게 현실초탈의 공에 사로잡힌 결과 허무에 빠져버렸던 성문의 양태를 비판하고 현실 속에서 생활하는 범부 인간의 모습에 오히려 가치가 있다는 것, 현실 속에 있으면서도 현실에 침몰하지 않고 진실 구현, 현실 개혁에 힘쓰는 자에게 적절한 만큼의 공을 배경으로 삼고 있는 점, 이와 같이 허공(空)과 현실(假)이 불이이면서 이(不二而二)요 이이면서 불이(二而不二)'[4]라는 불이관不二觀을 잘 보여주고 있다. 그러니 나는 님에게로 갈 수밖에 없다.

> 이세상에는 길도 만키도합니다
> 산에는 돍길이잇습니다 바다에는 배ㅅ길이잇습니다 공중에는 달과
> 별의길이잇습니다
> 강ㅅ가에서 낙시질하는사람은 모래위에 발자최를내임이다 들에서
> 나물캐는女子는 芳草를밟습니다
> 악한사람은 죄의길을조처갑니다
> 義잇는사람은 올은일을위하야는 칼날을밟습니다
> 서산에지는 해는 붉은놀을밟습니다
> 봄아츰의 맑은이슬은 꽃머리에서 미ㅅ름탑니다
> 그러나 나의길은 이세상에 둘밧게업습니다
> 하나는 님의품에안기는 길입니다
> 그러치아니하면 죽엄의품에안기는 길입니다
> 그것은 만일 님의품에안기지못하면 다른길은 죽엄의길보다 험하고

---

4) 전촌방랑田村芳郎, 법화경의 성립사, 『법화경』, 中共新書196, 중앙공론사, 1969, 53면.

괴로은까닭입니다
　아々 나의길은 누가내엿슴닛가
　아々 이세상에는 님이아니고는 나의길을 내일수가 업습니다
　그런데 나의길을 님이내엿스면 죽엄의길은 웨내섯슬가요
　　　　　-「나의길」 전문-

　나의 길은 님이 냈다. 나는 그 길을 따라가 님의 품에 안기려고 한
다. 그런데 그 일이 썩 이루어지지 않고 있다. 포기하고 주저앉아 버
리고도 싶지만 그것은 나의 삶을 포기하고 님과의 사랑을 끝내는 일
이기 때문에 그럴 수도 없다. 고단한 나의 사랑은 죽음의 발자취를 느
끼면서도 비극적 밤길을 계속 간다.

　이렇게 내가 비극적 사랑의 밤길을 가는 것은 '자기의 성립은 세계
의 성립이고, 세계의 성립은 자기의 성립[5]'이기 때문이다. 의상대사
의 「법성게」에도 일중일체다중일一中一切多中一 일즉일체다즉일一卽一切
多卽一이 나오는데 이 세상에 존재하는 모든 것들은 다른 모든 것들과
의 관계 속에서 만들어지고 존재하기 때문에 모든 것은 다른 모든 것
을 그 속에 포함하고 있으며 그러한 것들과 독립적으로 존재하는 것
이 아닌 불이적 존재이며, 다른 모든 것 또한 그러하다는 의미이다.

　이러한 불이관에 의해 나는 님과의 기약 없는 사랑을 계속할 수밖
에 없다.

　　당신이아니더면 포시럽고 맥그럽든 얼골이 웨 주름살이접혀요
　　당신이긔룹지만 안터면 언제까지라도 나는 늙지아니할테여요

---

5) 옥성강사랑玉城康四郎, 『화엄경』의 진리, 정승석 역, 29면 참조.

맨츰에 당신에게안기든 그째대로 잇슬테여요

그러나 늙고 병들고 죽기까지라도 당신째문이라면 나는 실치안하여
요
나에게 생명을주던지 죽엄을주던지 당신의쯧대로만 하서요
나는 곳당신이여요
    -「당신이아니더면」전문-

나의 복스럽고 매끄러운 얼굴에 주름살이 접히는 것은 님과 한 번
헤어지고 만나지 못하기 때문이다. 님에 대한 그리움 때문에 나는 늙
어간다. 그러나 이러한 그리움이 나의 유일한 기쁨임을 어이 하랴. 늙
고 병들어 죽어가게 되더라도 나는 님 생각으로 살 것이다. 생사는 이
미 님에게 드렸으니 무슨 문제인가. 더구나 '나는 곳당신'이니 무슨
서운함이 있겠는가. 나는 곧 당신! 이 얼마나 대담한 선언인가. 나는
곧 님! 드디어 나의 정체가 드러난 것이다. 나는 님이 되려고 끊임없
이 정진하는 수행자인 것이다. 나와 미래의 깨우친 나는 불이의 관계
이다. 내 안에 있는 불성을 발견해 참나가 될 때 나의 오랜 이별은 끝
나고 만남이 이루어지게 된다. 자기동일성 추구라고도 할 수 있는 참
나찾기는 인간 존재의 불이성을 확인하는 작업이기도 하다.
참나찾기 또는 자기동일성 추구의 치열한 예를 우리는 다음 시에서
보게 될 것이다.

맨츰에맛난 님과님은 누구이며 어늬째인가요
맨츰에리별한 님과님은 누구이며 어늬째인가요

　　맨츰에맛난 님과님이 맨츰으로 리별하얏슴닛가 다른님과님이 맨츰
으로 리별하얏슴닛가

　　나는 맨츰에맛난 님과님이 맨츰으로 리별한줄로 암니다
　　맛나고 리별이 업는 것은 님이아니라 나임니다
　　리별하고 맛나지안는것은 님이아니라 길가는사람임니다
　　우리들은 님에대하야 맛날째에 리별을넘녀하고 리별할째에 맛남을
긔약함니다
　　그것은 맨츰에맛난 님과님이 다시리별한 遺傳性의痕跡임니다

　　그럼으로 맛나지안는것도 님이아니오 리별이업는것도 님이아님니다
　　님은 맛날째에 우슴을주고 써날째에 눈물을줍니다
　　맛날째의우슴보다 써날째의눈물이 조코 써날째의눈물보다 다시맛
나는우슴이 좃슴니다
　　아々 님이어 우리의 다시맛나는우슴은 어늬째에 잇슴닛가
　　　　　　　　-「最初의님」전문-

　　최초의 님은 자성을 지니고 이 세상에 태어났다. 그러나 최초의 님
이 무명의 침습을 받아 보름달 같이 밝은 자성을 잃어버렸다. ‘맨츰
에맛난 님과님’이 ‘맨츰에리별한 님과님’이 된 것이다. 수수께끼 같은
이 진술은 무명이 태초의 인간에게서 시발했음을 시사하는 것이라고
할 수 있다. 태초의 인간을 엄습한 무명은 그 유전인자가 후손들에게
줄기차게 이어져서 현재의 인류에게까지 내려온 것이다. 두께와 깊이
를 헤아릴 수 없는 이러한 무명의 장막을 쓰고 인간들은 고해의 삶을
살고 있다. 보름달 같이 빛나던 자성은 어디로 숨었는지 흔적조차 찾

을 수 없고, 미망의 바다에서 인간은 반딧불처럼 반짝거리며 방향 없
는 항해를 계속할 뿐이다. 그러면서도 인간은 나란 무엇인가, 나의 실
체는 무엇인가 하는 의문을 계속 품으며 살아간다. 잃어버린 나에 대
한 향수를 버리지 못하고 있는 것이다.

이런 참나찾기에 일생을 거는 이들이 수행자들이다. 인류의 숙업宿
業으로 이어 내려온 무명의 더께를 벗겨내느라 이들은 생사를 건 정
진을 한다. 자유인이 되기 위해, 형형히 눈뜬 의식의 대자유인이 되기
위해 그들은 불가능의 벽과 마주 하는 것이다. 그들은 자성을 잃은 인
간을 자신과 자신이 이별한 인간이라고 본다. 이러한 이별을 만남으
로 되돌리기 위해 그들은 끝이 없는 수행을 한다. 너무나 어려운 일이
기에 실의와 좌절에 빠지기도 하지만 조금씩 엷어지는 무명의 두께에
기뻐하면서 깜깜한 밤길을 간다.

이상의 시들에서 볼 수 있는 참나찾기로서의 이런 행위는 나와 님
은 둘이 아니며 언젠가는 만나야 할 불이의 관계라는 것을 실천으로
말해주는 것이다.

4. '리별'과 '만남'의 불이

회자정리 이자필반會者定離離者必反은 이별과 만남의 불이성을 앞서
요약해 준 말이다. 『님의沈默』의 거의 전편이 이별의 슬픔과 만남에
의 염원을 노래하고 있다. 그러나 이별은 슬픔에만 머물러 있지 않고
깊은 사유를 거쳐 만남의 필연성을 인식하고 행동하려는 방향으로 나

아가고 있다. 이런 점에서 이별과 만남은 대립적 관계가 아니라 필연
적 인과관계, 불이적 관계라고 할 수 있다. 이별에 대한 본격적 사유
는 두 번째 시인 「리별은美의創造」에서부터 시작된다.

> 리별은 美의創造임니다
> 리별의美는 아츰의 바탕(質)업는 黃金과 밤의 올(糸)업는 검은비단
> 과 죽엄업는 永遠의生命과 시들지안는 하늘의푸른꼿에도 업슴니다
> 님이어 리별이아니면 나는 눈물에서죽엇다가 우슴에서 다시사러날
> 수가 업슴니다 오々 리별이어
> 美는 리별의創造임니다
> ―「리별은美의創造」 전문―

이별은 이별이지만 이별이 아니기도 하다. 이별은 만남의 가능성이
없는 것도 있지만, 만남의 계기가 되는 이별도 있기 때문이다. 후자의
경우, 더 큰 만남, 더 완벽한 만남의 계기가 되므로 '리별은 美의創造'
가 되는 것이다. 이 시는 제목 자체가 이별과 만남의 불이관계를 만천
하에 선언하고 있다. 이별은 나를 실의와 좌절에 빠뜨리는 것이 아니
라 눈물과 죽음에서 웃음과 삶으로 이끌어주는 활력소이다. 그러므로
나는 이별을 높이 찬양하며 '美는 리별의創造'라는 한 단계 더 나아간
선언을 하는 것이다.
　'리별은 美의創造'의 '리별'이 타력에 의해 어쩔 수 없이 맞이하게
된 이별이라면, '美는 리별의創造'의 '리별'은 더 큰 만남을 위해 이별
을 있는 그대로 인식하고 기억하면서 만들어 가는 이별이다. 이러한
자력적 이별에 의해 이제 "이별은 이별이지만 이별이 아니기도 하다"

는 명제가 성립되고, 나아가서 "이별은 만남이다"라는 명제도 내다
볼 수 있게 되며, 이별과 만남이 불이의 관계라는 것도 입증되는 것이
다.

　이별에 대한 사유는 여기에서 그치지 않고 다음 시에서 더욱 본격
적이고 깊게 전개된다.

　　　아々 사람은 약한것이다 여린것이다 간사한것이다
　　　이세상에는 진정한 사랑의리별은 잇슬수가 업는것이다
　　　죽엄으로 사랑을바꾸는 님과님에게야 무슨리별이 잇스랴
　　　리별의눈물은 물거품의꼿이오 鍍金한金방울이다

　　　칼로베힌 리별의「키쓰」가 어데잇너냐
　　　生命의꼿으로비진 리별의 杜鵑酒가 어데잇너냐
　　　피의紅寶石으로만든 리별의紀念반지가 어데잇너냐
　　　리별의눈물은 詛呪의 摩尼珠요 거짓의水晶이다

　　　사랑의리별은 리별의反面에 반듯이 리별하는사랑보다 더큰사랑이
　　잇는것이다
　　　혹은 直接의사랑은 아닐지라도 間接의사랑이라도 잇는것이다
　　　다시말하면 리별하는愛人보다 自己를더사랑하는것이다
　　　만일 愛人을 自己의生命보다 더사랑하면 無窮을回轉하는 時間의수
　　리박휘에 이끼가끼도록 사랑의리별은 업는것이다

　　　아니다々々々「참」보다도참인 님의사랑엔 죽엄보다도 리별이 훨씬
　　偉大하다

죽엄이 한방울의찬이슬이라면 리별은 일천줄기의꼿비다
죽엄이 밝은별이라면 리별은 거룩한太陽이다

生命보다사랑하는 愛人을 사랑하기위하야는 죽을수가업는 것이다
진정한사랑을위하야는 괴롭게사는것이 죽엄보다도 더큰犧牲이다
리별은 사랑을위하야 죽지못하는 가장큰 苦痛이오 報恩이다
愛人은 리별보다 愛人의죽엄을 더슲어하는까닭이다
사랑은 붉은초ㅅ불이나 푸른술에만 잇는것이아니라 먼마음을 서로
비치는 無形에도 잇는까닭이다
그럼으로 사랑하는愛人을 죽엄에서 잇지못하고 리별에서 생각하는
것이다
그럼으로 사랑하는愛人을 죽엄에서 웃지못하고 리별에서 우는것이
다
그럼으로 愛人을위하야는 리별의怨恨을 죽엄의愉快로 갑지못하고
슲음의苦痛으로 참는것이다
그럼으로 사랑은 참어죽지못하고 참어리별하는 사랑보다 더큰사랑
은 업는것이다

그러고 진정한사랑은 곳이업다
진정한사랑은 愛人의抱擁만 사랑할샏아니라 愛人의리별도 사랑하
는 것이다

그러고 진정한사랑은 째가업다
진정한사랑은 間斷이업서ㅅ 리별은 愛人의肉쑨이오 사랑은 無窮이다

  아〃 진정한愛人을 사랑함에는 죽엄은 칼을주는것이오 리별은 곳을
주는것이다
  아〃 리별의눈물은 眞이오 善이오 美다
  아〻 리별의눈물은 釋迦요 모세요 짠다크다
      -「리별」전문-

  처음에 나는 이별을 세속의 수준으로만 생각하고 하챦은 것, 소모
적인 것으로만 생각하여 거부하고 비웃는다. 그러나 내가 님과의 사
랑을 포기할 수 없듯이 님과의 사랑에서 일어난 이별도 부정할 수 없
는 것이다. 이러한 인식에서 접근해 보면 이별은 곧 고귀한 사랑의 계
속적 행위라고 볼 수 있다. 이별을 거치지 않고 바로 죽음에 이른다
면 만남의 기회는 아예 없어지게 된다. 그래서 "아니다〃〃〃「참」보
다도참인 님의사랑엔 죽엄보다도 리별이 훨씬偉大하다"고 반전된 선
언을 하게 되고, 이별을 '일천줄기의곳비', '거룩한太陽'이라고 찬양한
다. 그러고 진정한 사랑은 '사랑하는 愛人을 사랑하기위하야는 죽을
수가업는 것'이라고 하며 '진정한사랑을위하야는 괴롭게사는것이 죽
엄보다도 더큰犧牲'이라고 한다. 그러므로 '리별은 사랑을위하야 죽
지못하는 가장큰 苦痛이오 報恩'이며 '참어죽지못하고 참어리별하는
사랑보다 더큰사랑은 업'다고 단언한다. 이러한 진정한 사랑에 '죽엄
은 칼을주는것이오 리별은 곳을주는것'이며 마지막으로 '리별의눈물
은 眞이오 善이오 美'요 '釋迦요 모세요 짠다크'라고 결론을 맺는다.
  '참어죽지못하고 참어리별하는 사랑'! 참으로 탁월한 정의이다. 인
내와 기다림으로 끌어안고 다독여서 절망하지 않고 진정한 만남을 이
루게 하는 일, 이보다 더 큰 사랑이 있을까. 전망이 없이 지속되는 이

별의 상황에서는 실의와 좌절에 빠지기 쉽다. 이 때 발휘되어야 할 것
이 인내심과 포용력이다. 죽어버리면 어떤 일도 할 수 없다. 고통스럽
게 살면서 절망적 이별을 빛나는 만남으로 반전시키는 일, 이보다 더
큰 사랑의 도리는 없다.

　이렇게 되면 이미 이별은 이별이 아니다. 더 큰 만남의 촉진제가 되
는 것이다. 자비의 생명수인 '일천줄기의숫비'가 되고 만물을 소생시
키는 '거룩한太陽'까지 된다. 이러한 이별이니 그 눈물도 인류의 최고
가치인 진, 선, 미의 모태가 되고, 이상적 수행자인 석가, 유태민족을
질곡에서 탈출시킨 모세, 일신을 던져 조국을 구한 쟌 다크와 같은 존
재로, 모든 중생의 아픔을 끌어안는 동체대비심이라고도 할 수 있다.

　이상에서 살펴본 대로 이별이 이별에만 머물지 않고 만남의 계기가
된다는 것은 이별이 곧 만남이 될 수 있다는 이별과 만남의 불이성을
증명해 주는 것이라고 할 수 있다.

Ⅲ. 맺는 말

　살펴본 대로 우리는 『님의沈默』의 도처에서 불이사상을 확인할 수
있었다. 곧 수행자이며 지사, 혁신적 지식인이면서 시인인 한용운에
게 중생, 철학(진리), 봄비, 이태리(조국)는 불이의 님으로 하나같이
한용운의 전인적 삶에 작용하고 있다.

　다음으로, 본시편 88편에서 수행자인 나, 혁신적 지식인인 나, 시인 · 예술가인 나, 지사인 나, 중생이나 식민지민인 나는 모두 한용운 1인의 시적 자아로 불이의 관계이다. 님과 나의 관계도 언젠가는 만나야 할 참나가 님이므로 불이의 관계이다. 마지막으로 이별과 만남의 관계도 이별이 이별로만 끝나지 않고 더 큰 만남의 계기가 되므로 불이의 관계이다.

　『님의 沈默』은 그 자체가 침묵으로 웅변하는 불이법문이다. 불이사상의 적용으로 『님의 沈默』 연구의 불확실성을 극복할 수 있었고, 형이상학적 깊이를 설득력 있게 설명할 수 있었다. 이러한 『님의 沈默』을 가졌다는 것은 한국시문학사의 큰 자랑이라고 할 수 있다.

제5부
『님의沈默』의 情操 연구

I. 서론

1. 문제 제기

어두운 시대를 살아간다는 것은 불행한 일이다. 그러나 어두운 시대 가운데서도 성실하게 자신과 이웃의 삶을 살고 이를 언어화한 시인이 있다는 것은 다행한 일이다. 이런 시인에 의해 우리는 상처받은 자존심을 회복하고 더 나은 내일을 설계할 수 있기 때문이다. 일반적으로 말해 한용운은 이런 성격의 시인에 가장 가까운 시인이라고 일컬어져 왔다. 또 그는 선사, 지사, 혁식적 지식인, 시인의 전인全人적 삶을 살면서 이를 시화詩化한 시인이라고도 한다. 이것이 사실이라면 그는 높게 평가받아야 할 것이다. 그러나 연구하는 자로서는 그러한 평가를 수용하기에 앞서 그럴만한 근거를 명확히 제시할 수 있어야 할 것이다. 이러한 근거의 제시 과정에서 우리는 그를 사실대로 이해하게 될 것이고, 나아가서 사랑하게도 될 것이다.

여태까지 한용운의 시에 대한 연구는 다양한 각도에서 다양한 방법으로 시도되어 괄목한만한 성과를 얻어내고 있다. 그러나 이러한 성과의 이면에는 획일적인 찬양의 반복이나 서구이론의 도식적 적용과 같은 부작용도 적지 않았다는 것을 인정해야 할 것이다. 한용운은 문리文理가 있는 문자로 이루어진 모든 글은 문학이라는 광의廣義의 문학관을 갖고 있었고[1], 문학작품은 감정에 토대를 두고 이지와 조화를 이

---

1) 한용운,「문예소언」,『한용운 전집』(이하『전집』) 1권 196면, 신구문화사

룬 것이라야 예술성을 획득 할 수 있는 것으로 보았다[2]. 그가 이처럼
중시한 조화를 이룬 감정은 정조情操라고 할 수 있다. 그의 시가 정조
의 문학임은 『님의沈默』의 권두언인 「군말」을 검토할 때 분명해진다.
한용운은 수행자인 '釋迦', 혁신적 지식인인 '칸트', 이상미理想美인 '薔
薇花', 우국지사인 '마시니'를 자기와 동류항同類項으로 예시한 후 "도
러가는길을일코 헤매는 어린羊이 긔루어서 이詩를쓴다"고 한다. 석
가, 칸트, 장미화, 마시니는 각각 중생, 철학, 봄비, 이태리를 님으로 받
들며 자비심, 진리애, 동경憧憬, 조국애를 발휘하는 상징적 존재들이다.
여기의 자비심, 진리애, 동경, 조국애는 정조의 대표적인 것들이다.

　본고는 이에 착안하여 『님의沈默』의 '나'의 정조를 집중적으로 연
구하려고 한다. 『님의沈默』은 '님'의 문학이기 전에 '나'의 문학이다.
'나'에 의하여 이 시집은 진행된다. 따라서 '나'의 정조를 연구한다는
것은 곧 『님의沈默』의 정조를 연구하는 것이다. 이 분야에 대한 연구
는 엄밀한 의미에서 전무하다고 할 수 있다[3]. 이처럼 선행연구가 전
무함에도 불구하고 연구자가 이 분야의 연구를 고집한 것은 한용운
시의 정조, 곧 지知, 의意, 신信과 합일된 가치지향의 감정이 그의 시를
전통적이면서도 현대적이고, 비극적이면서도 지향적인 성격을 지니
게 했다고 보기 때문이다. 또 이 분야에 대한 연구의 불철저가 그의

2) 춘추학인, 「심우장에 참선하는 한용운씨를 찾아」, 『전집』 4권 409면
3) 단편적인 언급으로는 다음과 같은 것들이 있다.
　① 〈긔룬것이님〉이라는 은밀한 상징은 벌써 여기 서문에서부터 〈秘密〉과 결심과
　　情操를 호소하고 있는 것이다(장문평, 한용운의 「님」, 《현대문학》 88호, 91면).
　② 그러므로 용운의 「님」과의 대화의 의미는 한국인의 연인상戀人像의 이미지를 체
　　계화하고 심원하게 하여 문학사에 발전의 도식을 가능하게 했으며, 한국적 체념
　　의 고양과 호소정신의 정조情操를 전통적인 바탕으로 님을 구가했다는 점에 있
　　다(김영기, 「님과의 대화- 만해 한용운론」, 《현대문학》 132호 55면)

시의 해명에 온갖 비약과 강변을 야기했다고 보기 때문이다.

역사적으로도 한국시는 정조와 깊이 연관되어 있다. 유, 불, 선 3교에 바탕을 둔 한국 시문학은 일차적 감정이 아닌 고차적 감정을 보여주고 있다. 이런 고차적 감정, 즉 정조에 의하여 우리 민족은 다난한 삶을 위로받고 면면히 그 명맥을 유지해 왔다고 할 수 있다. 그러나 현대에 와서 시의 정조는 다분히 경원되는 경향이 있다. 여기에는 그럴만한 이유가 있을 것이다. 먼저는 적지 않은 시인들이 단순히 격정만을 토로하거나 상투적인 정서에 머물러서 변화와 긴장 속에 사는 현대인의 관심을 촉발하지 못하기 때문일 것이다. 다음으로는 기계화 시대에 사는 현대인들이 인간 내면의 심원함과 미묘함을 기피하고 말초적 감각주의나 지적 기능주의, 물질적 편의주의를 선호하기 때문일 것이다. 그 이유가 어디에 있든 간에 시가 정을 토로하는 문학임은 틀림이 없고, 이런 성격은 앞으로도 변함이 없을 것이다.

그렇다면 문제는 시의 정서를 단순충동차원에서 더 놓은 단계로 끌어올리는 것에 있지, 무시하고 외면하는 데에 있지 않다는 것은 분명하다. 이는 인간의 내면이 충동적이고 불가해하다고 해서 이러한 인간내면에 무관심하고 포기하는 삶을 살 수 없는 것과 마찬가지 이치이다. 현대시가 정, 의, 신과 더불어 공존하지 못하고 지적 분석과 냉소에 치우쳐 시 자체의 소외를 가져왔다면, 이제쯤은 시의 정조에도 깊은 관심이 부어져야 할 것이다.

그러나 현대시의 정조는 과거 시의 그것과 같을 수는 없다. 무엇보다도 먼저 현대시는 뚜렷한 인간인식과 시대인식, 미적 인식이 수반되어야 할 것이다. 한용운 시의 정조가 이러한 인간 인식과 시대 인식, 미적 인식을 획득하여 현대에도 낡지 않는 참신한 영향력을 발휘하는 것이라면, 이는 주체성 확립 문제로 방황하는 한국 현대시에 귀중한 활로가 될 것이고, 나아가서 현대시의 소외현상 극복에도 좋은 계기가 될 것이다.

2. 연구사 개관

혁신적 선사이자 지사이며 시인인 한용운은 다방면에 걸친 활동으로 인하여 그에 대한 언급의 양도 타의 추종을 불허하고 있다. 연구, 비평, 전기, 회고기, 독후감, 방문기, 추도문, 기리는 글 등의 형식으로 된 그에 대한 언급은 필자가 조사한 바로도 1990년 현재 400여 편에 달하고 있다.

이 중 비문학적이거나 피상적인 언급에 그치는 것은 110여 편인데, 불교잡지인 《법륜》, 《법시》, 《불광》, 《불교시보》, 《불교계》, 《대한불교》, 《불교》, 《금강》 등에 대부분 발표되고 있다. 이들 중에는 한용운과 한용운 사상을 환기시키는 것, 일화 중심의 전기, 문학세계에 대한 간단한 소개 등이 80여 편을 차지하는데, 생전에 그와 관계를 맺었던 이나 후에 그를 기리는 이들이 주로 맡아서 쓰고 있다. 나머지 30여 편은 일반 잡지나 신문에 실린 비슷한 성격의 글이거나 한용운의 불교, 자유, 윤리, 독립사상에 관한 논문들이 여기에 해당된다.

나머지 280여 편은 문학에 관한 것들인데(부분적 언급까지 포함하면 훨씬 많은 수가 될 것이다), 이들은 다시 일반논문, 학위논문, 문학비평 등으로 나뉜다. 이 분야는 성실도에서도 단연 타 분야를 압도하고 있다. 이들 문학연구물은 초, 중반기에는 시인론이 대다수를 차지하다가 후기에 오면서 작품론이 강세를 보이고 있다.

　이들 문학연구물들은 크게 보아 연구방법별 개관[4], 활동분야별 개관[5], 연구내용별 개관으로 나눌 수 있다. 연구자는 이들 중 연구내용별 개관이 가장 미흡하다고 판단되어 여기에 대해서만 살펴보기로 하겠다. 이 분야는 다시 불교적 관점의 연구, 전통적 관점의 연구, 장르별 연구, 중요시어를 통한 연구, 수사기법을 통한 연구 등으로 나눌 수 있다.

　불교적 관점의 연구는 만해의 기본사상을 그가 생애의 대부분을 몸담았던 불교의 사상으로 파악하려는 것으로, 이는 다시 일체가 공空임을 정지正知함으로써 얻어지는 반야공관般若空觀으로 그의 시를 해명하려는 경향[6]과, 대승불교의 보살정신으로 그의 시를 파악하려는 경

---

4) 김재홍은『한용운 문학 연구』에서 한용운 문학에 관한 연구를
　　① 역사주의 비평방법에 의한 연 구
　　② 형식주의 비평방법에 의한 연구
　　③ 사회 문화적 비평방법에 의한 연구
　　④ 비교문학적 방법에 의한 연구
　　⑤ 신화비평적 각도에서의 연구
　　⑥ 불교적 연구로 유형화하여 개관하고 있다.
5) 윤재근은「만해시 연구의 방향」(《현대문학》335호)에서 한용운 시의 연구방향을
　　① 선사, 지사, 시인으로 보고 접근하는 태도
　　② 선사, 시인으로 보고 접근하는 태도
　　③ 지사, 시인으로 보고 접근하는 태도
　　④ 시인만으로 보고 접근하는 태도로 유형화하여 개관하고 있다.
6) 그 예로는
　　① 박노준·인권환 공저,『한용운 연구』, 통문관, 1960
　　② 신동문,「님의 언어, 저항의 언어」,『한국의 인간상』, 신구문화사, 1967
　　③ 김학동,「만해 한용운론」, 한국근대시인 연구1』, 일조각, 1974
　　④ 고 은,「한용운론서설」,《불광》통권 41호, 1978
　　⑤ 문덕수,「님의 침묵/한용운론」,『한국현대시론』, 이우출판사, 1978 등

향[7], 화엄사상에 의거한 장엄불국토 구현의 한 과정으로 그의 시를
이해하려는 경향[8], 입니입수入泥入水하는 활선活禪의 언어로 그의 시를
해석하려는 경향[9] 등으로 나눌 수 있다.

　다음으로는 전통적 관점의 연구를 들 수 있다. 한용운은 그 당시인
에게는 혁신적인 인물로 보였겠지만, 오늘날의 시각에서는 전통의 재
인식을 통한 전통주의자의 면모를 온존溫存하고 있다. 이런 그의 면
모가 전통성을 상실한 현대인들에게 관심을 끌었다고 볼 수 있다. 이
분야는 다시 한용운 문학을 동양적 성격으로 파악하고 이에 대해 연
구하려는 경향[10]과 그의 전통의식에 대한 연구[11], 그의 시의 여성주의

7) 여기에는 유마사상도 포함하여 거례한다.
　① 유동근, 「만해거사 한용운 면영」, 《혜성》, 1931
　② 임중빈, 「만해한용운」(위대한 한국인⑨), 태극출판사, 1975
　③ 송재갑, 「만해의 불교사상과 시세계」, 동국대 대학원 석사논문, 1977
　④ 인권환, 「만해의 시와 보살사상」, 《불광》 41호, 1978
　⑤ 김상현, 「만해의 보살사상」, 《법륜》 통권 117~121호, '78. 11~'79. 3.
　⑥ 김흥규, 「님의 소재와 진정한 역사」, 《창작과 비평》 14권 2호, 1979. 6
　⑦ 오재용, 「만해 한용운 연구」, 충남대 교육대학원 석사논문, 1983.
8) ① 김동리, 「만해의 본성」, 《법륜》, 123호, 1979. 5
　② 김재영, 「한용운 화엄사상의 실천적 전개고」, 동국대 대학원 석사논문, 1980
　③ 전보삼, 「한용운의 화엄사상 연구」, 한양대 교육대학원 석사논문, 1983 등
9) ① 조지훈, 「한용운론 · 한국의 민족주의자」, 《사조》 1권 5호, 1958. 10
　② 서경보, 「한용운과 불교사상」, 《문학사상》 통권 4호, 1973. 1
　③ 최원규, 「만해시의 불교적 영향」, 《현대시학》 통권 101~104호, 1977. 8~11 등
10) ① 주요한, 「애의 기도, 기도의 애」 -한용운 근작, 『님의 침묵』독후감, 《동아일보》
　　　1926. 6.22(상), 1926. 6. 26(하)
　② 정태용, 「현대시인 연구 기3 - 한용운의 동양적 감각성」, 《현대문학》 통권 29
　　　호, 1957.5
　③ 김영석, 「만해시의 도의 형상화」, 《국어국문학》93호. 1985. 5
　④ 이숭원, 「만해시의 자연표상에 대한 고찰」, 《국어국문학》95호, 1986.5
11) ① 조동일, 「한용운」, 『한국문학 사상사 시론』, 지식산업사, 1978
　② 신용협, 「만해시에 나타난 〈님〉의 전통적 의미」, 덕성여대논문집 9집, 1980. 1

적 성격[12], 그의 선구적 모국어의식[13], 투철한 시정신[14],,그의 시의 정
서의 형질[15] 등에 대한 고찰로 나눌 수 있다.

장르별 연구로는 시집 전체를 한 권의 존재론적 Drama로 보고 그
사상적 깊이, 표현기법,구성 등에 관심을 쏟는『님의 沈黙』연구, 생활
문학으로서 그의 진솔한 면을 분명히 보여주는 한시[16]와 시조에 대한
연구[17], 그의 사상적 기반을 확인하기에 좋은 자료인 소설에 대한 연

---

③ 김재홍,『한용운 문학 연구』, 일지사, 1982
12) ① 김 현, 「여성주의의 승리」,《현대문학》통권 178호, 1969. 10
　　② 이명재, 「만해문학의 여성편향고」,《아카데미논총》5집, 1977. 2
　　③ 김재홍, 「한용운 문학 연구」, 일지사, 1982.
　　④ 오세영, 「마쏘히슴과 사랑의 실체」,『한용운연구』, 새문사, 1982 등.
13) ① 주요한, 「애의 기도, 기도의 애」 - 한용운 근작,『님의 침묵』독후감,《동아일보》
　　　　1926. 6.22(상), 1926, 6. 26(하)
　　② 김장호, 「『님의 침묵』의 언어개혁」, 한국문학학술회의(동국대), 1980. 11 등
14) ① 서정주, 「만해의 문학정신」,《법륜》통권 25호, 1970. 8
　　② 김진숙, 「만해정신」,《법시》203호, 1982. 3 등
15) 상기한 장문평, 김영기의 단편적 언급 외
　　① 김윤식, 「님의 침묵, 알 수 없어요」,《월간문학》통권 24호, 1976. 6
　　② 이형기, 「20년대 서정의 결정, 만해 소월 상화」,《심상》통권 7호, 1974. 4
　　③ 김재홍, 「한용운 문학 연구」, 일지사, 1982.
　　④ 윤재근,『만해시와 주제적 시론』, 문학세계사, 1983
16) ① 최동호, 「만해 한용운 연구 그 시적 변모를 중심으로」, 고대대학원 석사논문, 1974.
　　② 송명희, 「한용운 시의 연구」, 고대 교육대학원 석사논문, 1977
　　③ 김종균, 「한용운의 한시와 시조」,《어문연구》통권 21호, 1979. 3
　　④ 이병주, 「만해선사의 한시와 그 특성」, 한국문학학술회의(동국대), 1980. 11
　　⑤ 김재홍, 「한용운 문학 연구」, 일지사, 1982
　　⑥ 육근웅, 「만해시에 나타난 선시적 전통」, 한대 대학원 석사논문, 1983
　　⑦ 한창엽, 「만해 한용운 연구」, 한대 석사논문, 1986
17) ① 김종균, 「한용운의 한시와 시조」,《어문연구》통권 21호, 1979. 3
　　② 한춘섭, 「만해 한용운의 문학-시조시를 중심으로」,《시조문학》52호, 1979.9
　　③ 김종균, 「만해 한용운의 시조」,《국어국문학》83집, 1980
　　④ 장미라, 「만해 시조 연구」,《어문론집》(중앙대) 15집, 1980. 6
　　⑤ 박항식, 「한용운의 시조」, 한국문학학술회의(동국대), 1980. 11

구[18]를 들 수 있다.

　중요 시어를 통한 연구로는 다의성多義性으로 인해 만해 연구의 중심과제가 된 '님'의 연구, 근자에 이르러 '님'보다 오히려 시 진행의 주체로 파악되어 관심의 대상이 되고 있는 '나'의 연구[19], 숙명으로서의 이별이 아니라 再會와 소생으로서의 '리별'에 관한 연구[20], 영원한 비밀인 '님'의 '沈默'에 대한 연구[21], 유한자인 '나'의 당면문제인 '죽음'에 대한 연구[22], 실의와 절망 가운데서도 계속되는 '나'의 '기다림'에 대한 연구[23]등을 들 수 있다.

　수사법에 대한 연구는 적극적인 세계인식의 수단으로서의 은유에 대한 연구[24], 전통상징 개인상징 원형상징으로서의 상징에 관한 연

　　　⑥ 이정태, 「만해 한용운의 시조문학론」, 《대림공전논문집》 2집, 1981. 2
　　　⑦ 김재홍, 「만해 시조의 한 고찰」, 《선청어문》 11집, 1981.3
　　　⑧ 김재홍, 「한용운 문학 연구」, 일지사, 1982
　　　⑨ 김대행, 「한용운의 시조와 삶의 문제」, 『한용운 연구』, 새문사, 1982
18) ① 백 철, 「한용운의 소설」, 『한용운 전집』 5권, 1973
　　② 김우창, 「한용운의 소설」, 《문학과 지성》 통권 17호, 1974. 8
　　③ 이명재, 「만해 소설고」, 《국어국문학》 70호, 1976. 3
　　④ 구인환, 「만해의 소설고」, 한국문학학술회의(동국대), 1980. 11
　　⑤ 인권환, 「한용운 소설연구의 문제점과 그 방향」, 『한용운 사상 연구』 2집, 민족사, 1981
　　⑥ 김재홍, 『한용운 문학 연구』, 일지사, 1982 등
19) ① 유승우, 「가는 님과 오는 님」, 《심상》 2-11호, 1974. 12
　　② 윤재근, 만해시의 「나」와 「님」 《월간문학》 168호, 1982. 6 등
20) 김 현, 「만해, 그 영원한 리별의 미학」, 《문예중앙》 '78, 가을
21) 오세영, 「침묵하는 님의 역설」, 《국어국문학》 65, 66 합병호, 1974. 12-11호
22) 이인복, 「한국문학에 나타난 죽음의식 연구」, 숙대대학원 박사논문, 1978. 8
23) ① 박노준 인권환 공저, 『한용운 연구』, 통문관, 1960
　　② 석지현, 「한용운의 '님'-그 순수서정」 《현대문학》 통권 63호, '74. 6
　　③ 최동호, 「한용운 시와 기다림의 역사성」, 『현대시의 정신사』, 열음사, 1985
24) ① 김재홍, 『한용운 문학 연구』, 일지사, 1982

구[25], 한용운이 산 시대와 그 시대의 삶을 존재론적 역설로 보고 이를
파악하려는 경향[26], 그의 시의 바탕을 Irony로 보는 견해[27], 한용운 시
의 근원적 상상력[28], 그의 시의 운율[29], 문체에 대한 고찰[30]등에 대한
연구로 세분된다. 기타 판본, 표기 체계에 대한 고찰[31]도 있다.

이러한 다양한 연구 성과에도 불구하고 한용운의 시적 본질을 파악
하는데 있어서 이를 가치지향의 감정인 정조情操로 보고 접근한 연구
는 전무한 형편이다. 그러나 정조라는 어휘를 쓰고 있지는 않지만 단

---

② 유근조, 「소월과 만해시의 대비 연구」, 단국대대학원 박사논문, 1983
25) ① 김용팔, 「한국근대시(초기)와 상징주의」, 건국대, 《문호》4집, 1966
② 마광수, 「한용운 시의 상징적 기법」, 『한용운 연구』, 새문사, 1982
③ 이형권, 「만해시에 나타난 상징 연구 」, 충남대석사논문, 1987
26) ① 오세영, 「침묵하는 님의 역설」, 《국어국문학》65, 66 합병호, 1974
② 김재홍, 『한용운 문학 연구』, 일지사, 1982
③ 조정환, 「한용운 시의 역설연구」, 서울대대학원 석사논문, 1982
④ 유근조, 「소월과 만해시의 대비 연구」, 단국대대학원 박사논문, 1983
27) ① 김열규, 「슬픔과 찬미사의 「이로니」, 《문학사상》 통권 4호, 1973,.1
② 박의상, 「만해시와 이상시의 아이러니 연구」, 인하대대학원 석사논문, 1985
28) ① 민희식, 「바슐라르의 〈촛불〉에 비춰 본 한용운의 시」, 《문학사상》 통권 4호,
1973. 1
② 이정강, 「만해의 불과 촛불의 상징성」, 《운현》》5집, 1974
③ 허미자, 「만해시에 나타난 촛불의 이미지 연구」-한용운의「님의 침묵」을 중심
으로」, 《이대 한국문화연구원론집》24집, 1974. 8
④ 김재홍, 「만해 상상력의 원리와 그 실체화 과정의 분석」, 《국어국문학》67호,
1975
29) ① 윤재근, 「만해시의 운율적 시상」, 《현대문학》343호, 1983. 7 1
② 양병호, 「만해시의 리듬 연구」, 전북대대학원 석사논문, 1987
30) ① 소두영, 「구조문체론의 방법」, 《언어학》1호, 1976
② 심재기, 「만해한용운의 문체추이」, 《관악어문연구》3집, 1978. 12
③ 조장 기, 「한용운의 『님의 침묵』연구, 숙대대학원 석사논문, 1980
④ 정효구, 「만해시의 구조고찰」, 《정신문화연구》1983. 겨울호
31) ① 김재홍, 「『님의 침묵』의 판본과 표기체계」, 《개신어문연구》2집. 1981
② 김용덕, 「『님의 침묵』의 이본고」, 『한용운사상연구』2집, 민족사, 1981

편적인 대로 『님의 沈默』을 정조적 성격의 시로 보고 이를 이해한 언급은 많다. 이러한 언급의 최초의 예로 주요한의 글을 들 수 있다.

> 『님의 沈默』일권은 사랑의노래다 님을 읊흔 님에게보내는 노래다 그 사랑은 『이별』로 인하여 낭만심한 종교화한 사랑이다 사랑의 모든 문제가 – 현실적이거나 이상적이거나 – 한낫의 기도화한 것이다 사랑의 기도요 기도의사랑이다 그사랑은 이별로서 미화한 사랑이오 이별에도 희망을 가지 는 사랑이다 …중략… 여긔 우리는 동양적기품으로 단련되였다할 「연애」를 발견한다 그러나 사랑은 광명적부분만 잇는것이 아니다 암운이잇고 광풍이잇다 …중략… 「님」만 님이 아니라한 작자의 서언도 있거니와 전권을 연애시로보기에는 너머도 신앙적색채가 넘치고 애국적기분이 떠돈다 …중략… 이별의비애, 고대의인내, 새로운길의등정 – 이것은 단순히 사상의 노래로 간과하기에는 아깝다 그리고 작자가 「이제곳가요」라는 일구로 전권을 끗내는 것은 과연 무엇을 암시하는것일까 …중략… 장래에 있어서 기이상의발견을 어들는지 모르나 현재에 있어서는 작자의조선어 소화에 대하야 탄복아니할 수 없다[32]

주요한은 한용운의 조선어 소화 능력에 탄복하며, 『님의 沈默』을 '종교화한 사랑', '이별에도 희망을 가지는 사랑'의 노래라 하고, '애국적 기분이떠돌'며, '동양적 기품으로 단련되었다 할 「연애」를 발견한다'고 하여 이 시집의 시편들이 정조적 성격의 시임을 분명히 하고 있다. 곧 『님의 沈默』이 종교적 사랑, 조국애, 고전적 사랑의 시집임을 지

---

32) 주요한, 「애의 기도, 기도의 애」 – 한용운근작, 『님의침묵』독후감, 《동아일보》 1926. 6. 22(상), 1926. 6. 26(하)

적한 것은 이 시집이 정조적 성격의 시집임을 말한 셈이 된다.『님의
沈默』의 '사랑'이 전통적이면서도 형이상학적임을 지적한 것은 탁월
한 것이다. 또 그의 시가 정한에 머물지 않고 희망의 시, 새로운 등정
의 시임을 지적한 것은 날카롭다. 이러한『님의沈默』은 투철한 인식
의 시이지만, 그 인식은 서구적 논리에 의존한 것이 아니라 우리 전통
에 대한 뚜렷한 재인식으로부터 출발하고 있다.

다음 글은 이를 지적하고 잇다.

> 그러나 만해의 연애감정은 적당한 근신의 마음과 이성에 의하여 콘
> 트롤되고 표현이 간접화되어 있으므로, 난하지 않고, 광하지 않는 심리
> 의 깊이 속에서 고전적인 안정과 조화미를 가지고 있음은 아무도 부인
> 치 못할 것이 아닌가 한다.[33]

한용운의 '연애감정'은 '적당한 근신'과 '이성에 의하여 콘트롤되고
표현이 간접화되'어 있으므로 '고전적인 안정과 조화미를 가지고 있
다'는 것이다. 이는 한용운 시의 정조적 성격, 곧 이지와 조화를 이루
고 안정과 조화미를 얻은 것임을 명확히 지적한 것이다. 그의 감정은
이성에 의해 콘트롤된 것이므로 견딜 수 없는 슬픔과 고독 속에서도
그의 시는 본래의 길을 가게 된다고 할 수 있다.

그러면 어떤 요인이 그의 시의 감정을 고양케 했을까. 이에 대해 서
정주의 견해를 들어보자.

---

33) 조승원, 「한용운 평전」,《녹원》1호, 1957, 198면

아는 이는 잘 아는 바와 같이 그는 개화후의 우리 신시대 시인들이
대부분 다 그런 것처럼 시를 유미적 가치나 유행사상에 의해서 운영하
지는 않았다. 그의 시문학의식은 좀 더 넓은 것으로서 재래 동양인의
문화의식 그것과 일치하는 것이었다. 즉 문학을 철학이나 종교적 탐구
와 병행시키는 그런 문화의식 말이다[34].

서정주는 한용운의 동양적 문화의식 즉, 문학을 철학이나 종교적
탐구와 병행시키는 그런 문화의식이 한용운 시의 감정의 고양을 가
능하게 했다고 보고 있다. 식민지의 지사이고 선사이며 시인인 한용
운에게는 절대자와 조국과 님이 분리될 수 없었을 것이다. 또한 그의
정신활동도 지, 정, 의, 신의 어느 하나로 분리되어 활동할 수 없었을
것이다. 조지훈도 "한용운은 혁명가로 출발하여 종교인이 되고 중이
되면서 시를 썼다"고 하고, '그에게 있어서 민족과 불과 시는 하나의
「님」이란 이름으로 抽象되었'다고 한다[35].

이처럼 그의 님은 지, 정, 의, 신의 종합적 정신활동의 산물이었고
진, 선, 미, 성의 총화였다고 할 수 있다. 이러한 그는 한 영역에 머무
를 수 없었다. 세간인으로 출세간행을 단행하고 출세간인으로 다시
입세간행을 단행한다.

상구보리(上求菩提)와 하화중생(下化衆生)이라는 자기 완성과 중생
제도의 두 가지 고업 (苦業)에 심신을 다 바쳐 실천한 만해(萬海) 한용운
스님은 늘상 승려이기 전에 인간이라는 차원에서 사바세계 속을 헤매는

---

34) 서정주, 「만해 한용운 평전 」,《사상계》통권 113호, '62. 11, 242면
35) 조지훈, 「한국의 민족시인 한용운」,《사상계》통권 155호, '66. 1, 328면

대중과 더불어 살며 그들의 고뇌를 자기의 고뇌로 알고 살아왔었다.

그는 항상 이 번뇌 많은 세상을 굽어보고 살지 않고, 도리어 번뇌의 소용돌이 속에서 빛을 잃고 헤매는 무리와 살결을 맞대고, 파토스(情感)와 로고스(是非)를 거듭하는 경지 속에서 이를 바로 잡고, 그 속에서 보다 참된 빛을 찾는 해탈의 길을 스스로 택했다[36].

청담은 한용운이 번뇌 많은 이 세상에 살면서 Pathos와 Logos의 반복 속에서 자기 완성과 중생 제도의 과업을 실천한 가장 인간다운 승려라고 보고 있다. 환속시인 고은도 '한용운 일대의 요식은 세간 – 출세간 – 출출세간으로 압축된다'고 하였다[37]. 끝없는 부정을 통해 대긍정에 이르려는 그는 따라서 시로써 개인적 해탈을 하려 하지 않는다. 의식의 무명이 벗겨지고 중생과 거주공간이 자유를 회복하지 않는 한 그의 시적 해탈은 있을 수 없었을 것이다. 따라서 그의 시는 '죽음의 고통에서 신음하는 시였고, 죽음의 고통을 거부하는' 저항의 시였다고 할 수 있다[38]. 『님의沈默』은 단순히 오도시로 보기에는 너무나 사연이 많다.

이처럼 시집 『님의 沈默』의 시들은 연극의 한 장면처럼 표현의 구실을 하면서 전진하게 된다. 그러나 계속 「나」의 반응이 전진하지는 않는다. 자꾸만 별리의 꿈로 회귀하여 이별이 미를 창조하는 것임을 다짐하려고 한다. 이러한 다짐에서 「나」의 비극적 체험은 긴장을 얻어간다[39]

36) 석청담, 「고독한 수련 속의 구도자」,《나라사랑》2집, '71. 4. 12면
37) 고 은, 『한용운 평전』, 민음사, 1975, 120면
38) 조동일, 「한용운」, 『한국문학사상사시론』, 지식산업사, 1978. 355면
39) 윤재근, 「만해 시의 미적 양식」,《월간문학》173 174호, 162면

가까스로 다진 '나'의 신념이 얼마 안 가서 다시 무너지곤 한다. 그러나 이런 감정을 다스려 집요하게 진행하면서 높은 가치를 지향하게 하는 것이 '나'의 정조라고 할 수 있다. 실의와 비통 속에서 신념과 희망으로 이행하려는 나의 전 노력의 과정이 곧 『님의沈默』이다. 윤재근은 나의 정한을 극복하게 하는 것으로 정리情理를 들고 있다. 감성과 이성의 조화로 정한을 극복한다고 보는 것이다.

　이별도 「님」이 존재하는 양식이고 만남도 「님」이 존재하는 양식이므로 「나」에게 「님」은 정한의 존재가 아니라 정리의 존재가 된다. 정리는 삶의 法이다. 정만으로써 삶이 만족되는 것도 아니며 리만으로 삶이 완수되는 것도 아니다. 인간의 삶은 감성과 이성이 함께 하여야 제 모습을 갖게 된다. 「님」은 「나」에게 정리를 언제나 동시에 요구함으로써 우리의 서정시 문학에서 새로운 시적 인물로 살아서 존재하고 있음을 시집 『님의 沈默』에서 확인된다[40].

이러한 『님의沈默』을 이끌어가는 주체는 '나'이다. 따라서 『님의沈默』의 정조를 파악한다는 것은 곧 화자인 '나'의 정조를 파악하는 것이다. 『님의沈默』은 전편이 님에 대한 '나'의 정조의 시화이다. 이러한 나의 정조의 연속성에 의해서 이 시집은 연작성을 인정받게 된다. 따라서 『님의沈默』의 나는 화자의 다양한 자기 전개의 총체라고 할 수 있다[41]. 나는 조국광복을 염원하는 조선인일 수도 있고, 화엄세계를

---

40) 윤재근, 「만해 시의 '나'와 님」, 《월간문학》 168호, 179면
41) 윤재근은 이에 대해 「군말」의 '어린 羊'이 시적 인물로서의 '나'의 표상이라고 하고 있다. (『만해시와 주제적 시론』 218면). 그러나 '나'는 '어린 羊'의 면모를 지니고 있으면서도 '석가' '칸트' '장미화' '마시니'의 목소리를 지니고 있음을

그리는 수행자 일 수도 있고, 절대미를 그리는 시인일 수도 있고, 세간 번뇌에 휩싸인 중생일 수도 있다. '나'는 Anima의 출현으로 여성이 되기도 하고, 본래의 남성적 목소리도 가끔 보여주고, 양성적 목소리를 도처에서 드러내면서, 궁극적으로는 '참나'를 지향한다. 이러한 나의 정조는 다양한 유형과 그에 따른 목소리를 보일 수밖에 없다.

이처럼 정조라는 어휘를 쓰고 있지는 않지만 많은 연구자들이 『님의沈默』을 가치지향의 감정의 소산으로 보는 데는 일치하고 있다. 그러나 이러한 연구들은 정조에 대한 근원적이고도 본격적인 탐구라고는 보기 어렵다.

3. 연구방법 및 범위

3.1 연구방법

한용운은 전인적 삶을 살 수밖에 없었던 인간이다. 그는 행복하게 한 분야를 선택하여 거기에 전념할 수 있는 문화적 선진국의 시민도 아니었고, 작품 자체의 독립성을 철칙으로 하여 엄정 객관성을 추구하는 서구적 형식주의자도 아니었다. 그는 지성으로 염원하고 강개하면서 투쟁한 인간이었다. 그러나 그는 여기에만 머물지 않았다. 그는 서릿발 같은 선지禪智로 길잡이를 삼았고, 한없는 자비심으로 사바세

감안하면, 『님의沈默』 본시편들의 '나'는 한용운의 시적 자아로서의 전면적 자기 전개라고 할 수 있다.

계를 위로할 줄도 알았다. 한마디로 그는 지, 정, 의, 신 제합齊合의 인
간이었다. 그는 하나의 시대였으며, 그 시대를 대변하는 인간이었으
며, 사후에도 지금까지 살아 작용하는 문제적 개인이었던 것이다. 이
런 그의 시를 파악하는 방법은 한두 가지의 도식적인 방법일 수가 없
다. 그의 시를 파악하기 위해서는 인류가 모색한 여러 가지 접근 방법
을 동원할 수밖에 없다.

  특수한 시대를 살았던 그의 시의 파악에 역사 · 전기적 접근이 무시
될 수 없다. 그의 시에서 역사는 무분별한 관여가 아니라 성실성의 문
제로 나타난다. 역사적 참여는 그의 삶의 본래성 회복을 위한 필수적
통과의례였던 것이다. 시대의 위기를 보면서 역사에 무관심하는 것은
도피행위라고 할 수 있다. 본고는 이런 점을 감안하여 작가, 작품, 독
자의 원활한 대화를 마련하는 작업이 작가 연구라는 입장에서 전기적
사실을 원용하려고 하며, 앞 시대 또는 동시대의 시인과의 영향관계
를 알아보려 하고, 과거를 현재 위치로부터 거꾸로 꿰뚫어보려는 투
시주의(透視主義, Perspectivism)적 관점에서 만해시의 시사적 가치
를 생각하려 한다.

  다음으로 사회 · 문화적 접근도 부분적으로 원용하려고 한다. 문학
은 본질적으로 사회적이라는 인식은 동서양이 오래 전부터 가지고 있
었다. 특히 유교적 이념이 지배한 한국사회는문학의 사회적 효용성
이 특히 강조되었다. 남달리 정의심이 투철한 한용운이 궁핍한 식민
지 현실에 대해 무관심할 수 없었다. 본고는 이런 점을 감안하여 루카
치의 전체성 이론, 쟝세니스트의 비극적 세계관에서 도출된 골드만의
'숨은 신'의 개념을 한용운 시의 해명에 선별적으로 적용하려고 한다.

  또한 형식주의적 접근도 부분적으로 적용하려고 한다. 한용운의 시

특히 『님의沈黙』은 은유, 상징, 역설, 등이 고도로 구사된 시집으로 시어의 분석, 갈등 관계에 있는 일련의 이미저리 추적, 작품의 예술적 구조파악에 형식주의 비평은 큰 도움이 될 수 있다. 특히 『님의沈黙』을 나의 심리의 종합적 전개로 보는 본고에서는 형식주의 비평이 강조하는 정밀한 독서를 전제로 한 시 해석에 이 방법의 도움을 입으려고 한다.

다음으로 심리주의적 접근방법이 원용될 것이다. 작자인 한용운의 창작 심리, 작품 속 화자인 '나'의 심리, 『님의沈黙』을 수용하는 독자의 심리 파악에 이 방법은 대단히 유효하다.

이어서 신화 · 원형적 접근도 시도하려고 한다. 노드롭 프라이는 동일성(Identity)이론을 주장했는데, 자기동일성 추구는 참나찾기, 세계동일성 추구는 정토구현으로 한용운의 삶의 지향점과 일치한다. 또한 융의 원형原型(Archetype)이론도 화자인 '나'의 정체 파악에 적용될 것이다. 융은 집단무의식 속에 유전되어오며 개인적 체험의 선험적 결정자가 되는 원형이 있다고 하고, 그 중요한 것들로 Persona, Anima, Animus, Self, Shadow 등이 있다고 하는데, 특히 Personality의 조직원리로서 집단무의식 속의 중심원형이며 모든 원형들의 콤플렉스 및 의식 속의 원형의 표현 형태를 끌어당겨서 조화시키는 기능을 하는 Self와 남성 속의 여성적 측면인 Anima에 주목하려고 한다.

마지막으로 연구자가 『님의沈黙』의 해명에 깊은 관심을 갖는 접근방법은 불교의 심층심리학인 유식학, 그 중에서도 아뢰야식에 의한 접근 시도이다. 한용운은 수행자로 유식학에 대한 이해와 관심이 깊고, 실제로도 유식학의 도움이 없이는 해명이 불가능한 작품이 여러 편 있기 때문이다.

요약해서 말하자면 역사 전기적 접근, 사회 문화적 접근, 정밀한 독
서에 바탕한 형식주의적 접근, 작가 작품 독자 심리에 관심을 갖는 심
리주의적 접근, 노드롭 프라이의 동일성이론과 융의 원형이론이 중
심이 된 신화 · 원형적 접근과 불교의 심층심리학인 유식학을 원용해
『님의 沈默』의 '나'의 정조를 연구하려고 한다.

3.2 연구범위

본고는 『님의 沈默』의 '나'의 정조를 집중적으로 연구하려고 한다.
아직 이 분야에 대한 연구는 전무한 것이어서 심리학과 철학, 미학의
도움을 입어 정조의 개념 및 특성을 파악하고 그 유형을 살펴보려고
한다.

다음으로 동서양의 대표적인 시문학을 일별하여 인류에게 오랫동
안 영향을 끼친 명시의 바탕엔 정조가 깔려 있음을 확인하고, 이어서
한국의 고대시와 근대시, 현대시의 바탕에도 정조가 깔려 있음을 확
인하려고 한다.

이러한 예비적 고찰 뒤에 『님의 沈默』의 나의 정조에 대해 본격적으
로 고찰하려고 한다. 먼저 나의 정조를 지적 정조, 윤리적 정조, 미적
정조, 종교적 정조로 유형화하여 살펴보고,다음으로 나의 정조의 특
성을 자주성, 미래지향성, 반복 · 순환성, 종합성으로 보고 고찰한 후,
이를 근거로 『님의 沈默』의 시사적 의의를 도출하려고 한다.

이러한 고찰과정에서 '님'과 '나'의 정체 및 서로간의 관계도 저절로
밝혀질 것이다.

Ⅱ. 시와 정조

1. 정조의 개념 및 특성

우리 민족은 오랜 역사를 통하여 정조와 더불어 살아왔다고 할 수 있다. 가치지향적인 삶을 살았던 선인들은 '조操'를 생활의 중요 원리로 삼았다[42]. '조'의 뜻을 자전[43]에서 찾아보면 잡음(把持), 움켜쥠(握也), 조종, 지조(所守知行), 풍치風致(風調), 가락, 곡조(琴曲)등으로 풀이하고 있다. 이를 다시 종합해 보면 뜻하는 바를 굳게 지켜 조화로운 경지에 이른 것을 말한다고 할 수 있다. 국내의 중요 국어사전[44]에도 '조'는 '깨끗이 가지는 몸과 굳게 잡은 마음'이라고 풀이되어 있다. 실제에서도 동양권 특히 우리나라에는 '조'가 들어가는 어휘가 많다.

항조恒操, 덕조德操, 고조高操, 지조志操, 절조節操, 정조貞操, 청조淸操, 사조士操, 심조心操, 풍조風操 등은 한결같이 변하지 않는 굳은 마음과 관계된 말이고, 음의 조화를 나타내는 말로 금조琴操가 있고, 신체 각 부위의 고른 발육 및 정신단련을 위한 운동으로 체조體操가 있다. 또, 조결操潔, 조속操束, 조수操手, 조신操身, 조심操心, 조행操行, 조칙操飭 등은 모두 마음을 써서 삼감을 의미하는 어휘들이다. 또 '조'는 생활어로도

---

42) 한국, 중국 등 유교문화권에서는 공자, 맹자 등의 성선설의 영향을 받아 대체로 인성은 착한 것으로 보고 성의 발로인 정도 착한 것으로 보는 경향이 강했다. 이러한 정선설情善說이 가치 지향의 감정인 정조의 존립 근거가 되었다고 생각해 볼 수 있다.

43) 장삼식 편, 『대한한사전』

44) 이희승 편, 『국어대사전』, 신기철 신용철 편, 『새우리말 큰사전』

확대되고 있으니 조선操船, 조업操業, 조작操作, 조타操舵, 조종操縱, 조차操車, 조필操筆 등이 이에 해당한다. 이처럼 '조'는 굳은 심지나 조화, 원활한 운용과 관계되는 어의語義를 가지고 있다.

이러한 '조'가 인간의 감정에 작용할 때 나타나는 것이 정조情操이다. 감정은 정서의 가장 단순한 상태이며 외관으로 드러나지 않는 쾌, 불쾌의 내면적 경험이라 할 수 있다. 이런 감정은 주관성이 강하고, 강한 쪽으로 기우는 전체성의 경향을 띠고 있다. 정서란 신체 반응을 수반하는 강한 감정으로 희, 로, 애, 락, 우憂, 공포, 경악, 불안 등의 형태로 나타난다[45]. 이러한 감정과 정서를 잘 다스려서 한 단계 높인 것을 정조라고 할 수 있다. 정조의 개념을 사전을 통해 살펴보자

- 국어대사전(이희승 편) : (心) sentiment, 정서가 더욱 발달되어 지적 작용이 가하여진 고차적인 복합감정.
- 새우리말큰사전(신기철, 신용철 편) : (心) sentiment, 이상적인 것, 가치적인 것을 추구하는 감정
- 동아원색세계대백과사전 : sentiment, 진리, 아름다움, 선행, 신성한 것을 대하였을 때 느끼는 고상한 가치 감정.
- 동아한한대사전 : 정신활동에 따라 일어나는 고상하고 복잡한 감정. 정서보다 지적 감정이 더하여 안정감이 있음.
- 대한한사전(장삼식편) : (心)높은 정신 활동에 따라 일어나는 감정.
- 중문대사전(4권, 제1차 수교판, 회급본, 중화학술원 인행)

---

45) 나병술, 『심리학』, 교학연구사, 225-233면 참조

sentiment, 정조는 정서가 이지화한 것으로 이해를 초월하여 나타난 것이다. (情操卽情緒之理智化 而超利害之見者也)

• The Oxford English Dictionary (V.9. p.470, 471) sentiment :

4. 지적 혹은 정서적 지각(Intellectual or emotional perception)

6. 정신적 태도(Mental attitude)

7. 정신적 감정(Mental feeling)

8. 문학이나 예술에 나타난 정서적 사고(An emotional thought expressed in literature or art)

9. a. 세련되고 부드러운 정서(Refined and tender emotion), 정서적 숙고 또는 명상 (Emotional reflection or meditation)

   b. 이상적인 것들에 대한 정서적 관심 (Emotional regard to ideal considerations)

이처럼 정조는 높은 정신 활동에 따라 일어나는 지적이고 가치지향적인 감정이라고 할 수 있다. 정조의 내용은 일반적으로 진, 선, 미, 성의 네 가지 가치이념에 입각하여 논하여진다.

정조의 특성을 심리학적 측면에서 정리해 보면 다음과 같다[46].

① 정조는 직접 생활의 이해관계를 떠나 진, 선, 미, 영혼 등의 문화적 가치를 향한 감정이다.

② 정조는 직접 본능 발현의 내면적 요인에 의한 작용에서 발생한 경험이 아니므로 각인의 교양과 인간적 수양에 따라서 그 질과

---

46) 나병술, 『심리학』, 교학연구사, 248면

강도에 있어서 현저한 개인차가 있다.

③ 정조는 비교적 영속성이 있어서 환경 조건에 따라서 변화가 심하지 않다.

④ 정조는 일차적 자극에 의하여 촉발되는 것이 아니라 지적 반성, 비판, 분석, 숙의를 통하여 일어난다.

⑤ 정조는 교양과 교육 정도에 따라서 형성되므로 생래적이 아니라 학습적 요인이 강하다.

⑥ 인간이 살아가면서 세상의 이치를 깨달아감에 따라 얻게 되는 긍정적 반응으로, 심취감을 맛볼 수 있다.

이러한 정조를 한국시와 연관시켜 비교적 무게있게 언급한 이는 서정주가 처음인 것 같다. 몇 사람의 후학이 문학개론 등에서 시의 정조에 대해 언급하고 있으나 지극히 단편적이어서 서정주의 논의 수준을 뛰어넘지 못하고 있다. 서정주의 소론을 들어보자.

축적하는 정서를 잘 종합하고 선택하면 정조가 되는 것이라고 생각한다. 감각과 정서가 그 시간상의 장단은 있을지언정 둘이 다 변하는 것인데, 정조는 변하지 않는 감정 내용 곧 항정恒情을 일컫는다. 성춘향의 이도령에 향한 일편단심, 여말 정몽주의 한결같은 우국지정, 근조 시인 정송강의 불변하는 사군事君감정, 이런 것들은 모두 다 정조에 속한다. …중략… 정조니, 열녀니, 선비의 지조니 하면 말이 쉽지 사실상 그 심도를 실제로 측정하는 것은 우리 같은 변화하는 감정세계에서만 길든 사람에게는 거의 불가능한 일이 아닐까 생각한다. 그렇지 않겠는가 정조도 그렇게 파란중첩하는 것이어늘 하물며 그 많은 축적을 선택하고 종합함으로써 변하지 않는 기질을 갖추게 되는 정조 그것의 깊이에 있어서랴 흔히 정조라고 하면 요즘 사람들은 대단히 까다로운 것, 우리와는 인연이 먼 것, 무슨 진부한 권위 같은 것 그런 것으로 생각해서 경이원지하는 경향이 많으나, 이것은 첫째 큰 손해다. 이렇게 해서 우리는 감정의 제일 잘된 것의 맛을 문학사 속에서 볼 수 있는 기능을 차차 상실해 가고 있기 때문이다. 감정은 변덕꾸러기라는 신념으로 하여 우리는 우리 정신을 위해 무슨 이익을 보는가? 과거세의 정신의 부피 속에는 정조들의 층들이 면면히 쌓여 있음에도 불구하고 우리들이 눈뜨고 사는 시대의 주장에만 우리의 주장을 한정하여 감정을 가변적인 것으로 제한하고 말까? 여러가지 왜곡된 감정생활 전통 때문에 오는 이 불가피한 정서적 제한도 억울하거늘, 하물며 여기다 또 덧붙여서 그 제한론자까지 될 필요야 있겠는가?

예지가 지혜 중 가장 다듬어진 것처럼 정조는 감정 중 제일 다듬어진 것이니, 이것이라야 사물을 친구로 만들더라도 제일 가깝게 만들어질 것이요, 사물을 따라 가더라도 제일 멀리까지 따라갈 수 있을 것이다. 서양에서보다는 동양에 원래 이 정조는 많았다. 아니, 많았다느니보다 동양은 이 정조를 이상理想으로 감정을 훈련해 왔던 것이다. 유교나 불교나 도교의 시편들에서 보는 감정은 모두가 이것들이다. …중략… 이러한 정조적 전통은 비단 우리 나라에 있어서 재래적 유가나 도가나 승니에게만 그런게 아니라 개화 후의 신시인의 일부에게도 전승되어 왔다[47]

서정주는 축적된 정서를 잘 종합하고 선택하면 정조가 된다고 하고, 열녀의 일편단심, 충신의 우국지정이나 사군감정 같은 항정이 이

---

47) 서정주, 『서정주문학전집』2권, 일지사, 1972, 87~88면

에 해당한다고 하였다. 그리고 그는 이러한 정조가 오늘날 경원되는 것을 안타까워하고 있다. 그는 이어서 지, 정, 의 제합^{齊合}의 시를 논하는데[48], 정조 자체가 감정을 중심으로 지, 의를 제합한 것이라고 할 수 있다면 지, 정, 의 제합의 시는 곧 정조의 시라고 할 수 있다.

2. 정조의 유형

인간은 지성에 의해 사고를 하고, 의지에 의해 도덕적 행위를 하며, 정감에 의해 미적 활동을 하고, 신앙에 의해 종교적 생활을 하면서, 각각 이에 상응해서 학술적 문화, 도덕적 문화, 미적 문화, 종교적 문화로 하여금 진, 선, 미, 성 등의 문화가치를 창조하게 된다. 그러기에 인간은 사유를 통해 세계의 진상을 탐구하며, 선한 의지의 행위를 하고, 자기가 보고 듣고 생각하면서 무엇인가 아름답다고 체험한 것을 미적으로 표현하기도 하며, 나아가서는 이러한 인간의 모든 활동과 능력의 한계를 초월한 절대자로서의 성스러운 신에 대한 경배와 신앙을 가질 줄도 아는 것이다.[49]

정조의 유형도 인간이 오랫동안 추구해 온 진, 선, 미, 성에 따라서

---

48) 시를 주지적이나 주정적이나 주의적으로 어떠한 한 정신의 특징을 주로 해서 쓰지 않고 지, 정, 의를 균제하게 종합하여서도 쓸 수가 있다. 재래 동양의 시의 대부분이 이 지, 정, 의 제합의 시이니, 동양에 있어서는 시의 정서니, 시의 지혜니, 시의 의지니 하는 것을 시에 있어 따로따로 고양하느니보다는 이것의 제합인 「시심」으로써 이 시정신이라는 것을 생각해 온데 연유한다 (서정주, 『서정주문학전집』2권, 일지사, 1972. 97면

49) 이를 도표화하면 다음과 같다(백기수 『미학』36면에서 전재).

나누어질 수밖에 없다. 문헌을 통해 정조의 유형을 살펴보자.

① 이희승『국어대사전』: 미적 정조, 지적 정조, 도덕적 정조, 종교
   적 정조
② 대한한사전(장삼식편): 지적, 도덕적, 미적, 종교적 정조
③ 『동아한한대사전』: 지적, 도덕적, 미적, 종교적 정조
④ 『동아원색세계대백과사전』: 도덕적 정조, 예술적 정조, 과학적
   정조, 종교적 정조
⑤ 『중문대사전』(4권, 제1차 수교판, 회급본, 중화학술원 인행) :
   求知情操, 審美情操, 道德情操, 宗教情操
⑥ 『심리학사전』(평범사 소화 46년 7월 1일 27판 105면 참조) : 學
   問, 道德, 藝術, 宗教的 情操
⑦ 나병술,『심리학』: 논리적 정조, 윤리적 정조, 미적 정조, 종교적
   정조

위의 분류들은 모두 진, 선, 미 성의 추구에 따른 분류로서 명칭만
조금씩 차이가 있을 뿐이다. 지적 정조는 구지 정조 과학적 정조 논
리적 정조 학문적 정조로, 윤리적 정조는 도덕적 정조로, 미적 정조는
심미적 정조 예술적 정조로 불릴 뿐 의미에서는 별 차이를 발견할 수

심적 전체의 능력	활동	태도	판단	문화	가치	주체
지	지성	사유적 탐구	학문적	논리적	학술	진	사유
의	의지	도덕적 행위	실제적	실천적	도덕	선	실천
정	정성	심미적 표현	심미적	유미적	예술	미	창조
신	신앙	종교적 생활	종교적	종교적	종교	성	신앙

없다. 본고에서는 필자의 편의에 따라 지적 정조, 윤리적 정조, 미적 정조, 종교적 정조로 통일해 부르고자 한다. 위의 ①~⑥은 사전적인 분류이고 ⑦만이 설명을 곁들이고 있다[50].

- 논리적 정조(logical sentiment) : 지적 정조라고도 한다. 이는 논리적 판단에 의하여 참됨과 거짓, 모순과 합리, 진리를 통하여 발생되는 정조이다. 그에 따라 진리에 대한 경탄을 나타내고, 부정과 오류를 미워하는 감정이다. 지적 정조에는 사고, 인식, 판단과 같은 작용이 따르고 어려운 문제에 봉착하였다가 자기의 힘이나 능력으로 해결하면 쾌감을 가지게 된다.

- 윤리적 정조(ethical sentiment) : 선행을 좋아하고 악행을 증오하고 탄식하는 감정이다. 윤리적 정조는 좁게 양심과 같은 의미를 내포하고 있다. 또한 윤리적 정조는 인간 생활의 가치와 규범에 따르고 선악의 가치판단에 따라서 일어나는 자부심, 수치심, 후회, 정의 등의 감정을 내포한다.

- 미적 정조(aesthetic sentiment) : 인간은 미적 감각을 갖고 있어서 자연을 감상하고, 인생에 대해 탐닉하여 예술의 가치를 찾는 경우에 일어나는 고상우미한 느낌을 주는 가치 감정을 말한다. 미적 정조는 단순한 것에서 복잡한 것으로 그 대상이 변하면 단순한 미추의 감정에서 숭고미, 비장미, 비극미, 희극미와 같이 달라진다.

- 종교적 정조(religious sentiment) : 종교적 가치에서 일어나는 감정으로서 인생, 고뇌, 염원, 감사, 귀의, 법열 등의 감정이다. 인간

---

50) 이하 설명은 나병술, 『심리학』, 교학연구사 249 250면에서 발췌

이 살아가는 데 있어서 인간 능력의 미약함과 유한을 느끼고 불
안의혹에 빠질 때 초인적인 절대자에 신뢰귀의하려는 감정이 유
발되어 종교적 신앙을 가지고 그에 따라 만족이나 감정을 느낄
때 종교적 정조라 한다.

지적 정조의 대표적인 것으로는 진리애를 들 수 있을 것이다. 이
러한 진리애는 자아나 세계에 대한 인식 욕구로 나타난다. 철학
((philosophia) 자체가 Sophia(智)에 대한 Philos(愛)이다. 이는 논리
적 판단에 의하여 진리에 도달하려는 정조라고 할 수 있다.

윤리적 정조의 대표적인 것으로는 정의심, 동정심, 애국심 등을 들
수 있다. 이것들은 모두 선의지에 발동된 것으로 시대와 환경과 인성
의 영향을 크게 받는다. 윤리적 정조는 상황윤리의식의 발로로서 특
수한 시대와 공간에서 발휘되는 경우가 많다.

미적 정조의 대표적인 것으로는 약한 존재가 강한 존재에 대해 느
끼는 공포감이 긍정적으로 변모되어 나타나는 숭고감, 아끼고 지지하
던 것들이 무너지는 것을 보고 느끼는 비장감, 여리고 명랑한 것들이
조화를 이룰 때 느끼는 우미감, 대상과 하나가 될 때 느끼는 황홀감
등을 들 수 있다. 미적 정조에 연관해 생각해 낼 수 있는 것은 이상적
미에 대한 열망인 eros이다[51]. eros는 이상미에 대한 그리움이라고 할

---

51) Platon은 『향연』에서 미를, 현재 결핍되어 있는 것을 추구하는 eros와 결부시
킨다. 그는 eros를 올바르게 추구하는 사람은 아름다운 육체의 추구로부터
시작하여 여럿의 아름다운 육체, 모든 아 름다운 육체의 인식에 이르고, 다음
에는 아름다운 활동으로, 아름다운 활동으로부터 아름다운 학문으로, 여러
가지 학문으로부터 드디어 미 자체의 본질을 인식하기에 이른다는 것이다.
이 최고의 경지가 곧 idea의 세계라고 한다. eros는 바로 미의 idea 즉 이상미

수 있다.

종교적 정조로는 유한하고 번뇌 많은 인간이 절대자에게 일심으로 향하는 귀의심, 일체 중생에 대해 무한히 베풀어지는 사랑의 자비심, 깨달음에서 오는 더할 수 없는 기쁨인 법열 등을 들 수 있다.

서양에서는 일찍부터 정조교육의 중요성이 강조되기도 했다. 이성적으로 제어된 안정된 고등교육이 정조라는 의미에서 충동을 억제하고 이성적으로 행동하게 교육해야 한다는 것이 지적 정조교육론이고, 정조를 의지의 성질로 해석하고 도덕적, 종교적 의지를 불러일으키는 것이 의적 정조교육론이다. 또한 감성과 이성, 경향성과 의무가 자연적으로 조화되고 합일된, 미가 진이나 선과 대립하지 않고 그것을 포섭하여 〈아름다운 혼(die schönen Seele)〉[52]에 이르게 하려는 것이 미적 정조교육론이고, 또 종교적 감정을 도덕적 감정이나 과학적 감정이나 예술적 감정과 합일한 것으로 생각하는 것이 종교적 정조교육론이다[53].

이상의 고찰로 정조란 진, 선, 미, 성을 추구하는 감정임을 알 수 있게 되었다. 정조의 유형도 진, 선, 미, 성의 구분에 따라 지적 정조, 윤리적 정조, 미적 정조, 종교적 정조로 분류되고 있다. 이러한 진, 선, 미, 성을 추구하는 감정, 곧 정조는 인간의 대표적 문화유산인 시에 잘 나타나 있다고 보고, 연구자는 동서양 시의 정조에 대해 살펴보려고 한다.

를 추구하는 미적 정조 라고 할 수 있다.

52) F. Schiller, Über die Ästhetische Erziehung des Menschen, in einer Reihe von Briefen, 1795, XV

53) 『동아원색세계대백과사전』 '정조교육' 참조

3. 동서양 시의 정조

인간은 가치를 추구하는 동물이다. 지혜가 트이고 사회를 이루어 살면서 인간은 윤리의식이 생기고 종교를 믿게 되었으며 심미적 반응을 보이게 되었다. 이런 인간의 감정이 보통 동물의 그것과 같을 수 없다. 승화된 감정이 예술과 종교, 사상 등에 담겨 우리에게 풍부히 전해져 내려오고 있다. 여기서는 동양과 서양 시에 나타난 정조의 두드러진 예를 살펴보기로 한다.

3.1 동양시의 정조

기원전 1400년경에 형성된 것으로 추측되는 인도의 Veda는 인류 최초의 문학적 표현의 기록이라고 하는데, 인도에서는 Veda에 모든 지혜의 보고가 들어있다고 생각하고 있으며 예술과 과학과 인간 지식의 모든 면을 찾아볼 수 있다고 한다. 이 중 대표적인 것으로 『Rig Veda』는 각각의 신들을 예찬한 서정시들을 모아놓은 것이다. 『Upanishad』는 Brahman과 Atman에 대한 두 개념을 해결하고자 하는 철학적 명상집이라고 할 수 있다. Veda의 시는 내용, 형태, 다양성의 면에서 볼 때 고대 어느 언어에서도 볼 수 없을 만큼 고귀한 문학의 위치에 있다고 할 수 있다. 그것은 인류의 가장 오래된 시로 수천 년을 경과한 오늘날까지도 아름답고 훌륭하게 계속되고 있다. 그것은 어떠한 특정 종교의 경전이 아니며, 그 안에는 어떠한 Dogma도 표현되어 있지 않다. 그것은 대단히 발달된 문명의 반영이며 인간 생애

를 연구하는 학문이라고 할 수 있다[54]. 이러한 『Rig Veda』의 서정성과
『Upanishad』의 예지성은 20세기의 시인 Tagore에게 전승되어 찬란
하게 개화된다.

중국의 상대시가도 정조의 전형을 보여주고 있다. 『시경』과 초사가
그 대표적인 것들이라고 할 수 있다. 중국 시들은 인도의 명상적 시풍
과는 달리 실생활에서 얻은 조화로운 감정을 보여주고 있다. 이런 생
활감정의 결정이 곧 『시경』이다. 남녀가 사랑하되 난하지 않고, 임금
이 위에 있으되 위압하지 않는다. 남과 녀, 군왕과 생민은 솔직한 생
각을 교환하고, 치세를 지향하게 된다. 유협은 『문심조룡』에서 "『시
경』의 시구를 외어가면 온화하고 부드러워서 사람의 마음의 깊은 곳
을 두드리는 것이 있다[55]"고 하였다. 또 유안은 "「국풍」은 여색을 노
래했지만 음란한 데 빠지지 않고, 「소아」는 원망하고 남을 미워했지
만 질서를 어지럽히지 않았다[56]"고 했다. 윤리적 강요가 아니라 본성
의 자연스런 조화에 의해 세상은 다스려지는 것이다. 따라서 남녀 간
의 바람직한 사랑을 찬미하고, 어진 임금을 기리고, 잘못은 꾸짖고 풍
자한다. 공자는 『시경』 305편을 '사무사思無邪[57]'라 하여 생각에 사특
함이 없는 것들이라 했고, 순도 『상서』 순전舜典에서 『시경』은 지志를
말한 것[58]이라고 했다. 중국의 상대시로 정조의 또 한 표본은 초사이

<hr>

54) 『세계문학대사전』, 문원각, 414, 415면 참조
55) 『문심조룡』권1一, 「종경」편
56) 『문심조룡』권1一, 「변소」편
57) 『논어』, 「위정」편
58) 시언지詩言志에 대해 시우충은 '시는 언지이다'로 풀이하고, '지'를 sentiments
    로 보았다. 이에 대해 윤재근은 '지'는 sentiments보다 mental attitude(심
    적 태도)로 보는 것이 타당하다고 하고 James. J. Y Liu의 영역인 Poetry
    expresses the heart's wishes in words를 근거로 들고 있다. '지'를 도덕적 이

다. 초사는 굴원의 작품이 주를 이루고 또 가장 높은 봉우리를 이루었
는데, 굴원은 전국시대 초나라 사람으로 이상정치를 펴려 했으나 어
두운 임금과 난신들에게 추방되어 이역을 떠돌게 된다. 굴원은 혼탁
한 세상과 초나라의 앞날을 생각하며 억제할 수 없는 가슴 속의 비분
을 작품에 담아 토로했다. 「이소離騷」는 고국을 그리는 마음과 이상계
에 살려는 고매한 심경과의 조화하기 어려운 슬픔을 읊은 것이고, 비
탄오뇌 끝에 선향仙鄉을 구하려고 무한한 경境을 헤매는 것이 「원유遠
遊」, 희곡 형식에 충군애민의 정을 기탁한 「구가九歌」, 초 멸망에 대한
자신의 감개와 결의를 보인 것이 「천문天問」이다. 『시경詩經』이 북방문
학인데 비해 초사는 남방문학을 대표한다. 초사는 『시경』보다 개성
이 강렬하며, 로만적인 감동을 읊고 있다. 초사는 단순한 개인적인 불
평이나 격정이 아닌 국가사회에 대한 공분으로 작자인 굴원의 청고하
고 순수한 심정이 독자의 심정을 맑게 하고 정의감을 북돋아주어 중

념(mental inclination, will, ideal)으로 보지 않고 개체적 정념(heart's wish, desire, emotion)으로 본 것이다(『만해시와 주제적 시론』81~83면). 그러
나 여기서 윤재근은 '지'를 너무 서구적 대립의 관점으로만 본 것 같다. 전통
적으로 동양에서는 지, 정, 의, 신을 통합적으로 생각했고, 여기서 '지'도 지,
정, 의, 신 통합으로서 '지'로 봐야 할 것이다. 그가 '지'를 정情과 리理가 합
해진 것으로 보고 지향성으로 본 것은 이를 인정한 셈이 된다. Liu도 '지'를
'지持'로 보고 to keep으로 번역하고 思無邪의 無邪를 No evil thought로 번
역하여 도덕적 관점을 드러내고 있다. 시우충도 『문심조룡』의 견해에 따라
사람의 마음을 단련시켜서 무사하게 한다는 뜻으로 무사를 freedom from
undisciplined thought로 의역하고 있다. 이처럼 공자, 유협, 시우충, Liu가 도
덕적 관점으로 '지'를 보고 있는 것이다. 이는 '지'가 인간정신의 특수한 영역
이 아니라 지, 정, 의, 신으로서의 전모로 보는 것이 타당하다는 것이다. 서정
주도 "요컨대 동양인의 정신이란 시에 있어서나 종교에 있어서나 철학에 있
어서나 이치가 서면 반드시 거기에 밋밋하게 대등하는 정이 따라가길 원했
고, 또 정이 움직이면 반드시 또 이치가 거기 뒤따르길 원했던 것이다."(『서
정주 문학전집』2권, 일지사, 98면)라고 한다.

국 및 우리나라에서 오랫동안 충애忠愛문학으로 사랑을 받았다[59]. 이런 공분과 충애가 정조임은 말할 나위가 없다.

이처럼 인도의 『Veda』와 Tagore의 시, 중국의 『시경』과 초사는 정조의 문학의 표본이라고 할 수 있을 것이다.

3.2 서양시의 정조

Hellenism과 Hebraism은 서양사상의 양대 원류로서 헬레니즘이 자유롭고 조화로운 인간상을 추구한 데 반해 헤브라이즘은 극기와 헌신으로 신에게 복종하는 인간을 이상으로 했다. 이들은 성격이 상반됨에도 불구하고 격조 높은 인간상을 지향한다는 점에서는 일치했다. 고대 그리스인은 이성과 감성이 조화된 삶을 살면서 현세를 긍정하고 고양시키려고 했다. 이런 그들의 인생관은 소크라테스, 플라톤, 아리스토텔레스에게 이어지는 미선합일美善合一사상으로도 엿볼 수 있다. 그리스비극은 카타르시스에 의해 추, 악을 벗고 미, 선으로 나아가게 하는 효과를 노렸다고 할 수 있다. 또 신의 은총을 입기 위해 엄격한 금욕과 기도생활을 하는 히브리인들에게 영적 고양은 당연한 현상이었다. 『구약성경』 특히 그 중 시편들이 그러한 영적 고양의 좋은 예이다. 이러한 그리스 비극과 구약 시편이 정조의 문학임은 물론이다.

서양시의 정조는 르네상스기의 단테의 『신곡』에 와서 크게 한번 빛을 낸다. 35세에 이르러 삶의 회의에 빠진 단테가 칠흑 같은 숲속을 헤매며 일주간에 걸친 피안의 세계를 여행하는 것이 『신곡』의 줄거리

---

59) 『세계문학대사전』, 문원각, 85면 참조

인데, 이 작품은 진, 선, 미, 성을 겸비한 적극적인 「사랑」의 능력, 말하자면 그것이 어떻게 인간 영혼의 구제에 도움을 주었는가를 노래하고 있다.

단테 자신도 등장인물이 되어 처음에는 베르길리우스를, 다음에는 베아트리체를 안내자로 하여 피안의 세계를 편력함으로써 신의 인간에 대한 사랑의 깊이를 알게 되고, 드디어 높은 경지에 도달하여 삼위일체의 깊은 뜻을 알게 된다는 것으로, 이 때문에 이 작품은 고전문학의 전통을 잇는 환상문학인 동시에 크라이스트 정신이 가득찬 종교문학이기도 하다[60].

이러한 정조는 독일의 대시인 괴테에게서도 어김없이 나타난다. 범신론적인 자연관에 의해 생기를 받으며 근대인적인 자기 형성을 했던 괴테는 무수히 많은 연애시편과 성장소설을 거쳐 인간구제를 테마로 하는 필생의 역작 『파우스트』를 완성하게 되는데, 지적 회의와 향락에 빠진 파우스트가 순결한 여성혼으로 하여 자신을 되찾고 대조화에 이르게 되는데 이러한 정신적 고양이 정조에 바탕한 것임은 두 말할 나위가 없다.

4. 한국시의 정조

인도의 Veda와 중국의 『詩經』, 초사가 정조의 문학임은 위의 설명으로도 충분히 이해되었으리라고 생각한다. 인도 사상은 불교를 통

---

60) 『세계문학대사전』, 문원각, 144-146면 참조

해 우리와 접촉되었다. 물론 Veda는 힌두교의 경전에 해당되는 것이
지만, 불교가 힌두교사상을 바탕으로 하여 솟구친 자비와 평등의 사
상이라면, 두 종교의 상통점은 충분히 인정할 수 있는 것이다. 이렇게
전래된 불교는 수천 년 동안 우리 민족정신의 한 중추가 되면서 문화
가치 전반에 그대로 반영되었다. 중국에서 발상된 유교 또한 우리 민
족정신의 한 중추가 되었다. 불교가 인간의 근본문제인 생로병사를
위로해주는 것이라면 유교는 사회를 이루어 실생활을 하는 우리 민족
에게 질서와 도덕심을 제고하는 데 크게 기여한 것이었다. 형벌보다
는 예규禮規로 천하를 교화하자는 것이 유교의 근본자세이다. 이런 불
교와 유교를 정신의 밑바탕에 깔고 살아온 우리 민족의 문학이 정조
의 문학일 가능성은 매우 높은 것이다[61].

상기한 대로 정조란 진, 선, 미, 성의 가치를 추구하는 감정이다. 이
러한 정조에는 절제와 헌신이 전제가 될 수 있다. 다난한 역사 속의
삶을 문자화한 한국시는 가치추구의 감정, 그중에서도 특히 윤리적
정조가 많이 표출되어 있다. 이러한 윤리적 정조는 한말까지 끈질기
게 이어져 오다가 국권상실기인 일제 치하에서 국권회복 의지로 발현
된다.

4.1 고대시의 정조

주목할 만한 것으로 먼저 신라가요를 들 수 있다. 「헌화가」의 노인

---

61) 한국 고대시의 정조적 성격에 대해서는 졸고 「《百八煩惱》의 '님'」『동경어문
론집』 2집, 동국대 경주캠퍼스 국어국문학과 논문집 11~18면 참조

은 수로의 미에 화응하면서도 현상의 미에 머무르지 않고 절대미를 추구한다. 「모죽지랑가」와 「찬기파랑가」에는 높은 인격에 대한 흠모의 정이 잘 나타나 있다. 이들은 '님'(郎)에 대한 화자의 모慕요 찬讚이다. 주변에서 이와 같이 친근하면서도 매력적인 '님'을 발견할 수 있다는 것은 행복한 일이다. 이같은 행복은 인간성의 발현이 지배 이념에 의해 억압되지 않는 사회에서만 가능하다. 죽지랑과 기파랑은 멋과 인격을 겸비한 화랑으로 백성과 동고동락하는 참다운 현세의 '님'이다. 이러한 님을 위해서라면 백성들은 어떠한 고난이라도 함께 할수 있고 생사도 위임할 수 있다. 이러한 님들에 대한 화자의 흠모와 신뢰와 찬양은 곧 정조이다. 「원왕생가」와 「제망매가」는 번뇌 많고 무상한 인간들의 극락왕생하고 싶은 염원을 드러낸 것이다. 신라인들은 아미타불(무량수불), 미륵불, 관음보살 등에 귀의하여 현세의 삶을 반성하고 불국토 건설을 희원하거나 고통이 없는 내세를 꿈꾸게된다. 신라인들에게 정신적 삶이 가능할 수 있었던 것은 이처럼 귀의할 수 있는 님이 있었기 때문이다. 「원왕생가」는 광덕, 광덕의 처, 엄장이 각고의 수행 끝에 육체적 갈등을 극복하고 정신적 대자유인이되는 과정을 감동적으로 보여주고 있다. 「제망매가」도 죽은 누이에대한 슬픔을 애상으로만 머물게 하지 않고 무상을 통한 구도의지로연결시켰다는 점에서 높은 정신력을 엿볼 수 있다. 이 밖에 아이의 눈뜨기를 간곡히 기원하는 「도천수관음가」나, 간통한 아내와 간부를 용서하고 인욕을 실천한 「처용가」, 공덕을 닦아 이승의 고단한 삶을 벗어나고자 하는 염원을 담은 「풍요」, 포악한 산적들을 불심으로 조복調伏케 한 「우적가」, 또 충정을 몰라주는 임금에게 진정을 하소연하는 「원가」나 백성 다스리는 도리를 설파해 임금을 깨우친 「안민가」 등은

모두 정조의 시이다. 이렇게 보면 신라가요는 정조의 결정이라고 할
수 있다. 이러한 맥락은 후백제인의 작품이라는 「정읍사」에도 그대로
이어져 보름달 같은 원융한 심성이 격조 높은 기다림으로 드러나고
있다. 헌신적으로 기다리는 이 여인에게 '님'은 곧 '나'가 된다. 님을
염려하고 포용함으로써 이 여인은 '님'과 하나가 되는 것이다.

　고려가요에 와서 시의 정조는 변화를 겪는다. 지와 의가 약화되거
나 실종되고 정만이 이상비대해진다. 이러한 정의 이상비대, 즉 감정
과잉은 어지러운 시대를 배경으로 한다. 그리하여 고려가요에는 애상
과 자조, 실의와 좌절, 퇴폐와 향락이 주를 이룬다. 그러나 이런 가운
데서도 슬픔을 조용히 삭이며 자신을 잃지 않는 시들이 있다. 「동동」,
「가시리」, 「정과정」 등이 그 예이다. 「동동」에는 님을 여의고 홀로 살
아가는 이의 애상과 연모와 송축의 념이 잘 나타나 있다. 화자는 폭발
할 듯한 슬픔을 조용히 삭이며 님을 그리워한다. 「가시리」는 이별시
의 절창으로서 '셜온님'이라는 탁월한 표현을 낳는다. 보내기 서러운
자신의 심정을 님에게 전달하여 결국 '나를 떠나기 서러워하는 님'으
로 만들고 만다. 이별의 슬픔은 크면 클수록 더 오랜 기다림을 낳는다.
이런 애절한 기다림의 정서는 오랫동안 우리 민족의 대표적인 정서
가 된다. 「정과정」은 신라가요 「원가」처럼 자기와의 약속을 잊은 임금
을 일심으로 그리며 하소연하는 내용이다. 이러한 하소연과 짝사랑은
임금의 권위를 건드리지 않고 감동시켜 바른 판단으로 돌아오게 하는
효과를 거둘 수 있다. 임금에 대한 이러한 일편단심은 개인적 영달을
위한 것이라는 부정적 해석보다는 이상정치 실현에 대한 염원이라고
할 수 있을 것이다. 이밖에 유덕하신 님의 만수를 비는 「정석가」나, 돌
아가신 어머니의 사랑을 그리는 「사모곡」 등도 정조의 시이다.

시조의 정조로는 절의와 연심을 대표적인 것으로 들 수 있다. 절의는 여말의 「단심가」, 「회고가」의 맥을 잇는 것으로 수양대군의 왕위찬탈 후 족출하였다가 내우외환 등 역사의 갈등 시기마다 어김없이 나타난다. 사대부에게 충성은 제1의 덕목이었지만 무도한 님일 경우에는 항거하기도 한다. 그들의 이상은 왕도정치의 실현이다. 이상의 실현을 기대할 수 없는 군주에게 그들은 복종할 수 없었다. 생육신과 사육신 등의 절의가는 그런 심정의 노래이다. 또 그들은 의를 위해서는 직언을 서슴지 않았고, 왜, 호의 무력 앞에 적신으로 맞서기도 했다. 그들에게 부끄러운 삶은 죽음보다 더한 고통이었다. 그들에게 수절은 일종의 실존적 선택이었다고 할 수 있다.

조선조가 유교적 이념에 억눌린 사회임은 분명하지만 그렇다고 본심에서 터져 나오는 연심을 봉쇄할 수는 없었다. 다수의 시조는 님에 대한 그리움과 기다림을 노래하고 있다. 대표적인 작가로는 황진이를 들 수 있는데, 그녀가 처한 특수한 신분이 오히려 그녀로 하여금 기다림이라는 인간적 목소리를 가능하게 했고, 이것이 오늘날의 우리에게 문학적 매력으로 다가오게 하는 요인이 되었다고 할 수 있을 것이다.

조선조 가사는 한정가, 연군가, 상사요, 교훈가, 기행가사 등이 있으나 본고에서는 「사미인곡」과 「속미인곡」에 대해서만 언급하기로 하겠다. 「사미인곡」과 「속미인곡」은 자연사가 아니라 인사를 노래한 가사이다. 그만큼 감정적 호소력이 강하다. 님과의 이별에서 오는 슬픔으로 나날을 보내지만 님은 삶의 전부이자 가치의 핵이기 때문에 '나'는 변함없이 사랑하면서 기다린다. 이러한 슬픔과 기다림에 의해 '나'는 오히려 한없이 맑아지고 깊어진다. 이러한 '나'의 감정 또한 정조라고 할 수 있다.

한시 또한 정조의 문학임은 물론이다. 표기수단의 상이로 전달상의 애로가 있지만 충의를 신조로 삼아 살면서 시작한 사대부들의 한시에서 정조를 발견한다는 것은 당연한 일이라고 할 수 있다. 그들의 충군, 애민, 우국의 삶은 곧 정조의 삶이라고 볼 수 있기 때문이다.

4.2 근대시의 정조

이미 살펴본 대로 우리의 고대시가는 전 장르에 걸쳐 정조의 시임을 보여 주었다. 그러나 이러한 정조의 계승 양상은 긍정적인 면만을 보여 주지는 않았다. 신라가요의 다수 작품에 나타난 지, 정, 의 신 제합으로서의 정조는 고려가요에서는 감정 편향으로 나타나 퇴폐성까지 드러냈고 일부 시에 나타난 그리움과 기다림의 정조도 지, 의, 신의 도움을 입지 못해 속절없는 하소연의 수준을 벗어나지 못하고 있다. 유교를 국시로 삼은 근세조선에 와서 이러한 감정은 절도를 얻는 듯 했으나 대신 도덕규범이 인간성의 발현을 원천적으로 봉쇄하여 문학작품의 도식화를 가져왔다. 지배계층은 연군이나 교훈, 한정만을 되뇌고 여성을 포함한 피지배계층은 현실에 대한 불만을 지극히 일차적인 풍자나 해학으로 해소하고 있을 뿐이다. 이런 양상은 시조와 가사, 한시가 모두 대동소이하다고 본다. 즉, 구도성, 서정성, 역사성으로서의 지, 정, 의, 신이 융합하여 크게 개화하지 못하고 획일적 교훈성과 한정성만을 보인 것이다.

이런 가운데 외압에 의해 문호가 개방되고 근대사조가 물밀듯 밀려온다. 국가존망의 시기에 부국강병의 수단으로서 전통문화는 무용하기 짝이 없었다. 도道보다는 기器가 화급했다. 일부 개화주의자들에 의

해 개혁이 시도되었지만 개혁의 배후는 외세였으니 부국강병으로서
의 근대화가 실현될 리 없었다. 결국 국권을 빼앗기고 우리 민족이 의
지할 것이라고는 아무 것도 없었다. 이런 정신적 공백기에 다시 대두
된 것이 조선주의이다. 조선주의란 조선이라는 '님'에 대한 변함없는
사랑의 감정, 곧 조국애라고 할 수 있다. 이러한 조선주의가 드러난
시집으로는 최남선의 『백팔번뇌』, 변영로의 『조선의 마음』, 정인보의
『담원시조집』, 이은상의 『노산시조집』, 양주동의 『조선의 맥박』 등과
넓게 보아 김소월의 『진달래꽃』도 여기에 포함시킬 수 있다고 본다.
이들은 모두 님에 대한 항심을 노래하고 있다.

　본고에서는 지면관계상 『백팔번뇌』와 『진달래 꽃』에 대해서만 언
급하기로 한다.

1) 『백팔번뇌』의 정조

　『백팔번뇌』는 최남선의 조선주의 수행과정의 결정이라고 할 수 있
는 시조집이다[62]. 한때 최남선은 소년적 의욕으로 개화의 전형을 서
구에서 찾음으로써 자아상실에 이르게 되고 우리 문명은 비문명이라
는 민족허무주의에 빠지게 되어 개화된 일본인이 조선인을 지배하는
것은 당연한 것이라는 논리에 빠지게 된다.

　그러나 그는 궁극적으로 서구인도 일본인도 될 수 없음을 알게 된
다. 1920년대부터 그는 서서히 조선주의자로서의 면모를 보이기 시
작한다. 그가 일본에 가기 전부터 이미 한적을 박람했고 평생의 독서
에서 한적이 큰 비중을 차지한 것이 이를 증명한다. 이런 그의 정신기

---

62) 『백팔번뇌』의 정조적 성격에 대해서는 졸고 「《백팔번뇌》의 '님'」 참조

질이 기존문화의 파괴에만 종사하지 않게 한 요인이 되었다고 할 수 있다. 최남선의 진보적인 면과 보수적인 면은 서로 분열하거나 갈등하지 않고 상보적 관계를 유지함으로써 동일한 지향점을 추구하고 있다. 그의 단군숭배와 시조부흥론도 1920년대 들어 우위를 보인 조선주의의 반영이라고 볼 수 있다. 그의 단군숭배는 소멸해가는 이 민족의 정신적 거점을 확보하려는 노력의 소산이며 원형의 탐구라고 할 수 있다.

그의 조선주의는 동일성의 측면에서 살펴볼 수도 있다. 최남선의 동일성은 자아의 재발견이라고 하는 개인적 동일성이 아니라, 자아와 조선과의 일체감으로서의 동일성이라고 할 수 있다. 그는 상대上代의 조선에서 갈등을 해소하고 세계와의 일체감을 맛본다. 시조집 『백팔번뇌』는 최남선의 동일성 추구의 결정인 조선주의의 문자화이고, 그 추구대상이 바로 '님'이며, '님'을 추구하는 감정이 곧 정조라고 할 수 있다.

2) 『진달래꽃』의 정조

1920년대 시인으로 전통적 정서를 논할 대 빼놓을 수 없는 시인으로 김소월을 들 수 있을 것이다. 주지하는 대로 소월은 한국시사에서 정한의 정리자로 평가되어 왔다. 수천 년 역사에서 형성된 한민족의 정서인 정한을 그는 근대의 언어로 정착시킨 것이다. 따라서 그의 시의 정서는 민족의 정서이고 그의 언어는 민족의 언어라 할 만하다. 그러나 이미 언급한 것처럼 우리 시의 정서는 폭과 깊이와 높이 면에서 긍정적으로 발전되어 온 것만은 아니다. 다난한 역사의 진행과정에서 우리 시의 정서는 신라가요가 한때 보였던 포괄적 정신을 지속시키지

못하고 감정에 편향되어 애상미만을 돌출시켰다. 따라서 투철한 자유의지를 보이지도 못했고 인간과 우주, 자연에 대한 심원한 사색도 보이지 못했다.

이러한 전래정서를 바탕으로 한 소월시는 필연적으로 사상의 빈곤성을 드러냈다. 전래 사상 중에서도 선비의 강개지심이나 불가의 존재 탐구에 대한 염원을 보여주지 못했다. 운명의 끈에 매여서 슬프게 살다가 그냥 가는 인간과 자연만이 있을 뿐이다. 따라서 그의 시의 정서는 가라앉은 체념이 주를 이루고 있다. 「초혼」과 같은 시의 감정의 폭발 뒤에는 쓸쓸함만 끝없이 이어질 뿐이다. 근본과의 대면이 없이 무상만을 느낌으로써 「진달래꽃」은 내용면에서는 「가시리」와 별로 달라진 것이 없다.

그러나 이러한 기대의 미흡에도 불구하고 「진달래꽃」이 보이는 이별의 미덕은 정조의 한 표본임에는 틀림없다. 자신의 슬픔을 애써 삭이고 떠나는 님을 축복하여 꽃을 바치는 심정은 미와 선을 지향하는 인간만이 갖는 감정인 것이다. 「못잊어」의 일생동안 지워지지 않는 사랑의 감정이나, 「산유화」의 무상과 죽음을 자연계의 순환으로 담담히 받아들이는 심정은 모두가 정조인 것이다. 이것은 우리 선인들의 심정이고 소월이 이를 대변해 정리한 것이라고 볼 수 있다.

4.3 현대시의 정조

여기서 굳이 현대시라는 명칭을 사용한 것은 굳이 서구 사조의 흉내나 내고 전래 정서의 답습에 머물렀던 근대시와, 자아와 시대에 대한 확고한 인식에서 출발한 일군의 시를 구별하고 싶은 의도 때문이다. 이러한 구분은 시대개념이 아니라 인식개념에 입각한 구분이라고 할 수 있다. 우리 시에서 현대시의 출발을 주요한의 「불노리」로 보는 견해가 많으나, 이는 엄밀한 의미에서 세기말적 로만주의 계열의 작품으로 보아야 할 것이다. 김소월도 몇 편이 뛰어난 언어미를 보이고 있으나 이는 전래 정한의 정리로서 자아나 시대, 미적인 인식에서 현대성을 획득하지는 못하였다. 그의 시가 고도의 언어 구사능력을 보이고 있으나 〈지금 – 여기〉에서 비켜섬으로서 자아나 시대에 대한 현대적 인식을 포기하고 있다.

또 이상의 시를 본격적인 현대시의 출발로 보는 견해가 있으나 그는 한국의 사상, 감정에 무관심하고 역사 현실에 무책임한 실험주의자의 면모를 강하게 보였다. 그의 위트와 역설이 예리하고 심각한 비극성을 내포하고 있는 것은 사실이지만 민족정서와 사상에 무관심한 무국적 지식인의 의식의 독백을 한국 현대시의 자랑스런 출발점으로 삼는 것은 부자연스럽다고 본다. 가능하다면 한국 현대시의 출발점은 한국인의 사상과 감정으로 한국의 현실에 대한 투철한 인식을 성취한 작품으로 삼아야 할 것이다.

1920년대 시인 한용운은 경이로운 한국어 구사와 자아와 세계에 대한 투철한 인식을 바탕으로 현대성을 획득한 것으로 필자는 보고 싶다. 이에 대해서는 뒤에 다시 논의가 있겠기에 여기서는 넘어가기로 하고 3, 40년대 시인인 이육사와 윤동주의 시를 들어 현대시의 정조를 일별하기로 한다.

이육사의 시적 진실은 방황과 결행이 반복하여 교차하면서 인식을 높여가는 데에 있다. 선비가 극한상황을 만나 전개하는 자아와 역

사의 인식과정이 그의 시정신의 전개과정이라고 할 수 있다[63]. 망국
민의 자의식, 절망에서 오는 탐미적 퇴행, 실천을 동반한 아픈 현실인
식, 유장하고 의연한 기다림과 예언성이 서로 얼크러져 돌고 돌면서
그 시대를 불 밝히는 것이 그의 시세계이다. 그에게 다가오는 시대의
파랑은 너무도 사나운 것이어서 한 단계를 정리하고 다음 단계로 이
행할 수 있는 성질의 것이 아니었다. 방황하되 방황으로만 끝나지 않
고, 희망을 갖되 거기에 안주하지 않고, 늘 긴장된 시선으로 상황과
만나 비틀거리면서도, 그 시대의 압력을 증언하고 어둠의 끝이 온다
는 것을 확신을 갖고 예언한 것이 그의 시정신이다.

「노정기」, 「초가」, 「남한산성」, 「호수」, 「편복」 등에 나타난 망국민
의 자의식, 「아편」, 「반묘」, 「아미」 등에 나타난 탐미적 퇴행의식, 「절
정」, 「교목」, 「광인의 태양」에 나타난 준열한 현실인식 등을 거치면서
도 일면 그는 「청포도」, 「광야」, 「꽃」 등의 기다림의 정조에 도달한다.
가혹한 상황 하에서 그는 넓고 먼 호흡으로 기다려야 할 것을 터득한
다. 그의 이 같은 기다림은 순간순간의 긴장된 투쟁이 밑받침되어 있
기 때문에 현실적 설득력을 갖는다. 이같은 기다림은 필연적으로 '열
린 삶'이 도래한다는 확신을 갖는 데서 가능하다.

이러한 확신을 바탕으로 현실과 신화, 현재와 미래, 겨울과 매화향
기 등의 대립적 상황을 포용하면서 유구한 기다림과 예언력으로 이를
극복하려 한다[64]. 그의 인식에 의하면 유구한 인간 역사에서 질곡의
시기는 한 때이다. 이런 한 때의 질곡에 질식되지 않고 숭엄한 신화적

---

63) 이육사 시의 정조적 성격에 대해서는 졸고 「信念의 詩化」,《한국문학연구》 8
집, 동국대 한국 문학연구소, 1985, 139~157면 참조
64) 「광야」 참조

공간이며 엄연한 역사적 공간인 '광야'를 심중에 확보하고 살 때 그
질곡은 제거되게 마련이다. 육사의 이와 같은 기다림은 단순한 기다
림이 아니라 '씨를 뿌리고' 가꾸는 기다림이다. 그래서 그의 과거, 현
재, 미래는 일직선상에 놓이고 여유 속에서도 늘 긴장이 있어 출발하
려는 의지로 가득 차 있다.

　윤동주의 시는 자아와 시대, 신앙에 대한 회의에서 출발하여 어둠
을 투철히 인식하고 그리움의 힘으로 지상에의 결의를 이루는 과정이
라고 할 수 있다[65]. 「소년」은 아름답고 슬픈 소녀 순이에 대한 지순한
그리움의 시이다. 그리움에 의해 시인은 회의에서 벗어나 강물을 흐
르게 한다. 많은 회의와 좌절 끝에 이 시인은 자신을 변화 가능한 존
재로 보고 그리워하게 된다[66]. 자아에 대한 이러한 그리움은 적도敵都
의 하숙방에서 추억에나 잠겨 있는 무력한 자신까지도 '희망과 사랑'
처럼 그리워하게 된다. 회의의 대상이었던 자아가 그리워질 때 그의
삶은 방향을 갖고 '별똥 떨어진 데'에 새로운 터전을 닦으려 한다. 별
은 허공에 떠 있는 공허한 꿈이거나 차가운 고체가 아니라 희망과 씨
앗으로 땅에 내려와 묻히기도 한다[67]. 이러한 별은 시인의 심정공간
에 추억과 동경, 사랑과 쓸쓸함, 시와 어머니가 된다[68]. 시인의 그리움
이 가혹한 시대 속에서 비장한 대응의지로 나타난 것이 「또 다른 고
향」이다. 백골로 표현되는 현실의 '나'는 본래의 삶을 박탈당하고 있
다. 자신의 생존공간은 어두운 방이고, 우주는 상념으로만 만나진다.

---

65) 윤동주 시의 정조적 성격에 대해서는 졸고 「윤동주 시의 회의와 그 극복」,
　　『시원 김기동박사 회갑 기념논문집』 530~553면 참조
66) 「사랑스런 추억」 참조
67) 「별똥 떨어진데」 참조
68) 「별헤는 밤」 참조

울음으로도 출구를 찾지 못한 '나'를 지조 높은 개는 준열히 질책한
다. 결국 무력한 자신을 박차고 시인은 백골 몰래 아름다운 또 다른
고향을 향해 출발한다. 개인적 그리움이 시대 상황 속에서 역사적 그
리움으로 확대되고 있다. 이러한 윤동주 시의 정조, 곧 그리움과 기다
림은 현대성을 갖는다고 할 수 있다.

Ⅲ. 『님의沈黙』의 '나'의 정조 고찰

1. 예비적 고찰

「문제의 제기」에서 연구자는 한용운의 문학관이 서구의 분석적 문
학관이라기보다는 지, 정, 의, 신 제합의 감정 즉, 정조에 바탕한 광의
의 문학관이라고 지적하였다. 실제로 그는 다음과 같이 정조라는 어
휘를 쓰면서 그 개념 및 특성을 이해하고 있다.

① 생사열반(生死涅槃)이 둘이 아닌 법문(法門)에서 대선사(大禪
師)의 열반을 애도한다는 것이 중생의 정조(情操)냐, 제불(諸
佛)의 비심(悲心)이냐[69].

② 도진호(都鎭鎬)사는 작년에 하와이에서 개최된 태평양 불교청

---

69) 「漫話」, 『전집』1권, 312면

년대회에 갔다 온 뒤로 느낀 바 있어 하와이에 있는 조선 동포에
게 조선의 문화와 정조(情操)를 교양하기 위하여 …후략… [70]

③ 환언하면 정적 신념이라는 것은 본능적 작용과 심리적 욕망이
상혼(相混)하여 생하는 바이다. 이 정신의 작용이 강하여져서
감정·의지가 되고 이것이 다시 정조(情操) 혹 정서가 되는 것
이다. 관념이 명료하여져서 실재관념이 생기는 것이니, 소위 종
교상의 신앙이라는 것이 곧 이것이다[71].

④ 경도(京都) 기독교의 낙양회(洛陽會) 목사 가본 수(榎本修)라는
사람은 아동의 정조(情操)교육을 고조(高調)하여 일요학교 생
도에게 불교 가람(伽藍)의 상식과 걸승(傑僧)의 전기·일화(逸
話)등을 과외(科外) 교재로 채용하여 …후략… [72]

⑤ 나는 순옥씨를 뵈올 때에 나의 정열은 나의 우주를 태울 만큼 뜨
거웠읍니다. 그런데 순옥씨는 너무 고결한 정조(情操)에서 일어
나는 찬기운이 나의 정열의 불길을 감퇴시켜서 나의 몸은 타기
를 면하였읍니다[73].

①에서 한용운은 '중생의 정조'와 '제불의 비심'을 구별하고 있다.
비심이 일체를 내 몸으로 보고 아파하는 동체대비심이라면, 정조는
진, 선, 미, 성을 추구하는 중생의 가치감정이라고 할 수 있다. 연구
자는 이와 관련지어 『님의沈黙』의 나를 중생의 정조와 제불의 비심

70) 전게서 313면
71) 「신앙에 대하여」, 『전집』2권, 301면
72) 「漫話」 『전집』1권 313면
73) 「黑風」, 『전집』5권 142면

을 겸유한 자로 보고 싶다. 그러므로 나는 고뇌하고 방황하면서도 진, 선, 미, 성을 추구하고 더 아파하는 자를 위로하고 그들과 한 몸이 되려 한다.

②에서 조선 문화와 특성을 정조로 보는데 동조하고 있다. 이는 정조를 '문화적 가치를 향한 감정'으로 보는 것에 해당하는 것이다. 따라서 한 나라의 문화는 정조가 원동력이 되며 그 정조를 이해시키는 것이 그 나라 문화 홍보의 첩경이 된다고 보는 것이다.

또 그는 ③에서 정조를 심리학적으로 접근하기도 한다. 그는 본능적 작용과 심리적 작용이 상혼하여 정적 신념이 되고 이것이 발전하고 정조가 된다고 하고, 종교상의 신앙도 여기에 해당한다고 하였다. 이는 그가 정조는 개인차를 지니고 있으며 학습적이라는 것을 이해한 것이 된다.

④에서는 인격완성에 정조 교육이 중요함을 지적하고 있다.

이로 보면 한용운은 정조의 개념 및 특성을 비교적 명확히 파악했을 뿐 아니라 정조교육에 대해서도 그 중요성을 인식했던 것 같다. 정조에 대한 그의 관심은 문학작품에 구체적으로 나타나기도 한다. ⑤에서 그는 정조를 열정을 갈아 앉히는 고결한 감정으로 보고 있다.

이러한 정조관에 바탕한 그는 당대의 문학이 이지와 감정의 어느 한 방면으로 치우치는 것을 경계한다.

⑥ 답 : …전략 …

요사이에 와서는 예술은 이지(理智) 방면으로 끌어가며 그렇게 해석하려는 사람들도 있지마는 감정을 토대로 한 예술이 이지에 사로잡히는 날이면 그것은 벌써 예술성을 잃었다고 하겠지요.

그리고 또 근자에 이르러 너무나 감정이 극단으로 흐르는 예술
은 오히려 우리 인간 전체에 비겁과 유약을 가져오는 것이나 아
닌가 하고 우려까지 하지요[74].

   그는 예술성을 획득하기 위해서는 이지와 감정이 한쪽으로만 극단
화해서는 안 되고 조화를 이루어야 한다고 보고 있다. 이 점은 그의
문학이 이지적 감정 즉, 정조에 바탕을 두고 있음을 분명히 시사하고
있다. 그는 인간의 삶에서 操가 차지하는 중요성을 다음과 같이 지
적하고 있다.

   ⑦ 괴로움을 참고 그 조(操)를 변치 아니하며 능히 일신의 복락(福
      樂)을 희생하여 중생을 이롭게 하면 인생의 진가는 여기에 있느
      니라[75].
   ⑧ 시기는 항해자에 대한 순풍과 같고 경농자에 대한 시우(時雨)와
      같을 뿐이니, 어찌 주즙(舟楫)을 조(操)치 않는 자로 하여금 피
      안(彼岸)에 이르게 하며, 경농을 힘쓰지 않는 자로 하여금 추확
      (秋穫)을 얻게 하는 시기가 있으리요[76].

   ⑦에서 한용운은 어려움 속에서 '조'를 지켜 중생을 이롭게 하는 일
이 최고로 가치있고 존경할 만한 일이라고 평가한다. ⑧에서는 '조'가
없는 자는 아예 피안에 이를 자격이 없다고 말한다. 이로 보면 그의

74) 「심우장에 참선하는 한용운씨를 찾아」, 『전집』4권 409면
75) 「고학생」, 『전집』1권 273면
76) 「천연의 해」, 『전집』1권 279면

'조'는 지사의 것만이 아닌 수행자의 '조'로서 중생과 부처를 향한 일
심까지 포함한 것이라고 할 수 있다.

이처럼 한용운은 정조를 이지와 조화를 이룬 고결한 감정, 민족 문
화의 근간이 되는 것으로 이해하고 있으며, '조'를 지켜 가치를 추구
하고 회복하는 것이 가장 바람직한 삶이라고 생각하고 있다. 이러한
정조 또는 '조'에 대한 그의 관심은 그의 삶에 그대로 구현되었고, 시
에도 반영될 수밖에 없었을 것이다.

『님의沈默』에서 정조와 연관지을 만한 주요 시어들로는 다음과 같
은 것들이 있다.

〔( )안은 『님의沈默』의 작품 연번호로, 0은 「군말」, 89는 「讀者에
게」로 연구자가 편의상 부여한 것임. 〈 〉안은 사용 횟수, 용언의 경우
는 기본형.〕

桂月香(61,73), 그리우는(81), 그리워하는(23)〈2〉, 기다리다(12,1
4,25,40,54,59,65,75,76,81,87, 89), 괴롭다(0,11,17,54,58,70,73,82),
論介(52,73), 뉘우치다(53,81), 님(0,1,2,4,5,6,7,8,10,12,13,15,16 18,
19,22,23,24,26,29,30,31,33,34,39,41,43,45,46,47,48,49,51,60,62,6
4,66,67,70,71,73,77,80,81,82,86,88〈227〉, 당신(9,11,12,14,17,20,2
1,23,25,28,32,35,36,37,38,39,40,49,51,53,54,55,56,58,59,63,65,69,
74,75,76,77,78,79,81,83,84,85,86,87)〈257〉, 道德(36), 大哲學(87),
同情(81), 同情하다(87), 마시니(0), 梅花(61), 매화나무(48), 盟誓
(1,52,59,81,83)〈12〉, 동정하다(87), 無窮花(5), 美(2,10)〈5〉, 믿음
(53), 바라다(25, 35), 받들다(23), 백두산(25), 菩薩(51), 報恩(10),
服從(38,75)〈4〉, 服從하다(23,38)〈7〉, 佛(33), 사랑(1,5,6,8,9,10,12,1

5,16,19,20,22,23,29,34,36,37,39,40,42, 43,51,52,53,56,57,60,64,71,7
3,74,77,79,81,85,88)〈105〉, 사랑하다(0,1,8,10,13,25,26,27,38,39,43
52,54,61,66,74,80)〈53〉, 釋迦(0,10), 善(10), 贖罪(39), 殉死하다(5),
殉情하다(19), 神聖(12,81), 아름답다(20,38,41,44,46,48,52,58,66,7
4,82), 아리땁다(61), 愛人(10,60,71)〈14〉, 어여쁘다(5,44, 46,66,74)
〈13〉, 容恕하다(23,52,60,81)〈9〉, 倫理(36), 義(7,51), 慈悲(5,51), 自
由(0,38,60)〈7〉, 自由貞操(12), 짠다크(10), 貞操(12,36,60)〈7〉, 情天
(41)〈2〉, 情하늘(41)〈6〉, 宗敎(45), 志操(32), 眞(10), 讚美(45), 讚美
하다(74), 讚頌(51), 懺悔(52), 칸트(0), 타골(71), 평화(51,64), 歡喜
(19,48), 希望(1,19,56,71,87), 犧牲(10)

2. '나'의 정조의 유형별 고찰

특수한 시대에 선사, 지사, 혁신적 지식인, 시인의 삶을 살았던 한
용운은 지, 정, 의, 신의 종합적 정신활동에 의해 진, 선, 미, 성을 추구
했다. 거짓이 주인인 시대에 그는 진리를 밝히려고 했고, 악과 추가
발호하는 시대에 그는 선과 미로 대응하려고 했고, 아픈 중생들을 위
로하기 위해 성과 속을 넘나들어야만 했다. 그는 자신이 자신의 님이
될 수밖에 없는 절체절명의 고독 속에서 살았다. 『님의沈默』의 화자
인 '나'(이후 '' 없이 나로 표기)는 이러한 한용운의 시적 자아로서 개
체아, 즉 Ego가 보편아, 전체아로 성장하는 과정의 시화라고 할 수 있
다. 따라서 나는 역사적 존재, 서정적 존재, 구도적 존재의 성격을 지
니고 있다. 또한 진, 선, 미, 성을 추구하는 나의 정조는 지적 정조, 윤

리적 정조, 미적 정조, 종교적 정조를 보일 수밖에 없다. 시집의 서문인 「군말」은 이를 분명하게 보여준다(본고는 『님의 沈默』 전편을 나의 심리진행에 따른 연작성의 시집으로 보기 때문에 철저히 시집 수록 순서에 따라 고찰하려고 한다).

> 「님」만님이아니라 긔른것은 다님이다 衆生이 釋迦의님이라면 哲學은 칸트의님이다 薔薇花의 님이 봄비라면 마시니의님은 伊太利다 님은 내가사랑할쑨아니라 나를사랑하나니라
> 戀愛가自由라면 님도自由일것이다 그러나 너희는 이름조은 自由에 알쓸한抱束을 밧지안너냐 너에게도 님이잇너냐 잇다면 님이아니라 너의그림자니라
> 나는 해저문벌판에서 도러가는길을일코 헤매는 어린羊이 긔루어서 이詩를쓴다
> - 「군말」 전문 -

여기서 '중생'을 님으로 받드는 '석가'의 자비심은 종교적 정조라고 할 수 있다. '철학'을 님으로 여기는 '칸트'의 진리애는 지적 정조라고 할 수 있다. '봄비'를 향한 '장미화'의 동경은 미적 정조라고 할 수 있다. '이태리'를 님으로 받드는 '마시니'의 조국애는 윤리적 정조라고 할 수 있다. 그런데 이러한 님들 즉 '중생' '철학' '봄비' '이태리'들은 '나'와 개별적으로 관계를 맺는 것이 아니라 전체적으로 연관을 맺는 것이다. 따라서 '나'의 정조는 지적 정조, 윤리적 정조, 미적 정조, 종교적 정조로서의 종합적 정조를 보여 주고 있다. '긔룬 것은 다 님이다'는 이런 종합적 정조를 웅변적으로 말해주고 있다.

2.1 지적 정조

한용운은 자기의식이 강한 인간이었다. 그는 단순한 강개지사이거나 산간의 선사가 아니라 자신이 모든 체험의 주체가 됨으로써 자기와 시대, 더 나아가 세계를 인식하고 이들의 본래성 회복에 헌신한 인간이었다. 즉 그는 자기와 세계의 본질을 궁구하려는 진리애의 소유자라고 할 수 있다. 이 과정에서 그는 심각한 회의와 좌절을 겪기도 하지만 투철한 인식으로 이를 극복해 나간다. 그가 역사의 한 인물로 사라지지 않고 오늘날까지 살아 있는 것도 이러한 진리애, 곧 자기와 세계에 대한 지적 인식 때문이었다고 생각된다.

그러면 먼저 '나'의 진리애, 즉 지적 정조가 이루어낸 자기인식을 살펴보기로 하자. 여태까지 『님의 沈默』은 님의 문학으로 더 많이 알려졌다. 그러나 자세히 살펴보면 이 시집은 오히려 나의 문학이라고 할 수 있다. 『님의 沈默』에 실린 88편의 시 중 81편에 나가 나타나고 서序, 발跋에 해당하는 「군말」과 「독자에게」에도 나가 등장한다. 나가 나타나지 않는 7편[77]에도 나가 숨어서 시화하는 것을 쉽사리 알아낼 수 있다. 『님의 沈默』은 철저히 나의 시집이라고 할 수 있다. 이런 나의 자기인식 과정이 곧 이 시집의 진행과정이라고 할 수 있다[78]. 그리고

---

77) 「리별」, 「사랑의 존재」, 「쑴과근심」, 「誹謗」, 「情天恨海」, 「讚頌」, 「쑴이라면」 이 여기에 해당한다.

78) 이런 견해로는 '한용운에게 있어서 이별은 자아분열을 뜻한다. 그러므로 님은 따로 있는 것이 아니라, 님이 곧 자아이다.'(정재관, 「침묵과 언어–님의 침묵의 인식론적 일면」, 마산교대 논문집 5권 1호 22면). '님은 그의 무의식에 자리잡은 생명의 원천인 자기 원형을 인격화해서 형상화한 것이라고 결론지

인식의 결과가 '나는 곧 당신'이다. '나'의 성장 결과가 님이므로 님은
나에 의해 창조되는 것이다. 이 나는 한용운의 시적 자아로 Self의 전
면적 자기 전개의 총화라고 할 수있다[79]. 이러한 나의 자기인식은 비
통한 이별의 시인「님의 沈默」에서부터 나타난다.

> 그러나 리별을 쓸데업는 눈물의源泉을만들고 마는것은 스々로사랑
> 을께 치는것인줄 아는까닭에것잡을수업는 슯음의힘을 옴겨서 새希望
> 의 정수박이에 드러부엇습니다
> 우리는 맛날째에 써날것을염녀하는것과가티 써날째에 다시맛날것
> 을 밋슴니다
> 아々 님은갓지마는 나는 님을보내지 아니하얏슴니다
> 제곡조를못이기는 사랑의노래는 님의沈默을 휩싸고돔니다
> - 「님의 沈默」에서 -

나는 이별의 슬픔에 함몰되지 않고, 만남을 성취할 주체가 나임을
인식하고 신념과 의지를 다지고 있다. 나는 님과 나가 둘일 수 없음을
인식하고 이별의 슬픔을 새 희망의 원천으로 전환시켜 '님은 갓지마
는 나는 님을 보내지 아니하얏'다고 선언한다. 이러한 인식에 의하여
나는 슬픔과 불확실 속에서도 침묵하는 님의 주위를 맴돌고 있다. 이
제부터 나는 님과의 재회라는 멀고 험난한 과업을 성취할 수밖에 없

을 수 있다. 즉 나는 곧 당신-님-인 것이다.'(현선식, 「만해시에 나타난 심리
학적 연구」, 조선대 대학원 석사논문 1984. 40면)가 있다.

79) 융의 분석심리학에 의하면 인간의 내부에는 정신의 분열과 이탈을 지양하고
통일케하는 중심원형인 self가 있는데 이것은 '자기 자신' 또는 '본연의 자기'
라고 부른다.

다고 다짐한다. 님과 나는 궁극적으로 하나이니 나를 떠나서 님은 있을 수 없기 때문이다. 이러한 나의 신념과 의지, 지적 반성과 숙의는 자기를 인식하려는 나의 지적 정조, 곧 진리애가 그 밑바탕을 이루고 있다. 진리애에 의해 나는 줄기차게 자기를 탐구한다.

그러나 나의 자기인식은 쉬운 일이 아니다. 나는 나이지만 나가 아니다. 즉 현상의 나는 가상의 나일뿐 참나가 아닌 것이다. 이는 〈A는 A이지만 A가 아니기도 하다〉라는 명제와 부합된다. 나의 이별과 재회의 논리는 〈이별은 이별이지만 이별이 아니기도 하다〉에서 출발한다. 곧 현재의 님과의 이별은 나에게 님과의 진정한 만남을 위한 계기가 되기 때문에 영원한 이별이 아니라는 논리가 성립되는 것이다. 따라서 나는 시집 전반에 걸쳐 '참나'찾기에 몰두한다. 이러한 나의 진리애에 의해 이별은 숙명적인 것이 아니라 만남, 곧 미의 창조의 계기가 되는 것이다.

> 리별은 美의 創造임니다
> 　　　…중략…
> 님이어 리별이아니면 나는 눈물에서죽엇다가 우슴에서 다시사러날
> 수가업슴니다 오ㅅ리별이어
> 美는 리별의 創造임니다
> 　　　- 「리별은美의創造」에서 -

가아假我와 진아眞我가 분열되어 있는 현상은 나를 걷잡을 수 없이 슬프게 하지만, 이러한 현상에 대한 투철한 인식에 의해서 나는 가아에서 벗어나 진아에 이를 수 있다는 희망을 갖게 된다. 그러므로 이별

은 '참나'라는 미를 창조하게 되는 원동력이 되는 것이다. 따라서 '리별이 아니면 나 는 눈물에서 죽엇다가 우슴에서 사러날 수가 업'다.

그런데도 '참나'는 썩 구현되지 않는다. 이처럼 '참나'에 이르지 못한 나를 나는 끝없이 부정한다. 즉 완전한 나에 이르기 위하여 나는 현재의 나를 끝없이 부정(리별)하는 것이다. 따라서 '참나'(美)는 끝없이 부정(리별)을 만들어낸다. 이 끝없는 부정에 의해 나는 '참나'가 되어 불이적 존재가 되려고 한다. 색즉시공 공즉시색色即是空空即時色의 반야공般若空도 끝없는 부정에 의한 자기 발견의 지혜에 불과한 것이다.

나의 언어가 역설인 것은 '모든 현상적인 것은 가상적인 것이다'라는 명제에서 나의 삶이 출발하기 때문이다. 나의 끝없는 이별은 이러한 가상 극복의 노력으로서의 진리애, 곧 지적 정조라고 할 수 있다.

그러면 왜 '나'는 이처럼 '참나'에 이르지 못하는가. 이를 위해 불교의 심층심리학에 해당하는 유식학의 아뢰야식을 살펴보기로 하자. 유식학[80])에서는 안眼, 이耳, 비鼻, 설舌, 신身의 전오식前五識과 의식意識인

---

80) 유식사상은 종교이면서 철학이다. 유식사상의 근본명제는 유식무경唯識無境이라고 할 수 있다. 이 경우 식은 우리의 마음, 경은 마음을 떠나서 외부에 존재하는 사물을 의미한다. 유식사상은 본질적으로 반야공사상을 수용한 것으로, 아뢰야식 내지 모든 식의 존재는 궁극적으로 부정되어야 한다. 절대적인 가치의 세계 곧 승의勝義의 영역에서는 그것의 존재성은 부정된다. 그러나 궁극적으로 부정되긴 하지만 심의식心意識은 어디까지나 진리에 도달하기 위한 방편이며 수레이다. 심의식 이외에 존재하는 것은 없기 때문이다. 우리는 심의식을 점차 질적으로 변화시킴으로써 진리에 접근하고 궁극적으로 진리 그 자체가 되어야 한다. 유식사상의 궁극 목표는 해탈과 보리이다. 단지 실존적인 고통만을 없애는 것이 아니라 그 속에 원인으로 내재하는 무지까지 제거해서 자기와 우주의 참다운 모습을 있는 그대로 이해하고 진여眞如가 되어서 이타행으로 나아가는 것을 목표로 한다. (『유식철학』,횡산굉일 저, 묘주 역, 경서원 참조)

육식六識 외에도 제7 말나식末那識(번뇌식煩惱識, 사량식思量識)과 제8 아뢰야식을 인정하고 있다. 육식인 의식은 지, 정, 의, 상상력 등의 작용을 모두 가지고 있는 것으로 우리들의 생활에 중대한 역할을 하고 있다. 인식을 정확하고 깊게 하는 것도, 추상적 사색을 담당하는 것도, 공과 무아를 가르치며 연기사상을 이해하는 것도, 객관적 진리를 추구하는 과학을 기르는 것도, 예술을 낳고 윤리적 행위를 하게 하는 것도 이 의식이다[81]. 그러나 이러한 육식은 제7 말나식과 제8 아뢰야식의 기초 위에 서 있다. 말나식은 아我나 법法에 집착하게 하여 중생을 혼미하게 하는 본원이 되는 것으로 아치我癡, 아견我見, 아만我慢, 아애我愛 등의 번뇌와 사량은 이 말나식에 의해 생기는 것이다. 아뢰야식은 이러한 말나식의 근원이 되는 것으로 모든 식의 본원이 된다. 따라서 인간의 감각, 의식, 사량 등 모든 것은 아뢰야식에 의하여 성립되는 것이며, 이에 의하여 좌우된다고 보는 것이다. 아뢰야식은 식물에 있어서 종자와 같은 것이라 하여 종자식種子識이라고도 하고, 인간의 감각, 의식, 사량 등이 그 안에 수장되어 있다고 하여 장식藏識이라고도 한다. 모든 행위의 종자를 간직하고 있는 이러한 아뢰야식이 우리의 마음 속 깊은 속에 자리잡고 있으면서 인간의 이성적 의지와 판단과는 무관하게 우리의 행위를 몰고 간다고 한다. 이렇게 인간 의지와 관계없이 인간행위가 결정된다는 것은 무서운 일이다. 이 두려움에서 벗어나는 길은 오직 하나 이 무서운 아뢰야식을 밝혀 질서를 부여하고 대립을 지양하는 것뿐이다[82].

81) 태전구기, 『불교의 심층심리』, 정병조 역, 현음사, 104면 참조
82) 홍정식, 「아뢰야와 아뢰야식」, 《법시》, 199호, '81. 11면

즉 아뢰야식의 지배를 받는 심층의 자기를 훈습熏習하여, 훈습에 바탕을 두고 행위하는 자기로 변화시키는 것뿐이다. 훈습이란 경험이 축적되어가는 것을 말한다. 이렇게 축적되어가는 경험을 종자라고 한다. 어떤 사람의 인격은 결국 아뢰야식 가운데서 종자가 훈습된 것에 불과한 것이다. 종자를 받아들이는 쪽을 소훈所熏이라 하고 종자를 던져넣는 쪽을 능훈能熏이라 부르는 데 능훈의 자기란 아뢰야식에 의지하면서 아뢰야식 위에 작용하는 자기이며, 그것은 심층의 아뢰야식이 표층의식으로 나타난 것을 말한다. 곧 자기가 자기에게 훈습하여 자기를 만드는 것이다. 숨은 자기의 나타난 것으로서의 자기가 거기에 하나의 행위를 만들며, 그 바닥에 훈습되어 가는 순환상이 자기의 실태라고 할 수 있다. 자기는 자기를 의지하면서 나타나며 그 나타난 자기에 의해서 자기가 또 만들어져 간다. 경험에 의해서 사람은 풍부해 간다. 그리고 풍부한 자기에 의해서 또 자기가 풍부해 간다. 훈습이란 그러한 인간의 풍요한 작업이라고 할 수 있다[83].

이러한 아뢰야식설을 『님의沈默』의 나의 자기인식에 적용해 보자

> 나의 秘密은 눈물을것처서 당신의視覺으로 드러갓슴니다
> 나의秘密은 한숨을것처서 당신의聽覺으로 드러갓슴니다
> 나의秘密은 썰니는가슴을것처서 당신의 觸覺으로 드러갓슴니다
> 그밧긔秘密은 한쏘각붉은마음이 되야서 당신의쑴으로 드러갓슴니다
> 그리고 마지막秘密은 하나잇슴니다 그러나 그秘密은 소리업는 매아
> 리와 가터서 表現할 수 업슴니다
> 　　　　　　　　　－「秘密」에서 －

---

83) 태전구기,『불교의 심층심리』, 정병조 역, 현음사, 136면 참조

나는 님(당신)에게 비밀이 있을 수가 없다. 나의 은밀한 눈물, 한숨, 떨리는 가슴, 일편단심은 시각, 청각, 촉각, 꿈을 통해서 님에게 감지된다. 안, 이, 비, 설, 신, 의식, 나아가 말나식의 일부까지는 나의 심안이 침투하지만, 아직도 밝혀지지 않은 영역이 있다. 즉, 안, 이, 비, 설, 신, 의, 말나식의 일부까지는 비밀이 아니지만, 소리없는 메아리와 같아서 표현할 수 없는 남은 영역인 아뢰야식은 비밀이 된다. 이 아뢰야식은 아치, 아견, 아만, 아애에 집착하게 하는 말나식의 본원이 되고, 말나식은 다시 의식의 근원이 되고, 의식의 명에 따라 안, 이, 비, 설, 신식이 움직인다. 아뢰야식이 밝혀지지 않은 상태에서의 전오식과 의식, 말나식의 작용은 미망인 것이다. 참된 나에 이르는 길은 미망의 근원인 아뢰야식을 깨쳐 무명을 벗는 것이다. 이러한 나의 자기인식 행위는 곧 지적 정조인 진리애의 소산이다.

「秘密」이 아뢰야식을 발견한 것에 해당한다면, 「사랑의存在」는 아뢰야식을 밝혀 무명을 벗고 반야지般若智(眞空)에 이르려는 나의 염원을 보여주고 있다.

> 사랑을「사랑」이라고하면 발써 사랑은아님니다
> 사랑을 이름지을만한 말이나글이 어데잇슴닛가
>   …중략…
> 그림자업는구름을 것처서 매아리업는絶壁을 것처서 마음이갈ㅅ수
> 업는바다를 것처서 存在? 存在입니다
> 그나라는 國境이업슴니다 壽命은 時間이아님니다
> 사랑의存在는 님의눈과 님의마음도 알지못합니다
> 사랑의秘密은 다만 님의手巾에繡놓는 바늘과 님의심으신 쏫나무와

> 님의잠과 詩人의想像과 그들만이 암니다
>
> -「사랑의存在」에서 -

여기서 나는 '사랑'과 「사랑」을 구별하고 있다. '사랑'이 반야지에 해당한다면 「사랑」은 세속인의 비각성적인 애정이라고 할 수 있다. 세속의 「사랑」에 집착하는 한 근원적인 사랑인 반야지는 밝혀지지 않는다. 반야지는 어떤 말이나 글, 자연의 미로도 표현할 수가 없는 것이다.

시간과 공간을 초월하여 무한의 아뢰야식을 밝히는 날 반야지라는 '사랑의 존재'는 나의 정체로 드러날 것이다. 반야지는 무한한 아뢰야식의 '그림자업는구름을 것처서 메아리업는절벽을 것처서 마음이 갈ㅅ수 업는바다를 것처서' 도달하는 경지이다. 아뢰야식이 밝혀져 무명을 벗고 시공을 초월할 때 나에게는 국경도 수명도 장애가 될 수 없을 것이다. 이러한 반야지에 이를 때 나는 '사랑의 존재' 곧 '참나'가 된다고 할 수 있다. 이처럼 '참나'가 되려는 나의 진리애는 곧 지적 정조라고 할 수 있다.

그런데 이러한 나를 세간의 님의 눈과 마음은 보지 못한다. 세간의 님은 전오식과 육식의 영역을 벗어나지 못하고 있기 때문이다. 근원적 사랑의 비밀은 오히려 정성으로 수놓는 님의 수바늘과, 본래성을 지닌 님의 정원의 꽃나무와, 아뢰야식이 깨어 활동하는 님의 잠과, 시인의 순수한 상상력을 통해서만 알 수 있다.

아뢰야식은 나를 '참나', 곧 '사랑의 존재'가 되게 하는 근원식이다. 나는 본래의 '참나'와 만나게 된다는 인과율적 확신에 이름으로써, '최초의 님'을 사유하게 한다.

맨츰에맛난 님과님은 누구이며 어늬째인가요
맨츰에리별한 님과님은 누구이며 어늬째인가요
맨츰에맛난 님과님이 맨츰으로 리별하얏슴닛가 다른님과님이 맨츰
으로 리별하얏슴닛가

나는 맨츰에맛난 님과님이 맨츰으로 리별한줄로 암니다
맛나고 리별이 업는 것은 님이아니라 나임니다
리별하고 맛나지안는것은 님이아니라 길가는사람임니다
우리들은 님에대하야 맛날째에 리별을넘녀하고 리별할째에 맛남을
긔약함니다
그것은 맨츰에맛난 님과님이 다시리별한 遺傳性의痕跡임니다
- 「最初의님」에서 -

위 시의 나는 동일성 회복의 측면에서도 살펴볼 수 있다. 동일성의
추구는 바로 동일성의 혼란이라는 위기감의 표현이며, 객관세계의 상
실과 자아상실이라는 두 가지 위기감에서 야기된다고 한다. 잃어버린
진정한 자기의 탐구는 자기의 회복이며 새로운 발견이다. 향수나 실
향의식은 본래의 자기와 세계라는 동일성에 대한 동경이라고 할 수
있다[84].

그러면 위 시의 '맨츰에맛난 님과님'이란 무엇인가. 이는 현상의 나
와 본질의 나가 분리되지 않은 동일성의 나로 볼 수 있을 것이다. 또
'맨츰에리별한 님과님'이란 무엇을 말하는가. 이는 최초로 동일성을
상실한 인간이라고 할 수 있을 것이다. 그런데 인간은 그 시초부터 동

---

84) 김준오, 『시론』, 문장, 11-58면 참조

일성을 상실한 비극을 지니고 출발했다. 그러므로 '맨츰에맛난 님과 님이 맨츰으로 리별한줄로' 나는 아는 것이다. 인간은 자성自性을 잃고, 즉 본래의 나와 현상의 나가 이별하고, 서로 잃어버린 반쪽을 그리워하고 있다. 이렇게 한번 헤어진 짝들은 서로 만나지 못하고 이별을 대대로 유전시키고 있는 것이다.

그런데 동일성의 '나', 즉 '참나'를 찾지 못하는 것은 그 책임이 나에게 있다는 것을 나는 자각한다. 따라서 나는 이러한 '참나' 즉 아뢰야식을 채운 무명을 벗은 나가 되기 위하여 자기에 대한 인식을 계속한다. 이처럼 무명을 벗고 동일성 회복의 나가 되려는 나의 진리애는 곧 지적 정조인 것이다. 나는 아뢰야식 속에 깊이 묻혀 있는 심층의 자기를 밝혀 '참나'가 되려고 노력한다.

> 나는 당신의옷을 다지어노앗슴니다
> 심의도지코 도포도지코 자리옷도지엇슴니다
> 지치아니한것은 적은주머니에 수놋는것뿐임니다
>
> 그주머니는 나의손째가 만히무덧슴니다
> 짓다가노아두고 짓다가노아두고한 까닭임니다
> 다른사람들은 나의바느질솜씨가 업는줄로 알지마는 그러한비밀은 나밧게는 아는사람이 업슴니다
> 나는 마음이 압흐고쓰린째에 주머니에 수를노흐랴면 나의마음은 수놋는 금실을짜러서 바늘구녕으로 드러가고 주머니속에서 맑은노래가 나와서 나의마음이됨니다
> 그리고 아즉 이세상에는 그주머니에널만한 무슨보물이 업슴니다

　　이적은주머니는 지키시려셔 지치못하는것이 아니라 지코십허서 다
　지치 안는것입니다
- 「繡의秘密」 전문 -

　나는 당신의 옷을 다 지어놓고 작은 주머니에 수놓는 일만 아직 완
성하지 못하고 있다.

　여기서 나와 당신은 서로 어떤 관계인가. 나는 곧 당신으로 볼 때만
이 위 시의 수놓는 비밀은 명쾌하게 풀어진다. 수주머니는 곧 나의 마
음 주머니라고 할 수 있다. 이 주머니 안에는 무한광대한 아뢰야식이
깃들어 있다. 심의, 도포, 자리옷을 다 지었다는 것은 전오식과 육식,
칠식의 일부까지를 밝혀 보았다는 것이다. 그러나 작은 주머니에 수
놓은 일을 완성하지 못했다는 것은 아직 아뢰야식 속의 무명을 다 밝
히지 못했다는 것이다. 나의 끝없는 수놓기는 '심층의 자기', 즉 아뢰
야식 속에 깊이 잠들어 있는 자기를 밝혀 훈습에 바탕을 두고 행위하
는 자기로 바꾸는 작업이라고 할 수 있다. 곧 나는 나가 만들며, 만들
어진 나가 딴 나를 만드는 것이다. 이는 종자생현행種子生現行 현행훈종
자現行熏種子 삼법전전인과동시三法展轉因果同時로 종자→현행→종자의 끝
없는 순환을 보인다. 이런 순환에 의해 나의 마음주머니는 밝혀지고
있다.

　나는 아뢰야식을 밝히려고 꾸준히 노력하고 있기 때문에 마음주머
니에는 손때가 많이 묻어 있다. 나는 근원적 문제에 봉착할 때마다 심
층의 자기와 대화를 나눈다. 심층의 나만이 근원적 답이 될 수 있기
때문이다. 그러나 나의 많은 노력에도 불구하고 아직 이 마음주머니
는 일부분밖에는 밝혀지지 않고 있다. 따라서 마음주머니 곧 수주머

니는 완성되지 않고 있는 것이다. 이 마음주머니가 완전히 밝혀질 때
시공에 자유로운 '참나'라는 보물은 그 안에 저절로 깃든다. 나는 이
러한 완성을 바라면서 아직 수놓기를 조급히 끝내지 않고 계속한다.
이러한 나의 부단한 자기훈습 행위는 곧 지적 정조인 진리애의 발로
이다. 이처럼 나는 지난한 자기훈습의 과정에서 심각한 위기를 겪기
도 하지만[85], 계속해서 전진한다[86].

　　그런데 나는 소승적인 자기훈습에만 머무르지 않고 대승적인 세계
인식으로 나아가게 된다. 나는 어두운 시대의 지식인이자 수행자로서
지적 정조인 진리애에 바탕해 본래적 세계를 추구하게 된다.

　　바람도업는공중에 垂直의波紋을내이며 고요히써러지는 오동닙은
누구의 발자최임닛가
　　지리한장마씃헤 서풍에몰녀가는 무서은검은구름의 터진틈으로 언
뜻々々 보이는 푸른하늘은 누구의얼골임닛가
　　꼿도업는 깁흔나무에 푸른이끼를거처서 옛塔위의 고요한하늘을 슬
치는 알ㅅ수업는향긔는 누구의입김임닛가
　　근원은 알지도못할곳에서나서 돍색리를울니고 가늘게흐르는 적은
시내는 구븨々々 누구의 노래임닛가
　　련꼿가튼발쑴치로 갓이업는바다를밟고 옥가튼손으로 꼿업는하늘
을만지면서 써러지는날을 곱게단장하는 저녁놀은 누구의詩임닛가
　　타고남은재가 다시기름이됩니다 그칠줄을모르고타는 나의가슴은

85)「苦待」참조
86)「사랑의씃판」참조

누구의 밤을지키는약한 등ㅅ불임닛가
-「알ㅅ수업서요」전문 -

　나는 본질적으로 이 세계를 화엄세계로 보고 있다. 나에게는 삼라만상 그 어느 것 한 가지도 청정법신 아닌 것이 없다. '써러지는 오동닙' ' 언쯧ㅅㅅ 보이는 푸른하늘' '알ㅅ수업는향긔' '가늘게흐르는 적은시내' '저녁놀' 등은 우주에 편만한 님의 '발자취' '얼골' '입김' '노래' '詩'로 나에게 인식된다. 이처럼 우주만상과 하나가 된 나는 동일성을 회복하고 법열에 들게 된다.

　그러나 다시 한 번 눈을 뜨고 주위를 둘러 볼 때 나는 〈지금-여기〉의 상황을 밤으로 인식하게 된다. 청정자연과는 달리 인간세상은 고통과 신음소리로 가득 차 있다. 나는 이러한 사바의 실상을 직시하고 본래의 화엄세계로 되돌리기 위한 노력을 계속한다. 이러한 노력은 스스로를 태워 그 빛으로 누구의 밤을 지키는 등불이 되려는 서원으로 구체화된다.

　나는 당대를 님이 침묵하는 시대로 보고 있지만 이 때문에 비극적 세계관에 함몰되지는 않는다. 비극적 세계관에 함몰되기에는 나의 신심이나 조국애가 너무 확고하기 때문이다. 나는 님과 필연적으로 만나게 된다는 확신을 갖고 있기에 어둠과 맞서 싸울만한 용기를 가지게 된다. 신이 나타나서 역사役事하지 않는다고 해서 나의 삶이 비극적으로 결정되지는 않는다. 세계는 신에 의해서만 움직여지는 것이 아니라 나에 의해서도 움직여질 수 있기 때문이다.

　이런 관점에서 본다면 나는 창조적 자아라고도 할 수 있다. 그러나 나를 단순한 로만주의의 창조적 자아로 보기에는 너무나 자기와 세계

에 대한 지적 인식이 뚜렷하다. 나는 방만한 감정과 관념으로 무분별
하게 날아오르는 이카루스가 아니라 인식과 신념으로 무장한 대승적
수행자인 것이다. 따라서 나는 비극적 상황 속에서도 자포자기하지
않고 뚜렷한 방향을 가지게 된다.

나의 인식 성향은 변증법적 지양止揚(Aufheben)보다는 불이적不二的
회귀성에 가깝다고 할 수 있다. 이처럼 현실세계의 어둠을 직시하고
이 세계를 본래의 세계로 되돌리려는 나의 염원은 지적 정조인 진리
애라고 할 수 있다. 나는 이러한 세계인식을 바탕으로 직접적으로 현
실과 대면하게 된다.

> 당신이가신뒤로 나는 당신을이즐수가 업습니다
> 까닭은 당신을위하나니보다 나를위함이 만습니다
>
> 나는 갈고심을쌍이 업습으로 秋收가업습니다
> 저녁거리가업서서 조나감자를쑤러 이웃집에 갓더니 主人은「거지는
> 人格이업다 人格이업는사람은 生命이업다 너를도아주는것은 罪惡이
> 다」고 말하얏습니다
> 그말을듯고 도러나올째에 쏘더지는눈물속에서 당신을보앗습니다
>
> 나는 집도업고 다른까닭을겸하야 民籍이업습이다
> 「民籍업는者는 人權이업다 人權이업는너에게 무슨貞操냐」하고 凌
> 辱하랴는將軍이 잇섯습니다
> 그를抗拒한뒤에 남에게대한激憤이 스스로의슯음으로化하는刹那에
> 당신을보앗습니다

아아 왼갖 倫理, 道德, 法律은 칼과黃金을祭祀지내는 煙氣인줄을 아
럿슴니다
　永遠의사랑을 바들ㅅ가 人間歷史의첫페지에 잉크칠을할ㅅ가 술을
말실ㅅ가 망서릴째에 당신을보앗슴니다
－「당신을 보앗슴니다」전문 －

　나는 당대를 모순과 갈등에 의해 금이 가고 인간의 삶과 가치 사이
에 괴리가 깊은 형이상학적 실향의 시대로 보고 있다. 구체적으로 나
는 당대를 갈고 심을 땅이 없는 시대, 인격이 무시당하는 시대, 집도
민적도 없는 시대, 정조가 유린당하는 시대, 칼과 황금이 윤리 · 도
덕 · 법률 행세를 하는 시대로 파악하고 있다. 이 모든 부당한 것들을
거부하고 맞서기에 나는 이러한 시대의 소외자(거지)가 될 수밖에 없
다.
　그러나 나의 이러한 저항만으로 시대는 밝아지지 않는다. 나는 소
승적 안주에 머물러버릴까. 인간 역사를 부정하고 역사허무주의자가
되어버릴까. 주색잡기에 빠져버릴까 하고 심각하게 흔들리게 된다.
다시 말하면 나는 타락한 현실세계에 정면으로 맞서 타파할 힘도 없
고 그렇다고 초월해버릴 수도 없는 가운데서 심각한 위기에 몰려 있
는 것이다. 그러나 나는 이러한 위기를 극복하고, 갖가지 수모를 겪으
면서 오히려 눈물 속에서 당신(세계 또는 조국)을 떠올리며 길을 찾
게 된다.
　이처럼 부당한 현실의 힘에 굴복하거나 절망하지 않고 투철한 현실
인식의 힘으로 본래의 세계를 회복하려고 하는 나의 진리애 또한 지
적 정조라 할 수 있다. 이 경우 나는 도식적 의무감으로 님과 만나는

것이 아니라 어둠의 한복판에서 나를 위하여 이 땅을 정토로 되돌리고자 하는 것이다. 님과 나는 불이적 관계이므로 나는 님을 끝까지 사랑하지 않을 수 없게 된다.

　　① 사랑의束縛은 단ゝ히 얼거매는것이 푸러주는것임니다
　　그럼으로 大解脫은 束縛에서 엇는것임니다
　　님이어 나를얽은 님의사랑의줄이 약할가버서 나의 님을사랑하는줄
을 곱드렷슴니다
　　　　　　　　　-「禪師의說法」에서 -

　　② 천지는 한보금자리오 萬有는 가튼小鳥임니다
　　나는 自然의거울에 人生을비처보앗슴니다
　　苦痛의가시덤풀뒤에 歡喜의樂園을 建設하기위하야 님을써난 나는
아아 幸福임니다
　　　　　　　　　-「樂園은가시덤풀에서」에서 -

　　③ 눈물의구슬이어 한숨의봄바람이어 사랑의聖殿을莊嚴하는 無等
ゝ 의寶物이어
　　아ゝ언제나 空間과時間을 눈물로채워서 사랑의世界를 完成할ㅅ가
요
　　　　　　　　　- 「눈물」에서 -

　이 세계을 떠나서 나는 따로 정토를 구현할 수 없다는 것을 알게 된다. 따라서 나는 이 세계와 불이적 관계일 수밖에 없다. 나는 고통스런 세계에 뛰어들어 사랑의 세계를 완성함으로써 사랑의 고통을 벗어

나려고 한다. 나는 내가 처한 고통스런 세계에서 도피하지 않고 고통
스런 사랑을 전심으로 받아들임으로써 세계와 시대의 중심이 되려고
한다.

이러한 세계의 낙원화 의지는 ②에서 분명하게 드러난다. 겨울과
봄, 죽음과 소생, 단풍과 녹음은 대립관계가 아니라 불이의 관계라고
할 수 있다. 근본적으로 나는 '천지는 한보금자리오 萬有는 가튼小鳥'
라고 보고 있다. 또 일경초一莖草와 장육금신丈六金身도 하나로 보고 있
다. 이런 나에게 오랜 이별이 주는 현실의 고통은 비극적 세계관을 형
성시켜 주는 것이 아니라 환희의 낙원을 건설하기 위한 시련으로 인
식되는 것이다. 슬픔과 고통 속에서도 내가 다시 회복되어 님을 사랑
하게 되는 것은 이러한 나의 세계인식 때문이라고 할 수 있다. ③에서
나는 눈물을 창조의 원동력으로 인식한다. 이때의 눈물은 애상이나
원한의 눈물이 아니고 '空間과時間을 눈물로채워서 사랑의세계를완
성할' '無等々의寶物' 로서의 눈물이다. 나의 눈물은 이러한 사랑의 세
계, 곧 이상세계를 완성할 창조의 원동력이 되는 것이다. 여기서 나의
세계 포용이 눈물에 의해 이루어지는 것은 '나'의 세계인식이 이성에
만 의지하지 않고 정, 의와 더불어 이루어낸 것임을 의미한다. '나'는
눈물로 '나'를 승화시키고 신념을 얻어 사랑의 세계를 완성하려고 한
다[87].

---

87) 한용운의 화엄사상에 대해 전보삼은 다음과 같이 피력하고 있다. "화엄법계
의 장엄은 개체들의 수많은 연기적 조화에 의하여 이루어진다. 이것은 어느
특정한 개체에 국한되는 것이 아니라 모든 개체들에게 똑같이 적용되는 것이
기도 하다. 따라서 화엄세계에서는 개체 사이에 동등한 자격과 권리와 주장
이 존중된다. 어느 한 개체가 다른 개체의 세계를 침해하거나 방해하지 않는
다. 제나름의 세계가 중요하듯이 남의 세계도 마찬가지로 중요하다. 이러한

이처럼 고통스러운 현실 속에서 사랑의 세계를 완성하려고 하는 나의 염원은 곧 진리애로서 지적 정조라고 할 수 있다. 이런 나의 낙원 건설의지는 한없이 사랑하고 존경하는 벗인 Tagore의 소아小我적인 삶을 비판하게도 한다.

> 벗이어 깨어진사랑에우는 벗이어
> 눈물이 능히써러진곳을 옛가지에 도로픠게할수는 업슴니다
> 눈물을 써러진곳에 쑤리지말고 꼿나무밋희쯱씉에 쑤리서요
>
> 벗이어 나의벗이어
> 죽엄의香氣가 아모리조타하야도 白骨의입설에 입맛출수는 업슴니다
> 그의무덤을 黃金의노래로 그물치지마서요 무덤위에 피무든旗대를 세우서요
> 그러나 죽은大地가 詩人의노래를거처서 움직이는것을 봄바람은 말함니다
>   -「타골의詩(GARDENISTO)를읽고」에서 -

'나'는 Tagore의 사랑의 시집인 『원정園丁』이 비탄과 개인적 성격을 벗어나지 못한다고 보고 있다. 타고르의 슬픔을 이해하면서도 눈물을 떨어진 꽃에 뿌리지 말고 꽃나무 밑의 티끌에 뿌려 소생의 거름이 되

논리에서 한용운의 독립정신의 바탕은 이해되어져야 한다. 개아個我의 신뢰를 통하여 보편아普遍我로 나아가면서 하나의 조화된 세계를 이루려는 한용운의 의지를 여기에서 확인하게 된다(「한용운의 화엄사상 연구」, 한양대 교육대학원 석사논문, 1983)

게 하라고 한다. 이처럼 나의 눈물은 소모보다는 생산을 지향하고 있다. 나의 눈물은 개아個我보다는 대아大我와 세계아世界我로서의 눈물이라고 할 수 있다. 이런 대아적 관점에서 나는 사랑하는 벗 타고르에게 애인의 무덤을 죽음의 향기나 황금의 노래로 장식하지 말고, 현실공간을 정토로 되돌리기 위해 피 묻은 깃대를 세우라고 한다. 나의 저항의 논리는 보복의 차원이 아니라 죽은 대지를 움직이게 하는 사랑의 봄바람으로서 화쟁和諍적 차원이라고 할 수 있다.

이러한 나의 저항논리도 사랑의 세계를 구현하려는 진리애의 표출이니 이 또한 지적 정조라 볼 수 있다. (여기서 나의 타고르를 향한 시화詩話를 보면 나가 한용운의 시적 자아임이 분명해진다. Tagore가 Atman으로 Brahman에 대한 경배로 범아일여梵我一如를 추구한 반면 한용운은 대승적 역사의식으로 현실에 대한 깊은 관심을 보여주고 있다.) 나는 불이법문에 의한 정토구현을 지상목표로 하면서도 이를 관념의 차원에 머무르게 하지 않고 강한 현실개혁의지를 보여주고 있는 것이다. 나는 명상의 천국보다 지상의 예토穢土에서 정토구현이 가능하다고 보고 지상을 선택한다.

冥想의배를 이나라의宮殿에 매엿더니 이나라사람들은 나의손을잡
고 가티살자고합니다
그러나 나는 님이오시면 그의가슴에 天國을쑤미랴고 도러왓슴니다
- 「冥想」에서 -

나는 명상의 세계에 적멸보궁寂滅寶宮을 세울 수도 있다. 번뇌와 슬픔을 떠나 개인의 영락永樂을 꿈꿀 수도 있다. 모든 계율을 지키고, 명

경지수明鏡止水가 될 수도 있다. 그러나 이 모든 것은 나 개인의 내면세계에서만의 일이다. 나를 나서면 사바의 어둠과 신음소리와 대면한다. 나는 관념의 천국의 안주자가 되고 싶은 유혹을 뿌리치고 현실공간으로 돌아온다. 나의 세계인식과 낙원건설의지는 현실을 떠나서 성립될 수 없는 것이다. 이러한 낙원건설의지는 대승적 세계인식에 바탕한 진리애로 지적 정조라고 할 수 있다.

상술한 대로 『님의 沈默』의 나는 자아와 세계의 본질을 밝혀서 그 본래성을 회복하려고하는 진리애, 곧 지적 정조를 보여주고 있다. 나는 이별의 슬픔을 희망으로 전환시키기도 하고, 이별을 미의 창조의 계기로 삼기도 하고, 심층의식계로 뛰어들어 나의 근원을 밝히려고도 하며, 어둠이 지배하는 현실세계를 본래의 세계로 되돌리려는 부단한 지적 노력을 보이기도 한다. 이러한 나의 진리애 곧 지적 정조에 의해 나는 미래에 님을 만나게 된다는 희망과 신념을 갖게 된다.

2.2 윤리적 정조

한용운은 지가 승했던 만큼이나 정과 의도 승했던 인간이다. 이런 한용운에게 망국의 한과 침략자에 대한 의분, 잃은 나라를 다시 찾겠다는 광복의지, 광복의지를 한 차원 끌어올린 자유심 등이 나타는 것은 당연한 일이라고 할 수 있다. '이태리'를 향한 '마시니'의 조국애는 곧 한용운의 조국애라고 할 수 있다. 일찍이 그는 소년의 나이로 풍전등화인 조국의 운명을 걱정하다가 의병운동에 가담하였고, 이의 실패로 몸부칠 곳이 없게 되자 출가하게 되었다고 하며, 출가 이후에도 일

생동안 조국을 향한 단심丹心은 변함이 없었으니, 그의 시에 이러한 조
국애가 나타나는 것은 당연한 일이다. 그의 이러한 일편단심으로서의
조국애는 곧 윤리적 정조이다.

　다음 예문들은 그의 이러한 면모를 뚜렷이 보여준다.

① 그러므로 사회를 위하여 노력하는 것은 자기의 행복을 위하는 것이
　　요, 국가를 위하여 진췌(盡悴)하는 것은 자기의 자유를 위하는 것이
　　다. 사회도 「아(我)」이며 국가도 「아(我)」인 까닭이다[88].

② 지사(志士)라는 것은 일정한 입지(입지)가 있는 사람을 이름이니,
　　즉 국가 · 민족 · 사회를 위하는 입지라야만 지사라 하느니 중략 지
　　사의 앞에는 천당도 없고 지옥도 없으며, 군함도 없고 포대도 없는
　　것이다[89].

③ 나라를 잃은 뒤 때때로 근심 띄운 구름, 쏟아지는 빗발 속에서도 조
　　상의 통곡을 보고, 한밤중 고요한 새벽에 천지신명의 질책을 듣거
　　니와, 이를 능히 참는다면 어찌 다른 무엇을 참지 못할 것인 가. 조
　　선의 독립을 감히 침해하지 못할 것이다[90].

④ 문 : 피고는 금후에도 조선의 독립 운동을 할 것인가?
　　답 : 그렇다. 계속하여 어디까지든지 할 것이다. 반드시 독립은 성취
　　　　될 것이며, 일본에는 중〔僧〕에 월조(月照)가 있고, 조선에는 중
　　　　에 한용운이 있을 것이다[91].

⑤ 힘이 미약한 여자로서 많은 자금을 변통한다면 비상수단이 아니고

---

88) 「공익」, 『전집』 1권, 214면
89) 「반구십리」, 『전집』 1권, 224면
90) 「조선독립의 서」, 『전집』 1권, 351면
91) 「한용운 취조서」, 『전집』 1권, 367면

는 도저히 몽상도 할 수가 없는 일이므로 국가와 지기(知己)를 위하
여 비상한 일을 하기 위해서는 자기의 몸까지 희생하는 것도 부득
이한 일이라고 생각하였다[92].

이처럼 한용운은 국가, 사회와 떨어져 내가 있을 수 없음을 인식하
고 국가, 사회를 나와 일체화한다. 이런 일체화에 의해 그는 국가, 사
회를 사랑하고 헌신하게 된다. 『님의沈默』의 나도 이러한 조국애의
화신에서 예외일 리가 없다. 나의 조국애는 일면 나라를 잃은 지극한
한을 토로하고 있지만, 또 다른 면에서는 나와 세계에 대한 정확한 인
식을 바탕으로 자유가 만유의 필수조건임을 확신하고 되찾으려는 차
원 높은 조국애라고 할 수 있다[93].

이러한 나의 조국애는 곧 윤리적 정조이다. 윤리적 정조의 발로인
나의 요구와 저항은 당당했고, 어떤 역경 속에서도 굽힘 없는 일편단
심을 보이게 된다.

먼저 나의 망국한을 살펴 보자. 『님의沈默』의 나는 시집의 도처에
서 망국의 한을 보여주고 있다.

---

92) 「흑풍」, 『전집』1권, 367면
93) 사문학적 성격을 지닌 한용운의 한시, 시조, 기타 자유시는 끓어오르는 우국
심을 도처에서 보여준다. 안중근, 황현의 殉死를 기린 「安海州」, 「黃梅泉」외
에도 '왜놈의 군대소리 산골에도 울리네' (海國兵聲接絶嶙 「避亂途中滯雨有
感」), '나라위한 십년이 허사가 되고'(十年報國劒全空 「追懷」), '한강물도 흐
느끼느니(漢江之水亦嗚咽 「新聞廢刊」),' 풍상도 일편단심 어쩌지 못해' (風
霜無奈丹心長 「周甲日卽興」) 등이 그 예이고, 시조로는 「秋夜夢」, 「早春」, 「男
兒」, 「우리님」, 「無題 十三首」, 「無窮花 심고자」 등, 기타 자유시로는 「山居」,
「莖草」 등이 그 예.

① 님은갓습니다 아々 사랑하는나의님은 갓습니다
　푸른산빗을깨치고 단풍나무숩을향하야난 적은길을 거러서 참어떨
치고 갓습니다
　　　　　　　－「님의 沈默」에서 －

② 밤근심이 하 길기에
　꿈도길줄 아럿더니
　님을보러 가는길에
　반도못가서 깨엇고나
　　　　　　　－「꿈과 근심」에서 －

③ 시름업시 꼿을주어서 입설에대히고「너는언제픠엿늬」하고 무럿
습니다
　꼿은 말도업시 나의눈물에비처서 둘도되고 셋도됩니다
　　　　　　　－「海棠花」에서 －

　①에서 나는 조국이 망한 사실을 솔직히 받아들이고 대하와 같은
슬픔을 쏟아내고 있다. 이제는 조국과 나 사이에 맺어졌던 굳은 맹서
나 첫 키쓰도 물거품이 되어버렸다. 그러나 이런 절망적 상황에서도
나는 조국에게서 떨어질 수 없음을 알게 된다. 시간이 흐를수록 조국
이 나의 운명, 곧 망해버린 조국을 끝끝내 사랑할 수밖에 없는 운명을
짐지워 놓고 떠나버렸음을 알게 된다. 홀로 남은 나는 망국의 한을 되
씹으며 사라져 침묵하는 조국의 주위를 맴돌고 있다.
　이렇게 살아가는 나는 너무나 슬프고 고통스럽다. 어떻게 조국을
잊어보려고도 하지만 그것도 불가능하다. 조국을 잊으라는 것은 나에

게 죽음을 요구하는 것과 같기 때문이다. 나는 한을 되씹으며[94] 망해 버린 나라를 계속 사랑할 수밖에 없다. 조국에 대한 나의 이러한 불변 지심은 곧 윤리적 정조이다.

이러한 망국한은 ②에서 긴긴 밤 잠 못 이루는 괴로움으로 나타난 다. 가까스로 든 잠의 꿈 속에서나마 본래의 조국과 만나고자 하였으 나 짧은 꿈이 이마저도 허용해주지 않는다. 나의 망국한은 조국의 광 복이 난망한 데서 깊어 간다. 나의 염원과 기다림에도 불구하고 조국 의 광복은 현실화하지 않는다.

③은 이를 시화한 것이다. 아름다운 봄이 와도 이 나라의 광복은 이 루어지지 않는다. 꽃향기 그득한 봄날 나의 망국한은 깊어만 간다.

이러한 나의 망국한은 다음 시에서 좀 더 비극적으로 드러나게 된다.

간은봄비가 드린버들에 둘녀서 푸른연긔가되듯이 싯도업는 당신의 情실이 나의잠을 얼금니다

바람을짜러가랴는 써른꿈은 이불안에서 몸부림치고 강건너사람을 부르는 밧분잠꼬대는 목안에서 그늬를쒑니다

비낀달빗이 이슬에저진 꼿숩풀을 싸락이처럼부시듯이 당신의 써난 恨은 드는칼이되야서 나의애를 도막ㅅㅅ 쓴어노앗슴니다

문밧긔 시내물은 물ㅅ결을보태랴고 나의눈물을바드면서 흐르지안 슴니다

봄동산의 미친바람은 꼿써러트리는힘을 더하랴고 나의한숨을 기다 리고 섯슴니다

　　　　　　　　　　-「어늬것이참이냐」에서 -

---

94)「나는잇고저」 참조

　나의 청춘은 조국에 바쳐졌다. 이러한 나를 자취도 없는 조국은 끝없는 사랑의 정情실로 얽는다. 나는 조국의 광복을 간절히 바라지만 그 현실화는 난망하다. 나와 조국은 서로 헤어져 그리워하고만 있는 것이다. 자아를 실현할 생존공간인 조국을 잃은 나의 망국한은 꿈속에서까지 조국을 목메어 부르게 하고 날카로운 칼이 되어서 나의 창자를 토막토막 끊어놓는다. 나의 망국한은 눈물로 문 밖의 시냇물에 보태지고, 땅이 꺼질 듯한 한숨으로 봄 산의 꽃들을 떨어뜨린다. 이처럼 나의 망국한은 골수에 박혀 있어 나의 일거수일투족을 지배한다.

　나의 격렬한 망국한은 「심은버들」에 와서는 잔잔한 듯하지만 밑바닥에서는 더 깊은 한의 목소리로 울려 나온다. 조국과 나의 사랑은 조국의 국권상실로 깨져버린다. 마땅히 님과의 사랑을 위한 나의 섬세한 배려도 무용한 것이 되어버린다. 해가 갈수록 나의 망국한만이 늘어나는 버들가지처럼 무성할 뿐이다. 그러나 나는 조국에게서 떠날 수가 없다. 고통과 슬픔 가운데서도 나는 끝까지 조국을 사랑할 수밖에 없다. 이러한 나의 조국에 대한 불변의 사랑은 곧 윤리적 정조라고 할 수 있다.

　윤리적 정조로서의 나의 망국한은 조국의 아름다움에 대한 회상과 찬미로 이어진다.

　　써나신뒤에 나의 幻想의눈에비치는 님의얼골은 눈물이업는눈으로는 바로볼수가업슬만치어엽불것입니다
　　님의 써날째의 어엽분얼골을 나의눈에 색이것습니다
　　님의얼골은 나를울니기에는 너머도 야속한듯하지마는 님을사랑하기위하야는 나의마음을 질거웁게할수가 업습니다

만일 그어엽분얼골이 永遠히 나의눈을써난다면 그째의슯음은 우는
것보다도 압흐것습니다
　　　－「써날째의님의얼골」에서 －

　나는 조국의 품안에 있을 때 조국을 믿음의 대상으로만 생각하고
너무 어려워하여 알뜰한 사랑을 해보지 못했던 것을 후회한다. 또 위
기에 처한 조국에 대해 좀 더 헌신적이지 못하고 냉담했던 것을 뉘우
친다[95].
　나의 뉘우침은 조국에 대한 애절한 회상으로 이어진다. 이별하던
당시의 조국을 나는 떨어지는 꽃, 지는 해, 슬픈 노래에 비유하며 그
향기와 낙조와 목맺힌 가락을 찬미한다. 나의 망국한 속에서 님의 모
습은 한없이 승화되어 이 세상의 어떤 것보다도 아름다운 것이 된다.
이제 나에게는 이렇게 아름다운 조국을 떠나서는 어떤 삶도 있을 수
가 없음을 알게 된다.
　나의 조국에 대한 뉘우침, 회상, 찬미는 한의 목소리를 내기도 하지만
결국에는 일편단심의 조국애, 곧 윤리적 정조로 다시 나타나게 된다.

　그러나 『님의沈默』의 나는 망국한에만 젖어 있는 소극적 나가 아니
다. 나는 망국한을 창조적 에너지로 전환시켜 조국광복의 의지로 발
전시키고, 다시 조국광복 의지를 만유의 필수요건인 자유심으로 승화
시키려고 한다[96]. 곧 나는 망국한이라는 소극적 조국애에서 자유심이
라는 근원적이고 보편적인 조국애로 나아가는 것이다. 이러한 자유심

95) 「後悔」 참조
96) 「心」의 '心은 絕對며 자유며 萬能이니라' 참조

은 윤리적 정조의 심화 확대된 형태라고 할 수 있다.

내가 망국한에만 매여 있지 않고 새로운 의지를 내보인 것은 『님의
沈默』에서부터이다. 나는 조국과의 이별로 하늘이 무너지는 듯한 비
통을 겪는다. 그러나 이런 비통 가운데서도 나는 조국과의 이별을 눈
물로만 대응하고 마는 것은 조국에 대한 나의 사랑을 다하지 않는 것
임을 깨닫고 망국의 비통을 조국광복의 출발점으로 삼으려는 의지를
보인다. 이처럼 나는 망국이라는 절망적 상황 가운데서도 광복이라는
희망을 다짐하게 된다. 나는 회자정리 이자필반會者定離者必反이라는
인연론에 바탕하여 조국광복을 확신하게 된다.

이러한 나의 광복의지는 곧 조국이라는 님에 대한 윤리적 정조라고
할 수 있다. 조국과 나는 현재 이별 상태이지만 언젠가는 꼭 돌아올
것이므로 나는 조국과 이별하지 않은 것이 된다. 따라서 나는 현재 망
하여 침묵하는 조국의 주위를 맴돌며 사랑의 노래를 부르게 된다. 이
처럼 나는 님과의 만남을 필연으로 인식하기 때문에 님에 대해 한결
같은 정조貞操를 지키게 된다.

① 내가 당신을기다리고잇는것은 기다리고자하는것이아니라 기다
려지는것임니다

말하자면 당신을기다리는것은 貞操보다도 사랑임니다

⋯중략⋯

나는 님을기다리면서 괴로움을먹고 살이짐니다 어려움을입고 크가
큼니다

나의貞操는「自由貞操」임니다

－「自由貞操」에서 －

② 당신가신되로 나는 당신을이즐수가업슴니다
까닭은 당신을위하나니보다 나를위함이 만슴니다
- 「당신을보앗슴니다」에서 -

나는 맹목적으로 조국광복을 기다리는 것이 아니다. 나의 온전한
자기실현을 위해서는 자유로운 생존공간인 조국은 필수요건이므로
나는 조국광복을 기다리는 것이다. 나는 조국과 하나일 수밖에 없음
을 알게 된다. 나와 하나인 조국의 광복을 그리워하며 기다리는 것은
인습적인 정조가 아니라 사랑에 의한 자발적 정조라고 할 수 있다. 조
국에 대한 나의 사랑은 자발적인 것이므로 어떠한 괴로움과 어려움도
감내하며 그리워하고 기다리게 된다. 자유가 억압되고 권리가 박탈당
했을 때 본래의 공간은 더욱 절실하게 그 필요성을 증대시키는 것이
다[97].

나의 당신에 대한 불망은 곧 '나를 위함'이라고 할 수 있다. 이런 '나
를 위함'이 님에 대한 변함없는 사랑으로 이어지게 한다. 이런 변함없
는 사랑이 가능한 것은 '나는 곧 당신'이기 때문이다. 이처럼 님과 나
는 서로 끊을 수 없는 관계이다. 님과 나는 인연화합에 의하여 자유를

---

97) 한용운의 자유의지에 대해 이양순은 다음과 같이 지적하고 있다. "그러므로
인간은 마땅히 이성과 도덕에 입각한 자유의지에 의하여 선을 행함으로써 자
유를 사회적으로 실현시켜나가야 하는 것이다. 즉 인간은 자기가 자기에게
부과한 도덕적 의무를 따름으로써 참된 자유의 주체가 된다는 실천적인 자유
사상으로 발전하게 되는 것이다. 그리하여 만해는 이와 같은 인간의 자유의
지야말로 사회문제를 해결해 나갈 수 있는 기본적인 역량이라고 생각하게 되
었던 것이다. 더 나아가서 만해의 자유사상은 만물이 본질적으로 평등한 존
재라고 보는「불교의 평등사상」에 그 뿌리를 박고 있다."(「한용운의 사회사
상에 관한 연구」, 이대대학원 석사논문, 1978)

회복하려고 한다. 님이 있으면 나도 있고, 님이 없으면 나도 없다. 따라서 나는 님과의 재회를 기필코 실현하여 자유로운 존재가 되려고 한다[98]. 또한 나는 한 걸음 더 나아가서 이러한 괴로움과 어려움 속에서 성장하고 조국과 더욱 가까워지게 된다. 이러한 나의 조국애는 '자유정조'라고 할 수 있다. 자유정조는 자유를 획득하려는 의지, 곧 자유심으로, 이는 윤리적 정조에 해당되는 것이다.

이런 나는 조국의 일이라면 어떠한 일이라도 복종하게 된다.

> 남들은 自由를사랑한다지마는 나는 服從을조아하야요
> 自由를모르는것은 아니지만 당신에게는 服從만하고십허요
> 服從하고십흔데 服從하는것은 아름다은自由보다도 달금합니다 그것이 나의幸福입니다
> 그러나 당신이 나더러 다른사람을服從하라면 그것만은 服從할수가 업슴니다
> 다른사람을 服從하랴면 당신에게 服從할수가업는 까닭임니다
> 　　　　　　　　　-「服從」 전문-

나는 누구보다도 자유를 존중하지만 무분별한 자유는 좋아하지 않는다. 나는 자유를 누리기 위하여 자유의 바탕인 조국에게 복종하고 그 회복을 염원하게 된다. 나의 광복의지는 이처럼 자유심의 또 다른 표현이라고 할 수 있다. 나의 복종은 자유심의 발로이기에 나의 삶을 자유롭게 할 조국 이외의 어떤 누구에게도 복종할 수가 없게 된다. 나는 자유의 바탕인 조국에게만 복종하고, 자유를 억압하는 어떤 힘에

---

98) 윤재근, 『만해시와 주제적 시론』, 문학세계사, 127면 참조

게도 복종하지 않는다. 따라서 조국에 대한 나의 복종은 자유심의 발로이고, 이 자유심은 곧 윤리적 정조이다.

이러한 나의 자유심은 조국을 빼앗고 능멸하는 자들에 대해서는 의분으로 폭발하기도 한다.

> 그것이참말인가요 님이어 속임업시 말슴하야주서요
> 당신을 나에게서 쌔아서간 사람들이 당신을보고 「그대의 님은 우리가 구하야준다」고 하얏다지오
> 그레서 당신은 「獨身生活을하것다」고 하얏다지오
> 그러면 나는 그들에게 분푸리를하지안코는 견될수가업슴니다
> 만치안한 나의피를 더운눈물에 석거서 피에목마른 그들의칼에쑤리고 「이것이 님의님이라」고 우름석거서 말하것슴니다
> － 「참말인가요」에서 －

나에게서 조국을 빼앗은 자들은 나의 님인 조국에게 「그대는 님이 업다」고 조롱한다. 이는 조국의 주권을 회복할 사람들이 없다는 말이 된다. 이런 모욕을 받고도 조국은 숨어서 울기만 한다. 이런 조국을 위해 나는 분개하지 않을 수 없다. 나는 내 한 생명을 기꺼이 조국에 바치면서 이 나라에도 사람이 있음을 적에게 알린다[99]. 또한 적들은 조국을 조롱하기 위하여 「그대의 님은 우리가 구하야준다」고 한다. 이 말을 듣고 나는 그들의 칼에 나의 붉은 피를 뿌려 이 나라에 아직 사람이 있음을 알리려고 한다.

이처럼 나의 자유심은 무도한 침략자의 능멸에 맞서서 죽음을 두려

---

99) 「참말인가요」전반부 참조

워하지 않는 의분으로 분출되기도 한다. 이러한 의분 또한 윤리적 정
조에 해당되는 것이다.

이어서 나의 자유심은 역사상의 인물의 행적을 더듬고 그들의 단심
을 본받으려는 것으로 나타난다.

> 날과밤으로 흐르고흐르는 南江은 가지안슴니다
>
> 바람과비에 우두커니섯는 矗石樓는 살가튼光陰을싸러서 다름질침
> 니다
>
> 論介여 나에게 우름과우슴을 同時에주는 사랑하는論介여
>
> 그대는 朝鮮의무덤가온대 피엿든 조혼꼿의하나이다 그레서 그향긔
> 는 썩 지안는다
>
>   …중략…
>
> 千秋에 죽지안는 論介여
>
> 하루도 살ㅅ수업는 論介여
>
> 그대를사랑하는 나의마음이 얼마나 질거으며 얼마나 슯흐것는가
>
> 나는 우슴이제워서 눈물이되고 눈물이제워서 우슴이됩니다
>
> 容恕하여요 사랑하는 오々 論介여
>
>   -「論介의愛人이되야서그의廟에」에서 -

나에게 울음과 웃음을 동시에 주는 논개는 조선의 망자ㄷ者들 중 불
후의 의향義香을 지닌 존재이다. 나는 그녀처럼 죽음으로 민족정기를
선양하지도 못했고, 절절하게 유한에 젖지도 못했음을 반성하면서,
부족한대로나마 그녀에 대한 나의 사랑, 곧 그녀의 의행義行에 대한 숭
모만은 변하지 않으려고 한다. 비록 이제 다시는 살아날 수 없는 그
녀지만 내 마음에 영원히 살아 있으니, 우리의 사랑은 즐겁고도 슬픈,

눈물과 웃음이 얼크러진 사랑이 된다. 그러나 우리의 사랑은 감정적 탐닉이 아닌 이해와 결의로 빚어진 사랑이다. 이처럼 논개의 의행을 숭모하고 본받으려는 나의 조국애는 곧 윤리적 정조이다.

논개의 조국애에 고무된 나는 다시 계월향의 의행을 검토하며 본받 으려 한다.

> 桂月香이어 그대는 아릿다웁고 무서은 最後의微笑를 거두지아니한 채로 大地의寢臺에 잠드럿습니다
> 나는 그대의多情을 슯어하고 그대의無情을 사랑합니다
> ...중략...
> 그대의 붉은恨은 絢爛한저녁놀이되야서 하늘길을 가로막고 荒凉한 써러지는날을 도리키고자합니다
> 그대의 푸른근심은 드리고드린 버들실이 되야서 곳다은무리를 뒤에 두고 運命의길을써나는 저문봄을 잡어매랴합니다
>
> 나는 黃金의소반에 아츰볏을바치고 梅花가지에 새봄을걸어서 그대 의 잠자는겻헤 가만히노아드리것습니다
> 자 그러면 속하면 하루ㅅ밤 더듸면 한겨을 사랑하는桂月香이어
> ─「桂月香에게」에서

아리따운 여인 계월향의 다정한 심성과 매서운 결단('無情')을 나는 동시에 사랑하고 흠모한다. 한번 피어보지도 못하고 순사한 그녀에게는 미진한 유한과 근심이 있을 것이다. 그러나 이 유한과 근심은 당대에 개인적 차원에만 머무는 것이 아니고 후대에 길이 이어져 지금 이 시대에까지 영향을 끼친다. 그녀의 '붉은恨'(조국애)은 현란한

저녁놀이 되어서 식민지가 된 조국(써러지는날)을 원상태로 돌려놓으려고 한다. 또 그녀의 조국애는 휘휘 늘어진 버들실이 되어서 ' 運命의길을써나는 저문봄'(망해버린 조국)을 붙잡으려고 한다. 나는 이런 계월향에게 아침별과 새 봄을 헌상하고 깊은 이해와 사랑으로 이 추운 겨울(식민지 현실)을 동행하려 한다.

계월향의 '多情'과 '無情'도 가치지향의 감정이니 정조의 표출이라고 할 수 있다. 또한 계월향의 삶에 깊이 동의한 나의 자유심 역시 윤리적 정조의 전형이라고 할 수 있다. 이러한 역사적 검토를 거쳐 이제 나는 동시대인들에게 자유획득을 위한 행동에 동참할 것을 촉구하게 된다.

> 당신은 나의죽엄속으로오서요 죽엄은 당신을위하야의準備가 언제든지 되야잇슴니다
> 만일 당신을조처오는사람이 잇스면 당신은 나의죽엄의뒤에 서십시오
> 죽엄은 虛無와萬能이 하나임니다
> 죽엄의사랑은 無限인同時에 無窮임니다
> 죽엄의압헤는 軍艦과 砲臺가 씩쓸이됨이다
> 죽엄의압헤는 强者와弱者가 벗이됨니다
> 그러면 조처오는사람이 당신을잡을수는 업슴니다
> 오서요 당신은 오실째가되얏슴니다 어서오서요
> 　　　　　　　　　　　- 「오서요」에서 -

나는 동시대인인 님에게 자유획득을 위해 역사 현실의 마당으로 용감하게 나오라고 촉구하고 있다. 나의 온갖 노력과 호소에도 불구하

고 동시대인의 각성과 행동이 없이는 자유는 실현되지 않는다. 나는
소리 높여 당당하게 동시대인의 각성과 행동을 요구한다. 〈이제 우리
는 만나 행동할 때이니 어서 오라. 쫓아오는 자가 있으면 아름다운 나
의 꽃밭에 숨겨줄 것이다. 또 한없이 부드러운 나의 가슴은 늘 열려
있어 당신이 위험할 때는 황금의 칼도 되고 강철의 방패도 될 것이다.
나는 죽을 각오로 자유 쟁취의 선봉에 서니 내 뒤를 따르라. 죽음을
각오하면 모든 것이 가능하다. 죽음 앞에는 군함과 포대도 티끌이 되
어버린다[100]〉고 나는 소리 높이 외치면서 동시대인의 동참을 촉구하
고 있다.

　나는 세계가 강자와 약자의 억압, 피억압의 관계가 아니라 화해의
관계이기를 염원한다. 이러한 나의 염원은 전체성이 지배하는 세계로
의 회귀의지로도 해석할 수 있다[101]. 「오서요」의 나는 전체성이 상실
된 시대에 살면서 그 본래성 회복에 동경과 노력을 아끼지 않는 문제
적 개인이라고 볼 수 있다. 이러한 나의 도덕성 회복의지는 곧 윤리적
정조라고 할 수 있다. 나는 이런 염원을 관념으로만 머물게 하지 않고
행동으로 실천하려고 한다. 마지막 시에서 나는 어두운 밤을 벗고 자
유로운 대낮의 삶을 실현하기 위해 역사의 새벽길에 오른다.

　　님이어 하늘도업는바다를 거처서 느름나무그늘을 지어버리는것은

---

100) 「오서요」 전반부 참조
101) 루카치는 소설론에서 현대세계를 모순과 갈등에 의해 금이 가고 복잡해진 산문
　　적 세계상황으로 규정하고, 소설은 곧 고대 그리스와 같이 내면세계와 외면세계
　　가 아직 분열되지 않은 형이상학적 원의 세계 즉, 전체성이 지배하는 세계에 대
　　한 향수와 노력의 표현이자 형이상학적 실향의 시대에 전체적인 세계와 삶의 의
　　미를 되찾으려는 문제적 개인의 이야기라고 정의한다.

달빛이아니라 새는빗임니다
　해를탄 닭은 날개를움직임니다
　마구에매인 말은 굽을침니다
　네 네 가요 이제곳가요
　　　　　-「사랑의씃판」중에서 -

긴긴 밤의 관념에서 벗어난 나는 현실공간에서 자유를 실현하려고
한다. 아직 미래는 불확실하지만 결단을 내린 나는 의욕에 차게 된다.
날이 새고 있고, 닭이 해를 치고, 말은 힘차게 굽을 친다. 윤리적 정조
로서의 나의 자유심은 마침내 현실공간을 향해 새벽길을 뜨게 되는
것이다.

살펴본 대로 나는 조국이라는 님과 이별하고 슬픔과 실의 속에서
살아간다. 이런 가운데서도 나는 조국에 대한 사랑을 버릴 수는 없다.
이런 나에게 망국한이 자리잡지만 나는 망국한을 좌절에 머물게 하지
않고, 님에 대한 회상과 찬미로 이어지게 하고, 나아가 광복의지, 자
유심으로 발전하게 한다. 나는 논개와 계월향의 의로운 삶을 본받으
려 하고, 자유심을 상실한 동시대인들에게 자유회복 의지를 북돋아주
려고 한다. 이러한 나의 망국한과 자유심은 모두 윤리적 정조라고 할
수 있다.

2.3 미적 정조

「군말」의 '장미화'는 자신의 미를 꽃피우기 위해 봄비를 동경하고 기

다리는 존재이다. 이러한 '장미화'와 동류항적 존재인 한용운은 궁핍한 현실 속에서 이상적 미를 추구하는 시인의 길을 가게 된다[102]. 한용운의 이상미에 대한 동경은 『님의沈黙』의 나를 통해 전개된다. 나는 이 님이 이상적 존재이기를 바란다. 이상적 존재인 님은 이상미의 화신이라고 할 수 있다[103]. 그런데 나는 현재 이상미인 님과 이별하고 있다. 나는 이상미인 님을 전심으로 그리워하며 기다리고 접근하려 하지만, 내외의 원인으로 이러한 희망은 성취되지 않는다. 따라서 나의 미적 정조는 이상미에 대한 비극적 그리움과 기다림일 수밖에 없다. 즉 가혹한 현실에서 파생되는 이상애理想愛라고 할 수 있다.

이상애의 대상인 님은 그 자체가 이상미로 완성된 자아일 수도 있고, 절대존재일 수도 있고, 본래성을 회복한 정토로서의 조국일 수도 있다. 이러한 님이 내외의 원인으로 미완성이거나 별리상태일 때 완성의 경지나 재회를 그리며 나의 미적 정조인 동경과 기다림은 발동하게 된다. 나의 미적 정조는 '리별은 미의 창조'라는 인식에서부터 확실해 진다.

리별은 美의創造임니다
리별의美는 아츰의 바탕(質)업는 黃金과 밤의 올(糸)업는 검은비단과

---

102) 한용운은 『님의沈黙』이전에 쓴 그의 한시에서 도저한 시적 관심을 보여주고 있다. '샘 솟는 시정에 병도 잊느니'(病裡尋詩情亦奇 「山家曉日」), '글에 묻혀 떠돌기 삼십년'(文章三十年 「思鄕」), '시로 해 야윔이 오히려 감미로와'(詩瘦太酣反奪人-「自笑詩瘦」), '시와 술 일삼으며 병 많은 이 몸'(詩酒人多病 「次映湖和尙」) 등이 그 예이다. 이러한 시적 관심이 『님의沈黙』의 발생요인이 될 수 있으리라는 점에서 관심을 요한다.

103) 박노준은 한용운의 미에 대해 「空」의 형상이요 본체의 「님」이라고 한다. (『한용운 연구』, 156면)

죽엄업는 永遠의生命과 시들지안는 하늘의푸른꽃에도 업슴니다

　님이어 리별이아니면 나는 눈물에서죽엇다가 우슴에서 다시사러날

수가업슴니다 오々 리별이어

　美는 리별의創造임니다

　　　　－「리별은美의創造」 전문 －

　이별을 통해서 나는 이상적 미를 인식하게 된다. 따라서 이별은 미의 창조가 되는 것이다.

　또 나는 이별을 통해서만 다시 살아날 수 있게 되며, 이상미인 님에게 조금씩 접근해 간다. 이별과 미는 상생의 관계로 이별에 의하여 미는 변증법적 지양止揚을 하게 된다. 따라서 미는 단순한 합습에 머무르지 않고 이별이라는 반反에 의하여 더 높은 합이라는 미를 계속적으로 추구하게 되는 것이다[104]. 그러나 나의 이상미는 변증법적 결론에 의존하지만은 않는다. 나의 이상미는 불이적 화엄세계로 귀착할 수밖에 없다.

　그러나 그 경지에 이르는 길은 지난하다. 여기에 나의 미적 정조의 비극성이 있다. 이러한 나의 미적 정조는 비극적 그리움과 기다림으로 나타나고 비극미를 창출하게 된다. 「알ㅅ수업서요」가 그 좋은 예이다.

---

104) 변증법적 지양止揚으로 해석한다면 다음과 같은 도식을 생각해 볼 수 있을 것이다.

바람도업는공중에 垂直의波紋을내이며 고요히쎠러지는 오동닙은
누구의 발자최임닛가

지리한장마꼿헤 서풍에몰녀가는 무서은검은구름의 터진틈으로 언
뜻々々 보이는 푸른하늘은 누구의얼골임닛가

꼿도업는 깁흔나무에 푸른이씨를거처서 옛塔위의 고요한하늘을 슬
치는 알ㅅ수업는향긔는 누구의입김임닛가

근원은 알지도못할곳에서나서 돍쑤리를울니고 가늘게흐르는 적은
시내는 구븨々々 누구의노래임닛가

련꼿가튼발쑴치로 갓이업는바다를밟고 옥가튼손으로 쯧업는하늘
을만지면서 쎠러지는날을곱게단장하는 저녁놀은 누구의詩임닛가

타고남은재가 다시기름이됩니다 그칠줄을모르고타는 나의가슴은
누구의밤을지키는 약한등ㅅ불임닛가

－「알ㅅ수업서요」전문－

'고요히쎠러지는 오동닙', '언뜻々々 보이는 푸른하늘', '알ㅅ수업는
향긔', '가늘게흐르는 적은시내', '저녁놀'은 각각 '님'의 '발자취', '얼
골', '입김', '노래', '詩'로 나의 찬양을 받는다 그러나 이러한 자연의
미는 나의 삶의 전부일 수가 없다. 현재 나는 밤의 한가운데에 있고
자신과 주위를 위해 등불 역할을 해야 한다. 따라서 나는 자연의 미를
찬탄하면서도 번뇌즉보리煩惱卽菩提의 대비심을 발휘하여 세상의 등불
이 되려 한다. 이는 밤을 밝히겠다는 나의 염원이자 화엄세계인 이상
미와 별리상태에서 이상미를 그리워하고 기다리는 나의 미적 정조라
고 할 수 있다. 나의 이러한 미적 정조는 다음과 같은 사유에 근거를
두고 있다.

아니다〃〃〃「참」보다도참인 님의사랑엔 죽엄보다도 리별이 훨씬
偉大하다
　죽엄이 한방울의찬이슬이라면 리별은 일천줄기의꽂비다
　죽엄이 밝은별이라면 리별은 거룩한太陽이다

　生命보다사랑하는 愛人을 사랑하기위하야는 죽을수가업는것이다
　진정한사랑을위하야는 괴롭게사는것이 죽엄보다도 더큰犧牲이다
　리별은 사랑을위하야 죽지못하는 가장큰 苦痛이오 報恩이다
　　　　…중략…
　아〃 진정한愛人을 사랑함에는 죽엄은 칼을주는것이오 리별은 꽂을
주는것이다
　아〃 리별의눈물은 眞이오 善이오 美다
　아〃 리별의눈물은 釋迦요 모세요 짠다크다
　　　　　- 「리별」에서 -

　간단히 죽어버리는 것은 쉬운 일이다. 그러나 이런 죽음으로 이상
미는 실현되지 않는다. 따라서 나는 이별의 고통을 감내하면서 이상
미의 실현에 매진하는 것이다. 이런 나에게 이별은 견디기 어려운 고
통이지만, 또한 나를 소생시키는 유일한 '일천줄기의꽂비'이자, '거룩
한太陽'이 된다. 또한 님에 대한 나의 가장 큰 사랑은 '참어 죽지 못하
고 참어 리별하는 사랑'이 되는 것이다. 이러한 이별은 나에게 꽃을
주고 이별의 눈물은 진, 선, 미, 성 창조의 원동력이 된다.
　이처럼 나의 미적 정조는 비극성을 지니고 있다. 그러나 이러한 비
극성은 지향성으로 나타나게 된다. '리별의 눈물'로 나는 진, 선, 미,
성의 합으로서의 이상미나 석가의 대비심, 모세와 짠다크의 조국애의

합으로서의 이상미를 추구하려는 것이다. 이상미를 향한 나의 그리움
과 기다림은 곧 미적 정조이다.

　여기서 잠시 비극미에 대해 알아보기로 하자

① 비장미는 적극적 가치가 있는 것 즉, 비극적 내용을 이루는 것으
　로서 고귀한 인간의 행위와 의지로 성립되는, 그러한 인간적 위
　대성이 침해되고 멸망되는 비통한 과정 내지 결과인데, 여기에
　서 야기되는 비극적 고뇌의 부정적 계기에 의해서 도리어 가치
　감정이 강화 고양되는 가운데 비극미가 성립된다. 따라서 숭고
　미의 몰락으로서의 비장미는 숭고미의 일종 내지 파생적 형태라
　고 할 수가 있다[105].
② 고귀한 것의 가치는 우리가 그것을 탈취당하였거나 분실하였을
　때에 가장 강하게 느껴지는 것이며 손실의 고통이 고귀한 것의
　가치를 최고도로 느끼게 하는 것이다. 그것은 부정적인 것이 비
　극적인 것 속에 나타나는 형식이다[106].

　①에서는 비장미를 비극적 내용을 이루는 것으로서 고귀한 인간의
위대성이 침해되고 멸망되는 비통한 과정 내지 결과로 보고, 여기에
서 야기되는 비극적 고뇌로 하여 가치감정이 강화, 고양되는 가운데
비극미가 성립된다고 보고 있다. 또한 비장미의 몰락으로 생겨나는
것으로 숭고미의 일종 내지 파생적 형태라고 보고 있다. ②에서는 인

---

105) 백기수, 『미학』, 서울대출판부, 91면
106) 하르트만, 『미학』, 전원배 역, 을유문화사, 세계사상교양전집, 후기 11, 411면

간적으로 고귀한 것이 패멸하는 현상이 미적 가치를 가질 수 있고 또 관조의 쾌감을 환기할 수 있다고 본다. 또 위대한 인간의 파멸이 특이하게 느껴지는 이유로는 그런 인간이 드물기 때문이라고 보고, 고귀한 것의 가치는 우리가 그것을 탈취당하였거나 분실하였을 때에 가장 강하게 느껴지는 것이며 손실의 고통이 고귀한 것의 가치를 최고도로 느끼게 하는 것이라고 한다.

이러한 미학 이론은 『님의 침묵』의 나의 미적 정조의 해명에 많은 도움을 주고 있다. 나는 이상적 존재인 님과 이별하고 비극적 동경과 기다림의 삶을 살고 있다. 이때의 나의 님은 잃어버린 나의 한 짝일 수도 있고, 무명을 벗은 참나일 수도 있고, 무명에 싸인 나를 밝혀 인도할 부처일 수도 있고, 자아실현을 가능케 할 미래의 조국이나 정토일 수도 있다.

이러한 님과 이별하고 비극적 삶을 살면서 님과의 재회를 끊임없이 시도하는 나는 패멸한 자의 고귀성을 보여주고 있다. 비극적 고뇌로 하여 나의 가치감정은 강화, 고양됨으로써 비극미가 성립된다. 이러한 비극미는 내가 님을 상실한 이후 다시 되찾지 못하고 그리워만 함으로써 가장 극적으로 나타나고, 나의 미적 정조 또한 그 비극적 고귀성을 최고도로 높게 한다.

다시 작품에서 이를 확인해 보자.

님이어 나의마음을 가저가랴거든 마음을가진나한지 가저가서요 그리하야 나로하야금 님에게서 하나가되게 하서요

그러치아니하거든 나에게 고통만을주지마시고 님의마음을 다주서요 그리고 마음을가진님한지 나에게주서요 그레서 님으로하야금 나에

　게서 하나가되게 하서요

　　그러치아니하거든 나의마음을 돌녀보내주서요 그리고 나에게 고통

을주서요

　　그러면 나는 나의마음을가지고 님의주시는고통을 사랑하것슴니다

　　　　　　　　　　-「하나가되야주서요」전문 -

　나는 님과 하나가 되고 싶어한다. 그러나 한번 나뉘어진 님과 나는
다시 합치되지 못한다. 그럼에도 나는 님에 대한 동경과 기다림을 포
기할 수 없다[107]. 자연히 이상미인 님에 대한 나의 그리움과 기다림은
비극적일 수밖에 없다.

　여기서 플라톤이 언급한 고대 신화를 원용해 보자[108]. 이 신화에 의
하면 태초의 인간은 오늘날과 같이 불완전한 인간이 아니고 모든 것
을 갖춘 완전한 존재였다고 한다. 그러나 이 태초의 인간은 자신의 능
력을 과신한 나머지 신의 세계를 넘보고 공격을 감행함으로써 제우스
의 격노를 사 반으로 절단당하는 벌을 받았다. 이후부터 인간은 다시
옛날의 완전한 자신으로 돌아가고자 하며 잃어버린 한 짝을 사모하며
회구하는 사랑이 싹트게 되었다는 것이다.

　플라톤은 이에서 한걸음 더 나아가 사랑의 본질을 Eros[109]의 신화
로써 설명하고 있다. 에로스는 가난하지만 늠름한 기상과 풍부한 재
주를 가지고 항상 미와 선을 추구하며 지혜를 추구하는 신이다. 에로

---

107) '나'의 이러한 동경은 신라가요와도 연관해 생각해 볼 수 있다. 신라가요인 「원
　　왕생가」와 「제망매가」, 「모죽지랑가」, 「찬기파랑가」 등에서는 생사를 초월한 동
　　경과 기다림이 잘 나타나 있다.
108) 플라톤, 『향연饗宴』(『Symposium』) 참조
109) 사랑과 쾌락과 미의 여신

스는 원래 성적 사랑을 의미하는 것으로 쓰여 왔으나 플라톤에 이르러 절대의 선을 영원히 소유하려고 하는 차원 높은 충동적 생명력으로 인식된다. 플라톤은 에로스를 올바르게 추구하는 사람은 어릴 때 우선 동성의 아름다운 육체를 추구하는 것으로부터 시작한다고 말한다. 그러나 다음에 그는 어느 육체의 미건 다른 육체의 미와 동류라는 것을 깨닫고 어느 하나의 육체에 대한 열렬한 애모는 하찮은 것이라고 보고 이를 배격한다. 다음에 그는 영혼의 미를 육체의 미보다 고귀한 것으로 보고 영혼이 아름다운 사람이면 이에 만족하며 그를 사랑하고 아끼게 된다고 한다. 나아가 그는 자신의 미도 보게 되어 미의 대해로 나와 그 미를 관조하며 끊임없는 애지심愛智心에서 아름답고 숭고한 관념과 사상을 낳아 영원히 독립자존하면서 유일무이한 형상을 취하는 미 그 자체를 향하는 유일무이한 학學에 이르게 된다고 한다.

이처럼 어떤 사람이 마치 계단을 오르듯이 하나의 아름다운 육체로부터 두 개의 아름다운 육체로, 두 개의 아름다운 육체로부터 모든 아름다운 육체로, 다음에 아름다운 육체로부터 아름다운 활동으로, 여러 가지 아름다운 활동으로부터 아름다운 학문으로, 그리고 여러 가지 학문으로부터 출발해서 드디어 미 그 자체를 대상으로 하는 학에 도달하여 미 그 자체의 본질을 인식하기에 이른다면 그는 최종적인 목표에 달했다고 해도 좋을 것이라고 한다.

「하나가 되야주서요」는 잃어버린 나의 한 짝을 찾아 이상미를 지닌 나를 이루려는 열망을 담고 있다. 이러한 열망은 진, 선, 미, 성으로서의 이상미를 추구하는 미적 정조인 에로스라고 할 수 있다. 이러한 에로스는 이상미의 실현이 현실의 벽에 부딪치자 다음처럼 비극적으로 폭발되기도 한다.

    닷과치를일코 거친바다에 漂流된 적은生命의배는 아즉發見도아니
된 黃金의 나라를 쑴쑤는 한줄기希望이 羅盤針이되고 航路가되고 順
風이되야서 물ㅅ결의한쯧은 하늘을치고 다른물ㅅ결의 한쯧은 쌍을치
는 무서은바다에 배질함니다
    님이어 님에게밧치는 이적은生命을 힘껏 쩌안어주서요
    이적은生命이 님의품에서 으서진다하야도 歡喜의靈地에서 殉情한
生命의破片은 最貴한寶石이되야서 쪼각ㅅ이 適當히이어저서 님의가
슴에 사랑의徽章을 걸것슴니다
    님이어 쯧업는 沙漠에 한가지의 깃되일나무도업는 적은새인 나의生
命을 님의가슴에 으서지도록 쩌안어주서요
    그리고 부서진 生命의쪼각ㅅ에 입마춰주서요
              - 「生命」전문 -

    반쪽으로서의 나는 또 다른 한쪽을 찾지 못하고 있다. 이때의 한 쪽
은 '참나'일 수도 있고 나의 삶을 온전히 전개할 이상적 공간일 수도
있다. 나는 궁핍하고 절망적인 상황 가운데서도 이상미와의 재회에
대한 희망을 잃지 않고 무서운 바다를 항해해 나간다. 이상미의 발견
은 너무나 어려운 일이어서 생명을 바칠 각오가 되어 있어야 한다. 그
만큼 나의 미적 정조는 비극성을 띨 수밖에 없다. 나는 순정할 각오로
이상미인 님을 열렬히 그리워하고 기다린다. 이러한 나의 그리움과
기다림은 미적 정조이다.
    나는 이상미와의 재회를 위해 님의 아름다운 얼굴을 찬미하고 님의

존재를 찬송하고 님을 닮으려고 노력한다.

　　① 님의얼골을「어엽부다」고 하는말은 適當한말이아닙니다

　　어엽부다는말은 人間사람의얼골에 대한말이오 님은 人間의것이라

　고할수가 업슬만치 어엽분 까닭입니다

　　　　　　…중략…

　　아々 나는 님의그림자여요

　　님은 님의그림자밧게는 비길만한것이 업습니다

　　님의얼골을 어엽부다고하는말은 適當한말이아닙니다

　　　　　　　-「님의얼골」에서 -

　　② 님이어 당신은 百番이나鍛鍊한金결임니다

　　쏭나무색리가 珊瑚가되도록 天國의사랑을 바듭소서

　　님이어 사랑이어 아츰볏의 첫거름이어

　　님이어 당신은 義가무거웁고 黃金이가벼은것을 잘아심니다

　　거지의 거친밧헤 福의씨를 색리옵소서

　　님이어 사랑이어 옛梧桐의 숨은소리여

　　님이어 당신은 봄과光明과平和를 조아하심니다

　　弱者의가슴에 눈물을색리는 慈悲의菩薩이 되옵소서

　　님이어 사랑이어 어름바다에 봄바람이어

　　　　　　　-「讚頌」 전문 -

　　③ 당신의얼골이 달이기에 나의얼골도 달이되얏슴니다

　　나의얼골은 금음달이된줄을 당신이아심닛가
　아ㅅ 당신의얼골이 달이기에 나의얼골도 달이되얏슴니다
　　　　　　　　　　- 「달을보며」에서 -

　　님의 얼굴은 이상미의 화현化現으로 인간의 얼굴이라고 할 수 없을
만치 어여쁘다. 나는 세상의 아름다운 것들을 다 동원하여 님의 미를
표현하려 하지만 한계에 부딪치고 만다. 나는 이러한 님의 그림자이
다. 그런데 님의 그림자인 나 말고는 이상미인 님에게 견줄만한 존재
는 없다. 따라서 님과 나는 서로의 잃어버린 한 짝인 것이다. 나의 그
리움과 기다림은 잃어버린 한 짝인 님에 대한 에로스라고 할 수 있다
[110]. 이상미의 님에 대한 나의 에로스는 님에 대한 찬송으로 이어진다.
나는 님이 '義'를 중히 여기고 '봄과光明과平和'를 좋아하는 '慈悲의
菩薩'이 되기를 염원하면서 님의 미를 '百番이나鍛鍊한金결' '아츰볏
의 첫거름' '옛梧桐의 숨은소리' '어름바다에 봄바람'이라고 찬미한다.
　　나의 님은 의와 자비와 미의 종합인 완미完美의 존재여야 한다. 나의
미관은 현대 서구의 분화된 미관이 아니다. 나의 미관은 지, 정, 의, 신
에 의한 진, 선, 미, 성의 종합적 추구의 결과로서의 미라고 할 수 있다
[111]. 나는 이러한 완미로서의 님과 하나가 되려고 부단히 그리워하고

---

110) 이러한 나의 미의식은 프로이드가 주장한 리비도설과는 근본적으로 거리가 있
　　는 것 같다. 프로이드는 작가의 사상이나 감정이 표출된 작품은 바로 승화된 리
　　비도의 소산이라고 하는데, 이는 세간적 해석이고 「님의얼골」의 나는 님의 미를
　　출세간의 안목으로 찬양하고 있다.
111) 동서양의 선, 미론으로 주목할 만한 것들은 다음과 같다.
　　① 누구나가 본성의 욕구대로 하는 것을 선이라 하고, 이 선을 마음 가운데 지니
　　　는 것을 신信이라 하며, 마음에 지닌 선을 충실케 하는 것을 미라 하고 (『孟
　　　子』盡心章句 下 25)

기다린다.

그러나 나는 보름달인 님과는 도저히 하나가 될 수 없다. 일심의 그리움과 기다림으로도 나는 겨우 그믐달의 수준을 넘어서지 못하고 있으며, 아직도 님과 합일하기에는 많은 노력이 필요하다. 나의 심층의 식이 무명을 벗고 밝혀지는 날 나도 보름달이 될 것이다. 이때 잃어버린 또 다른 나와 현상의 고뇌하고 그리워하는 나는 만나 '참나'가 될 것이다. 이러한 지향점이 있기 때문에 나의 미적 정조인 그리움과 기다림은 고통 속에서도 좌절되지 않고 지속되는 것이다. 나의 이러한 비극적 동경과 기다림은 「오서요」에서 가장 극적으로 표현된다.

　당신은 나의품에로오서요 나의품에는 보드러은가슴이 잇습니다
　만일 당신을조처오는사람이 잇스면 당신은 머리를숙여서 나의가슴
　에 대입시오

---

② 儒者가 朝廷에 있으면 美政이 된다)(『荀子』儒敎篇)

③ 군자는 미를 修한다(『淮南子』修務訓)

④ 소크라테스 : 그리고 인간은 동일한 관점에서 동일한 사항에 관해 미이면서 선이라고 할 수 있다는 말이네. 인간의 신체도 역시 그러하며, 인간이 사용하는 모든 것도 동일한 관점에서 즉, 사용한다는 점에서 미이면서 선이라고 생각될 수가 있네. (Xenophon, Memo-rabilia, Bk.3. Ch.8).

⑤ 지식도 진리도 다 아름다운 것이지만, 선의 이데아는 그것과도 또 달리, 더욱 아름다운 것이라고 생각해야 하네(Platon, Politeia, Bk.6. 508)

⑥ 미는 소망되는 것이므로 상찬되는 것이며, 선한 것이므로 쾌를 주는 것이다. 왜냐하면 미는 곧 선이기 때문이다.(Aristoteles, Rhetorica, Bk. 1. ch. 9)
이처럼 고대의 동서양에서는 미와 선은 원리적으로 동일한 것의 서로 다른 두 모습으로 용인되고 있었다. 고대에 있어서는 진, 선, 미, 성 등의 문화 가치가 각각 독립적으로 분화되지 않고, 그러한 가치의식의 미분화 융합상태에서 미에 관한 이론적 성찰은 곧 선이나 진에 관한 성찰이기도 했던 것이다. 이러한 가치의식의 미분화 융합상태는 한용운의 시에도 적용된다.

나의가슴은 당신이만질째에는 물가티보드러웁지마는 당신의危險
을위하야는 黃金의칼도되고 鋼鐵의방패도됩니다
　나의가슴은 말ㅅ굽에밟힌落花가 될지언정 당신의머리가 나의가슴
에서 써러질수는 업습니다
　그러면 조처오는사람이 당신에게 손을대일수는 업습니다
　오서요 당신은 오실째가되얏습니다 어서오서요

　당신은 나의죽엄속으로오서요 죽엄은 당신을위하야의準備가 언제
든지 되야잇습니다
　만일 당신을조처오는사람이 잇스면 당신은 나의죽엄의뒤에 서십시오
　죽엄은 虛無와萬能이 하나임니다
　죽엄의사랑은 無限인同時에 無窮임니다
　죽엄의압혜는 軍艦과 砲臺가 씌쓸이됨이다
　죽엄의압혜는 强者와弱者가 벗이됩니다
　그러면 조처오는사람이 당신을잡을수는 업습니다
　오서요 당신은 오실째가되얏습니다 어서오서요
　　　　　　　　　　　　　　－「오서요」에서 －

　나는 이상미의 실현이 나의 일개인의 문제라고 생각지 않는다. 이
는 한 시대, 특히 궁핍한 어떤 한 시대에는 그 소속원들의 공통적 과
제라고 생각한다. 따라서 나는 동시대인들에게 이러한 미의 실현에
동참할 것을 촉구하게 된다. 님과 나의 동참에 의해 구현해야 할 미는
자유화自由花[112]라고 할 수 있다.

112) 한용운은「一日與隣房通話爲看守竊聽雙手被輕縛二分間卽吟」이란 한시에서 침
　묵을 강요하는 일본을 풍자하여 웅변이 은이요 침묵이 금일 바엔 이 금으로 자

나는 이러한 미(自由花)의 실현을 위한 선구자로서 쫓기는 자들의 꽃밭이 되고, 그들을 품어주는 부드러운 가슴이 되고, 그들을 지키기 위해 황금 칼도 되고, 강철 방패도 되려 한다. 또 나는 한 목숨을 바쳐 그들을 지키려 한다. 나의 이러한 의지 앞에는 군함과 포대가 티끌이 되고 강자와 약자가 벗이 된다. 이처럼 나는 이제 이별의 미에서 벗어나 만남의 미를 이루려고 한다. 일신을 바쳐 만남의 미를 이루려는 나의 열망은 곧 미적 정조로 비장미의 극치라고 할 수 있다.

살펴본 대로 『님의沈默』의 나는 현실의 고통과 슬픔 가운데서도 이상미인 님과의 재회를 위해 비극적 그리움과 기다림을 계속하는 자이다. 나는 님과의 이별을 이상미 창조의 계기로 인식하고 어둠에 싸인 사바세계를 이상미적 화엄세계로 되돌리려고 하고, 잃어버린 한 짝을 찾아 이상미적인 나가 되려고도 하고, 진, 선, 미, 성의 합으로서의 이상미적인 존재가 되려고도 하고, 총칼이 지배하는 현실세계를 자유와 사랑의 세계로 변화시키려고도 한다. 이러한 나의 이상미에 대한 동경과 기다림은 미적 정조임을 확인할 수 있다.

2.4 종교적 정조

시대가 인간을 신앙으로 이끌기도 한다. 어떤 시대가 가혹하고 출구가 없어 개인의 힘으로는 어쩔 수 없는 한계상활일 때 인간에게는 종교심리가 발동하게 마련이다. 한용운이 산 시대는 극한상황의 시대

유의 꽃을 몽땅 사겠다고 한다(雄辯銀兮 沈默金 此金買盡自由花)

였다. 그의 투철한 인식으로도 시대의 어둠을 제거할 수는 없었다. 이런 절박한 상황에서 그는 자력신앙의 성격이 강한 불교에 귀의해 위기에 처한 자아를 달래고 새로운 힘을 얻으려고 하였을 것이다.

다음 예문들은 한용운의 확고한 신앙심을 보여 준다.

① 평생에 있던 신앙은 이 때에 환체(幻體)를 나타낸다. 관세음보살(觀世音菩薩)이 나타났다. 아름답다! 기쁘다! 눈앞이 눈이 부시게 환하여지며 절세의 미인! 이 세상에서는 얻어 볼 수 없는 어여쁜 여자, 섬섬옥수에 꽃을 쥐고, 드러누운 나에게 미소를 던진다. 극히 정답고 달콤한 미소였 다[113].

② 그러기에 언어와 사고를 버려서 단번에 일체의 인연을 끊고, 이 일대사공안(一大事公案)을 마지막까지 추궁하여 일조(一朝)에 활연(豁然)히 깨닫고 보면 마음 전체의 큰 작용이 밝혀지지 않음이 없고, 근본적인 심리 문제가 이에 있어서 얼음 풀리듯 하게 된다[114]

③ 대심보살(大心菩薩)은 일체중생을 제도하기 위하여 먼저 성불하지 않는다는 것이 그들의 서원(誓願)이다. 그리하여 그들은 지옥 중생(地獄衆生)을 제도하기 위하여 지옥에 들어가며, 아귀(餓鬼)를 제도하기 위하여 아귀도(餓鬼道)에 들어가며, 일체 중생을 제도하기 위하여 고해화택(苦海火宅)에 침륜생사(沈淪生死)하느니 어찌 거룩하지 않으리요. 그러므로 대중을 떠나서 불

---

113) 「죽다가 살아난 이야기」, 『全集』1권, 252면
114) 「조선불교유신론」, 『전집』2권, 54면

교를 행할 수 없고, 불교를 떠나 대중을 제도할 수 없는 것이다. 대중불교(大衆佛敎)라는 것은 불교를 대중적으로 행한다는 의미니, 불교는 반드시 애(愛)를 버리고 친(親)을 떠나서 인간 사회를 격리한 뒤에 행하는 것이 아니라, 인간 사회의 만반현실(萬般現實)을 조금도 여의지 않고 번뇌(煩惱)중에서 보리(菩提)를 얻고 생사 중에서 열반(涅槃)을 얻는 것인 즉 그것을 인식하고 실천하는 것이 곧 대중불교의 건설이다[115].

④ 천중천(天中天)이요, 종교 중의 종교인 불교를 표준(標準)하여 말한다면 세간에서 세간에 나며, 지옥에서 극락을 장엄(莊嚴)하며, 생사에서 열반(涅槃)을 얻으며, 무상에서 불변을 얻어서 믿는 사람으로 하여금 모든 약점을 전변강화(轉變强化)하여 자기 스스로가 우주의 창조자가 되며, 만유의 영도자가 되며, 생사의 공포를 초월하고 대무외(大無畏)를 얻게 하며, 속박의 고뇌(苦惱)를 해탈하게 하여 인생의 모든 문제를 해결하게 되느니 어찌 거룩하지 않으리요[116].

⑤ 나는 불교를 믿습니다. 아주 일심(一心)으로 불교를 지지합니다[117].

⑥ 여래의 광명(光明)에 대하여 감사하고 자기의 미약(迷弱)에 대하여 참회할 뿐이다. 이 감사와 참회는 이른바 진(眞)이요, 선(善)이요, 미(美)다. 신앙 생활은 자기 부정이 아니오, 실로 자기의 확대요 연장이다. 여래는 거룩하고 신앙은 위대한 것이다[118].

---

115) 「조선불교의 개혁안」, 『전집』2권, 167면
116) 「정·교를 분립하라」, 『전집』2권, 135면
117) 「내가 믿는 불교」, 『전집』2권, 288면
118) 「신앙에 대하여」, 『전집』2권, 304면

한용운의 관세음보살 환幻체험은 그의 경골성硬骨性을 완화시키는 데에 큰 도움이 되었다. 생사의 기로에서 영원한 모성과의 접촉은 그의 내면에 위안이 되고 믿음을 불러일으켰을 것이다. 그는 이후 이지와 기개에만 의존하지 않고 나의 존재의 공화空化를 통한 확고한 신심으로 세간의 아픔에 동참하여 그 치유자가 되려 한다. ②~⑥이 그 증거라고 할 수 있다. 이러한 그의 신앙심은 『님의 沈默』의 나를 통해 종교적 정조로 나타나게 된다. 나의 종교적 정조는 사바 중생에 대한 자비심과 제불에 대한 귀의심으로 나타난다.

『님의 沈默』의 자비심은 「군말」에 단적으로 나타나 있다. 한용운은 「군말」에서 '중생'이 '석가'의 '님'이라고 한다. 석가의 님이 중생인 것이 일반적이지만 동체대비를 본분종지로 삼는 대승불교에서는 그 역도 마땅히 성립된다. 즉, 중생과 석가는 서로 사랑하는 관계이다. 이러한 상호의 사랑은 철학과 칸트, 봄비와 장미화, 이태리와 마시니의 관계에서도 마찬가지이다. 여기서 님이란 중생, 철학, 봄비, 이태리이다. 이런 포괄성으로서의 님을 나(한용운)는 사랑하고 님도 또한 나를 사랑한다. 그렇다면 나(한용운)와 석가, 칸트, 장미화, 마시니는 동격이 된다. 나(한용운)는 대자대비의 불보살로, 인생의 궁극을 캐는 철인으로, 이상미의 추구자로, 백절불굴의 애국자로 '긔룬것은 다 님'이라고 선언한다. 즉 역사 현실, 우주 자연의 핵심문제에 대자대비심으로 관여하는 것이다[119]. 나(한용운)는 해저문 벌판(암흑시대)에

---

119) 한용운의 자비심에 대한 지적으로는 다음과 같은 것들이 있다.
    ① 〈중생이 병들면 보살도 병든다〉는 유마의 병은 중생과 생사고락을 같이 하는 까닭에 대비로 일어난다. 한국의 유마였던 만해, 그의 『님의 침묵』이 〈보통 사람으로서는 감내하기 어려울만큼 매우 설운 시집〉으로 파악된 것은 대비의 존재론적 입장이 한 민족, 크게는 전 인류적인 차원에 있었기 때문이다(송재

서 돌아가는 길을 잃고 헤매는 어린 양이 '긔루어서'(가엾어서, 그리워서) 이 시를 쓴다고 한다. 이는 곧 나(한용운)의 자비심의 발로라고 할 수 있다.

여기서 '어린양'과 나(한용운)의 관계를 좀 더 살펴보자. 위에서 진술한 관계를 여기에 적용해 보면 나(한용운)는 석가, 칸트, 장미화, 마시니와 동격이고 나의 님인 어린 양은 중생, 철학, 봄비, 이태리와 동격이다. 님군과 나군은 어느 한쪽의 일방적인 우위가 아니라 상호 보완의 관계라고 할 수 있다. 그렇다면 『님의 沈默』의 본시편의 나는 어린 양인가, 작가인 한용운인가가 문제가 될 것이다. 결론부터 말한다면 『님의 沈默』의 나는 이 양자군兩者群이 서로 넘나들면서 이루어낸 보편아로서의 나라고 연구자는 보고 싶다. 『님의 沈默』의 시혜자施惠者이자 수혜자受惠者로 나(한용운)와 어린 양의 합이라고 보고 싶은 것이다. 따라서 『님의 沈默』 본시편들의 나는 길을 잃고 헤매는 무명중생이나 민족일 수도 있고, 무명중생이나 민족을 구제하려는 자일 수도

갑, 「만해의 불교사상과 시세계」, 동국대학교 대학원 석사논문, 1977, 224면)
② 참다운 대승보살이면, 그는 결코 평화롭고 안락한 피안의 언덕, 열반의 세계에 머물러 있지 못한다. 모순과 고통의 뒤범벅이 되어 있는 인간사회의 현실 속으로 다시 돌아와 고해의 전 중생과 더불어 호흡하고, 그 고통 많은 사람들의 아픔을 함께 하면서 그들을 교화하고 구제해야 하는 것이다. 어떤 구도자가 피안의 세계, 극락이라는 그 낙원에까지 도달하는 것을 왕생회향往生廻向이라 하고, 그 피안의 세계에서 뭇 중생들과 더불어 살기 위해 다시금 이 차안의 언덕, 고통의 바다로 되돌아오는 것을 환상회향還相廻向이라고 한다. 왕생회향이 곧 상구보리 라면, 환상회향은 곧 하화중생이다(김상현, 「만해의 보살사상」, 《법륜》 통권 117 121호).
③ 만해행은 곧 진이요 공인 보살행이었으니 일도一道가 만행萬行이 되는 이타행이기도 했다. 사실 만해는 반야심을 근거로 하여 화엄계와 유마상을 혼입하여 만해심萬海心을 낳고 있었다.(金鍾均,「한용운의 한시와 시조」,《어문연구》 21호, 107면).

있다. 따라서 나는 석가, 마시니, 칸트, 장미화와 동격일 수 있고, 무명
중생이나 식민지민인 동족과 동격일 수도 있다. 나의 자비심은 더 아
픈 중생에게 다가가려는 수행자인 나의 종교적 정조라고 할 수 있다.
　이런 나는 자연미의 관조에만 머물지 않고 사바세계의 밤에 동참하
여 등불이 되려고도 하고, 거친 물가에서 인욕의 나룻배가 되려고도
한다.

　　① 타고남은재가 다시기름이됩니다 그칠줄을모르고타는 나의가슴
은 누구의 밤을지키는 약한등ㅅ불임닛가
　　　　　　　　－「알ㅅ수업서요」에서－

　　② 당신은 흙발로 나를 짓밟읍니다
　　나는 당신을안ㅅ고 물을건너갑니다
　　나는 당신을안으면 깁흐나 엿흐나 급한여울이나 건너갑니다

　　만일 당신이 아니오시면 나는 바람을쐬고 눈비를마지며 밤에서낫가
지 당신을기다리고 잇슴니다
　　당신은 물만건느면 나를 도러보지도안코 가심니다 그려

　　그러나 당신이 언제든지 오실줄만은 아러요
　　나는 당신을기다리면서 날마다 ㅅ ㅅ ㅅ 낡어갑니다
　　　　　　　　－「나루ㅅ배와行人」에서

　‘그칠 줄을 모르고 타는 나의 가슴’은 무명중생과 하나가 되어 번뇌
하고 아파하는 나의 자비심이라고 할 수 있다. 나는 모든 중생을 다

건지겠다는 서원이 있기 때문에 가혹한 밤 속에서도 길 잃거나 좌절하지 않고 타고 남은 재를 다시 기름 삼아 등불을 밝히려고 한다. 이 등불에 의하여 사바는 방향을 잡고 내일을 기약하게 된다. 이런 자비심은 「나루ㅅ배와 行人」에서 명료하고도 감동적인 행위로 나타난다. 나는 온갖 수모 속에서도 이를 참고 자비심으로 중생을 제도하려는 인욕보살이 되려고 한다. 무명중생들은 거친 물가의 나룻배가 되어 밤낮으로 기다리며 강을 건네주는 나의 자비심을 모르고 나를 모욕하고 짓밟고 마침내 매정하게 떠나버린다. 그러나 나는 불평 한마디 없이 그들이 더 깨우쳐 다시 돌아오기를 기다리면서 낡아간다. 이런 나의 종교적 정조인 자비심에 의해 나의 무명도 한 꺼풀 더 벗겨져 성불에 가까워질 수 있다.

이처럼 중생의 아픔에 동참하는 나는 '사랑의 실패자인' 님을 자비심으로 위로하고 회복시키려고 한다[120].

이런 나에게 '가시덤풀'의 통과는 낙원건설을 위한 필수적인 의례라고 할 수 있다.

> 苦痛의가시덤풀뒤에 歡喜의樂園을 建設하기위하야 님을써난 나는
> 아아 幸福임니다
> > － 「樂園은가시덤풀에서」에서 －

나는 고통의 가시덤풀 뒤에 환희의 낙원이 건설되는 것은 필연적인 인과율이라고 인식한다. 따라서 나는 낙원을 건설하기 위해 님을 떠

---

120) 「슮음의三昧」

났고 가시덤풀 속에서 고통을 받지만 낙원의 건설을 확신하기 때문에
행복하다.

여기서 님이란 무엇일까. 먼저 빈사상태에 이른 조국이라고 할 수
있을 것이다. 이 조국을 구제하기 위해 나는 갖은 노력을 다하였으나
조국은 결국 타국의 속방이 되어 버렸다. 망국민인 나는 불문에 들어
자비심을 기르고 그 자비심으로 빈사상태에 이른 조국과 민족을 다시
회생시키려고 한다. 이런 염원을 갖고 한동안 님을 떠났던 나는 절망
이 아니라 희망을 되찾았으므로 행복할 수 있다.

또 나는 '참나'를 찾기 위해 세간을 떠난 수행자로도 볼 수 있다. '참
나'에 가까워진 나는 다시 세간으로 돌아와 중생과 함께 살면서 고통
의 가시덤풀을 헤치고 '환희의 낙원'을 건설하려는 서원이 있으므로
행복할 수 있다

이러한 나는 세간과 출세간의 구별을 두지 않는다. 나의 입세간은
자비심의 적극적 발로로 대승심의 표현이기도 하다. 이러한 자비심이
종교적 정조의 고양된 상태임은 두말할 것이 없다. 나는 자비심의 발
로인 눈물로 세계를 포용하고 맑혀 화엄세계를 이루려고 한다.

아니여요 님의주신눈물은 眞珠눈물이여요
나는 나의그림자가 나의몸을 쩌날째까지 님을위하야 眞珠눈물을 흘
니것습니다
아々 나는 날마다々々々 눈물의仙境에서 한숨의 玉笛을 듯습니다
나의눈물은 百千줄기라도 방울々々이 創造입니다

눈물의구슬이어 한숨의봄바람이어 사랑의聖殿을莊嚴하는 無等

ㅅ의寶物이어

아ㅅ 언제나 空間과時間을 눈물로채워서 사랑의世界를 完成할ㅅ가
요

－「눈물」에서 －

이 '진주눈물'은 곧 자비심이라고 할 수 있다. '진주눈물'로 하여
'나'는 무명중생과 오손된 세계를 껴안고 그들에게 희망과 사랑을 줄
수 있고, 무명에 싸이고 절망에 빠진 나를 격려하여 참나가 될 수 있
다. 따라서 '진주눈물'은 방울방울이 창조의 원동력이 되는 것이다.
'진주눈물'은 만물을 소생하게 하는 '봄바람'이고 '사랑의 성전을 장
엄하는無等ㅅ의寶物'이 된다. 나는 이 '진주눈물'의 자비심으로 언젠
가는 '공간과 시간을 눈물로 채워서 사랑의 세계를 완성'하려고 한다.
곧 나는 사바에 거하면서 정토를 구현하려고 하는 것이다.

이처럼 중생과 중생의 현실과 하나가 되는 가운데서 사랑의 세계를
실현하려는 나의 자비심은 곧 종교적 정조라고 할 수 있다. 나는 지상
에 낙원을 건설하겠다는 정토구현의지가 확고하므로 내세나 천국의
유혹에 말려들지 않는다[121].

冥想의배를 이나라의宮殿에 매엿더니 이나라사람들은 나의손을잡

---

121) '나'의 지상선택은 한시와 시조에도 나타난다. 한시의 예로는 '이 세상 밖에 천당
    은 없고/인간에게는 지옥도 있는 것' (世外天堂少 人間地獄多「養眞庵發贈鶴鳴
    禪伯二首」, ' 이 세상이 곧 낙토이거니/구태여 신선되기 바라지 말게')(大塊一樂
    土 不必求三淸「贈宋淸巖」,'티끌 속 달려가기 꺼릴 것 있겠는가'(此身何厭走黃
    塵 －「五歲庵」)등이 있고, 시조의 예로는 '천하의 선지식아/ 너의 가풍 고준한다/
    바위 밑에 할 일할과/구름새의 통봉이라/묻노라, 고해중생/누가 제공하리요'
    (「禪友에게」)를 들 수 있다.

고 가티살자고합니다
　그러나 나는 님이오시면 그의가슴에 天國을쑤미라고 도러왓슴니다
　달빗의물ㅅ결은 흰구슬을 머리에이고 춤추는 어린풀의장단을 맞추
어 우줄거립니다
- 「冥想」에서 -

명상 속에서 나는 자리自利의 유혹을 받는다. 나는 번뇌와 슬픔을
벗고 영원한 복락과 평등만이 있는 나라에 이른다. 그 나라 사람들은
나를 환대하며 같이 행복하게 살자고 한다. 그러나 나는 사바세계에
정토를 구현하려고 돌아온다. 이같은 나의 사바 선택은 자비심의 발
로 때문이다. 자리에 안주하기에는 나에게는 민족이나 중생의 울음소
리가 너무나 크고 아프다.
　이러한 종교적 정조로서의 나의 동체대비심은 생의 예술로 결실되
기도 한다.

　한숨의봄바람과 눈물의水晶은 써난님을긔루어하는 情의秋收임니
다
　저리고쓰린 슯음은 힘이되고 熱이되야서 어린羊과가튼 적은목숨을
사러 움지기게합니다
　님이주시는 한숨과눈물은 아름다은 生의藝術임니다
-「生의藝術」에서 -

나의 주위에는 화기라고는 없고 쉬는 건 한숨뿐이다. 그러나 이런
비극적 현실 속에서도 눈물은 감정적 소모물이 아니라 지향적이고 생

산적인 수정이 되어서 나를 정화시키고 격려한다. '한숨의봄바람과 눈물의水晶'은 '써난님('참나' 또는 부처, 조국 등)을 그리고 기다리다 거둔 정의 '낟알'이다. '저리고 쓰린 슬픔'인 이 정의 낟알은 '나'에게 힘이 되고 열이 되어서 어린 양과 같은 나를 살아 움직이게 한다. 이 정의 낟알이 나를 살아 움직이게 한다는 것은 곧 이 정이 자비심임을 의미하는 것이다. 또 이 정은 슬픔을 힘과 열로 바꾸어 나를 소생하게 하므로 '아름다운 생의 예술'이 되는 것이다.

여기의 나에 대해 연구자는 「군말」의 '어린 양'의 성격도 지니고 있지만 그보다는 아직 '참나'에 이르지 못하고 고뇌하며 부단히 수행하는 '나', 현실 상황의 갈등에서 벗어나 진정한 자유인이 되고 싶은 나의 성격이 더 강한 것으로 파악하고 싶다. 이렇게 보면 위 시의 나의 눈물은 아직은 무명을 벗지 못한 수행자인 나가 나와 중생, 조국, 사바 등에게 보내는 종교적 정조로서의 자비심이라고 할 수 있다. 이러한 소극적이고 관념적인 자비심은 역사 현실의 마당에서 다음과 같이 비장하게 토로되기도 한다.

> 당신은 나의죽엄속으로오서요 죽엄은 당신을위하야의準備가 언제든지 되야잇슴니다
>
> 만일 당신을조처오는사람이 잇스면 당신은 나의죽엄의뒤에 서십시오
>
> 죽엄은 虛無와萬能이 하나임니다
>
> 죽엄의사랑은 無限인同時에 無窮임니다
>
> 죽엄의압헤는 軍艦과 砲臺가 씍쓸이됨이다
>
> 죽엄의압헤는 强者와弱者가 벗이됨니다

> 그러면 조처오는사람이 당신을잡을수는 업슴니다
> 오서요 당신은 오실째가되얏슴니다 어서오서요
> - 오서요」에서 -

중생이나 동족은 자유의 진정한 가치를 모르고 있다. 자유 없이 '참나'도 정토도 있을 수 없다. 나는 이런 귀중한 자유를 위해 한 몸을 바치려 하며 그들에게도 적극적으로 동참하라고 한다. 외롭고 약한 님들을 위해 나는 그들을 숨겨줄 아름다운 꽃밭과 부드러운 가슴이 되어 전력으로 그들을 보호하려 한다. 님을 위해 나의 죽음이 요구된다면 흔쾌히 내놓으려고 한다. 한 목숨을 바쳐 중생을 제도하려는 자비심으로 하여 불가능이 가능으로 바꾸어지고, 무궁무진한 사랑이 펼쳐지고, 살생을 자행하는 군함과 포대가 티끌이 되고, 강자와 약자도 서로 벗이 된다. 이러한 종교적 정조로서의 자비심으로 하여 나는 역사 현실의 비극을 극복하고 자유로운 나가 되려 한다.

그런데 이제까지 살펴본 『님의沈默』의 나는 완전에 도달하려고 노력하는 과정적 존재이지 완전 그 자체는 아니다. 고뇌하고 눈물 흘리면서 서원하는 자의 자비심을 본 것이지 절대적 존재의 구경究竟의 경지를 접한 것은 아니다. 나는 진, 신, 미, 성을 추구하는 미완의 존재로서의 번뇌와 슬픔, 신념 등을 보여주고 있다.

이런 미완의 존재인 나는 외로움과 슬픔 때문에 님에게 간절히 귀의하려 한다. 이러한 귀의심은 곧 종교적 정조의 한 표본이라고 할 수 있다. 나는 님에게 귀의해 어떤 고통 속이더라도 님과 하나이면 만족하다고 생각한다.

그러나 늙고 병들고 죽기까지라도 당신째문이라면 나는 실치안하여요
나에게 생명을주던지 죽엄을주던지 당신의뜻대로만 하서요
나는 곳당신이여요
　　　　　－「당신이아니더면」에서 －

　나는 어떤 고통 속에서도 님만을 그리워한다. 이는 '나는 곧 당신'
이기 때문이다. 나는 님인 당신과 하나가 되기 위하여 끝없는 귀의를
하는 것이다. 이는 Brahman을 향한 Atman의 명상집인 『Upanishad』
와도 서로 통한다. 범아일여梵我一如를 목표로 하는 『우파니샤드』의 철
학은 님과 하나가 되기를 원하는 나의 귀의심과 서로 일치한다고 할
수 있다. 나는 님과 하나가 되려는 목표가 있기에 거듭되는 고난 속에
서도 더욱 열렬히 님에게 귀의하게 된다. 귀의심이라는 종교적 정조
에 의해 나는 비극적 현실 속에서도 길 잃지 않고 광명세계를 일심으
로 그리워하게 된다.

　닻과치를일코 거친바다에漂流된 적은生命의배는 아즉發見도아니
된 黃金의나라를 쑴꾸는 한줄기希望이 羅盤針이되고 航路가되고 順風
이되야서 물ㅅ결의한끗은 하늘을치고 다른물ㅅ결의한끗은 쌍을치는
무서은바다에 배질합니다
　　　…중략…
　님이어 꿋업는 沙漠에 한가지의 깃듸일나무도업는 적은새인 나의生
命을 님의가슴에 으서지도록 쎠안어주서요
　그리고 부서진 生命의쪼각ㅅ에 입마춰주서요요
　　　　－「生命」에서

'닷과치를일코 거친바다에 漂流된 적은生命의배'이고 '짯업는 沙漠에 한가지의 깃듸일나무도업는 적은새'인 나는 '아즉發見도아니된 黃金의나라를 꿈쑤는 한줄기希望을 羅盤針 삼아서 무서운 바다'를 항해하고 있다. 이런 극한상황에서 나는 최선을 다했으나 한계에 봉착함으로써 절대존재에게 열렬히 귀의하게 된다. 이런 종교적 정조로서의 귀의심에 의해 나는 더 큰 나로 확대되고 강화된다.

나는 뜨거운 가슴과 찬 손길을 가진 님에게 귀의해 더 높은 차원으로 올라서려 한다.

> 나의적은가슴에 타오르는불꼿은 님의손ㅅ길이아니고는 끄는수가
> 업슴니다
> 님의손ㅅ길의溫度를 測量할만한 寒暖計는 나의가슴밧게는 아모데
> 도 업슴니다
> 님의사랑은 불보다도 쓰거워서 근심山을 태우고 恨바다를 말니는데
> 님의손ㅅ길은 너머도차서 限度가업슴니다
> ─「님의손ㅅ길」에서

'님의 사랑'은 모든 중생을 제도하려는 자비심이고, 님의 찬 손길은 육바라밀의 마지막 단계인 최상승지最上乘智라고 할 수 있다. 님과 이별한 후 다시 만나지 못하고 그리움과 기다림 속에서 살면서 사랑의 열정에 휩쓸린 나는 대자대비심과 최상승지를 가진 님에게 귀의하여 근심과 한을 극복하고 구경의 존재가 되려 한다. 이러한 귀의심은 곧 수행자인 나의 종교적 정조이다. 나를 이렇게 높은 존재로 끌어올리는 님이라면 나는 자발적으로 복종할 수 있다. 이 경우의 복종은 곧

종교적 정조로서의 귀의심이라고 할 수 있다.

> 남들은 自由를사랑한다지마는 나는 服從을조아하야요
> 自由를모르는것은 아니지만 당신에게는 服從만하고십허요
> 服從하고십혼데 服從하는것은 아름다은自由보다도 달금합니다 그
> 것이 나의幸福입니다
> 　　　　　　　　　　　－「服從」에서

　유달리 자기의식이 강하여 완전한 자유를 주장하던 나는 나의 한계
를 뚫어주고 영원한 길잡이가 되어주는 님에게는 진심으로 복종하려
한다. 왜냐하면 님 자체가 대자유이기 때문이다. 따라서 님에게 복종
하고 귀의하는 것은 곧 나의 자유를 확대하는 길이 된다. 이런 대자유
의 경지는 님밖에 오르지 못했으므로 님처럼 대자유인이 되고자 하는
나는 님에게 일심으로 귀의하려고 한다. 이러한 나의 일심의 귀의심
이 종교적 정조임은 물론이다.

　이는 님은 곧 나이고 나는 곧 님이기 때문이다. 또한 자유인 님은 지
혜와 자비심으로 나의 정한을 초극시켜줄 유일한 존재이기 때문이다.

> 만일 情하늘이 무너지고 恨바다가 마른다면
> 차라리 情天에 써러지고 恨海에 싸지리라
> 아々 情하늘이 놉흔줄만 아럿더니
> 님의이마보다는 낫다
> 아々 恨바다가 깁흔줄만 아럿더니
> 님의무릅보다는 엿다

손이야 낫든지 다리야 써르든지
情하늘에 오르고 恨바다를 건느랴면
님에게만 안기리라
                    -「情天恨海」에서

정한은 세간인의 것이다. 그러나 정한을 떠나서 님과의 비극적 사
랑은 성립되지 않는다. 세간의 님이나 조국에 대한 사랑에서 나의 정
한은 생겨났다. 이런 정한은 세간의 논리나 지혜로는 극복할 수 없
다. 정과 한을 누구보다도 깊이 이해하고 그 아픔을 따뜻하게 품어주
는 대자대비하신 님에 대한 귀의로서만 극복할 수 있는 것이다. 이렇
게 정한을 극복한 나만이 주변을 밝히 볼 수 있고 중생이나 민족의 등
불이 될 수 있다. 따라서 나는 이러한 님에게 일심으로 귀의할 수밖에
없다. 귀의하여 님과 꼭 닮으려고 한다. 이러한 나의 일심은 곧 종교
적 정조이다.

당신의얼골이 달이기에 나의얼골도 달이되얏슴니다
나의얼골은 금음달이된줄을 당신이아심닛가
아々 당신의얼골이 달이기에 나의얼골도 달이되얏슴니다
                    -「달을보며」에서

내가 님에 대한 그리움만 승勝하고 지혜가 열리지 못했던 때에는 님
의 얼굴이 달을 닮은 줄 알았더니 이제 눈이 열려서 보니 달이 님을
흠모해 닮았다는 것을 알게 된다. 눈물과 고통 속에 사는 유한한 존재
인 나도 님을 그려 님의 얼굴인 달을 닮으려고 한다. 오랜 흠모와 귀

의로 하여 나도 얼마만큼 님을 닮게 되었다. 그러나 현재의 나는 져가
는 그믐달이다. 님과 같은 보름달이 되기에는 나의 끝없는 귀의심과
정진이 요구된다. 이러한 끝없는 귀의심은 곧 나의 열렬한 종교적 정
조라고 할 수 있다.

  상술한 대로 나는 아직 무명을 완전히 벗지 못한 수행자이다. 나는
나보다 더 어둡고 고통스런 중생에게 대자대비심으로 다가가기도 하
지만, 한계에 부딪쳤을 때에는 절대의 님에게 일심으로 귀의한다. 이
러한 나의 자비심과 귀의심은 곧 종교적 정조이다. 나는 온갖 수모를
겪으면서도 인욕의 나룻배가 되고, 한 밤의 등불이 된다. 또한 가시덤
풀 속에서 낙원건설 의지를 확인하고 눈물 속에서 사랑의 세계를 완
성하려고 한다. 명상의 천국보다 고통스런 지상을 택하고 자유를 억
압하는 무도한 힘에게 용기 있게 저항한다. 또한 나는 막바지 위기에
서 님에게 일심으로 귀의함으로써 나를 회복시키고 강화한다. 참으로
복종할 님에게 나는 일심으로 복종하고 찬미한다.
  이처럼 나의 정조는 하화중생으로서의 자비심과 상구보리로서의
귀의심을 보여주고 있다.

3. '나'의 정조의 특성 고찰

  위에서 연구자는 『님의 沈默』의 나의 정조를 유형별로 살펴보았다.
지적 정조로는 진리애를 들 수 있는데, 이 진리애를 원동력으로 하여
자아와 세계에 대한 인식이 이루어진다고 보았다. 윤리적 정조로는

망국한과 자유심을 들었다. 그런데 나는 망국한에 머물지 않고 이 망국한을 자유심으로 고양시킴으로써 나의 윤리적 정조는 그 가치를 인정받을 수 있다고 보았다. 미적 정조로는 이상미에 대한 동경과 기다림을 들었다. 그런데 현실상황하에서의 나의 이상 실현은 근원적으로 봉쇄되었으므로 나의 그리움과 기다림은 비극적일 수밖에 없음을 지적했다. 종교적 정조로는 자비심과 귀의심을 들었다. 나는 완전자가 아니라 완전에 도달하려고 노력하는 과정적 존재로서 자비심과 귀의심을 동시에 지니고 있다고 보았다.

이러한 유형별 고찰을 바탕으로 본장에서는 『님의沈黙』의 나의 정조의 특성을 살펴보기로 하겠다. 『님의沈黙』의 나는 오직 한 님만을 사랑하다 그 님과 이별하고도 그 님을 잊지 못해 그리워하고 눈물 흘리며 고통을 겪으면서도 오직 그 님만을 기다리고 있다. 이러한 나의 님 향한 일편단심은 자주성과 미래지향성, 반복·순환성과 종합성을 보이고 있다고 보고, 연구자는 이들에 대해 고찰하려고 한다.

3.1 자주성

『님의沈黙』의 화자인 나의 정조의 자주성은 「군말」에서 이미 암시되고 있다. '마시니'와 동류항적 존재인 나(한용운)의 조국애는 『님의沈黙』 본시편들의 나의 광복의지로 나타난다. 또한 나(한용운)는 자유연애의 신성을 인정하면서도 '이름조은自由'를 경계함으로써 주체의식을 보여주고 있다. 이러한 한용운의 의식의 자주성은 다음과 같은 자신의 글에서도 분명히 나타난다.

① 그 안에 봉인되어 있는 八만여 개의 장경판은 우리의 선인의 손
으로 되어 있는 세계적 위업(偉業)이다. 그러한 선인의 수택(手
澤)에 접촉하게 되는 찰나 진실로 열과 피가 있는 사람이라면 뉘
능히 감격의 눈물을 뿌리지 아니하리요. 조선의 건국 이래 반만
년의 역사를 짓는 동안, 세계적으로 자랑할 만한 위공 대업(偉工
大業)이 과연 얼마나 되는가. 있다면 이 해인사에 봉안한 고려
장경판, 불국사, 석굴암의 불상과 석탑, 세종대왕의 한글 그 몇
가지뿐이다[122].

② 三대이상은 三대 이상에 적응한 도가 있고, 三대 이하는 三대 이
하에 적응한 도가 있고, 지금은 또 지금에 적응한 도가 있는 것
이, 이것이 비로소 참된 유교적 진리라고 할 것입니다. 시대를
떠나서는 도덕도 없고 시대를 떠나서는 정치도 없으니 지금 이
땅 이 날의 유림으로는 반드시 군자시중(君子時中)의 그 뜻을
잘 이해하여 이 땅, 이 날의 참된 유교를 적용하면 어찌 찬연한
광채가 없겠읍니까[123].

③ 그러나 그렇게 쉽고 흔한 말을 모아서 「가갸날」이라고 한 이름
을 지어 놓은 것이 그리 새롭고 반가와서 이상한 인상을 주게 됩
니다. 가갸날에 대한 인상을 구태여 말하자면 오래간만에 문득
만난 임처럼 익숙하면서도 새롭고 기쁘면서도 슬프고자 하여 그
충동은 아름답고 그 감격은 곱습니다. 또 한편으로는 쟁여놓은
포대처럼 무서운 힘이 있어 보입니다. 이것은 조금도 가감과 장

---

122) 「해인사 순례기」 『전집』1권, 259면
123) 「유림계에 대한 희망」 『전집』1권, 382면

식이 없는 나의 가갸날에 대한 솔직한 인상입니다.[124]

한용운은 전통문화에 대한 대단한 애착심을 보이고 있다. 그는 전통문화에 대한 민족적 의무감이나 이성으로만 접근하는 것이 아니라, '열과 피'로써 접근하는 것이다. 그에게 있어 전통문화는 민족적 자존심의 마지막 보루였다고 할 수 있다. 그러나 그는 망국민의 국수주의적 태도로 전통문화를 받아들이지 않는다. 그의 전통의식은 절망적 상황에서 새로운 출구를 찾기 위한 응전력이라고 할 수 있다. 따라서 그의 전통의식은 전통의 재인식을 거친 것이라고 보아야 할 것이다.

②에서 한용운은 조선조의 지배이념인 유교를 그대로 답습하지 말고 시대의 성격에 맞추어 받아들이자고 하고 있다. 또한 ③에서 국자 國字이면서도 오랫동안 천대받아온 한글의 가치를 재인식하여 새로운 민족문화의 원천으로 삼으려 하고 있다. 이처럼 자주성향을 지닌 한용운의 시적 자아인 『님의沈黙』의 나는 시집의 도처에서 온고이지신 溫故而知新으로서의 자주적 정조를 보이고 있다[125]. 나는 군데군데에서 망국민의 정한에 휩싸이면서도 이를 인식의 힘으로 끌어올려 전통의

---

124) 「가갸날에 대하여」 『전집』1권, 386면
125) ① 김재홍은 『한용운 문학연구』에서 만해시는 향가 (「제망매가」「찬기파랑가」 등), 려요 (「정읍사」「동동」「정과정」「서경별곡」「가시리」 등), 한시(정지상, 정철, 허난설헌, 황진이, 황현 등), 시조(황진이등), 가사(정철의 「사미인곡」, 「속미인곡」 등) 등과 내면적인 시정신과 정서의 형질을 공유하고 있다고 지적한다.(232~248면)
　② 윤재근은 '만해는 우리에게 거의 타성화되었던 정한의 숙명성을 파괴하여 서정의 情理를 창조하였다'고 한다.(『만해시와 주제적 시론』, 문학세계사, 231면)

창조적 계승을 보이는 것이다[126]. 이처럼 나의 정조는 전통적이면서
도 창의적 자주성을 보이는 것이다.

실제 작품에서 이를 확인해 보자. 『님의沈默』의 나는 전반부에서
정한의 거센 물결에 표류하고 있다. 그러나 나는 전래의 정한에 침몰
되지 않고 이별의 슬픔을 희망으로 전환시켜 님에 대한 변함없는 사
랑을 바치면서 재회의 날을 기다리고 있다. 이처럼 나의 정조는 온고
이지신으로서의 자주성을 보이고 있다. 나는 님을 잊을 수가 없다. 나
에게 님을 잊고 살라는 것은 '잠과 죽엄뿐이기[127]'에 나는 고통스럽더
라도 님을 그리워하고 기다릴 수밖에 없는 것이다.

나의 비극적 사랑은 다음 시에 일차적으로 정리된 모습을 보인다.

　　내가 당신을기다리고잇는것은 기다리고자하는것이아니라 기다려
　지는것입니다
　　말하자면 당신을기다리는것은 貞操보다도 사랑입니다
　　　　　　…중략…
　　나는 님을기다리면서 괴로움을먹고 살이집니다 어려움을입고 킈가
　큼니다
　　나의貞操는「自由貞操」입니다
　　　　　　-「自由貞操」에서 -

나는 님 아닌 누구에게 눈길 한번 주는 일 없이 님만을 생각하고 살

---

126) 그는 혁신적 지식인이면서도 1920년대에 성행하던 KAPF에 동조하지도 않았고,
　　그렇다고 서구적 세기말사조나 모더니즘에 휩쓸리지도 않았다.
127) 「나는 잇고저」

아간다. 이런 나는 전통적인 사랑의 여인이라고 할 수 있다. 세상 사람들은 나를 ' 時代에뒤진 낡은女性이라고 쎄죽거'린다. 그러나 님에 대한 나의 정조는 강요된 것이 아니라 자발적인 것이다. 따라서 님에 대한 나의 정조는 곧 자발적 사랑이라고 할 수 있다. 나는 자발적 선택에 의해 님에게 정조를 바치므로 갖가지 괴로움과 어려움 속에서도 성장하게 된다. 나는 정조와 자유를 대립적으로 보지 않고 일원적으로 본다. 온고로서의 정조와 지신으로서의 자유를 다 함께 인정하면서 나는 이들을 일원화하고 있다. 이처럼 자유와 사랑에 바탕한 나의 정조는 '자유정조'라고 할 수 있다. 님에 대한 나의 '자유정조'는 곧 나의 정조의 자주성을 뜻한다.

자유정조를 가진 나는 헌신해야할 님에게는 자발적으로 헌신하며 어떠한 수모를 겪더라도 끝까지 님을 기다리게 된다. 이러한 자세는 「나루ㅅ배와行人」에 잘 나타나 있다. 나는 한 척의 나룻배로 님이 다시 오실 때까지 언제까지고 기다린다. 이런 나를 님은 흙발로 짓밟고, 물을 건넌 후에는 돌아보지도 않고 가버린다. 그러나 님이 언제든지 다시 돌아오실 줄을 알기에 눈비를 맞으면서도 밤낮으로 님을 기다리고 있다. 이처럼 나는 전통적 여인의 사랑의 모습을 보여 주고 있다. 그러나 나의 님에 대한 기다림은 맹목적인 것이 아니다.

전래 한국시의 서정적 주체는 홀로 애소하고 그리워하고 기다리다 스러져가는 이름 모를 풀꽃에 비유할 수 있다. 그들의 삶의 결과는 체념과 한뿐이었다. 그러나 위 시의 나는 견디기 어려운 수모 속에서도 묵묵히 님을 기다리며 님의 각성을 촉구하고 있다. 나는 전래의 정한에 뿌리를 대고 있으면서도 확고한 인식에 의해 체념에 빠지지 않고 적극적인 헌신자가 됨으로써 님과의 소통을 얻어내고 이를 통해 문제를 해결하려 한다. 즉 나의 헌신은 눈뜬 자의 헌신이라고 할 수 있다. 이러한 나의 기다림은 온고이지신으로서의 자주적 정조라고 할 수 있다.

나는 정한에 침몰되지 않고 정한 속에서 님과 나를 사유함으로써 님과 나가 일체임을 확신하고 님에게 자발적으로 복종하려 한다.

> 남들은 自由를사랑한다지마는 나는 服從을조아하야요
> 自由를모르는것은 아니지만 당신에게는 服從만하고십허요
> 服從하고십흔데 服從하는것은 아름다은自由보다도 달금합니다 그것이 나의幸福입니다
>
> 그러나 당신이 나더러 다른사람을服從하라면 그것만은 服從할수가 업슴니다
> 다른사람을 服從하랴면 당신에게 服從할수가업는 까닭입니다
> ─「服從」 전문 ─

나는 자유를 모르는 것이 아니다. 그러나 나는 님에게는 복종하려고 한다. 그렇다고 나는 아무에게나 복종하는 것은 아니다. 오직 님에게만 복종하려고 한다. 님 자체가 자유의 화신이기 때문에 님에게 깊이 복종하는 것이 자유의 본체에 접근하는 것이기 때문이다.

이는 타고르의 시집 『Gitanjali』의 모두에 나오는 "'님께서 나를 영원케 하셨읍니다"와도 통한다고 할 수 있다. Tagore의 시적 자아인 나는 님에게 깊이 귀의함으로써 영원해진다. 여기서 '영원해진다'는 것은 '본질적으로 자유로와진다'는 것이다. 따라서 "님이 나를 영원케

한다"는 것은 "님이 나를 자유롭게 한다"는 것으로 볼 수 있다.

「服從」의 나는 우리의 전통적 미덕인 복종을 자아상실과 굴종의 단계에 머물게 하지 않고 근원적인 님과의 소통의 방편으로 봄으로써 영원히 자유로운 존재가 되려고 한다. 이처럼 나의 정조는 온고이지신으로서의 자주성을 보여주는 것이다.

나는 정한을 방임하지 않고 정한 속으로 들어가 근본적인 대면을 함으로써 이를 극복하려고 한다.

> 가을하늘이 놉다기로
> 情하늘을 짜를소냐
> 봄바다가 깁다기로
> 恨바다만 못하리라
>
> 놉고놉흔 情하늘이
> 시른것은 아니지만
> 손이 나저서
> 오르지 못하고
> 깁고깁흔 恨바다가
> 병될것은 업지마는
> 다리가 썰너서
> 건느지 못한다
>
> 손이 자래서 오를수만 잇스면
> 情하늘은 놉흘수록 아름답고
> 다리가 기러서 건늘수만 잇스면

恨바다는 깁흘수록 묘하니라

만일 情하늘이 무너지고 恨바다가 마른다면
차라리 情天에 써러지고 恨海에 싸지리라
아〃 情하늘이 놉흔줄만 아럿더니
님의이마보다는 낫다
아〃 恨바다가 깁흔줄만 아럿더니
님의무릅보다는 엿다

손이야 낫든지 다리야 써르든지
情하늘에 오르고 恨바다를 건느랴면
님에게만 안기리라

- 「情天恨海」 전문 -

나의 정한은 님 그리워 생긴 것이다. 그러니 나는 이 정한을 부정할
수 없다. 그렇다고 나는 님과의 이별로 깊어져가며 나를 괴롭히는 이
정한을 긍정할 수도 없다[128]. 나는 긍정할 수도 부정할 수도 없는 정하
늘과 한바다를 님의 지혜(이마)와 자비(무릅)에 의해 극복하려고 한
다. 정한의 극복은 곧 만남의 실현으로만 성취될 수 있다.

이는 전래의 정한에 대한 새로운 해석이라고 할 수 있다. 전래의 정

---

128) 이에 대해 윤재근은 다음과 같이 지적하고 있다. "이러한 '정한'의 의식을 떠나
서 인간성의 옹호는 불가능할 것이다. 그러한 '정한'은 삶의 욕망을 말하며,시는
그것을 떠나서 삶을 표현할 수 없을 것이다. '한'의 인식은 삶의 역사와 상황의
인식일 수 있고, 이러한 '한'에 의하여 어떻게 '정'이 긍정될 수 있느냐에 따라서
'한'은 극복될 것이다"(『만해시와 주제적 시론』, 문학세계사, 318면)

한에 대한 새로운 해석은 서정적 주체의 자기인식이 전제되어야 한
다. 전래의 정한이 자체적으로 극복되지 못한 것은 서정적 주체의 자
기인식이 따르지 못했기 때문이다. 이러한 서정적 주체는 정한을 애
상미哀傷美의 차원으로만 받아들이거나 도덕률에 의한 억제로만 대처
하려 한다. 위 시의 나의 정천한해는 정한의 재인식을 거친 자주적인
정조라고 할 수 있다.

　나는 다시 전래의 별한別恨에 빠져들기도 하나[129] 곧 이러한 자신을
반성하고 새로운 출발을 하기 위해 논개의 의로운 삶을 검토한다.

> 千秋에 죽지안는 論介여
> 하루도 살ㅅ수업는 論介여
> 그대를사랑하는 나의마음이 얼마나 질거으며 얼마나 슯흐것는가
> 나는 우슴이제워서 눈물이되고 눈물이제워서 우슴이됨니다
> 容恕하여요 사랑하는 오々 論介여
> 　　－「논개의애인이되야서그의廟에」에서 －

　나는 논개를 아직도 살아서 현실에 작용하는 존재로 보고 있다. 나
는 자신의 철저하지 못한 주권회복의지를 반성하고 논개의 변함없는
단심을 찬양한다. 나의 수식적인 사랑이 논개를 위로할 수 없고, 논개
를 위해 흘리는 나의 눈물도 그녀에 대한 속죄가 될 수 없음을 알고
있다. 논개는 나에게 겉치레의 언어나 공허한 상념을 떠나 행동으로
속죄할 것을 바라고 있다. 논개의 이런 뜻을 알고 나는 논개가 나에게

---

129) 「그를보내며」 참조

묵시로 남긴 유언 즉, 조국의 주권회복이라는 과제를 일생동안 실천
할 것을 다짐한다.

이렇게 그녀가 나의 마음에 살아있으니, 그녀는 나에게 '千秋에 죽
지안는 論介'가 되고, 시공을 초월한 동지가 되었으니, 전통의 창조적
계승에 성공하고 있는 것이다. 이러한 나의 정조, 곧 조국애는 온고이
지신으로서의 자주적 정조라고 할 수 있다.

나는 나아가서 자신이 님과 함께 있을 때 알뜰한 사랑을 못하였음
을 반성하고[130] 다시 계월향의 삶을 검토하게 된다.

> 나는 黃金의소반에 아츰볏을바치고 梅花가지에 새봄을걸어서 그대
> 의 잠자는겻헤 가만히 노아드리것습니다
> 자 그러면 속하면 하루ㅅ밤 더듸면 한겨을 사랑하는桂月香이어
> － 「桂月香에게」에서 －

계월향도 몸은 갔어도 그 유지는 생생하게 남아 궁핍한 현실을 살
고 있는 나에게 동지적 유대감을 주고 있다. 그녀의 한은 나라가 왜적
에게 짓밟히게 된 것과 자신의 꽃다운 청춘을 마음껏 피워보지 못하
고 스러져간 것이라고 할 수 있다. 그런데 수백 년이 지난 뒷날에도
자신이 목숨을 던져 지키려고 했던 나라는 다시 왜적의 것이 되었고,
후인들 또한 자신처럼 청춘의 꿈을 마음껏 피워보지 못하고 산지사방
흩어져 고통 받고 있는 것이다. 나는 계월향의 망국한(붉은恨)이 조
국(써러지는 해)을 돌이키려 하고, 꽃피우지 못한 사랑(푸른 근심)이

---

130) 「후회」 참조

가는 청춘(저문봄)을 잡아매려 하고 있다고 생각하며 그녀의 유지를 이어받으려고 한다. 나는 살아서 작용하는 계월향에게 흠모의 표시로 '아츰볏'과 '새봄'을 바치고 '한겨울'(식민지 상황)내내 사랑하게 된다.

이처럼 나는 가혹한 상황 속에서 계월향과 하나가 됨으로써 그녀의 위국충절을 고스란히 이어받게 된다. 이러한 나의 정조 또한 온고이지신으로서의 자주적 정조라고 할 수 있다.

그러나 나는 이러한 결의 뒤에도 한동안 애상에 빠져 있다. 가까스로 자신을 정리한 나는 수놓기를 통해 자기를 성찰하고 나아갈 방향을 모색한다.

> 나는 당신의옷을 다지어노앗습니다 심의도지코 도포도지코 자리옷
> 도지엇습니다
> 지치아니한것은 적은주머니에 수놋는것쑌임니다
>
> 그주머니는 나의손째가 만히무덧슴니다
> 짓다가노아두고 짓다가노아두고한 까닭입니다
>   - 「繡의秘密」에서 -

나는 전통적인 여인의 모습으로 떠난 님을 생각하며 정성을 다하여 옷을 짓고 주머니에 수를 놓는다. 그러나 자세히 들여다보면 위 시의 수놓기는 단순한 수놓기가 아니라 마음의 밑바닥까지를 밝혀내려는 수행자의 수놓기라고 할 수 있다. 수놓기라는 전통적 소재를 빌어 나는 심층의식 탐구의 이야기를 하고 있다. 정성을 다해 수를 놓는 나의

이면에는 근원을 깨치려는 나의 적극적 구도심이 담겨 있다. 심의와 도포, 자리옷도 지었고 주머니도 만들었지만, 아직 그 주머니에 수놓는 일만은 완성하지 못하고 있다.

인간은 모두 마음을 지니고 있다. 즉 마음이라는 의식주머니가 주어져 있는 것이다. 그러나 이 의식주머니인 마음을 밝혀(주머니에 수놓기를 완성하여) 훈습된 나로 만들지 못한다면 그 마음은 나의 것이라고 할 수 없다. 완전히 개명된 의식이 곧 주머니에 담겨져야 할 보물로, 이는 참나가 되기 위한 여의주라고 할 수 있다. 그런데 이 일은 끝내 실현되지 않고 있다. 그래서 나는 짓다가 놓아두고 짓다가 놓아두고 하면서 끝없이 마음 닦기에 주력하고 있는 것이다.

이처럼 수놓기로 표현된 나의 지성어린 수심修心은 온고이지신 즉 전통의 재인식을 바탕으로 한 자주적 정조라고 할 수 있다. 그러나 나는 유식론적인 자기훈습에만 몰두할 수는 없다. 나는 여전히 역사 현실의 와중에서 본래성 회복에 매진하려 한다.

나는 永遠의時間에서 당신가신째를 싣어내것습니다 그러면 時間은 두도막이 납니다
時間의한긋은 당신이가지고 한긋은 내가가젓다가 당신의손과 나의손과 마조잡을째에 가만히 이어노컷습니다

그러면 붓대를잡고 남의不幸한일만을 쓰랴고 기다리는사람들도 당신의가신째는 쓰지못할것입니다
나는 永遠의時間에서 당신가신째를 싣어내것습니다
－「당신가신째」에서 －

나는 나라를 잃은 한을 씻어버릴 수가 없다. 나는 불굴의 지사로 망국한을 새겨 결코 잊지 않으려고 한다. 잊지 않을 뿐만 아니라 언젠가는 반드시 자유로운 공간으로 회복시키려고 한다. 나는 님에게 나라가 망한 때를 경계로 하여 영원히 시간을 반분하여 서로 한쪽씩 나누어 갖고 있다가 광복이 이룩되는 날 다시 이어놓자고 한다. 이런 역사의식에 의해 나는 개인적 정한이나 고루한 선비의식에서 벗어나 역사적 기다림으로 나아감으로써 전통의 창조적 계승에 성공하고 있는 것이다.

이러한 나의 온고이지신으로서 자주적 정조는 님 없는 긴긴 밤 악마의 조소 가운데서도 님에 대한 변함없는 기다림으로 나타나게 된다. 나는 님이 오시는 날 사랑의 칼로 님 기다리던 긴긴 밤을 천 토막을 내어 나의 만단정회를 풀려고 한다[131]

이처럼 현실 속에서 빛의 회복을 시도하는 나는 설화적 사랑이나 천상적 사랑을 선호하지 않는다.

> 나는 그들의사랑이 表現인것을 보앗습니다
> 진정한사랑은 表現할수가 업습니다
> 그들은 나의사랑을볼수는 업습니다
> 사랑의神聖은 表現에잇지안코 秘密에잇슴니다
> 그들이 나를 하늘로오라고 손짓을한대도 나는가지안컷음니다
> 지금은 七月七夕날밤임니다
> ― 「七夕」에서 ―

---

131) 「여름밤이기러요」 참조

나는 바로 앞의 시[132)]에서 명상의 배를 타고 근심 걱정이 없는 어느 먼 나라의 궁전에 다다른다. 그 나라 사람들은 나의 손을 붙잡고 같이 살자고 한다. 그러나 나는 님이 오시는 날 그의 가슴에 천국을 꾸미려고 지상으로 돌아온다.

이러한 나의 지상선택은 위 시에도 반복되고 있다. 나는 견우와 직녀의 애틋한 사랑을 깊이 동정하면서도 그들의 비지상적이고 설화적인 사랑을 수용하려고는 않는다. 나는 지상에 대한 의무감을 굳게 갖고 있다. 나는 견우와 직녀의 사랑을 일면 수용하면서도 문제해결 능력이 결여된 그들의 사랑을 비판적으로 바라봄으로써 새로운 사랑의 전통을 추구하고 있다.

이러한 나의 정조는 온고이지신으로서의 자주성을 지니고 있다.

3.2 미래지향성

「군말」에서 한용운은 중생을 님으로 여기는 대승심을 드러내고 있는데 이러한 대승심은 그가 주창한 민중불교, 불교사회주의의 모태가 된다고 볼 수 있다. 또 그는 조국 광복을 위해 일신을 내던질 의지를 보이고 있는데, 이는 자유로운 생존공간 회복을 위한 자유심의 발로라고 볼 수 있다. 다음 예문들은 이러한 그의 미래지향성을 확인할 수 있는 것들이다[133)].

---

132) 「冥想」
133) 그의 사상의 미래지향적 측면을 지적한 글들로는 다음과 같은 것들이 있다.
　① 이러한 문학적 표리와 종교적 신앙의 토대 위에서 만해는 제국주의와 식민주의 및 그 수단으로서의 군국주의가 하나의 역사적 유물임을 깊이 인식하고, 누구보다도 열렬하고 전투적인 평화의 예언자가 되지 않을 수 없었다. 그렇

① 유신(維新)이란 무엇인가, 파괴의 자손이요, 파괴란 무엇인가, 유신
의 어머니다[134].

② 불교는 사찰에 있는가, 아니다. 불교는 승려에 있는가, 아니다. 불교
는 경전(經典)에 있는가, 또한 아니로다. … 중략 … 나는 불교가 참
으로 그 대리(大理)에 서서 민중과 접하며 민중으로 더불어 동화(同
化)하기를 바라노라[135].

③ 문 : 석가의 경제사상을 현대어로 표현한다면 ?
답 : 불교 사회주의라 하겠지요[136].

④ 자유는 만물의 생명이요 평화는 인생의 행복이다. … 중략 … 그러
므로 자유를 얻기 위해서는 생명을 터럭처럼 여기고 평화를 지키기
위해서는 희생을 달게 받는 것이다. 이것은 인생의 권리인 동시에
또한 의무이기도 하다[137].

⑤ 밤이 된다고 태양이 죽는 것은 아닙니다. 장마가 진다고 푸른 하늘
이 떠나가는 것은 아닙니다[138].

게 함으로써 그는 암담한 식민지적 현실에 있어서 그 현실이 허용하는 한계
를 뛰어 넘어서, 그 현실의 질곡을 갈파하고, 앞으로 도래할 참된 현실을 노래
하는 최초의 시인이 되었으며 (염무웅, 「님이 침묵하는 시대」, 《나라사랑》 2
집 '71.4. 79면)

② 그는 미래를 과거보다 나은 것으로 파악함으로써 미래에 대한 낙관주의를 피
력하여 어두운 과거에 대한 강렬한 부정을 기능케 하였으며, …중략… 상호
경쟁을 통한 적자생존의 원리를 소개함으로써 우리나라로 하여금 새로운 세
계정세에 적절하게 대처할 수 있는 방법을 제시한 것이다 (안병직, 「조선불
교유신론」의 분석, 《창작과 비평》 14권 2호, 1979. 6. 224면)

134) 「조선불교유신론」, 『전집』2권, 46면
135) 「불교유신회」, 『전집』2권, 133면
136) 「석가의 정신」, 『전집』2권, 292면
137) 「조선독립의 서」, 『전집』1권, 346면
138) 「흑풍」, 『전집』5권, 86면

①에서 한용운은 유신이란 파괴의 자손이고, 파괴 없는 유신이란 있을 수 없다고 한다. 곧 그는 고착된 현실을 파괴하여 그 본래성을 회복하려는 미래지향적 의지를 보이고 있는 것이다. 그의 이러한 혁신사상은 ②에서 불교개혁사상으로 나타난다. 그는 불교가 사찰이나 승려, 경전에 있는 것이 아니라 각인의 자각에 있다고 보고 불교가 민중과 접하며 민중과 더불어 동화하기를 바란다. 민중과 동화하는 방법으로 그는 교리와 경전을 민중화하고 제도와 재산 또한 민중화하는 것이라고 한다. 이러한 그의 민중불교사상은 ③에서 불교사회주의로 더욱 구체화된다. 한용운의 불교개혁사상은 자유평등과 표리를 이루는 것으로, 재래의 교리나 수행방법을 답습하지 않고 민중화함으로써 한국 불교 본래의 대승성大乘性을 회복하려는 미래지향성을 보이는 것이다. ④에서 한용운은 '자유는 만물의 생명이요 평화는 인생의 행복'이라고 선언한다. 따라서 자유와 평화를 박탈당한 자는 이의 회복을 위해 일신을 기꺼이 바쳐야 한다는 것이다.

한용운의 이러한 미래지향적인 삶의 태도는 그의 일생을 살펴볼 때 더욱 공감을 주게 된다. 한용운이 역경 속에서도 불퇴전의 투쟁을 할 수 있었던 것은 먼 안목으로 보면 이 세상은 다시 본래의 모습으로 환원된다는 신념 때문이다. 태양은 다시 떠오르게 마련이고 하늘이 구름에만 가려 있는 것은 아니다[139]. 한용운은 이러한 이치를 알고 자유평등의 회복을 위한 투쟁을 계속했다고 볼 수 있다. ⑤는 이러한 한용운의 미래지향적인 인생관을 반영한 것이다.

---

139) 손진태는 불도의 문학을 왕생문학이라고 보고, 여기에는 고난 중에도 희망과 광명이 있다고 보았다.(『손진태 선생 전집』6권 중 「한국불교의 국민문학」(불교의 남긴 왕생 문학 참조)).

『님의沈默』은 이러한 한용운의 시적 자아인 나에 의해 진행되어 간다. 나는 현재 님과 이별하고 재회를 갈망하고 있다. 그러나 님과의 재회는 지난하다. 이처럼 『님의沈默』은 님을 잃고 다시 만나지 못하는 비극의 시집이라고 할 수 있다. 이 비극은 현상적인 것뿐만 아니라 본질적인 비극이고, 개인적이면서도 공동체적인 비극이라고 할 수 있다. 또한 『님의沈默』은 이러한 비극에서 벗어나려는 부단한 노력의 시집이라고 할 수 있다. 근본적으로 중생이자 수행자인 내가 망국이라는 극한상황을 만나 나와 조국, 민족, 중생, 현세의 비극을 인식하고 이를 극복하려는 지향성의 시집이다.

이러한 나의 정조는 비극적 현실에 대한 극복의지로서의 미래지향성을 보여준다.

아아 님은갓지마는 나는 님을보내지 아니하얏슴니다
제곡조를못이기는 사랑의노래는 님의沈默을 휩싸고돔니다
- 「님의沈默」에서 -

님은 갔지만 나는 님을 보내지 아니하였다는 나의 정조는 기약 없는 님에 대한 미련을 버리지 못하는 비극적 정조이자, 님과의 재회를 기필코 실현하겠다는 미래지향적 정조라고 할 수 있다. 이러한 비극성은 님은 침묵하고 나는 침묵하는 님의 주위를 맴돈다는 것으로 극대화된다. 현재 상황에서 나에게 님은 유일한 구원자이다. 그 님과의 이별이 영속되는 것은 나의 죽음을 뜻한다. 따라서 나는 이별을 운명으로 받아들이지 않고 재회의 첫걸음으로 인식함으로써 소생을 시도하는 것이다. 이러한 나의 정조는 미래지향성을 보이고 있다.

  님이어 리별이아니면 나는 눈물에서죽엇다가 우슴에서 다시사러날
수가업슴니다 오々 리별이어
          - 「리별은美의創造」에서 -

  님과 함께 있을 때 나는 님의 미를 제대도 파악하지 못하였다. 님과
이별한 지금 님의 미는 새롭게 파악되고 확대된다. 이별은 더 완성된
미를 창조하게 하는 것이다. 이 경우의 미는 완성된 자기나 조국이라
고 해도 좋다. 고난을 겪고 다시 재회한 님과 나는 완성에 더 가까워
진 존재라고 할 수 있다. 이별의 눈물을 통해 나는 소생하고 그 눈물
은 님과의 재회의 원동력이 되는 것이다.
  나는 여기서 이별이라는 고난을 부정적으로 보지 않고, 미래지향적
으로 미의 창조의 계기로 보는 것이다. 이런 계기에 의해 조국도, 중
생도, 민족도, 나도 깨어날 수 있기 때문이다. 이러한 나의 정조가 미
래지향성을 지니는 것은 당연한 일이라고 할 수 있다.
  나의 궁극적 대상은 자연이 아니라 인간세상이다.

  타고남은재가 다시기름이됩니다 그칠줄을모르고타는 나의가슴은
누구의 밤을지키는 약한등ㅅ불임닛가
          - 「알ㅅ수업서요」에서-

  헐뜯고 싸우고 죽이는 인간세상과는 달리 자연은 청정법계이다. 삼
라만상이 모두 님의 법신임을 아는 나는 한동안 자연의 미에 도취되
어 있다. 그러나 나는 이 같은 황홀경에 오래 머물러 있을 수 없다. 중
생의 세계가 밤이고, 특히 나의 시대가 밤임을 명지하고 있기 때문이

다. 따라서 나는 자연과의 교감으로 얻은 넓은 호흡과 명징한 지혜로 시대의 밤을 밝히려고 한다. 무명을 밝히기 위한 수행으로 나는 나를 태우고, 다시 타고 남은 재를 기름 삼아 시대의 밤을 밝히는 등불이 되려고 한다. 이처럼 이 시에는 세계와 시대에 대한 비극적 인식과 이를 극복하려는 나의 의지가 함께 나타나 있다. 사바세계의 밤을 꼭 밝히겠다는 나의 염원은 미래지향적 정조라고 볼 수 있다. 나는 세계와 시대가 선을 지향해야 한다고 믿기 때문에 악의 감언에 흔들리는 님을 간곡히 만류하기도 한다.

> 그것은 어머니의가슴에 머리를 숙이고 자기〃한사랑을 바드랴고 쌔죽거리는입설로 表情하는 어엽븐아기를 싸안으랴는 사랑의날개가 아니라 敵의旗발입니다
> 그것은 慈悲의白毫光明이아니라 번득거리는 惡魔의눈(眼)빗입니다
> 그것은 冕旒冠과 黃金의누리와 죽엄과를 본체도아니하고 몸과마음 을돌〃뭉처서 사랑의바다에 풍당너랴는 사랑의女神이아니라 칼의우슴입니다
> 아〃 님이어 慰安에목마른 나의님이어 거름을돌니서요 거긔를가지 마서요 나는시려요
>
> 大地의音樂은 無窮花그늘에 잠드럿슴니다
> 光明의먼舍은 검은바다에서 잠약질함니다
> 　　　　　　　　　　－「가지마서요」에서－

세상에는 선의 탈을 쓴 악이 있다. 이 악은 교묘한 언변과 힘의 논리로 인간들을 유혹한다. 여기에 민족지도자도, 불교지도자도, 참나

가 되려고 수행하는 나도, 착하고 무지한 중생들도 빠져들기 쉽다. 나는 악의 정체를 알기 때문에 나의 소중한 님들이 이 유혹을 단호히 뿌리칠 것을 호소한다. 나는 나의 시대를 대지의 음악이 무궁화 그늘에 잠들고 광명의 꿈이 검은 바다에서 자맥질하는 시대, 적의 깃발이 나부끼고 악마의 눈이 번득거리고 칼의 웃음이 난무하는 시대로 보고, 적의 회유와 위협에 굴복하려는 님에게 그 정체를 알리고 본래의 세계를 회복하자고 호소한다.

이러한 나의 본래의 세계를 되찾으려는 호소는 곧 미래지향적 정조라고 볼 수 있다. 그러나 세계와 세계의 주인인 님은 잠들었고 나도 위기를 맞는다[140]. 나는 절망 속에서 이별의 의미를 검토하게 된다. 나는 인간을 약한 것, 간사한 것으로 보고 이 세상에는 진정한 사랑의 이별은 없다고 하지만[141], 곧 다음과 같이 이별의 가치를 인정하고 활로를 찾게 된다.

> 리별은 사랑을위하야 죽지못하는 가장큰 苦痛이오 報恩이다
> …중략…
> 그럼으로 사랑은 참어죽지못하고 참어리별하는 사랑보다 더큰사랑은 업는것이다
> -「리별」에서-

나는 이미 「리별은美의創造」에서 이별이 나를 소생시키는 계기임을 정지正知하였다. 그러나 암담한 상황이 나의 중심을 흔들어 나는

---

140)「고적한밤」참조
141)「리별」전반부

「고적한밤」과 같은 절망에 빠지기도 하였다. 나는 다시 이별의 의미를 사유하려고 한다. 나는 이별이 나와 이웃과 조국과 중생을 살리는 출발점이어야 한다고 생각한다. 이별은 패배나 죽음일 수 없다. 이별은 살아서 받는 고통이지만 이 이별을 통해 우리는 새롭게 살아나서 사랑의 세계를 완성해야 한다.

따라서 '리별은 사랑을위하야 죽지못하는 가장큰 고통이요 보은'이고, 님에 대한 나의 사랑은 '참어죽지못하고 참어리별하는 사랑'이라고 인식한다. 이처럼 나는 이별의 비극성을 긍정적, 미래지향적으로 전환시킨다.

나는 이제 사유를 떠나 행위로 나아가려고 한다.

> 뉘라서 사다리를쎄고 배를깨트렷슴닛가
> 나는 보석으로 사다리노코 진주로 배모아요
> 오시라도 길이막혀서 못오시는 당신이 긔루어요
> ─「길이막혀」에서─

님이 나타나지 않더라도 나는 님을 떠날 수는 없다. 그렇다고 내가 님을 찾아갈 수도 없다. 이처럼 나와 님이 재회하지 못하는 것은 내외부적 원인이 있을 수가 있다. 내부적 원인으로는 나의 무명심과 용기 결여, 님의 잠과 무기력 등을 둘 수 있고, 외부적 원인으로는 흉포한 적의 방해를 들 수 있다. 이런 원인들이 님과 나의 재회를 가로막고 '사다리를쎄고 배를깨트린' 것이다.

나는 이제 재회를 위한 사다리와 배를 복구하려고 한다. 님에게 의존하지 않고 재회의 주체가 됨으로써 오고 싶어도 오지 못하는 님을 '긔루어' 하는 미래지향성을 보여준다. 님을 '긔루어'하는 나의 사랑은 타율이나 시혜가 아니고 자발적인 사랑이라고 할 수 있다. 나는 고독 가운데서도 훼손된 자아나 민족, 조국의 자존심을 북돋우려고 노력한다.

이제 나는 님과 나 사이의 믿음이 확고해야 함을 호소한다.

> 의심하지마서요 당신과 써러저잇는 나에게 조금도 의심을두지마서요
> 의심을둔대야 나에게는 별로관계가업스나 부지럽시 당신에게 苦痛
> 의數字만 더할뿐입니다
>
> 나는 당신의첫사랑의팔에 안길째에 왼갓거짓의옷을 다벗고 세상에
> 나온 그대로의 발게버슨몸을 당신의압헤 노앗슴니다 지금까지도 당신
> 의압헤는 그째에노아둔몸을 그대로밧들고 잇슴니다
> — 「의심하지마서요」에서 —

님은 나를 의심하고 있다. 여기서 님이란 광복에 대한 확신을 잃고 의심만 늘어난 민족이나 조국이라고 볼 수 있다. 나는 어둠 속에서 신음하는 민족이나 조국에게 빛을 회복시켜 주겠다는 초지를 굽히지 않고 있다. 문제는 의심만 일삼는 주변인들에게 있다고 생각한다. 나는 나의 님인 이들이 의심을 거두고 나와 함께 믿음으로 만나 본래의 세계를 되찾자고 호소한다.

이러한 나의 호소는 미래지향적 정조라고 할 수 있다. 나는 여기서 한걸음 더 나아가 나의 님이 세상의 비방과 시기에 흔들리지 않고 본심을 지킬 것을 당부하기도 한다.

조는 獅子를 죽은 羊이라고 할지언정 당신이 試鍊을밧기위하야 盜賊
에게 捕虜가되얏다고 그것을 卑刦이라고할수는 업슴니다
　달빗을 갈꼿으로알고 흰모래위에서 갈마기를이웃하야 잠자는 기럭
이를 음란하다고할지언정 正直한당신이 狡猾한誘惑에 속혀서 靑樓에
드러갓다고 당신을 持操가업다고할수는 업슴니다
　당신에게 誹謗과 猜忌가 잇슬지라도 關心치마서요
　　　　　　　-「誹謗」에서-

　'당신'은 훼손된 민족, 또는 조국이라고 할 수 있다. 나는 이러한 님
이 일시적 훼손을 비방하고 시기하는 자들 때문에 좌절하지 말고 이
를 극복할 것을 강조한다. 어쩔 수 없어서 '盜賊에게 捕虜가되고" 狡
猾한誘惑에 속혀서 靑樓에 드러갓'지만 본래의 마음마저 버린 것은
아니라고 보기 때문이다.
　이처럼 일시적 훼손을 견디어 본래의 세계를 회복하려는 나의 정조
는 미래지향적 정조라고 할 수 있다. 이러한 나에게 견디기 어려운 수
모가 따른다. 그러나 나는 이런 수모 속에서도 성장해 간다.

　나는 집도업고 다른까닭을겸하야 民籍이업슴이다
　「民籍업는者는 人權이업다 人權이업는너에게 무슨貞操냐」하고 凌
辱하랴는將軍이 잇섯슴니다
　그를抗拒한뒤에 남에게대한激憤이 스스로의슯음으로化하는刹那에
당신 을보앗슴니다

　아아 왼갓 倫理, 道德, 法律은 칼과黃金을祭祀지내는 煙氣인줄을아
럿슴니다

永遠의사랑을 바들ㅅ가 人間歷史의첫페지에 잉크칠을할ㅅ가 술을
말실ㅅ가 망서릴째에 당신을 보앗슴니다
- 「당신을보앗슴니다」에서 -

가혹한 현실 속에서 나는 오히려 님을 보게 된다. 님은 내가 가장
외롭고 절박할 때에만 모습을 보인다. 나는 지금 너무 절박하다. 이제
는 님을 향한 헌신적 사랑이라기보다 나의 구제를 위해 님을 사랑하
게 되는 것이다. 님이 아무리 나에게 매정하고 닫힌 문이라 하더라도
님은 곧 나이기 때문에 나는 님을 떠날 수가 없다.

나는 추수가 없고 민적이 없어서 거지 취급을 받고, 장군에게 능욕
당할 번한 위기에 처하기도 한다. 나는 나의 땅을 빼앗겼고, 이에 대
한 저항으로 내 땅을 빼앗은 자가 발급하는 민적을 거부한다. 무도한
침략자는 칼과 황금으로 약자를 지배하고, 일방적으로 윤리, 도덕, 법
률을 강요한다. 이러한 윤리, 도덕, 법률에 나는 복종할 수가 없다. 이
런 진퇴양난의 위기에서 나는 오히려 님을 보게 된다.

이런 극한상황에서 내가 님을 보게 되는 것은 나의 정조의 미래지
향성 때문이다. 미래지향적 정조에 힘입어 나는 칼과 황금이 윤리, 도
덕, 법률인 비극적 시대에 진정한 윤리, 도덕, 법률의 회복을 시도하
며 본래성 회복의 결의를 다지는 것이다.

이러한 나는 출세간적 삶을 거부하고 동체대비의 아프고도 큰 사랑
을 실현하려고 한다.

그禪師는 어지간히 어리석슴니다
사랑의줄에 묵기운것이 압흐기는 압흐지만 사랑의줄을싄으면 죽는

것보다도 더압흔줄을 모르는말임니다
　사랑의束縛은 단々히 얼거매는것이 푸러주는것임니다
　그럼으로 大解脫은 束縛에서 엇는것임니다
　님이어 나를얽은 님의사랑의줄이 약할가버서 나의 님을사랑하는줄
을 곱드렷슴니다
　　　　　　　　- 「禪師의說法」에서-

　선사는 사랑을 끊으면 고통이 없어지고 즐거워진다고 한다. 그러나
사랑을 끊는 것은 곧 나의 목숨을 끊는 것임을 선사는 모르고 하는 말
이다. 따라서 나는 사랑의 줄에 단단히 묶여서 사랑의 고통을 벗어나
려는 대승적 사랑을 택하게 된다. 재회하지 못하고 그리워만 하는 사
랑은 고통스럽고 비극적이다. 그러나 이런 비극적 사랑을 거치지 않
고는 본질적 사랑에 도달할 수가 없다.

　그래서 나는 님과의 기약 없는 사랑을 중단하거나 원망하지 않고
더 적극적인 사랑으로 극복하려는 정조를 보이고 있는데 이러한 나
의 정조는 미래지향적이다. 미래지향적인 나는 선사의 출세간出世間적
삶을 부정하고 출출세간出出世間의 사랑을 하는 것이다. 출출세간의 사
랑은 새로운 위기 때마다 다시 앞서의 사랑에서 출出함으로써 계속성,
운동성, 지향성을 보여주고 있다.

　나의 대승심은 낙원건설의지로 구체화된다. 고苦가 다하면 감甘이 오
고, 감이 다하면 고가 오는 것이 자연의 이치다. 인생도 이와 마찬가지
로 님을 떠나 고통의 가시덤풀 속에 있는 나는 고통 끝에 낙원을 건설
할 수 있다는 기대가 있기 때문에 님을 떠나서도 행복할 수 있다[142]. 이

---

142) 「樂園은가시덤풀에서」 참조

처럼 님을 떠난 나는 이를 계기로 환희의 낙원(조국광복, 정토구현)
을 건설하려는 미래지향성을 보여주고 있다.

　미래지향성을 가진 나는 님을 빼앗아간 자들이 님을 모욕하는 것을
참지 못한다

> 　그것이참말인가요 님이어 속임업시 말슴하야주서요
> 　당신을 나에게서 쌔아서간 사람들이 당신을보고 「그대는 님이업다」
> 고 하얏다지오
> 　　　…중략…
> 　나의生命의꼿가지를 잇는대로썩거서 花環을만드러 당신의목에걸
> 고 「이것이 님의님이라」고 소리처말하것슴니다
> 　　　…중략…
> 　만치안한 나의피를 더운눈물에 석거서 피에목마른 그들의칼에쑤리고
> 「이것이 님의님이라」고 우름석거서 말하것슴니다
> 　　　　　-「참말인가요」에서-

　간악한 수탈자들이 님에게 「그대는 님이업다」, 「그대의님은 우리가
구하야준다」고 조롱한다. 님이 없다는 것은 님을 본래의 자유상태로
되돌릴 능력자가 없다는 것으로, 이는 님의 님인 나를 모욕하는 것이
다. 「그대는 님이업다」는 것은 곧 님과 나의 미래를 부정하는 말이 된
다. 나는 수모를 겪는 조국과 민족은 머지않아 본래의 자유를 되찾아
야 한다고 생각한다. 그런데 수탈자는 님과 나를 함께 조롱한다. 나는
참을 수가 없게 된다. 나는 생명의 꽃가지를 있는 대로 꺾어 화환을
만들어 님에게 걸어주고 피로써 적의 칼에 맞서서 님에게 나라는 님

이 있음을 보여주려고 한다.

나는 일신을 바쳐 자유회복의지를 보여주고 있다. 나의 이런 확고한 미래지향성은 님의 편지의 내용이 공허한 것을 질책하게도 한다. 내가 님의 편지에서 기대하는 것은 짧더라도 의미 있는 내용, 언제 오신다는 말, 남의 군함에서 탈출했다는 말이다[143]. 의미 있는 내용이란 결의가 담겨있는 것을 말하고, 언제 오신다는 것은 결의의 실천이고, 군함에서 탈출했다는 것은 자유를 위한 투쟁을 의미한다고 할 수 있다. 이 모든 것은 나의 자유에의 지향성을 보여주고 있다. 나는 님과 나와의 이별이 「거짓리별」임을 다시 한 번 확인한다.

> 이른바 거짓리별이 언제든지 우리에게서 써날줄만은 아러요
> - 「거짓리별」에서-

님과 이별하고 오랜 세월이 흘렀다. 두 볼의 홍조도 시들었고 머리도 윤기 없는 회색이 되었다. 그러나 마음만은 더욱 붉어간다. 몸은 늙어가도 염원은 더욱 더워 간다. 님과 나의 사랑은 비록 비극적이지만 희망은 더욱 생생히 살아난다. 나는 이 거짓 이별이 꼭 떠날 것을 안다. 이 같은 나의 정조의 미래지향성은 국권회복의지를 포함한 정토구현의지로 확대된다.

나의 정토구현의지는 「눈물」에서도 확인된다. 나의 눈물은 참회의 눈물이고 자비의 눈물이다. 이 눈물에 의해서 나는 소생되고 존재의 근원을 규명해 그림자를 벗게 되고 사랑의 세계를 완성하려 함으로써

---

143) 「당신의편지」 참조

미래지향성을 보여주고 있다. 그러므로 나의 눈물은 봄바람이요, 사
랑의 성전을 장엄하는 무등등의 보물이 된다. 사랑의 세계는 정토라
고 할 수 있다. 나는 마침내 정토구현의 미래지향성을 보여주고 있는
것이다. 이제까지의 피아의 대립은 여기에서 상생을 지향하게 된다.
　나는 존경하는 벗 타고르에게도 애상을 벗고 역사 현실의 마당에
나오기를 권고한다.

　　벗이어 나의벗이어 愛人의무덤위의 픠여잇는 옷처럼 나를울니는 벗
이어
　　적은새의자최도업는 沙漠의밤에 문득맛난님처럼 나를깃부게하는
벗이어
　　그대는 옛무덤을깨치고 하늘까지사못치는 白骨의香氣임니다
　　그대는 花環을만들냐고 써러진옷을줏다가 다른가지에걸녀서 주슨
옷을헤치고 부르는 絶望인希望의노래임니다

　　벗이어 깨어진사랑에우는 벗이어
　　눈물이 능히써러진옷을 옛가지에 도로픠게할수는 업슴니다
　　눈물을 써러진옷에 쑤리지말고 옷나무밋희씌쓸에 쑤리서요

　　벗이어 나의벗이어
　　죽엄의香氣가 아모리조타하야도 白骨의입설에 입맛출수는 업슴니
다
　　그의무덤을 黃金의노래로 그물치지마서요 무덤위에 피무든旗대를
새우서요
　　그러나 죽은大地가 詩人의노래를거처서 움직이는것을 봄바람은 말

함니다

　벗이어부쓰럽슴니다 나는 그대의노래를 드를째에 엇더케 부쓰럽고
썰니는지 모르것슴니다
　그것은 내가 나의님을쩌나서 홀로 그노래를 듯는까닭임니다
　　　　　－「타골의詩(GARDENISTO)를읽고」 전문－

　타고르를 깊이 경모하면서도 그가 감상과 수사修辭를 버리고 투철
한 현실인식과 행동성을 보일 것을 권고한다. 그러면서도 님을 이별
하고 만나지 못하는 자신을 부끄러워 하고, 나아가 님을 만나려는 결
의를 다지고 있다. 나의 이러한 미래지향성은 구체적 인물[144]들이 등
장하는 시에서 더욱 분명해진다.
　나는 천국의 유혹을 뿌리치고 고통뿐인 지상을 선택하려고 한다.
「명상」에서 나는 현실의 고통을 잊기 위해 명상에 들어간다. 명상은
나를 근심 걱정이 없는 천국으로 이끌어 간다. 사람들은 친절하고, 그
들은 나에게 같이 살자고 한다. 그러나 님과의 굳은 서약을 한 나는
이들의 호의를 사양하고 님의 가슴에 천국을 꾸미려고 돌아온다. '님
의 가슴'은 고통스런 현실세계인 조국일 수도 있고 혼돈이 소용돌이
치는 사바세계일 수도 있다. 이 같은 구체적인 대상을 떠나 나의 대승
행은 있을 수 없다. 따라서 나는 소승적 열락을 사양하고 동체대비심
을 발휘하여(예토를 정토로 바꾸기 위하여) 사바세계로 돌아오게 된
것이다.

---

144) 예를 들면 논개, 계월향, 타골, 짠다크, 모세 등

나의 지상선택은 정토구현의지의 발로로 이는 곧 나의 정조의 미래
지향성을 보여주는 것이다. 나는 이 눈물 세상에서 생의 예술을 엮으
면서 미래의 정토의 터전을 닦으려고 한다.

> 한숨의봄바람과 눈물의水晶은 써난님을긔루어하는 情의秋收임니
> 다
> 저리고쓰린 슯음은 힘이되고 熱이되야서 어린羊과가튼 적은목숨을
> 사러움지기게함니다
> 님이주시는 한숨과눈물은 아름다은 生의藝術임니다
> ─「生의 藝術」에서─

나의 주위에는 화기라고는 아무것도 없다. 그러나 나는 이제 눈물
이 두렵지 않다. 눈물은 수정이 되어서 나를 정화시켜주고 깨끗하기
이를 데 없는 성경聖境을 비추어 주기 때문에 나의 가장 소중한 보물이
된다. 이제 나는 님과의 이별로 생겨난 한숨과 눈물을 떠난 님을 그리
워하여 응결된 정의 소중한 낱알로 인식한다. 이렇게 생각하자 '저리
고쓰린슯음은힘이되고 熱이되야서 어린양과가튼 적은목숨을 사러움
지기게' 한다. 이러니 '님이주시는 한숨과눈물은 아름다운생의藝術'
이 되는 것이다.

이처럼 나의 비극성은 한숨과 눈물로 승화되어 미래지향적 성격으
로 변모하게 된다. 그러나 이러한 승화는 문제의 근원적 해결일 수는
없다. 여전히 님은 아니 오시고 있다. 이제 나는 소극적으로 기다리는
자세가 아니라 적극적으로 님이 오실 것을 요구하게 된다. 만남이 이
루어지지 않은 것은 나의 책임보다 님의 책임이 크다고도 생각한다.

당신은 나의죽엄속으로오서요 죽엄은 당신을위하야의準備가 언제
든지 되야잇습니다
만일 당신을조처오는사람이 잇스면 당신은 나의죽엄의뒤에 서십시
오
죽엄은 虛無와萬能이 하나임니다
죽엄의사랑은 無限인同時에 無窮임니다
죽엄의압헤는 軍艦과 砲臺가 씌끌이됨이다
죽엄의압헤는 强者와弱者가 벗이됨니다
그러면 조처오는사람이 당신을잡을수는 업슴니다
오서요 당신은 오실째가되얏슴니다 어서오서요
　　　　　　　　　　　－「오서요」에서－

나의 비장한 호소와 기다림에도 불구하고 님은 너무나 무기력하고
소극적이었다. 나의 안타까운 부름에도 불구하고 님은 자꾸 잠에 빠
져들고 있다. 내가 혼신의 힘으로 부르는 이 때가 님이 오실 마지막
때이다. 나는 님을 위해 갖가지 꽃이 피어 있는 꽃밭과, 부드러운 가
슴과, 님을 위해 내던질 한 목숨을 마련하고 있다[145].

죽음을 각오한 나의 사랑은 모든 것을 가능하게 하고, 무한 무궁한
것이고, 군함과 포대를 티끌이 되게 하고, 강자와 약자를 벗이 되게
한다. 자유로운 존재가 되기 위한 나의 미래지향성은 이 시에서 명료
하고 장대하게 전개된다.

나는 다시 존재론적 회의에 봉착하기도 하지만[146], 곧 다시 이를 극

145) 「오서요」 앞부분 참조
146) 「苦待」 참조

복하고 님과의 재화를 성취하기 위해 새벽길을 뜬다.

> 홰를탄 닭은 날개를움직입니다
> 마구에매인 말은 굽을칩니다
> 네 네 가요 이제곳가요
> ─ 「사랑의끗판」에서 ─

　나는 너무 오랫동안 관념적 사랑에 머물러 있었다. 나는 이제 침묵하고 있는 님에게로 가려 한다. 아직 부족한 나일지언정 세간에는 할 일이 많다. 먼동이 터오고 닭이 홰를 치는 때 나는 결단을 내려 길을 떠난다. 나의 미래지향성은 행동성으로 이어지는 것이다.
　살펴본 대로 나의 정조는 끝없는 시련 가운데서도 투철한 현식인식에 바탕한 미래지향성을 보여주는 것이다.

　이처럼 행동으로 끝을 맺으면서도 작자인 한용운은 발문인 「讀者에게」에서 우울한 기색을 떨어버리지 못하고 있다. 먼저 한용운은 자신이 시인으로 보이는 것을 부끄러워한다. 이는 겸양이라기보다 적극적 행동이 요구되는 때에 정감에 매달려 있는 자신에 대한 반성이라고 할 수 있다.
　다음에 작자는, 『님의 沈默』을 읽고 독자들은 작자인 한용운을 가엾어 하고 독자 자신들도 슬퍼하리라고 한다. 이는 한용운과 동시대인들이 처한 암담한 시대상황을 반영한 것으로 귀한 증언이라고 할 수 있다. 이 발언은 『님의 沈默』 전편의 성격을 규정짓는 데 대단히 중요한 발언이다. '나를슬어하'라는 것은 『님의 沈默』의 나와 한용운과의

관계가 하나임을 스스로 말해주는 것이고, 독자가 자신들을 슬퍼하리
라는 것은 처지가 같은 동시대의 자기 이야기로 알고 슬퍼하게 되리
라는 것이다. 작자의 이 발언으로 이 시집은 슬픔의 시집임을 작자 스
스로 만천하에 공표한 것이다.

이처럼 당대성에 충실했던 한용운은 '나의詩를 讀者의子孫에게까
지 읽히고십혼 마음은 업'다고 하고, '그째에는 나의詩를읽는것이 느
진봄의꼿숩풀에 안저서 마른菊花를비벼서 코에대히는것과 가틀'것
이라고 한다. 이로 보아도 이 시집은 번뇌와 고통, 눈물 속에서 미래
지향성을 보인 시집이지, 번뇌를 벗어난 구도자의 오도적 시집이라고
보기 어렵다.

작자는 먼동이 트는 것을 보면서 이 시집을 끝맺는다. 그러나 이것
이 곧 완전한 문제해결이자 희망이라고 보기는 어렵다. 물론 전력을
다해 미래지향성을 보이고, 입세간의 대승행을 하지만, 시대가 아직
어둡고 낮 또한 어둠이라는 인식에는 별 변화가 없는 것이다. 이 시집
이 계속된다면 나의 비극성은 앞으로도 계속될 것이다. 물론 미래지
향성도 계속될 것이다. 이런 점에서 한용운은 위대한 미완성자라고
할 수 있다. 그러나 그의 미완성은 무능력자의 미완성이 아니라 눈뜬
자의 끝없이 정진하는 미완성이라고 할 수 있을 것이다.

3.3 반복 · 순환성

「군말」에서 한용운은 '석가' '칸트' '장미화' '마시니'와 동류항적 존
재로서, 중생의 고통에 한 몸이 되어 슬퍼하고, 자아와 세계의 본질
을 궁구하려 하고, 이상적 미를 꽃피우려고 하고, 망해버린 조국을 다

시 일으켜 세우려고 한다. 이 모든 일은 각각이 독립되어 수행되는 것
이 아니라 자기의 총체적 전개로서 동시에 연속적으로 수행된다고 할
수 있다. 그런데 이 일은 지난한 일이므로 직선적 결론에 도달하는 것
이 아니라 우여곡절의 반복·순환양상을 보이면서 목표에 접근해 간
다[147].

  한용운은 출세간자로서 입세간심을 보여주기도 한다[148]. 그는 출세간

---

147) 김재홍은 『님의 침묵』의 시적 우수성은 세속과 신성의 갈등에 있다고 보았다.
  (『한용운 문학연구』83면). 또 그는 「떠남-만남」「죽음-재생」의 시적 구조는 만
  해시에서 「이별-만남」이라는 소멸과 생성의 과정과 근원적 동일성을 지닌다'
  (동서, 233면)고 보고 있는데, 이러한 지적들은 『님의 침묵』의 나의 정조의 순환
  성과 연관되는 것들이다.
148) 다음 예들은 한용운의 입세간심을 보여 주고 있다.
  ① 나의 입산한 동기가 단순한 신앙만을 위한 것이 아니었던 만큼 유벽(幽僻)한
    설악산(雪嶽山)에 있은 지 멀지 아니하여서 세간번뇌(世間煩惱)에 구사(驅
    使)되어 무전여행으로 세계만유(世界漫遊)를 떠나게 된 것이었다(「북대륙의
    하룻밤」『전집』1권 243면)
  ② 「에라, 인생이란 무엇인지 그것부터 알고 일하자」하는 결론을 얻고, 나는 그
    제는 서울 가던 길을 버리고, 강원도 설악산의 백담사(百潭寺)에 이름 높은 도
    사(道士)가 있다는 말을 듣고 산골 길을 여러 날 패어 그곳으로 갔었다. 그
    래서 곧 동냥중이 되어 물욕(物慾)·색욕(色慾)을 모두 버리고, 한갓 염불(念
    佛)을 외며 도(道)를 닦기에 몇 해를 보내었다. 그러나 수년(數年) 승방(僧房
)에 묶여 있어도 결국은 인생이 잘 알려지지도 않고, 또 청춘의 뜻을 내리 누
    를 길 없어 다시 번민을 시작하던 차에, 마침 〈영환지략(瀛環地略)〉이라는 책
    을 통하여 비로소 조선 이외에도 넓은 천지가 있는 것을 인식하고, 행장을 수
    습하여 원산을 거쳐서 시베리아에 이르러 몇 해를 덧없는 방랑생활을 하다
    가 다시 귀국하여 안변(安邊) 석왕사(釋王寺)에 파묻혀 참선생활(參禪生活)
    을 하였다. 그러다가 동양문명의 집산은 동경에서 되니, 동경으로 갈 차로 이
    듬해 봄에 처음으로 서울에 발을 들여 놓았다(「시베리아를 거쳐 서울로」『전
    집』1권 255면)
  ③ 나는 본래 蕩子였다. 중년에 선친이 돌아가시고 偏母를 섬겨 불효에 이르렀
    더니, 지난 乙未에 入山해서는 더욱 흩어져 국내 외국을 떠돌았다. 그리하여
    마침내 집에 소식을 끊고 편지조차 하지 않았는데, 지난해에 노상에서 고향
    사람을 만나 어머니 돌아가신 지가 三년이 지났음을 전해 들었다. 이로부터

과 입세간을 자유자재로 넘나들면서 그의 전인적 삶을 전개한다[149].

『님의 沈黙』의 나는 이러한 한용운의 시적 자아로서 이미 깨달음에 도달한 자가 아니라 깨달으려고 노력하는 존재, 자아실현을 위해 그 전제조건인 자유공간 회복을 위해 노력하는 과정적 존재라고 할 수 있다. 이 과정에서 나는 슬픔, 희망, 실의, 좌절, 귀의, 대비, 다시 실의, 희망, 염원 등의 정서를 반복 · 순환해 보이면서 일편단심 님을 찾아 간다. 님과의 완전한 재회가 이루어질 때까지 나의 이러한 심리의 반

만고에 다하지 못할 한을 품게 되었고, 하늘의 크기로도 남음이 있는 죄를 짓 는 결과가 되었다. 지금에 이르도록 이를 생각할 때마다 부끄럽고 떨려 용납 키 어려워 왕왕 사람과 세상에 뜻이 없어지기도 하는 터이다. 붓을 잡고 이 대 목에 이르니 부지불식중 가슴이 막히고 몸이 떨리기에 감히 천하에 알려서 벌이 이를 것을 기다린다(「조선불교유신론」, 전집 2권, 96면)

149) 다음 글들은 연구자의 이런 견해를 뒷받침해 준다.

① 다시 말하면 불교 수행의 특징이 깨달음의 참신성과 번뇌의 순수성으로 집약 될 수 있다면, 만해 스님이야말로 인생의 그때마다의 새로움을 맛보고 살아 온 이른바 인간이란 엄연한 전제에서, 내적으로는 특수와 일반, 육과 영, 감정 과 지성, 미와 추, 영원과 순간, 현재와 미래, 전체와 개체, 보리와 번뇌와의 무 서운 갈등 속에서 인간 때문에 한없이 울었으며 또한 인간이란 그 전체적 원 리 때문에 한없는 침묵을 지켰던 것이다(석청담「고독한 수련 속의 구도자」 《나라사랑》 2집 13면)

② 다시 말하면 그의 궁극의 미완성은 그것이 민족의 완벽한 자립실현이나 불교 의 발전, 그리고 근대 문학의 형성에 대한 하나의 待機로서의 과도기 의식을 낳은 것이다. 여기서 다시 한번 추정한다면 한용운은 위대한 미완성자이며 어느 것 하나도 완성한 것은 없다. 그의 의식은 늘 불타오르고 있었다. 불타 오른다는 것은 아직 꺼지지 않는다는 것이다. 그것은 완성을 위한 지속 개념 으로서의 미완성이다. 그의 분주한 문체, 그의 과욕의 표현과 비범하려는 여 러 奇態로서의 입장은 그것으로는 도저히 완성될 수 없는 미완성의 공리주의 가 앞선다. 그것이 그가 산 동시대의 절망 가운데서는 필요한 것이었다. 필요 할 뿐 아니라 그런 정신의 임시적 수요 없이는 피압박의 시대를 위안받을 수 없었다. 한용운은 그런 위안에 대한 동분서주의 조달자였다. 그리고 그는 자 신의 위안에 머무르는 일을 버리는 공공의 조달자였다((고은, 『한용운 평전』, 386면).

복 순환은 계속될 것이다.

이때 나의 정조는 위에서 살펴본 대로 지적 정조, 윤리적 정조, 미적 정조, 종교적 정조 등 모든 정조의 반복 · 순환양상을 보여준다. 이는 나의 시대상황이 어느 한 분야만을 택해 몰두할 수 있는 행복한 시대가 아니라 선사, 지사, 혁신적 지식인, 시인 등의 전인적 삶을 요구하는 시대였기 때문이다. 나는 이 무거운 사명을 짊어지고 비틀거리는 자신에게 격려와 채찍질을 동시에 가하면서 '期約업는期待'를 가지고 님을 찾아간다. 이러한 나의 정조는 세간성을 보이는가 하면[150], 출세간성을 보이고, 다시 입세간성을 보인다. 이러한 양상은 단계적, 직선적으로 나타나는 것이 아니라 반복적, 순환적으로 나타난다.

여기서 나의 입세간의 동기에 대해 살펴볼 필요가 있다. 나는 아직 무명을 완전히 벗지 못한 수행자이다. 그런데 이런 나를 둘러싼 현실은 가혹하다. 나와 동시대인들은 감당하기 어려운 고통을 받고 있다. 즉 나와 동시대인들은 비극성을 삶의 전제조건으로 내포하고 있다. 나는 세간의 고통을 벗기 위해 출세간행을 단행하지만, 세간을 떠나서는 정토가 없음을 명지하고 다시 입세간행을 하게 된다. 이것이 나의 입세간의 동기라고 할 수 있다.

이러한 나의 입세간행은 비극성과 지향성을 그 안에 필연적으로 내포하고 있다. 『님의沈默』은 전편이 세간성, 출세간성, 비극성, 지향성의 반복 · 순환양상을 보이고 있다. 나는 님에게 세간과 출세간의 구

---

150) 한용운은 한시에서 '滄州 아닌 고향으로 마음 달리네'(不向滄州向故園-「思鄉」), '옷자락 당기면서 고향 소식 얘기하네'(引把衣裳說故園-「思鄉苦」), '만리 밖 가을바람에 고향 생각뿐(萬里秋風憶故鄉-「野行二首」) 등과 같이 思鄉心을 드러내고 있다.

별을 두지 않고 접근한다. 나는 세속적 그리움과 기다림으로 님에게 접근하기도 하고, 출세간적 귀의와 수행으로 님에게 접근하기도 한다. 나는 님이 너무 그리울 때 하소연하고 투정하고 온 몸을 던져 관능적으로 접근하기도 한다. 그러면서도 님에 대한 일편단심만은 굳게 지킨다. 또 나는 이러한 세간적 감정 대응이 근본적 문제 해결이 될 수 없음을 알고 세간을 뛰어넘은 출세간의 지혜로 나를 구제하려고 한다. 이처럼 나의 정조는 세간과 출세간을 넘나들면서 입세간의 계기를 만든다. 나는 출세간이 님과의 완전한 재회를 이룩할 수 있는 길이 아님을 알고 입세간행을 단행한다. 그런데 세간에서의 님과의 재회에는 갖가지 장애물이 가로놓여 잇다. 나는 갖가지 어려움을 넘으면서 님과 만나려고 한다. 즉 나는 이별을 극복하기 위한 지향성을 갖게 되는 것이다.

그러나 이런 지향성은 너무나 높고 두터운 현실의 벽에 부딪쳐 다시 비극성을 띠게 되고, 다시 또 가까스로 신념을 회복하여 지향성을 갖게 되지만, 또 다른 벽을 만나 비극성으로 환원한다. 이처럼 나는 끝없는 벽을 만나 비극성으로 환원하면서도 다시금 지향성을 보이는 장대한 비극적 지향성을 보인다. 이처럼 입세간성에 내포된 비극성과 지향성도 반전에 반전을 거듭하면서 끝까지 진행해 나간다. 나는 수행자이자 중생, 지사와 식민지민으로 이상과 현실 사이에 끼어 상승과 하강을 계속한다[151].

---

151) 반복하여 나타나는 나의 비극적 지향성의 심리를 도표화하면 다음과 같다.

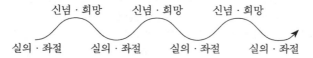

　이러한 나는 아니마와 본래의 남성성, 양성적 나를 다양하게 보이고 있다. 곧 가혹한 상황을 만난 나는 본래의 남성적 자아를 유지하지 못하고 여성적 자아인 아니마의 모습으로 나타나게 된다. 나는 확고한 조국애와 자비심, 진리애를 보이기도 하지만, 그보다 더 많이 슬픔과 좌절을 보이고 있다. 나는 원래 번뇌중생이다. 가혹한 시대를 만나 자아를 구원하려고 출세간을 단행하고 출세간지를 얻으려 했지만 그 성취는 아직 요원하다. 나는 과정적 존재로서 자비심을 발휘하여 다시 세간에 들고 세간중생과 더불어 번뇌하고 슬퍼하면서 깨달음을 높여간다.

　이처럼 나의 정조는 세간을 나서 세간에 들고, 세간에 들어 세간을 나는 대승적 반복 · 순환성을 보이고 있다. 이러한 반복 · 순환과정에서 나타나는 나의 님은 나보다 상위개념이기도 하지만 하위개념일 경우도 많다. 나의 님은 부처, 이상미, 참나, 정토, 조국, 민족, 중생 등의 다양한 모습을 보여 준다.

　전편을 대상으로 나의 정조의 반복 · 순환양상을 살펴보기로 한다.

　도시導詩인 「님의沈默」의 나는 침묵하는 님의 주위를 휩싸고 돈다. 나의 정조의 반복 · 순환성은 여기서 이미 암시된다. 나와 님과의 재회는 우여곡절을 겪을 수밖에 없다. 나의 정조의 비극성은 여기에 있다. 그러나 나는 님과의 이별을 애상의 차원으로 떨어뜨리지 않고 미의 창조의 전기로 삼는 것이다[152]. 나는 청정자연의 미에 몰입되어 있다가도 다시 사바세계로 돌아와 만상의 밤을 밝히는 등불이 되려고

---

152) 「리별은 美의 創造」

한다[153]. 이런 나에게 님은 분리될 수 없는 대상이 된다[154]. 나는 나의 님이 악의 감언에 넘어가지 않도록 간곡히 만류한다[155]. 그러나 나는 별다른 반응을 얻지 못하고 고적한 밤에 삶의 위기를 맞게 된다[156]. 여기서 탈출하기 위하여 나는 님의 품에 안기는 길만이 나의 삶의 길임을 확인하려고 한다[157]. 나는 꿈속에서나마 님을 만나려고 하지만 이도 뜻대로 안 된다[158]. 나는 예술가가 되어 님의 일상생활과 행동거지라도 진솔하게 표현하고 싶어 한다[159]. 님과의 재회를 성취하지 못하고 사는 나는 다시 한번 이별의 미를 되새기며 '참어죽지못하고 참어리별하는 사랑보다 더큰사랑은 업다'고 하고, 이별의 눈물은 진, 선, 미요 석가, 모세, 쟌다크라고 한다[160]. 이런 인식에 의해 다시 의욕을 찾은 나는 님과 나와의 만남의 사다리와 배를 다시 만들려고 한다[161]. 나의 님에 대한 사랑은 더욱 깊어져서 세상사람들이 뭐라고 빈정대든 자발적으로 님에게 정조를 지키려고 한다[162]. 그러나 님은 아직도 아니 오신다. 나는 침묵하는 님에게 하나가 되어줄 것을 열렬히 간청한다[163]. 여전히 님은 아니 오신다. 나는 님에 대한 변함없는 사랑을 가

---

153)「알ㅅ수업서요」
154)「나는잇고저」
155)「가지마서요」
156)「고적한밤」
157)「나의 길」
158)「꿈깨고서」
159)「藝術家」
160)「리별」
161)「길이막혀」
162)「自由情操」
163)「하나가 되야주서요」

지고 한 척의 나룻배로 날마다 날마다 님을 기다린다[164]. 이 오랜 기다림과 헌신에도 님의 반응이 없자 나는 마침내 님의 매정함을 원망하고 님에게 오시지 아니하려면 차라리 가라고 한다[165]. 이러한 감정을 보인 나는 다시 자신을 진정하여 님에 대한 나의 노래는 세속적일 수가 없다고 하고, 자신의 노래가 님에게 전달될 것을 확신한다고 한다[166].

나는 세간성과 출세간성, 비극성과 지향성을 반복 순환해 보이면서 님에 대한 한결같은 사랑을 바치고 있다. 내가 이처럼 님에게서 떠날 수 없는 것은 나는 곧 님이기 때문이다[167]. 나는 참나를 만나기 위하여 갖가지 시도를 해 보지만 능력부족으로 재회를 이루지 못한다[168]. 나는 위기를 느끼고 거친 바다에서 표류하는 작은 배인 자신을 님이 힘껏 껴안아 달라고 한다[169]. 그러나 아직도 님은 먼 거리에서 침묵하고 있으면서 나를 울린다[170]. 나는 다시 자신의 진실한 사랑에 무관심하고 딴 데 눈을 돌리는 님을 원망한다[171]. 이처럼 완전한 사랑을 누리지 못하고 사는 나는 나보다 더 아픈 사랑의 실패자를 위로하고 구원해주려고 한다[172]. 그러나 나의 동시대인들은 나의 진의를 모르고 나를 의심하는 이들도 있다. 나는 이러한 님들에게 의심을 거두고 한

---

164)「나루ㅅ배와 行人」
165)「차라리」
166)「나의노래」
167)「당신이아니더면」
168)「잠업는꿈」
169)「생명」
170)「사랑의測量」
171)「진주」
172)「슯음의三昧」

마음이 되자고 한다[173]. 이와는 달리 나의 무명과 번뇌를 씻어줄 출세
간의 님은 늘 웃고만 계실뿐 나의 아픔에 다가와 주시지 않는다. 나
는 님의 사랑을 독차지하고 싶어서 투기심을 낸다[174]. 그러나 달리 생
각해서 나는 님이 만인의 사랑을 받는다면 나는 모두의 미움이 대상
이 되어도 상관없다고 한다[175]. 그런데 님은 높고 가는 가지 위에 있다
[176]. 나는 님을 생각하며 긴긴 밤을 새운다[177]. 이처럼 님에게 모든 것
을 바치는 나는 님에게 비밀이 있을 수 없지만 나도 모르는 밑바닥 의
식인 아뢰야식만은 님에게 비밀이 된다[178]. 이러한 나는 시공을 초월
한 진정한 사랑을 표현할 수가 없다[179]. 나는 완전한 사랑을 터득해 님
과의 재회를 실현할 수 있도록 긴 근심과 짧은 꿈으로 매일 밤을 보낸
다[180]. 나는 잘 익은 포도를 따서 술을 빚어 눈물의 합환주를 올린다[181].
나는 님이 세상의 비방에 개념 말고 의연하게 본래 길을 가기를 부탁
한다[182]. 그러나 이러한 나 자신도 감정과 이지의 갈등 속에서 삶의 방
향을 읽고 방황한다[183]. 나는 이러한 위기를 님의 지혜에 의지해 극복
하려 한다[184]. 그러나 님은 아니 오시고 해당화만 곱게 피어 나를 울린

---

173) 「의심하지마서요」
174) 「당신은」
175) 「행복」
176) 「錯認」
177) 「밤은고요하고」
178) 「秘密」
179) 「사랑의 存在」
180) 「꿈과근심」
181) 「葡萄酒」
182) 「비방」
183) 「?」
184) 「님의 손ㅅ길」

다[185)

나는 님에 대한 일편단심 때문에 견디기 어려운 수모를 당하고 소외되나, 이러한 역경 속에서 오히려 님을 보게 된다[186). 나는 다시 절대의 님과의 만남을 통해 자아를 깨치기 위해 삼매경에 든다[187). 정진을 마친 나는 자유의 본체인 님에게는 자발적으로 복종하려고 한다[188). 또한 나는 완전한 깨달음을 위해 님과의 이별을 단행하고 서로의 영향권에서 벗어나려고 한다[189). 그러나 이러한 개인적 수행의 힘으로도 현실상황을 타개하지는 못한다 .나는 님을 잃은 한으로 애가 토막토막 끊어지는 것 같다[190). 그러나 이러한 별한을 나는 부정적으로만 생각지 않고 님과의 재회를 위한 필수적 통과의례로 생각하고 님에게 더욱 귀의한다[191). 나는 님과의 첫키쓰를 상기하고 적극적인 사랑의 태도를 취한다[192). 또한 나는 선사의 소승적 해탈을 거부하고 고통 속에서 성취되는 대승적 해탈을 선택한다[193). 나는 떠나는 님의 뒷모습을 찬미하는 여유를 보인다[194). 또한 조국의 미를 대표하는 금강산에게 허튼 찬사에 현혹되지 말고 본래성을 유지하기를 당부한다[195). 또한 나는 더할 수 없이 아름다운 님의 출세간의 미를 찬미

---

185)「海棠花」
186)「당신을보앗슴니다」
187)「비」
188)「海棠花」
189)「참아주서요」
190)「어늬것이참이냐」
191)「情天恨海」
192)「첫키쓰」
193)「禪師의說法」
194)「그를보내며」
195)「金剛山」

한다¹⁹⁶⁾. 그러나 이러한 찬미로도 님과의 재회는 이루어지지 않는다. 님과의 별한은 천만 가닥의 버들가지가 되어서 나를 잡아맨다¹⁹⁷⁾. 나는 이러한 별한도 극복하고 가시덤풀을 헤치고 환희의 낙원을 건설하려고 한다¹⁹⁸⁾. 이러한 낙원건설의지를 가진 나는 현실의 부당한 지배자들이 님을 조롱하는 것을 보고 일신을 던져 맞서려고 한다¹⁹⁹⁾. 그러나 현실의 열패자인 나는 집을 떠나 객지를 떠돌면서 눈물을 흘린다²⁰⁰⁾.

나는 다시 의를 중히 여기고 광명과 평화를 좋아하는 님을 찬송하고 자비의 보살이 되시기를 희원한다²⁰¹⁾. 나의 의기는 논개의 삶을 검토하고 본받는 데에서 분명해진다²⁰²⁾. 나의 의기는 님에 대해 알뜰한 사랑을 못한 것에 대한 후회로도 나타난다²⁰³⁾. 내가 이처럼 님을 사랑하는 것은 님이 나의 백발과 눈물, 죽음도 사랑하는 까닭이다²⁰⁴⁾. 나의 의기는 님의 편지에 확고한 주체의식이 없음을 질책하는 모습을 보이기도 한다²⁰⁵⁾. 이러한 나의 불굴의 자유의지는 님과 나와의 이별이 거짓이별이고, 이 거짓이별은 반드시 극복될 것이라는 신념 때문에 가능하다²⁰⁶⁾. 이러한 신념을 갖고 있기에 나는 출

---

196) 「님의얼골」
197) 「심은버들」
198) 「樂園은가시덤풀에서」
199) 「참말인가요」
200) 「꼿이먼져아러」
201) 「讚頌」
202) 「論介의애인이되야서그의廟에」
203) 「後悔」
204) 「사랑하는까닭」
205) 「당신의편지」
206) 「거짓리별」

세간의 광명에 안주하지 않고 입세간의 동체대비심으로 불멸을 얻
겠다고 한다[207]. 이러한 대승심을 가진 나는 님만을 그려 님과 하
나가 되려고 한다[208]. 나는 다시 님과의 이별을 환기하고, 그 이별
은 재회로 이어지는 것이 엄숙한 인과율임을 명지함으로써 님에
게 대해 한결같은 사랑을 바치게 된다[209]. 그러나 나는 반응 없는
님에게 절망하고 자포자기하다가 가까스로 다시 자신을 진정시킨
다[210]. 나는 다시 의기 계월향의 삶을 검토하고 동지적 사랑을 갖게 된
다[211]. 궁핍한 시대를 사는 나에게는 만족이 없다. 나는 오직 님의 자
취를 더듬음으로써만 만족을 얻을 수 있다[212]. 드디어 나는 침묵 속
에서 님의 소리를 듣고, 흑암 속에서 님의 얼굴을 보게 된다[213]. 이제
나는 눈물을 창조의 원동력으로 삼아 사랑의 세계를 완성하려고 한
다[214].

한편 나는 내 안의 님 찾기에도 열성이다. 님은 내 마음에 숨어서
나를 놀린다[215]. 이러한 님을 나는 아직도 찾지 못하고 떠날 때의 님
의 얼굴만을 그리워한다[216]. 나는 다시 최초의 님을 사유하고 그 님과
의 재회의 의지를 다진다[217]. 그러나 끝내 님과의 재회는 이루어지지

207)「꿈이라면」
208)「달을보며」
209)「因果律」
210)「잠꼬대」
211)「계월향에게」
212)「滿足」
213)「反比例」
214)「눈물」
215)「어데라도」
216)「쩌날째의님의얼골」
217)「最初의님」

않고 나는 별한에 깊게 빠져들어 간다[218]. 나는 다시 마음을 진정하고 님의 주위에서 일생을 보내려고 한다[219]. 그러나 별한은 나를 다시 침몰시킨다. 나는 즐겁게 노는 사람들 가운데서 속으로 쓰리게 운다[220]. 나는 다시 이러한 별한에서 벗어나 지향성을 회복하고 존경하는 벗 타고르에게 역사와 현실의 중심에 설 것을 충고한다[221]. 나는 역사의식의 와중에서도 자아완성에 심혈을 기울이고 있다. 나는 의식의 밑바닥을 밝혀 참나가 되려고 한다[222].

그러나 나는 의식의 완전한 개명을 이루지 못하고 혹독한 상황에 처한 조국을 만나 가슴에 불이 붙는다[223]. 외로운 나는 온 세상 사람이 나를 사랑하지 아니할 때에 나를 사랑해준 님을 진심으로 사랑한다[224]. 이러한 님이 나를 버리지 아니하면 나는 일생동안 님을 사랑하며 복종하려고 한다.[225] 그러나 님과 나는 현재 이별 중이다. 나는 님과의 이별은 재회로 극복된다는 신념을 갖고 있기에 님 가신 때를 잊지 않고 기억하고 있다[226]. 나는 어떤 고통을 받더라도 님을 사랑할 수 있는 나의 마음만은 지니고 있으려고 한다[227]. 나는 마음의 본체에 어지간히 접근하고 있지만 그 핵심을 꿰뚫지는 못하고 있다[228]. 조국

---

218) 「두견새」
219) 「나의꿈」
220) 「우는째」
221) 「타골의詩(GARDENISTO)를읽고」
222) 「繡의秘密」
223) 「사랑의불」
224) 「「사랑」을 사랑하야요」
225) 「버리지아니하면」
226) 「당신가신째」
227) 「妖術」
228) 「당신의마음」

광복도 견성도 하지 못한 나는 짧은 여름밤도 길게만 느껴진다[229]. 그러나 나는 지상을 떠나서 천국이 있을 수 없음을 알고 명상의 천국을 떠나 님의 가슴에 천국을 꾸미려고 돌아온다[230]. 또한 나는 견우와 직녀의 천상적 사랑을 마다하고 지상의 사랑을 택한다[231]. 이런 나에게 한숨과 눈물은 부정적인 것만이 아니라 재생을 위한 생의 예술이 된다[232]. 그러나 아직도 님은 아니 오시고 꽃만 곱게 핀다. 나는 아니 오시는 님을 원망한다[233]. 나는 근심을 잊으려고 거문고를 탄다. 이런 나를 님은 힘없이 보면서 눈을 감는다[234].

　나는 님을 격려할 필요를 느끼고, 아름다운 꽃밭과 포근한 가슴이 되어 님이 용기를 갖고 자유회복의 공간으로 나오기를 호소한다[235]. 그러나 님의 반응은 없고 나는 실망한 나머지 실컷 우는 일로 유일한 쾌락을 삼는다[236]. 이런 가운데서 나는 '期約없는期待'를 가지고 님을 기다린다. '나의「기다림」은 나를찾다가못찾고 저의自身까지 이러버렷'다[237]. 나는 마침내 관념의 성을 나와 역사현실에 동참하기 위해 새벽길을 떠난다[238].

---

229)「여름밤이기러요」
230)「冥想」
231)「七夕」
232)「生의藝術」
233)「꽃싸움」
234)「거문고탈째」
235)「오서요」
236)「決樂」
237)「苦待」
238)「사랑의끗판」

상술한 대로 『님의沈默』의 전편의 나는 침묵하는 님의 주위를 반복 · 순환하며 돌고 있다. 나는 님과의 재회를 성취할 수도 없고, 그렇다고 님을 떠나버릴 수도 없다. 나는 혁신적 지식인의 진리애, 지사의 조국애, 시인의 동경, 수행자의 자비심과 귀의심으로 침묵하는 님의 주위를 맴돌고 있다. 이러한 나의 정조인 진리애, 조국애, 동경, 자비심과 귀의심도 어느 하나에 고정되지 않고 반복 순환양상을 보이면서 「만남」이라는 목적을 달성하려고 노력한다. 이러한 나의 정조는 세간성과 출세간성, 입세간성의 반복 · 순환성을 보인다.

이를 도표화하면 다음과 같다.

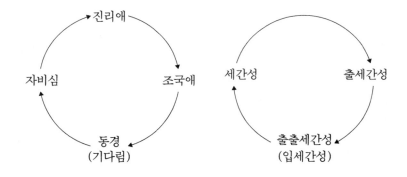

3.4 종합성

한용운은 전인 지향의 인간이었다[239]. 그는 지사, 수행자, 시인, 혁

---

239) 다음 글은 필자의 이런 견해를 뒷받침해준다.
　① 그는 객체화된 부분이 아니라 창조의 주인인 주체이기를 원했고 주체를 통하여 전체에 이르기를 원했다. 이것은 그에게 전인적인 이상을 추구하게 하였

신적 지식인의 삶을 살면서 그 중의 어느 하나가 되기를 원한 것이 아니라 그 모두가 되기를 원했다. 이러한 그의 전인지향성은 『님의沈默』의 나를 통해 드러난다. 『님의沈默』 전편의 나는 상승과 하강을 거듭하면서도 전인성을 지향하게 된다[240]. 나는 여리고 눈물 많은 여인인 듯하지마는 부당한 현실 상황에 대해서는 투철한 인식과 대결의지를 가지고 있고, 존재의 본질을 궁구하려는 진리애, 무명에 싸여 방황하는 이들을 깨우쳐 제도하려는 자비심, 모든 갈등을 극복하여 이상미를 창조하려는 동경을 가지고 있다. 이러한 나는 진, 선, 미, 성을 추구하는 종합적 정조를 보여주게 된다.

여기서 종합적 정조란 인간의 한 부문별 가치감정이 아니라 인류가 추구해 온 진, 선, 미, 성으로 요약되는 전가치를 추구하는 감정을 말한다. 『님의沈默』의 나의 정조가 이처럼 종합성을 보이는 것은 이 시

다. 한용운은 종교가이며 혁명가이며 시인이었다. 어떤 때는 종교가, 어떤 때는 혁명가, 어떤 때는 시인이 아니라, 그는 어느 때나 이 모든 것이기를 원했다.(김우창, 「궁핍한 시대의 시인」, 《문학사상》 통권4호, 56면).

② 혁명과 선승과 시인의 일체화-이것이 한용운선생의 진면목이요, 선생이 지닌 바 이 세가지 성격은 마치 정삼각형과 같아서 어느 것이나 다 다른 양자를 저변으로 정점을 이루었으니 그것들은 각기 독립한 면에서도 후세의 전범이 되었던 것이다. (조지훈, 「한용운론」, 《사조》 1권 5호, 1958. 10).

③ 그러나 그는 인간이 각개의 전문분야로 조각조각 나뉘어진 서구적 자본주의 사회의 시인이 아니라 정치와 학문과 도덕과 문학의 합일을 추구한 전통에서 자라난 시인인 것이다. (염무웅, 「만해 한용운론」 《창작과 비평》 7권 4호, 1973. 1)

④ 신시대의 시인들과 중들과 또 그 밖의 모든 동포 중, 민족의 애인의 자격을 가진 이들은 있었으나 인도자의 자격까지를 겸해 가진 이는 드물었고, 또 인도자의 자격을 가진 이는 있었으나 애인의 자격을 겸해 가진 이는 드물었다. 그러나 만해 선사만은 이 두 자격을 허실없이 완전히 다 가졌던 그런 사람이다 (서정주, 「만해 한용운 선사」 《사상계》 113호, 1962. 11)

240) 「心」, 《유심》 1호, 1918 : '無窮花도 心이오 薔薇花도 心이니라 '

집의 작자인 한용운의 전인적 삶과 무관한 것일 수 없다. 선사, 혁신적 지식인, 지사, 시인이었던 한용운의 전인적 삶은 그 자신의 욕구라기보다는 시대적 요청이라고 해야 옳을 것이다. 그가 산 시대는 어느한 분야를 택하여 다듬고 심화하는 평상시가 아니라, 능력 있는 소수가 전 분야에 걸쳐 활동하는 비상시라고 할 수 있다. 한용운은 이 요구에 수용하여 자기와 시대, 윤리, 신앙, 미 전반에 걸쳐 자신을 침투시킨다. 따라서 『님의沈默』의 님은 절대자, 조국, 민족, 중생, 이상미, 참나 등으로 다의적인 성격을 지니게 된다. 님은 꼭 나의 상위적 존재만이 아니라 나의 서원에 의하여 회복되고 완성되어야 할 하위적 존재로서의 미래의 님도 포함된다.

또 『님의沈默』의 나는 한용운의 시적 자아로서 분열된 자아를 통합하고 세계의 본래성을 회복하려는 자라고 할 수 있다. 시집 전편을 통해 나타나는 나는 각각의 화자의 집합적 인칭이 아니라 Self인 나의 다면적 전개양상의 총합이라고 할 수 있다. 이러한 나의 님은 중생, 민족, 헤매는 나이자 조국, 부처, 이상미, 참나 등으로 다의성을 띨 수밖에 없다. 이러한 다의적 님에 대응하는 나의 정조 또한 다양하지 않을 수 없다. 나의 정조는 단순히 다양한 것이 아니라 진, 선, 미, 성을 추구하는 지, 정, 의, 신 제합의 감정 즉, 종합적 정조로서의 성격을 보여주게 된다.

그러면 나로 대변된 한 성실한 인간의 종합적 가치감정의 전개양상을 살펴보자.

『님의沈默』의 나의 정조의 종합성은 「군말」에서 그 단서를 보여준다. 『님의沈默』의 작자인 한용운은 시집의 서문에서 여태까지 통용되

어 온 이성이나 임금, 스승으로서의 님뿐만 아니라, '긔룬것은 다님'
이라고 선언한다. 여기서 '긔룬것'이란 그리워하는 대상, 기릴만한 대
상, 안쓰러워하는 대상으로 해석한다면 그리워하는 대상으로 이성異
性의 님, 미래의 자유로운 조국, 무명을 벗은 '참나' 등을 들 수 있고,
기릴 만한 대상으로는 어린 나(한용운)를 격려하고 깨우쳐주는 절대
존재, 작자가 궁극적으로 만나고자 하는 이상미를 들 수 있고, 안쓰러
워하는 대상으로는 억압받고 겁에 싸여 있는 민족, 고해를 헤매는 중
생, 신음하는 조국 등을 들 수 있다. 이 모든 것이 작자의 님이 된다.
이 님들과 작자는 서로 사랑하는 관계이다.

　「군말」에서 암시된 정조의 종합성은 몇 가지의 정조가 복합된 형
태로 나타나면서 전체적으로 종합성을 지향하게 된다. 먼저 「알ㅅ수
업서요」를 그 예로 들 수 있다. 나는 세간의 눈물과 고통, 의무를 떠나
청정한 자연에서 황홀경에 젖어 있다. 나는 청정법신인 자연에 깊이
귀의하여 님의 발자취, 얼굴, 입김, 노래, 시를 보고 듣고 접한다. 나는
자연과 하나가 되어 남이 모르는 비밀을 알고 깊은 법열을 느낀다. 이
는 종교적 정조이자 미적 정조라고 할 수 있다. 그러나 이런 법열의
끝에 나는 중생의 밤을 떠올리고 그들의 고통에 동참하려 한다. 세간
의 번뇌와 무지를 피해 출세간의 세계에 든 나는 다시 출세간의 세계
에서 벗어나 중생이 있는 세간으로 들어가는 것이다. 즉 나의 정조는
세간성 → 출세간성 → 출출세간성出出世間性의 과정을 밟게 된다.

　나는 세간의 비극에 방관하거나 초월자의 시혜적 자세에 머무르지
않고 나 자신이 비극의 당사자가 됨으로써 동체대비의 입세간행을 하
게 된다. 그러나 나는 비극에 머무르기 위해서 입세간행을 하는 것이
아니다. 이러한 비극을 극복하여 너, 나가 자유롭고 평등한 세상 곧

정토를 구현하려고 하는 것이다. 따라서 나는 세상 번뇌를 피하지 않고 번뇌 속에서 보리를 구함으로써 세상의 밤을 지키는 등불이 되려 한다. 이는 종교적 정조이자 윤리적 정조라고 할 수 있다.

이처럼 나의 정조는 세간과 출세간, 출출세간을 넘나들면서 종합성을 지향하게 된다.

> 아〃 진정한愛人을 사랑함에는 죽엄은 칼을주는것이오 리별은 꽃을
> 주는것이다
> 아〃 리별의눈물은 眞이오 善이오 美다
> 아〃 리별의눈물은 釋迦요 모세요 짠다크다
> 　　　　　　　 -「리별」에서-

나는 이별을 세간의 눈으로 보다가 출세간 · 입세간의 눈으로도 본다. 세간의 이별은 가변적이고 거짓에 찬 것이다. 그러나 나의 님이 남긴 이별은 거룩한 태양이다. 나는 님과의 이별을 통해 참사랑을 배웠고 슬픔과 고통 속에서도 무한히 성장하는 나를 확인하게 되었다. 따라서 님과의 이별은 죽음이 아니라 창조가 된다. 이를 아는 나는 현재가 힘들고 고통스럽더라도 님의 사랑을 생각하고 꿋꿋하게 살아간다. 이 길만이 님의 사랑에 대한 보은이기 때문이다. 나는 시공을 초월하여 님을 사랑한다. 님과의 이별로 흘리는 나의 눈물은 진, 선, 미, 성의 모태가 되고 석가의 자비심, 모세, 잔다르크의 조국애의 원천이 된다.

이처럼 님에 대한 나의 정조는 진, 선, 미, 성의 전 가치를 추구하는 종합성을 띠게 된다. 나는 세간적인가 하면 출세간 · 입세간적이고, 비극적인가 하면 지향적이다. 또 전통적인가 하면 현대적이다.

　만일 당신이 아니오시면 나는 바람을쐬고 눈비를마지며 밤에서낫가
지 당신을기다리고 잇습니다
　당신은 물만건느면 나를 도러보지도안코 가심니다 그려

　그러나 당신이 언제든지 오실줄만은 아러요
　나는 당신을기다리면서 날마다 ゞゞゞ 낡어감니다
　　　　　　　　　　　　　　　-「나루ㅅ배와 行人」에서-

　먼저 나는 전래의 여인의 기다림의 자세를 보여준다. 어떤 수모에
도 내색하지 않고 오랜 세월을 조용히 인종의 자세로 기다린다. 그러
나 이러한 기다림은 인습에 의한 복종으로서의 기다림은 아니다. 님
에 대한 나의 기다림은 사랑의 당위성을 알고 님은 반드시 온다는 신
념에 바탕한 것이다. 따라서 나의 기다림은 덕과 예지를 지닌 기다림
이라고 할 수 있다.
　나는 세간의 평범한 아낙네로 나타나지만 조금만 깊이 그 내용을
들여다보면 나의 무조건적인 헌신은 인욕과 자비심의 발로라는 것을
알게 된다. 나의 무조건적인 기다림과 헌신에 의해서만 시대의 어둠
과 무명이 밝혀지리라는 것을 알고 있으므로 나는 인욕의 기다림을
계속하는 것이다. 즉, 나의 기다림은 맹목적 기다림이 아니라 지향적
기다림이라고 할 수 있다.
　이처럼 이 시에서도 전통성과 현대성, 세간성과 출ㆍ입세간성, 비
극성과 지향성의 종합적 정조가 나타나고 있다. 또한 나의 정조는 종
교적 정조, 미적 정조(그리움, 기다림), 윤리적 정조의 종합성을 보여
주고 있다.

종합적 정조를 지향하는 나는 비극적 상황에서도 찬송을 하게 된다.

> 님이어 당신은 百番이나 鍛錬한 金결입니다
> 쏭나무쑉리가 珊瑚가되도록 天國의사랑을 바듭소서
> 님이어 사랑이어 아츰벗의 첫거름이어
>
> 님이어 당신은 義가무거웁고 黃金이가벼은것을 잘아심니다
> 거지의 거친밧헤 福의씨를 쑉리옵소서
> 님이어 사랑이어 옛梧桐의 숨은소리여
>
> 님이어 당신은 봄과 光明과 平和를 조아하심니다
> 弱者의가슴에 눈물을쑉리는 慈悲의菩薩이 되옵소서
> 님이어 사랑이어 어름바다에 봄바람이어
>
> 　　　　　　　　　　　　　-「讚頌」 전문-

'百番이나 鍛錬한 金결'이요 '아츰벗의 첫거름'인 님은 이상미의 화
신이라고 할 수 있다. 이러한 절대미가 사랑받고 영속하도록 나는 님
을 찬송한다. 또한 님은 황금이 가벼운 것을 알고, '옛梧桐의 숨은소
리'를 즐기는 고결한 지사라고 할 수 있다. 나는 이 님이 핍박받는 불
쌍한 자에게 복을 내리기를 간청한다. 또한 님은 봄과 광명과 평화를
좋아하는 분으로 극지의 얼음바다에 부는 훈훈한 봄바람과 같은 분이
다. 나는 이 님이 '弱者의가슴에 눈물을쑉리는 慈悲의菩薩'이 되기를
간원한다.

'거지의 거친밧', '弱者의가슴', '어름바다'는 현실상황의 냉혹함과
비극성을 암시한다. 이에 비해 '아츰벗', '옛梧桐의 숨은소리', '봄바

람'은 이러한 비극을 해소시킬 자비와 의기義氣를 암시한다. 나는 님의
미를 찬미하고(미적 정조), 님의 의에 동참하려 하고(윤리적 정조),
님의 자비에 하나가 되려 한다(종교적 정조). 님에 대한 나의 정조는
이처럼 한 면에 한정되지 않고 종합성을 지향하게 되는 것이다.

　이러한 나의 정조의 종합성은 '사랑의 世界'를 완성하려는 염원으
로 나타난다.

　　아니여요 님의주신눈물은 眞珠눈물이여요
　　나는 나의그림자가 나의몸을 써날째까지 님을위하야 眞珠눈물을 흘
　니것슴니다
　　아々 나는 날마다々々々 눈물의仙境에서 한숨의 玉笛을 듯슴니다
　　나의눈물은 百千줄기라도 방울々々이 創造임니다

　　눈물의구슬이어　한숨의봄바람이어　사랑의聖殿을莊嚴하는 無等
　々의寶物이어
　　아々 언제나 空間과時間을 눈물로채워서 사랑의世界를 完成할ㅅ가요
　　　　　　　　　　-「눈물」에서-

　수행자인 나의 눈물은 중생의 눈물과 보살의 눈물의 양면성을 지
니고 있다. 나는 마음 속 깊은 곳에서 나를 움직이고 있는 무명('그림
자')을 벗기 위하여 일심으로 정진하고 있다. 그러나 나의 정진은 나
의 일개인만을 위한 것은 아니다. 나는 나보다 더 두꺼운 어둠에 싸여
있는 중생을 제도하기 위하여 대승적 눈물을 흘리는 것이다. 이러한
나의 눈물은 지혜와 정의심과 염원과 자비심의 결정이기 때문에 방울
방울이 창조의 원동력이 된다. 나는 이러한 눈물의 힘으로 자신이 처

한 이 세계를 시공을 초월한 사랑의 세계로 변화시키려고 한다. 사랑의 세계란 영세불변의 진리의 세계일 수도 있고, 자유와 평등이 확립된 이상적 조국일 수도 있고, 절대미의 세계일 수도 있고, 화엄세계일 수도 있다.

사랑의 세계를 완성하려는 나의 염원은 지적 정조, 윤리적 정조, 미적 정조, 종교적 정조를 구비하고 있고 비극성과 지향성, 출세간성과 입세간성의 종합양상을 보이고 있다. 이처럼 나의 정조는 우여곡절을 겪으면서 종합성을 보여주게 된다.

이러한 사랑의 세계 완성의 염원은 다음 시에서 수놓기로 표현된다. 나는 사유와 행위의 주체인 나를 완전히 파악하기 위하여 마음 밑바닥으로 들어가 자기를 밝히고, 밝힌 자기를 역사 현실에 투입하여 사랑의 세계를 완성하려 한다.

　　나는 마음이 압흐고쓰린째에 주머니에 수를노흐랴면 나의마음은 수놋는 금실을짜러서 바늘구녕으로 드러가고 주머니속에서 맑은노래가 나와서 나의마음이됩니다
　　그리고 아즉 이세상에는 그주머니에널만한 무슨보물이 업슴니다
　　이적은주머니는 지키시려서 지치못하는것이 아니라 지코십허서 다 지치 안는것입니다
　　　　　－「繡의秘密」에서－

수행자이자 혁신적 지식인, 지사, 시인인 나는 엄혹한 시대를 만나 이에 대응하느라 내면의 나에 대해 간혹 소홀하기도 했다. 이런 나는 마음 축이 흔들려서 간간이 방황하기도 하였다. 이런 위기상황에

서 나는 내면으로 눈을 돌려 오랜 수행 끝에 제법 성과를 거두기도 한다. 그러나 마음은 들어 갈수록 미궁이고 넓어지는 것으로, 나의 마음 공부는 완성되기가 어렵다는 것을 알게 된다. 따라서 나의 수행(수놓기)은 각고의 노력에도 불구하고 끝을 맺지 못하는 것이다.

수주머니는 마음 주머니로 볼 수 있다. 또 여기에 넣을 보물은 무명을 말끔히 벗은 '참나', 또는 압제를 벗고 자유를 회복한 이상적 조국이나 정토 등으로 볼 수 있다. 이같은 보물이 현실화하지 않는 한 나의 수행(수놓기)은 끝날 수 없는 것이다. 여기에서도 수놓기라는 전래 여인의 전통행위를 빌어 심층의식을 밝혀 가는 나를 보여주고 있다. 이는 종교적 정조이자 지적 정조라고 할 수 있다. 나는 세간의 여인네의 안타까움을 표현한 듯하지만 그 밑바닥에는 존재의 본질을 밝히려는 출세간의 정조가 나타나고 있는 것이다.

또 수놓기의 완성을 광복의 완전한 달성에 비유한 것이라면 이는 조국광복을 희원하는 윤리적 정조를 보여준 것이라고 할 수 있다. 이러한 수놓기의 완성이 멀고 아득한 일이지만 나는 수놓기를 중단하지 않는다. 나는 슬픔과 고통 속에서도 꾸준하고 사려 깊게 수놓기를 계속한다. 즉 비극성과 지향성을 함께 보여주고 있는 것이다. 이처럼 나의 정조는 지적, 윤리적, 종교적 성향을 종합적으로 보여주고 있다.

이러한 나의 정조는 마침내 장대한 대승적 역사의식으로 분출된다.

오서요 당신은 오실째가되얏서요 어서오서요
당신은 당신의오실째가 언제인지 아심닛가 당신의오실째는 나의기다리는째임니다

당신은 나의꼿밧헤로오서요 나의꼿밧헤는 꼿들이픠여잇습니다
만일 당신을조처오는사람이 잇스면 당신은 꼿속으로드러가서 숨으
십시오
나는 나븨가되야서 당신숨은꼿위에가서 안젓습니다
그러면 조처오는사람이 당신을차질수는 업습니다
오서요 당신은 오실째가되얏습니다 어서오서요

당신은 나의품에로오서요 나의품에는 보드러은가슴이 잇습니다
만일 당신을조처오는사람이 잇스면 당신은 머리를숙여서 나의가슴
에 대입시오
나의가슴은 당신이만질째에는 물가티보드러웁지마는 당신의危險
을위하야는 黃金의칼도되고 鋼鐵의방패도됩니다
나의가슴은 말ㅅ굽에밟힌落花가 될지언정 당신의머리가 나의가슴
에서 써러질수는 업습니다
그러면 조처오는사람이 당신에게 손을대일수는 업습니다
오서요 당신은 오실째가되얏습니다 어서오서요

당신은 나의죽엄속으로오서요 죽엄은 당신을위하야의準備가 언제
든지 되야잇습니다
만일 당신을조처오는사람이 잇스면 당신은 나의죽엄의뒤에 서십시오
죽엄은 虛無와萬能이 하나임니다
죽엄의사랑은 無限인同時에 無窮임니다
죽엄의압헤는 軍艦과 砲臺가 씌끌이됨이다
죽엄의압헤는 强者와弱者가 벗이됩니다
그러면 조처오는사람이 당신을잡을수는 업습니다

오서요 당신은 오실째가되얏슴니다 어서오서요
- 「오서요」 전문 -

나는 이제 두려울 것이 없다. 자유와 평등은 만유의 삶의 필수조건이다. 나는 소리 높여 동시대인인 나의 님들에게 호소하고 행동할 때가 되었음을 알린다. 나는 아름다운 꽃밭으로, 부드러운 가슴으로, 죽음을 각오한 용기로 님들을 격려하고 그들과 함께 사랑의 세계를 완성하려고 한다.

이러한 나의 발언과 행위는 국수주의자의 그것일 수가 없다. 나는 일신을 던져 무한무궁한 사랑을 이루려 하고, 인류를 불행에 빠뜨리는 군함과 포대를 티끌이 되게 하려 하고, 서로 저주하며 끝없이 싸우는 강자와 약자를 화합하게 하려 한다. 이러한 사랑의 세계를 완성하려는 나의 정조는 윤리적 정조인 자유심 외에 지적 정조인 진리애, 미적 정조인 동경, 종교적 정조인 자비심을 두루 보이고 있고 세간, 출세간, 입세간의 순환과정에서 비극성과 지향성, 곧 비극적 지향성을 반복해 보이면서 종합성을 보여주고 있다.

상기한 대로 『님의 沈默』의 나의 정조는 지, 정, 의, 신의 종합적 정신활동에 의해 종합성을 지향하고 있다. 나는 지사이자 수행자이며 시인, 혁신적 지식인인 한용운의 시적 자아로 진, 선, 미, 성의 실현을 목표로 하고 있다. 진, 선, 미, 성을 추구하는 나의 종합적 정조는 감정과 이성을 통어할 가능성을 지니게 된다.

이를 도표화하면 다음과 같다.

4. '나'의 정조의 유형 및 특성 일람표

이상의 고찰을 바탕으로 『님의沈默』 소재 88편의 시와 서, 발에 해당하는 「군말」, 「독자에게」에 나타나는 나의 정조의 유형 및 특성, 나와 님의 실체를 파악하여 도표화하면 다음과 같다(정조의 유형 및 특성, 님과 나의 실체는 두드러진 면만 보인 것이다. 이러한 도식화가 무리한 면이 있으리라는 것은 인정한다. 그러나 이러한 시도가 다음 연구에 조그만 도움이라도 되었으면 하는 뜻에서 진행하였다.)

▼ 『님의沈默』의 나의 정조의 유형 및 특성과 나와 님의 실체 일람표

작품명	요 지	정조의 유형	정조의 특징	나의 실체	님의 실체
군말	"긔룬것은 다님이다… 나는 길을잃고 헤매는 어린양이 긔루어서 이 詩를 쓴다"	지적 정조 윤리적 정조 미적 정조 종교적 정조	종합성	한용운	'긔룬것'
님의沈默	"아아 님은갓지마는 나는 님을 보내지아니 하얏습니다"	윤리적 정조 종교적 정조	비극성 →지향성	지사 수행자	조국 정토
리별은 美의 創造	"리별은 美의創造임니다"	지적 정조 윤리적 정조 미적 정조	비극성 →지향성	혁신적 지식인 지사 시인	조국 아상미

작품명	요 지	정조의 유형	정조의 특징	나의 실체	님의 실체
알ㅅ수 업서요	"그칠줄을모르고 타는 나의가슴은 누구의밤을지키는 약한등ㅅ불임닛가"	종교적 정조 윤리적 정조 미적 정조	출세간성 입세간성 지향성	수행자 지사 시인	부처 중생 (민족)
나는잇고저	"슨임업는 생각생각에 님쑌인데 엇지하야요"	윤리적 정조 종교적 정조	세간성 비극성	지사 수행자	조국
가지마서요	님이여 적과 악마의 유혹에 넘어가지 마셔요.	윤리적 정조	비극성 → 지향성	지사	조국 민족
고적한밤	"宇宙는 죽엄인가요 人生은 눈물인가요"	윤리적 정조	세간성 비극성	지사	조국
나의길	"나의길을 님이내엿스면 죽엄의길은 웨 내섯을가요."	윤리적 정조 종교적 정조	비극성 → 지향성	지사 수행자	조국 부처
쑴쌔고서	님이여, 왜 발자취 소리만 내고 들어오지 않습니까?	종교적 정조	전통성 출세간성	수행자	부처
藝術家	나는 당신의 모습을 잇는 그대로 쓰겠습니다.	종교적 정조 미적 정조	출세간성	수행자 예 술 가	부처
리별	"참어죽지못하고 참어 리별하는 사랑보다 더 큰사랑은 업는것이다"	지적 정조 종교적 정조 윤리적 정조	비극성 → 지향성 종합성	혁신적 지식인 지사 수행자	조국 부처
길이막혀	"나는 보석으로 사다리노코 진주로 배모아요"	윤리적 정조 종교적 정조	비극성 → 지향성 자주성	지사 수행자	조국 부처 '참나'
自由情操	"나의정조는 「自由情操」입니다"	윤리적 정조 종교적 정조	자주성 비극성 → 지향성	지사 수행자	조국 부처
하나가되야 주서요	"마음을가진님한지 나에게주서요"	종교적 정조 윤리적 정조	비극성 → 지향성	수행자 지사	'참나' 조국

작품명	요 지	정조의 유형	정조의 특징	나의 실체	님의 실체
나루ㅅ배와 行人	"나는 당신을 기다리면서 날마다 ～～～낡어갑니다"	종교적 정조 윤리적 정조	자주성 비극성 →지향성	수행자 지사	중생 조국
차라리	"님이여 오서요 오시지아니하랴면 차라리 가서요"	윤리적 정조 종교적 정조	세간성 비극성	지사 수행자	조국 부처
나의노래	나의 노래는 세속의 곡조와는 맞지 않습니다.	종교적 정조	출세간성	수행자	부처
당신이아니더면	"나는 곳당신이어요"	윤리적 정조 종교적 정조	비극성 →지향성	지사 수행자	조국 부처
잠업는꿈	나는 님을 안지 못하고 허공만 껴안았습니다.	지적 정조	비극성	수행자	'참나'
生命	"님이어 님에게밧치는 이적은생명을 힘껏써 안어 주서요"	종교적 정조	비극성	수행자	부처
사랑의測量	"뉘라서 사람이머러지면 사랑도머러진다고 하여요"	윤리적 정조	세간성 비극성	지사	조국
眞珠	"어듸 그진주를 가지고기서요 잠시라도 웨 남을빌녀주서요"	윤리적 정조	세간성	지사	조국
슯음의三昧	"그대는 滿足한사랑을 밧기위하야 나의팔에 안겨요"	윤리적 정조 종교적 정조	비극성 →지향성	지사 수행자	조국 민족 중생
의심하지마서요	"당신과써러저잇는 나에게 조금도 의심을 두지마서요"	윤리적 정조	비극성 →지향성	지사	조국
당신은	꽃잎이 당신의 입술을 스칠 때에 나는 시새움에 울고 싶었습니다.	종교적 정조	출세간성	수행자	부처
幸福	"나는 당신을사랑하고 당신의행복을 사랑합니다"	윤리적 정조	지향성	지사	조국

작품명	요 지	정조의 유형	정조의 특징	나의 실체	님의 실체
錯認	"부끄럽든마음이 갑작히 무서워서 쩔려짐니다"	지적 정조	출세간성	수행자	부처
밤은 고요하고	한 밤을 새워도 그를 사랑하는 나의 마음은 식지 아니하였습니다.	윤리적 정조	비극성 전통성	지사	조국
秘密	마지막 비밀은 소리 없는 메아리와 같아서 표현할 수가 없습니다.	지적 정조	출세간성	수행자	'참나'
사랑의 存在	"사랑을 이름지을만한 말이나글이 어데잇슴닛가"	지적 정조	출세간성	수행자 시인	부처 이상미
쑴과근심	님 생각에 긴 근심과 짧은 꿈으로 나날을 보냅니다.	윤리적 정조	전통성 세간성 비극성	지사	조국
葡萄酒	님이여, 눈물로 빚은 이 포도주를 드셔요.	윤리적 정조	비극성	지사	조국
誹謗	"당신에게誹謗과猜忌가 잇을지라도 관심치 마셔요"	윤리적 정조	지향성	지사	조국
「?」	"感情과理智가 마조치는刹那에 人面의惡魔와 獸心의天使가 보이랴다사러짐니다"	지적 정조	비극성	수행자 중생	'참나' 부처
님의손ㅅ길	"나의적은가슴에 타오르는 불쏫은 님의 손ㅅ길이아니고는 쯔는수가업습니다"	지적 정조 종교적 정조	출세간성	수행자	'참나'부처
海棠花	님이여, 해당화 피기 전 오신다는 약속을 왜 지키지 않으십니까?	윤리적 정조	세간성 비극성	지사	조국

작품명	요 지	정조의 유형	정조의 특징	나의 실체	님의 실체
당신을 보앗습니다	눈물과 수모, 방황 속에서 당신을 보았읍니다	지적 정조 윤리적 정조	비극성 →지향성	지사 혁신적 지식인	조국
비	"비는 가장큰權威를가지고 가장조흔機會를 줍니다"	종교적 정조	출세간성	수행자	'참나'
服從	"自由를모르는것은 아니지만 당신에게는 服從만하고십허요"	윤리적 정조 종교적 정조	자주성 지향성	지사 수행자	조국 부처
참어주서요	"님이어 나의리별을 참어주서요"	지적 정조 종교적 정조	출세간성	수행자	부처
어늬것이 참이냐	"당신의 써난恨은 드는칼이되야서 나의애를 도막ㅅㅅ 신어노앗슴니다"	윤리적 정조	전통성 비극성	지사	조국
情天恨海	"情하늘에 오르고 恨바다를 건느랴면 님에게만 안기리라"	종교적 정조 윤리적 정조	자주성 전통성	수행자 지사	부처 조국
첫「키쓰」	님이여 우리 사랑을 새삼스럽게 스스러워 마셔요	지적 정조	지향성	지사	조국
禪師의說法	"大解脫은 束縛에서 엇는것입니다"	지적 정조 종교적 정조	입세간성	수행자	'참나'
그를보내며	그의 가는 뒷모습이 더 아름답습니다	윤리적 정조	세간성 비극성	지사	조국
金剛山	금강산아, 꿈없는 잠처럼 깨끗하고 단순하게 있어 다오.	윤리적 정조	지향성	지사	조국
님의얼골	님의 얼굴은 인간의 것이라고할 수가 없을 만치 어여뿝니다.	종교적 정조 미적 정조	출세간성	수행자 시인	부처 이상미

작품명	요 지	정조의 유형	정조의 특징	나의 실체	님의 실체
심은버들	"남은가지 千萬絲는 해마다해마다 보낸恨을 잡어맵니다"	윤리적 정조	전통성 비극성	지사	조국
樂園은가시 덤풀에서	"苦痛의가시덤풀뒤에 歡喜의樂園을 建設하기위하야 님을써난나는 아아幸福임니다"	종교적 정조 윤리적 정조	자주성 입세간성	지사 수행자	조국 정토
참말인가요	님을 조롱하는 그들에게 나는분풀이를 하지 않고는 견딜 수가 없습니다.	윤리적 정조	비극성 →지향성	지사	조국
꽃이먼저 아러	타향에서 봄을 맞는 나의 슬픔을 꽃이 먼저 알았습니다.	윤리적 정조	세간성 비극성	지사	조국
讚頌	義와 광명과 평화를 좋아하시는 님을 찬송합니다.	종교적 정조 미적 정조	입세간성	수행자 시인	부처 정토
論介의愛人 이되야서 그의廟에	나는 논개에게서 용서를 받고 영원히 그녀를 사랑하려 합니다.	윤리적 정조 미적 정조	자주성 비극성 →지향성	지사 시인	논개
後悔	당신 계실 때에 알뜰한 사랑을 못한 것을 후회합니다.	윤리적 정조	세간성 비극성	지사	조국
사랑하는 까닭	나의 백발과 눈물과 죽음도 사랑하는 당신을 사랑합니다	윤리적 정조 종교적 정조	입세간성 지향성	수행자 지사	부처 조국
당신의 편지	당신의 편지라면 확고한 자유의지가 담겨 있을 터인데…	윤리적 정조 지적 정조	비극성 →지향성	지사	조국
거짓리별	"거짓리별이 언제든지 우리에게서 써날줄만은 아러요"	윤리적 정조 종교적 정조	비극성 →지향성	지사 수행자	조국 '참나'

작품명	요 지	정조의 유형	정조의 특징	나의 실체	님의 실체
쏨이라면	"사랑의쏨에서 不滅을 엇것슴니다"	종교적 정조 지적 정조	입세간성	수행자	부처 '참나'
달을보며	"당신의얼골이 달이기에 나의얼골도 달이되얏슴니다"	종교적 정조	출세간성	수행자	부처 '참나'
因果律	"참盟誓를째치고가는 리별은 옛盟誓로 도러올줄을 암니다"	지적 정조 윤리적 정조	비극성 →지향성	지사 수행자	조국 '참나'
잠쏘대	"아모리 잠이자은허물이라도 님이 罰을주신다면 그罰을 잠을주기는 실슴니다"	윤리적 정조	비극성→ 지향성	지사	조국
桂月香에게	"나는 그대의 多情을 슯어하고그대의 無情을 사랑함니다"	윤리적 정조	전통성 자주성	지사	계월향
滿足	"나는 차라리 발쏨치를돌녀서 滿足의묵은 자취를 밟을까하노라"	종교적 정조	출세간성	수행자	부처
反比例	당신은 「沈默」과 「黑闇」과 「光明」으로 나에게 들리고 보이고 비침니다.	종교적 정조	출세간성	수행자	부처
눈물	"언제나 空間과時間을 눈물로채워서 사랑의 세계를 完成할ㅅ가요"	종교적 정조 윤리적 정조	입세간성	수행자 지사	부처 조국
어데라도	"어데라도 눈에보이는 데마다 당신이게시기에 눈을감고 구름위와 바다밋을 차저보앗슴니다"	종교적 정조	출세간성	수행자	부처 '참나'

작품명	요 지	정조의 유형	정조의 특징	나의 실체	님의 실체
쌔날쌔의 님의얼골	"님의 쌔날쌔의 어엽분얼골을 나의눈에 색이것슴니다"	윤리적 정조	세간성 비극성	지사	조국
最初의님	"님이어 우리의 다시 맛나는우슴은 어늬쌔에 잇슴닛가"	지적 정조 종교적 정조	비극성→ 지향성	수행자	'참나'
두견새	"울내야 울지도못하는 나는 두견새못된恨을 또다시 엇지하리"	윤리적 정조	비극성 전통성	지사	조국
나의쑴	"나는 일생동안 당신의周圍에 써돌것슴니다"	윤리적 정조	전통성	지사	조국
우는쌔	"나는 여러사람이모혀서 말하고노는쌔에 더 울게됩니다"	윤리적 정조	세간성 비극성	지사	조국
타골의詩 (GARDENISTO)를 읽고	"그의무덤을 黃金의노래로 그물치지마서요 무덤위에 피무든旗대를 새우서요"	지적 정조 윤리적 정조	지향성	지사	조국
繡의秘密	"이적은주머니는 지키시려셔 지치못하는것이 아니라 지코십허서 다지치안는것임니다"	지적 정조 종교적 정조	전통성 출세간성	수행자	'참나'
사랑의불	님과 나의 눈물로 나의 가슴의불을 끄고 다음에 그대들의 가슴에 뿌려주리라.	윤리적 정조 종교적 정조	비극성→ 지향성	지사 수행자	조국 부처
「사랑」을 사랑하야요	"왼세상사람이 나를사랑하지아니할쌔에 당신만이 나을사랑하얏슴니다"	종교적 정조	출세간성	수행자	부처

작품명	요 지	정조의 유형	정조의 특징	나의 실체	님의 실체
버리지 아니하면	나는 일생동안 당신을 따르며고락을 같이 하겠습니다.	윤리적 정조	전통성	지사	조국
당신가신째	"나는 永遠의時間에서 당신가신째를 싣어내 것습니다"	윤리적 정조	비극성→ 지향성	지사	조국
妖術	"마음을쎄아서가는 妖術은 나에게는 가리처주지마서요"	지적 정조 윤리적 정조	비극성→ 지향성	지사	조국
당신의마음	"당신의마음을 보지못하얏습니다"	종교적 정조	출세간성	수행자	'참나'
여름밤이 기러요	"당신이 기실째에는 겨울밤이쩌르더니 당신이가신뒤에는 여름밤이기러요"	윤리적 정조	비극성 전통성	지사	조국
冥想	"나는 님이오시면 그의가슴에 天國을쑤미랴고 도러왔습니다"	종교적 정조 윤리적 정조	입세간성 자주성	수행자 지사	정토 조국
七夕	"그들이 나를 하늘로 오라고 손짓을한대도 나는가지안컷읍니다"	윤리적 정조	입세간성 자주성	지사	조국
生의藝術	"님이주시는 한숨과눈물은 아름다운 生의藝術임니다"	윤리적 정조 미적 정조	비극적 →지향성	지사 시인	조국 이상미
꼿싸움	"꼿은픠여서 시드러가는대 당신은 옛맹서를 이즈시고 아니오심닛가"	윤리적 정조	비극성	지사	조국

작품명	요 지	정조의 유형	정조의 특징	나의 실체	님의 실체
거문고탈째	"당신은 사러지는 거문고소리를 싸러서 아득한눈을감습니다"	윤리적 정조	비극성	지사	조국
오서요	"오서요 당신은 오실째가되얏서요 어서오서요"	윤리적 정조	비극성 →지향성	지사	조국 민족
快樂	"당신 가신 뒤 나의 유일한 쾌락은 이따금 실컷우는 것입니다"	윤리적 정조	비극성 전통성	지사	조국
苦待	"나의 「기다림」은 나를 찾다가 못찾고 저의自身까지 이러버렷슴니다"	윤리적 정조 종교적 정조	비극성	지사 수행자	조국 '참나'
사랑의끗판	"네 네 가요 이제곳가요"	윤리적 정조	지향성	지사	조국
讀者에게	"여러분이 나의詩를읽을째에 나를슲어하고 스스로슲어할줄을 암니다"	윤리적 정조	비극성 →지향성	한용운	독자

5. '나'의 정조의 시사적 의의

이상의 고찰을 바탕으로 『님의 沈默』의 나의 정조의 시사적 의의를 추출하면 다음과 같다.

첫째, 나의 정조는 전래의 정한의 극복을 가능하게 해준다. 고대시가의 대표적 정서가 정한임은 널리 알려진 사실이다. 바라고 원하는 바가 현실의 벽에 막혀 불가능하게 되었을 때 그 소망을 충족시키지도 못하고 잊지도 못하면서 오랫동안에 걸쳐 고이고 응어리진 심리가 곧 정한이라고 할 수 있다. 이 정한은 주로 여성의 목소리로 나타난다. 오랫동안 참고 기다리며 그리워하는 우리 여인네의 삶이 정한의 형성지로 적격이었기 때문일 것이다. 여성적 삶은 역사성에 투철하기는 어렵지만 남성들이 무능하여 문제해결력을 잃었을 때 그 이면을 끌어안아 명맥을 유지하게 하는 미덕을 보여준다. 곧 정한이 어려운 시대에 모성적 끈기로 우리를 버티고 기다리게 해주었다고 할 수 있다.

『님의沈默』의 나의 정조가 새롭게 평가되어야 할 이유가 여기에 있다. 나는 전래의 정한을 이어받고 있지만 전통 그대로 수용하지는 않는다. 나 또한 님을 사랑하고, 이별의 눈물을 흘리고, 떠난 님을 그리워하고 기다린다. 언뜻 보아 전래의 정한과 하등의 차이가 없다. 「가시리」나 「동동」, 「서경별곡」 같은 고려가요의 화자나, 애절한 연심을 드러낸 황진이나, 홍랑, 매창 등의 시조의 화자와 별로 다를 바가 없다. 그러나 조금만 유의해 보면 이러한 유사성 가운데서도 나는 단순히 님을 그리워하고 기다리는 것만은 아니라는 것을 알게 된다. 나는 님과의 만남을 체념으로 돌리지 않고 필연으로 인식한다. 이러한 인식은 님은 곧 나라는 인식에서 출발한다. 따라서 나는 님과의 만남을 위해 님을 격려하고, 각성시키고, 귀의하고, 목숨을 바치려 한다. 나의 이러한 인식과 행위에 의해 이별은 운명적인 것이 아니라 극복 가능한 것이 되고, 나아가서 더 큰 만남을 위한 통과의례로 인식되며, 마침내 전래의 정한을 벗고 미래지향성을 갖게 되는 것이다. 이러한 나의 정조는 민족정서의 심화확대라는 면에서 그 시사적 의의가 크다고 할 것이다.

둘째로 나의 정조는 한용운의 전인적 삶의 소산으로 『님의沈默』 산출의 원동력이 되었다는 점이다. 한용운의 시적 자아인 나의 정조는 진, 선, 미, 성을 추구하는 지적 정조, 윤리적 정조, 미적 정조, 종교적 정조를 보여 준다. 나는 인생 전반에서 미를 찾고 이를 시화하려고 한다. 따라서 나는 지, 정, 의, 신이나 진, 선, 미, 성의 어느 한 면에 치우치지 않고 기교주의나 관념주의 등 어떠한 유파에도 빠져들지 않는다. 나의 미는 서구미학이나 출세간의 미만으로 볼 수 없다. 나의 미는 진, 선, 성 지향의 미이고 출세간, 입세간의 미이다. 수행자로서의 나의 입세간행은 세간, 출세간을 넘나드는 대승행이다. 이 대승행에 의해 나는 진리의 탐구자가 되고, 역사 현실의 주역이 되고, 고뇌와 기다림의 시인이 된다.

내가 관념에 머물지 않고 구체적 성장을 이룬 것은 나의 자아와 시대에 대한 투철한 인식, 인류애적 관점에서의 불굴의 자유의지와 동체대비심, 나와 주위에 대한 탁월한 심리 이해 등에 기인한다. 이는 말초적 소재주의나 지적 신기新奇주의 등을 선호하는 현대시에 경종을 울려주는 것으로, 문학의 영원한 테마는 문제 제기나 분석만이 아니라 성숙시키고 소통시키는 것이라는 것을 웅변적으로 말해주는 것으로, 이는 현대시가 자초한 소외현상의 극복에 귀중한 방향타가 될 수 있다.

셋째로 나의 정조는 나로 하여금 한국문학사상 최초의 현대적 자아가 되게 하였다는 점이다. 『님의沈默』의 최대의 공적은 나의 발견이다. 여태까지 우리 문학사에는 확고한 인식에 도달한 나가 전무했다고 할 수 있다. 인식의 주체로서의 나의 부재로 진정한 자유의지가 나타나지 않았다. 그런데 한용운의 시적 자아인 나는 자유의지의 화신이라고 할 수 있다. 나는 서정적, 구도적, 역사적 존재로 나에 의하여 다의의 님은 창조된다. 나는 존재론적 역설에 의해 전래의 정한을 벗고 '참나'가 되려 한다. 나는 구도인으로, 역사인으로, 시인으로 세간과 출세간을 넘나들며 이상미를 실현하려 한다. 『님의沈默』의 화자인 나의 자기확립, 확대과정으로 보아야 이 시집의 연작성을 이해할 수 있다.

나는 이데아를 추구하는 로만적 자아로도 볼 수 있다. 그러나 내가 로만적 아이러니에 빠지지 않는 것은 자아와 시대에 대한 투철한 인식에 바탕했기 때문이다. 나는 고정된 윤리의식에 매이지 않고 늘 새롭게 인식하고 통합하려 하기 때문에 신선한 모습을 유지한다. 이러한 나에 의해 진행되는 『님의沈默』은 늘 긴장을 수반하고 있어서 아직도 우리에게 살아 있는 시집이 된다고 할 수 있다.

넷째로 나의 정조는 인식성이 결여된 전래의 정한이나 외래사조에서 참된 출구를 찾지 못한 한국문학의 주체성, 지속성 확립에 유력한 근거를 제공해 준다는 점이다. 나의 정조는 전통성에 바탕해 있으면서도 자주성과 미래지향성을 가지고 있다. 즉 온고이지신의 실현인 것이다. 나는 망국한을 가지고 있지만 그 늪에 빠지지 않고, 현대성을 지니고 있지만 무국적주의자가 되지 않는다. 나는 내가 속한 민족 사회에 전적으로 성실하려 한다. 이 성실의 댓가로 온갖 고난을 받더라도 나는 이 땅이 나의 정토가 될 수밖에 없음을 분명히 인식한다. 따라서 이 나라와 민족은 나의 님이 되고, 님의 소생을 염원하는 나의 정조가 『님의沈默』으로 결정되었다는 것이다.

곧 나의 정조는 모국어인 한글로 표기되어 전달된다. 모국어는 한 나라 정조의 보고라고 할 수 있다. 나는 나의 슬픔과 염원을 외래의

말이 아닌 어머니의 품속에서 터득한 우리말로 격조 높게 하소연하여
자신과 동시대인을 위로한다. 정조의 시집인 『님의 沈默』은 모국어의
식의 결정이고, 한국어의 형이상학적 표현능력에 대한 회의를 일시에
불식한 쾌거라고 할 수 있다. 『님의 沈默』은 세계의 전 시집을 망라하
여도 가장 형이상학적인 시집의 하나이다. 모국어로 표현된 나의 정
조는 나와 민족의 마음이 되었고, 주체성과 지속성의 확립으로 민족
문학의 바탕이 되었다고 할 수 있다.

다섯째로 나의 자아와 세계에 대한 투철한 인식, 불굴의 자유의지,
심층심리에 대한 이해, 고도의 은유, 상징, 역설의 구사, 모국어의 형
이상학적 표현능력의 확대 등에 밑받침된 『님의 沈默』은 마땅히 한국
현대시의 자랑스러운 출발점으로 평가받아야 한다는 점이다.

Ⅳ. 결 론

한용운은 문리가 있는 문자로 이루어진 모든 글은 문학이라는 광의
의 문학관을 갖고 있었고, 문학작품은 감정에 토대를 두고 이지와 조
화를 이룬 것이라야 예술성을 획득할 수 있는 것으로 보았다. 즉 그는
지, 정, 의, 신에 의한 진, 선, 미, 성의 추구를 문학적 사명으로 삼았다.
이러한 그의 문학을 이끌어가는 원동력을 연구자는 가치지향의 감정
인 정조라고 보고, 그의 시집인 『님의 沈默』의 나의 정조를 유형 별로
고찰하고 그 특성을 알아본 후 시사적 의의를 논하였다.

이를 요약하면 아래와 같다.

「군말」의 나(한용운)는 '석가', '칸트', '장미화', '마시니'와 동류학적 존재로서, 중생을 님으로 여기는 석가의 자비심은 수행자 한용운의 자비심, 철학을 님으로 여기는 칸트의 진리애는 혁신적 지식인 한용운의 진리애, 봄비를 향한 장미화의 동경은 시인 한용운의 이상미에 대한 동경, 이태리를 님으로 받드는 마시니의 조국애는 지사 한용운의 조국애로 환치할 수 있다. 이로 보면 「군말」은 한용운의 지적 정조(진리애), 윤리적 정조(조국애), 미적 정조(동경), 종교적 정조(자비심)을 모두 보인 것으로, 한용운의 시적 자아인 『님의沈黙』 본시편들의 나의 정조는 여기서 예시豫示된 셈이다.

나는 자아와 세계의 근본을 궁구하려는 진리애, 곧 지적 정조의 소유자로, 이러한 진리애는 자아와 세계에 대한 인식의 원동력이 된다. 나는 '현상의 나'와 '본래의 나'(님, 진아)가 분열(리별)되어 있음을 안다. 이처럼 나를 본래의 나로부터 떼어놓은 것은 무명이라고 할 수 있다. 따라서 나는 무명의 근원인 아뢰야식을 밝혀 깨우친 나가 되려 한다. 나의 끝없는 자기인식 행위는 곧 아뢰야식 속에 숨어 있는 심층의 자기를 훈습하여 '현상의 나'와의 이별을 극복하고 재회하게 하려는 노력이다. 이 일이 지난한 것이 때문에 나는 방황하기도 하지만 조금씩 무명을 벗고 '참나'에 접근해 간다. 이러한 나는 동일성 회복의 측면에서 해석해 볼수도 있고 분석심리학의 중심원형인 Self의 자기확대과정으로도 해석할 수 있다. 또한 나의 지적 정조는 나의 생존공간인 이 세계가 본래성을 잃고 어둠에 싸여 있는 것을 직시한다. 나는 이 지상을 떠나 딴 곳에서 정토를 구현하려고 하지 않기 때문에 온갖 수모를 겪으면서도 이 지상에 '사랑의 세계'를 완성하려고 한다.

　나의 윤리적 정조는 조국만이 나의 삶을 온전하게 전개시킬 유일한 공간이라는 인식에서 출발한다. 그런데 조국은 주권을 빼앗기고 형적을 감추어버렸다. 곧 조국이라는 님은 의지할 곳 없는 나를 버려두고 어디론가 사라져버리고 다시는 돌아오지 않고 있는 것이다. 이러한 나에게 망국한이 자리잡게 된다. 그러나 나는 망국한에만 매여 있는 것이 아니다. 이 망국한을 전환시켜 광복에의 의지를 보이고, 한걸음 더 나아가 '자유는 만유의 생명이요 평화는 인생의 행복'임을 확신하는 자유심으로 발전하게 된다. 이 자유심에 의해 나는 자유를 억압하는 모든 요인들에 대해 당당하게 항의하고 저항하게 된다.

　진, 선, 미, 성의 화신으로서의 이상미적 존재인 님은 나의 그리움과 기다림의 대상이다. 나는 이 님과의 재회를 열렬히 갈망하며 미적 정조를 보인다. 나의 이상미에 대한 동경은 에로스라고 할 수 있다. 그러나 님과의 재회는 난망하다. 나의 그리움과 기다림은 자연히 비극성을 띨 수밖에 없다. 그러나 나의 미적 정조인 그리움과 기다림은 비극성 속에서도 지향성을 지닌 것이다. 나는 어떤 고통과 슬픔 속에서도 '장미화'인 나를 이상미로 꽃피울 '봄비'를 그리워하고 기다린다.

　중생을 님으로 여기고 교화하는 석가의 자비심은 나보다 더 아픈 중생을 위로하려는 수행자인 나의 자비심이기도 하다. 나는 같은 피를 나눈 한 민족이자 혹독한 어둠 속에 있는 중생인 동시대인들에게 동체대비심으로 다가가 '등불'이 되고 '나룻배'가 되려 한다. 또한 나는 완성된 자가 아니라 과정적 존재로서 위기에 봉착할 때마다 절대의 님에게 귀의해 지혜와 용기를 얻고 새 출발을 하려고 한다. 이처럼 나는 상구보리로서의 귀의심과 하화중생으로서의 자비심이라는 종교적 정조를 보여주고 있다.

   이러한 나의 정조의 특성으로는 자주성과 미래지향성, 반복 · 순환성, 종합성을 들 수 있다.

   「군말」에서 한용운은 조국에 대한 일편단심을 암시하고 있다. 또 그는 자유연애를 인정하면서도 '이름조은 自由'를 경계하고 있다. 이처럼 그는 온고이지신으로서의 자주적인 면모를 보이고 있다. 한용운의 시적 자아인 『님의 沈默』 본시편들의 나는 '자유정조'를 지키고 복종할 만한 님에게는 자발적으로 복종한다. 나는 정한을 부정적으로 보지 않고 하늘과 바다로 봄으로서 님에게 도달하기 위한 창조적 에너지로 수용한다. 이러한 나는 전래의 수놓기를 통해 자기완성을 시도하기도 하고, 논개와 계월향의 삶을 검토하고 그들의 애국적 삶을 이어받음으로써, 전통의 창조적 계승을 실현하게 된다. 이러한 나의 정조는 자주성을 지녔다고 할 수 있다.

   나는 이별의 슬픔에 침몰되지 않고, 이별을 미의 창조의 계기로 본다. 이별을 통해서 나는 자신을 되돌아보고 님과의 더 크고 빛나는 만남의 계기로 삼으려 한다. 나는 시대의 실상을 정확히 파악하고, 어둠이 구사하는 궤변과 위협에 동시대인들이 넘어가지 말 것을 호소하기도 한다. 이러한 삶을 택한 나에게 심각한 가난과 수모, 절망이 따른다. 그러나 나는 위기의 막바지 때마다 오히려 님을 보게 된다. 님과의 이러한 소통에 의해 나는 비극적 세계관을 극복하고 자신이 처한 궁핍한 세계를 전체성이 지배하는 세계로 되돌리려고 노력한다. 이러한 노력의 실천으로 나는 님을 조롱하는 자의 칼날에 맨몸으로 저항하고, 핍박받는 동시대인들을 위해 한 몸을 바치려고도 한다. 이처럼 나의 정조는 미래지향적 대응의지를 보이고 있다.

『님의 沈默』의 나는 침묵하는 님의 주위를 휩싸고 돈다. 나의 정조
의 반복·순환성은 여기서 이미 암시된다. 나는 수행자이자 무명 중
생으로, 이상과 현실의 사이에 끼어 상승과 하강을 계속한다. 이러한
나는 아니마와 본래의 남성성, 양성적 나의 모습을 다양하게 보여주
고 있다. 곧 가혹한 상황을 만난 나는 본래의 남성적 자아를 유지하지
못하고 여성적 자아인 아니마나 남녀양성의 모습을 많이 보인다. 나
는 확고한 조국애와 자비심, 진리애를 보이기도 하지만, 그보다 더 많
이 슬픔과 좌절을 보이고 있다. 나는 원래 번뇌중생으로 가혹한 시대
를 만나 자아를 구원하려고 출세간을 단행하고 출세간지를 발휘하여
다시 세간에 들고, 세간중생과 더불어 번뇌하고 슬퍼하면서 깨달음
을 높여간다. 이러한 나의 입세간행은 그 안에 비극성과 지향성을 동
시에 내포할 수밖에 없다. 이처럼 나의 정조는 세간을 나서 세간에 들
고, 세간에 들어 세간을 나는 대승적 반복·순환성을 보이고 있다.

「군말」의 네 가지 정조는 나의 정조의 종합성을 예시하고 있다. 나
는 네 가지 정조의 반복·순환성 속에서도 길 잃거나 한편에 치우치
지 않고, 정조의 종합성을 지향하게 된다. 이상적 조국에 대한 나의
조국애는 정토구현의 대승심이기도 하고, 이상적 미에 대한 동경이기
도 한다. 이상미에 대한 나의 동경은 진리애이자 조국애가 되기도 한
다. 중생을 향한 나의 사랑은 미적 동경, 자유심, 보리심이기도 하다.
이처럼 나의 정조는 한 대상에 국한되지 않고 전체적으로 연관을 맺
으면서 종합성을 지향하고 있다. 이는 나의 정조가 지, 정, 의, 신에 의
한 진, 선, 미, 성을 추구하기 때문이다.

이상의 고찰을 바탕으로 나의 정조의 시사적 의의를 정리하면 다음과 같다.

첫째, 나의 정조는 전례의 정한의 극복을 가능하게 해준다. 나는 전래의 정한을 이어받고 있으나, 이를 체념으로 흐르게 하지 않고 만남에의 의지로 전환시킨다. 이는 나는 곧 님이라는 인식에 바탕하기 때문이다. 따라서 나는 님과의 만남을 위해 님을 격려하고 각성시켜 만남의 또 다른 주체가 되게 하려 한다. 이러한 나의 인식과 행위에 의해 이별은 운명적인 것이 아니라 극복 가능한 것이 되고, 자연히 나의 정한도 치유 가능한 것이 된다. 이러한 나의 성장과정에서 자연히 나와 님의 정체도 밝혀지게 된다.

나는 선사, 지사, 시인, 혁신적 지식인이자 아직 불완전한 수행자로 '석가,' '칸트', '장미화', '마시니'와 대등한 성격을 보이는가 하면, 길을 잃고 헤매는 중생이나 민족과 같은 '어린羊'의 성격을 보여주기도 한다. 나는 이 양자군兩者群을 넘나들면서 이 모두와 하나가 되어 이루어지는 보편아, 무한아의 성격을 지니고 있다. 이러한 나의 님 또한 포괄적 존재가 될 수밖에 없으니, 상위적 존재로는 절대자나 '참나', 이상적 조국이나 정토, 이상미 등을 들 수 있고, 하위적 존재로는 고통받는 민족이나 중생 등을 둘 수 있다. 이러한 포괄성에 도달한 나는 자아와 세계의 등불이 되고 시공을 초월하여 낡지 않는 존재가 됨으로써 비인간화와 자기 소외의 늪에 깊이 빠져들어 가는 현대시에 귀한 방향타가 된다고 할 수 있다.

둘째로 나의 정조는 한국문학사상 최초로 전인적 삶의 시화를 가능하게 해주었다고 할 수 있다. 한용운은 지, 정, 의, 신에 의한 진, 선, 미, 성의 추구를 그의 문학적 목표로 삼았다. 이러한 전인적 삶의 지향자였던 한용운의 시적 자아인 나의 정조는 당연히 지적 정조, 윤리적 정조, 미적 정조, 종교적 정조로 나타날 수밖에 없다. 이러한 나가 구체적 성장을 할 수 있었던 요인으로는 나의 자아와 시대에 대한 투철한 인식, 인류애적 관점에서의 불굴의 자유심, 이상미에 대한 열렬한 동경, 나와 너를 한 몸으로 보고 이들을 구제하기를 서원하고 실행하는 동체대비심 등을 둘 수 있다. 나의 정조는 자주성과 미래지향성이 공존하고 세간성과 출세간성의 구별이 없고 비극성과 지향성이 넘나듦으로써 전체적 반복·순환양상을 보이는데, 이런 가운데서도 종합성을 지향하고 있다.

셋째로 나의 정조는 인식성이 결여된 전래의 정한이나 외래 사조에서 참된 출구를 찾지 못한 한국 현대문학의 주체성, 지속성 확립에 유력한 근거를 제공해 주었다. 나의 정조는 온고이지신의 실현으로, 나는 망국한을 지니고 있지만 그 늪에 빠지지 않고, 현대성을 지니고 있지만 무국적성을 보이지 않는다. 나는 자신이 속한 민족사회에 전력으로 성실하려 하며 이 땅의 언어로 느끼고 사고한다. 이 모국어 의식의 결정이 곧 『님의 沈默』으로, 『님의 沈默』은 한국어의 형이상학적 표현능력에 대한 회의를 일시에 불식한 쾌거였다고 할 수 있다.

마지막으로 나의 자아와 시대에 대한 인식, 불굴의 자유의지, 심층심리에 대한 이해, 은유 상징 역설의 능란한 구사, 모국어의 형이상학적 표현기능 확대 등에 밑받침된 『님의 沈默』은 한국 현대시의 자랑스런 출발점으로 평가받아 마땅하다는 점이다.

이 연구는 『님의 沈默』의 나의 정조를 이해하는 것이 전인지향의 삶을 살았던 한용운의 문학 연구의 첩경이라는 확신에서 출발하였다.

이러한 거시적 안목의 문학연구에 의해서만 나의 모태인 한용운의 시
인성은 밝혀질 수 있다고 보았기 때문이다. 그러나 이러한 확신을 체
계적으로 논리화하는 데는 연구자의 능력이 많이 부족함을 절감하지
않을 수 없었다. 먼저 정조에 대한 선행연구가 거의 없는 데다가 유식
론, 화엄사상 등의 불전에 대한 이해가 깊지 못했고, 동양적 문학관에
대한 섭렵도 병행하질 못했다. 이러한 분야에 대한 깊은 이해가 뒷받
침되어야만 『님의 沈黙』에 대한 더 깊은 이해는 가능하리라고 본다.

제6부

『님의 沈默』깊게 읽기

I.『님의 沈默』 깊게 읽기의 열쇠

1. 이 시집의 화자인 '나'의 정체 :
   1) 여럿인가, 하나인가
   2) 여성, 남성, 양성兩性으로 보이는 나의 성 정체성은 무엇인가
   3) '나'의 가치지향의 감정인 정조情操는 무엇이며, 어떻게 발현되
      는가
2. '나'의 대상인 '님'의 정체는 무엇이며, '나'와는 어떤 관계인가
3.『님의 沈默』은 왜 역설의 시집인가
4.『님의 沈默』의 비극적 지향성은 어떻게 전개되는가
5.『님의 沈默』의 해석을 위해 어떤 문학이론이나 연구방법론이 필
   요한가
6. 왜 유식학의 도움이 필요한가
7. 이 시집의 종결은 문제의 해결인가, 또 다른 시작인가

『님의 沈默』은 어려운 시집이다. 그러나 쓸 데 없이 어려운 시집이
아니라 해석할 가치가 있는 어려운 시집이다. 해석하고 나면 더 할 수
없이 명료하고 감동적이다. 그런데 이러한 명료와 감동을 맛보기 위
해서는 비밀열쇠가 필요하다. 여태까지『님의 沈默』연구는 타의 추종
을 불허할 만큼 질과 양 면에서 풍부하게 이루어졌지만 그 비밀열쇠
는 아직 제시하지 못했다고 본다. 부족한 대로 나의 여태까지의『님
의 沈默』연구는 이러한 비밀열쇠 찾기에 지나지 않는다. 이제부터 나
의 연구를 바탕으로 조심스럽게『님의 沈默』해석의 비밀열쇠를 정리,

공개하고자 한다. 그러므로 『님의沈默』 깊게 읽기는 곧 나의 『님의沈默』 연구의 총결산을 의미하는 것이기도 하다. 따라서 나의 여태까지의 『님의沈默』 관련 연구와 문학연구방법론의 강의노트가 총동원될 것이다.

그러면 『님의沈默』 깊게 읽기의 비밀열쇠를 발견하기 위해 제기한 핵심 문항에 대해 답해 보겠다. 해당 논문과 강의 노트 요목이 실려 있기 때문에 여기서는 가능한 대로 간단하게 답하겠다.

1. 이 시집의 화자인 '나'의 정체

1) 여럿인가, 하나인가

하나이다. 하나임을 천명한 것은 이 시집의 서문인 「군말」에서이다. 「군말」에서 한용운은 '긔룬것은 다님'이라고 선언하고, 구체적으로 중생, 철학, 봄비, 이태리를 든다. 님의 상대로는 각각 석가, 칸트, 장미화, 마시니이다. 이들은 서로 사랑하는 관계이고, 시인(나)과 님도 사랑하는 관계이다. 여기서 석가, 칸트, 장미화, 마시니와 한용운의 관계를 유의해 보아야 한다. 한용운은 일생에 걸쳐 수행자, 비판적 지식인, 시인, 지사의 전인적 삶을 산 인물이다. 그런데 나의 예로 든 석가는 수행자의 사표요, 칸트는 비판적 지식인의 표본이요, 장미화는 미를 추구하는 시인의 상징이요, 마시니는 조국통일을 위해 일신을 헌신한 지사의 대표이니 이는 곧 수행자, 비판적 지식인, 시인, 지사의 전인적 삶을 산 한용운의 신분을 드러낸 예들이라고 할 수 있다.

따라서 시집 전편에서 수행자, 비판적 지식인, 시인 예술가, 지사로
나타나는 나는 모두 하나인 한용운의 시적 자아이다.

끝으로 '어린羊'의 해석 문제이다. 우선 「군말」에서 '어린羊'은 님의
범주에 포함되는 것으로 해석할 수 있다. 그러나 시집 전편의 전개 양
상을 보면 '어린羊'은 내가 지키고 깨우쳐 주어야 할 중생과 동족이기
도 하지만, 번뇌와 슬픔에서 헤어나지 못하고 방황하는 같은 중생이
자 식민지민인 한용운 자신이기도 하다는 것이다. 따라서 '어린羊'은
님의 범주에도 포함되지만, 나의 범주에도 포함될 수 있다는 것이 연
구자의 견해이다. 이런 해석을 바탕으로 시집 전편에 나타나 활동하
는 수행자, 비판적 지식인, 시인 예술가, 지사, 무명중생이자 실의에
빠져 절망하는 식민지민인 '나'는 모두 한용운의 시적 자아로 하나로
보는 것이다. 이러한 '나'에 대한 철저한 파악은 곧 『님의沈默』에 대한
철저한 파악으로 이 시집이 '님'의 문학이라기보다 '나'의 문학이라고
보아야 할 근거가 되며, 이러한 '나'에 의해 님마저도 창조된다. 이에
대해 자세히 알려면 본서의 「『님의沈默』의 나」를 참조하기 바란다.

2) 여성, 남성, 양성으로 보이는 '나'의 성 정체성은 무엇인가

『님의沈默』에서 가장 당혹스러운 문제 중의 하나가 바로 이 문제이
다. 심지어 '나'의 섬세하기 이를 데 없는 여성성 때문에 『님의沈默』은
한용운이 아닌 어느 여성이 대신 써준 것이 아니냐는 견해를 드러내
는 이도 있을 정도이니 말이다. 남성성의 한 표본인 한용운이 『님의沈
默』과 같은 여성성의 긴 시집을 써냈다는 것이 불가능한 일이라는 것
이다. 물론 이러한 견해는 인간의 심층심리에 대한 이해가 없는 이들

의 단견이다.

　융의 분석심리학에 의하면 인간의 집단무의식 속에는 원형이 들어 있다고 하는데, 남성에게는 여성적, 모성적 자아인 아니마가 평상시에는 심층에 깊숙이 잠재해 있다가, 본래의 남성성이 한계에 이른 위기의 순간에 발현돼 구원자의 역할을 한다는 것이다. 관세음보살의 대자대비의 여성성이나 위대한 문학에 나타나는 구원의 여인상은 이러한 아니마의 발현양태라고 할 수 있다. 중생으로 태어나 식민지민이 된 한용운에게는 자신의 본래의 성인 남성성을 장애 없이 발휘할 수가 없었다. 그의 남성성은 무도한 군국주의에 짓밟혔다. 그렇다고 그 폭력에 맞서 타파할 수도, 굴종하여 살아갈 수도 없었다. 이렇게 본래의 남성성이 무력화하여 역할을 하지 못하는 위기의 순간에 그 안에 잠재해 있던 여성적 측면인 아니마가 나타나 지친 남성적 자아를 위로하고 단절된 관계를 연결시켜 주며 넉넉하게 기다리며 살아갈 수 있는 힘을 주는 것이다. 『님의沈默』의 여성적 화자인 '나'는 이러한 아니마의 발현으로 곧 한용운의 시적 자아이다.

　『님의沈默』의 다수를 차지하는 여성 화자에 대해서는 한국 문학의 전통적 성향인 여성편향성으로 해석하려는 것이 일반적이었다. 그러나 한국문학의 전통적인 여성편향성은 소극적, 체념적 성향이 강했으나 『님의沈默』의 여성 화자는 적극적, 비판적이며 강한 역설의 정신을 발휘한다는 점에서 전통적 여성편향성과 확연한 차별성을 보여준다. 『님의沈默』은 전통의 창조적 계승을 성공적으로 보여준 시집이다. 『님의沈默』은 정한의 시집이지만 정한의 시집이 아니다. 이별의 시집이지만 이별의 시집이 아니다. 이러한 역설의 주체가 바로 한용운의 아니마이며 시적 자아인 '나'이다. 이러한 '나'는 여성, 남성, 양

성을 자유자재로 보여주지만, 결국 하나이다. 더 자세히 알려면 본서
의 「Anima와 관음신앙」을 참조하기 바란다.

3) '나'의 가치지향의 감정인 정조情操는 무엇이며, 어떻게 발현
　　되는가

　『님의沈黙』이 정조의 시집임은 서문인 「군말」에서 간파할 수 있다.
궁극적으로 님과 하나가 되려는 한용운은 석가, 칸트, 장미화, 마시니
를 지표로 삼아 지, 정, 의, 신의 종합적 정신활동으로 진, 선, 미, 성을
추구한다. 그는 어두운 시대의 소외자이지만 상구보리 하화중생으로
불국정토를 건설하려는 수행자이기도 하고, 절대의 진리를 신봉하는
비판적 지식인이기도 하고, 이상미를 꽃피우려는 예술가이기도 하고,
어떤 고난에도 물러서지 않는 지사이기도 하다. 곧 그의 수행자로서
의 구도심은 종교적 정조이고, 비판적 지식인으로서의 진리애는 지적
정조이고, 이상미를 꽃피우려는 동경(그리움)은 미적 정조이며, 고난
에 처한 조국을 향한 불변의 사랑은 윤리적 정조이다. 이러한 지적이
고도 가치지향적인 감정인 정조에 의해 『님의沈黙』의 시편들은 슬픔
과 좌절, 실의와 절망의 냄새를 짙게 풍기면서도 다시 회복하여 신념
과 희망의 목소리로 전진하게 된다.
　이러한 정조의 시집은 세계문학사에 그 유를 발견하기 어려운 것으
로 한 나라의 정신력의 문자화이자 정신적 길잡이라고 할 수 있다. 문
학이 전인적이면서도 이상적인 인간 실현의 꿈을 포기하고 기능적, 부
품적 분석놀이에 몰두하여 객관주의만을 부르짖는 한국의 문학현실
을 생각할 때 정조의 회복은 곧 인간성의 회복이고, 잃어버린 꿈의 회

복이라고 할 수 있다. 이러한 『님의沈默』의 정조는 전통적이면서도 자주성, 미래지향성 · 종합성을 보여준다. 『님의沈默』의 정조에 관해 깊게 알아보려면 본서의 「『님의沈默』의 情操 연구」를 참조하기 바란다.

2. '나'의 대상인 '님'의 정체는 무엇이며, '나'와는 어떤 관계인가

『님의沈默』 연구는 '나'보다는 님의 연구에 치중했다. 그러나 '나'를 파악하지 못하고 님을 파악한다는 것은 본말이 전도된 것이다. 『님의沈默』 본 시편들을 인내심 있게 읽어본 이라면, 님이 '나'를 이끌어가는 것보다 내가 님을 이끌어간다는 사실을 확인했을 것이다. 따라서 '나'를 철저히 파악할 때 상대방인 님도 분명해진다.

곧 내가 투철한 수행자나 자비의 실천자일 때 님은 무명중생이고, 반대로 내가 유전성의 무명을 벗지 못하고 헤매는 중생일 때 님은 나를 자비와 지혜로 이끌어주는 보살이나 부처이며, 내가 명철한 목소리로 보편적 진리를 설파할 때 이를 깨닫지 못하고 그른 길을 가는 이웃은 내가 깨우쳐주어야 할 '나'의 님이며, 내가 이상미를 추구하게 되는 것은 님 자체가 곧 이상미이기 때문이다. 내가 확고한 역사의식으로 시대의 방향을 제시하며 나아가자고 할 때 주저하는 님은 실의에 빠진 동족이라고 할 수 있고, 반대로 내가 실의와 좌절에 빠져 있을 때 조국이나 민족은 나를 품어 안아주는 모성적 님이다. 이렇게 님과 '나'는 상호관계이다.

이를 다시 정리해 보면, 님은 절대의 각자 곧 부처나, 미래에 필연으로 만나게 될 이상적 조국, 이상미, 모든 난관과 불합리를 타파할 불세출의 지사라고 할 수 있다. 이에 대해 상대방인 '나'는 전심으로 수행하는 자, 시대의 비합리를 질타하는 비판적 지식인, 이상미를 꿈꾸는 시인, 시대의 질곡을 타파하려는 불굴의 지사, 그러면서도 동시대인과 마찬가지로 무명중생이자 식민지민이다. 님이 다의多義적인 것처럼 '나'도 다의적이다.

그러면 님과 '나'는 별개의 관계인가. 아니다. 님과 '나'는 불이의 관계이다. '나'는 언젠가는 님이 되어야 할 존재이고, 그것이 님의 바람이다. 고통도 즐거움도 함께 할 때 정토는 실현된다고 믿기 때문에 상대를 배제하고 정토는 구현될 수 없다. 따라서 '나'는 고통 속에서도 님을 떠날 수가 없다. 님과 '나'의 불이의 관계에 대해서는 본서의 「『님의沈黙』의 不二的 解釋』을 참조하기 바란다.

3. 『님의沈黙』은 왜 역설의 시집인가

한용운의 삶은 그 자체가 곧 역설이었다. 역설의 기본명제는 〈A는 A이지만 A가 아니기도 하다〉이다. 이러한 존재론적 역설은 그의 전 삶과 문학에 절대적 영향을 끼친다. 먼저 출가수행자인 그에게 이전의 그는 부정되어야 했다. 그는 이전의 그에게서 끊임없이 벗어나고 (出), 부정(不,無,空)함으로써 조금씩 '참나'에 접근해 갈 수 있었다.

다음으로 민족적 자존심이 유난히 강한 그에게 무도한 외세의 조국침탈은 용납될 수 없는 일이었다. 그는 식민지 현실에 용감히 맞서 질책하고 저항한다. 그 현실이 부당하기 때문에 그는 현실을 받아들일 수 없다. 여기서 그의 역설의 정신이 발휘된다.

이어서 자유와 평등을 갈파하는 비판적 지식인인 그에게 불합리한 현실은 수용할 수 없는 일이었다. 그의 비판적 이성은 불합리한 침략자가 강요하는 윤리, 도덕, 법률을 수용할 수가 없었다.

끝으로 이상미를 꿈꾸는 시인인 그에게 포악한 현실은 동의할 성질의 것이 아니었다. 그는 추악한 현실을 지적하고 본래의 상태로 되돌려 이상미를 회복하려고 한다.

이처럼 그는 수행자로서, 지사로서, 비판적 지식인으로서, 시인으로서 그가 살았던 엄혹한 시대의 전 상황에 대해 거부(反,出)함으로써 치열한 역설의 정신을 발휘하고 있다. 참나찾기도, 조국광복도, 현실개혁도, 이상미 추구도 이런 역설의 정신에 기인한다.

그가 이런 역설의 정신을 발휘할 수 있었던 배경은 무엇보다도 불교의 공空사상의 힘이 크다. 구경적 '참'을 추구하는 불교는 참나찾기와 정토구현을 실현하기 위해 거짓된 현상을 끝없이 부정해야 한다. 이런 끝없는 부정, 곧 역설에 의해 그에게는 "이별은 이별이지만 이별이 아니기도 하다", "눈물은 눈물이지만 눈물이 아니기도 하다", "죽음은 죽음이지만 죽음이 아니기도 하다"가 되고, 이것들은 궁극적으로 '이별은 만남', '눈물은 기쁨', '죽음은 소생'이라는 역설을 낳는다. 이런 역설의 힘에 의해 『님의 沈默』은 위대한 고난의 길을 간다.

4. 『님의 沈默』의 비극적 지향성은 어떻게 전개되는가

비극적 지향성이란 용어는 필자가 임의로 사용해 본 것으로, 이 용어를 이해하기 위해서는 17세기 고전주의와 이에 반발해서 발생한 로만주의라는 대립적인 두 사조가 봉착한 딜레마인 비극적 세계관과 로만적 아이러니에 대한 이해가 선행되어야 한다.

이성과 질서, 조화와 균형을 중시한 절대주의 체제의 문화이념인 17세기 고전주의는 태생적으로 합리적 이성과 창의성을 중시한 초기 그리스·로마의 고전주의와 한 길을 갈 수 없었다. 17세기 고전주의는 차츰 형식과 규범에 매여 의사擬似고전주의라는 비아냥을 받는다. 이런 절대군주 체제에서 심각한 갈등에 빠진 이들이 있었으니, 합리적 이성으로 종교적 신앙생활을 원했던 쟌세니스트들이 그들이다. 당시 유럽의 다수인들은 끝없이 일어나는 전쟁과 혼란에 지쳐 자유 대신 질서와 안정을 갈망했다. 그래서 봉건영주 대신 통일국가와 강력한 절대군주를 선택했다. 지식인들인 쟌세니스트들은 절대군주 체제가 그들의 사상과 종교의 자유를 억압할 것을 감지하고 경계했다. 그러나 시대의 대세를 거스를 수 없어 그들도 국가통일운동에 동참하여 그 공으로 지방의 소귀족이 되었다. 그러나 통일국가의 절대군주 체제가 되자 그들이 염려했던 대로 사상과 종교의 자유가 억압되었다. 그렇다고 이제 절대군주에게 맞설 힘도 없었다. 양심의 갈등을 느끼는 그들에게 현실 세계는 타락한 세계이고 신이 숨어버린 세계였다. 그러나 이런 현실 세계를 떠나서 삶을 영위할 공간은 없다. 타락한 현실 세계를 부정하면서도 그 공간에 살면서 신이나 가치를 추구할 수밖에 없는 그들의 세계관은 비극적 세계관이었다. 파스칼과 라시느로 대변되는 쟌세니스트의 비극적 세계관은 그 시대를 떠나 현대에까지 지식인의 삶의 문제로 늘 제기되고 있다.

한용운이 살았던 시대가 바로 그런 암흑기로 님이 침묵하는 시대,

신이 숨어버린 시대로, 『님의沈默』의 비극성은 바로 여기서 출발한다. 그러나 한용운은 이런 비극적 세계관에 함몰되지 않고 끊임없이 시도하고 길을 찾는다. 그리스 신화의 이카루스처럼 밀랍으로 붙인 날개를 달고 추락해도 추락해도 또 날아오른다. 감성적 꿈꾸기로 이상과 미를 향해 끝없이 날아오르는 로만주의자들은 현실 세계에서는 어김없이 추락한다. 그러나 이 철부지들은 날아오르기를 포기하지 않는다. 이 철부지적 이상추구에 의해 인류는 끝없이 새 영역을 열고 발전하게 된다. 이것이 로만적 아이러니이다.

한용운은 님이나 신을 잃은 시대에서도 끊임없이 꿈꾸며 날아오르고 있다. 그러나 그의 꿈꾸며 날아오르기는 감성적 세계인식만이 아닌 이성과 의지를 동반한 것으로서, 이런 정신력으로 그는 님을 찾으며 만나려 하고 있다. 이런 비극적 세계관과 로만적 아이러니의 극복 과정에서 『님의沈默』의 시적 과정은 심리의 상승과 하강의 비극적 지향성의 곡선을 끝없이 그리면서 진행하게 된다.

이를 도표화하면 다음과 같다.

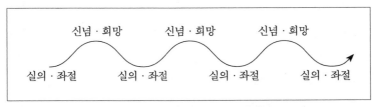

▲ 『님의沈默』의 '나'의 비극적 지향성 심리곡선

5. 『님의沈默』의 해석을 위해 어떤 문학이론이나 문학연구 방법론이 필요한가

아마 『님의沈默』만큼 다양한 문학이론이나 문학연구방법론을 적용해 볼 수 있는 텍스트는 전 세계의 문학작품에서 없으리라고 본다. 이는 한용운이 수행자, 비판적 지식인, 시인, 지사의 전인적 삶을 살았기 때문이다. 이는 셰익스피어나 괴테 등과 비교해 봐도 알 수 있는 일이다. 이들은 비교적 무난한 시대환경에서 그들의 천재성을 발휘했던 이들이다. 한용운 만큼 비극적 환경에서 전인성을 발휘할 필요가 없었던 이들이다. 따라서 역사 · 현실에 전력으로 관심을 가질 필요가 없었던 이들이다. 한용운은 역사와 비역사, 속계와 비속계를 마구 넘나들었던 인간이다. 따라서 그에게는 인류가 당면했던 모든 문제가 종합되어 나타났던 것이다. 그만큼 그의 혼신의 작품인 『님의沈默』에는 인류가 모색해 온 모든 문학적 논의가 적용될 수 있다. 이것이 『님의沈默』의 유례 없는 다양한 접근 방법이 필요한 이유가 되는 것이다.

먼저 역사 · 전기적 접근 방법으로 그레브슈타인이 제시한 6가지 고찰방법을 들 수 있는데, 『님의沈默』연구의 기초 단계에 딱 부합되는 방법이다. 구한말 표기가 나타나는 『님의沈默』은 원전확정과 언어 규명이 필요하며, 화자인 '나'와 연관된 전기적 접근이 유효하고, 명성 및 영향, 문화, 문학적 관습도 살펴볼 필요가 있어서 『님의沈默』연구에 대단히 구체적인 방향을 제시하고 있다. 덧붙여서 언급할 것은 그의 숙명적인 역사의식이다. 그는 사마천의 사기 등으로 형성된 역사의식으로 일생을 산 인물이다. 그 역사의식은 옹졸하지 않고 보편적이다. 이 보편성이 이해되지 못하는 데에 그의 외로움이 있고 슬픔이 있다.

또 불교사회주의를 주창할 정도로 인간 사회 문제에 관심이 많았던 한용운의 문학연구에 사회·문화적 접근 방법이 적용될 수 있다. 대승불교의 수행자인 그의 구세주의와 평등주의는 그의 궁극적 관심인 정토구현과 연관지어 보면 쉽게 이해된다. 그의 님 찾기는 정토구현 의지의 또 다른 이름이라고 할 수 있다. 이러한 한용운의 『님의沈默』 연구에 오염된 현실세계를 갈등이 없고 본래성이 지배하는 세계로 되돌리려는 루카치의 전체성 이론을 적용해 보는 것은 타당성이 있어 보인다. 또 루카치의 제자 골드만은 장세니스트의 비극적 세계관에서 도출된 '숨은 신'의 개념을 원용援用해 그의 소설론을 전개하는데, 진정한 가치 곧 신이 숨어버린 현실공간에서 비극적 사랑으로 님 찾기를 하는 『님의沈默』의 해석에 이 개념을 적용해 보는 것도 설득력이 크다.

한편 비역사주의적 연구방법이자 비평방법인 형식주의적 접근 방법의 은유, 상징, 역설 등도 『님의沈默』 연구에 도움이 된다. 『님의沈默』에는 군데 군데 높은 수준의 은유가 구사되고 있으며, 시집 자체가 상징의 숲이라고 할 수 있다. 특히 역설은 동서고금을 통하여 비교할 것이 없을 정도로 심오하게 전개되는데, 이것은 선불교의 영향이 절대적인 것이겠지만, 형식주의 문학론에서도 역설은 중시하는 만큼 연관지어 연구해 볼 수 있다. 또 형식주의가 강조하는 정밀한 책읽기도 『님의沈默』 연구에 필수적이다.

심리주의적 접근 방법도 유력하다. 『님의沈默』은 가치지향의 감정인 정조의 시집이며, 지난한 님 찾기의 과정에서 실의와 좌절, 신념과 희망이라는 심리의 상승과 하강을 반복하는 심리적 파동의 시집이다.

이러한 파동의 주체인 화자의 심리와 작자인 한용운의 창작심리, 『님의沈默』에 열광하는 독자의 수용심리 연구에 이 방법은 절대적이다. 마지막으로 불교의 심층심리학인 유식학의 적용으로 『님의沈默』의 마지막 비밀이 풀리리라는 기대를 가져볼 수 있다.

끝으로 신화·원형적 접근 방법을 주목해 보아야 한다. 단도직입적으로 말하자면 신화학의 동일성 이론과 분석심리학의 원형이론의 적용이 『님의沈默』의 해명에 크게 도움이 될 수 있다. 노드롭 프라이의 동일성 이론은 자기동일성 추구와 세계동일성 추구로 나눌 수 있는데 화자인 '나'의 참나찾기와 정토구현이 여기에 해당된다. 융은 인간의 집단무의식에는 원형이 들어 있다고 하는데, 『님의沈默』에 적용할 수 있는 주요 원형으로는 남성 속에 깊이 잠재되어 있다가 위기의 순간에 발현되는 아니마(Anima), 동물적·파괴적 자아인 쉐도우(Shadow), 인격통합의 중심원형인 셀프(Self) 등을 들 수 있다. 『님의沈默』의 화자인 '나'와 아니마의 관계에 대하여 깊게 알아보려면 본서의 「Anima와 관음신앙」을 참조하기 바란다.

6. 왜 유식학의 도움이 필요한가

『님의沈默』의 시편들을 해명하기 위해 서구의 문학이론을 아무리 적용해 봐도 설득력 있게 풀이되지 않는 시편들이 있다. 「秘密」, 「사랑의存在」, 「비」, 「最初의님」, 「繡의秘密」 등이 그들이다. 이러한 시편들의 해명에 불교의 심층심리학인 유식학은 유일한 열쇠가 된다. 한용운은 『佛教大典』의 모두에서 유식학의 여래장如來藏을 언급하고 있는데 이는 그가 유식학에 깊은 관심을 가졌다는 증거가 된다.

　유식학에 의하면 인간의 의식은 안, 이, 비, 설, 신의 전5식과 현실세계의 인간을 이끌어가는 의식(제6의식, 6식), 심층의식으로는 번뇌를 일으키는 말나식(manas식, 7식), 모든 식의 저장고로 불성마저도 무명에 덮인 채로 온존해 있다는 무한광대한 아뢰야식(aiaya식, 8식) 등으로 체계화하고 있는데, 이 중 아뢰야식을 밝히고 맑히고 넓히는 것은 염오식染汚識을 청정식으로 전환하여 최고의 지혜인 반야지를 얻는 것(전식득지轉識得智)을 목적으로 하며, 이는 나아가서 정토구현이 목표인 공업사상共業思想으로 확대된다. 이러한 유식학의 도움이 없이는 어떤 문학이론도 핵심에 도달할 수 없으며 수박 겉핥기 식 해석을 면할 수가 없다. 깊게 알아보려면 본서의 「『님의 沈默』의 唯識論的 접근」을 참조하기 바란다.

7. 이 시집의 종결은 문제의 해결인가, 또 다른 시작인가

　또 다른 시작이다. 해결된 건 하나도 없다. 참나찾기도, 정토구현도, 조국광복도, 이상미의 실현도 현실화한 건 아무 것도 없다. '나'는 이제 해질 녘부터 한밤을 꼬박 새우는 관념의 사랑이 문제해결의 현실적 태도가 아님을 깨닫고 역사의 새벽길을 떠나려고 한다. '나'는 한밤중의 관념의 사랑 대신 따가운 태양 아래서 한낮의 사랑을 하려고 한다.

　이러한 사정은 『님의 沈默』의 발문인 「讀者에게」에서 한용운이 피력한 역사의식으로 확인할 수 있다. 한용운은 발문에서 "나는 여러분이 나의 詩를 읽을 때에 나를 슬퍼하고 스스로 슬퍼할 줄을 압니다"라고 소회를 피력하는데, 이는 이 시집이 슬픔의 시집임을 스스로 밝히고, 이어서 이런 슬픔의 시집을 후손에게까지는 읽히고 싶지 않다고 하면서, 실제적이고 적극적인 투쟁으로 어서 빨리 밝은 세상을 회복할 것을 후인에게 요구하고 있다. 따라서 이 시집의 마지막 시인 「사랑의 끗판」은 관념적 사랑의 한계를 깨닫고 문제 해결을 위해 새벽길을 떠나는 것이므로 또 다른 사랑의 시작판이 되는 것이다.

II. 『님의沈默』에 적용할 수 있는 문학연구 방법론 및 문학이론

1. 문예사조적 접근

1) 비극적 세계관(tragedic world vision)

타락한 현실세계에 신은 깃들지 않으므로 그러한 세계를 부정할 수밖에 없으면서도, 그러한 세계를 떠나서는 또 다른 삶의 공간이 없으므로, 타락한 현실세계에 살면서 신이나 진정한 가치를 추구할 수밖에 없다는 세계관. 이때 신은 '숨은 신(hidden god)'이 됨.

2) 로만적 아이러니(romantic irony)

인간은 유한한 존재이면서도 무한한 이상의 세계를 동경憧憬하여 끝없이 날아오르려 함. 그러나 그들은 어김없이 추락하게 되고 좌절하지만 처음의 꿈을 버리지 못하고 또 다시 날아오르려 하는 아이러니컬한 존재임. 또 다른 의미로는 본래의 순수한 개인적 동경이 빚어낸 로만적 자아가 문제 해결의 존재가 되지 못함을 깨닫고 좌절하여 신이나 국가, 민족 등에 귀의하는 변질적 현상을 말하기도 함.

2. 문예비평적 접근

1) Grebstein의 6가지 고찰 항목(역사 · 전기적 접근)

① 原典확정: 원전확정 작업(원고, 초간본, 수정본, 이본 등의 문서적 증거 수집→기본 텍스트 결정→상이점 대조 조사→판본의 족보→결정판)
② 언어 규명: 음운, 어휘, 구문의 규명
③ 傳記: 연대순으로 평면적으로 기술하는 포괄적 연대기, 특징만을 부각시키는 문학적 초상화(profile), 수집된 자료를 연구자가 자체적으로 분석, 비판하여 재구성해 놓은 유기(비평)적 전기 등으로 나뉨.
④ 명성 및 영향: 수용미학(독자반응비평)에서 활발히 다루어짐. 독자가 작품의 가치구현에 참여할 때 나타나는 것이 명성. 명성

이 독자의 태도에 변화를 가져온 현상이 영향. 문학적 영향은 독
자에 대한 영향과 동료, 후배작가에 대한 영향으로 나뉨(받은 영
향과 끼친 영향으로 나눌 수도 있음).

⑤ 문화: 모든 문학작품은 그 당시의 문화의 산물임. 과거의 문학을
알려면 과거의 문학적 환경인 그 당시의 문화를 알아야 함(문화
대신 문학사를 언급하기도 함).

⑥ 문학적 관습: Harry Levin은 문학이 그 자체의 역사를 갖도록 해
주는 요소를 문학적 관습이라 하며, 문학적 관습은 예술과 생활
의 필연적 차이가 된다고 함.

＊ 한국문학과 역사의식: 형식주의 문학론의 역사 기피와는 다른
태도로 한국문학과 역사와의 관계를 생각해 보아야 함(한국의
역사는 가해자의 역사가 아니라 피해자의 역사임. 한국의 역사
의식은 정체성 회복을 위한 심각한 실존적 자각의식이라고 할
수 있음. 객관주의적인 역사기피야말로 인간성 회복을 도외시하
는 비인간적이고 비문학적인 태도이며 객관주의적 오류를 범하
는 것이라고 비판받을 수 있음).

2) 사회 · 문화적 접근

＊ 얼마나 즐거우며 이로운가(쾌락과 교훈)로 작품의 가치 평가.

① 루카치(György Lukacs)의 전(총)체성全(總)體性 이론: 그의 비평
론은 인식의 생성, 진보에 대한 희망, 퇴보에 대한 두려움 등의
관념을 내포하는 역사철학 위에서 전개됨. 진보는 능동적인 사

고가 전체성의 범주에 접근해 가는 것이고, 퇴보는 서로 분리할 수 없는 두 요소가 떨어지는 것임. 따라서 그는 비평론의 임무를 문학에 관한 모든 추구와 고찰에 있어서 전체성의 범주를 이끌어 들이는 것으로 봄. 루카치는 고대 그리스와 같이 인간의 삶과 가치 사이에 괴리가 없는 행복한 시대를 전체성이 지배하고 있던 시대라고 함. 그러나 현대 사회는 모순과 갈등에 의해 금이 가고 복잡해진 시대이고, 이런 복잡하고 혼란한 시대에 대한 효과적인 대응 장르가 소설이라고 봄. 곧 그에게 있어서 소설이란 Homer적 세계상황을 동경하고 되찾으려는 노력의 표현으로, 형이상학적 실향의 시대에 전체적인 세계와 삶의 의미를 되찾으려는 문제적 개인의 이야기라는 것임. 루카치는 이러한 전체성에 완전 도달하기는 어렵겠지만 거기에 접근하기 위하여 작가는 온갖 측면, 온갖 관련을 탐구하여 파악하려고 노력해야 한다고 함.

② 골드만(Lucien Goldmann)의 '숨은 신'의 개념: 골드만은 쟝세니스트들이 봉착한 비극적 세계관에서 도출된 '숨은 신'의 개념을 그의 소설사회학의 수립에 원용援用함. 신이 깃들지 않은 타락한 현실공간을 긍정할 수도 없고, 그렇다고 자신의 엄연한 생존 공간인 현세를 철저히 부정할 수도 없는 딜렘마에서 쟝세니스트들의 비극적 세계관은 제기되는데, 골드만은 이러한 개념을 사용가치가 실종되고 교환가치만이 횡행하는 자본주의 사회에 적용해 해석함. 그는 인간과 상품 사이의 건전한 관계는 사용가치에 의해서 의식적으로 지배되는 관계로 보고 있음. 그런데 시장을 위한 생산 때문에 생겨난 교환가치 때문에 사물과 인간의 진

정한 관계가 사라져가고, 인간 사이의 관계도 간접화하거나 타락한 관계로 대치되어 간다는 것임. 이러한 진정한 가치가 숨어버린 자본주의 사회의 가치 회복을 위한 유력한 수단이 소설이며, 소설을 "타락된 사회에서 타락된 방식으로 진정한 가치를 추구하는 과정의 이야기"라고 규정함.

3) 形式主義(Formalism)적 접근

형식주의적 문학론은 작품을 자율성을 지닌 객관적 의미구조이자 전체적 문맥을 지닌 폐쇄된 세계이며 그 속에 이해에 필요한 모든 자료가 있는 것으로 보고 작품 자체의 우위성을 옹호하려는 입장의 문학론임. 정밀한 책읽기를 강조함.

- 긴장(Tension)
- 상징(Symbol)
- 은유: 'A=B', '~의' 형식의 은유
- 역설(Paradox): 존재론적 역설

4) 심리주의적 접근

- 작가심리 고찰: 역사·전기적 접근과 비슷한 방법. 작가의 경험과 인간성이 그의 문체나 태도, 주제 선택, 주제에 작용하는 것을 증명하려 함. 또 창작동기를 설명하여 창작과정을 재구성하려 함. 따라서 심리비평가는 작가의 사사로운 경험을 다른 사람들에

게 전달 가능한 것으로 만들고 또한 의미 있는 것으로 만들어 가
는 과정, 즉 특수한 것이 일반적인 것을 표현하게 되는 과정을 이
해하려고 함.

- 작품심리 고찰: 형식주의 비평과 비슷한 방법. 등장인물에 대해
  서만 정신분석학적 방법 적용. 등장인물들은 작품의 맥락 속에서
  만 존재하는 자족적 실체로 다루게 됨.

- 독자심리 고찰: 어떤 사람의 심리도 완전히 독특한 것은 아니고
  그의 시대와 사회에 사는 다른 사람들의 경험과 부분적으로 같
  기 때문에 사회·문화적 방법 적용함. 독자의 경험과 내적 심리
  가 어떻게 작품을 받아들이도록 작용하는가를 연구함.

- 유식학적 접근: 유식학은 유식무경唯識無境에 기초를 두고 전식득
  지轉識得智를 목표로 하는 불교의 한 유파임. 안眼, 이耳, 비鼻, 설舌,
  신身의 전5식前五識과 제6의식第六意識(六識), 제7말나식第七末那識
  (七識, 번뇌식煩惱識), 제8아뢰야식第八阿賴耶識(八識, Alaya識, 장식
  藏識)으로 인간의 의식세계를 해명하고 밝히려 함. 불교의 심층심
  리학이라고 할 수 있슴.

5) 신화 · 원형적 접근

＊ 개인과 공동체를 연결하는 방법

원형原型(Archetype)이론

Jung은 집단무의식 속에서 유전되어 개인적 체험의 선험적 결정
자가 되는 것을 원형이라 하며, 이러한 원형은 문학, 신화, 종교, 꿈,

개인의 환상 속에 표현된다고 함. 주요 원형으로는 정신의 겉면인 Persona(개인의 공적인 탈로 사회에 받아들여지기 위해 좋은 인상을 주기를 목적으로 함)와 내면인 Animus(여성 속에 억압되어 존재하는 남성적 자아), Anima(남성 속에 억압되어 존재하는 여성적 자아), Shadow(동물적, 파괴적 본성을 지닌 자아)와 집단무의식 속의 중심적 원형인 Self가 있는데, Self는 Personality의 조직 원리이자 질서와 통일의 원형으로 모든 원형들과 complex 및 의식 속의 원형의 표현형태를 끌어당겨서 조화시키는 역할을 함.

동일성(Identity)이론

N. Frye는 인간이 주위의 환경과 화해하고 일체가 되려고 하는 것을 동일성 추구라고 함. 그는 『비평의 해부』에서 문학작품을 자기동일성의 성취와 상실이라는 양극 사이에서 주인공이 밟는 온갖 과정으로 봄. 동일성 추구는 자기동일성 추구와 세계동일성 추구로 나뉘어짐.

실존주의적 접근

단절과 소외에서 연관과 소통을 지향함.

제7부

『님의沈默』 전편 평설

* 서序인 「군말」과 발跋인 「讀者에게」와 그 사이의 88편의 시에
  대해 평설함.
* 초판을 기본 텍스트로 하고 오자, 오식은 평설에서 바로잡음.
  초판, 재판은 세로쓰기였으나 읽기 편하게 가로쓰기로 바꿈.

군말

「님」만님이아니라 긔룬[1]것은 다님이다 衆生이 釋迦의님이라면 哲學은 칸트의님이다 薔薇花의님이 봄비라면 마시니의님은 伊太利다 님은 내가사랑할뿐아니라 나를사랑하나니라

戀愛가自由라면 님도自由일것이다 그러나 너희는 이름조은 自由에 알쓸한抱束을 밧지안너냐 너에게도 님이잇너냐 잇다면 님이아니라 너의그림자니라

나는 해저문벌판에서 도러가는길을일코 헤매는 어린羊이 긔루어서 이詩를쓴다

著者

다섯가지 모습의 나(불이不二의 나) 곧 석가적인 나, 칸트적인 나, 장미화적인 나, 마시니적인 나, 어린 양적인 나의 발현을 예고한다.

이는 한용운의 실제 모습인 수행자, 비판적 지식인, 시인, 지사, 번뇌중생에 정확히 일치하는 것으로, 모두 한용운 1인에게 귀결된다. 곧 한용운(나)는 석가, 칸트, 장미화, 마시니와 동류항이고, 이러한 나의 님은 중생, 철학, 봄비, 이태리이다. '어린羊'은 무명중생인 나이자 언젠가는 무명을 벗고 참나가 될 나이므로 나의 님이기도 하다.

또 이러한 가치지향의 삶을 전개하는 한용운의 시적 자아인 나에

---

1) 기본형은 긔룹다. 그리운, 기리는, 가여운 등의 포괄적 뜻을 내포함.

의해 전개되는 이 시집이 정조情操의 시집임을 예고한다. 군말의 이러
한 천명이나 암시로 보아 이 시집의 해석에 전기적 접근이 유효하리
라는 것을 예측해 볼 수 있다.

  ＊『님의沈默』의 '나', 『님의沈默』의 情操 연구, 『님의沈默』의 不二的
    解釋 참조

님의沈默

님은갓슴니다 아〃 사랑하는나의님은 갓슴니다

푸른산빗을깨치고[2] 단풍나무숩을향하야난 적은길을 거러서 참어썰치고 갓슴니다

黃金의쏫가티 굿고빗나든 옛盟誓는 차듸찬띄글이되야서 한숨의微風에 나러갓슴니다

날카로은 첫「키쓰」의追憶은 나의運命의指針을 돌녀노코 뒤ㅅ거름처서 사러젓슴니다[3]

나는 향긔로은 님의말소리에 귀먹고 쏫다은 님의얼골에 눈머럿슴니다

사랑도 사람의일이라 맛날째에 미리 써날것을 염녀하고경계하지 아니한것은아니지만 리별은 쏫밧긔일이되고 놀난가슴은 새로은슯음에 터짐니다

그러나 리별을 쓸데업는 눈물의源泉을만들고 마는것은 스〃로 사랑을깨치는것인줄 아는까닭에 것잡을수업는 슯음의힘을 옴겨서 새希望의 정수박이에 드러부엇슴니다

우리는 맛날째에 써날것을염녀하는것과가티 써날째에 다시맛날것을 밋슴니다

아〃 님은갓지마는 나는 님을보내지 아니하얏슴니다

제곡조를못이기는 사랑의노래는 님의沈默을 휩싸고돔니다

전체 시를 이끌어가는 도시導詩이다. "님은갓슴니다 아〃 사랑하

는나의님은 갓슴니다"라는 통곡으로 시작했으면서도 '것잡을수업는
슯음의힘을 옴겨서 새希望의 정수박이에 드러부'으려는 강한 소생의
지로 회귀하고 있다. 이 시에서 보이는 슬픔과 실의, 신념과 희망의
심리는 이후 이 시집 전체에 걸쳐 상승과 하강의 곡선을 그리며 반복
된다. 현재 화자인 '나'는 침묵하는 님의 주위를 휩싸고 돌며 사랑의
노래를 부르는 비극적 지향성을 보이고 있다. 슬프고 아프지만 '나'의
사랑이 끝나지 않았으니 "아 님은갓지마는 나는 님을보내지 아니하
얏슴니다"의 역설이 성립되는 것이다.

  ∗ 비극적 지향성, 전체성 회복, 동일성 추구 등의 개념을 적용해 해석
   해 볼 수 있다.

---

2) 깨뜨리고
3) "날카로은 첫「키쓰」의追憶은 나의運命의指針을 돌너노코 뒤ㅅ거름쳐서 사러젓슴
 니다"의 해석: 왜 감미로운 첫 키쓰가 아니고 날카로운 첫 키쓰일까. 이 날카로운
 첫 키쓰는 또 왜 '나'의 운명의 방향을 돌려놓고 뒷걸음쳐서 사라진 것일까. '나'의
 사랑은 주위의 축복을 받는 행복한 사랑이 아니다. '나'의 사랑은 고난의 사랑이며
 비극적 사랑이다. 님과 '나'의 사랑은 자기도취적 사랑이 아니라 문제 해결을 위한
 심각하고 준엄한 사랑이다. 따라서 님과 '나'의 키쓰는 감미로운 첫 키쓰가 아닌 날
 카로운 첫 키쓰가 된다. 그것이 절대의 진리를 추구하겠다는 엄숙한 서약이든, 조
 국광복을 위해 일신을 희생하겠다는 비장한 맹서가 되든, 지난하고 고통스러운 것
 임에는 다름이 없다. 그리고 이러한 맹서를 한 순간 '나'의 삶은 비상한 것이 된다.
 그렇다고 이렇게 어려운 선택을 한 '나'의 삶을 님이 늘 곁에 있어서 위로해 주고
 해결해 주는 것은 아니다. 궁극적 깨달음은 '나' 혼자 이루어내야 하는 것이고, 조
 국광복이나 정토구현도 내가 주체가 되어 구현해야 하는 것이다. 님은 이렇게 무
 거운 짐을 진 '나'를 가엾어 하며 돌아보며 돌아보며 뒷걸음쳐서 사라져 갈 뿐이다.
 이러한 깊은 뜻이 이 구절에는 담겨 있다.

리별은美의創造

리별은 美의創造입니다

리별의美는 아픔의 바탕(質)업는 黃金과 밤의 올(糸)업는 검은비단
과 죽엄업는 永遠의生命과 시들지안는 하늘의푸른꼿에도 업슴니다

님이어 리별이아니면 나는 눈물에서죽엇다가 우슴에서 다시사러날
수가 업슴니다 오々 리별이어

美는 리별의創造입니다

 강렬한 역설의 시이다. 이별이라고 하는 우리에게 친숙한 문학적
관습을 재해석하여 전통의 창조적 계승에 성공하고 있다. 상처입지
않은 자는 상처입은 자의 아픔을 모른다. 순수한 황금이나 비단, 영원
한 생명이나 시들지 않는 꽃은 순수와 행복의 극치이지만, 이별의 아
픔은 모른다. 이별은 슬프고 고통스러운 것이지만 우리를 더 크고 빛
나게 태어나게 할 수 있다. 여기서 "이별은 이별이지만 이별이 아니기
도 하다"는 역설이 성립되며, '리별은美의創造'라는 시적 선언이 터져
나오는 것이다. 이처럼 이별이 긍정적으로 인식되자 '나'는 한걸음 더
나아가 '美는리별의創造'라는더 대담한 선언을 하게 된다.

 그러면 '리별은美의創造'와 '美는리별의創造'의 이별은 각각 어떻
게 다를까. 앞의 이별이 어쩔 수 없이 받아들이게 되는 숙명적 이별이
라면 뒤의 이별은 필요에 의해 내가 스스로 감행하는 이별이라고 할
수 있다. 곧 앞의 이별이 우리 전래의 어쩔 수 없이 봉착하게 되는 운

명적 이별이라면, 뒤의 이별은 앞의 운명적 이별에서 벗어나 더 크고
빛나는 만남을 맞이하기 위해 아픔을 감내하면서 스스로 만들어가는
이별이라고 할 수 있다. 이는 상처에 소금을 뿌려가면서까지 아픔의
원인을 잊지 않고 되새기려는 비장한 태도와도 같은 것이다.

　＊ 비극적 지향성의 시

알ㅅ수업서요

바람도업는공중에 垂直의波紋을내이며 고요히써러지는 오동닙은 누구의 발자최임닛가

지리한장마씃헤 서풍에몰녀가는 무서은검은구름의 터진틈으로 언쯧ㅅㅅ[4] 보이는 푸른하늘은 누구의얼골임닛가

꼿도업는 깁흔나무에 푸른이끼를거처서[5] 옛塔위의 고요한하늘을 슬치는알ㅅ수업는향긔는 누구의입김임닛가

근원은 알지도못할곳에서나서 돍쑤리를울니고 가늘게흐르는 적은 시내는구븨ㅅㅅ[6] 누구의노래임닛가

련쏫가튼발쑴치로 갓이업는바다를밟고 옥가튼손으로 끗업는하늘을만지면서 써러지는날을 곱게단장하는 저녁놀은 누구의詩임닛가

타고남은재가 다시기름이됩니다 그칠줄을모르고타는 나의가슴은 누구의 밤을지키는 약한등ㅅ불임닛가

『님의沈默』에서 드물게 보는 밝은 시이다. 인사와 무관한 청정자연을 관조하며 법열에 젖어 있다. 그러나 마지막 구절에서 무명중생에 대한 비장한 동체대비심을 보여준다.

수행자인 '나'는 출세간행자이지만 상구보리 하화중생上求菩提下化衆生을 위해서는 출출세간행出出世間行인 입세간행入世間行이 '나'와 중생의

---

4) 언쯧ㅅㅅ: '언쯧ㅅ'이 바른 부호. 2음절어 이상의 반복 부호는 ㅅ임.
5) 거처서: 지나서
6) 구븨ㅅㅅ: '구븨ㅅ'

구제의 길임을 알고 사바세계의 밤을 지키는 등불이 되려고 한다.

　＊ 세계동일성 추구, 정토구현(하화중생)의 시

나는잇고저

남들은 님을생각한다지만
나는 님을잇고저하야요
잇고저할수록 생각히기로
행혀잇칠가하고 생각하야보앗슴니다

이즈랴면 생각히고
생각하면 잇치지아니하니
잇도말고 생각도마러볼까요
잇든지 생각든지 내버려두어볼까요
그러나 그리도아니되고
쓴임업는 생각〆〆 [7)]에 님쑌인데 엇지하야요

귀태여 이즈랴면
이즐수가 업는것은 아니지만
잠과죽엄쑌이기로
님두고는 못하야요

아〆 잇치지안는 생각보다
잇고저하는 그것이 더욱괴롭슴니다

---

7) 생각〆〆 : '생각 ∧'이 바른 부호 표기

‘나’는 님을 잊을 수가 없다. 비록 고통스럽고 슬프지만 님을 떠나서는 ‘나’의 삶은 따로 없기 때문이다. 따라서 ‘나’는 비극적 지향성의 사랑을 계속할 수밖에 없으며 님과 ‘나’의 불이 관계도 지속될 수밖에 없다.

가지마서요

그것은 어머니의가슴에 머리를 숙이고 자긔ㅅㅅ[8]한사랑을 바드랴
고 쌔죽거리는입설로 表情하는 어엽븐아기를 싸안으랴는 사랑의날개
가 아니라 敵의旗발임니다

그것은 慈悲의白毫光明이아니라 번득거리는 惡魔의눈(眼)빗임니다

그것은 冕旒冠과 黃金의누리와 죽엄과를 본체도아니하고 몸과마음
을 돌ㅅ뭉처서 사랑의바다에 퐁당너라는 사랑의女神이아니라 칼의우
슴입니다

아ㅅ 님이어 慰安에목마른 나의님이어 거름을돌니서요 거긔를가지
마서요 나는시려요

大地의音樂은 無窮花그늘에 잠드럿슴니다

光明의쑴은 검은바다에서 잠약질함니다

무서은沈黙은 萬像[9]의속살거림에 서슬이푸른敎訓을 나리고 잇슴니
다

아ㅅ 님이어 새生命의쏫에 醉하랴는 나의님이어 거름을돌리서요

거긔를가지마서요 나는시려요

거룩한天使의洗禮를밧은 純潔한靑春을 쪽싸서 그속에 自己의生命
을너서 그것을사랑의祭壇에 祭物로드리는 어엽븐處女가 어데잇서요

---

8) 자긔ㅅㅅ한 : '자긔ㅅ'이 바른 표기. 아기자기한과 비슷한 뜻. 재미 잇고 오순도순
한.

9) 萬像: 萬象이 일반적

달금하고맑은향긔를 쏠벌에게주고 다른쏠벌에게주지안는 이상한
百合쏫이 어데잇서요

自身의全體를 죽엄의靑山에 장사지내고 흐르는빗(光)으로 밤을 두
쪼각에베히는 반듸ㅅ불이 어데잇서요

아〃 님이어 情에殉死하랴는 나의님이어 거름을돌리서요 거긔를가
지마서요 나는시려요

그나라에는 虛空이업슴니다

그나라에는 그림자업는사람들이 戰爭을하고잇슴니다

그나라에는 宇宙萬像[10]의 모든生命의쇠ㅅ대를가지고 尺度를超
越한 森嚴한軌律로 進行하는 偉大한時間이 停止되얏슴니다

아〃 님이어 죽엄을 芳香이라고하는 나의님이어 거름을돌니서요 거
긔를가지마서요 나는시려요

시대는 어둡고 무섭다. 칼과 황금으로 무장한 제국주의는 '나'의 님
을 한편으로 회유하고 한편으로 겁박한다. 이런 시대에 나의 님은 방
황하고 있다. 대동아공영권의 교묘한 논리에 '나'의 님은 흔들리고 있
다. 그 님이 중생이든, 동시대의 식민지민이든, 아니면 한 때의 민족
지도자이든. 그렇게 방황하는 님에게 '나'는 혁신적 지식인의 명철한
눈으로 유혹에 빠지지 말기를 간곡히 호소하고 있다. 악마는 자비로
운 웃음을 띠며 살륙의 전쟁을 하고 있다. '나'는 저들이 머지않아 반
드시 패망할 것을 알고 있다. 그런대도 '나'의 님은 방향을 잃고 적의

---

10) 萬像: 萬象이 일반적

감언이설에 휘둘리고 있다. 이런 시대에 '나'는 비극적 지향성, 전체성 회복, 세계동일성 추구를 비장하게 천명하며 님이 눈뜨기를 호소하고 있다.

    ＊ 지사적, 혁신적 지식인인 '나'

고적한밤

하늘에는 달이업고 짜에는 바람이업슴니다
사람들은 소리가업고 나는 마음이업슴니다

宇宙는 죽엄인가요
人生은 잠인가요

한가닭은 눈ㅅ섭에걸치고 한가닭은 적은별에걸첫든 님생각의金실
은 살ㅅ살것침니다
한손에는 黃金의칼을들고 한손으로 天國의꼿을꺽든 幻想의女王도
그림자를 감추엇슴니다
아ㅅ 님생각의金실과 幻想의女王이 두손을마조잡고 눈물의속에서
情死한줄이야 누가아러요

宇宙는 죽엄인가요
人生은 눈물인가요
人生이 눈물이면
죽엄은 사랑인가요

'나'는 방황하고 있다. 허무주의가 깊게 '나'를 감싸고 있다. 시대가
너무 어둡고 무섭기까지 하다 이런 절망적일 때에 비극적 세계관이
'나'를 지배하고 파괴적 자아인 쉐도우Shadow)가 나타난다.

나의길

이세상에는 길도 만키도함니다

산에는 돍길이잇슴니다 바다에는 배ㅅ길이잇슴니다 공중에는 달과
별의길이잇슴니다

강ㅅ가에서 낙시질하는사람은 모래위에 발자최를내임이다[11] 들에
서 나물캐는女子는 芳草를밟슴니다

악한사람은 죄의길을조처갑니다

義잇는사람은 올은일을위하야는 칼날을밟슴니다

서산에지는 해는 붉은놀을밟슴니다

봄아츰의 맑은이슬은 꼿머리에서 미ㅅ름탐니다

그러나 나의길은 이세상에 둘밧게업슴니다

하나는 님의품에안기는 길임니다

그러치아니하면 죽엄의품에안기는 길임니다

그것은 만일 님의품에안기지못하면 다른길은 죽엄의길보다 험하고
괴로은까닭임니다

아ㅅ 나의길은 누가내엿슴닛가

아ㅅ 이세상에는 님이아니고는 나의길을 내일수가 업슴니다

그런데 나의길을 님이내엿스면 죽엄의길은 웨내섯슬가요

시대는 어둡고 불확실해 비극적 세계관이 '나'를 지배하지만, 님과

---

11) 내임이다: '내임니다'의 오식

'나'는 불이의 관계라는 인식을 여전히 갖고 있다. 그러나 님과의 만남을 이루지 못하고 맞이하게 될 죽음에 대한 불안감은 어쩔 수 없다.

쯤쌔고서

님이며는 나를사랑하련마는 밤마다 문밧게와서 발자최소리만내이
고 한번도 드러오지아니하고 도로가니 그것이 사랑인가요
그러나 나는 발자최나마 님의문밧게 가본적이업슴니다
아마 사랑은 님에게만 잇나버요[12]

아ㅅ 발자최소리나 아니더면 쯤이나 아니쌔엿스런마는
쯤은 님을차저가랴고 구름을탓섯서요

 짧지만 맛깔나고 깊이 있는 시이다. 참나 찾기, 자기동일성 추구를
친근한 우리말로 이야기하고 있다. 형이상학적 진술은 용어의 문제
가 아니라 전달의 문제라는 것을 이 시는 잘 보여주고 있다. '나'는 님
이 오지 않는다고 투정부리지만, 실은 내가 님에게 갈 능력이 없는 것
이다. 정작 님이 내게 왔을 때는 잠이나 자는 수행자이다. 그러나 꿈
속에서나마 님의 발자취 소리에 깨어나 님을 찾아가려는 염원을 가진
수행자이다.

---

12) ~버요 : ~봐요

藝術家

나는 서투른 畵家여요

　잠아니오는 잠ㅅ자리에 누어서 손ㅅ가락을 가슴에대히고 당신의 코
와 입과 두볼에 새암파지는것까지 그렷습니다

　그러나 언제든지 적은우슴이쩌도는 당신의눈ㅅ자위는 그리다가 백
번이나 지엇습니다

　나는 파겁[13]못한 聲樂家여요

　이웃사람도 도러가고 버러지소리도 긋첫는데 당신의가리처주시든
노래를 부르랴다가 조는고양이가 부ㅅ그러워서 부르지못하얏습니다

　그래서 간은바람이 문풍지를슬칠째에 가마니合唱하얏습니다

　나는 叙情[14]詩人이되기에는 너머도 素質이업나버요

　「슯음」이니 「사랑」이니 그런것은 쓰기시려요

　당신의 얼골과 소리와 거름거리와를 그대로쓰고십흡니다

　그리고 당신의 집과 寢臺와 꼿밧헤잇는 적은돍도 쓰것습니다

　'나'는 출세간적 예술관을 지닌 예술가다. 세속적 감정의 덧칠이 없
는, 있는 그대로의 님의 모습을 그리고, 노래하고, 쓰려고 한다.

---

13) 破怯. 겁을 깨뜨림.
14) 叙情→抒情이 일반적

리별

아〃 사람은 약한것이다 여린것이다 간사한것이다
이세상에는 진정한 사랑의리별은 잇슬수가 업는것이다
죽엄으로 사랑을바꾸는 님과님에게야 무슨리별이 잇스랴
리별의눈물은 물거품의꼿이오 鍍金한金방울이다

칼로베힌 리별의 「키쓰」가 어데잇너냐
生命의꼿으로비진 리별의杜鵑酒[15]가 어데잇너냐
피의紅寶石으로만든 리별의紀念반지가 어데잇너냐
리별의눈물은 詛呪의 摩尼珠[16]요 거짓의水晶이다
사랑의리별은 리별의反面에 반듯이 리별하는사랑보다 더큰사랑이
잇는것이다
혹은 直接의사랑은 아닐지라도 間接의사랑이라도 잇는것이다
다시말하면 리별하는愛人보다 自己를더사랑하는것이다
만일 愛人을 自己의生命보다 더사랑하면 無窮을回轉하는 時間의수
리박휘에 이끼가끼도록 사랑의리별은 업는것이다

아니다〃〃〃 [17]「참」보다도참인 님의사랑엔 죽엄보다도 리별이 훨
씬偉大하다

---

15) 두견주: 진달래꽃으로 빚은 술
16) 마니주: 악을 제거하고 흐린 물을 맑게 하며, 염화炎禍를 없애는 공덕이 있다는
구슬
17) 아니다〃〃〃: '아니다∧'가 바른 표기

죽엄이 한방울의찬이슬이라면 리별은 일천줄기의꼿비다
죽엄이 밝은별이라면 리별은 거룩한太陽이다

生命보다사랑하는 愛人을 사랑하기위하야는 죽을수가업는것이다
진정한사랑을위하야는 괴롭게사는것이 죽엄보다도 더큰犧牲이다
리별은 사랑을위하야 죽지못하는 가장큰 苦痛이오 報恩이다
愛人은 리별보다 愛人의죽엄을 더슯어하는까닭이다
사랑은 붉은초ㅅ불이나 푸른술에만 잇는것이아니라 먼마음을 서로
비치는 無形에도 잇는까닭이다
그럼으로 사랑하는愛人을 죽엄에서 잇지못하고 리별에서 생각하는
것이다

그럼으로 사랑하는愛人을 죽엄에서 웃지못하고 리별에서 우는것이다
그럼으로 愛人을위하야는 리별의怨恨을 죽엄의愉快로 갑지못하고
슯음의苦痛으로 참는것이다
그럼으로 사랑은 참어죽지못하고 참어리별하는 사랑보다 더큰사랑
은 업는것이다

그러고 진정한사랑은 곳이업다
진정한사랑은 愛人의抱擁만 사랑할쑨아니라 愛人의리별도 사랑하
는것이다

그러고 진정한사랑은 째가업다
진정한사랑은 間斷이업서々 리별은 愛人의肉쑨이오 사랑은 無窮이
다

아々 진정한愛人을 사랑함에는 죽엄은 칼을주는것이오 리별은 쏫을
주는것이다
아々 리별의눈물은 眞이오 善이오 美다
아々 리별의눈물은 釋迦요 모세요 짠다크다

이별에 대한 종합적 사유의 시다. 이별에 대한 이만한 집요하고도
심오한 사유의 시가 일찍이 있었을까. 이별과 정한으로 얼룩진 수천
년의 한국 역사가 일시에 보상받는 느낌이다. 이제 이별이나 정한은
전래의 체념적이고 부정적인 이미지에서 벗어나 "이별은 이별이지만
이별이 아니기도 하다"는 존재론적 역설로 인식되면서 '이별은 만남'
이라는 궁극적 목표를 성취시킬 창조적 에너지가 된다.

'참어죽지못하고 참어리별하는 사랑'! 『님의沈默』의 비극적 화자인
'나'의 사랑의 정의로 이보다 더 시리도록 명료한 정의가 있을 수 있
을까. 극한상황에서 누군가는 한 목숨을 던져 그 사랑을 증명한다. 그
러나 또 누군가는 살아남아서 가신 이의 희생을 희생으로 끝나게 하
지 않고 그 유지를 완수하는 중차대한 역할을 해야 한다. 이 일은 경
우에 따라서는 죽음보다도 더 고통스럽고 힘든 일일 수 있다.

투쟁론과 준비론으로 해석해 볼 수 있는 이러한 사랑의 태도는 다
의미가 있는 것으로 극한상황에서의 역할분담이라고 할 수 있다. 이
러한 '나'의 이별의 눈물은 진선미眞善美의 원천이요 석가, 모세, 짠다
크를 낳는 모태로까지 승화된다. 이별이라는 한국의 문학적 관습을
전통의 창조적 계승으로 발전시켰다.

길이막혀

당신의얼골은 달도아니언만
산넘고 물넘어 나의마음을 비침니다

나의손ㅅ길은 웨그리썰너서[18]
눈압헤보이는 당신의가슴을 못만지나요

당신이오기로 못올것이 무엇이며
내가가기로 못갈것이 업지마는
산에는 사다리가업고
물에는 배가업서요

뉘라서 사다리를쎄고 배를깨트렷슴닛가
나는 보석으로 사다리노코 진주로 배모아요
오시랴도 길이막혀서 못오시는 당신이 긔루어요

님과 '나'는 만나야 한다. 님과 다시 만나는 날 '나'의 참나찾기와 자
기동일성 추구는 완성된다. 그러나 이 일은 썩 성취되지 않는다. 외부
의 요인도 있겠지만 더 큰 문제는 '나'의 지혜가 열리지 않았다는 점
이다. '나'는 님과 만나고 싶은 염원만 무성할 뿐 눈앞에 있는 님마저

_____

18) 썰너서: 짧아서

도 만지지 못하는 청맹과니다. 사다리를 떼고 배를 깨뜨린 것은 외부 요인뿐만 아니라 '나' 자신의 무지일 수 있다. 그러면서도 '나'는 님과 만나려는 노력을 계속하고 있다.

自由貞操

  내가 당신을기다리고잇는것은 기다리고자하는것이아니라 기다려
지는것입니다
  말하자면 당신을기다리는것은 貞操보다도 사랑입니다

  남들은 나더러 時代에뒤진 낡은女性이라고 쎄죽거립니다 區々한貞
操를지킨다고
  그러나 나는 時代性을 理解하지못하는것도 아닙니다
  人生과貞操의 深刻한批判을 하야보기도 한두번이 아닙니다
  自由戀愛의神聖(?)을 덥허노코 否定하는것도 아닙니다
  大自然을짜러서 超然生活을할생각도 하야보앗습니다
  그러나 究竟[19], 萬事가 다 저의조아하는대로 말한것이오 행한것임
니다
  나는 님을기다리면서 괴로움을먹고 살이짐니다 어려움을입고 킈가
큼니다
  나의貞操는「自由貞操」임니다

  '나'의 사랑은 자발적 사랑이다. 그러므로 님에 대한 '나'의 변함없
는 정조 또한 자유정조이다. 자유와 정조라는 이질적 개념이 결합해
자유정조라는 강력한 역설을 발생시켰다. 이러한 존재론적 역설의 힘

---

19) 구경: 필경, 마침내

에 의해 '나'는 괴로움과 어려움 속에서도 성장하게 된다. 정조라는
문학적 관습을 창조적으로 계승, 발전시켰다.

하나가되야주서요

　님이어 나의마음을 가저가랴거든 마음을가진나한지[20] 가저가서요
그리하야 나로하야금 님에게서 하나가되게 하서요
　그러치아니하거든 나에게 고통만을주지마시고 님의마음을 다주서
요
　그리고 마음을가진님한지 나에게주서요 그레서 님으로하야금 나에
게서 하나가되게 하서요
　그러치아니하거든 나의마음을 돌녀보내주서요 그러고 나에게 고통
을주서요
　그러면 나는 나의마음을가지고 님의주시는고통을 사랑하것슴니다

　내가 가장 두려워하는 것은 님꾀 내가 무관심의 대상이 되는 것이
다. 비록 고통스럽더라도 님과 하나랴면 '나'는 견뎌낼 수 있다. 언젠
가는 님과 하나가 될 수 있다는 희망이 있기 때문이다. 동일성 추구의
시로 볼 수 있다.

---

20) 한지: 까지

나루ㅅ배와行人

나는 나루ㅅ배
당신은 行人

당신은 흙발로 나를 짓밟습니다
나는 당신을안ㅅ고 물을건너감니다
나는 당신을안으면 깁흐나 엿흐나 급한여울이나 건너감니다

만일 당신이 아니오시면 나는 바람을쐬고 눈비를마지며 밤에서낫가
지21) 당신을기다리고 잇슴니다
당신은 물만건느면 나를 도러보지도안코 가심니다 그려

그러나 당신이 언제든지 오실줄만은 아러요
나는 당신을기다리면서 날마다날마다 22) 낡어감니다

나는 나루ㅅ배
당신은 行人

'나'는 인욕과 동체대비심, 상구보리하화중생, 자리이타自利利他의 자

---

21) '밤에서낫가지': '낮에서 밤까지'와는 의미가 사뭇 다름. 밤을 꼬박 세우며 다음날
낮까지의 의미임.
22) '날마다ㅅ'가 바른 표기임

세로 님을 기다리고 있다. 이렇게 내가 모욕을 참고 무한한 자비심을 베푸는 것은 님과 내가 불이의 관계이기 때문이다. 무명중생이며 실의에 빠진 이웃인 '나'의 님이 구원받지 못하는 한 '나'의 구원도 성취될 수 없기 때문이다.

차라리

님이어 오서요 오시지아니하랴면 차라리가서요 가랴다오고 오랴다
가는것은 나에게 목숨을쌔앗고 죽엄도주지안는것임이다[23]
　님이어 나를책망하랴거든 차라리 큰소리로말슴하야주서요 沈黙으
로책망하지말고 沈黙으로책망하는것은 압흔마음을 어름바늘로 찌르
는것입니다
　님이어 나를아니보랴거든 차라리 눈을돌녀서 감으서요 흐르는겻눈
으로 흘겨보지마서요 겻눈으로 흘겨보는것은 사랑의보(褓)에 가시의
선물을싸서 주는것입니다

　수행자이며 지사이기도 한 '나'는 누구보다도 님과의 만남을 열망
하고 있다. 그러나 님은 올 듯 말 듯한 태도로 '나'를 애태운다. 심지어
는 침묵으로 '나'를 책망하고 곁눈으로 흘겨보는 것 같다. 사실은 님
이 올 수 없는 처지일 수도 있고, 내가 님을 맞이할 준비가 안돼 있을
수도 있겠지만, '나'는 이러한 님의 태도에 원망을 드러낸다. 그러면
서도 이러한 님에 대한 사랑을 포기하지 못하는 비극적 지향성의 시
이다.

---

23) '이다': '니다'의 오식

나의노래

나의노래가락의 고저장단은 대중이업슴니다[24]

그레서 세속의노래곡조와는 조금도 맛지안슴니다

그러나 나는 나의노래가 세속곡조에 맛지안는 것을 조금도 애닯어하지안슴니다

나의노래는 세속의노래와 다르지아니하면 아니되는 까닭임니다

곡조는 노래의缺陷을 억지로調節하랴는것임니다

곡조는 不自然한노래를 사람의妄想으로 도막처놋는것임니다

참된노래에 곡조를부치는 것은 노래의 自然에 恥辱임니다

님의얼골에 단장을하는것이 도로혀 험이되는것과가티 나의노래에 곡조를부치면 도로혀 缺點이됨니다

나의노래는 사랑의神을 울님니다

나의노래는 처녀의靑春을 쥡짜서 보기도어려은 맑은물을 만듬니다

나의노래는 님의귀에드러가서는 天國의音樂이되고 님의쑴에드러가서는 눈물이됨니다

나의노래가 산과들을지나서 멀니게신님에게 들니는줄을 나는암니다

나의노래가락이 바르々썰다가 소리를 어르지못할째에 나의노래가 님의 눈물겨운 고요한幻想으로 드러가서 사러지는것을 나는 분명히암

---

24) 대중없다: 어떠한 표준을 잡을 수 없다.

니다
　나는 나의노래가 님에게들니는것을 생각할째에 光榮에넘치는 나의
적은가슴은 발ㅅㅅ썰면서 沈默의音譜를 그림니다

　'나'의 노래는 세간인의 정감을 토로하는 그런 노래가 아니다. '나'
의 노래는 본질을 추구하고 절대의 님의 경지를 동경하고 찬양하는
출세간의 노래이다.

당신이아니더면

당신이아니더면 포시럽고 맥그럽든 얼골이 웨 주름살이접혀요
당신이긔롭지만 안터면 언제까지라도 나는 늙지아니할테여요
맨츰에 당신에게안기든 그째대로 잇슬테여요

그러나 늙고 병들고 죽기까지라도 당신째문이라면 나는 실치안하여
요
나에게 생명을주던지 죽엄을주던지 당신의뜻대로만 하서요
나는 곳당신이여요

'나'는 님 때문에 주름살이 접히고 늙어간다. 그러나 오지 않는 님
에 대한 비극적 사랑이 '나'는 싫지 않다. 왜냐면 '나는 곳당신'이기 때
문이다. 이 발언은 『님의沈默』 전체에서도 대단히 중요한 발언이다.
님과 '나'의 불이관계를 분명하게 천명하고 있기 때문이다. 내가 '나'
를 포기해버리면 진선미를 추구하는 '나'는 죽은 것이 된다. 어떤 부
귀영화를 누리더라도 가치지향의 '나'는 죽은 것이며 '나'의 지고지순
한 사랑도 죽은 것이 된다. 따라서 님과의 사랑을 포기하지 않는 한
님과 '나'는 둘이 될 수 없는 불이의 관계가 된다.

* 동일성추구의 시
* 「『님의沈默』의 不二적 해석」 참조

잠업는쑴

나는 어늬날밤에 잠업는쑴을 쑤엇슴니다

「나의님은 어데잇서요 나는 님을보러가것슴니다 님에게가는길을 가저다가 나에게주서요 검[25]이어」

「너의가랴는길은 너의님의 오랴는길이다 그길을가저다 너에게주면 너의님은 올수가업다」

「내가가기만하면 님은아니와도 관계가업슴니다」

「너의님의 오랴는길을 너에게 갓다주면 너의님은 다른길로 오게된다 네가간대도 너의님을 만날수가업다」

「그러면 그길을가저다가 나의님에게주서요」

「너의님에게주는것이 너에게주는것과 갓다 사람마다 저의길이 각々 잇는것이다.」

「그러면 엇지하여야 리별한님을 맛나보것슴닛가」

「네가 너를가저다가 너의가랴는길에 주어라 그리하고 쉬지말고 가 거라」

「그리할마음은 잇지마는 그길에는 고개도만코 물도만슴니다 갈수 가 업슴니다」

검은 「그러면 너의님을 너의가슴에 안겨주마」하고 나의님을 나에게 안겨주엇슴니다

나는 나의님을 힘껏 쎠안엇슴니다

---

25) 검: 무속신앙에서 신과 인간의 매개자

나의팔이 나의가슴을 압흐도록 다칠째에 나의두팔에 베혀진 虛空은
나의팔을 뒤에두고 이어젓슴니다

해석하기가 만만치 않은 시이다. '나'는 '검'에게 님을 가져다 달라
고 떼를 쓴다. '검'은 '나'의 청을 거절한다. 님을 가져다주어도 내가
님을 수용할 능력이 없음을 잘 알기 때문이다. '검'은 '나'에게 "네가
너를가저다가 너의가랴는길에 주어라 그리하고 쉬지말고 가거라"고
한다. 그러나 내가 막무가내로 떼를 쓰자 님을 '나'의 가슴에 확 안겨
준다. 검이 예측한 대로 '나'는 님의 헛것만을 힘껏 껴안는다.

참나찾기와 자기동일성 추구로 해석할 수 있는 이 시에 다가갈 수
있는 유일한 길은 유식학적 접근이다. 불교의 심층심리학인 유식학에
의하면 인간의 의식의 최심층에는 무한광대한 아뢰야식이 있는데 이
안에 불성佛性이 온존해 있다는 것이다. 그러나 이 불성은 무명의 먹구
름에 깊이 가려 있어 그 본래의 모습을 보여주지 못하고 있다. 이 불
성을 바로 보려면 용맹정진으로 심체心體를 밝혀내야 한다.

'검'이 '나'에게 "네가 너를가저다가 너의가랴는길에 주어라 그리하
고 쉬지말고 가거라"고 한 것은 이런 사정을 알기 때문에 한 말이다.
끊임없이 참선수행하여 무명을 벗고 불성을 되찾을 때 '나'는 참나가
되고, 그 참나가 내가 그토록 만나고 싶어하는 '나'의 님이 된다.

이 시의 참나찾기와 관련지어 확암廓巖선사의 십우도十牛圖에 대해
분석한 한 학자의 견해를 들어보자. 제1도 심우尋牛는 '자기'를 찾으
려는 발심發心의 단계이다. 2도 견적見跡은 '자기'의 발자국을 어슴프
레 보는 단계이다. 3도 견우見牛는 부족한 대로 '자기'를 만나는 단계

이다. 4도 득우得牛는 무한광대한 무의식계와의 대면을 의미한다. 5도 목우牧牛는 자기가 무의식과의 대면에서 충동성, 맹목성을 극복하고 긍정적 관계를 맺는 경지이다. 6도 기우귀가騎牛歸家는 마음의 근원으로 돌아가는 것으로 분석심리학적으로는 자아가 '자기'로 돌아가는 것이다. 7도 망우존인忘牛存人은 깨달음의 과정에서 겪는 일시적인 자아 팽창상태라고 할 수 있다. 8도 인우구망人牛俱忘은 소니 사람이니 하는 구분이 없어진 상태이다. 9도 반본환원返本還源은 근본자리로 돌아와 자연과 더불어 하나가 된 삼매의 경지이다. 10도 입전수수入廛垂手는 저잣거리에서 무위無爲의 삶을 사는 경지이다(이부영 『자기와 자기실현』, 한길사 277~299면 참조). 이와 같이 엄격하고 준엄한 과정을 거쳐 '참나'를 찾아야 하는데 「잠업는꿈」의 '나'는 '참나'를 만나고 싶은 염원만 무성할 뿐, 능력은 따르지 못하고 있다.

生命

    닷과치[26)]를일코 거친바다에 漂流된 적은生命의배는 아즉發見도아니된 黃金의나라를 숨쑤는 한줄기希望이 羅盤針[27)]이되고 航路가되고 順風이되야서 물ㅅ결의한긋은 하늘을치고 다른물ㅅ결의한긋은 땅을 치는 무서은바다에 배질[28)]합니다

    님이어 님에게밧치는 이적은生命을 힘껏 써안어주서요

    이적은生命이 님의품에서 으서진다하야도 歡喜의靈地에서 殉情한 生命의破片은 最貴한寶石이되야서 쪼각ㅅ[29)]이 適當히이어저서 님의 가슴에 사랑의徽章을 걸것슴니다

    님이어 씃업는 沙漠에 한가지의 깃듸일[30)]나무도업는 적은새인 나의 生命을 님의가슴에 으서지도록 써안어주서요

    그리고 부서진 生命의쪼각ㅅ [31)]에 입마춰주서요

  '나'는 의지가 강하고 굳건한 신념을 지니고 있지만 현실여건은 어둡고 절망적이다. '나'는 한마음으로 님에게 귀의하여 이런 상황을 극복하려는 비극적 지향성을 보이고 있다. 동일성 추구, 전체성 회복의 시로 읽힐 수 있다.

---

26) 닷과치: 배를 정박하는 닻과 방향타인 키
27) 羅盤針: 나침반과 함께 쓰이기도 했슴
28) 배질: 배가 파도에 심하게 오르내리는 일
29) 2음절어 이상의 반복에 쓰이는 바른 문장부호임
30) 깃들일
31) 2음절어 이상의 반복에 쓰이는 바른 문장부호임

사랑의測量

질겁고아름다은일은 量이만할수록 조흔것입니다

그런데 당신의사랑은 量이적을수록 조흔가버요

당신의사랑은 당신과나와 두사람의새이에 잇는것입니다

사랑의量을 알야면 당신과나의 距離를 測量할수밧게 업슴니다

그레서 당신과나의距離가멀면 사랑의量이만하고 距離가가까으면
사랑의量이 적을것임니다

그런데 적은사랑은 나를 웃기더니 만한사랑은 나를 울님니다

뉘라서 사람이머러지면 사랑도머러진다고 하여요

당신이가신뒤로 사랑이머러젓스면 날마다날마다[32] 나를울니는것은
사랑이아니고 무엇이여요

님과의 이별이 우리의 사랑을 더욱 깊고 간절하게 한다.

---

32) 날마다날마다 : '날마다 ∧'가 바른 표기.

眞珠

　언제인지 내가 바다ㅅ가에가서 조개를주섯지요 당신은 나의치마를
거더 주섯서요 진흙뭇는다고
　집에와서는 나를 어린아기갓다고 하섯지오 조개를주서다가 작난한
다고 그러고 나가시더니 금강석을 사다주섯슴니다 당신이

　나는 그쌔에 조개속에서 진주를어더서 당신의적은주머니에 너드렷
슴니다
　당신이 어듸 그진주를 가지고기서요 잠시라도 웨 남을빌녀주서요

　Anima의 발현으로 화자의 여성스러움이 돋보이는 시이다. 남성성
이 강한 한용운의 시에 이러한 여성성과 여성에 대한 섬세한 이해가
드러나는 것은 아니마의 발현을 빼놓고는 설명하기가 어렵다.
　내가 넣어드린 진주를 남에게 빌려주었다는 것은 무슨 의미일까.
무명에 가린 '나'의 자성自性을 밝혀내 내 것으로 하지 못하고 거짓나
로 살고 있는 것을 말하는 것일까. 아니면 민족의 삶을 온전하고 올바
르게 전개할 주권을 남에게 빼앗기고 노예살이하는 것을 질책하는 말
일까. 여성스러우면서도 매서운 비판이 따르는 시이다.

　＊「Anima와 관음신앙」참조

슯음의三昧

하늘의푸른빗과가티 쌔끗한 죽엄은 群動을淨化합니다
虛無의빗(光)인 고요한밤은 大地에君臨하얏슴니다
힘업는초ㅅ불아레에 사릿드리고 외로히누어잇는 오々님이어
눈물의바다에 꼿배를씌엇슴니다
꼿배는 님을실ㅅ고 소리도업시 가러안젓슴니다
나는 슯음의三昧에 「我空」이되야슴니다

꼿향긔의 무르녹은안개에 醉하야 靑春의曠野에 비틀거름치는 美人
이어
죽엄을 기럭이털보다도 가벼읍게여기고 가슴에서타오르는 불꼿을
어름처럼마시는 사랑의狂人이어
아々 사랑에병드러 自己의사랑에게 自殺을勸告하는 사랑의失敗者
여
그대는 滿足한사랑을 밧기위하야 나의팔에안겨요
나의팔은 그대의사랑의 分身인줄을 그대는 웨모르서요

님은 실의와 좌절에 빠져 파괴적 자아인 쉐도우(Shadow)의 모습
을 보이고 있다. '힘업는촛불아레에 사릿드리고 외로히누어잇는' 님,
'靑春의曠野에 비틀거름치는 美人', '가슴에서타오르는 불꼿을 어름
처럼마시는 사랑의狂人', '사랑에병드러 自己의사랑에게 自殺을권고
하는 사랑의失敗者'는 식민지 시대의 우리 젊은 지식인의 자화상이

아니었을까. 이런 동시대인인 님을 '나'는 전심전력으로 위로하고 안아준다. 전체성회복의 시로 읽힐 수 있다.

의심하지마서요

의심하지마서요 당신과 써러저잇는 나에게 조금도 의심을두지마서요

의심을둔대야 나에게는 별로관계가업스나 부지럽시 당신에게 苦痛의數字만 더할쑨입니다

나는 당신의첫사랑의팔에 안길째에 왼갓거짓의옷을 다벗고 세상에 나온그대로의 발게버슨몸을 당신의압헤 노앗습니다 지금까지도 당신의압헤는 그째에노아둔몸을 그대로밧들고 잇습니다

만일 人爲가잇다면 「엇지하여야 츰마음을변치안코 끗ㅅㅅ내 거짓업는몸을 님에게바칠고」하는 마음쑨입니다

당신의命令이라면 生命의옷까지도 벗것습니다

나에게 죄가잇다면 당신을그리워하는 나의「슯음」입니다

당신이 가실째에 나의입설에 수가업시 입마추고 「부대 나에게대하야 슯어하지말고 잘잇스라」고한 당신의 간절한부탁에 違反되는까닭입니다

그러나 그것만은 용서하야주서요

당신을 그리워하는 슯음은 곳나의生命인까닭입니다

만일용서하지아니하면 後日에 그에대한罰을 風雨의봄새벽의 落花의數만치라도 밧것습니다

　　당신의 사랑의동아줄에 휘감기는體刑[33]도 사양치안컷습니다
　　당신의 사랑의酷法[34]아레에 일만가지로服從하는 自由刑도 밧것습
니다

　　그러나 당신이 나에게 의심을두시면 당신의 의심의허물과 나의 슯
음의죄를 맛비기고 말것습니다
　　당신에게 써러저잇는 나에게 의심을두지마서요 부지럽시 당신에게
苦痛의數字를 더하지 마서요

　　암흑시대를 사는 '나'의 님은 '나'마저도 믿지 못하고 의심한다. 그
런 님에게 '나'는 의심을 거두고 하나가 되자고 호소한다. 하나가 되
지 않고서는 전체성 회복이나 세계동일성 회복, 정토구현은 불가능한
일이기 때문이다. '사랑의동아줄에 휘감기는體刑', '사랑의 酷法아레
에 일만가지로服從하는 自由刑'의 싸디즘적 표현은 당시로서는 파격
적인 것이다. 또 헤어질 때 부디 슬퍼하지 말고 잘 있으라고 한 님의
간곡한 당부를 지키지 않은 벌을 '風雨의봄새벽의 落花의數만치라도
밧'겠다는 표현은 참으로 로맨틱한 것이다.

---

33) 體刑: 體刑이 일반적
34) 혹법: 혹독한 법

당신은

　　당신은 나를보면 웨늘 웃기만하서요 당신의 찡그리는얼골을 좀 보고십흔데

　　나는 당신을보고 찡그리기는 시려요 당신은 찡그리는얼골을 보기 시려하실줄을 압니다

　　그러나 써러진도화가 나러서 당신의입설을 슬칠쌔에 나는 이마가찡 그려지는줄도 모르고 울고십헛슴니다

　　그래서 금실로수노은 수건으로 얼골을가럿슴니다

'나'는 세간인의 감정으로 님과 사랑하고 싶다. 그런데 님은 늘 웃기만 하고 모두에게 너그럽다. 그런 님의 출세간적 태도가 야속하고 원망스럽다.

幸福

　나는 당신을사랑하고 당신의행복을 사랑합니다 나는 왼세상사람이
당신을사랑하고 당신의행복을 사랑하기를 바랍니다
　그러나 정말로 당신을사랑하는사람이 잇다면 나는 그사람을 미워하
것슴니다 그사람을미워하는것은 당신을 사랑하는마음의 한부분임니
다
　그럼으로 그사람을미워하는고통도 나에게는 행복입니다

　만일 왼세상사람이 당신을미워한다면 나는 그사람을 얼마나미워하
것슴닛가
　만일 왼세상사람이 당신을 사랑하지도안코 미워하지도안는다면 그
것은 나의일생에 견딜수업는 불행임니다
　만일 왼세상사람이 당신을사랑하고자하야 나를미워한다면 나의행
복은 더클수가업슴니다
　그것은 모든사람의 나를미워하는 怨恨의豆滿江이 깁흘수록 나의 당
신을사랑하는 幸福의白頭山이 놉허지는 까닭입니다

　'나'는 누구보다도 님이 사랑받고 행복하기를 바란다. 그러나 정말
님을 사랑하는 이가 있다면 그에 대해 투기심을 내기도 한다. 그러면
서도 님이 세상 사람들에게서 무관심의 대상이 되는 것은 견딜 수 없
어 한다. 이런 미묘한 사랑의 심리로 '나'는 님과 행, 불행을 같이 한
다. 이것은 '나는 곳당신', 불이의 관계이기 때문이다.

錯認

나려오서요 나의마음이 자릿ㅅ하여요 곳나려오서요
사랑하는님이어 엇지 그러케놉고간은 나무가지위에서 춤을추서요
두손으로 나무가지를 단ㅅ히붓들고 고히ㅅ나려오서요
에그 저나무닙새가 련꽃봉오리가튼 입설을 슬치것네 어서나려오서
요

「녜 녜 나려가고십흔마음이 잠자거나 죽은것은 아님니다마는 나는
아시는바와가티 여러사람의님인째문이여요 향긔로운 부르심을 거스
르고자하는것은 아님니다」고 버들가지에걸닌 반달은 해쭉ㅅ우스면서
이러케말하는듯 하얏슴니다
나는 적은풀닙만치도 가림이업는 발게버슨 부끄럼을 두손으로 움켜
쥐고[35] 쌔른거름으로 잠ㅅ자리에 드러가서 눈을감고누엇슴니다
나려오지안는다든 반달이 삽분삽분거러와서 창밧게숨어서 나의눈
을 엿봄니다
부끄럽든마음이 갑작히 무서워서 썰녀짐니다

‘나’의 님은 만인의 우상이고 장난꾸러기이기도 하다. 내가 부르고
찾을 때는 다가오지 않다가도 들어가 잠자리에 누워 있을 때는 따라

---

35) ‘발게버슨 부끄럼을 두손으로 움켜쥐고’는 대단히 참신한 이미지즘 기법이다. ‘부
끄럼’이라는 추상적 심리가 ‘두 손으로 움켜쥐고’로 구상화된다.

와 숨어서 '나'를 엿보고 있다. 결국 님은 내 안에 있으며 나뉠 수 없는 관계라는 것을 알았을 때, '나'는 갑자기 무서워져서 떨린다. 내 안의 '나'를 찾는 참나 찾기, 자기동일성 추구의 시로, 유식학적 접근을 시도해 볼 만하다. 초승달, 그믐달, 반달, 보름달 등은 깨달음의 정도를 보여주는 불교적 상징물.

밤은고요하고

밤은고요하고 방은 물로시친듯[36]함니다
이불은개인채로 엽헤노아두고 화로ㅅ불을 다듬거리고 안젓슴니다
밤은얼마나되얏는지 화로ㅅ불은써저서 찬재가되얏슴니다
그러나 그를사랑하는 나의마음은 오히려 식지아니하얏슴니다
닭의소리가 채 나기전에 그를맛나서 무슨말을하얏는데 쯤조처 분명
치안슴니다 그려

'나'의 님 찾기는 밤을 새워 계속된다. 새벽닭이 울기 전에 그를 만
나 무슨 말을 한 것 같은데 그것이 꿈인지 생시인지도 분명치 않다.
'나'의 깨달음은 그 정도인 것이다. 동일성 추구의 시.

---

36) 시친듯: 씻은 듯

秘密

秘密임닛가 秘密이라니요 나에게 무슨秘密이 잇것슴닛가
　나는 당신에게대하야 秘密을지키랴고 하얏슴니다마는 秘密은 야속
히도지켜지지 아니하얏슴니다

　나의 秘密은 눈물을것처서[37] 당신의視覺으로 드러갓슴니다
　나의秘密은 한숨을것처서 당신의聽覺으로 드러갓슴니다
　나의秘密은 썰니는가슴을것처서 당신의 觸覺으로 드러갓슴니다
　그밧긔秘密은 한쏘각붉은마음이 되야서 당신의쑴으로 드러갓슴니
다
　그러고 마지막秘密은 하나잇슴니다 그러나 그秘密은 소리업는 매아
리와가터서 表現할수가 업슴니다

　참나찾기, 자기동일성 추구의 시로 유식학적 접근이 필요한 시다.
‘나’의 어지간한 비밀은 다 님에게 발각되고 만다. ‘나’의 눈물, ‘나’의
한숨, ‘나’의 떨리는 가슴은 시각, 청각, 촉각으로 님에게 감지된다. 곧
안, 이, 비, 설, 신의 전오식前五識은 다 님에게 노출되고 만다. 좀 더 내
밀한 제6의식(六識)인 ‘한쏘각붉은마음‘(一片丹心)마저도 님에게 들
키고 만다. 그럼에도 아직 ‘나’에게는 님마저도 모르는 마지막 비밀이
하나 있다. 그 비밀은 세간인이나 근기 낮은 수행자는 다가설 수 없는

---

37) 것처서: 통해서

절대비밀의 영역이기 때문이다. 그 비밀영역은 유식학의 최심층의식인 아뢰야식이다. 무명의 먹구름에 깊이 가린 채로 심의식의 밑바닥에 무한광대하게 펼쳐져 있는 아뢰야식 안에는 오염되기 전의 '나'의 본래성인 자성自性과 불과佛果를 얻을 수 있는 불성佛性이 온전히 보존돼 있다. 이러한 아뢰야식 안의 무명을 헤치고 본래의 자성을 회복하고 절대의 깨달음인 부처로 열매 맺는 것은 누구의 도움도 아닌 '나'만의 수행에 의지해야 하는 것이기 때문에 '나'만의 비밀이 되는 것이다.

사랑의 存在

사랑을 「사랑」이라고하면 발써 사랑은아닙니다

사랑을 이름지을만한 말이나글이 어데잇슴닛가

微笑에눌녀서 괴로은듯한 薔薇빗입설[38]인들 그것을 슬칠수가잇슴
닛가

눈물의뒤에 숨어서 슮음의黑闇面을 反射하는 가을물ㅅ결의눈인들
그것을 비칠수가잇슴닛가

그림자업는구름을 것처서 매아리업는絶壁을 것처서 마음이갈ㅅ수
업는바다를 것처서 存在? 存在임니다

그나라는 國境이업슴니다 壽命은 時間이아닙니다

사랑의存在는 님의눈과 님의마음도 알지못합니다

사랑의秘密은 다만 님의手巾에繡놓는 바늘과 님의심으신 꽃나무
와님의잠과 詩人의想像[39]과 그들만이 암니다

　　유식학에 바탕한 '나'의 참나찾기는 계속된다. 지혜를 구하고 중생

---

38) '微笑에눌녀서 괴로은듯한 薔薇빗입설': 당시로서는 경악할 정도의 감각적, 탐미
　　적 표현이다.

39) 시인의 상상: 이부영은 "항상 의식을 넘어 내면의 세계를 인식하는 시인과 같은
　　사람들은 의식과 무의식의 대립관계와 경계를 상당히 넘어선 사람들이다. 그들
　　은 이미 '자기' 가까이 있고 그 체험을 노래 속에 표현한다. 그러므로 시인의 아니
　　마·아니무스는 자기 원형의 뜻을 직접 짊어지고 있다."고 하여 시인의 직관으로
　　'자기'를 추구함을 지적하고 있다(이부영, 『아니마와 아니무스』, 한길사, 241면 참
　　조).

을 교화하는 것은 '나'의 절대적 사랑의 내용이다. 이 사랑은 세속인
의 감각적 사랑도 아니고, 어느 한가지만을 지향하는 편협한 사랑도
아니다. 시간과 공간을 초월한 절대의 존재만이 그러한 사랑의 존재
가 될 수 있다. '나'는 절대의 존재가 되기 위해 먼저 무한광대한 의식
의 주인이 되려고 한다. 내밀하게 심의식의 밑바닥에 자리잡고 앉아
서 '나'를 좌지우지하는 아뢰야식을 밝혀 참나가 되고 중생을 교화하
는 사랑의 존재가 되려 한다. 그 내용이 "그림자업는구름을 것처서 매
아리업는絶壁을 것처서 마음이갈ㅅ수업는바다를 것처서 存在? 存在
임니다"이다. '나'의 아뢰야식 밝히기는 그림자 없는 구름을 지나고,
메아리 없는 절벽을 지나고, 마음마저 갈 수 없는 바다를 건너야 이루
어지는 지난한 수행이다. 이러한 '나'의 수행의 비밀, 곧 사랑의 비밀
은 '나'의 님도 모른다. 다만 '님의 수건에 수놓는 바늘'로 비유된 '나'
의 육식六識과, 자성을 지니고 있는 님의 꽃나무와, 무의식이 자유롭
게 활동하는 님의 잠과, 자유분방한 시인의 상상력이나 다가갈 수 있
다.

쑴과근심

밤근심이 하[40] 길기에
쑴도길줄 아렷더니
님을보러 가는길에
반도못가서 깨엇고나

새벽쑴이 하 써르기에
근심도 짜를줄 아렷더니
근심에서 근심으로
찾간데를 모르것다

만일 님에게도
쑴과근심이 잇거든
차라리
근심이 쑴되고 쑴이 근심되여라

　혁신적, 비판적 지식인의 면모를 보이는 '나'는 군데군데서 전래의
문학적 관습을 창조적으로 계승한다. 여기에는 역설이 크게 역할을
한다. 이 시의 꿈도 소극적이 아닌 적극적인 것으로 변모된다.

---

40) 하: 하도

葡萄酒

가을바람과 아츰볏에 마치맛게익은 향긔로운포도를 따서 술을비젓
습니다 그술고이는향긔는 가을하늘을 물드림니다
님이어 그술을 련닙잔에 가득히부어서 님에게 드리것습니다
님이어 썰니는손을것처서[41] 타오르는입설을 취기서요

님이어 그술은 한밤을지나면 눈물이됨니다
아아[42] 한밤을지나면 포도주가 눈물이되지마는 쏘한밤을지나면 나
의 눈물이 다른포도주가됨니다 오오[43] 님이어

'나'는 잘 익은 향기로운 포도로 술을 빚어 님에게 드리고 싶다. 그
러나 그 술을 드실 님은 여기 안 계시다. 따라서 내가 빚은 술은 하룻
밤을 지나면 눈물이 된다. 그러나 '나'는 포도주 빚기를 멈출 수 없다.
'나'의 사랑이 아직 끝나지 않았기에 님을 위한 눈물의 포도주 빚기도
멈출 수 없는 것이다. 비극적 지향성을 보이는 시다.

---

41) 것처서 : 통해서
42) 아아 : 아々
43) 오오 : '오々'가 바른 부호

誹謗

세상은 誹謗도만코 猜忌도만슴니다

당신에게 誹謗과猜忌가 잇슬지라도 關心치마서요

誹謗을조아하는사람들은 太陽에 黑點이잇는것도 다행으로 생각함
니다

당신에게대하야는 誹謗할것이업는 그것을 誹謗할는지 모르것슴니
다

조는獅子를 죽은羊이라고 할지언정 당신이 試鍊을밧기위하야 盜賊
에게捕虜가되얏다고 그것을 卑刦이라고할수는 업슴니다

달빗을 갈꽃으로알고 흰모래위에서 갈마기를이웃하야 잠자는 기럭
이를 음란하다고할지언정 正直한당신이 狡猾한誘惑에 속혀서 靑樓에
드러갓다고 당신을 持操[44]가업다고할수는 업슴니다

당신에게 誹謗과猜忌가 잇슬지라도 關心치마서요

세상의 비방과 시기에 예민해 하는 님에게 괘념치 말라고 한다. 고
난의 시대에 일일이 반응하는 것은 적의 의도에 말려들어가는 것이
다. 의연히 목표를 향하여 나아가는 것이 전체성 회복을 위한 바른 대
처법이다.

---

44) 持操: 志操가 일반적임

「 ? 」

희미한조름이 활발한 님의발자최소리에 놀나쌔여 무거은눈섭을 이기지 못하면서 창을열고 내다보앗슴니다

동풍에몰니는 소낙비는 산모롱이를 지나가고 쓸압회 파초닙위에 비ㅅ소리의 남은音波가 그늬를쒬니다

感情과理智가 마조치는 刹那에 人面의惡魔와 獸心의天使가 보이랴다 사러짐니다

흔드러쌔는 님의노래가락에 첫잠든 어린잔나비의 애처러은쑴이 꼿써러지는소리에 쌔엇슴니다

죽은밤을지키는 외로은등잔ㅅ불의 구슬꼿이 제무게를이기지못하야 고요히써러짐니다

미친불에 타오르는 불상한靈은 絶望의北極에서 新世界를探險함니다

沙漠의꼿이어 금음밤의滿月이어 님의얼골이어

픠랴는 薔薇花는 아니라도 갈지안한白玉인 純潔한나의님설은 微笑에沐浴감는그입설에 채닷치못하얏슴니다

움지기지안는 달빗에 눌니운 창에는 저의털을가다듬는 고양이의그림자가오르락나리락함니다

아아[45] 佛이냐 魔냐 人生이 씩끌이냐 꿈이 黃金이냐
적은새여 바람에흔들니는 약한가지에서 잠자는 적은새

참선수행 중인 '나'에게 회의와 방황의 폭풍이 휘몰아친다. 파괴적인 자아인 쉐도우가 '나'를 압도한다. 기세간器世間인 자연은 생명의 잔치를 벌이고 있다. 이런 왕성한 생명력은 '님의 발자취 소리'이기도 하다. 그런데 '나'는 이러한 생명의 잔치에 흔쾌히 동참하지 못하고 졸음에 겨워 무거운 눈썹을 이기지 못하면서 창을 열고 내다본다. '나'만 빼고 삼라만상은 모두 생기에 넘쳐 있다.

'나'는 이 생명의 계절에 영육의 갈등을 겪고 있다. 내 안에서 감정과 이지가 마주치고, 천사와 악마가 뒤섞여 보이려다 사라진다. 아직 어리석은 중생이며 초보 수행자인 '나'에게 자연의 관능적 생명력은 감당하기 힘든 것이다. '흔드러쎄는 님의노래가락'인 자연의 관능적 노래에 '첫잠든 어린잔나비'인 '나'의 '애처러은꿈'은 속절없이 무너지고 만다. '나'의 계율과 서원은 이미 무력해진 것이다. '나'의 시간은 '죽은밤'이 되어버리고, '미친불에 타오르는 불상한靈'인 '나'는 '絶望의北極'에서 방황한다. 이런 절망적 상황에서 '나'는 님을 갈구한다.

'나'는 님을 '沙漠의꽃', '금음밤의滿月', '님의얼골'이라고 부르며 '픠랴는 薔薇花는 아니라도 갈지안한白玉인 純潔한나의님설은 微笑에沐浴감는 그입설에 채닷치못하얏'다고 고백하며 님에게 순결하게 다가가기를 호소한다.

---

45) 아아: '아々'가 바른 표기

그러나 젊은 '나'의 관능은 육체적 충동을 제어하지 못하고 ' 움지기지안는 달빗에 눌니운 창에는 저의털을가다듬는 고양이의그림자가 오르락나리락'하는 환상에 함몰된다. 순결한 방황자인 '나'는 결국 "아아 佛이냐 魔냐 人生이 씩끌이냐 꿈이 黃金이냐 적은새여 바람에흔들리는 약한가지에서 잠자는 적은새여"라는 처절한 절규로 시를 끝낸다. 「?」는 대단히 재치 있는 시제이다.

님의손ㅅ길

님의사랑은 鋼鐵을녹이는불보다도 쓰거은데 님의손ㅅ길은 너머차
서限度가업슴니다
나는 이세상에서 서늘한것도보고 찬것도보앗슴니다 그러나 님의
손ㅅ길가티찬것은 볼수가업슴니다

국화픤 서리아츰에 써러진닙새를 울니고오는 가을바람도 님의
손ㅅ길보다는 차지못합니다
달이적고 별에쏠나는⁴⁶⁾ 겨울밤에 어름위에 싸인눈도 님의손ㅅ길보
다는 차지못합니다
甘露와가티淸凉한 禪師의說法도 님의손ㅅ길보다는 차지못합니다

나의적은가슴에 타오르는불꼿은 님의손ㅅ길이아니고는 쯰는수가
업슴니다
님의손ㅅ길의溫度를 測量할만한 寒暖計는 나의가슴밧게는 아모데
도 업슴니다
님의사랑은 불보다도 쓰거워서 근심山을 태우고 恨바다를 말니는데
님의손ㅅ길은 너머도차서 限度가업슴니다

더 할 수 없이 찬 님의 손길은 도대체 무엇일까. 부정적인 의미는

---

46) 별에쏠나는: 별빛이 날카롭게 방사상으로 퍼지는

아닌 것 같은데 차가울수록 찬양받는 님의 손길의 정체는 도대체 무엇일까. 선사의 감로설법보다도 차가우면서도 내 가슴의 불을 꺼줘 나를 구원해 주는 님의 손길은 도대체 무엇일까. 한편 님은 근심산을 태우고 한바다를 말리는 사랑을 가지고 있다. 반면에 더할 수 없이 차가운 손길을 지니고 있다. 이 무엇인가.

불교를 지탱하는 두 축은 지혜와 자비이다. 차가운 손길이 확철대오의 최상승지라면 사랑은 대자대비심이다. 최상승지의 냉철한 지혜로 '나'는 삶의 방향을 바로 잡고 이웃을 인도할 수 있다. 동일성 추구, 전체성 회복의 시로 해석해 볼 수 있다.

海棠花

당신은 해당화픠기전에 오신다고하얏슴니다 봄은벌써 느젓슴니다
봄이오기전에는 어서오기를 바랏더니 봄이오고보니 너머일즉왓나
두려함니다

철모르는아해들은 뒤ㅅ동산에 해당화가픠엿다고 다투어말하기로
듯고도 못드른체 하얏더니
야속한 봄바람은 나는꼿을부러서 경대위에노임니다 그려
시름업시 꼿을주어서 입설에대히고 「너는언제픠엿늬」 하고 무럿슴
니다
꼿은 말도업시 나의눈물에비처서 둘도되고 셋도됨니다

참으로 여성스러운 시이다. 당연히 아니마가 발현되었다. 어떻게
이렇게 여성심리를 포착할 수 있었을까. 경대 위에 짓궂게 날아든 해
당화 꽃잎, 님이 없어서 더욱 서러운 그 꽃잎이 눈물 때문에 두 세 개
로 겹쳐 보인다는 표현에서 우리는 더할 수 없는 감동과 슬픔을 느끼
게 된다. 이는 아니마의 발현으로만 가능한 일이다. 전래문학의 여성
성이라는 문학적 관습과도 연관될 수 있다.

＊「Anima와 관음신앙」참조

당신을보앗슴니다

당신이가신뒤로 나는 당신을이즐수가 업슴니다
까닭은 당신을위하나니보다 나를위함이 만슴니다

나는 갈고심을쌍이 업슴으로 秋收가업슴니다
저녁거리가업서서 조나감자를쑤러 이웃집에 갓더니 主人은 「거지
는 人格이업다 人格이업는사람은 生命이업다 너를도아주는것은 罪惡
이다」고 말하얏슴니다
그말을듯고 도러나올째에 쏘더지는눈물속에서 당신을보앗슴니다

나는 집도업고 다른까닭을겸하야 民籍이업슴이다[47]
「民籍업는者는 人權이업다 人權이업는너에게 무슨貞操냐」하고 凌
辱하라는將軍이 잇섯슴니다
그를抗拒한뒤에 남에게대한激憤이 스스로의슯음으로化하는刹那에
당신을보앗슴니다

---

47) "나는 집도업고 다른까닭을겸하야 民籍이업슴이다"의 의미: '업슴이다'는 '업슴
니다'의 오식. 일제가 발급하는 민적을 거부하였다는 의미 외에, 한용운이 기미만
세운동의 주역으로 일제의 감시를 받게 되자 그 후환이 가족들 특히 친형인 한윤
경에게 미치는 것을 막기 위해 스스로 호적을 뜯어 고쳤다는 종손의 주장도 있다
(김광식 저, 『우리가 만난 한용운』, 참글세상, 2010년, 214,222,232,233면 참조).
그의 집안은 경제력도 상당히 갖춘 양반 가문으로 부친 한응준은 관청에서 일을
보았으며 동학당 토벌에도 관여했고, 한용운도 의병활동에 참여했다고 한다(위
의 책 222면 참조). 생가 터도 지금 복원된 곳이 아니라 홍주고등학교 부지 안이
며, 부친 한응준의 묘도 근처에 있는데 종손이 여태까지 관리해 왔다고 한다(위의
책 217,226면 참조).

　　아아[48] 왼갓 倫理, 道德, 法律은 칼과黃金을祭祀지내는 煙氣인줄을
아럿슴니다
　　永遠의사랑을 바들ㅅ가 人間歷史의첫페지에 잉크칠을할ㅅ가 술을
말실ㅅ가[49] 망서릴째에 당신을보앗슴니다

　　참으로 아프고 날카로우면서도 비극적 지향성을 보이는 시이다. 숨
은 신, 전체성 회복의 개념으로 접근해 볼 수도 있고, 전기적 접근의
좋은 예도 된다. 무도하고 엄혹한 시대에 실의와 좌절 속에서 님을 보
게 됨으로써 가까스로 신념과 희망을 유지하는 비극적 지향성을 반복
해서 보이고 있다.
　　'나'는 갈고 심을 땅이 없고 민적도 없다. 이것은 한용운의 전기적
사실과 일치한다. 의병활동으로 그의 집안은 풍비박산이 되었고, 출
가로 그는 집도 땅도 없는 무산자가 되었다. 그런 한용운의 시적 자아
인 '나'에게 침략자인 '주인'은 거지라고 모욕하고 능욕하려 한다. '나'
는 이런 모욕 속에서 견딜 수 없는 절망감을 느끼나 가까스로 님을 보
게 됨으로써 다시 삶의 방향을 찾게 된다.
　　내가 이렇게 방향을 찾게 되는 것은 '나'의 투철한 현실인식 때문이
다. '나'는 '주인'의 '倫理, 道德, 法律'이 칼과 黃金을 신봉하는 도구인
줄을 안다. 무력(칼)과 금력(황금)에 의지해 제국주의를 이끌어가는
그들의 정체를 '나'는 분명히 알고 그들의 회유에 넘어가지 않는다.
　　그러나 '나'는 시대의 암흑을 혼자 감당하기에는 너무 힘들다. 소승

---

48) 아아: '아ᄉ'가 바른 표기.
49) 말실ㅅ가: '마실ㅅ가'의 오식.

적 안주(영원의사랑)에 머물러버리고도 싶고, 승자의 기록인 거짓역
사를 부정해버리고도 싶고(人間歷史의첫페이지에잉크칠을할ㅅ가),
자포자기(술을마실가) 하고도 싶지만 가까스로 님을 보게 됨으로써
소승적 안주와 역사허무주의, 자포자기에서 벗어나 본래의 길을 가게
된다.

비

비는 가장큰權威를가지고 가장조흔機會를줍니다
비는 해를가리고 하늘을가리고 세상사람의눈을 가림니다
그러나 비는 번개와무지개를 가리지안슴니다

나는 번개가되야 무지개를타고 당신에게가서 사랑의팔에 감기고자
함니다
비오는날 가만히가서 당신의沈黙을 가저온대도 당신의主人은 알수
가업슴니다

만일 당신이 비오는날에 오신다면 나는 蓮닙으로 윗옷을지어서 보
내겟슴니다
당신이 비오는날에 蓮닙옷을입고오시면 이세상에는 알사람이 업슴
니다
당신이 비ㅅ가온대로 가만히오서서 나의눈물을 가저가신대도 永遠
한秘密이 될것임니다
비는 가장큰權威를가지고 가장조흔機會를줍니다

비오는 날 '나'는 참나찾기에 몰두한다. 주위의 이목이 차단돼 몰입
할 수 있는 이 시간은 더 없이 좋은 기회다. 어떤 장애도 없는 이 좋은
기회에 '나'는 번개가 되어 무지개를 타고 님에게 직핍하려 한다. 가
장 은밀한 시간에 '나'는 님에게 다가가 1:1로 님을 만나려고 한다. 빗

속에서 님과 '나'는 침묵으로 법거량을 한다. 이것은 내가 님의 경지에 근접했다는 것을 의미한다. 이제 '나'만 님에게 가는 것이 아니다. 님도 '나'에게 연잎을 입고 오신다. 그러나 높은 경지에 이른 우리의 왕래는 영원한 비밀이 된다. '나'는 이런 몰입의 기회에 아뢰야식 안에 온존해 있는 불성佛性이나 여래장如來藏에 다가가는지도 모른다. 그렇다면 이러한 내밀한 이야기는 유식학의 심층의식 밝히기로 해석해 볼 수도 있다.

  * 「『님의 沈默』의 유식론적 접근」 참조

服從

　남들은 自由를사랑한다지마는 나는 服從을조아하야요
　自由를모르는것은 아니지만 당신에게는 服從만하고십허요
　服從하고십흔데 服從하는것은 아름다은自由보다도 달금합니다 그
것이 나의幸福입니다

　그러나 당신이 나더러 다른사람을服從하라면 그것만은 服從할 수가
업슴니다
　다른사람을 服從하랴면 당신에게 服從할수가업는 까닭임니다

　'복종'이라는 문학적 관습을 "복종은 복종이지만 복종이 아니기도
하다"는 역설로 인식하여 전통의 창조적 계승에 성공하고 있다. '나'
는 님이 아닌 누구에게도 복종하지 않는다. 이런 '나'에게 왜 이런 역
설이 성립되는 것일까. '나'는 불합리하고 폭력적인 어떤 힘에도 저항
한다. 그들은 '자유'의 적이기 때문이다. 그러나 '나'의 님은 자유, 평
화, 진리 그 자체이기 때문에 그에게 복종하는 것은 행복이며 희망이
된다.

참어주서요

　나는 당신을 리별하지아니할수가 업슴니다 님이어 나의리별을 참어
주서요
　당신은 고개를넘어갈째에 나를도러보지마서요 나의몸은 한적은모
래속으로 드러가랴함니다

　님이어 리별을참을수가업거든 나의죽엄을 참어주서요
　나의生命의배는 부스럼의 쌈의바다에서 스스로 爆沈하랴함니다 님
이어 님의입김으로 그것을부러서 속히잠기게 하야주서요 그리고 그것
을 우서주서요

　님이어 나의죽엄을 참을수가업거든 나를사랑하지마러주서요 그리
하고 나로하여금 당신을사랑할수가업도록 하야주서요
　나의몸은 터럭하나도 쌔지아니한채로 당신의품에 사러지것슴니다
　님이어 당신과내가 사랑의속에서 하나가되는것을 참어주서요 그리
하야 당신은 나를사랑하지말고 나로하야금 당신을사랑할수가업도록
하야주서요 오오[50] 님이어

　우리는 지금의 아픈 이별을 감내함으로써 더 크고 빛나는 만남을
마련할 수 있다. 우리는 서로 사랑하면서도 이별을 감행해야 한다. 그

---

50) 오오: '오々'가 바른 부호

래서 이별의 원인이 무엇이며, 만남을 성취할 방도는 무엇인지 등을
냉철하게 찾아내야 한다. '나'는 님에게 뜨거운 사랑의 이면에 냉철한
이지를 요구하는 비판적 지식인의 모습을 보인다. 동일성 추구의 시
로도 읽힐 수 있다.

어늬것이참이냐

엷은紗의帳幕이 적은바람에 휘둘녀서 處女의쑴을 훕싸듯이 자최도
업는 당신의사랑은 나의靑春을 휘감읍니다
발싹거리는 어린피는 고요하고맑은 天國의音樂에 춤을추고 헐썩이
는 적은靈은 소리업시써러지는 天花의그늘에 잠이듭니다

간은봄비가 드린버들에 둘녀서 푸른연긔가되듯이 쯧도업는 당신의
情실이 나의잠을 얼금니다
바람을싸러가랴는 써른쑴은 이불안에서 몸부림치고 강건녀사람을
부르는 밧분잠꼬대는 목안에서 그늬를씀니다

비킨달빗이 이슬에저진 쯧숩풀을 싸락이처럼부시듯이 당신의 써난
恨은 드는칼이되야서 나의애를 도막ㅅㅅ[51] 씬어노앗습니다

문밧긔 시내물은 물ㅅ결을보태랴고 나의눈물을바드면서 흐르지안
습니다[52]
봄동산의 미친바람은 쯧써러트리는힘을 더하랴고 나의한숨을 기다
리고섯습니다

---

51) 도막ㅅㅅ: '도막∧'이 바른 문장 부호.
52) "문밧긔 시내물은 물ㅅ결을보태랴고 나의눈물을바드면서 흐르지안습니다": 문학
적 관습의 좋은 예이다. 정지상鄭知常의 「送人」의 '別淚年年添綠波'를 환기해 보라.

　오래 오래 기다려도 현실공간에 님은 오지 않고, 꿈속에서나마 님을 만나보려 하지만 그도 여의치 않다. 꿈속의 님은 왜 그리도 멀리 있고, 부르는 소리는 목 안에서만 맴도는지…. '나'의 첫사랑이자 영원한 사랑인 님은 '나의 청춘을 지배하고 끝없는 정의 실로 잠마저 지배한다. 그러나 꿈 속의 님은 '나'와의 만남을 허용하지 않는다. 꿈 속에서 '나'는 강 건너의 님을 목메어 부르지만 소리가 되지 못하고 목 안에서 그네를 뛴다. 이런 '나'에게 이별의 한은 잘 드는 칼이 되어서 창자를 토막토막 끊어놓는다. '나'는 눈물과 한숨으로 나날을 보내고 있다.

情天恨海

가을하늘이 놉다기로
情하늘을 싸를소냐
봄바다가 깁다기로
恨바다만 못하리라

놉고놉흔 情하늘이
시른것은 아니지만
손이 나저서
오르지 못하고
깁고깁흔 恨바다가
병될것은 업지마는
다리가 썰너서[53]
건느지 못한다

손이 자래서 오를수만 잇스면
情하늘은 놉흘수록 아름답고
다리가 기러서 건늘수만 잇스면
恨바다는 깁흘수록 묘하니라

만일 情하늘이 무너지고 恨바다가 마른다면

---

53) 썰너서: 짧아서

차라리 情天에 써러지고 恨海에 싸지리라
아々 情하늘이 놉흔줄만 아럿더니
님의이마보다는 낫다
아々 恨바다가 깁흔줄만 아럿더니
님의무릅보다는 엿다

손이야 낫든지 다리야 써르든지
情하늘에 오르고 恨바다를 건느랴면
님에게만 안기리라

정조情操로서의 정한에 대해 참신하고 깊게 사유하며 그 극복을 모색하고 있다. 정한에 대한 이러한 독창적 사유는 문학적 관습을 창조적으로 계승한 것으로 그 가치를 높게 평가해야 한다. 일반적으로 정한은 정이 정상적으로 분출되지 못하고 고여서 응어리진 것으로 긍정적인 정서로 여기지 않는 경향이 있었다. 그러나 『님의沈默』의 '나'의 정한은 님에 대한 지극한 사랑에서 형성된 것이므로 감정적, 체념적인 것이라기보다 의지적인 것이다. 이 시는 이러한 정한에 대한 종합적 사유이다.

'나'는 정한이 님에 대한 지극한 사랑에서 형성된 것이므로 긍정적으로 수용한다. 만약 정한을 부정하면 님에 대한 사랑을 부정하는 것이 된다. 이러한 정한을 잘만 수용하면 더 할 수 없이 높고 깊은 창조적 에너지로 전환될 수 있는 것이다. 그래서 '나'는 잘 활용한 후 불교의 지혜와 자비에 힘입어 정한을 극복하려고 한다. 궁극적으로 정한은 극복되어야 할 것이고, 그 유일한 극복책은 '님의이마'(지혜)와 '님의무릎'(자비) 밖에는 없기 때문이다. 아무튼 '나'는 님의 지혜와 자비에 의지해 정한을 극복하려 한다.

＊「『님의沈默』의 情操 연구」 참조

첫 「키쓰」

마서요 제발마서요

보면서 못보는체마서요

마서요 제발마서요

입설을다물고 눈으로말하지마서요

마서요 제발마서요

쓰거은사랑에 우스면서 차듸찬잔부스럼에 울지마서요

마서요 제발마서요

世界의꽃을 혼자짜면서 亢奮[54]에에넘처서 썰지마서요

마서요 제발마서요

微笑는 나의運命의 가슴에서 춤을춤니다 새삼스럽게 스스러워마서

요

'나'는 소극적이고 개인적인 사랑을 하는 것이 아니라 적극적이고
대승적인 사랑을 한다.

---

54) 항분: 몹시 홍분함

禪師의說法

나는 禪師의說法을 드럿슴니다
「너는 사랑의쇠사실에 묵겨서 苦痛을밧지말고 사랑의줄을쓴어라
그 러면 너의마음이 질거우리라」고 禪師는 큰소리로 말하얏슴니다

그禪師는 어지간히 어리석슴니다
사랑의줄에 묵기운것이 압흐기는 압흐지만 사랑의줄을쓴으면 죽는
것보다도 더압흔줄을 모르는말임니다
사랑의束縛은 단々히 얼거매는것이 푸러주는것임니다
그럼으로 大解脫은 束縛에서 엇는것임니다
님이어 나를얽은 님의사랑의줄이 약할가버서 나의 님을사랑하는줄
을 곱드렷슴니다[55]

'나'의 대승심을 유감없이 드러낸 시이다. 개인적 번뇌를 끊고 소승
적 안주에 머무르려는 선사를 통렬하게 질타하고 있다. 역설 또한 유
감없이 구사되고 있다. "사랑의束縛은 단々히 얼거매는것이 푸러주
는것임니다 그럼으로 大解脫은 束縛에서 엇는것임니다"가 그 예이
다. 왜 내가 아프고도 힘든 사랑을 계속하는가를 명확하게 설파하고
있다. 이러한 대승심이 『님의沈默』의 어둡고 긴 사랑을 방향이탈 없
이 이끌어가는 원동력이다. 세계동일성 추구, 정토구현의 시이다.

---

55) 곱드리다: 이미 꼰 새끼나 노끈을 다시 꼬다.

그를보내며

그는간다 그가가고십허서 가는것도 아니오 내가보내고십허서 보내
는것도 아니지만 그는간다
　　그의 붉은입설 흰니 간은눈ㅅ섭이 어엽분줄만 아럿더니 구름가튼
뒤ㅅ머리 실버들가튼허리 구슬가튼발쏨치가 보다도 아름답슴니다

　　거름이 거름보다 머러지더니 보이랴다말고 말랴다보인다
　　사람이머러질수록 마음은가까워지고 마음이가까워질수록 사람은
머러진다
　　보이는듯한것이 그의 흔드는수건인가 하얏더니 갈마기보다도적은
쏘각구름이난다

'나'는 님을 '그'라고 부르며 떠나는 뒷모습을 찬미한다. 조금은 여
유로운 시적 진술이다.

金 剛 山

萬二千峯! 無恙⁵⁶⁾하냐 金剛山아
너는 너의님이 어데서무엇을하는지 아너냐
너의님은 너째문에 가슴에서타오르는 불꽃에 왼갓 宗敎, 哲學, 名譽,
財産 그외에도 잇스면잇는대로 태여버리는줄을 너는모를너라

너는 꼿에붉은것이 너냐⁵⁷⁾
너는 입헤푸른것이 너냐
너는 丹楓에醉한것이 너냐
너는 白雪에쌔인 것이 너냐

나는 너의沈默을 잘안다
너는 철모르는아해들에게 종작업는⁵⁸⁾讚美를바드면서 싯분⁵⁹⁾우슴을
참고 고요히잇는줄을 나는잘안다

그러나 너는 天堂이나 地獄이나 하나만가지고 잇스렴으나
숨업는잠처럼 쌔끗하고 單純하란말이다
나도 써른갈궁이⁶⁰⁾로 江건너의꼿을 썩는다고 큰말하는 미친사람은
아니다 그레서 沈着하고單純하랴고한다

---

56) 무양: 무탈
57) 선문답禪問答적 어법
58) 종작업는: 일정한 주견이 없는
59) 싯분: '시쁘다'가 기본형. 마음에 맞갖지 않아 시들한. 대수롭지 않은.
60) 갈궁이: 갈고랑이, 갈고리

나는 너의입김에 불녀오는 쏘각구름에 「키쓰」한다

萬二千峯! 無恙하냐 金剛山아
너는 너의님이 어데서무엇을하는지 모르지

국토미의 상징인 금강산을 들어 우리들의 연대감과 주권회복의지
를 환기시키고 있다.

전체성 회복의 시로 해석해 볼 수 있다.

님의얼골

님의얼골을 「어엽부」다고 하는말은 適當한말이아닙니다
어엽부다는말은 人間사람의얼골에 대한말이오 님은 人間의것이라
고할수가 업슬만치 어엽분까닭임니다

自然은 엇지하야 그러케어엽분님을 人間으로보낸는지 아모리생각
하야도 알수가업슴니다
알것슴니다 自然의가온대에는 님의짝[61]이될만한무엇이 업는까닭임
니다

님의입설가튼 蓮꼿이 어데잇서요 님의살빗가튼 白玉이 어데잇서요
봄湖水에서 님의눈ㅅ결가튼 잔물ㅅ결을 보앗슴닛가 아츰볏에서 님
의微笑가튼芳香을 드럿슴닛가[62]
天國의音樂은 님의노래의反響임니다 아름다은별들은 님의눈빗의
化現임니다

---

61) "'나'가 님의 짝이라는 생각을 '나'(자아)를 '자기'에 견준 것으로 본다면 이것은
자아의 대단한 격상이라고 할 수 있다."(이부영, 『아니마와 아니무스』, 한길사,
239면 참조) 분석심리학에 의하면 무의식의 심층에는 자아의식과 무의식을 포함
한 전체 정신의 중심핵인 자기(自己, selbst, self)가 있는데, 자기란 그사람이 지닌
전체 정신을 발휘할 수 있는 원동력이자 그의 삶의 목표이다. 자아가 자기로 향해
가는 것, 다시 말해 전체가 되는 것은 자아가 무의식을 적극적으로 의식화함으로
써 가능하다. 이것을 융은 자기실현이라 불렀다.(위의 책 33면 참조). 이 시의 화
자가 님을 자기의 짝이라고 부르는 것은 심층에 온존해 있는 본래의 자기를 찾아
'참나'가 되겠다는 의미로 해석할 수 있다.
62) "~님의微笑가튼 芳香을 드럿슴닛가": 한시의 '향기를 듣다'(聞香)의 시적 어법 차
용. 문학적 관습의 좋은 예.

아々 나는 님의그림자[63]여요

님은 님의그림자밧게는 비길만한것이 업슴니다

님의얼골을 어엽부다고하는말은 適當한말이아님니다

자연의 모든 형상, 소리, 빛깔 등은 님의 미의 반영이다. 이 미는 출세간의 미, 본질적 미, 이상미이다. 그런데 이러한 이상미의 화현인 님의 짝이 될 만한 대상은 '나'밖에 없다고 한다. 곧 '나는 님의그림자'이고, '님은 님의그림자밧게는 비길만한것이 업'다고 하여 님의 유일한 짝은 '나'자신이라는 것이다. 이는 현재 내가 '님의그림자'로 분리되어 있지만 언젠가는 참나로 하나가 되리라는 불이관을 드러낸 것이다. 참나찾기, 자기동일성 추구의 시로 볼 수 있다.

---

63) 그림자: 여기의 '그림자'는 파괴적 자아인 쉐도우와는 그 의미가 다른 듯하다. '짝'의 또 다른 의미로 읽혀진다.

심은버들

쓸압헤 버들을심어
님의말을 매럇드니
님은 가실째에
버들을썩어 말체칙을 하얏슴니다

버들마다 채칙이되야서
님을싸르는 나의말도 채칠까하얏드니
남은가지 千萬絲는
해마다 해마다[64] 보낸恨을 잡어맴니다

　짧으면서도 강렬하고 감동적인 시이다. 비극적이면서도 풍부한 정
감을 풍기고 있다. 한시적 착상이 문학적 관습을 따르고 있다. 버들은
한시의 주요 소재로 별시別詩와 연시戀詩에 자주 나온다. 님의 말을 메
려고 버들을 심었더니 님은 그 가지를 꺾어 말채찍하여 떠나고, '나'
도 그 님을 말채찍하여 따를까 했으나 무성히 우거진 남은 가지들은
나를 옭아매고, 이별의 한만을 새록새록 되새기게 한다.

---

64) 해마다 해마다: '해마다∧'가 바른 표기

樂園은가시덤풀에서

　죽은줄아럿든 매화나무가지에 구슬가튼꼿방울을 매처주는 쇠잔한 눈위에 가만히오는 봄긔운은 아름답기도합니다
　그러나 그밧게 다른하늘에서오는 알수업는향긔는, 모든꼿의죽엄을 가지고다니는 쇠잔한눈이 주는줄을 아심닛가

　구름은가늘고 시내물은엿고 가을산은 비엇는데 파리한바위새이에 실컷붉은단풍은 곱기도합니다
　그러나 당풍⁶⁵⁾은 노래도부르고 우름도웁니다 그러한「自然의人生」은, 가을바람의쑴을싸러 사러지고 記憶에만남어잇는지난여름의 무르녹은 綠陰이 주는줄을 아심닛가

　一莖草⁶⁶⁾가 丈六金身이되고 丈六金身이 一莖草가됩니다
　천지는 한보금자리오 萬有는 가튼小鳥입니다
　나는 自然의거울에 人生을비처보앗습니다
　苦痛의가시덤풀뒤에 歡喜의樂園을 建設하기위하야 님을써난 나는 아아⁶⁷⁾ 幸福입니다

　'나'는 긴 이별의 과정에서 실의와 좌절에 빠지기도 하지만 대승심

---
65) 당풍: '단풍'의 오식
66) 일경초: 한 줄기의 풀, 미미한 존재.
67) 아아: '아ㅅ'가 바른 부호

으로 이를 극복하고 본래의 길을 간다. 아무리 어둡고 고통스러운 시대라도 영겁의 관점에서 보면 순간이다. 겨울이 아무리 길어도 곧 봄이 오는 것이고 죽음 뒤에 삶은 더욱 생기를 띠게 된다. 매화꽃은 잔설 속에서 향기를 더하고 사계절은 어김없이 순환하여 자연의 순리를 확인시켜 준다. 모든 존재는 평등하고 무도한 힘이 영원히 지배하는 일도 없다. 이런 넉넉한 자연의 마음으로 '나'는 낙원을 건설하려고 한다. 그러나 현실상황은 암담하여 '나'는 고통의 가시덤풀을 헤쳐가야 하고 님과 이별을 감행해야 한다. 그러나 '나'는 신념과 희망이 있기 때문에 행복하다. 정토구현, 세계동일성 추구의 시다.

참말인가요

  그것이참말인가요 님이어 속임업시 말슴하야주서요
  당신을 나에게서 쌔아서간 사람들이 당신을보고 「그대는 님이업다」
고 하얏다지오
  그래서 당신은 남모르는곳에서 울다가 남이보면 우름을 우슴으로
변한다지오
  사람의 우는 것은 견딜수가업는것인데 울기조처 마음대로못하고 우
슴으로변하는것은 죽엄의맛보다도 더쓴것입니다
  그러면 나는 그것을변명하지안코는 견딜수가업습니다
  나의生命의쏫가지를 잇는대로썩거서 花環을만드러 당신의목에걸
고 「이것이 님의님이라」고 소리처말하것습니다

  그것이참말인가요 님이어 속임업시 말슴하야주서요
  당신을 나에게서 쌔아서간 사람들이 당신을보고 「그대의 님은 우리
가 구하야준다」고 하얏다지오
  그래서 당신은 「獨身生活을하것다」고 하얏다지오
  그러면 나는 그들에게 분푸리를하지안코는 견딜수가업습니다
  만치안한 나의피를 더운눈물에 석거서 피에목마른 그들의칼에샏리
고 「이것이 님의님이라」고 우름석거서 말하것습니다

  비극적 지향성의 시로 전기적 접근을 시도해 볼 만하다. 곧 한용
운 당대의 체험적 사실과 연관지어 이 시를 해석해 보는 것이다. 님을

'나'에게서 빼앗아 간 사람들이 님을 보고 "그대는 님이업다", "그대의 님은 우리가구하야준다"고 모욕을 준다. 이에 대해 님은 "獨身生活을 하겠다"고 한다. 이 무슨 이야기인가.

을사오조약, 정미칠조약을 거쳐 경술국치에 이르기까지 일제는 우리의 주권을 완전히 강탈하고, 허울뿐인 조선왕실마저 일본인과의 정략결혼으로 유린한다. 이런 굴욕의 시대를 한용운은 직접 살며 비분강개했을 것이다. 이런 비분강개가 이 시로 표출되었다고 볼 수도 있다.

그러기에 화자인 '나'는 자신이 '님의님'이라고 절규하며 피에 굶주린 그들의 칼에 자기 한 목숨을 던지려고 한다. 지사적 모습의 '나'의 대표적인 시의 하나다. 전체성 회복, 세계동일성 추구의 시로도 읽힐 수 있다.

쏫이먼저아러

옛집을써나서 다른시골에 봄을만낫슴니다[68]
꿈은 잇다금 봄바람을짜러서 아득한옛터에 이릅니다
지팽이는 푸르고푸른 풀빗에 무처서 그림자와 서로짜름니다

   길가에서 이름도모르는쏫을 보고서 행혀 근심을이질ㅅ가하고 안젓슴니다
   쏫송이에는 아츰이슬이 아즉마르지아니한가 하얏더니 아ㅅ 나의눈물이 써러진줄이야 쏫이먼저아럿슴니다

한시풍의 문학적 관습을 보여주는 시다(한용운은 한시를 자유자재로 쓸 수 있는 시인으로 160여 수의 한시작품이 있다). 고향을 떠나 타향에서 봄을 맞는 감회의 피력이 바로 그것이다. 우리 선인들은 뜻을 펴기 어려울 때 방랑하며 그 감회를 곧잘 시로 표현했는데, 이 시는 그 전통을 이어받고 있다. "쏫송이에는 아츰이슬이 아즉마르지아니한가 하얏더니 아ㅅ 나의눈물이 써러진줄이야 쏫이먼저아럿슴니다"는 세련되고 감동적인 표현이다. 자신의 눈물을 슬쩍 아침이슬에 돌림으로써 감정의 격을 높이고 있다

---

68) 두시杜詩의 '落花時節又逢君'을 떠올려 보라.

讚頌

님이어 당신은 百番이나鍛錬한金결임니다
쏭나무쑤리가 珊瑚가되도록 天國의사랑을 바듭소서⁶⁹⁾
님이어 사랑이어 아츰볏의 첫거름이어

님이어 당신은 義가무거웁고 黃金이가벼은것을 잘아심니다
거지의 거친밧헤 福의씨를 뿌리옵소서
님이어 사랑이어 옛梧桐의 숨은소리여

님이어 당신은 봄과光明과平和를 조아하심니다
弱者의가슴에 눈물을쑤리는 慈悲의菩薩이 되옵소서
님이어 사랑이어 어름바다에 봄바람이어

　'나'의 님은 '百番이나鍛錬한金결', '아츰볏의 첫거름', '옛梧桐의 숨은소리', '어름바다에 봄바람'으로 의를 중히 여기고 봄과 광명과 평화를 좋아하신다. 그런 고결한 님이 천국의 사랑을 받으며 오래오래 살기를 축원하며, 거지의 거친 밭에 복의 씨를 뿌리고 약자의 가슴에 눈물을 뿌리는 자비의 보살이 되기를 간구하는 세계동일성 추구의 시다.

---

69) '쏭나무쑤리가 珊瑚가되도록'은'불가능한 일이 실제 일어날 때까지'의 뜻으로 고려가요 정석가鄭石歌적 발상, '옛梧桐의 숨은소리'는 선비정신의 발현이라는 점에서 문학적 관습으로 볼 수 있다.

論介의愛人이되야서그의廟에

날과밤으로 흐르고흐르는 南江은 가지안슴니다

바람과비에 우두커니섯는 矗石樓는 살가튼光陰을싸러서 다름질침
니다

論介여 나에게 우름과우슴을 同時에주는 사랑하는論介여

그대는 朝鮮의무덤가온대 피엿든 조흔옷의하나이다 그레서 그향긔
는 썩지안는다

나는 詩人으로 그대의愛人이되얏노라

그대는어데잇너뇨 죽지안한그대가 이세상에는업고나

나는 黃金의칼에베혀진 옷과가티 향긔롭고 애처로은 그대의當年을
回想한다

술향긔에목마친 고요한노래는 獄에무친 썩은칼을 울녓다

춤추는소매를 안고도는 무서은찬바람은 鬼神나라의옷숩풀을 거처
서 써러지는해를 얼녓다

간얄핀 그대의마음은 비록沈着하얏지만 썰니는것보다도 더욱무서
윗다

아름답고無毒한 그대의눈은 비록우섯지만 우는것보다도 더욱슯엇
다

붉은듯하다가 푸르고 푸른듯하다가 희여지며 가늘게썰니는 그대의
입설은 우슴의朝雲이냐 우름의暮雨이냐 새벽달의秘密이냐 이슬옷의
象徵이냐

쎄비[70]가튼 그대의손에 썩기우지못한 落花臺의남은꼿은 부끄럼에 醉하야 얼골이붉엇다

玉가튼 그대의발꿈치에 밟히운 江언적[71]의 묵은이끼는 驕矜[72]에넘 처서 푸른 紗籠[73]으로 自己의題名을 가리엇다

아ㅅ 나는 그대도업는 빈무덤가튼집을 그대의집이라고 부릅니다

만일 이름쎈이나마 그대의집도업스면 그대의 이름을 불너볼機會가 업는 까닭임니다

나는 꼿을사랑함니다마는 그대의집에 픠여잇는꼿을 썩글수는 업슴 니다

그대의집에 픠여잇는꼿을 썩그랴면 나의창자가 먼저썩거지는 까닭 임니다

나는 꼿을사랑함니다마는 그대의집에 꼿을심을수는 업슴니다

그대의집에 꼿을심으랴면 나의가슴에 가시가 먼저심어지는 까닭임 니다

容恕하여요 論介여 金石가튼 굿은언약을 저바린것은 그대가아니오 나임니다

容恕하여요 論介여 쓸ㅅ하고호젓한 잠ㅅ자리에 외로히누어서 끼친 恨에 울고잇는것은 내가아니오 그대임니다

---

70) 쎄비: 삐비. 삐삐, 삘기라고도 함. 산야에 나는 다년초인 띠의 새로 돋아나는 어린 이삭.이삭이 패기 전의 날씬한 줄기를 흔히 여인의 섬섬옥수에 비유함. 이동주 시 인의 「강강술래」의 "삐비꽃 손들이 둘레를 짜면/ 달무리가 빙빙 돈다"에 나타남.

71) 언적: '언덕'의 오식

72) 교긍: 교만과 긍지

73) 사롱: 비단 초롱

　나의가슴에 「사랑」의글ㅅ자를 黃金으로색여서 그대의祠堂에 記念
碑를세운들 그대에게 무슨위로가 되오릿가
　나의노래에 「눈물」의曲調를 烙印으로찍어서 그대의 祠堂에 祭鍾을
울닌대도 나에게 무슨贖罪가 되오릿가
　나는 다만 그대의遺言대로 그대에게다 하지못한사랑을 永遠히 다른
女子에게 주지아니할뿐임니다 그것은 그대의얼골과가티 이즐수가업
는 盟誓임니다
　容恕하여요 論介여 그대가容恕하면 나의罪는 神에게 懺悔를아니한
대도 사러지것슴니다

　千秋에 죽지안는 論介여
　하루도 살ㅅ수업는 論介여
　그대를사랑하는 나의마음이 얼마나 질거우며 얼마나 슯흐것는가
　나는 우슴이제워서[74] 눈물이되고 눈물이제워서 우슴이됨니다
　容恕하여요 사랑하는 오々 論介여

　시인 자신의 모습이 뚜렷이 드러나는 시다. 여성화자가 아닌 남성
화자로서 논개를 그대라고 부르며 애인이 되었노라고 선언한다. 의로
운 여인인 논개에게서 받은 영향을 확인할 수 있으며, 역사적 인물을
소재로 했다는 점에서 문학적 관습, 암담한 현실을 타개하기 위해 살
신성인의 길을 간다는 점에서 전체성 회복을 생각할 수 있다. 이 시에
서 논개는 신보다도 우월한 위치를 차지하고 있다. 시인은 논개의 실

---

74) 제워서: 겨워서

천의 삶을 존경하며 그렇게 살지 못한 자신의 죄를 속죄하고 참회하며 논개의 유지를 이어받으려고 한다.

이 시의 화자는 페르소나Persona의 성격이 강하다. 곧 화자의 외적 인격, 구체적으로는 저자인 한용운의 사회적 자아의 성격이 강하다는 것이다. 먼저 화자가 전면에 나서서 자신이 논개의 애인임을 선언한다. 남성으로 파악되는 화자는 직설적으로 자신의 견해를 토로한다. 일반적으로 페르소나는 탈을 쓴 자아로 부정적 인상을 주기도 하나, 『님의沈默』의 경우, 페르소나도 긍정적 동일시 대상의 모습을 많이 보인다. 페르소나도 개인의 인격의 정도에 따라 차이가 있음을 확인할 수 있는 경우이다.

자기실현에서 페르소나는 무조건 버려야 하는 것이 아니라 구별해야 하는 것이다. 청소년기에서 성인기에 이르기까지 형성되는 페르소나, 즉 외적 인격은 북돋워 줄 필요가 있다(이부영, 『아니마와 아니무스』, 한길사, 45면 참조).

後悔

당신이게실째에 알뜰한사랑을 못하얏슴니다

사랑보다 밋음이만코 질거음보다 조심이더하얏슴니다

게다가 나의性格이冷淡하고 더구나 가난에쏘겨서[75] 병드러누은 당
신에게 도로혀 疏濶[76]하얏슴니다

그럼으로 당신이가신뒤에 써난근심보다 뉘우치는눈물이 만슴니다

평소에 정성을 다하지 않으면 일이 난 후에 후회한다. 나라의 경우
든, 부모의 경우든.

---

75) 쏘겨서: 쫓겨서
76) 소활: 소홀과 비슷한 뜻

사랑하는까닭

내가 당신을사랑하는것은 까닭이업는것이 아닙니다
다른사람들은 나의 紅顔만을 사랑하지마는 당신은 나의白髮도 사랑
하는 까닭입니다

내가 당신을긔루어하는것은 까닭이업는것이 아님이다[77]
다른사람들은 나의 微笑만을 사랑하지마는 당신은 나의눈물도 사랑
하는 까닭입니다

내가 당신을기다리는것은 까닭이업는것이 아닙니다
다른사람들은 나의健康만을 사랑하지마는 당신은 나의죽엄도 사랑
하는 까닭입니다

한용운은 서문인 「군말」에서 '긔룬것은다님'이라고 선언한다. 수행
자인 그에게 무명중생, 비판적 지식인인 그에게 진리나 진실, 지사인
그에게 주권을 상실한 조국이나 실의에 빠진 민족, 시인인 그에게 아
름다운 시는 그의 님들이다. 한편 번뇌중생이기도 한 그를 위로하고
이끌어주는 부처나 불법, 언젠가는 다시 만나게 될 이상적인 조국이
나 참나, 심지어는 고뇌하고 방황하며 님 찾기를 계속하는 자기 자신
마저 그의 님이 된다.

---

77) 이다: '니다'의 오식

  그렇다면 이 시의 님은 어떤 님일까. 이 시의 님은 '나'의 백발과 눈물, 죽음도 사랑한다. 그렇다면 비극적 사랑에 지치고 실의에 빠진 '나'를 위로하고 이끌어주는 부처나 참나, 언젠가는 '나'의 삶을 자유롭게 펼칠 이상적인 조국에 가까운 것이 아닐까.

당신의편지

　　당신의편지가 왓다기에 꼿밧매든호믜를노코 쎼여보왓습니다
　　그편지는 글ㅅ시는 가늘고 글줄은 만하나 사연은 간단함니다
　　만일 님이쓰신편지이면 글은 쎠를지라도 사연은 길터인데

　　당신의편지가 왓다기에 바느질그릇을 치어노코 쎼여보앗습니다
　　그편지는 나에게 잘잇너냐고만 뭇고 언제오신다는말은 조금도업슴
니다
　　만일 님이쓰신편지이면 나의일은 뭇지안터래도 언제오신다는말을
먼저썻슬터인데

　　당신의편지가 왓다기에 약을다리다말고 쎼여보앗습니다
　　그편지는[78] 당신의住所는 다른나라의軍艦입니다
　　만일 님이쓰신편지이면 남의軍艦에잇는것이 事實이라할지라도 편
지에는 軍艦에서써낫다고 하얏슬터인데

　　시참詩讖이라는 말이 있다. 시적 예언이라는 뜻이다. 『님의沈默』이
탈고된 해가 1925년이다. 중일전쟁이 1931년, 태평양전쟁이 1941년
에 발발했다. 조선인이 징병되어 해전에 투입된 것은 1941년 이후부
터이다. 그렇다면 이 시의 '군함'운운은 역사적 사실 보다 한참 이전

---

78) 그편지는: '그편지의'의 오식인 듯

의 일이다. 이러한 일이 뒤에 역사적 사실로 나타날 때 시적 예언이
성립되는 것이다.

　'나'는 너무나 오랜 님 기다리기에 심신이 지쳐 있다. 그러나 그 기
개만은 여전히 성성惺惺하다. 그런 '나'에게 님의 편지가 온다. 그 편지
는 글줄은 많으나 내가 고대하는 언제 오신다는 말이 없다. 더군다나
님의 주소가 '다른나라의軍艦'으로 되어 있다. '나'는 님이 꼭 오시겠
다는 의지도, 군함에서 탈출하려는 용기도 없는 것을 매섭게 질타한
다. 엄혹한 시대에 전체성 회복을 염원하는 시라고 할 수 있다.

거짓리별

　당신과나와 리별한째가 언제인지 아심닛가

　가령 우리가 조흘째로말하는것과가티 거짓리별이라할지라도 나의
입설이 당신의입설에 다치못하는것은 事實입니다

　이거짓리별은 언제나 우리에게서 써날것인가요

　한해두해 가는것이 얼마아니된다고 할수가업슴니다

　시드러가는 두볼의桃花가 無情한봄바람에 몃번이나슬처서 落花가
될가요

　灰色이되여가는 두귀밋의 푸른구름이 쏘이는가을볏에 얼마나바래
서 白雪이될까요

　머리는 회여가도 마음은 붉어감니다

　피는 식어가도 눈물은 더워감니다

　사랑의언덕엔 사태가나도 希望의바다엔 물ㅅ결이뛰노러요

　이른바 거짓리별이 언제든지 우리에게서 써날줄만은 아러요

　그러나 한손으로 리별을가지고가는 날(日)은 쏘한손으로 죽엄을 가
지고와요

　현실이 암담하고 미래가 불확실하지만 지향하는 가치를 버릴 수 없
을 때 비극적 지향성은 나타난다. 님과 '나'와의 이별은 강압에 의해
이루어진 일이므로 시간이 지나면 순리로 회귀할 줄을 안다. '나'는

아직도 붉은 마음(丹心)과 더운 피, 그리고 뛰노는 희망이 있다. 그러나 흐르는 시간은 어쩔 수 없다. 다가오는 죽음의 그림자는 '나'를 불안하고 초조하게 한다.

쑴이라면

사랑의 束縛이 쑴이라면
出世의 解脫도 쑴입니다
우슴과눈물이 쑴이라면
無心의光明도 쑴입니다
一切萬法이 쑴이라면
사랑의쑴에서 不滅을엇것습니다

모든 것을 한낱 꿈이라고 생각하면 '나'는 집착의 사슬에서 벗어나
자유로와진다. 사랑을 사랑이라고 하면 사랑이 아니고, 해탈을 해탈
이라고 하면 해탈이 아니며, 광명을 광명이라고 하면 광명이 아니다.
일체만법마저 꿈으로 돌리는 진공眞空의 사랑에서 '나'는 '不滅'이라는
묘유妙有를 얻으려고 한다. 공사상에 바탕한 활달한 역설로 정토구현,
세계동일성 추구의 대승심을 보여주고 있다.

달을보며

달은밝고 당신이 하도긔루엇습니다
자던옷을 고처입고 쓸에나와 퍼지르고안저서 달을한참보앗습니다

달은 차々 당신의얼골이 되더니 넓은이마 둥근코 아름다은수염이
녁々히보임니다
간해에는 당신의얼골이 달로보이더니 오날밤에는 달이 당신의얼골
이됨니다

당신의얼골이 달이기에 나의얼골도 달이되얏습니다
나의얼골은 금음달이된줄을 당신이아심닛가
아々 당신의얼골이 달이기에 나의얼골도 달이되얏습니다

달은 불교에서 깨달음의 정도를 암시하는 상징물로 두루 사용되어
왔다. '나'도 진리의 본체며 구경究竟인 님처럼 원융한 보름달이 되려
고 한다. 그러나 '나'는 욕심만 앞설 뿐 그런 경지에 이른 것이 아니다.
오히려 '나'는 깨달음의 영역을 넓히지 못하고 이지러들어 그믐달의
형상을 하고 있다. 자기동일성 추구, 참나 찾기의 시로 유식학적 접근
을 시도해 볼 만하다.

因 果 律

당신은 옛盟誓를깨치고 가심니다

당신의盟誓는 얼마나참되얏슴닛가 그盟誓를깨치고가는 리별은 미들수가 업슴니다

참盟誓를깨치고가는 리별은 옛盟誓로 도러올줄을 암니다 그것은 嚴肅한因果律임니다

나는 당신과써날째에 입마춘입설이 마르기전에 당신이도러와서 다시입마추기를 기다림니다

그러나 당신의가시는것은 옛盟誓를깨치랴는故意가 아닌줄을 나는 암니다

비겨[79] 당신이 지금의리별을 永遠히 깨치지안는다하야도 당신의 最後의接觸을바든 나의입설을 다른男子의입설에 대일수는 업슴니다

님과 '나'는 불이의 관계여서 영원한 이별이란 있을 수 없다. 님은 반드시 돌아올 것이고, 그것은 엄숙한 인과율이다. 그러나 이별의 시간은 줄어들지 않고 확실한 소식도 없다. 하지만 '나'는 첫사랑의 일편단심으로 님을 그리워하고 기다린다.

---

79) 비겨: 비록, 이를테면 정도로 해석함

잠꼬대

「사랑이라는것은 다무엇이냐 진정한사람에게는 눈물도업고 우슴도
업는것이다

사랑의뒤움박[80)]을 발씰로차서 깨트려버리고 눈물과우슴을 씌슬속
에 合葬을하여라

理智와感情을 두듸려깨처서 가루를만드러버려라

그러고 虛無의絶頂에 올너가서 어지럽게춤추고 미치게노래하여라

그러고 愛人과惡魔를 쪽가티 술을먹여라

그러고 天痴가되던지 미치광이가되던지 산송장이되던지 하야버려라

그레 너는 죽어도 사랑이라는것은 버릴수가업단말이냐

그러커든 사랑의꽁문이에 도롱태[81)]를다러라

그레서 네멋대로 쓸고도러다니다가 쉬고십흐거든 쉬고 자고십흐거
든 자고 살고십흐거든 살고 죽고십흐거든 죽어라

사랑의발바닥에 말목을처노코 붓들고서ㅅ 엉ㅅ우는것은 우수은일
이다

이세상에는 이마쌕에다 「님」이라고 색이고다니는 사람은 하나도업
다

戀愛는 絶對自由요 貞操는 流動이요 結婚式場은 林間이다」

나는 잠ㅅ결에 큰소리로 이러케 부르지겟다

---

80) 뒤움박: 뒤웅박
81) 도롱태: 굴렁쇠

아々 惑星가티빗나는 님의微笑는 黑闇의光線에서 채 사러지지아니
하얏슴니다
　잠의나라에서 몸부림치든 사랑의눈물은 어늬덧 벼개를적섯슴니다
　容恕하서요 님이어 아모리 잠이지은허물이라도 님이 罰을주신다면
그罰을 잠을주기는 실슴니다

‘나’는 파괴적 자아의 원형인 Shadow에서 출발해 인격통합의 원형
인 Self로 나아간다. 먼저 ‘나’는 꿈 속에서 님을 향한 일편단심의 사랑
에 대해 회의하고 조소하는 파괴적 심리를 보인다. 보상 없는 ‘나’만
의 긴 사랑에 절망하며 허무의식에 빠져 있다. 애인과 악마에게 꼭 같
이 술을 먹이고 싶고, 천치나 미치광이, 산 송장이 되어버리고 싶다.
동시에 그 사랑을 마음껏 비웃고 희화화戱畵化하고도 싶다. 숭고한 사
랑의 꽁무니에 굴렁쇠를 달아 우스갯거리로 만들고 싶다. 파괴심리가
극에 달한 ‘나’는 연애는 제멋대로요, 정조는 없고, 결혼식장은 난잡
하게 결합하는 숲 속이라고 부르짖는다.
　이윽고 잠에서 깨어난 ‘나’는 꿈 속의 방황을 뉘우치며 잠이 아닌
현실세계로 님이 직접 오시어 ‘나’를 벌해주기를 탄원한다. 그러면 님
과의 만남은 이루어질 수 있기 때문이다. 비극적 지향성을 보이는 시
다.

桂月香에게

桂月香이어 그대는 아릿다웁고 무서은 最後의微笑를 거두지아니한 채로 大地의寢臺에 잠드럿슴니다
　나는 그대의多情을 슯어하고 그대의無情을 사랑함니다[82]

　大同江에 낙시질하는사람은 그대의노래를듯고 牧丹峯에 밤노리하는사람은 그대의얼골을봄니다
　아해들은 그대의산이름을 외우고 詩人은 그대의죽은그림자를 노래함니다

　사람은 반듯이 다하지못한恨을 끼치고 가게되는것이다
　그대는 남은恨이 잇는가업는가 잇다면 그恨은무엇인가
　그대는 하고십흔말을 하지안슴니다

　그대의 붉은恨은 絢爛한저녁놀이되야서 하늘길을 가로막고 荒凉한 써러지는날을 도리키고자함니다
　그대의 푸른근심은 드리고드린 버들실이 되야서 꼿다은무리를 뒤에 두고 運命의길을써나는 저문봄을 잡어매랴함니다

　나는 黃金의소반에 아츰볏을바치고 梅花가지에 새봄을걸어서 그대의 잠자는겻헤 가만히 노아드리것슴니다

---
82) 누구의 다정한 연인이었기에 슬퍼하고, 나라를 위해 무정할 정도의 결단을 내렸기에 사랑할 수밖에 없다.

자 그러면 속하면 하루ㅅ밤 더듸면 한겨을 사랑하는桂月香이어

논개와 마찬가지로 계월향은 '나'의 삶의 모범이다. '나'의 인도자이며 스승, 애인인 그녀에게서 '나'는 삶의 방향을 잡고 살아갈 힘을 얻게 된다. 지사의 삶을 살기는 어렵다. 더구나 꽃다운 나이에 의를 위해 목숨을 내놓기는 힘들다. 계월향은 이 어려운 일을 선구적으로 보여준 이다. 따라서 '나'는 그녀를 찬양하지 않을 수 없다. '나'는 계월향의 다정하면서도 무정한 결단을 찬양하며 시공을 초월한 애인이 되려고 한다. 그녀는 혼백으로 지금까지 살아서 잃어버린 국권을 되찾으려 한다.

그런 계월향의 애인이 되어 '나'도 길면 한겨울, 짧으면 하룻밤의 지사적 사랑을 하려고 한다. 이 사랑은 짧으면 짧을수록 좋은 사랑이다. 겨울의 질곡에서 빨리 벗어나기 때문이다. 화자는 남성이며 한용운 자신임을 바로 알 수 있다. 영향관계, 전기적 접근을 생각해 볼 수 있다. 전체성 회복, 세계동일성 추구를 보여 주는 시다.

滿足

세상에 滿足이잇너냐 人生에게 滿足이잇너냐
잇다면 나에게도 잇스리라

세상에 滿足이 잇기는잇지마는 사람의압헤만잇다
距離는 사람의팔기리와갓고 速力은 사람의거름과 比例가된다
滿足은 잡을내야 잡을수도업고 버릴내야 버릴수도업다

滿足을 엇고보면 어든것은 不滿足이오 滿足은 依然히 압헤잇다
滿足은 愚者나聖者의 主觀的所有가아니면 弱者의期待뿐이다
滿足은 언제든지 人生과 竪的平行[83]이다
나는 차라리 발씀치를돌녀서 滿足의묵은자최를 밟을까하노라

아〻 나는 滿足을어덧노라
아즈랑이가튼쑴과 金실가튼幻想이 님기신꼿동산에 둘닐째에 아〻
나는 滿足을어덧노라

과거를 돌이켜보며 만족하는 것은 퇴행심리 같아 보이지만 머무르
고 싶은 그 순간에서 정서적 안정을 찾고 힘을 회복할 수도 있다.

---

83) 수적 평행 : 수직적 평행? 혹은 견적堅的 평행(견고한 평행)?

反 比 例

당신의소리는「沈黙」인가요
당신이 노래를부르지 아니하는째에 당신의노래가락은 역々히들님
니다 그려
당신의 소리는 沈黙이여요

당신의얼골은「黑闇」인가요
내가 눈을감은째에 당신의얼골은 분명히보임니다 그려
당신의얼골은 黑闇이여요

당신의그림자는「光明」인가요
당신의그림자는 달이너머간뒤에 어두은창에 비침니다 그려
당신의그림자는 光明이여요

    본질을 추구하는 이에게 현상은 대부분 거짓이다. 그래서 역설, 특히 존재론적 역설은 철학이나 시에 유효하다. '나'는 침묵 속에서 님의 소리를 듣고, 어둠 속에서 님의 얼굴을 보고, 빛 속에서 님의 그림자를 본다. 존재는 하나만이 아닌 여럿이며, 여럿이 또 하나이다.

눈물

내가본사람가온대는 눈물을眞珠라고하는사람처럼 미친사람은 업
습니다

그사람은 피를 紅寶石이라고하는사람보다도 더미친사람입니다

그것은 戀愛에失敗하고 黑闇의岐路에서 헤매는 늙은處女가아니면
神經이 畸形的으로된 詩人의 말임니다

만일 눈물이眞珠라면 나는 님이信物로주신반지를 내노코는 세상의
眞珠라는眞珠는 다씩끌속에 무더버리것습니다

나는 눈물로裝飾한玉珮를 보지못하얏습니다

나는 平和의잔치에 눈물의술을 마시는것을 보지못하얏습니다

내가본사람가온대는 눈물을眞珠라고하는사람처럼 어리석은 사람
은 업습니다

아니여요 님의주신눈물은 眞珠눈물이여요

나는 나의그림자[84]가 나의몸을 쩌날째까지 님을위하야 眞珠눈물을

---

84) 그림자 : 파괴적 원형인 쉐도우로 해석할 수 있다. 그림자란 무의식의 열등한 인
격이다. 그것은 나, 자아의 어두운 면이다. 다시 말해 자아로부터 배척되어 무의
식의 억압된 성격 측면이다. 그래서 그림자는 자아와 비슷하면서도 자아가 가장
싫어하는 열등한 성격을 지니고 있다. 그림자는 의식에 가장 가까이 있는 무의식
의 내용으로, 무의식의 의식화 과정에서 제일 먼저 만나는 것이다. 마음의 구조
(도표 참조)에서 그림자는 나(자아)와 아니마, 아니무스 사이에 있다. 그러므로 그
림자를 의식화하지 않고서는 아니마를 의식화하기 어렵다. 그림자가 아니마 · 아
니무스를 감싸고 있어 그 모습을 뚜렷이 볼 수 없기 때문이다. 일반적으로 그림자
가 의식화되면 그 다음 단계로 아니마 · 아니무스를 인식하게 되고, 이것이 인식

홀니것슴니다
  아〃 나는 날마다〃〃〃 [85] 눈물의仙境에서 한숨의 玉笛을 듯슴니다
  나의눈물은 百千줄기라도 방울〃〃 [86] 이 創造임니다

  눈물의구슬이어 한숨의봄바람이어 사랑의聖殿을莊嚴하는 無等
〃의寶物이어
  아〃 언제나 空間과時間을 눈물로채워서 사랑의世界를 完成할〃가
요

  '나'의 눈물은 애상적, 소모적 눈물이 아니라 창조의 눈물이다. 따라서 전래의 눈물이라는 문학적 관습의 소재를 새롭게 인식하여 전통의 창조적 계승에 성공하고 있다. '나'는 먼저 전망 없는 긴 사랑에 절망하여 눈물을 찬양하는 자는 연애에 실패한 늙은 처녀나 신경이 기형적인 시인들이라고 꼬집으면서 그 가치를 부정한다. 그러나 다시 곰곰이 생각해 보니 현재의 '나'를 품어 안아 살게 하고 바른 길을 가게 하는 것은 님과의 사랑이다. 그런데 현재 역경에 처했다 하여 사랑의

  되면 자기, 즉 마음의 전체를 실현하는 마무리 단계에 도달한다고 생각한다. 그림자 문제는 전체 분석 기간 중 되풀이해서 나타난다. 우리는 험악하고 비굴한 자신의 그림자의 모습을 보고 기겁하여 도망칠 수도 있다. 그러나 그렇게 해서는 자기실현의 길로 들어설 수 없다. 용기를 가지고 그림자를 대면하고 이를 통과해야 자기실현의 다음 과제인 아니마·아니무스를 의식화할 수 있는 조건이 다소라도 생길 수 있다(이부영, 『아니마와 아니무스』, 한길사, 33면. 『그림자』 41~53면 참조). 「눈물」의 '나'는 자비의 눈물로 심층에 깊이 숨어 있는 그림자를 벗고 자기실현을 시도하는 시라고 해석할 수 있다.
85) 날마다〃〃〃: '날마다∧'가 바른 부호
86) 방울〃〃: '방울∧'이 바른 부호

눈물을 부정하는 것은 님과의 사랑 자체를 부정하는 것이 된다.

이렇게 인식되자 사랑의 눈물은 180도 전환하여 '눈물의구슬', '한숨의봄바람', '사랑의聖殿을莊嚴하는 無等々의寶物'이 되고, '百千줄기라도 방울々々이 創造'의 원동력이 된다. 이제 '나'는 '나의그림자가 나의몸을 써날째까지', 곧 내가 무명을 벗고 참된 깨달음체가 될 때까지 자비의 진주눈물을 흘리겠다고 하며, 나아가서 '空間과時間을 눈물로채워서 사랑의世界를 完成'하는 창조의 에너지로 삼으려고 한다. 파괴적인 Shadow에서 인격통합의 Self로 이행하고 있다. 세계동일성 추구, 전체성 회복의 시이다.

〈마음의 구조〉

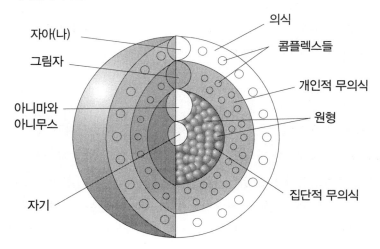

어데라도

아츰에 이러나서 세수하랴고 대야에 물을써다노으면 당신은 대야안
의 간은물ㅅ결이 되야서 나의얼골그림자를 불상한아기처럼 얼너줍니다
　근심을이즐ㅅ가하고 꼿동산에거닐째에 당신은 꼿새이를슬처오는
봄바람이 되야서 시름업는 나의마음에 꼿향긔를 무처주고 갑니다
　당신을기다리다못하야 잠ㅅ자리에 누엇더니 당신은 고요한어둔빗
이되야서 나의잔부ㅅ럼을 살뜰이도 덥허줍니다

　어데라도 눈에보이는데마다 당신이게시기에 눈을감고 구름위와 바
다밋을 차저보앗습니다
　당신은 微笑가되여서 나의마음에 숨엇다가 나의감은눈에 입마추고
「네가 나를보너냐」고 嘲弄합니다

　'나'의 일거수 일투족은 모두가 수행이다. 자성을 발견하기 위해 밤
낮으로 정진하는 '나'를 님은 곰살궂게 보살펴 준다. 세수대야에 비친
'나'의 얼굴그림자를 불쌍한 아기처럼 얼러주기도 하고, 봄바람이 되
어 내 마음에 꽃향기를 묻혀주기도 하고, 잠자리에 든 '나'의 잔부끄
럼을 살뜰히 덮어주기도 한다. 그러면서도 언제 어디서나 내 눈 앞에
있는 님을 보지 못하고 '구름위와 바다밋을 차저보'는 어리석은 '나'
의 마음에 숨어 있다가 "네가 나를보너냐"하고 미소로 장난도 거신
다. 참나찾기의 시로 유식학적 접근을 시도해 볼 만하다.

써날째의님의얼골

꼿은 써러지는향긔가 아름답슴니다
해는 지는빗이 곱슴니다
노래는 목마친가락이 묘함니다
님은 써날째의얼골이 더욱어엽븜니다

써나신뒤에 나의 幻想의눈에비치는 님의얼골은 눈물이업는눈으로
는 바로볼수가업슬만치 어엽불것임니다
님의 써날째의 어엽분얼골을 나의눈에 색이것슴니다
님의얼골은 나를울니기에는 너머도 야속한듯하지마는 님을사랑하
기위하야는 나의마음을 질거웁게할수가 업슴니다
만일 그어엽분얼골이 永遠히 나의눈을써난다면 그째의슯음은 우는
것보다도 압흐것슴니다

한국 전래의 문학적 관습인 정한의 미학이 드러난 시이다. 떠날 때
의 님의 얼굴 만큼 어여쁜 얼굴은 없다. '나'는 그러한 님의 얼굴을 눈
에 새기고, 슬품 속에서 살아가면서 님에 대한 영원한 사랑을 다짐한
다. 일편단심의 항조恒操를 보이는 시이다.

＊「『님의沈默』의 정조 연구」 참조

最初의님

맨츰에맛난 님과님은 누구이며 어늬째인가요
맨츰에리별한 님과님은 누구이며 어늬째인가요
맨츰에맛난 님과님이 맨츰으로 리별하얏슴닛가 다른님과님이 맨츰
으로 리별하얏슴닛가

나는 맨츰에맛난 님과님이 맨츰으로 리별한줄로 암니다
맛나고 리별이 업는 것은 님이아니라 나임니다
리별하고 맛나지안는것은 님이아니라 길가는사람임니다
우리들은 님에대하야 맛날째에 리별을넘녀하고 리별할째에 맛남을
긔약함니다
그것은 맨츰에맛난 님과님이 다시리별한 遺傳性의痕跡임니다

그럼으로 맛나지안는것도 님이아니오 리별이업는것도 님이아님니
다
님은 맛날째에 우슴을주고 써날째에 눈물을줌니다
맛날째의 우슴보다 써날째의눈물이 조코 써날째의눈물보다 다시맛
나는우슴이 좃슴니다
아々 님이어 우리의 다시맛나는우슴은 어늬째에 잇슴닛가

참으로 난해한 시이다. 암호풀이 하는 느낌이다. 최초의 님이란 무
엇일까, 최초의 님과 '나'는 어떤 관계인가, 최초의 님은 왜 이별했는

가, 이별은 왜 유전성이 있는가 등등이 우리가 이 시에서 해명해야 할 문제이다. 양 방면으로 해명을 시도해 보겠다.

하나는 참나찾기와 연관된 유식학적 접근이다. '最初의님'은 천진무구의 자성을 지닌 최초의 인간이라고 할 수 있다. '나'는 "맨츰에맛난 님과님은 누구이며 어늬째인가요 맨츰에리별한 님과님은 누구이며 어늬째인가요 맨츰에맛난 님과님이 맨츰으로 리별하얏습닛가 다른님과님이 맨츰으로 리별하얏습닛가"라고 자문하다가, "나는 맨츰에맛난 님과님이 맨츰으로 리별한줄로 암니다"라고 자답한다.

이는 이러한 천진무구의 최초의 인간이 무명에 가려 자성을 잃고 오염된 나, 곧 거짓나가 되었음을 의미한다. 이렇게 최초부터 오염된 인간은 무명을 후손에게 유전인자로 전하며 중생의 삶을 살아간다. 그러면서도 끊임없이 본래의 나, 곧 자성을 지닌 참나를 그리워하며 다시 만나려고 한다. 그러므로 '나'는 참나와 만나기 위해 끊임없이 이별을 감행하고 만남을 시도한다. "그럼으로 맛나지안는것도 님이아니오 리별이업는것도 님이아닙니다"는 이런 사정을 말한 것이다. 그러나 이 일이 지난한 일이기에 '나'는 거짓나와의 이별을 성취하지 못하고 안타까워하며 아뢰야식 안에 깊이 가려 있는 불성의 나, 곧 '참나'찾기를 계속하는 것이다.

달리는 구약성경 중 창세기의 원죄론과 연관지어 해석을 시도해 볼 수도 있다. 천지를 창조한 여호와는 유일신의 영광을 천명하기 위해 부족함이 없는 이상적 공간인 에덴동산을 만들어 거기에 아담과 이브를 거처하게 한다. 그런데 신의 영광을 시기한 사탄의 유혹으로 이브와 아담은 선악과를 따먹고 수치심, 시비분별심 등이 생겨 본래의 순수성을 상실하고 만다. 이렇게 원죄를 저지르고 오염된 인간을 여호와는 에덴동산에 머무르게 할 수 없어 아담에게는 처자를 부양하는 노역을, 이브에게는 출산의 고통을 벌로 주어 낙원에서 추방한다. 낙원에서 추방된 아담과 이브, 그리고 그 후손들인 인류는 고난 속에서 잃어버린 낙원을 그리워하며 되돌아가고 싶어 한다는 것인데, 이런 원죄론과 연관지어 이 시를 해석해 볼 수도 있다.

참나찾기, 자기동일성 추구의 시이다.

＊「『님의 沈默』의 유식론적 접근」 참조

두견새

두견새는 실컷운다
울다가 못다울면
피를흘녀 운다

리별한恨이냐[87)너뿐이랴마는
울내야 울지도못하는 나는
두견새못된恨을 쏘다시 엇지하리

야속한 두견새는
도러갈곳도업는 나를 보고도
「不如歸ㅅㅅㅅ」[88)

　망국한의 전통상징인 두견새를 제재로 한 문학적 관습의 시이다.
슬픔을 마음대로 분출하지도 못하는 비극적 세계관을 읽을 수 있다.

---

87) 냐: '야'의 오식
88) 「不如歸ㅅㅅㅅ」: 「不如歸∧」가 바른 부호

나의쑴

　　당신이 맑은새벽에 나무그늘새이에서 산보할째에 나의쑴은 적은별
이되야서 당신의머리위에 지키고잇것슴니다
　　당신이 여름날에 더위를못이기여 낫잠을자거든 나의쑴은 맑은바람
이되야서 당신의周圍에 써돌것슴니다
　　당신이 고요한가을밤에 그윽히안저서 글을볼째에 나의쑴은 귀짜람
이가되야서 책상밋헤서 「귀쓸ㄑㄑ」[89] 울것슴니다

한 순간도 님 향한 일편단심을 버리지 못하는 정조의 시이다.

---

89) 「귀쓸ㄑㄑ」: 「귀쓸ㅅ」이 바른 부호

우는째

　　곳핀아츰 달밝은저녁 비오는밤 그째가 가장님긔루은째라고 남들은
말함니다
　　나도 가튼고요한째로는 그째에 만히우럿슴니다

　　그러나 나는 여러사람이모혀서 말하고노는째에 더울게됨니다
　　님잇는 여러사람들은 나를위로하야 조흔말을함니다마는 나는 그들
의 위로하는말을 조소로듯슴니다
　　그째에는 우름을삼켜서 눈물을 속으로 창자를향하야 흘님니다

　'나'는 소수자의 길을 간다. 다수자의 님은 '나'의 님과는 다르다. 그
들은 님이 있고, 모여서 놀며 '나'를 위로하기도 한다. 그러나 그들의
위로가 '나'에게는 조소로 들린다. 드러내지도 못하고 속으로 피눈물
을 흘리는 비극적 세계관의 시이다.

타골의詩(GARDENISTO)를읽고

벗이어 나의벗이어 愛人의무덤위의 픠여잇는 쏫처럼 나를울니는 벗이어

적은새의자최도업는 沙漠의밤에 문득맛난님처럼 나를깃부게하는 벗이어

그대는 옛무덤을쌔치고 하늘까지사못치는 白骨의香氣임니다

그대는 花環을만들냐고 써러진쏫을줏다가 다른가지에걸녀서 주슨쏫을헤치고 부르는 絶望인希望의노래임니다

벗이어 쌔어진사랑에우는 벗이어

눈물이 능히써러진쏫을 옛가지에 도로픠게할수는 업슴니다

눈물을 써러진쏫에 쑤리지말고 쏫나무밋회씌쓸에 쑤리서요

벗이어 나의벗이어

죽엄의香氣가 아모리조타하야도 白骨의입설에 입맛출수는 업슴니다

그의무덤을 黃金의노래로 그물치지마서요 무덤위에 피무든旗대를 새우서요

그러나 죽은大地가 詩人의노래를거처서 움직이는것을 봄바람은 말함니다

벗이어부끄럽슴니다 나는 그대의노래를 드를쌔에 엇더케 부끄럽고 썰니는지 모르것슴니다

그것은 내가 나의님을써나서 홀로 그노래를 듯는까닭임니다

　화자는 남성이며 시인 자신으로 보인다. 전기적 접근을 할 수 있으며, 타고르와의 영향관계도 살펴볼 수 있다. 식민지 상황을 타개하려는 전체성 회복 의지를 읽을 수 있다.'나'는 타고르에게 같은 식민지민으로서의 동병상련의 유대감을 가지고 있다. 그의 시집 『원정園丁』은 '나'를 울리기도 하고 기쁘게도 한다. '쌔어진사랑에우는 벗'인 타고르는 '愛人의무덤위의 픠여잇는 곳처럼 나를울니는 벗'이자 '적은새의자최도업는 沙漠의밤에 문득맛난님처럼 나를깃부게하는 벗'이다.

　그러나 나(한용운)는 그의 애상적이고 패배적인 시를 '옛무덤을쌔치고 하늘까지사못치는 白骨의香氣'라며 '죽엄의香氣가 아모리조타하야도 白骨의입설에 입맛출수는 업'다고 질책하며 '그의무덤을 黃金의노래로 그물치지' 말고 '무덤위에 피무든旗대를 새우'라고 요구한다. '피무든旗대'는 당시의 암담한 현실을 타개하려는 의지의 상징물로 비장미의 극치라고 할 수 있다.

　그러나 이러한 호언도 님과의 만남을 성취하지 못하고 비극적인 사랑만을 계속하는 자기 자신에 생각이 이르자 크게 부끄러워하며 반성한다.

繡의秘密

나는 당신의옷을 다지어노앗슴니다
심의도지코 도포도지코 자리옷도지엇슴니다
지치아니한것은 적은주머니에 수놋는것쑨임니다

그주머니는 나의손째가 만히무덧슴니다
짓다가노아두고 짓다가노아두고한 까닭임니다
다른사람들은 나의바느질솜씨가 업는줄로 알지마는 그러한비밀은
나밧게는 아는사람이 업슴니다
나는 마음이 압흐고쓰린째에 주머니에 수를노흐랴면 나의마음은 수
놋는금실을싸러서 바늘구녕으로 드러가고 주머니속에서 맑은노래가
나와서 나의마음이됨니다
그러고 아즉 이세상에는 그주머니에널만한 무슨보물이 업슴니다
이적은주머니는 지키시려셔 지치못하는것이 아니라 지코십허서 다
지치안는것임니다

시집 전체를 통해서 가장 경이로운 시라고 할 수 있다. 어떻게 이런
쉬운 말로 참나찾기의 내밀한 사정을 표현해 낼 수 있었을까. 한국어
의 형이상학적 표현 능력에 대한 회의를 일시에 불식한 쾌거라는 찬
사가 조금도 지나친 것이 아니라는 것을 확인할 수 있을 것이다.
이 시는 우리 여인네의 수놓기라는 전통문화를 제재로 하여 문학적
관습을 따르고, 나아가서 이것을 창조적으로 계승하고 있다. 쉬운 듯

하면서도 확연히 밝혀지지 않는 이 시를 해명할 수 있는 유일한 길은 유식학적 접근이다.

님을 향해 한 마음으로 순종하고 헌신하는 여인인 이 시의 화자는 님이 입으실 외출복인 심의나 도포에서, 침실용인 자리옷까지도 다 지어놓았다. 또 장식용인 주머니도 달아놓았다. 그러나 그 주머니에 수놓는 일만은 아직까지도 완성하지 못하고 있다. 열심히 놓고 있고, 또 수놓는 솜씨도 있지만은, 여전히 그 수놓기는 완성되지 못하고 있다. 도대체 이 이야기의 속뜻은 무엇일까.

유식학적 해석을 해보자면, 격조 높은 외출복인 심의나 일반 외출복인 도포를 지었다는 것은 비교적 감지되기 쉬운 전5식이나 의식(6식)은 '나'에게도 밝혀져서 비밀이 될 수 없다는 것이다. 안, 이, 비, 설, 신의 전5식은 시각, 청각, 후각, 미각, 촉각의 감각으로 우리에게 본능적으로 느껴지는 것이고, 의식도 우리 일상생활에 활용되는 만큼 대부분 상식화해서 비밀이 될 수 없다는 것이다.

자리옷을 지었다는 것은 은밀한 영역도 일부는 밝혀냈다는 의미이다. 부부 사이의 비밀을 간직한 자리옷은 심의식의 비밀영역에 속한다. 구체적으로는 심층의식의 앞 단계인 7식(七識, 말나식)에 해당된다고 할 수 있다. 번뇌식이기도 한 7식도 열심히 수행한 '나'는 어지간히 밝혀냈다. 그러나 여전히 '나'에게는 비밀의 영역이 남아 있다.('나'의 삶의 목표는 무한광대한 심의식을 밝혀 대자유인이 되는 것이다. 이러한 '나'의 지향점을 평범한 님은 알 수 없다. 그러니 비밀이 되는 것이다). 그 때문에 수놓기가 완성되지 않고 있다.

그것은 무한광대한 심층의식인 아뢰야식 때문이다. 밝혀도 밝혀도 마저 밝혀지지 않는 아뢰야식 때문에 '나'의 수놓기는 완성되지 않는

것이다. 그래도 '나'는 열심히 정진하여 조금씩 조금씩 아뢰야식의 무명을 벗겨 가고 있다.

여기서 '자기'(自己, Self, Selbst)에 대해 좀 알아보자. 분석심리학에서는 자아와 자기를 구분한다. 자아는 의식의 중심이지만 자기는 의식과 무의식을 통틀은 전체 정신의 중심이다. 무의식의 심층에는 자아의식과 무의식을 포함한 전체 정신의 중심핵인 '자기'가 있다. '자기'란 그 사람이 지닌 전체 정신을 발휘할 수 있는 원동력이자 그의 삶의 목표이다. 자아가 '자기'로 향해 가는 것, 다시 말해 전체가 되는 것은 자아가 무의식을 적극적으로 의식화함으로써 가능하다. 이것을 융은 자기실현이라 불렀다(이부영, 『아니마와 아니무스』33면). '자기'란 전체 정신, 의식과 무의식이 하나로 통합된 전체 정신으로 인격 성숙의 목표이며 이상이다. 그것은 의식의 중심인 나(자아)를 훨씬 넘어서는 엄청난 크기의 전체 정신이다. 분석심리학에서 자아실현이라 하지 않고 자기실현이라 하는 이유가 여기에 있다. 그런데 융의 이런 발견은 이미 동양사상 속에 오랫동안 계승되어 왔다. 대승불교의 여래장如來藏 사상과 진여眞如의 관념은 분석심리학의 자기원형과 일치하는 것이다. 자아가 전일全一의 경지인 자기의 경지에 근접할 수는 있으나 완전히 일치할 수는 없다. 자기는 언제나 자아보다 크기 때문이다(이부영, 『그림자』, 한길사, 45~47면 참조). 「繡의秘密」의 나(자아)가 수놓기를 완성하지 못하는 것도 이런 관점에서 해석해 볼 수 있다. 나(자아)는 망망한 바다와 같은 무의식계에 둘러싸여 있는 섬이다. 바다와 같은 무의식은 나(자아)가 그 속에 숨어 있는 보배들을 발견하고 이용하기를 기다리고 있는 처녀지와 같다. 자아의식은 무의식계의 내용들을 의식화함으로써 그 영역을 넓혀 나간다(이부영, 한길사, 『그림자』 37면 참조).

끊임없는 수행과정은 "나는 마음이 압호고쓰린째에 주머니에 수를노흐랴면 나의마음은 수놋는 금실을싸러서 바늘구녕으로 드러가고 주머니속에서 맑은노래가 나와서 나의마음이됩니다"로 증명된다. '나'는 불완전한 수행자이지만 열심히 정진하여 탁식濁識을 청식淸識으로 넓히는 노력을 계속하고 있다. 그래서 조금씩 영역이 넓혀져서 '맑은노래'가 되고, 그것이 '나의마음'이 된다. 이렇게 해서 '나'의 마음은 조금씩 맑혀지고 밝혀지고 넓혀지는 것이다.

그런데 '나'는 수놓기의 완성을 염원하면서도 서두르지는 않고 있다. 그것은 수주머니가 완성된 뒤 그 주머니에 넣을 만한 보물이 없기 때문이다. 그 보물이란 무엇일까. 그것은 참나나 조국광복이 될 것이다. 그러나 현재 참나나 조국광복은 이루어지지 않고 있다. 그러니 수놓기는 완성되지 않고 있다. 이러한 현실을 명백히 인식하고 '나'는 수놓기를 서두르지 않는다고 고백하고 있다. 이는 대단히 정직한 태도로 아픈 현실 인식을 드러내는 것이다. 그래서 '나'는 고통스러운 정진을 계속하는 행복을 고백한다. 동일성 추구의 시이기도 하다.

＊「『님의 沈默』의 유식론적 접근」 참조

사랑의불

山川草木에 붓는불은 燧人氏가 내섯슴니다
靑春의音樂에 舞蹈하는 나의가슴을 태우는불은 가는님이 내섯음니다

蟲石樓를안고돌며 푸른물ㅅ결의 그윽한품에 論介의靑春을 잠재우
는 南江의흐르는물아
牧丹峯의키쓰를밧고 桂月香의無情을咀呪하면서 綾羅島를감도러흐
르는 失戀者인大同江아
그대들의 權威로도 애태우는불은 쓰지못할줄을 번연히아지마는 입
버릇으로 불너보앗다
만일 그대네가 쓰리고압흔恨음으로 조리다가 爆發되는 가슴가온대
의불을 끌수가잇다면 그대들이 님긔루은사람을위하야 노래를부를쌔
에 잇다감잇다감[90] 목이메어 소리를이르지못함은 무슨까닭인가
남들이 볼수업는 그대네의가슴속에도 애태우는불꼿이 거꾸로타드
러가는것을 나는본다

오오[91] 님의情熱의눈물과 나의感激의눈물이 마조다서 合流가되는
쌔에 그눈물의 첫방울로 나의가슴의불을쓰고 그다음방울을 그대네의
가슴에 쑤려주리라

---

90) 잇다감잇다감 : '잇다감ᄉ'이 바른 부호
91) 오오 : '오ᄼ'가 바른 부호

사랑은 즐겁고 행복한 것이어야 하겠지만 그렇지 못한 경우도 많다. 남녀 간의 사랑이나 조국, 진리에 대한 사랑도 행복한 합일이 이루어지지 않으면 슬픔이나 고뇌가 된다. 논개나 계월향의 의기義氣를 안고 흐르는 남강이나 대동강의 언급에서 알 수 있듯 이 시의 화자는 망국의 한으로 가슴에 고뇌의 불을 품고 산다. '나'는 남강이나 대동강의 물로 이 불을 꺼보려고 하지만 이도 안되어 님과 '나'의 사랑의 눈물로 '나'의 가슴의 불을 끄고 다른 고뇌하는 이들의 가슴의 불도 꺼주려고 한다. 세계동일성 추구, 전체성 회복의 시로 문학적 관습도 보이고 있다.

「사랑」을사랑하야요

　당신의얼골은 봄하늘의 고요한별이여요

　그러나 찌저진구름새이로 돗어오는 반달가튼 얼골이 업는것이아님
니다

　만일 어엽분얼골만을 사랑한다면 웨 나의벼게ㅅ모에 달을수노치안
코 별을수노아요

　당신의마음은 틔업는 숫玉이여요 그러나 곱기도 밝기도 굿기도 보
석가튼 마음이 업는것이아님니다

　만일 아름다은마음만을 사랑한다면 웨 나의반지를 보석으로아니하
고 옥으로만드러요

　당신의詩는 봄비에 새로눈트는 金결가튼 버들이여요

　그러나 기름가튼 검은바다에 픠여오르는百合쏫가튼 詩가 업는것이
아님니다

　만일 조혼文章만을 사랑한다면 웨 내가 쏫을노래하지안코 버들을讚
美하여요

　왼세상사람이 나를사랑하지아니할쌔에 당신만이 나를사랑하얏슴
니다

　나는 당신을사랑하야요 나는 당신의「사랑」을 사랑하야요

'나'의 사랑은 본질적인 사랑이다. 출세간적 사랑이요, 정조, 불이심의 사랑이다. 그러니 겉만 화려하거나 일시적 아름다움이 '나'의 관심사일 수 없다. '나'는 님의 별과 같이 변함없는 얼굴, 숫옥같이 순수한 마음, 버들처럼 새 봄을 알리는 시를 사랑한다. '나'는 님과의 사랑에서 영원하고 본질적인 사랑이 무엇인가를 알게 되고, '당신의「사랑」을 사랑'하게 된다. 님도 '나'의 이러한 사랑에 호응하여 '왼세상사람이 나를사랑하지아니할째에 당신만이 나를사랑'한다.

버리지아니하면

　나는잠ㅅ자리에누어서 자다가깨고 깨다가잘째에 외로은등잔불은 恪勤[92]한 派守軍[93]처럼 왼밤을 지킴니다
　당신이 나를버리지아니하면 나는 一生의등잔불이되야서 당신의百年을 지키것슴니다

　나는 책상압헤안저서 여러가지글을볼째에 내가要求만하면 글은조흔이야기도하고 맑은노래도부르고 嚴肅한敎訓도줌니다
　당신이 나를버리지아니하면 나는 服從의百科全書가되야서 당신의要求를 酬應하것슴니다

　나는 거울을대하야 당신의키쓰를 기다리는 입설을 볼째에 속임업는 거울은 내가우스면 거울도웃고 내가씽그리면 거울도씽그림니다
　당신이 나를버리지아니하면 나는 마음의거울이되야서 속임업시 당신의苦痛을 가치하것슴니다

　님에 대한 '나'의 사랑은 정조, 불이심에 바탕한 것이므로 변함이 없다. 궁극적으로 님과 '나'는 하나가 되어야 할 몸이므로 헤어질 일도 배반할 일도 없이 곁에서 받들고 헌신하며 그 날이 오기를 기다려야 한다.

---

92) 각근: 조심함. 삼감.
93) 派守軍: 把守軍의 잘못

당신가신째

당신이가실째에 나는 다른시골에 병드러누어서 리별의키쓰도 못하얏습니다

그째는 가을바람이 츰으로나서 단풍이 한가지에 두서너닙이 붉엇습니다

나는 永遠의時間에서 당신가신째를 슫어내것습니다 그러면 時間은 두도막이 남니다

時間의한긋은 당신이가지고 한긋은 내가가젓다가 당신의손과 나의손과 마조잡을째에 가만히 이어노컷습니다

그러면 붓대를잡고 남의不幸한일만을 쓰랴고 기다리는사람들도 당신의가신째는 쓰지못할것입니다

나는 永遠의時間에서 당신가신째를 슫어내것습니다

무척 아픈 시다. 찬찬히 읽어보면 시인 자신의 체험이 진술된 시라는 것을 알 수 있을 것이다. 전기적 접근이 유효하며, 전체성 회복의 의지를 읽을 수 있다. 착상에서 시조나 한시의 문학적 관습을 따르고 있다. '다른시골에 병드러누어'는 관동별곡의 '江湖에병이기퍼'를, '永遠의時間에서 당신가신째를 슫어내것'다는 것은 황진이의 시조 '동짓달 긴긴밤을 한허리를 둘헤내여'를 연상하게 한다.

'당신가신째'는 조선이 일본에 병합된 때로, 구체적으로는 1910년 8월 29일이다(8월 29일은 그의 삶의 기구함을 잘 대변해 준다. 이 날은 그가 태어난 날이자, 『님의沈默』의 탈고일이기도 하다). 시인인 화자는 깊은 산사에 들어 있어서 망국의 소식도 바로 듣지 못했다. 그 사정을 "당신이가실째에 나는 다른시골에 병드러누어서 리별의키쓰도 못하얏슴니다"라고 담담히 진술하고 있다. 그때는 갓 단풍이 물들기 시작한 때이다.

한용운은 경술국치의 비통한 소식을 금강산의 표훈사에서 들었다. 격분을 이기지 못한 그는 저녁 공양 중인 승려들에게 "이 산중 중놈들아, 나라를 빼앗겼는데 밥숫가락이 주둥이로 들어간단 말이냐!"고 대갈하며 절을 뛰쳐나갔다고 한다(김광식 저, 『우리가 만난 한용운』, 참글세상, 52면 참조).

'나'는 영원한 민족 역사에서 이 수치스러운 시간을 끊어내 버리려고 한다. 그리고 시간의 양 끝을 님과 내가 가지고 있다가 조국이 주권을 회복하는 날 가만히 이어 놓겠다고 한다. 그러면 우리의 부끄러운 역사를 기록하려는 제국주의자나 친일파의 의도를 봉쇄할 수 있다. 망국한이 뼈에 저리게 스며드는 시다.

妖術

　가을洪水가 적은시내의 싸인落葉을 휩쓰러가듯이 당신은 나의歡樂
의마음을 쎄어서갓슴니다 나에게 남은마음은 고통쑨임니다
　그러나 나는 당신을원망할수는 업슴니다 당신이 가기전에는 나의苦
痛의마음을 쎄어서간 까닭임니다
　만일 당신이 歡樂의마음과 苦痛의마음을 同時에쎄어서간다하면 나
에게는 아모마음도 업것슴니다

　나는 하늘의별이되야서 구름의面紗로 낫을가리고 숨어잇것슴니다
　나는 바다의眞珠가되얏다가 당신의구쓰에 단추가되것슴니다
　당신이 만일 별과眞珠를짜서 게다가 마음을너서 다시 당신의님을만
든다면 그쌔에는 歡樂의마음을 너주서요
　부득이 苦痛의마음도 너야하것거든 당신의苦痛을쎄어다가 너주서요
　그리고 마음을 쎄어서가는 妖術은 나에게는 가리처주지마서요
　그러면 지금의리별이 사랑의最後는 아님니다

　내가 가장 두려워하는 것은 초심을 유지하지 못하고 변심하는 것이
다. '나'는 님과 불이의 관계라는 인식을 갖고 비극적 사랑을 계속하
지만 긴 이별은 '나'를 조금은 흔들리게 한다. '나'는 님에게 마음이 빼
앗기지 않도록 해 달라고 호소한다. 내 마음만 빼앗기지 않으면 현재
이별하고 있더라도 우리의 사랑은 끝나지 않기 때문이다. 전체성회복
의지, 비극적 지향성을 보인다.

당신의마음

나는 당신의 눈ㅅ섭이검고 귀가갸름한것도 보앗슴니다
그러나 당신의마음을 보지못하얏슴니다
당신이 사과를따서 나를주랴고 크고붉은사과를 따로쌀째에 당신의
마음이 그사과속으로 드러가는것을 분명히보앗슴니다

나는 당신의 둥근배와 잔나비가튼허리와를 보앗슴니다
그러나 당신의마음을 보지못하얏슴니다
당신이 나의사진과 엇든여자의사진을 가티들고볼째에 당신의마음
이 두사진의새이에서 초록빗이되는것을 분명히보앗슴니다

나는 당신의 발톱이희고 발쏨치가둥근것도 보앗슴니다
그러나 당신의마음을 보지못하얏슴니다
당신이 써나시랴고 나의큰보석반지를 주머니에너실째에 당신의마
음이 보석반지넘어로 얼골을가리고 숨는것을 분명히보앗슴니다

'나'는 님의 외양만을 볼 뿐 깊은 마음을 보지는 못한다. 님의 깊은
마음을 본다는 것은 곧 '나'의 마음도 보게 된다는 것이고, 그만큼 '나'
의 지혜가 열렸다는 것이다. 그러나 이 일은 너무 어려운 일이기 때문
에 '나'의 노력에도 불구하고 님의 깊은 마음을 보지 못하게 된다. 참
나찾기, 자기동일성 추구의 시로 볼 수 있다.

여름밤이기러요

당신이기실째에는 겨울밤이쩌르더니 당신이가신뒤에는 여름밤이
기러요

책녁의內容이 그릇되얏나 하얏더니 개똥불이흐르고 버레가움니다

긴밤은 근심바다의첫물ㅅ결에서 나와서 슲은音樂이되고 아득한沙
漠이되더니 필경 絶望의城넘어로가서 惡魔의우슴속으로 드러감니다

그러나 당신이오시면 나는 사랑의칼을가지고 긴밤을베혀서 一千도
막을내것슴니다

당신이기실째는 겨울밤이쩌르더니 당신이가신뒤는 여름밤이기러
요

이별은 해소되지 않고 밤은 길기만 하다. 이럴 때 '나'는 쉐도우의
지배를 받는다. 긴 밤은 근심바다, 슬픈 음악, 아득한 사막이 되더니
마침내 절망의 성 너머로 가서 악마의 웃음 속으로 들어간다. 긴 밤을
이렇게 파괴 심리로 받아들이는 것은 물론 '나'이다. 그러나 '나'는 이
내 파괴 심리에서 벗어나 님 만나기를 계속하는 비극적 지향성을 보
인다. '사랑의칼을가지고 긴밤을베혀서 一千도막을 내것슴니다'는 시
적 착상은 문학적 관습으로 황진이의 시조를 연상시킨다.

冥想

　아득한 冥想의적은배는 갓이업시출넝거리는 달빗의물ㅅ결에 漂流
되야 멀고먼 별나라를 넘고쏘넘어서 이름도모르는나라에 이르럿슴니
다
　이나라에는 어린아기의微笑와 봄아츰과 바다소리가 合하야 사람이
되얏슴니다
　이나라사람은 玉璽의귀한줄도모르고 黃金을밟고다니고 美人의靑
春을 사랑할줄도 모름니다
　이나라사람은 우슴을조아하고 푸른하늘을조아함니다

　冥想의배를 이나라의宮殿에 매엿더니 이나라사람들은 나의손을잡
고 가티살자고함니다
　그러나 나는 님이오시면 그의가슴에 天國을꾸미랴고 도러왓슴니다
　달빗의물ㅅ결은 흰구슬을 머리에이고 춤추는 어린풀의장단을 맞추
어 우줄거림니다

　『님의沈默』에서 드물게 보는 밝고 활기찬 시이다. 참나찾기라는 자
기동일성 추구(상구보리)에서 정토구현이라는 세계동일성 추구(하
화중생)로 확대되고 있다. '나'는 명상의 배를 타고 마음의 무한바다
를 항해하다가 근심 걱정 없고 모든 것이 갖추어진 이상국에 도달한
다. 그 나라 사람들은 천진난만하여 권력과 금력, 청춘의 미에 매이지
않고 평화와 광명을 좋아한다. 그들은 '나'의 손을 잡고 같이 살자고

한다. 그러나 '나'는 님이 오시면 그의 가슴에 천국을 꾸미려고 돌아온다. '나'는 자신의 안락에 머무르지 않고 님과의 이별과 만남이라는 사랑의 고행을 통해 예토穢土인 지상을 정토로 되돌리려는 노력을 계속한다. '나'의 이러한 대승적 귀환에 주위는 환호하며 격려한다. 이를 유식학적으로 해석하면 자기훈습自己熏習에서 공업사상共業思想으로 나아갔다고 볼 수 있다.

七夕

「차라리 님이업시 스々로님이되고 살지언정 하늘위의織女星은 되지안컷서요 네 네」 나는 언제인지 님의눈을처다보며 조금아양스런소리로 이러케 말하얏슴니다

이말은 牽牛의님을그리우는 織女가 一年에한번씩맛나는七夕을 엇지 기다리나하는 同情의咀呪엿슴니다

이말에는 나는 모란꼿에취한 나븨처럼 一生을 님의키쓰에 밧부게지나것다는 교만한盟誓가 숨어잇슴니다

아々 알수업는것은 運命이오 지키기어려은것은 盟誓임니다

나의머리가 당신의팔위에 도리질을한지가 七夕을 열번이나 지나고 쏘멋번을 지내엇슴니다[94]

그러나 그들은 나를용서하고 불상히녀길쑨이오 무슨 復讐的咀呪를 아니하얏슴니다

그들은 밤마다밤마다[95] 銀河水를새에두고 마조건너다보며 이야기하고 놉니다

그들은 햇죽∧웃는 銀河水의江岸에서 물을한줌ㅅ식쥐어서 서로던지고 다시뉘웃처함니다

---

94) 님이 '나'에게 정답게 팔베개 해 준 지가 칠석을 열 번이나 지내고 또 몇 번이나 지냈다는 것은 무슨 뜻인가. 조국이 주권을 상실한 해가 1910년이니 여기에 열 몇을 더하면 1920년대가 된다. 『님의 沈默』을 탈고한 해가 1925년이니 이는 서로 들어맞는 사실이며 전기적 접근의 예도 된다.

95) 밤마다밤마다: '밤마다∧'가 바른 부호

그들은 물에다 발을잠그고 반비식이누어서 서로안보는체하고 무슨
노래를 부릅니다

그들은 갈닙으로 배를만들고 그배에다 무슨글을써서 물에쯰우고 입
김으로부러서 서로보냄니다 그리고 서로글을보고 理解하지못하는것
처럼 잠자코잇슴니다

그들은도러갈째에는 서로보고 웃기만하고 아모말도아니함니다

지금은 七月七夕날밤임니다

그들은 蘭草실로 주름을접은 蓮꽃의위ㅅ옷을 입엇슴니다

그들은 한구슬에 일곱빗나는 桂樹나무열매의 노르개를 찻슴니다

키쓰의술에醉할것을 想像하는 그들의쌤은 먼저 깃븜을못이기는 自
己의熱情에醉하야 반이나붉엇슴니다

그들은 烏鵲橋를건너갈째에 거름을멈추고 위ㅅ옷의뒤ㅅ자락을 檢
査함니다

그들은 烏鵲橋를건너서 서로抱擁하는동안에 눈물과우슴이 順序를
일터니 다시금 恭敬하는얼골을 보임니다

아ㅅ 알수업는것은 運命이오 지키기어려은것은 盟誓임니다

나는 그들의사랑이 表現인것을 보앗슴니다

진정한사랑은 表現할수가 업슴니다

그들은 나의사랑을볼수는 업슴니다

사랑의神聖은 表現에잇지안코 秘密에잇슴니다

그들이 나를 하늘로오라고 손짓을한대도 나는가지안컷음니다

지금은七月七夕날밤임니다

대단히 개성적이고 주체적인 '나'를 보여 준다. 견우, 직녀, 칠석을 소재, 제재로 하여 문학적 관습을 보여주고, 이를 적절히 비판하여 전통의 창조적 계승에 성공하고 있다. 나아가서 전체성 회복, 세계동일성 추구의 의지를 보이고 있다.

님과 이별한 '나'는 견우, 직녀와 동병상련의 처지이다. 옥황상제의 벌을 받아 서로 헤어진 뒤 일 년에 칠석날 밤 한 번만 만남이 허용되는 견우와 직녀의 애틋하고도 예쁜 사랑을 바라보는 '나'의 심정은 착잡하다. 그들이 가엾고 안타까운 것은 사실이지만 소극적이고 숙명적인 태도에는 비판적이다. 그들은 너무도 주위를 의식하는 사랑을 한다. 그들의 사랑은 '표현'이지 '비밀'이 아니다. 사랑의 신성함은 표현할 수 없는 '비밀'에 있다. '나'는 님과 만나 다시는 헤어지지 않고 행복하게 일생을 살아가는 열정적 사랑을 갈망하며 지상을 선택한다.

그러나 '나'의 '교만한盟誓'는 현실화하지 못한다. '나'는 님과 만나지도 못하고 있고, 더구나 행복한 사랑을 성취하지 못하고 있다. 그렇다고 견우와 직녀의 소극적 사랑에 따르겠다는 것은 아니다. '나'는 적극적이고 열정적인 사랑으로 만남을 성취하기 위해 비극적 지향성의 사랑을 계속한다.

生의藝術

몰난결에쉬어지는 한숨은 봄바람이되야서 야윈얼골을비치는 거울
에 이슬꼿을핌니다
　나의周圍에는 和氣라고는 한숨의봄바람밧게는 아모것도업슴니다
　하염업시흐르는 눈물은 水晶이되야서 깨끗한슯음의 聖境을 비침니다
　나는 눈물의水晶이아니면 이세상에 寶物이라고는 하나도업슴니다

　한숨의봄바람과 눈물의水晶은 써난님을긔루어하는 情의秋收임니다
　저리고쓰린 슯음은 힘이되고 熱이되야서 어린羊과가튼 적은목숨[96]
을 사러움지기게함니다
　님이주시는 한숨과눈물은 아름다은 生의藝術임니다

　'나'의 비극적 사랑은 불굴의 의지에도 불구하고 한숨과 눈물로 표
출된다. 그러나 '나'는 이러한 한숨과 눈물을 부정적인 것으로 전락시
키지는 않는다. 한숨은 따뜻한 봄바람이 되고 눈물은 수정이 되어서
슬픔으로 정화된 세계를 비춰준다. '
　나'는 명료하게 님이 주시는 한숨과 눈물을 '써난님을긔루어하는
情의秋收'라고 인식한다. 떠난 님을 그리워하는 사랑의 결정結晶이요

---

96) '어린羊과가튼 적은목숨'은 곧 화자인 '나'를 가리킨다. 「군말」의 '어린羊이긔루어
서'의 '어린羊'이 동시대의 중생이자 식민지민인 님만이 아니라 같은 처지인 '나'
자신이기도 하다는 연구자의 주장이 확인되는 부분이다.

수확물이라고 인식하는 것이다. 그러니 저리고 쓰린 슬픔은 힘이 되고 열이 되어서 어린 양과 같은 '나'를 살아 움직이게 하여, 생의 예술로 승화되는 것이다. 한숨과 눈물은 한숨과 눈물이지만 한숨과 눈물이 아닌 생의 예술이라는 역설의 시이자 비극적 지향성의 시이기도 하다.

꼿 싸 옴

당신은 두견화를 심으실째에 「꼿이픠거든 꼿싸옴하자」고 나에게 말하얏슴니다

꼿은픠여서 시드러가는대 당신은 옛맹서를이즈시고 아니오심닛가

나는 한손에 붉은꼿수염을가지고 한손에 흰꼿수염을가지고 꼿싸옴을하야서 이기는것은 당신이라하고 지는것은 내가됨니다

그러나 정말로 당신을맛나서 꼿싸옴을하게되면 나는 붉은꼿수염을 가지고 당신은 흰꼿수염을 가지게함니다

그러면 당신은 나에게 번々히지심니다

그것은 내가 이기기를 조아하는것이아니라 당신이 나에게 지기를 깃버하는 까닭임니다

번々히이긴나는 당신에게 우승의상을달나고 조르것슴니다

그러면 당신은 빙긋이우스며 나의쌤에 입맛추것슴니다

꼿은픠여서 시드러가는대 당신은 옛맹서를이지시고 아니오심닛가

님과 '나'는 누구도 모르는 내밀한 사랑을 한다. 그러한 사랑은 현재 추억으로만 남아 있고 이별의 장벽은 무너지지 않는다. 안타까움에 님을 원망도 해보는 비극적 세계관의 시이다.

거문고탈째

달아레에서 거문고를타기는 근심을이즐스가 함이러니 츰곡조가끗 나기전에 눈물이압흘가려서 밤은 바다가되고 거문고줄은 무지개가됩니다

거문고소리가 놉헛다가 가늘고 가늘다가 놉흘째에 당신은 거문고줄에서 그늬를쒬니다

마즈막소리가 바람을짜러서 느투나무그늘로 사러질째에 당신은 나를힘업시보면서 아득한눈을감슴니다

아々 당신은 사러지는 거문고소리를 짜러서 아득한눈을감슴니다

'나'의 비극적 세계관은 깊어 간다. 어떤 것도 '나'에게 위로가 되지 않는다. 긴 긴 기다림에도 님은 끝내 오지 않고 근심만이 깊어간다. 거문고라도 타서 님을 만나보려고 하지만 님은 힘없이 '나'를 보면서 눈을 감는다.

오서요

오서요 당신은 오실째가되얏서요 어서오서요
　당신은 당신의오실째가 언제인지 아심닛가 당신의오실째는 나의기
다리는째임니다

　당신은 나의꼿밧헤로오서요 나의꼿밧헤는 꼿들이픠여잇슴니다
　만일 당신을조처오는사람이 잇스면 당신은 꼿속으로드러가서 숨으
십시오
　나는 나븨가되야서 당신숨은꼿위에가서 안것슴니다
　그러면 조처오는사람이 당신을차질수는 업슴니다
　오서요 당신은 오실째가되얏슴니다 어서오서요

　당신은 나의품에로오서요 나의품에는 보드러은가슴이 잇슴니다
　만일 당신을조처오는사람이 잇스면 당신은 머리를숙여서 나의가슴
에 대입시오
　나의가슴은 당신이만질째에는 물가티보드러웁지마는 당신의危險
을위하야는 黃金의칼도되고 鋼鐵의방패도됨니다
　나의가슴은 말ㅅ굽에밟힌落花가 될지언정 당신의머리가 나의가슴
에서 써러질수는 업슴니다
　그러면 조처오는사람이 당신에게 손을대일수는 업슴니다
　오서요 당신은 오실째가되얏슴니다 어서오서요

　당신은 나의죽엄속으로오서요 죽엄은 당신을위하야의準備가 언제

든지 되야잇슴니다
　만일 당신을조처오는사람이 잇스면 당신은 나의죽엄의뒤에 서십시
오
　죽엄은 虛無와萬能이 하나임니다
　죽엄의사랑은 無限인同時에 無窮임니다
　죽엄의압헤는 軍艦과 砲臺가 씌끌이됨이다[97]
　죽엄의압헤는 强者와弱者가 벗이됨니다
　그러면 조처오는사람이 당신을잡을수는 업슴니다
　오서요 당신은 오실째가되얏슴니다 어서오서요

　'나'는 비극적 세계관에서 벗어나기 위해 혼신의 힘으로 님을 부르
며 행동에 동참하라고 호소한다. 내가 의욕에 차서 죽음을 두려워하
지 않고 앞장설 이때가 님이 바로 와야 할 때이다. '나'는 님을 보호하
기 위해서 황금의 칼도 되고 강철의 방패도 된다. 죽어서 시체가 되어
서라도 님을 지킬 터이니 어서 오라고 한다. '나'에게는 불가능도 없
고, 군함과 포대도 두렵지 않다. 이렇게 님과 내가 하나가 되어 앞으
로 나아가면 질곡의 현실은 무너지고 우리가 염원하던 자유세계도 만
날 수 있다. 그래서 '나'는 어서 님이 나오라고 반복하여 호소한다.
　전체성 회복을 위한 비극적 지향성이 비장미로 다가오며, 여성과
남성의 양성적 '나'의 표본을 보여주는 시이다.

---

97) ~이다: '~니다'의 오식

快樂

님이어 당신은 나를 당신기신째처럼 잘잇는줄로 아심닛가
그러면 당신은 나를아신다고할수가 업슴니다

당신이 나를두고 멀니가신뒤로는 나는 깃븜이라고는 달도업는 가을
하늘에 외기럭이의 발자최만치도 업슴니다

거울을볼째에 절로오든우슴도 오지안슴니다
쏫나무를심으고 물주고붓도드든일도 아니함니다
고요한달그림자가 소리업시거러와서 엷은창에 소군거리는 소리도
듯기실슴니다

감을고 더운 여름하늘에 소낙비가지나간뒤에 산모롱이의 적은숩에
서나는 서늘한맛도 달지안슴니다
동무도업고 노르개도업슴니다

나는 당신가신뒤에 이세상에서 엇기어려은 快樂이 잇슴니다
그것은 다른것이아니라 잇다금 실컷우는것임니다

그러나 '나'의 마지막 호소와 저항도 실제적인 성과를 거두지 못한다.
'나'는 이제 어떤 기쁨도 없다. 절망과 좌절뿐이다. 이런 '나'에게 유일한
쾌락은 이따금 실컷 우는 것이다. 비극적 세계관이 극에 달해 있다.

苦待

　당신은 나로하야금 날마다날마다[98] 당신을기다리게함니다

　해가저무러 산그림자가 촌집을덥흘째에 나는 期約업는期待를가지고 마을숩밧게가서 기다리고잇슴니다

　소를몰고오는 아해들의 풀입피리는 제소리에 목마침니다

　먼나무로도러가는 새들은 저녁연긔에 헤염침니다

　숩들은 바람과의遊戲를 그치고 잠々히섯슴니다 그것은 나에게同情하는 表象임니다

　시내를싸러구븨친 모래ㅅ길이 어둠의품에안겨서 잠들째에 나는 고요하고아득한 하늘에 긴한숨의 사러진자최를 남기고 게으른거름으로 도러옴니다

　당신은 나로하여금 날마다날마다 당신을기다리게함니다

　어둠의입이 黃昏의엷은빗을 삼킬째에 나는 시름업시 문밧게서々 당신을기다림니다

　다시오는 별들은 고흔눈으로 반가은表情을 빗내면서 머리를조아 다투어 인사함니다

　풀새이의 버레들은 이상한노래로 白晝의 모든生命의戰爭을 쉬게하는 平和의밤을 供養함니다

　네모진적은못의 蓮닙위에 발자최소리를내는 시럽슨바람이 나를嘲弄할째에 나는 아득한생각이 날카로은怨望으로 化함니다

---

98) 날마다날마다: '날마다∧'가 바른 부호

당신은 나로하여금 날마다날마다 당신을기다리게함니다

　一定한步調로거러가는 私情업는時間이 모든希望을 채칙질하야 밤
과한께 모러갈쌔에 나는 쓸〃한잠자리에 누어서 당신을기다림니다

　가슴가온대의低氣壓은 人生의海岸에 暴風雨를지어서 三千世界는
流失되얏슴니다

　벗을일코 견듸지못하는 가엽슨잔나비는 情의森林에서 저의숨에 窒
息되얏슴니다

　宇宙와人生의根本問題를 解決하는 大哲學은 눈물의三昧에 入定되
얏슴니다

　나의「기다림」은 나를찻다가 못찻고 저의自身까지 이러버렷슴니다

　현재 '나'는 너무나 힘들다. 기약 없는 기대를 가지고 살아갈 뿐이
다. 모든 것이 '나'를 조롱하는 것 같아 원망하는 마음이 날카롭게 일
어난다. 그렇다고 '나'는 님과의 사랑을 포기하거나 변심할 수는 없
다. 아무리 고통스럽더라도 '나'는 님과의 사랑에서 벗어날 수가 없
다. '나'는 모든 희망이 사라져가는 절망감 속에서도 님을 고대한다.
가엾은 잔나비인 '나'는 자신마저 잃어버리는 상실감 속에서도 기다
림을 계속한다. 비극적 세계관은 더욱 깊어간다.

사랑의끗판

네 네 가요 지금곳가요

에그 등ㅅ불을켜랴다가 초를 거꾸로쏫젓슴니다 그려 저를 엇저나
저사람들이 숭보것네

님이어 나는 이러케밧븜니다 님은 나를 게으르다고 쑤짓슴니다 에
그 저것좀보아 「밧분것이 게으른것이다」하시네

내가 님의쑤지럼을듯기로 무엇이실컷슴닛가 다만 님의거문고줄이
緩急을이룰싸 접허함니다

님이어 하늘도업는바다를 거처서 느름나무그늘을 지어버리는것은
달빗이아니라 새는빗임니다

홰를탄 닭은 날개를움직임니다

마구에매인 말은 굽을침니다

네 네 가요 이제곳가요

　

절망과 밤의 막바지에 와서야 비로소 '나'는 한밤의 관념의 사랑 대
신 새벽과 대낮의 사랑을 문제 해결책으로 생각한다. 그래서 '나'는
님과 함께 역동적인 현장의 사랑을 하려 한다. '나'는 심기일전하여
생기 있게 역사의 새벽길을 떠난다. 이 시는 사랑의 끝판이 아니라 새
로운 사랑의 시작판이 되는 것이다. 세계동일성 추구, 전체성 회복의
의지를 활기차게 보여준다.

讀者에게

讀者여 나는 詩人으로 여러분의압헤 보이는것을 부끄러합니다
　여러분이 나의詩를읽을째에 나를슯어하고 스스로슯어할줄을 암니
다
　나는 나의詩를 讀者의子孫에게까지 읽히고십흔 마음은 업슴니다
　그째에는 나의詩를읽는것이 느진봄의꼿숩풀에 안저서 마른菊花를
비벼서 코에대히는것과 가틀는지 모르것슴니다

　밤은얼마나되얏는지 모르것슴니다
　雪嶽山의 무거은그림자는 엷어감니다
　새벽종을 기다리면서 붓을던짐니다
　(乙丑八月二十九日밤 씃)

　한용운의 진취적인 역사의식을 유감없이 보여주는 발문이다. 본시
편들에서 누누이 피력한 전체성 회복, 세계동일성 추구의 의지를 마
지막으로 천명하고 있다.
　먼저 시인은 자신이 언어보다 행동으로 문제 해결을 하지 못하고
시인으로 독자 앞에 선 것을 부끄러워한다.
　다음으로 이 시집이 슬픔의 시집임을 스스로 밝히고, 이런 시집을
쓸 수밖에 없는 자신을 독자들이 슬퍼해 주고, 처지가 같은 독자 자신

들도 스스로 슬퍼할 줄 알리라고 한다. 그것은 '나'와 독자의 시대가 질곡과 슬픔의 시대이기 때문이다. 그러면서도 시인은 자신의 시를 독자의 후손에게까지는 읽히고 싶지 않다고 한다. 역사의 질곡을 벗어나 행복한 삶을 살 우리 후손들은 이런 슬픔의 시집보다는 즐겁고 행복한 시집을 읽어야 하겠기 때문이다. 이것을 비유로 "그째에는 나의詩를읽는것이 느진봄의쏫숩풀에 안저서 마른菊花를비벼서 코에대히는것과 가틀는지 모르것슴니"라고 하고 있다. 백화만발한 봄날에 지난해의 마른 국화 향기를 맡으며 슬퍼하는 것은 어떤 경우라도 불행한 일이기 때문이다. 그래서 시인은 준엄하게 후손들이 자랑스럽고도 행복한 역사를 이루기를 당부한다.

시인 자신의 발언이기 때문에 전기적 접근의 좋은 자료가 된다.

참/ 고/ 문/ 헌/

〈기초자료〉
• 한용운『님의 沈默』초판(홰동서관, 1926)
• 한용운『한용운 전집』1~6권, 신구문화사, 1973
• 한용운『불교대전』한용운 전집 3권 소재

〈저서〉
• 윤재근『만해시와 주제적 시론』, 문학세계사, 1983
• 이부영『아니마와 아니무스』, 한길사, 2001
　　　　『그림자』, 한길사, 1999
　　　　『자기와 자기실현』, 한길사, 2002
• 가등지준『유식강요』, 전명성역, 보련각, 1973
• 횡산굉일『유식철학』, 묘주 역, 경서원, 1989
• 오형근『유식학 입문』, 불광출판부, 1992
• 김동화『유식철학』, 보련각, 1973
• 태전구기『불교의 심층심리』, 정병조 역, 현음사
• 다케무라 마키오『유식의 구조』, 정승석 역, 민족사
• 일지『중관불교와 유식불교』, 세계사, 1982
• 송욱『님의 沈默』전편 해설, 일조각, 1982 재판
• 김준오『시론』, 삼영사, 1997, 4판
• 하인리히 짐머『인도의 신화와 예술』, 이숙종 옮김, 평단출판사, 1987

- 고익진 『하느님과 관세음보살』, 일승보살회, 1988
- 전촌방랑 『법화경』, 중공신서 196, 중앙공론사, 1969
- 옥성강사랑 『화엄경의 진리』, 정승석 역
- 김재홍 『한용운 문학 연구』, 일지사, 1982
- 박노준 · 인권환 공저 『한용운 연구』, 통문관, 1960
- 고은 『한용운 평전』, 민음사, 1975
- 조동일 『한국문학사상사 시론』, 지식산업사, 1978
- 장삼식 편 『대한한사전』, 성문사
- 이희승 편 『국어대사전』, 민중서관
- 신기철 · 신용철 편 『새 우리말 큰사전』, 삼성출판사
- 나병술 『심리학』, 교학연구사, 1984
- 『동아원색세계대백과사전』, 동아출판사
- 『중문대사전』 4권 제1차 수교판, 회급본, 중화학술원 인행, 1994
- 『The Oxford English Dictionary』, 옥스퍼드대학교 출판부
- 서정주 『서정주 문학전집』 2권, 일지사, 1972
- 하중방언(下中邦彦) 『심리학사전』, 소화 46년 7월, 평범사
- 쿡시, 플라톤 『향연(Symposium)』, 입문, 김영균 옮김, 서광사, 2013
- 『세계문학대사전』, 문원각, 1972
- 유협 『문심조룡』, 을유문화사, 1989
- 『논어』, 이을호 역, 현암사
- 백기수 『미학』, 서울대 출판부, 1989
- 하르트만 『미학』, 전원배 역, 을유문화사, 《세계사상교양전집》 후기 11, 1987
- 김광식 『우리가 만난 한용운』, 참글세상, 2010

- 윤석성『한용운 시의 비평적 연구』, 열린불교, 1991

  _____『님의 沈默』풀어읽기, 동국대 출판부, 2014
- 이상섭『님의 沈默』의 어휘와 그 활용구조, 탐구당, 1984
- 김학동 해설『한용운 연구』, 새문사, 1982

〈학위논문〉
- 현선식「만해시에 대한 심리학적 연구」, 조선대 석사논문, 1984
- 김진호「만해시의 변증법적 연구」, 성균관대 석사논문, 1985
- 노귀남「『님의 沈默』연구」, 경희대 석사논문, 1987
- 윤석성「한용운 시의 정조 연구」, 동국대 박사논문, 1990
- 전보삼「한용운의 화엄사상 연구」, 한양대 교육대학원 석사논문, 1983
- 이양순「한용운의 사회사상에 관한 연구」, 이화여대 석사논문, 1978
- 송재갑「만해의 불교사상과 시세계」, 동국대 석사논문, 1977

〈일반논문 · 평론 · 기타〉
- 윤재근「만해시의 '나'와 '님'」,《월간문학》통권168호, 1982.6

  _____「만해시 연구의 방향」,《현대문학》335호

  _____「만해시의 미적 양식」,《월간문학》173~4호
- 서정주「만해 한용운선사」,《사상계》113호, 1962.11
- 정재관「침묵과 언어」,《마산교대 논문집》5권1호, 1947. 7
- 춘추학인「심우장에 참선하는 한용운씨를 찾아」, ≪삼천리≫ 74호, 1936. 6

• 장문평 「한용운의 님」,《현대문학》88호, 1962. 4

• 김영기 「님과의 대화 – 만해 한용운론」,《현대문학》132호, 1965. 12

• 조지훈 「한용운론한국의 민족주의자」,《사조》1권5호, 1958. 10

      「한국의 민족시인 한용운」,《사상계》155호, 1966.1

• 주요한 「애의 기도, 기도의 애 – 한용운 근작『님의 沈默』 독후감」, 동아일보, 1926.6.22(상), 6.26(하)

• 조승원 「한용운 평전」,《녹원》1호, 1957. 2

• 석청담 「고독한 수련 속의 구도자」,《나라사랑》2집, 1971.4

• 윤석성 「『백팔번뇌』의 님」,《동경어문론집》2집, 동국대 경주캠퍼스 국문과 논문집

      「신념의 시화」,《한국문학연구》8집, 동국대 한국문학연구소, 1985

      「윤동주 시의 회의와 그 극복」,『시원 김기동박사 회갑기념 논문집』, 교학사, 1986. 11

• 홍정식 「아뢰야와 아뢰야식」,《법시》199호

• 김상현 「만해의 보살사상」,《법륜》통권 117~121호

• 김종균 「한용운의 한시와 시조」,《어문연구》21호

• 염무웅 「님이 침묵하는 시대」,《나라사랑》2집, 1971.4

      「만해 한용운론」,《창작과 비평》7권4호, 1972. 12

• 안병직 「『조선불교유신론』의 분석」,《창작과 비평》, 14권2호, 1979. 6

• 김우창 「궁핍한 시대의 시인」,《문학사상》통권4호, 1973. 1

찾/ 아/ 보/ 기/

저자 | 윤 석 성

광주 제일고등학교 졸업
동국대학교 국어국문학과 및 동 대학원 졸업. 문학박사.
≪현대문학≫에 시로 등단.
동국대학교 한국문학연구소 상임연구원.
동국대, 한양대 강사.
동국대학교 인문과학대학 국어국문학과 교수
도서관장, 만해연구소(동국대부설) 초대소장 역임
현재 동국대학교 명예교수.

〈저서〉
『한로기』(한국문연), 『내린천 길』(문학아카데미) 등의 시집과 『한용운 시의
비평적 연구』(열린불교), 『조지훈』(건국대 출판부), 『님의 沈默 풀어 읽기』(동
국대 출판부), 『한국 현대시인 연구』(지식과 교양) 외 다수의 공저가 있다.

『님의沈默』 전편 연구

초판 인쇄 | 2016년 10월 5일
초판 발행 | 2016년 10월 5일

저   자 윤석성

책임편집 윤수경

발 행 처 도서출판 지식과교양
등록번호 제 2010-19호
주   소 서울시 도봉구 쌍문1동 423-43 백상 102호
전   화 (02) 900-4520 (대표) / 편집부 (02) 996-0041
팩   스 (02) 996-0043
전자우편 kncbook@hanmail.net

ISBN 978-89-6764-064-4 93810

정가 42,000원